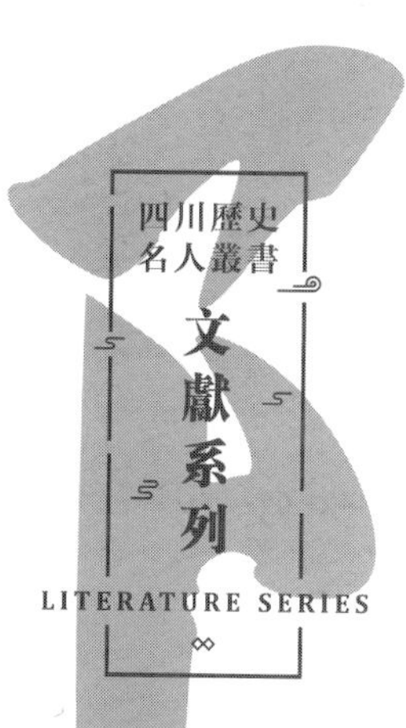

陳子昂全集校注

李　凱　校注

巴蜀書社

圖書在版編目(CIP)數據

陳子昂全集校注/李凱校注.—成都:巴蜀書社,2022.12

ISBN 978-7-5531-1840-6

Ⅰ.①陳… Ⅱ.①李… Ⅲ.①唐詩-詩集 ②古典散文-散文集-中國-唐代 Ⅳ.①I214.212

中國版本圖書館 CIP 數據核字(2022)第 224944 號

CHEN ZI'ANG QUANJI JIAOZHU

陳子昂全集校注 李 凱 校注

責任編輯 易欣韡
出 版 巴蜀書社
成都市錦江區三色路 238 號新華之星 A 座 36 層
郵編 610023 總編室電話:(028)86361843
網 址 www.bsbook.com
發 行 巴蜀書社
發行科電話:(028)86361852
經 銷 新華書店
照 排 成都完美科技有限責任公司
印 刷 成都新恒川印務有限公司
電話:(028)85412411
版 次 2023 年 12 月第 1 版
印 次 2023 年 12 月第 1 次印刷
成品尺寸 240mm×170mm
印 張 32
字 數 550 千
書 號 ISBN 978-7-5531-1840-6
定 價 168.00 圓

《四川歷史名人叢書》編委會名單

《四川歷史名人（第二批）叢書》總序

——傳承巴蜀文脉，讓歷史名人“活”起來

文化是民族的血脉。文化興國運興，文化强民族强。

黨的十八大以來，習近平總書記以政治家的戰略眼光，以唯物主義的科學態度，從中華文化的思想内涵、道德精髓、現代價值和傳承理念等方面多維度、系統化地闡述了對待中華文化的根本態度和思想觀點。他將中華優秀傳統文化提升到“中華民族的基因”“中華民族的根和魂”的嶄新高度，指出“一個國家、一個民族不能没有靈魂”，要“加强對中華優秀傳統文化的挖掘和闡發”，努力實現傳統文化的“創造性轉化、創新性發展”。

中華文化源遠流長，積澱着中華民族最深沉的精神追求，是中華民族獨特的精神標識，爲中華民族生生不息、發展壯大提供了豐厚滋養。與古印度、古埃及、古巴比倫文明相較，中華文明至今仍然噴湧和焕發着蓬勃的生機。四川作爲中華文明的重要發源地之一，歷史文化源通流暢、悠久深厚。舊石器時代，巴蜀大地便有了巫山人和資陽人的活動，2021 年公布的全國十大考古發現之一的稻城皮洛遺址，爲研究早期人類遷徙提供了豐富材料。新石器時代，巴蜀創造了獨特的灰陶文化、玉器文化和青銅文明。以寶墩文化爲代表的古城遺址，昭示着城市文明的誕生；三星堆和金沙遺址，展示了古蜀文明的不同凡響；秦并巴蜀，開啓了與中原文化的融通；漢文翁守蜀，興學成都，蜀地人才濟濟，文風大盛。此後，四川具有影響力的文人學者，代不乏人。文學方面，漢司馬相如、王褒、揚雄，唐陳子昂、李白、薛濤，宋蘇洵、蘇軾、蘇轍，元虞集，明楊慎，清李調元、張問陶，現當代巴金、郭沫若等，堪稱巨擘；史學方面，晉陳壽、常璩，宋范祖禹、張唐英、李燾、李心傳等，名史俱傳；蜀學傳承方面，漢嚴遵，宋三蘇、張栻、魏了翁，晚清民國劉沅、廖平、宋育仁等，統序不斷，各領風騷。此外，經過一代代巴蜀人的篳路藍縷、薪火相傳，還創造了道教文化、三國文化、武術文化、川酒文化、川菜文化、川劇文化、蜀錦文化、藏羌彝民族文化等，都玄妙神奇、浩博精深。瑰麗多姿的巴蜀文化，是中華文化的重要組成部分，是四川人的根脉，是推動四川文化走向輝煌未來的重要基礎。記得來路，不忘初心，我們要以“爲往聖繼絶學”的使命擔當，擔負起傳承歷史的使命和繼往開來的重任，大力推動巴蜀文化的傳承、接續與轉化，讓巴蜀文化的優秀基因代代相傳。

“四川歷史名人文化傳承創新工程”是深入貫徹習近平新時代中國特色社會主義思想，踐行“兩個結合”，推動中華優秀傳統文化創造性轉化、創新性發展的生動實踐。自 2016 年 10 月提出方案，2017 年啓動實施，推出首批十位四川歷史名人，彰顯了歷史名人的當代價值，推動了中華優秀傳統文化傳承發展。2020 年 6 月，經多個領域權威專家學者的多次評議，又推出文翁、司馬相如、陳壽、常璩、陳子昂、薛濤、格薩爾王、張栻、秦九韶、李調元等十位第二批四川歷史名人。這十位名人，從漢代到清代，來自政治、文學、思想、教育、科學、史學等領域，和首批歷史名人一樣，他們是四川歷史上名人巨匠的傑出代表，在各自領域造詣很高，貢獻突出：文翁化蜀興公學，千秋播德馨；相如雄才書大賦，《漢書》稱“辭宗”。陳壽會通古今寫三國，並遷雙固創史體；張栻融合儒道辦書院，超熹邁謙新理學。薛濤通音律、善辯慧、工詩賦，女中豪傑；格薩爾王征南北、開疆土、安民生，曠世英雄。陳子昂提倡興寄風骨，横制頽波，天下質文翕然一變；李調元鍾情鄉邦文獻，復興蜀學，有清學術旗鼓重振。常璩失意不憤，潛心歷史、地理、人物，撰《華陽國志》，成就中國方志鼻祖；秦九韶在官偷閑，精研天文、曆律、算術，著《數書九章》，站上世界數學頂峰。

《四川歷史名人叢書》的編纂出版，是深入貫徹落實中央《關於加强和改進出版工作的意見》和中辦、國辦《關於推進新時代古籍工作的意見》精神，推動四川出版高質量發展的重大舉措，是傳承巴蜀文明、建設文化强省、振興四川出版的品牌工程。其目的是深入挖掘歷史名人的思想精髓，凝練時代所需的精神價值，增强川人的歷史記憶，延續中華文化的巴蜀脉絡，推動中華文化傳承創新，爲實現中華民族偉大復興提供精神力量。

《四川歷史名人叢書》的編纂出版，始終堅持正確的政治方向、出版導向、價值取向，深入挖掘名人的精神品質、道德風範，正面闡釋名人著述的核心思想，藉以增强川人的文化自信，激發川人瞭解家鄉、熱愛家鄉、建設家鄉的澎湃力量；始終堅守中華文化立場，着力傳承中華文化的經典元素和優秀因子，促進人民在理想信念、價值理念、道德觀念上團結一致；始終秉承辯證唯物主義和歷史唯物主義觀點，用客觀、公正、多維的眼光去觀察歷史名人，還原全面、真實、立體的歷史人物，塑造歷史名人的優秀形象，展示四川文化的獨特魅力，讓歷史名人文化爲今天的社會發展提供精神動能。

《四川歷史名人叢書》的編纂出版，注重在創新上下功夫，遵循出版規律，把握時代脉搏，用國際視野、百姓視角、現代意識、文化思維，將思想性、知識性、藝術性、可讀性有機結合，找到與讀者的共振點，打造有文化高度、歷史厚度、現代熱度的文化精品，經得起讀者檢驗，經得起學者檢驗，經得起社會檢驗，經得起歷史檢驗；注重在品質和水準上下功夫，立足原創、新創、精創，努力打造史實精準、思想精深、内容精彩、語言精妙、製作精美的文化精品，全面提升四川出版的知名度和美譽度，爲建設文化强省、助推治蜀興川再上新臺階提供思想引領、輿論推動、精神鼓勵和文化支撑，爲增强中華文化影響力貢獻四川力量。

《四川歷史名人（第二批）叢書》編委會

2022 年 4 月 5 日

目　録

前　言

一、陳子昂家世和經歷

陳子昂，字伯玉，梓州射洪（今四川省射洪市）人，生於659年，卒於700年①，享年四十二歲。

陳子昂家世，據其《梓州射洪縣武東山故居士陳君碑》《我府君有周居士文林郎陳公墓誌文》《堂弟孜墓誌銘並序》等文，先祖爲陳國人，第十代祖陳祗在蜀漢政權任職，子孫後遂留在四川。雖然到陳子昂之時已經第十代，但仍屬於移民後代。自秦而後，巴蜀之地曾經多次移民。由移民而形成了巴蜀文化的一個重要特質，即包容性。此點在陳子昂家族及其個人身上都有明顯的體現。從第六代祖陳太平、陳太樂開始，陳家成爲地方豪族，具有很大勢力。陳子昂家族世習儒學、好道教、尚豪氣的家風對陳子昂的成長和個性養成具有重要影響。

陳子昂經歷不複雜，大體可分爲三個階段：

第一階段，從出生到24歲進士及第之前（659年～682年），屬於居家和求學時期。此期值得注意的陳子昂事蹟：一是十七八歲之前的遊蕩不學；二是折節苦學；三是注意關注與考察社會和民生。

關於陳子昂的少年遊蕩和折節苦學，盧藏用《陳氏別傳》説："始以豪家子，馳俠使氣，至年十七八未知書。"《新唐書·陳子昂傳》也説："子昂十八未知書，以富家子尚氣決，弋博自如。他日，入鄉校感悔，即痛修飭。"②可見青少年時期的陳子昂並非循規蹈矩之人。當然，不讀書不等於没有學習。關於陳子昂少年遊蕩不學，王運熙先生曾説："年青時代的陳子昂，對於國家的政治、經濟情況已經給予很大的注意。從他以後所寫的《上蜀川安危事》

《上蜀中軍事》《上益國事》等奏章中，可以看出子昂在青年時期對於自己的故鄉蜀地的各方面的情況是非常熟悉的。”③可見陳子昂雖然没有一心只讀聖賢書，但也在學習社會、瞭解社會。一旦當其醒悟之後，便開始發憤苦讀。盧藏用説：“數年之間，經史百家，罔不該覽。尤善屬文，雅有相如、子雲之風骨。”此“數年”即包括陳子昂從十七八歲到二十四歲中進士之前的五六年時間。如此短暫的時間，陳子昂就能精通經史百家、擅長寫作，一者説明陳子昂天資聰穎，二者説明其學習得法。無獨有偶，從巴蜀大地走出的著名文人，多有少年不學而後發憤苦讀的記録，唐朝李白和宋代蘇洵皆是，尤其蘇洵“二十七，始發憤”的説法影響更大。

調露元年（679 年），陳子昂入長安，在太學學習。盧藏用《陳氏别傳》説：“年二十一，始東入咸京，遊太學。歷抵群公，都邑靡然屬目矣。由是爲遠近所稱籍甚。”此説明陳子昂在京城廣交朋友、延攬聲譽，很快就取得了巨大名聲。第二年，陳子昂到東都洛陽參加第一次科考，落第後經長安返鄉。這是他人生中第一次遭受到打擊。

第二階段，爲官時期（682 年～698 年）。包括從二十四歲考中進士到四十歲辭官歸隱（守繼母喪和陷獄除外），仕宦時間大約十年。

開耀二年（永淳元年）（682 年），陳子昂第二次參加進士考試成功，但並未立即進入仕途，而是在家休息、學習、交遊達兩年。武則天光宅元年（684 年），上《諫靈駕入京書》得武后賞識，拜麟臺正字（秘書省正字）。垂拱二年（686 年）春天，陳子昂跟隨左補闕喬知之北征同羅、僕固，沿途經過居延海、張掖、同城等地，同年秋北征結束後回京擔任原職。此爲陳子昂第一次到邊地，他較爲深入地瞭解到唐朝邊地的情況，也感受到了北地壯美的山河和不同的民風民情。載初元年（690 年），遷右衛胄曹參軍。天授二年（691 年），以繼母喪解官回家。長壽二年（693 年）守喪期滿，返東都洛陽，授右拾遺。延載元年（694 年），因受牽連被逮入獄，翌年被無罪釋放，官復右拾遺。萬歲通天元年（696 年），契丹叛亂，陳子昂以幕侍參謀隨建安王武攸宜東征契丹。陳子昂積極爲武攸宜出謀劃策，未被採納。因言辭激烈，被武攸宜降爲軍曹掌書記。萬歲通天二年（697 年）七月，唐軍凱旋，陳子昂隨軍回朝，守右拾遺如故。這是陳子昂第二次到邊地。這次隨軍出征，不僅使陳子昂清醒認識到壯志難酬的現實，也促使他下定決心歸隱。此次從軍雖没有給陳子昂帶來仕途升遷，但對其詩歌創作具有重大影響，著名的《登幽州臺歌》《薊丘覽古贈盧居士藏用七首》以及《感遇》中的部分詩篇都寫於此時。

陳子昂人生的第三階段（698 年～700 年），即最後階段，爲歸家隱居到含寃去世階段，大約三年時間。

陳子昂爲國效忠的願望既已徹底破滅，早年求仙學道的理想和衰弱多病的身體等各種因素促使他最終選擇辭職返鄉。聖曆元年（698 年）秋天，陳子昂以父老歸侍爲由，辭官返鄉。武后優寵，詔帶官取給而歸。陳子昂遂“於射洪西山構茅宇數十間，種樹採藥以爲養”（《陳氏別傳》），隱居山林，再次過上求仙學道生活。聖曆二年（699 年）陳子昂居家侍父，開始準備寫作《後史記》，紀綱初立而其父陳元敬去世。久視元年（700 年），縣令段簡羅織誣陷，陳子昂因服喪悲傷過度和陷獄的憂憤難平，寃死獄中，享年四十二歲[④]。

二、陳子昂的思想和人格個性

陳子昂有兩個重要的社會身份，一是詩人，二是政治家。由於陳子昂出生和成長於巴蜀之地，因此，其思想既有着中華文化大傳統的共性，又有着獨特的巴蜀地域文化特性。巴蜀文化具有鮮明的雜學特色和包容性，自然，在此生活和成長起來的陳子昂不能不受到這種影響。陳子昂思想極其複雜，他的思想中既有作其骨幹的中國傳統主流的儒家思想，又有释、道、陰陽，乃至縱横家等各种思想成分。

“窮則獨善其身，達則兼善天下”雖是孟子所提出的士人人生價值，但其實包含了中國三大傳統文化的價值取向。前者主要爲儒家所宣導，後者則主要爲道家（包括道教）、佛教所宣導。所謂“兼善天下”（後世流行“兼濟天下”），就是以拯救天下蒼生爲已任，治國安民，經世濟民。具體而言是要士人關心社會、干預現實，敢於揭露社會弊病，提出解決社會危機和矛盾的治理方略。在此方面，陳子昂可以説相當突出，如早年遊蕩不學對社會的深入觀察和瞭解、未入仕之前向武則天的大膽上書、仕宦期間的一再上疏勸諫等。終其一生，進取精神是陳子昂主導的一面。即使純粹的儒者，也還有“獨善其身”的一面，何況陳子昂本身是具有鮮明雜學色彩的思想家。無論是求仙學道、服食養生，還是任俠使氣、功成而退，乃至好陰陽縱横、喜王霸方略等，都貫穿在陳子昂一生之中。陳子昂少年時期“以豪家子馳俠使氣”（《陳氏别傳》）“尚氣决，弋博自如”（《新唐書·陳子昂傳》），進士及第之後没有積極尋求入職而是返家求仙訪道、結交僧人，爲繼母守喪和服闋復職後“愛黄老言，尤耽味《易》象，往往精詣。在職默然不樂，私有掛冠之意”（《陳氏别傳》），晚年辭官歸家後隱居山林，都説明“獨善其身”的退隱思想也貫穿着陳子昂的一生。

陳子昂思想包括哲學思想、政治思想、文學思想等各個方面，這裏主要對其哲學思想尤其是政治思想進行分析。至於文學思想，後面專門介紹。

就哲學思想而言，陳子昂相信宇宙大化運轉，多言及天道自然，如“群物從大化”（《感遇（二十五）》）、“天道信無言”（《宴胡楚真禁所》）等。陳子昂所謂的“道”主要是吸收儒道二家關於“道”的思想，其中最主要的是天人合一。他在《諫政理書》中説：

元氣者，天地之始、萬物之祖、王政之大端也。天地之道莫大乎陰陽，萬物之靈莫大乎黔首，王政之貴莫大乎安人。故人安則陰陽和，陰陽和則天地平，天地平則元氣正矣。是以古先帝王，見人之通於天也，天之應乎人也。天人相感，陰陽相和，災害之所以不生，嘉祥之所以迭作。遂則觀象於天，察法於地，財成天地之道，輔相天地之宜，以左右人。

陳子昂這段文字表現出以下思想：一是元氣論，即承認宇宙萬物都是由元氣所構成的。具體而言，元氣由陰陽組合並發生轉换。二是天人關係。天人既相分又相應。人除了法天效天之外，還應順應天意。順應天意，則天人和諧；違反天意，則天降災禍。因此，一方面陳子昂認爲天是客觀獨立的存在，另一方面又認爲人天之間存在密切關係。從董仲舒開始，天人感應思想已不完全是哲學的問題而是政治學的問題，陳子昂也同樣如此。

在歷史觀上，陳子昂承認事物的變化是自然而然的，承應天人合一的思想。陳子昂贊同父親的看法，認爲聖人代興是歷史發展規律。他記敘父親的教誨説：

吾幽觀大運，賢聖生有萌芽，時發乃茂，不可以智力圖也。氣同，萬里而合；不同，造膝而悖。古之合者百無一焉。嗚呼！昔堯與舜合，舜與禹合，天下得之四百餘年。湯與伊尹合，天下歸之五百年。文王與太公合，天下順之四百年。幽、厲板蕩，天紀亂也。賢聖不相逢，老聃、仲尼淪溺溷世，不能自昌，故有國者享年不永。彌四百年餘，戰國如糜，至於赤龍。赤龍之興四百年，天紀復亂，夷胡奔突，賢聖淪亡，至於今四百年矣。天意其將復周乎？於戲，吾老矣！汝其志之。

這雖是“五百年必有王者興”和君臣遇合的老話，雖有爲武則天代唐建周辯護和預言的成分，但其實是承認聖人代興乃至改朝换代是自然的事情。因此，他不僅不爲武周政權的建立感到難過，還積極建言獻策，甚至還寫了《上大周受命頌》，歌頌武則天順應天意建立武周政權。後世封建正統的維護者辱駡貶斥陳子昂這一做法，如清代王士禎説：“集中又有《請追上太原王帝號表》[⑤]，太原王者，士彠也。此與揚雄《劇秦美新》無異，殆又過之，其下筆時不知世有節義廉恥事矣。子昂真無忌憚之小人哉！詩雖美，吾不欲觀之矣。子昂後死貪令段簡之手，殆高祖、太宗之靈假手殛之耳。”[⑥]王士禎咬牙切齒咒駡陳子昂該死，好像陳子昂擁戴武周政權是犯下了滔天罪行。其實，如果從陳子昂的哲學觀和歷史觀來看，陳子昂贊成武周代興並歌功頌德是必然而且自然的，因爲這正是陳子昂的一貫認識。

陳子昂的政治思想極其豐富。其政治思想的核心是安民的問題。毫無疑問，陳子昂是封建統治階級中的一員，儘管其代表的是中下層地主的利益。從先秦時代開始，歷代聰明而務實的統治者都信奉一個基本道理，那就是“民爲邦本，本固邦寧”[⑦]。接受儒家思想很深的陳子昂自然是知曉儒家這一基本教義的。

具體而言，從安人出發，陳子昂首先強調要讓百姓安居樂業，抨擊貪官豪強對百姓的侵奪。他在《上軍國利害事》中說："臣聞天下有危機，禍福因之而生。機静則有福，機動則有禍，天下百姓是也。夫百姓安則樂其生，不安則輕其死，輕其死則無所不至也。故曰：人不可使窮，窮之則奸宄生；人不可數動，動之則災變起。奸宄不息，災變日興，叛逆乘釁，天下亂矣。"事實上，封建時代的百姓要想安居樂業很不容易。武則天時期是唐代歷史上經濟發展較好的時代，但據陳子昂所見所聞："今諸州逃走户，有三萬餘在蓬、渠、果、合、遂等州山林之中，不屬州縣。土豪大族，阿隱相容，征斂驅役，皆入國用。其中遊手惰業亡命之徒，結爲光火大賊，依憑林險，巢穴其中。"（《上蜀川安危事》）這不僅是當時四川的情況，全國其他地方也是如此："頃遭荒饉，人被薦饑。自河而西，無非赤地；循隴以北，罕逢青草。莫不父兄轉徙，妻子流離，委家喪業，膏原潤莽。"（《諫靈駕入京書》）之所以造成百姓流離失所、無家可歸，"實緣官人貪暴，不奉國法；典吏遊容，因此侵漁。剥奪既深，人不堪命。百姓失業，因即逃亡"（《上蜀川安危事》）。陳子昂不僅明確指出當時社會存在的這種嚴重情形，還直接指出産生這一問題的原因。

其次，反對濫施刑罰。刑罰公正是政治清明的重要標志。封建統治階級往往爲了穩固自己的政權而濫施刑罰，這在特殊的武周時期更是如此。武則天取代唐李氏政權而建立大周，引起了李唐宗室和部分忠於李唐王朝官員的反抗，如光宅元年（684 年）徐敬業在揚州起兵反抗武則天，不到五十天即被鎮壓。自此而後，武則天大開告密之風，酷吏隨之不斷産生，以致人人驚恐，不能自安。陳子昂從安人的思想出發，激烈反對濫施刑罰。他於垂拱四年（688 年）上《諫用刑書》，首先指出當時濫施刑罰的情況極爲嚴重：

而執事者不察天心，以爲人意，惡其首亂倡禍，法合誅屠，將息奸源，窮其黨與，遂使陛下大開詔獄，重設嚴刑，冀以懲創觀於天下。逆黨親屬及其交遊，有跡涉嫌疑，辭相逮引，莫不窮捕考訊、枝葉蟠拏，大或流血，小禦魑魅。至有奸人熒惑，乘險相誣，糺告疑似，冀圖爵賞，叫於闕下者日有數矣。於時朝廷皇皇，莫能自固；海內傾聽，以相驚恐。

……頃年以來，伏見諸方告密，囚累百千輩，大抵所告，皆以揚州爲名。及其窮究，百無一實。陛下仁恕，又屈法容之，傍訐他事，亦爲推劾。遂使奸惡之黨，快意相讐；睚眥之嫌，即稱有密。一人被訟，百人滿獄，使者推捕，冠蓋如雲。或謂陛下愛一人而害百人。天下喁喁，莫知寧所。

因此，陳子昂勸諫武則天應該慎刑、恤刑："故至於刑，則非王者所貴矣，況欲光宅天下，追功上皇？專任刑殺以爲威斷，可謂策之失者也"，"臣不敢以微命蔽塞聰明，亦非敢欲陛下頓息刑罰，望在恤刑爾"。

永昌元年（689 年）三月，陳子昂上《答制問事》，第一條即爲"請措刑科"，請求武則天措刑："臣伏惟當今之政，大體已備矣，但刑獄尚急，法網未寬，恐非當今聖政之要者。臣觀聖人用刑，貴適時變，有用有舍，不專任之"，"故聖人貴措刑，不貴煩刑"，"今神皇不以此時崇德務仁，使刑措不用，乃任有司明察，專務威刑，臣竊恐非神皇措刑之道"。同年十月，陳子昂又上《諫刑書》："臣聞自古聖王謂之大聖者，皆云尚德崇禮、貴仁賤刑。刑措不用謂之聖德，不稱嚴刑猛制用獄爲理者也"，"夫刑者怒也，不可以承喜氣。今又陰雨，臣恐過在獄官。況陛下明堂之理，本以崇德，配天之業，不以務刑。今垂拱法宫，且猶議殺；布政衢室，而未措刑。賤臣頑愚，尚疑未可，況巍巍大聖光宅天下哉"。

安人不僅在於慎用刑罰，還在於國內有和平安定的環境，因此，邊防問題成爲陳子昂政治思想的一個重要方面。總的來説，陳子昂要求加強邊防、反對外族入侵。陳子昂家靠近西南邊陲，又兩次隨軍到西北和東北邊地，因此，他不僅熟悉當時的邊防情況，也提出了切實可行的一些辦法，如垂拱二年（686 年）所作《爲喬補闕論突厥表》《上西蕃邊州安危事》就比較集中地談到突厥和吐蕃的防範問題。但陳子昂堅決反對窮兵黷武，垂拱三年（687年）所作《諫雅州討生羌書》即明確反對無故討伐羌人和向吐蕃發兵。

安人還涉及用人問題和人才的培養問題。陳子昂對武周政權曾經給予很大的希望，希望武則天成爲英明君主。雖然武則天當政時期也比較重視人才的選用，但是取賢不廣、用賢不專的問題也很突出。陳子昂在《答制問事》中有三條涉及用人問題，分别是“重任賢科”“明必得賢科”“賢不可疑科”，明確提出要武則天重賢、用賢、信賢。雖然這些意見早在儒家典籍和前人文章中多有，也爲開明而有遠見的君主所重視，但在猜疑忌諱成風的武則天時期，還是具有强烈的針對性和現實性。人文化成是儒家重要的觀點之一，實施教化，首在興學。爲此，陳子昂也很重視太學、明堂在興學崇教、作育人材方面的重要作用，《諫政理書》對此進行了詳細論説。

陳子昂的人格個性，《新唐書》本傳説：“子昂資褊躁，然輕財好施，篤朋友。”《舊唐書》本傳也説“子昂褊躁無威儀”⑧。新舊《唐書》皆謂子昂“褊躁”，那麽究竟何爲“褊躁”？按，褊爲狹窄、狹小之意；躁爲急躁。合起來意思是氣量狹窄、性格急躁冒進。顯然這是批評的意思。無獨有偶的是唐代另一位著名詩人杜甫也被史家評爲“褊躁”。《舊唐書》杜甫本傳云：“（嚴）武與甫世舊，待遇甚隆。甫性褊躁，無器度，恃恩放恣。嘗憑醉登武之床，瞪視武曰：‘嚴挺之乃有此兒！’”⑨徵之史傳，多有以“褊躁”評人者。

如果説“褊躁”一詞對陳子昂有所貶抑，那麽《新唐書》所謂“篤朋友”則是一種肯定。陳子昂好友盧藏用在《陳氏别傳》中説：“子昂有天下大名而不以矜人，剛果强毅而未嘗忤物，好施輕財而不求報。”所謂“不矜人”是指待人平易；“剛果强毅”則指性格剛强果斷；“好施輕財”則所謂豪爽大度、篤於朋友。

如何看待兩種不太一致的評價？個人認爲，如果將“褊躁”之“躁”理解爲事業上的積極進取，那麽，陳子昂作爲邊遠地區而“有願朝廷”（《諫政理書》）的青年人，無論是傳説中“百萬買琴而碎琴”的驚人之舉，還是未入仕即上書朝廷，以至三番五次主動向君王上書等行爲，的確也可以被人視爲“躁進”。這不奇怪，歷來多有以極端手段引人矚目而希求上進者，唐朝的“行卷”之風和“終南捷徑”並不被時人恥笑和貶斥，道理即在於此。至於“褊躁”之“褊”，即所謂氣量狹小，個人認爲這種看法不成立。陳子昂本身出身豪家，年輕時喜任俠，好施輕財、廣交朋友，豈是氣量狹小之人所能爲？至於其“剛果強毅”，則不僅見於日常生活之中，還在詩文革新運動中有突出表現，後面再論。

總之，陳子昂積極進取、剛果強毅、好施輕財、篤於朋友等個性，首先來自其家風的影響，然後是巴蜀文化的浸潤，此外還與唐朝開放、進取、包容的時代風貌有密切關係。其個性好的方面是敢於爲常人所不能爲的非常之舉，不好的一方面則是極易被人猜忌、誤會甚至打擊、孤立。事實上，陳子昂的人生悲劇與此不無關係。

三、陳子昂詩文創作和成就

作爲政治家的陳子昂並不成功，他終身職位不高，没有得到施展政治才幹的機會和平臺。表面上武則天很重視他，但“每上疏言政事，詞旨切直，因而解罷”⑩，“雖數召見問政事，論亦詳切，故奏聞輒罷”⑪。但是作爲文學思想家和文學家，陳子昂是成功的。盧藏用讚揚他“崛起江漢，虎視函夏，卓立千古，横制頽波，天下翕然，質文一變”（《陳伯玉文集序》），王適稱他爲“文宗”（《陳氏别傳》），李白比之爲“鳳與麟”⑫，杜甫認爲他“哲匠不比肩”“名與日月懸”⑬，元代方回稱之爲“唐之詩祖”⑭，如此等等，可見陳子昂仕途不幸文名幸，詩卷長留天地間。

（一）陳子昂的詩歌創作和成就

陳子昂首先是傑出詩人。現存詩歌 128 首⑮，主要代表作品是《感遇》（三十八首）《薊丘覽古贈盧居士藏用七首》《登幽州臺歌》等。詠懷、邊塞、贈别、説理、寫景等各種題材均見於詩中。

陳子昂詩歌表達的内容是多方面的，首先是對百姓軍民的苦難給予深厚同情所體現的人道主義精神。如《感遇》（三）對戰死沙場士兵的無限同情；《感遇》（三十七）對邊民苦難的深厚同情；《感遇》（二十九）在反對朝廷的窮兵黷武、批評當政者愚蠢的同時對百姓的苦難表示了深切同情。

其次，具有批判社會的强烈現實主義精神。這包括暴露社會醜惡、譏諷時政、批判統治階級壓抑人才及奢侈荒淫、揭露骨肉相殘等行爲，如《感遇》

（十）批判世人貪利信讒的風氣；《題祀山烽樹贈喬十二侍御》表達對朝廷不重視邊防、賞罰不公的不滿；《感遇》（十八）感歎對耿介正直之人的難容；《感遇》（十二、三十八）、《題居延古城贈喬十二知之》批評統治者對人才的忽視和壓制；《感遇》（十六）諷刺鑽營之徒得勢；《感遇》（十五）諷刺統治者喜怒無常；《感遇》（十九、二十七）批判統治者的荒淫享受、奢侈浪費；《感遇》（四）揭露統治者骨肉相殘，等等。

第三，理想主義精神。一方面，陳子昂對未來充滿理想和樂觀，另一方面又表達出理想不得實現的苦悶和悲憤。《修竹篇》詩對"修竹"的堅貞之操和抗寒之格進行了歌頌，借物喻人，以詩言志；《感遇》（十六）對燕昭王重用樂毅、魯仲連蔑棄功名進行肯定和讚揚，既希望自己得到最高統治者的賞識，也表達出建功立業的理想；《感遇》（三十五）表達了願意爲國捐軀、立功報國的志願；《答洛陽主人》《送魏大從軍》既表達了追求自由的理想，又表達出建功立業的志向；《感遇》（二）表達歲月消逝、功業未成的哀傷和愁怨。自然，任何時代要想實現人生理想都不容易，在封建時代就更是如此，因此，陳子昂詩中還表達出理想不得實現的幽憤之情和退隱之心，如《感遇》（七）"衆芳委時晦，鶗鴂鳴悲耳。鴻荒古已頹，誰識巢居子"表達了無人理解的孤獨；《喜馬參軍相遇醉歌》"獨幽默以三月兮，深林潛居。時歲忽兮，孤憤遐吟，誰知我心"表達了作者的難以排遣的孤憤；《感遇》（三十六）"念與楚狂子，悠悠白雲期。時哉悲不會，涕泣久漣洏"表達了求仙不得的悵惘，等等。

第四，對祖國河山的熱愛和對友情、親情的歌頌。如《入峭峽安居溪伐木溪源幽邃林嶺相映有奇致焉》詳細描繪了安居溪優美的自然風景，表達出對家鄉的熱愛；《度峽口山贈喬補闕知之王二無競》中"崔崒半孤斷，逶迤屢回直""邐迤忽而盡，泱漭平不息"，表達了對祖國北方壯美河山的驚奇和讚歎；《同宋參軍之問夢趙六贈盧陳二子之作》"晚霽望嵩嶽，白雲半巖足。氛氳含翠微，宛如瀛臺曲"，表達了對中嶽嵩山壯美景色的喜愛。篤於朋友、重視友情和親情也時見於陳子昂詩中，如《送東萊王學士無競》"寶劍千金買，平生未許人。懷君萬里别，持贈結交親”，表達出對摯友王適的深厚之情；《同旻上人傷壽安傅少府》“把臂雖無托，平生固亦親。援琴一流涕，舊館幾霑巾。杳杳泉中夜，悠悠世上春。幽明長隔此，歌哭爲何人”，表達了對朋友去世的悲傷和痛苦；《送客》中“相送河洲晚，蒼茫别思盈。白蘋已堪把，緑芷復含榮。江南多桂樹，歸客贈生平”，表達了對朋友的依依惜别和祝福。

第五，宣揚佛道等道理。《感遇》（八）“仲尼推太極，老聃貴窅冥。西方金仙子，崇義乃無明”表達了對儒釋道三教的認識；《夏日暉上人房别李參軍崇嗣》“四十九變化，一十三死生”表達了對生死是非榮辱等的看法；《南山家園林木交映盛夏五月幽然清涼獨坐思遠率成十韻》“忘機委人代，閉牖察天心”“坐觀萬象化，方見百年侵”等表達了静觀悟道、逍遙人世的觀點；《酬暉上人秋夜獨坐山亭有贈》“水月心方寂，雲霞思獨玄。寧知人世裏，疲病苦攀緣”表達了對禪理的理解，等等。

第六，抒發歷史興衰之感。如《感遇》（十四）對世道的變化無常、《感遇》（十七）對歷史的興衰、《感遇》（二十八）對楚王荒淫失國、《白帝城懷古》對白帝古城的歷史變遷、《峴山懷古》對羊祜的遺愛在民等，都借歷史人物、歷史事件、歷史遺跡等表達了他對社會、歷史興衰變化的思考、認識和感歎。當然最爲集中的是《薊丘覽古贈盧居士藏用七首》，通過對燕昭王、樂毅、郭隗、燕太子丹、田光、鄒衍等歷史人物和事件的詠歌，感歎君臣相得不易、燕趙之士的悲涼慷慨和殺身成仁等。尤其是《登幽州臺歌》，不僅是個人對歷史的感懷，更表達出人生有限、壯志難酬的悲愴。

此外，陳子昂還有不少寫景抒情的詩歌，如《度荆門望楚》“城分蒼野外，樹斷白雲隈”對長江巫峽兩岸的描寫；《晚次樂鄉縣》“野戍荒煙斷，深山古木平。如何此時恨，噭噭夜猿鳴”對深山古道荒涼的渲染；《萬州曉發放舟乘漲還寄蜀中親友》“蒼茫林岫轉，駱驛漲濤飛。遠岸孤雲出，遥峰曙日微”對江水宏偉氣勢和岸邊景物轉换的生動描寫；《送殷大入蜀》“片雲生極浦，斜日隱離亭。坐看征騎没，唯見遠山青”對蜀地山水的生動刻畫；《春夜别友人二首》“明月隱高樹，長河没曉天”“清泠花露滿，滴瀝簷宇虛”對夜景的細緻描繪；《春日登金華觀》“山川亂雲日，樓榭入煙霄。鶴舞千年樹，虹飛百尺橋”對金華觀雄偉氣勢的描寫等。這些詩寫景細膩、準確，能夠抓住景物特徵，情景融合，風格清新。

從詩歌體式看，陳子昂詩包括四言詩、五言詩、歌行、騷體詩，其中五言詩爲主體；多爲五言古體，近體較少；從表達方式來看，記敍、描寫、議論、抒情皆有，尤多議論，此既是陳詩優點，也可以説是缺點。

總體上，陳子昂詩歌皆有爲而作，詩歌的内容和形式雖然尚未達到完美結合，但不少詩内容充實、情感飽滿，乾脆簡潔的文字下隱藏着深沉激烈的情感，的確具有阮籍《詠懷》“遙深”的特色，整體顯示出陳子昂倡導的“建安風骨”所呈現的陽剛雄健之美和“風雅興寄”的政治寄託。當然，陳子昂詩尚未做到婉轉流利、聲韻和諧，時有瘦硬、枯燥之感，這也是不用諱言的。

（二）陳子昂文章寫作和成就

陳子昂同時也是著名散文家。相比詩歌，陳子昂的文章影響没有那麽大，但是其成就在當時和後代都得到極高評價。陳子昂在世時，文章已經聞名遐邇。《陳氏别傳》讚譽他“尤善屬文，雅有子雲、相如之風骨”，又説《諫靈駕入京書》“洛中傳寫其書，市肆閭巷吟諷相屬，乃至轉相貨鬻，飛馳遠邇”。陳子昂去世後，柳宗元説：“唐興以來，稱是選而不怍者，梓潼陳拾遺。”[16]柳宗元認爲陳子昂詩文兼長，這是很高的評價。《新唐書·陳子昂傳》也説：“唐興，文章承徐、庾餘風，天下祖尚，子昂始變雅正”，“子昂所論著，當世以爲法”。這些都充分説明陳子昂文章寫作的水準很高、成就很大。

陳子昂所寫文章，現存109篇，其文體和數量如下：表（38篇）、碑文和墓志（19篇）、書狀（16篇）、序（12篇）、祭文（9篇）、書啟（9篇）、銘（2篇）、記（2篇）、頌（1篇）、誓詞（1篇）。陳子昂寫作的文體不算太多，共涉及十餘種，其中表、上書、狀等上奏朝廷的公文幾乎占到一半篇幅（53篇）；碑文、墓志、祭文等主要涉及死者（遺愛碑除外）傳狀、哀祭的文章接近30篇。

首先是陳子昂向朝廷所上的書表狀等，特别是其中的上書，不僅數量多，而且品質和成就也都很高。《諫靈駕入京書》《答制問事》《上軍國機要事》《上蜀川安危事》《上西蕃邊州安危事》《諫雅州討生羌書》《申宗人冤獄書》《爲喬補闕論突厥表》《復讎議狀》等是代表。儘管這些文章句式較爲整飭，但整體上屬於散文。這裏所謂“散文”非現代語義中文學體裁之“散文”，而是相對駢文而言。除了在語言體式上的革新外，這些書表内容豐富、思想深刻，較全面地表達了陳子昂關於政治、經濟、邊防、教育等方面的意見，不僅深中當時弊病，更提出了切實可行的建議，顯示出其大膽無畏和積極進取的精神，或許這就是新舊《唐書》所謂陳子昂“褊躁”的原因。

第二是碑文、墓志，雖然整體上成就不高，但如《梓州射洪縣武東山故居士陳君碑》《館陶郭公姬薛氏墓志銘》《我有府君周居士文林郎陳公墓誌文》等也都很有特色。這些文章敘述平實，議論和抒情兼有，語言淺切、簡潔、暢達，情感真實飽滿。

第三是序，主要是詩序，如《忠州江亭喜重遇吳參軍見牛司倉序》《薛大夫山亭宴序》《贈别冀侍御崔司議並序》《金門餞東平序》等，主要是駢文。除了交代介紹外，這些文章寫景細緻生動，寫景與抒情融爲一體，句式整齊、音韻和諧。如《忠州江亭喜重遇吳參軍見牛司倉序》“新交與舊識俱歡，林壑共煙霞對賞。江亭迴瞰，羅新樹於階基；山榭遙臨，列群峯於户牖。爾其丹藤緑篠，俯映長筵；翠渚洪瀾，交流合座。神融興洽，望真情高，覺清溪之仙洞不遙，見蒼海之神山乍出”，描寫忠州江亭遠處之林壑、煙霞、樹林、臺階、群峯、房屋，近處之丹藤緑篠、翠渚洪瀾，動静結合，遠近結合，將江亭所見之景寫得如畫一般。《金門餞東平序》“於時青陽二月，黄鳥群飛，殘霞將落日交暉，遠樹與孤煙共色。江山萬里，渺然荆楚之塗；城邑三春，去矣伊瀍之地。既而朱軒不駐，緑蓋行遙”，寫晚霞之下群鳥歸巢的絢麗動態，遠處隱約可見的樹林之上升起的雲煙，動静結合，色彩繽紛，對春日晚景的描寫可謂細膩生動，尤其“殘霞將落日交暉，遠樹與孤煙共色”與王勃

《滕王閣序》中“落霞與孤鶩齊飛，秋水共長天一色”頗堪一比，只是陳子昂寫春景，王勃寫秋景而已。

陳子昂哀祭類文字也不少，共有 9 篇。既有祭海神、祭軍旗等祈禱之文，更多是對親朋好友的祭奠。《祭韋府君文》對韋府君壯志未酬以及作者未能親自送喪的遺憾，表達真切；《祭率府孫録事文》對著名書法理論家、書法家孫過庭時運不濟、中年早亡表達了深切哀悼，對其子女無助表示要盡力救護。

盧藏用評價陳子昂各體寫作説：“諫諍之辭，則爲政之先也；昭夷之碣，則議論之當也；國殤之文，則大雅之怨也；徐君之議，則刑禮之中也。”總的説來，陳子昂文章不務浮華，重在實用；論證博贍，説理周密；質文並重，文風樸素。既充分注意作品的思想内容，又很重視表達方式和技巧，無論是敘述議論、狀景抒情還是謀篇佈局、遣詞造句，都能刻意求精，具有強烈的藝術感染力。在韓柳古文運動興起之前，陳子昂對唐代散文的寫作和革新都有很大貢獻，因此，蕭穎士、梁肅、韓愈都對他有較高評價，如梁肅在《左補闕李翰前集序》中説：“唐有天下幾二百載，而文章三變，初則廣漢陳子昂以風雅革浮侈。”[17]

當然陳子昂的文章也還存在不足，一是反映社會生活的面不夠廣泛，内容不夠豐富；二是文體形式只有十餘種，不如很多文章大家；三是尚未完全擺脱齊梁以來駢體盛行的風氣。對此，馬端臨説：“陳拾遺詩語高妙絶出齊梁，誠如先儒之論；至其他文，則不脱偶儷卑弱之體，未見其有以異於王、楊、沈、宋也。”[18]這也是事實。一方面，陳子昂畢竟主要在朝爲官，雖有兩次隨軍出征邊地的經歷，卻没有更多機會接觸廣泛的社會和民眾的生活。另一方面，陳子昂英年早逝，對其文章寫作的進一步提升還是有影響的。正如盧藏用所説：“惜乎！湮厄當世，道不偶時，委骨巴山，年志俱夭，故其文未極也。”至於王士禎所謂“其表、序、碑、記等作，沿襲頹波，無可觀者”[19]，則完全不顧事實，洵非公正之論。

四、陳子昂文學思想

陳子昂關於文學的見解，除了已經失傳的《江上文人論》外，還在不少詩序中有涉及，如《金門餞東平序》“請各陳志，以序離襟”、《薛大夫山亭宴序》“詩言志也，可得聞乎”、《餞陳少府從軍序》“盍各言志，以敘離歌”、《送吉州杜司户審言序》“賦詩以贈”、《冬夜宴臨邛李録事宅序》“我之懷矣，實在於斯”、《暉上人房餞齊少府使入京府序》“斯文未喪，題之此山”、《偶遇巴西姜主簿序》“揮手何贈，詩以永言”、《送麴郎將使默啜序》“僉曰賦詩，絶句以贈”等，皆提及創作動機和言志等問題。《上薛令文章啟》中説：“斐然狂簡，雖有勞人之歌；悵爾詠懷，曾無阮籍之思？徒恨跡荒淫麗，名陷俳優，長爲童子之群，無望壯夫之列”，“文章小能，何足觀者”，表達出對文章價值的輕視，自然這是陳子昂年輕時上給當政大員表達政治願望的説辭，並不見得是真實思想。上述關於文學的認識雖然正確，但没有多少價值。最能體現陳子昂思想並且一舉改變唐代詩壇舊風氣、樹立唐代新詩風的是《修竹篇序》。文不長，照録如下：

東方公足下：文章道弊，五百年矣。漢魏風骨，晉宋莫傳。然而文獻有可徵者。僕嘗暇時觀齊梁間詩，彩麗競繁，而興寄都絶，每以永歎。思古人，常恐逶迤頹靡，風雅不作，以耿耿也。一昨於解三處見明公《詠孤桐篇》，骨氣端翔，音情頓挫，光英朗練，有金石聲。遂用洗心飾視，發揮幽鬱。不圖正始之音，復睹於兹。可使建安作者，相視而笑。解君云，張茂先、何敬祖，東方生與其比肩，僕亦以爲知言也。故感歎雅制，作《修竹詩》一首，當有知音以傳示之。

陳子昂大概自己都没有料到，這篇寥寥兩百字的文章會在歷史上產生這麽大的影響。

“文章道弊，五百年矣！”開篇斷喝，氣勢奪人。陳子昂所謂的“五百年”，是魯迅所説的“文學的自覺時代”[20]，是宗白華先生所説“最富有藝術精神的一個時代”[21]。初唐對魏晉南北朝文學頗爲矛盾和糾結：一方面批判南朝文學爲亡國之音：“其意淺而繁，其文匿而彩，詞尚輕險，情多哀思。格以延陵之聽，蓋亦亡國之音乎！”[22]另一方面以唐太宗爲首又酷好宫體詩。陳子昂對此卻一概予以否定，認爲“漢魏風骨，晉宋莫傳”。陳子昂提出“漢魏風骨”，終於給唐人指了一條明路。“風骨”一詞起於漢末，魏晉間流行用來品評人物，主要指人的神氣風度，如《宋書·武帝紀》稱劉裕“風骨奇特”[23]，後來劉勰《文心雕龍》中專列《風骨》予以討論：“怊悵述情，必始乎風；沉吟鋪辭，莫先於骨。故辭之待骨，如體之樹骸；情之含風，猶形之包氣。結言端直，則文骨成焉；意氣駿爽，則文風清焉。”[24]陳子昂所言漢魏風骨，是以曹氏父子和建安七子爲準的，取其慷慨悲涼、剛健遒勁、雄渾有力的陽剛之氣。宋濂《答章秀才論詩書》説：“唐初承陳、隋之弊，多尊徐、庾，遂致頹靡不振。張子壽、蘇廷碩、張道濟相繼而興，各以風雅爲師；而盧升之、王子安務欲凌跨三謝，劉希夷、王昌齡、沈雲卿、宋少連亦欲蹴跨江、薛，固無不可者。奈何溺於久習，終不能改其舊。甚至以律法相高，益有四聲八病之嫌矣。唯陳伯玉痛懲弊端，專師漢、魏，而友景純、淵明，可謂挺然不群之士，復古之功，於是爲大。”[25]誠如宋濂所説，唐初文學“溺於久習，終不能改其舊”。這是他們對齊梁不滿卻又走不出來的原因，因爲没有能夠找到新的方向。“彩麗競繁”“逶迤頹靡”，陳子昂對齊梁文風的診斷與初唐史家的看法是一致的，但不同的是唐初史家僅是批判“亡國之音”，卻未能指出什麽是強國之音。陳子昂以建安風骨爲準的，標榜興寄，提倡風雅，倡導風骨，爲唐詩開出新的方向，確實功不可没。

陳子昂《修竹篇序》文藝思想體現在“破”和“立”兩方面。就“破”的一面而言，是批判齊梁以來的詩風存在的兩個弊端：一是“彩麗競繁”“興寄都絶”。“彩麗競繁”是指齊梁時代詩歌一味追求辭采的華美，“興寄都絶”是説齊梁時代的的詩歌缺乏《詩經》那種深沉的政治寄託和強烈的諷喻意義，總之，齊梁詩歌空虚淺泛；二是缺少建安風骨。所謂建安風骨，陳子昂説是“骨氣端翔，音情頓挫，光英朗練，有金石聲”，就是内容充實、情感真摯、音韻和諧、風格壯美。就“立”的一面而言，重點就是提倡風雅興寄和漢魏風骨。風雅興寄應該包含兩層意思：一是有政治寄託和諷諫功能，這主要就内容和功能來講；一是從創作手法來講，應該“主文而譎諫”，使“言之者無罪，聞之者足以戒”，善於使用比興手法。這些意思啟發了後來的白居易。白居易《與元九書》中所謂“六藝”正是指比興。至於漢魏風骨，則是針對齊梁以來詩歌缺乏剛健之氣而言。優美和壯美本無軒輕，但從振發人的志氣來説，剛健之美更能給人以鼓舞。文學和時代是緊密聯繫的，唐帝國的雄風也只有漢魏風骨方能顯示出唐人豪情和壯志。陳子昂的主張可以説順應了時代的呼唤。

“國朝盛文章，子昂始高蹈。”㉖韓愈此言並非虚誇。初唐四傑雖漸開唐風，但並没有意識到何爲唐風。陳子昂爲奏響盛唐之音樹立了明確方向和標準。元好問説：“沈宋横馳翰墨場，文章初不廢齊梁。論功若准平吴例，合著黄金鑄子昂。”㉗翁方綱説：“唐初群雅競奏，然尚沿六代餘波；獨至陳伯玉偉兀英奇，風骨峻上。蓋其詣力，畢見於《與東方左史》一書。”㉘

聞一多先生説：“可以説縱横家給了他飛翔之力，道家給了他飛翔之術，儒家給了他顧塵之累，佛家給了他終歸人世而又能妙賞自然之趣。”㉙聞一多先生具有詩人的氣質和敏鋭的文學見識，此話頗能揭示陳子昂作爲文學革新倡導者的原因，但是聞先生没有指出何以這三者可以集於陳子昂一身，原因就是巴蜀文化本身所具有的這種綜合性的“雜學”色彩以及巴蜀文化自身所具有的的强大包容性。

五、陳子昂文集版本情况

最早的陳子昂詩文全集爲子昂生前好友盧藏用所編，盧氏在《陳氏别傳》《陳伯玉文集序》中均有交代。敦煌寫本存陳子昂集卷八《上西蕃邊州安危事》之末和卷九、卷十全部，屬盧本系統。今天能见到的陳子昂集最早刻本爲明代弘治四年楊澄刻本。楊本在明代曾被多次翻刻，如嘉靖四十四年王廷刻《子昂集》十卷附録一卷、隆慶五年邵廉刻萬曆二年楊沂補刻《陳伯玉文集》十卷附録一卷、萬曆三十七年舒其志刻《陳伯玉文集》十卷附録一卷。清編《四庫全書》，集部收《陳拾遺集》十卷，注明爲内府藏本，所用底本爲隆慶五年（1571 年）邵廉刻本。道光十七年，楊國楨在四川刊刻《陳子昂詩文全集》五卷本，先文後詩。文集三卷，共收文一百九篇；詩集二卷，收詩一百二十八首，末附《楊柳枝》。民國時期張元濟編《四部叢刊》，其中

《陳伯玉集》即係影印弘治本。

陳子昂詩集有：明弘治至正德年間銅活字本《唐五十家詩集》之《陳子昂集》二卷、嘉靖十九年（1540 年）朱警輯《唐百家詩》之《陳伯玉集》二卷、明嘉靖三十一年（1552 年）江都黄壕東壁圖書府刊張遜業輯《唐十二家詩》之《陳伯玉集》二卷、萬曆十二年（1583 年）楊一統刊《唐十二名家詩》之《陳子昂集》一卷、萬曆三十一年（1603 年）許自昌輯校《前唐十二家詩》之《陳子昂集》二卷等。清代所修《全唐詩》之卷八十三、八十四爲《陳子昂集》，收録陳詩 128 首，較楊澄本多 10 首，是將《麈尾賦》換爲《慶雲章》，另加《登幽州臺歌》《魏氏園林人賦一物得秋亭萱草》《晦日宴高氏林亭並序》《晦日重宴高氏林亭》《上元夜効小庾體》《三月三日宴王明府山亭》《綵樹歌》《山水粉圖》《春臺引》9 首（實爲 6 首，後三首楊澄本收在卷七“雜著”中）。

陳子昂文集有：《全唐文》卷二百九至二百十六爲《陳子昂集》，共八卷。《全唐文》本比楊澄本多出 4 篇，分别是《爲義興公陳請終喪第二表》《爲義興公陳請終喪第三表》《謝賜冬衣表》《座右銘》，此四文皆見於《文苑英華》。《文苑英華》卷八百二十二收《大崇福觀記》、卷七百十五收《紅崖子鸞鳥詩序》，《全唐文》卻未收，説明《全唐文》非楊澄本系統，應另有所本。

今人整理的陳子昂文集，詩文全集方面，前有徐鵬點校《陳子昂集》（中華書局 1960 年版），該書以《四部叢刊》本爲底本，校以《全唐詩》《全唐文》《文苑英華》、敦煌殘卷等，文字較爲精善，補輯了詩文遺篇，並附録王運熙《陳子昂和他的作品》、羅庸《陳子昂年譜》；後有彭慶生《陳子昂集校注》（黄山書社 2015 年版），也以楊澄本爲底本，參以所見各種版本詳校詳注，並有多種附録，是目前最全最好的陳子昂全集本。陳子昂詩集的整理本，最早爲彭慶生《陳子昂詩注》（四川人民出版社 1981 年版），這是一部高質量的詩注本；後有曾軍編著的《陳子昂詩全集：彙校彙注彙評》（崇文書局 2017 年版），將陳子昂詩歌全部編年，將題解、注釋、彙評合爲一體，體例完備。

2020年，陳子昂被評爲第二批四川歷史名人。這不僅肯定了陳子昂的歷史貢獻，還説明陳子昂其人其文在傳承優秀傳統文化和增強文化自信方面具有重要意義。此次應邀對陳子昂詩文全集進行簡明校注，以便爲讀者提供一個繁簡適中的讀本。20世紀80年代末，我從四川大學古籍所曾棗莊先生研習中國古典文獻學，之後並未專門從事古籍整理和研究，但因對巴蜀文化和巴蜀古代文學略有涉獵，故斗膽接受任務，黽勉從事。整理過程中，我對前輩徐鵬先生《陳子昂集》、彭慶生先生《陳子昂詩注》《陳子昂集校注》多有參考和借鑒，在此表示誠摯感謝。由於時間和學力，書中不當之處，敬請讀者批評指正。

李　凱　2021年8月於蓉城

注釋

①關於陳子昂生卒年，學界有不同意見，這裏採納彭慶生意見。

②［宋］歐陽修、宋祁：《新唐書》卷一〇七，中華書局，1975年，第4067頁。

③王運熙：《陳子昂和他的作品》，見徐鵬《陳子昂集》附録，上海古籍出版社，2013年，第284頁。

④參考彭慶生：《陳子昂年譜》，《陳子昂詩注》（四川人民出版社1981年版）、《陳子昂集校注》（黄山書社2015年版）。

⑤此處篇名有誤，應爲《荆州大崇福觀記》或《爲永昌父老勸追尊忠孝王表》或《爲百官謝追尊魏國大王表》，前者見徐鵬校点《陈子昂集》附録，上海古籍出版社，2013年，第280–282頁。

⑥［清］王士禛著，趙伯陶選評：《香祖筆記》，學苑出版社，2001年，第124頁。

⑦［唐］孔穎達：《尚書正義》，中華書局，1980年影印本，第156頁。

⑧［後晋］劉昫等：《舊唐書》卷一九〇中，中華書局，1975年，第5024頁。

⑨［後晋］劉昫等：《舊唐書》卷一九〇下，中華書局，1975年，第5054頁。

⑩［唐］陈子昂撰，徐鹏校點：《陳子昂集》，上海古籍出版社，2013 年，第 269－271 頁。

⑪［宋］歐陽修、宋祁：《新唐書》卷一〇七，中華書局，1975 年，第 4077 頁。

⑫［唐］李白著，［清］王琦注：《李太白全集》，中華書局，2011 年，第 542 頁。

⑬［唐］杜甫著，［清］仇兆鼇注：《杜詩詳注》，中華書局，1979 年，第 947 頁。

⑭［元］方回：《瀛奎律髓》卷一，四庫全書。

⑮盧藏用《陳子昂集》將此文收入“雜著”，《全唐文》卷二一六也收入，實爲詩歌。

⑯［唐］柳宗元撰，尹占華、韓文奇校注：《柳宗元集》卷二一，中華書局，1979 年，第 579 頁。

⑰［唐］姚鉉：《唐文粹》卷九二，吉林人民出版社，1998 年，935 頁。

⑱［元］馬端臨：《文獻通考經籍考》，華東師範大學出版社，1985 年，第 1330－1331 頁。

⑲［清］王士禎著，趙伯陶選評：《香祖筆記》，學苑出版社，2001 年，第 123－124 頁

⑳魯迅：《魯迅全集》卷三，人民文學出版社，2005 年，第 523 頁。

㉑宗白華：《美學散步》，上海人民出版社，1981 年，第 208 頁。

㉒［唐］魏徵、令狐德棻：《隋書》，中華書局，1973 年，第 1730 頁。

㉓［梁］沈約：《宋書》，中華書局，1974 年，第 1 頁。

㉔［梁］劉勰著，范文瀾注：《文心雕龍注》，人民文學出版社，1958 年，第 513 頁。

㉕蔡景康編選：《明代文論選》，人民文學出版社，1993 年，第 8 頁。

㉖［唐］韓愈著，屈守元、常思春主编：《韓愈全集校注》，四川大學出版社，1996 年，第 355 頁。

㉗［金］元好問著，狄寶心校注：《元好問詩編年校注》，中華書局，2011 年，第 52 頁。

㉘［清］翁方綱著，陈邇冬校點：《石洲詩話》，人民文學出版社，1981 年，第 25 頁。

㉙聞一多：《聞一多説唐詩》，嶽麓書社，1986 年，第 492 頁。

校注説明

一、本書以四部叢刊影印明代楊澄校正本《陳伯玉文集》爲底本，參校明代嘉靖王廷刻本《陳子昂集》、四庫全書《陳拾遺集》《全唐文》《全唐詩》《文苑英華》、敦煌寫本殘卷，定名爲《陳子昂全集校注》。

二、今將原歸入詩中之文、文中之詩及詩與序分開的情況進行調整。具體調整如下：

原第七卷《喜馬參軍喜遇醉歌》移至第二卷《登薊城西北樓送崔著作入都》後；

原第七卷《春臺引》《綵樹歌》《山水粉圖》三詩移至第二卷《宴胡楚真禁所》後；

原第七卷《送崔融東征序》《餞陶七序》《别李參軍序》《崔兵曹使宴序》《遇冀侍御崔司議二使序》《别冀侍御崔司議序》《送崔著作序》七文併入第二卷同題詩之前；

原本第七卷《餞陳少府從軍序》有目無文，據《全唐文》補入；

三、補入《登幽州臺歌》《魏氏園林人賦一物得秋亭萱草》《晦日宴高氏林亭並序》《晦日重宴高氏林亭》《上元夜效小庾體》《三月三日宴王明府山亭》詩六首，放置第二卷中。

四、補入《爲義興公陳請終喪第二表》《爲義興公陳請終喪第三表》《謝賜冬衣表》《座右銘》《荆州大崇福觀記》《無端帖》文六篇，依次放入第三卷、第四卷、第六卷、第七卷中。

五、《上建安郡王書》，諸本皆無，依舊例，從盧藏用《陳氏别傳》中摘出獨立，放入卷八《上益國事》後。

六、是書先列原文，後爲校記、注釋。校記儘量簡約，底本文意可通者，原則上不列異文；底本有誤者，則列校改依據版本一二種；注釋以名詞釋義、用典用處、句意疏通爲主，務求簡明。

七、陳子昂年譜已有數種，且詩文已有繫年，故未附録年譜，讀者可參考彭慶生《陳子昂詩注》《陳子昂集校注》、徐鵬《陳子昂集》附録羅庸先生《陳子昂年譜》、李寶山《陳子昂年譜新編》（載《蜀學》第十八輯）等。

卷一

詩　賦

麈尾賦 並序[一]

甲申歲，天子在洛陽，余始解褐①，守麟臺正字。太子司直宗秦客，置酒金谷亭，大集賓客。酒酣，共賦座上食物，命余爲《麈尾賦》焉②。

天之浩浩兮，物亦云云。性命變化兮，如絲之棼。或以神好正直，天蓋默默；或以道惡彊梁[二]，天亦茫茫。此仙都之靈獸[三]，固何負而罹殃？始居幽山之藪，食乎豐草之鄉，不害物而利己，每營道而同方。何忘形而委代，何代情之不忘？卒罙網以見逼，受庖割而罹傷。豈不以斯尾之有用，而殺身於此堂？爲君雕俎之羞，厠君金盤之實。承正人之嘉慶，對象筵與寶瑟③。雖信美於兹辰，詎同歡於疇日？客有感而嘆者曰："命不可思，神亦難測。吉凶悔吝，未始有極。借如天道之用[四]，莫神於龍，受戮爲醢，不知其凶。王者之瑞，莫聖於麟，遇害於野，不知其仁。神既不能自智，聖亦不能自知。況林棲而谷走，山鹿與野麇。古人有言，天地之心，其間無巧，冥之則順，動之則夭。諒物情之不異我心，又何競於猜矯？"故曰：天之神明，與物推移。不爲事先，動而輒隨。是以至人無己，聖人不知④。予欲全身而遠害，曾是浩然而順斯。

【校記】

［一］"麈"原作"塵"，《四庫全書》本（以下簡稱"四庫本"）作"鹿"。

［二］"彊"原作"疆"，據四庫本改。

［三］"仙都"原作"先"，據四庫本、《全唐文》改。

［四］"借"原作"昭"，據四庫本、《全唐文》改。

【注釋】

①解褐：脱掉粗布衣服，喻做官。

②麈尾：古人閒談時驅蟲、撣塵的工具，魏晉時成爲士人清談的標志。

③象筵：喻豪華宴席。

④“是以”二句：“至人無己”語出《莊子·逍遥遊》，意思是最高明的人忘掉自身。“聖人不知”説聖人應該忘掉智慧，意思同前。

感遇 三十八首

其一

微月生西海，幽陽始化昇[①]。圓光正東滿，陰魄已朝凝[②]。太極生天地，三元更廢興[③]。至精諒斯在，三五誰能徵[④]？

【注釋】

①幽陽：初升的太陽。因其初生，陽光微弱，故爲“幽”。

②陰魄：指初生或始缺的月亮。

③三元：指天地人。

④三五：三正、五行。三正指夏曆、殷曆和周曆中歲首（正月）的不同；五行指金、木、水、火、土。

其二

蘭若生春夏[①]，芊蔚何青青。幽獨空林色[②]，朱蕤冒紫莖。遲遲白日晚，嫋嫋秋風生[3]。歲華盡搖落，芳意竟何成[4]？

【注釋】

①蘭若：蘭草和杜若，兩種香草。

②空：盡，指蘭草和杜若使林中花草失色，極言此二草的傑出不凡。

③“嫋嫋”句：語出《楚辭·九歌·湘夫人》：“嫋嫋兮秋風，洞庭波兮木葉下。”指秋風來臨、木葉墜落，暗含歲月遷序、心中生悲。

④芳意：指詩人美好的志向。句指詩人因年華消逝而美志不遂所發生的感歎。

其三

蒼蒼丁零塞[1]，今古緬荒途。亭堠何摧兀[一][2]，暴骨無全軀。黄沙漠南起，白日隱西隅[二]。漢甲三十萬，曾以事匈奴[3]。但見沙場死，誰憐塞上孤？

【校記】

［一］“兀”原作“亢”，據四庫本、《全唐詩》改。

［二］“西隅”後原有校語“品匯作天隅”，删。

【注釋】

①丁零：古族名，在我國北部和西北部。

②亭堠：邊塞上設置的瞭望偵查的亭臺。摧兀：同“崔兀”，高大突出。

③“漢甲”二句：指漢高祖率兵三十二萬北逐匈奴之事，見《史記·匈奴列傳》。

其四

樂羊爲魏將，食子殉軍功[1]。骨肉且相薄，他人安得忠？吾聞中山相，乃屬放麑翁②。孤獸猶不忍[一]，況以奉君終。

【校記】

［一］“孤”原作“狐”，據四庫本、《全唐詩》改。

【注釋】

①樂羊食子之肉，事載《韓非子・説林上》。此詩由此引出君臣信任的問題。

②麑：小鹿。放麑之事爲孟孫，非中山相。事載《韓非子・説林上》。

其五

市人矜巧智，於道若童蒙①。傾奪相誇侈，不知身所終。曷見玄真子，觀世玉壺中②。窅然遺天地，乘化入無窮③。

【注釋】

①童蒙：童子蒙昧幼稚。語出《周易・蒙卦》：“匪我求童蒙，童蒙求我。”

②玄真子：仙人。事載《後漢書・方術傳下》。

③乘化：順應自然運行。此爲道家思想。

其六

吾觀龍變化，乃知至陽精①。石林何冥密，幽洞無留行。古之得仙道，信與元化並②。玄感非象識，誰能測沈冥[一]。世人拘目見，酣酒笑丹經③。崑崙有瑤樹，安得采其英？

【校記】

［一］“沈”原作“淪”，據四庫本、《全唐詩》校改。

【注釋】

①“吾觀”二句：古人認爲龍具神性，變化自如，故爲“至陽精”。

②信：的確、確實。元化，天地造化。

③丹經：道教煉丹之經。此詩言求道長生。

其七

白日每不歸，青陽時暮矣。茫茫吾何思，林臥觀無始。衆芳委時晦，鶗鴂鳴悲耳①。鴻荒古已頽，誰識巢居子②。

【注釋】

①鶗鴂：鳥名，或稱杜鵑、子規等。杜鵑悲鳴成爲古代詠悲傷的重要意象。

②巢居子：傳説中的隱士。巢居，居於樹上。

其八

吾觀崑崙化，日月淪洞冥。精魄相交構，天壤以羅生。仲尼推太極，老聃貴窅冥。西方金仙子①，崇義乃無明②。空色皆寂滅③，緣業亦何成[一]④？名教信紛籍[二]⑤，死生俱未停。

【校記】

［一］“成”原作“名”，據四庫本、《全唐詩》改。

［二］“名”原作“成”，“紛”原作“終”，據四庫本、《全唐詩》改。

【注釋】

①金仙子：佛的别稱。

②無明：佛教指法性、真如。

③空色：皆佛教語。空是無，色爲可感之物。

④緣業：因緣所生的行爲。

⑤紛籍：雜亂衆多的樣子。

其九

聖人秘元命①，懼世亂其真。如何嵩公輩②，詼譎誤時人③。先天誠爲美，階亂禍誰因？長城備胡寇，嬴禍發其親④。赤精既迷漢⑤，子年何救秦⑥。去去桃李花，多言死如麻。

【注釋】

①元命：天命。封建時代所謂天降神物、新主出現，實爲讖緯之術。

②嵩公：即宫嵩，古代術士。事載葛洪《神仙傳》卷一〇。

③詼譎："恢詭譎怪"，語出《莊子・齊物論》，指荒誕不經、奇異詭詐。

④"嬴禍"句：言秦朝覆滅之事。嬴，秦朝皇帝姓氏。事載《史記・秦本紀》。

⑤赤精：即赤龍，漢高祖感生神話。

⑥子年：王嘉字，晉代隴西（今甘肅省東南）人，術士。王嘉秦：指前秦。事載《晉書・王嘉傳》。

其十

深居觀群動[一]，悱然爭朵頤①。讒説相啖食，利害紛嶷嶷[二]②。便便夸毗子③，榮耀更相持。務光讓天下④，商賈競刀錐。已矣行采芝，萬世同一時。

【校記】

［一］"群動"，四庫本、《全唐詩》作"元化"，亦通。

［二］"嶷嶷"原作"疑疑"，據四庫本、《全唐詩》改。

【注釋】

①悱然：處心積慮的樣子。朵頤：鼓腮嚼食。《周易·頤卦》：“舍爾靈龜，觀我朵頤，凶。”

②嶷嶷：同“譺譺”，欺詐。

③便便：花言巧語。夸毗：夸張、迎合，指以諂諛、卑屈取媚於人。

④務光：夏商之際隱士，事載《莊子·讓王》。

其十一

吾愛鬼谷子[①]，青溪無垢氛。囊括經世道，遺身在白雲。七雄方龍鬬，天下亂無君。浮雲不足貴，遵養晦時文[②]。舒可彌宇宙[一]，卷之不盈分。豈圖山木壽[二][③]，空與麋鹿群。

【校記】

［一］“可”原作“之”，據《全唐詩》改。

［二］“圖”，《全唐詩》作“徒”，亦通。

【注釋】

①鬼谷子：戰國時人，縱横家。

②“遵養”句：指遵守保德順時之義。

③山木壽：指無用之木，其因無用而得長壽。語見《莊子·山木》。

其十二

呦呦南山鹿，罹罟以媒和[①]。招搖青桂樹[②]，幽蠹亦成科[③]。世情甘近習[④]，榮耀紛如何。怨憎未相復，親愛生禍羅[⑤]。瑤臺傾巧笑[⑥]，玉盃殞雙蛾。誰見枯城蘖[⑦]，青青成斧柯[⑧]。

【注釋】

①罹：遭受。罟：捕獸之網。媒：媒子，此指捕鹿的誘餌。

②招搖：山名，見《山海經·南山經》："招搖之山，臨於西海之上，多桂。"

③幽：藏。蠹：蛀蟲。科：樹中空。

④近習：君王所親信者。

⑤親愛：指親近喜愛之人。禍羅：禍害如網一樣，無可逃匿。

⑥巧笑：美女。語出《詩經·衛風·碩人》"巧笑倩兮"。

⑦蘖：樹桩生出的新芽。

⑧"青青"句：斧柯，柯，斧柄。此句謂嫩苗也可長成用作斧柄的材料，喻不早注意苗頭，很可能釀成大禍。

其十三

林居病時久，水木淡孤清[①]。閒臥觀物化[②]，悠悠念群生。青春始萌達[③]，朱火已滿盈[④]。徂落方自此，感嘆何時平。

【注釋】

①"水木"句：水木，指自然界的山水樹木。淡，淡泊寧静，此用爲動詞。此句謂自然山水使詩人内心淡泊寧静。

②物化：萬物變化。

③青春：指春天。

④朱火：指夏天。

其十四

臨岐泣世道[①]，天命良悠悠。昔日殷王子[②]，玉馬遂朝周。寶鼎淪伊谷[③]，瑶臺成故丘。西山傷遺老[④]，東陵有故侯[⑤]。

【注釋】

①臨岐："岐"，同歧，面臨歧路，喻人生選擇。

②殷王子：指殷朝微子。事載《史記・宋微子世家》。

③伊、谷：皆水名，在洛陽附近，代指洛陽。

④西山：首陽山。遺老：指伯夷、叔齊。事載《史記・伯夷列傳》。

⑤東陵故侯：指秦朝遺老召平。事載《史記・蕭相國世家》。

其十五

貴人難得意①，賞愛在須臾。莫以心如玉，探他明月珠[一]②。昔稱夭桃子③，今爲舂市徒④。鴟鴞悲東國⑤，麋鹿泣姑蘇⑥。誰見鴟夷子⑦，扁舟去五湖。

【校記】

［一］探：原作"探採"，據四庫本、《全唐詩》删。

【注釋】

①得意：得到他人的滿意，即稱心如意。

②明月珠：夜明珠，喻高官厚禄。

③夭桃子：貌美女子。語出《詩經・周南・桃夭》："桃之夭夭，灼灼其華。"

④舂市徒：服刑擔任舂米之職的囚徒。由"夭桃子"成爲"舂市徒"，説明"難得意"和人之命運不可把握。

⑤鴟鴞：貓頭鷹，舊時被認爲不祥之鳥。東國：周公東征之地。事見《詩經・鴟鴞序》。

⑥"麋鹿"句：指伍子胥罹難之事。事載《史記・伍子胥傳》。

⑦鴟夷子：范蠡别稱。事載《國語・越語下》及《漢書・貨殖傳》。

其十六

聖人去已久，公道緬良難[①]。蚩蚩夸毗子[②]，堯禹以爲謾。驕榮貴工巧，勢利迭相干。燕王尊樂毅[③]，分國願同歡[一]。魯連讓齊爵，遺組去邯鄲[④]。伊人信往矣，感激爲誰歎。

【校記】

［一］“國”原作“齊”，據四庫本、《全唐詩》改。

【注釋】

①公道：至公之道，正道。

②蚩蚩：紛亂的樣子。夸毗，見《感遇詩》其十注③。

③燕王：燕昭王。燕昭王尊樂毅。事載《史記·樂毅列傳》。燕昭王和樂毅君臣遇合，屢爲陳子昂感歎，最知名者爲《登幽州臺歌》。

④魯連：即魯仲連。事載《史記·魯仲連鄒陽列傳》。

其十七

幽居觀大運[①]，悠悠念群生。終古代興没，豪聖莫能爭。三季淪周赧[②]，七雄滅秦嬴[一]。復聞赤精子，提劍入咸京。炎光既無象，晉虜紛縱横[③]。堯禹道既昧，昏虐世方行。豈無當世雄，天道與胡兵。咄咄安可言，時醉而未醒。仲尼溺東魯，伯陽遁西溟[④]。大運自古來，旅人胡嘆哉[二][⑤]？

【校記】

［一］“嬴”原作“羸”，據四庫本、《全唐詩》改。

［二］“旅”原作“孤”，據四庫本、《全唐詩》改。

【注釋】

①大運：天運，自然運行。

②三季：三代，指夏商周。周赧：周赧王，東周末代君王。

③“晉虜”句：指晉武帝之後中國北方匈奴、鮮卑等族相繼在中原建立政權，形成的混亂局面。

④伯陽：春秋時期思想家老子之字。

⑤旅人：旅途之人，此指四處漂泊之孔子。

其十八

逶迤勢已久①，骨鯁道斯窮②。豈無感激者，時俗頹此風。灌園何其鄙，皎皎於陵中[一]③。世道不相容，嗟嗟張長公④。

【校記】

［一］“中”原作“子”，據《全唐詩》及韻腳校改。

【注釋】

①逶迤：頹靡、衰退之貌。

②骨鯁：有風骨節操、耿直。

③於陵：於陵子仲，即陳仲子，傳説中廉潔之士。事載《孟子·滕文公下》。

④張長公：張摯之字，漢代名臣張釋之子。事載《史記·張釋之馮唐列傳》。

其十九

聖人不利己，憂濟在元元①。黄屋非堯意②，瑤臺安可論。吾聞西方化③，清净道彌敦。奈何窮金玉，雕刻以爲尊。雲構山林盡④，瑤圖珠翠煩⑤。鬼功尚未可，人力安能存？誇愚適增累，矜智道逾昏。

【注釋】

①元元：老百姓，民衆。

②“黄屋”句：黄屋，此指古代皇帝所居宫室。下“瑤臺”同。（全句言古代聖人一心爲民，非講求奢侈享受之輩。）

③西方化：此指佛教。

④“雲構”句：雲構，高聳入雲的宫殿。句謂因爲修建高大寺廟而伐盡山上樹林。

⑤瑤圖：精美的圖像，此指佛像。

其二十

玄天幽且默[①]，群議曷嗤嗤[②]。聖人教猶在，世運久陵夷[③]。一繩將何繫[④]，憂醉不能持[⑤]。去去行採芝，勿爲塵所欺[⑥]。

【注釋】

①“玄天”句：玄天，蒼色的天。幽、默，静默無聲。此句謂天地静默無聲、自然而化。

②嗤嗤：喧擾貌、惑亂貌。

③陵夷：衰頽。

④“一繩”句：謂單靠一人繩拉之力，豈可挽救將傾之大廈。

⑤“憂醉”句：憂醉，憂心如醉。語出《詩經・秦風・晨風》“未見君子，憂心如醉。”句謂詩人不禁爲國事而憂慮。

⑥塵：塵世。

其二十一

蜻蛉遊天地[①]，與物本無患。飛飛未能去，黄雀來相干[②]。穰侯富秦寵，金石比交歡[③]。出入咸陽裏，諸侯莫敢言。寧知山東客[④]，激怒秦王肝。布衣取丞相[5]，千載爲辛酸。

【注釋】

①蜻蛉：蜻蜓。

②前四句用莊辛諫楚襄王事。事載《戰國策·楚策四》。以蜻蜓與黄雀喻世間之複雜關係，與“螳螂捕蟬，黄雀在後”意同。

③“穰侯”二句：穰侯，魏冉。因食邑在穰，故稱穰侯，戰國時秦國大臣。事載《史記·穰侯列傳》。金石，喻堅固。二句謂穰侯深得秦昭王寵愛，交情歡厚，有如金石一般堅固。

④“寧知”句：山東客，此指范雎。范雎以利害説秦昭王，罷逐太后、穰侯。此句謂關係堅如磐石之秦昭王和穰侯，一旦曉以利害，秦昭王也會堅決除掉穰侯。

⑤布衣：布制的衣服，平民。此指范雎。

其二十二

微霜知歲晏[1]，斧柯始青青。況乃金天夕[2]，浩露沾群英[3]。登山望宇宙，白日已西暝。雲海方蕩潏[4]，孤鱗安得寧[5]？

【注釋】

①“微霜”句：微，薄。晏，晚。句謂微霜到來就意味著歲末來了。

②金天：秋天。

③群英：各種花。

④蕩潏：水動盪湧出貌。

⑤孤鱗：此喻詩人自己。詩人感歎天下都處於動盪之中，自己又怎能安寧？

其二十三

翡翠巢南海[1]，雄雌珠樹林。何知美人意，嬌愛比黄金。殺身炎州裏[②]，委羽玉堂陰。旖旎光首飾[③]，葳蕤爛錦衾。豈不在遐遠，虞羅忽見尋[④]。多材固爲累[⑤]，嗟息此珍禽。

【注釋】

①翡翠：鳥名，以其羽毛顏色得名。南海：泛指南海之濱。

②炎州：指南方炎熱之地。

③旖旎：柔和美麗。光首飾：使首飾增光。

④虞羅：泛指漁獵者設置的網羅。

⑤“多材”句：多材，才能多，有價值。莊子對“才”與“不才”多有感歎，認爲有才必夭其壽，無才可保天年。詩人的感歎源自此。此與《麈尾賦》中感歎物因其用而被毀相同。

其二十四

挈瓶者誰子[①]，姣服當青春[②]。三五明月滿，盈華不自珍[③]。高堂委金玉[④]，微縷懸千鈞[⑤]。如何負公鼎[⑥]，被敚笑時人[⑦]。

【注釋】

①挈瓶：提水用的小瓶，喻小智。

②姣服：美好的服飾。青春：年少。

③盈華：滿月之光。

④委：積聚。

⑤“微縷”句：縷，絲線。千鈞，極重之物。一鈞爲三十斤。以絲線而繫千鈞之物，其危險自然可見。句謂小不可任大。

⑥負公鼎：擔任宰臣之職。語見《史記·殷本紀》：“伊尹……負鼎俎，以滋味説湯，至於王道。”

⑦敚：奪，被削去官職。

其二十五

玄蟬號白露①，茲歲已蹉跎。群物從大化，孤英將奈何②？瑤臺有青鳥，遠食玉山禾③。昆崙見玄鳳④，豈復虞雲羅[一]⑤。

【校記】

［一］“虞”原作“嘆”，據四庫本、《全唐詩》改。

【注釋】

①玄蟬：秋蟬、寒蟬。號：鳴叫。

②孤英：孤芳，喻詩人自己。

③瑤臺：神話中臺名，在昆侖山，西王母所居之地。青鳥：神話中鳥名。玉山：即昆侖山。俱載《山海經》。

④玄鳳：鳳凰，神話中神鳥。

⑤虞：憂虞，憂慮。雲羅：高入雲天之網羅，指無可逃掉的羅網。

其二十六

荒哉穆天子①，好與白雲期②。宫女多怨曠③，層城閉蛾眉④。日耽瑤池樂[一]⑤，豈傷桃李時⑥。青苔空萎絶⑦，白髮生羅帷[二]⑧。

【校記】

［一］瑤池，楊澄校“一作瑤臺”，據《全唐詩》改。

［二］“帷”原作“惟”，據《全唐詩》改。

【注釋】

①荒：放縱迷亂。《僞古文尚書·五子之歌》中有“色荒、禽荒”。穆天子：

周穆王，傳説到昆侖山見西王母。事載《竹書紀年》。

②“好與”句：指好神仙之道。

③怨曠：“怨女曠夫”之省稱。怨女曠夫原指不能及時婚配的男女，此指哀怨之宫女。語本《孟子·梁惠王上》。

④層城：本指古代神話中昆侖山上的高城，此指王宫。蛾眉：美女。《詩經·衛風·碩人》：“螓首娥眉。”

⑤耽：沉湎。瑤池：神話中池名，傳説西王母所居之地。

⑥桃李時：喻指女子青春貌美之時。

⑦青苔：指陰濕之地生長的苔蘚。萎絶：枯死。萎：枯。絶：落、死。

⑧羅帷：絲綢所制蚊帳，極言豪華住所。

其二十七

朝發宜都渚[①]，浩然思故鄉[②]。故鄉不可見，路隔巫山陽。巫山綵雲没，高丘正微茫[③]。竚立望已久，涕落霑衣裳。豈兹越鄉感[④]，憶昔楚襄王[⑤]。朝雲無處所，荆國亦淪亡[⑥]。

【注釋】

①宜都：縣名，今湖北省宜都市。渚：水濱。

②浩然：不可阻遏、無所留戀貌。

③高丘：高山。微茫：隱約，不清晰。

④越鄉：遠離家鄉。

⑤楚襄王：芈姓，熊氏，名横，楚懷王之子，戰國時期楚國國君。

⑥朝雲：巫山神女。荆國：楚國。楚襄王夢遇巫山神女之事，見宋玉《高唐賦序》。

其二十八

昔日章華宴[①]，荆王樂荒淫[②]。霓旌翠羽蓋[③]，射兕雲夢林[④]。朅來高唐觀⑤，悵望雲陽岑⑥。雄圖今何在，黄雀空哀吟⑦。

【注釋】

①章華：臺名。春秋時期楚靈王所建。

②荆王：楚王。荒：荒廢朝政。淫：沉迷女色。

③霓旌：綴有五色羽毛的旗幟。翠羽蓋：以翡翠羽毛裝飾的帷蓋。

④雲夢林：雲夢澤。楚王夢遊雲夢林。事載《戰國策・楚策一》。

⑤朅來：來到。高唐觀：今湖北省荆州市一帶。高唐夢即楚襄王夢神女之事。

⑥雲陽岑：岑：小而高之山，此指雲陽臺。

⑦黄雀：见《感遇诗》其二十一注②。

其二十九

丁亥歲云暮①，西山事甲兵②。嬴糧匝邛道③，荷戟爭羌城[一]④。嚴冬嵐陰勁，窮岫泄雲生⑤。昏曀無晝夜[二]，羽檄復相驚。拳跼兢萬仞，崩危走九冥⑥。籍籍峰壑裏，哀哀冰雪行。聖人御宇宙，聞道泰階平。肉食謀何失，藜藿緬縱横⑦。

【校記】

［一］“爭”原作“驚”，據四庫本、《全唐詩》改。

［二］“晝”原作“畫”，據四庫本、《全唐詩》改。

【注釋】

①丁亥：垂拱三年，687 年。歲云暮：即歲暮，“云”爲語氣詞。

②西山：即雅州、松州、茂州，因在成都以西，故稱。事甲兵：發動戰事。此詩所言，即集中陳子昂《諫雅州討生羌書》之事。

③嬴糧：擔糧。匝：環繞、遍佈。邛道：邛崍山道，通往雅州、松州、茂州之路。

④荷戟：肩扛武器。羌城：羌人聚居之城堡。

⑤窮岫：荒山。此指羌人居住之地氣候、環境。

⑥“拳跼”两句：拳跼，弓腰曲背。崩危，迫促危懼，膽戰心驚。九冥，本義是九泉之下，此指幽暗的深谷。兩句極寫行走羌道的艱難。

⑦肉食：吃肉，指當政者。藜藿：兩種野菜，此指平民百姓。緬：盡、全。縱橫：散亂堆積、四處流浪。（此二句言當政者失策，致使百姓四處流浪、屍骨横積。）

其三十

朅來豪遊子①，勢利禍之門。如何蘭膏歎[一]②，感激自生寃。衆趨明所避，時棄道猶存。雲淵既已失，羅網與誰論③？箕山有高節④，湘水有清源⑤。唯應白鷗鳥⑥，可爲洗心言⑦。

【校記】

[一]句末原有“一作歇”，據《全唐詩》删。

【注釋】

①朅來：“朅”爲“去”。朅來猶言來來去去，一説爲語助詞。豪遊子：豪奢之徒。

②蘭膏：古代用澤蘭子煉製的油脂。

③“雲淵”二句：雲，指天。淵，指地。天地之間皆羅網，如天地已逝，則羅網自然不復存在。

④箕山：隱士許由隱居地。事載西晉皇甫謐《高士傳》卷上。

⑤湘水：湘江，屈原自沉之地。清源：喻屈原高潔情操。

⑥白鷗鳥：海鷗。白鷗之事，見《世説新語》劉孝標注引《莊子》，今見《列子·黄帝》。

⑦洗心：消除機心。莊子一再提倡人應該消除機心，回歸自然無爲狀態。

其三十一

可憐瑤臺樹①，灼灼佳人姿②。碧葉映朱實[一]③，攀折青春時。豈不盛光寵，榮君白玉墀④。但恨紅芳歇⑤，彫傷感所思⑥。

【校記】

［一］“葉”原作“華”，據四庫本改。

【注釋】

①可憐：可愛。

②灼灼：狀桃花之盛。佳人：美人。

③碧葉：碧緑的樹葉。朱實：紅色的果實。二者映襯，構成一幅極爲鮮明的畫面。

④白玉墀：白玉砌成的臺階。

⑤紅芳：紅花，喻美好。歇：消，落。

⑥彫傷：凋零枯萎。

其三十二

索居獨幾日①，炎夏忽然衰。陽彩皆陰翳②，親友盡暌違③。登山望不見，涕泣久漣洏④。宿昔感顔色⑤，若與白雲期。馬上驕豪子⑥，驅逐正蚩蚩⑦。蜀山與楚水，攜手在何時。

【注釋】

①索居：獨居。

②陽彩：陽光。陰翳：遮蔽。

③暌違：分離，分隔。

④漣洏：涕淚流離。

⑤宿昔：經常。顔色：此指容貌。

⑥驕豪子：傲慢豪横之人。

⑦驅逐：此指策馬驅逐。

其三十三

金鼎合還丹[①]，世人將見欺[②]。飛飛騎羊子，胡乃在峨眉[③]？變化固非類，芳菲能幾時？疲痾苦淪世[④]，憂悔日侵淄[⑤]。眷然顧幽褐[⑥]，白雲空涕洟。

【注釋】

①金鼎：煉丹所用之鼎。合：調和、煉製。還丹：仙丹，服之可成神仙。

②將：豈能。見欺：被欺騙。

③“飛飛”二句：騎羊子，葛由，傳説中的神仙。峨眉，山名，在今四川省峨眉山市西南。事載劉向《列仙傳》卷上。

④疲痾：疾病。淪世：沉淪於世間。

⑤憂悔：憂愁悔恨。日：每天。侵淄：侵蝕。

⑥眷然：顧念不舍。幽褐：幽居貧賤之士。褐：粗布衣服。

其三十四

朔風吹海樹[①]，蕭條邊已秋。亭上誰家子，哀哀明月樓。自言幽燕客[一][②]，結髮事遠遊[③]。赤丸殺公吏[④]，白日報私讎。避仇至海上，被役此邊州。故鄉三千里[二]，遼水復悠悠[三]。每憤胡兵入[⑤]，常爲漢國羞。何知七十戰，白首未封侯[⑥]。

【校記】

［一］“幽燕”原作“幽谷”，據四庫本、《全唐詩》改。

［二］“千”原作“十”，據四庫本、《全唐詩》改。

［三］“遼水”原作“遼東”，據四庫本、《全唐詩》改。

【注釋】

①朔風：北風。海樹：海邊之樹。

②幽燕：幽州屬燕國，故幽燕合稱，泛指今北京、河北、遼寧等地區。俗尚慷慨，多壯士俠客。

③結髮：束髮，指代成年。

④赤丸：紅丸。據《漢書·尹賞傳》：“長安中姦滑浸多，閭里少年，群輩殺吏，受賕報仇，相與探丸爲彈：得赤丸者斫武吏，得黑丸者斫文吏，白者主喪。”

⑤胡兵：此指契丹、突厥。

⑥“何知”三句：用漢代名將李廣典故。事載《史記·李將軍列傳》。

其三十五

本爲貴公子①，平生實愛才。感時思報國，拔劍起蒿萊②。西馳丁零塞③，北上單于臺④。登山見千里，懷古心悠哉⑤。誰言未忘禍，磨滅成塵埃⑥。

【注釋】

①貴公子：指陳子昂自己。事見本集附録盧藏用《陳氏别傳》及《新唐書》本傳。

②蒿萊：原指野草。此寫自己拔劍而起，願意報效國家。

③丁零：見《感遇詩》其三注①。

④單于臺：地名，泛指北方邊陲。

⑤悠哉：此指内心憂思憂愁濃烈。

⑥“誰言”二句：感歎世人已經忘記國家邊境安危禍患，顯示詩人的憂國之思。

其三十六

浩然坐何慕，吾蜀有峩眉。念與楚狂子①，悠悠白雲期。時哉悲不會[一]，涕泣久漣洏。夢登綏山穴②，南采巫山芝。探元觀群化③，遺世從雲螭④。婉孌將永矣，感悟不見之。

【校記】

[一]“悲”原作“怨”，據四庫本、《全唐詩》改。

【注釋】

①楚狂子：春秋時期楚國隱士，隱居峨眉山，後成仙人。事見皇甫謐《高士傳》卷上。

②綏山：在今四川省峨眉山市。據傳爲仙人葛由隱居地。

③探元：探道。群化：萬物變化。

④遺世：棄世，此指登仙。螭：無角之龍。

其三十七

朝入雲中郡①，北望單于臺。胡秦何密邇②，沙朔氣雄哉③。籍籍天驕子④，倡狂已復來。塞垣無名將[一]⑤，亭堠空崔嵬⑥。咄嗟吾何歎，邊人塗草萊⑦。

【校記】

[一]“無”原作“興”，據四庫本、《全唐詩》改。

【注釋】

①雲中郡：地名，治所在今内蒙古自治區境内。

②胡秦："胡"指北方突厥等族，"秦"指唐王朝。

③沙朔：北方沙漠之地。

④籍籍：錯雜紛亂。天驕子：此指突厥、契丹等。

⑤塞垣：邊塞城牆，泛指邊境。

⑥亭堠：古代邊境上用以瞭望和監視敵情的崗亭或土堡。崔嵬：高大雄峻。

⑦"邊人"句：草萊，野草。此句言邊人由於戰禍而横死野外。

其三十八

仲尼探元化，幽鴻順陽和[①]。大運自盈縮，春秋迭來過[②]。盲飈忽號怒[③]，萬物相紛劘[④]。溟海皆震蕩[⑤]，孤鳳其如何[⑥]。

【注釋】

①"幽鴻"句：幽鴻，北方大雁。陽和，暖和的陽氣，指春天到來。此指候鳥遷徙的自然現象。

②"大運"二句：盈縮，日月等進退。迭，交替更换。二句言日升日落、月盈月虧、春秋代序等自然交替現象。

③盲飈：疾風，無方向無目的的暴風。號怒：暴風發出的聲音。

④紛劘：紛亂碰撞。

⑤溟海：深海。震蕩：此指大海波濤翻滚。

⑥孤鳳：喻孔子。

觀荆玉篇 並序

丙戌歲，余從左補闕喬公北征[①]。夏四月，軍幕次於張掖河[②]。河洲草木無他異者，惟有仙人杖[③]，往往叢生。幽朔地寒，與中國稍異[④]。余家世好服食[⑤]，昔嘗餌之。及此役也，而息意玆味⑥。戍人有薦嘉蔬者，此物存焉。余䚡爾而笑曰[一]⑦：“始者與此君别，不圖至是而見之。豈非神明嘉惠，欲將扶吾壽也？”因爲喬公昌言其能⑧。時東莱王仲烈亦同旅⑨，聞之大喜，甘心食之，已旬有五日矣。適有行人自謂能知藥者，謂喬公曰：“此白棘也⑩，公何謬哉？”仲烈愕然而疑，亦曰：“吾怪其味甜，今果如此。”喬公信是言，乃譏余，作《採玉篇》，謂宋人不識玉而寶珸石也⑪。余心知必是，猶以獨見之故被奪於衆人，乃喟然嘆曰：“嗟乎！人之大明者，目也；心之至信者，口也。夫目照五色，口分五味，玄黄甘苦⑫，亦可斷而不惑也[二]。而路旁一議，二子增疑，況君臣之際、朋友之間？自是而觀，則萬物之情可見也。”感《採玉詠》，作《觀玉篇》以答之，並示仲烈，譏其失真也。

鴟夷雙白玉⑬，此玉有淄磷⑭。懸之千金價，舉世莫知真。丹青非異色，輕重有殊倫。勿信工言子[三]⑮，徒悲荆國人。

【校記】

［一］“余”原無，據四庫本、《全唐詩》補。

［二］“可”原作“何”，據四庫本、《全唐詩》改。

［三］“工言子”原作“玉工言”，據四庫本、《全唐詩》改。

【注釋】

①丙戌：唐朝垂拱二年，686 年。喬公：喬知之，唐朝詩人，陳子昂朋友。北征：指唐朝派兵征伐同羅、僕固。事載《資治通鑒》卷二〇三。陳子昂多次提及此次隨軍之事，如集中《燕然軍人畫像銘》《弔塞上翁文》。

②幕：帳篷。次：駐紮。張掖河：河名，又名若水，源出祁連山，經甘肅省張掖市西北流入大漠。

③仙人杖：仙人杖草，一種藥用植物。

④中國：中原地區。

⑤服食：道教煉丹服藥之長生術。

⑥息意：斷絶念頭。

⑦囅（chǎn）爾：笑的樣子。

⑧昌言：極力誇讚。

⑨東萊：地名，今山東省萊州市。王仲烈，名無競。初唐詩人，陳子昂朋友。《新唐書》有傳。

⑩白棘：俗名酸棗，小灌木。

⑪瑉石：石之美者，像玉的石頭。

⑫玄黄：指藥材色澤。甘苦：指藥味甘苦。

⑬鴟夷：皮囊。

⑭淄磷：玉璞表面的瑕疵。

⑮工言子：花言巧語之人。

鴛鴦篇

飛飛鴛鴦鳥，舉翼相蔽虧。俱來淥潭裏，共向白雲涯。音容相眷戀，羽翮兩逶迤[①]。蘋萍戲春渚，霜霰遶寒池。浦沙連岸净[②]，汀樹拂潭垂[③]。年年此遊翫，歲歲來追隨。鳳凰起丹穴[④]，獨向梧桐枝。鴻鴈來紫塞，空憶稻粱肥。烏啼倦永夕[⑤]，鶴鳴傷别離[⑥]。豈若此雙禽，飜飛不異林。刷尾青江浦[⑦]，交頸紫山岑。文章負奇色[⑧]，和鳴多好音。聞有鴛鴦綺，復有鴛鴦衾。持爲美人贈，勗此故交心[⑨]。

【注釋】

①羽翮：羽翼、翅膀。逶迤：狀鴛鴦迴旋。

②浦沙：水邊沙灘。

③“汀樹”句：汀，水邊平地。此句狀水邊倒垂之樹枝拂拭水潭。

④丹穴：《山海經》中所載山名，上有鳳凰。

⑤“烏啼”句：用《烏夜啼》事，見唐吴兢《樂府古題要解》卷上。

⑥“鶴鳴”句：用《别鶴操》事，見《古今注·音樂》。

⑦刷尾：此指鴛鴦雄雌相互梳理羽毛。

⑧文章：此指鴛鴦鮮明的色彩。

⑨勗：勉勵。故交：舊識，老朋友。

修竹篇 並序[一]

東方公足下①：文章道弊五百年矣②。漢魏風骨③，晋宋莫傳，然而文獻有可徵者。僕嘗暇時觀齊梁間詩，彩麗競繁而興寄都絶④，每以永嘆⑤。思古人，常恐逶迤頽靡，風雅不作，以耿耿也⑥。一昨於解三處見明公《詠孤桐篇》⑦，骨氣端翔，音情頓挫，光英朗練，有金石聲⑧。遂用洗心飾視，發揮幽鬱⑨，不圖正始之音復睹於兹⑩，可使建安作者相視而笑⑪。解君云：“张茂先、何敬祖⑫，東方生與其比肩⑬。”僕亦以爲知言也。故感歎雅製，作《修竹詩》一篇，當有知音以傳示之。

龍種生南嶽⑭，孤翠鬱亭亭。峰嶺上崇崒⑮，煙雨下微冥⑯。夜聞鼯鼠叫⑰，晝聒泉壑聲⑱。春風正淡蕩，白露已清泠。哀響激金奏⑲，密色滋玉英⑳。歲寒霜雪苦，含彩獨青青㉑。豈不厭凝冽㉒，羞比春木榮。春木有榮歇㉓，此節無凋零。始願與金石，終古保堅貞。不意伶倫子，吹之學鳳鳴㉔。遂偶雲龢瑟㉕，張樂奏天庭㉖。妙曲方千變，簫韶亦九成㉗。信蒙雕斲美㉘，常願事仙靈。驅馳翠虯駕㉙，伊鬱紫鸞笙㉚。結交嬴臺女[二]，吟弄升天行㉛。攜手登白日，遠遊戲赤城㉜。低昂玄鶴舞，斷續綵雲生㉝。永隨衆仙去，三山遊玉京㉞。

【校記】

[一]題目,《全唐詩》作“與東方左史虬修竹篇序”。

［二］“嬴”原作“羸”，據四庫本、《全唐詩》改。

【注釋】

①東方公：東方虬。足下：尊稱。此爲書信開頭的稱呼語。

②文章道弊：文章之道衰頽敗壞。五百年：此舉其成數，實爲四百多年。

③漢魏風骨：又稱建安風骨，中國古代文學重要的時代風格之一。其特徵是具有真實充沛的思想感情和剛健有力的詩文風格。

④彩麗競繁：指過分追求辭采典故。興寄：通過比興寄託所表達的政治內涵。都絶：完全没有。

⑤每以永嘆：常常爲此而長歎。

⑥逶迤頽靡：逶迤和頽靡義近，指萎靡衰退。風雅：本《詩經》中兩部分，指代以《詩經》爲代表的優良的文風。作：興起，出現。耿耿：內心不安，憂慮。

⑦解三：據彭慶生《陳子昂集校注》，認爲是解琬。明公：對有名位者的尊稱。《詠孤桐篇》，東方虬作品，今不存。

⑧“骨氣”四句：骨氣端翔是骨力剛健、氣勢飛動。音情頓挫是音節抑揚頓挫、情思沉鬱婉轉。光英朗練是辭采照人、明朗簡練。有金石聲指音韻强勁有力，富有質感。此十六字是對“建安風骨”極好的概括。

⑨洗心：清潔內心，保持虚静。飾視：打開眼界。發揮：發揮，抒發。幽鬱：深沉濃郁的怨憤之情。

⑩正始之音：正始，三國魏齊王芳年號。“正始之音”指以嵇康、阮籍爲代表的正始詩人體現出的時代風格，具有清峻和寄託遥深的特點。

⑪建安作者：指以三曹七子爲代表的的建安文學家。相視而笑：發出會心之笑。

⑫張茂先：張華字，西晉時期政治家、文學家，著有《博物志》。何敬祖：何劭字，西晉人，博學善屬文。

⑬比肩：並列，地位相同。

⑭龍種：指品質優異之竹，傳説竹杖可以化龍。見《後漢書·方術傳·費長房》。南嶽：指衡山。

⑮崇崒：高峻。

⑯微冥：昏暗。

⑰鼯鼠：大飛鼠。傳説中一種神奇的動物。

⑱聒：嘈雜。

⑲哀響：此指秋聲。金奏：金屬樂器發出的聲響。皆指秋風發出急促響亮之聲。

⑳密色：竹林茂密而顯示出深色。玉英：喻雪花如玉一樣潔白。

㉑“歲寒”二句：此二句謂竹具有凌冬不凋的特色，顯示其不畏嚴寒的堅貞品質。

㉒凝冽：嚴寒。

㉓榮歇：花開花落。

㉔“不意”二句：伶倫，傳説中黄帝時樂官。吹之學鳳鳴，事載《吕氏春秋·古樂》。

㉕雲龢：又作雲和，地名。

㉖張樂：張設演奏。天庭：指帝王宫殿。事載《莊子·天運》。

㉗簫韶九成：見《尚書·益稷》。《韶》，相傳舜時樂曲名。九成：多次重奏。

㉘“信蒙”句：信，的確。此句謂竹經雕斫加工之後發出美妙的聲音。

㉙翠虯：青龍。語本《楚辭·九章·涉江》。

㉚伊鬱：同抑鬱，憂愁鬱積。鸞笙：形如鳳身的一種樂器。

㉛嬴臺女：指仙女弄玉。弄玉，事載劉向《列仙傳》卷上。

㉜登白日：白日飛升，指升天。赤城：地名，在今浙江省天臺縣。

㉝“低昂”二句：描寫由竹樂器演奏的音樂可使玄鶴起舞，雲彩隨生。

㉞三山：指海上三仙山，即蓬萊、方丈、瀛洲。玉京：道教所謂天帝所居之處。

奉和皇帝丘禮撫事述懷應制①

大君忘自我②，膺運居紫宸③。揖讓期明辟④，謳歌且順人⑤。軒宫帝圖盛[一]⑥，皇極禮容申⑦。南面朝萬國，東堂會百神⑧。雲陛旂裳滿⑨，天廷玉帛陳。鐘石和睿思⑩，雷雨被深仁⑪。承平信娱樂⑫，王業本艱辛。願罷瑶池宴，來觀農扈春⑬。皐宫昭夏德⑭，尊老睦堯親。微臣敢拜手⑮，歌舞頌惟新。

【校記】

［一］“圖”原作“國”，據四庫本改。

【注釋】

①丘禮：即郊丘之禮，古代天子郊祭天地於圜丘。應制：奉應皇帝之命。

②“大君”句：大君，君王。君王以天下爲己任，故“忘自我”。

③膺運：承上天之命。紫宸：泛指皇宫。

④揖讓：本指古代賓主相見之禮，此指禪讓。明辟：聖明的君王。辟即君王、帝王。

⑤謳歌：指舜得天下人心而被百姓謳歌，事載《孟子·萬章上》。順人：順應民心。

⑥軒宫：軒轅星之宫，此泛指帝王宫殿。帝圖：帝王受命之圖箓。古代傳説帝王受命，有河圖洛書出現，實爲讖緯之説。

⑦皇極：天子居所。禮容：禮制儀容。

⑧東堂：黄帝迎春祭神之地。

⑨雲陛：天子殿階。旂（qí）裳：旌旗。

⑩鐘石：鐘和磬兩種樂器，此指樂器演奏。睿思：即明哲，聰明智慧。

⑪雷雨：喻帝王恩澤。被：覆蓋、遍佈。

⑫承平：升平，社會安定和諧。

⑬扈：古代農官，負責催民耕種。

⑭卑宫：低矮的宫殿。昭：顯示。夏德：此指夏禹的品德。事見《論語・泰伯》孔子對禹的讚美。

⑮拜手：古代的跪拜禮。

洛城觀酺應制[①]

聖人信恭己[②]，天命允昭回[③]。蒼極神功被，青雲祕籙開[④]。垂衣受金册[⑤]，張樂宴瑶臺。雲鳳休徵滿[⑥]，龍魚雜戲來[⑦]。崇恩踰五日[⑧]，惠澤暢三才[⑨]。玉帛群臣醉，徽章縟禮該[⑩]。方睹升中禪[⑪]，言觀拜洛迴。微臣固多幸，敢上萬年杯[⑫]。

【注釋】

①洛城：洛陽城。酺：聚飲。古指國有喜慶，特賜臣民聚會飲酒。

②聖人：指君王。恭己：克制自己、恭敬莊重。

③允：誠，的確、果真。昭回：星辰光耀回轉。

④“蒼極”兩句：指垂拱四年（688 年）武則天接受所謂“符籙”。事載《舊唐書・則天皇后紀》。

⑤垂衣：指無爲而治。語本《周易・繫辭下》：“黄帝堯舜，垂衣裳而天下治。”金册：帝王受命册書。

⑥雲鳳：卿雲、鳳凰。休徵：美好吉祥徵兆。卿雲、鳳凰就是“休徵”。

⑦龍魚雜戲：魚龍百戲，指宫廷表演的各種雜技。

⑧“崇恩”句：五日，唐代酺有三五七九日等區别。超過五日，即此次大酺時間爲七日。

⑨三才：天、地、人，見《周易・繫辭下》。

⑩徽章：包括旌旗以及各種懸垂之物，用以標識身份。縟禮：禮節繁複。該：全、齊備。

⑪升中禪：指武則天封禪天地。

⑫萬年：祝福天子萬歲。

白帝城懷古①

日落滄江晚②，停橈問土風[一]③。城臨巴子國④，臺没漢王宫⑤。荒服仍周甸⑥，深山尚禹功⑦。巖懸青壁斷，地險碧流通。古木生雲際，歸帆出霧中⑧。川途去無限⑨，客思坐何窮。

【校記】

［一］“土”原作“士”，據四庫本、《全唐詩》改。

【注釋】

①白帝城：故址在今重慶市奉節縣白帝山上。懷古：懷念古代的人和事，常用作詩題。

②滄江：即蒼江，因水深而呈現蒼色。

③橈（ráo）：槳。停橈，就是停船。土風：當地風俗人情。

④巴子國：周朝時期巴國。

⑤漢王宫：此指蜀漢先主劉備去世的永安宫。

⑥荒服：指遼遠之地。《國語・周語》有五服之説，荒服爲最遠之地。周甸：

周朝郊外。

⑦禹功：大禹治水之功。傳説大禹治長江。

⑧“巖縣”四句：狀峭壁上樹高聳入雲，江上帆船出没。

⑨川途：即路途。路途須爬山涉水，故云。

度荆門望楚

遙遙去巫峽，望望下章臺①。巴國山川盡，荆門煙霧開②。城分蒼野外，樹斷白雲隈③。今日狂歌客④，誰知入楚來。

【注釋】

①章臺：章華臺之省稱，又稱章華宫。楚靈王六年（前535年）修建的離宫。

②荆門：山名，在今湖北省宜都市西北。

③白雲隈（wēi）：在山的彎曲處生起了白雲。

④狂歌客：指詩人自己。

峴山懷古①

秣馬臨荒甸②，登高覽舊都③。猶悲墮淚碣④，尚想臥龍圖⑤。城邑遙分楚，山川半入吴。丘陵徒自出，賢聖幾凋枯⑥。野樹蒼煙斷，津樓晚氣孤⑦。誰知萬里客，懷古正踟躕⑧。

【注釋】

①峴山：山名，在今湖北省襄陽市南，又名峴首山。

②秣馬：喂馬。荒甸：郊野。

③舊都：古城，此指襄陽城。

④碣：圓頂石碑。墮淚碣，即墮淚碑。百姓爲羊祜所立之碑，見者無不落淚。事載《晉書·羊祜傳》。

⑤臥龍：喻隱居或未露頭角的傑出人才，此指諸葛亮。圖：圖略、謀劃。

⑥“丘陵”二句：感歎山河依舊，但聖賢不再復出。

⑦津樓：渡口所建的亭閣。

⑧踟躕（chí chú）：猶豫徘徊。

晚次樂鄉縣①

故鄉杳無際[一]，日暮且孤征②。川原迷舊國③，道路入邊城④。野戍荒煙斷⑤，深山古木平。如何此時恨，噭噭夜猿鳴⑥。

【校記】

［一］“杳”原作“香”，形近而誤。據四庫本、《全唐詩》改。

【注釋】

①次：停宿。樂鄉縣：唐代屬山南道襄州，古城在今湖北省荆門市北四十五公里。

②孤征：一個人趕路。

③“川原”句：川原，山川平原。此句謂故鄉消逝在山川大地之中。

④邊城：邊遠之城，此指樂鄉縣。

⑤野戍：野外放所。荒煙斷：荒煙時斷時續，極寫荒涼。

⑥噭噭（jiào）：猿啼之聲。

入峭峽安居溪伐木溪源幽邃林嶺相映有奇致焉[一]①

嘯徒歌伐木[二]②，鶩檝漾輕舟。靡迤隨廻水，潺湲泝淺流③。煙沙分兩岸④，霧島夾雙洲[三]⑤。古樹連雲密，交峰入浪浮⑥。巖潭相映媚⑦，溪谷屢環周。路迥光踰逼，山深興轉幽。麏鼯寒思晚⑧，猿鳥暮聲秋。誓息蘭臺策，將從桂樹遊⑨。因書謝親愛⑩，千歲覓蓬丘⑪。

【校記】

［一］“峽”原作“峽峽”，“映”原作“眠”，據四庫本、《全唐詩》刪改。

［二］“嘯”原作“肅”，據嘉靖王廷刻本改。

［三］“霧”原作“露”，據四庫本改。

【注釋】

①安居溪：安居水，即今四川省遂寧市南之關濺河（關箭溪），爲涪江支流。

②嘯徒：即嘯侶，呼喚同伴。

③潺湲：水流貌。泝：同“溯”，逆水而行。

④煙沙：雲霧中的沙灘。

⑤“霧島”句：謂夾於雙洲之間的小島處於煙霧朦朧之中。

⑥交峰：即峰谷相交，極言河谷狹窄。

⑦映：映襯。媚：嫵媚、漂亮。

⑧麕鼯（jūn wú）：獐子、鼯鼠兩種動物。

⑨“暫息”兩句：蘭臺策，指進士考試。桂樹遊，指隱居山林。兩句謂因考試失利産生隱居之念。

⑩謝：告知。親愛：親人、親友。

⑪蓬丘：即蓬萊山，傳説中的仙山。

宿空舲峽青樹村浦[①]

的的明月水[②]，啾啾寒夜猿[③]。客思浩方亂，洲浦寂無喧。憶作千金子[④]，寧知九逝魂[⑤]。虛聞事朱闕[⑥]，結綬騖華軒[⑦]。委别高堂愛[⑧]，窺覦明主恩[⑨]。今成轉蓬去[⑩]，歎息復何言。

【注釋】

①空舲峽：也作“空泠峽”，在今湖北省秭歸縣東南。

②的的：明亮的樣子，狀月光下之水分外明亮。

③啾啾（jiū jiū）：此指猿鳴淒厲之聲。

④千金子：千金之子，喻富豪人家。陳子昂本身就是富豪之家出身，故云。

⑤九逝魂：指思鄉之魂千回百轉。

⑥朱闕：紅色城闕，此指京城。

⑦結綬：佩戴綬印，指出仕爲官。騖：通“鶩”，追求。華軒：漂亮的車子。

⑧委别：辭别。高堂：父母。

⑨窺覦：覬覦，貪求。

⑩轉蓬：隨風飄轉的蓬草，喻無根之魂。

宿襄河驛浦[一]①

沿流辭北渚，結纜宿南州②。合岸昏初夕③，迴塘暗不流④。臥聞塞鴻斷⑤，坐聽峽猿愁。沙浦明如月，汀葭晦若秋⑥。不及能鳴鴈⑦，徒思海上鷗。天河殊未曉⑧，滄海信悠悠。

【校記】

［一］“襄”原作“讓”，據四庫本、《全唐詩》改。

【注釋】

①襄河：襄水，漢水自襄陽以下段。

②結纜：拴纜繩，指停船。

③合岸：江流兩岸。

④迴塘：回繞曲折的堤岸。

⑤塞鴻：從塞北飛來的大雁。

⑥汀葭：水邊蘆葦。

⑦能鳴鴈：能鳴之鴈得保壽命，典出《莊子·山木》。

⑧天河：銀河。

入東陽峽與李明府船前後不相及①

東巖初解纜②，南浦遂離群。出没同洲島，棲泊異汀濆[一]③。風煙猶可望，歌笑浩難聞。路轉青山合，峰迴白日曛。奔濤上漫漫，積水下沄沄[4]。倏忽猶疑及[5]，差池復兩分[6]。離離間遠樹，藹藹没遙氛[7]。地入巴陵道[8]，星連牛斗文[9]。孤狖啼寒月[10]，哀鴻叫斷雲[11]。仙舟不可見[12]，遙思坐氛氲[13]。

【校記】

[一]原有“《品彙》作沿迴異渚濆”，據《全唐詩》删。

【注釋】

①東陽峽：在今重慶市巴南區以西。明府：對縣令的尊稱。

②解纜：揭開纜索，即開船。

③汀濆：水邊平地。

④沄沄：水流洶湧樣子。

⑤倏忽：頃刻、一會兒。

⑥差池：不齊的樣子。兩分：各自分開。

⑦藹藹：暗淡。

⑧巴陵道：郡名，治所在今湖南省岳陽市。

⑨牛斗文：牽牛星、南斗星。古代將天上星宿與地理相連。牛、斗爲吴、越分野，與荆楚相連。

⑩狖：傳説中的長尾猿猴。

⑪哀鴻：哀鳴的鴻雁。鴻雁哀鳴喻朋友失群。

⑫仙舟：本用漢代李膺事，此借指李明府。

⑬氛氲：本指霧氣濃郁，此指詩人對李明府思念之深。

卷二

雜　詩

西還至散關答喬補闕知之①

葳蕤蒼梧鳳，嘹唳白露蟬②。羽翰本非疋③，結交何獨全？昔君事胡馬，余得奉戎旃④。携手向沙塞[一]，關河緬幽燕。芳歲幾陽止⑤，白日屢徂遷⑥。功業雲臺薄⑦，平生玉佩捐⑧。歎此南歸日，猶聞北戍邊。代水不可涉[二]⑨，巴江亦潺湲⑩。攬衣度函谷⑪，銜涕望秦川⑫。蜀門自兹始，雲山方浩然。

【校記】

［一］“向”原作“同”，據四庫本、《全唐詩》校改。

［二］“涉”原作“陟”，據四庫本、《全唐詩》校改。

【注釋】

①西還：即還西。陳子昂家在四川射洪，屬西邊。時陳子昂從東邊洛陽回家，故云“西還”。散關：即大散關，在今陝西省寶雞市境内，爲回川所經之路。

②蒼梧鳳：指代喬知之，有讚美之意。白露蟬：指代詩人自己，有哀傷之意。

③“羽翰”句：此句謂就才華來説，自己根本不能與喬知之相比。

④“昔君”二句：回憶兩人北征同羅、僕固之事，卷一《觀荆玉篇》有記述。

⑤陽止：指十月。

⑥徂遷：遷徙、消逝。

⑦雲臺：漢代殿名，指代朝廷。

⑧玉佩：所佩之玉，此指美好的品德。

⑨代水：泛指北方河流。

⑩巴江：指嘉陵江。潺湲：水慢慢流動之貌。

⑪攬衣：提起衣服。函谷：古代崤山至潼關段多在澗谷之中，深險如函，古稱函谷。

⑫銜涕：含著眼淚。秦川：關中一帶。

還至張掖古城聞東軍告捷贈韋五虛己[①]

孟秋首歸路，仲月旅邊亭[②]。聞道蘭山戰，相邀在井陘[③]。屢鬭關月滿，三捷虜雲平。漢軍追北地，胡騎走南庭[④]。君爲幕中士，疇昔好言兵[⑤]。白虎鋒應出，青龍陣幾成[⑥]。披圖見丞相[⑦]，按節入咸京。寧知玉門道，空作隴西行[⑧]。北海朱旄落[⑨]，東歸白露生。縱橫未得意，寂寞寡相迎。負劍空嘆息，蒼茫登古城。

【注釋】

①張掖古城：在今甘肅省張掖市西北。韋虛己：陳子昂朋友，與陳子昂有詩文交往。

②孟秋：七月。仲月：八月。

③蘭山：指皋蘭山，在今甘肅省蘭州市南。井陘（xíng）：山名，在今河北省井陘縣。

④北地：本爲秦朝郡名，此指西北。南庭：史稱南單于爲“南庭”。

⑤疇昔：從前。好言兵：喜歡談論軍事。後“青龍”二句即寫韋虛己的軍事才能。

⑥白虎、青龍：此指韋虛己精通兵法。見《淮南子·兵略》有關論説。

⑦披圖：打開地圖，此指韋虛己在軍中參謀情形。

⑧玉門：在甘肅省西北部，東連嘉峪關，西接瓜州，爲古代中原往西域必經

之地。隴西：在甘肅省東南部，爲古絲綢之路和新亞歐大路橋的必經之地。

⑨北海：唐朝北海即今貝加爾湖，在今俄羅斯境内。朱旄：用紅色旄牛尾製成的符節。此暗用漢代蘇武牧羊故事，事載《漢書》卷五四。

度峽口山贈喬補闕知之王二無競①

峽口大漠南，横絶界中國②。叢石何紛糺③，小山復翕赩[一]④。遠望多衆容，逼之無異色⑤。崔崒半孤斷⑥，逶迤屢迴直。信關胡馬衝⑦，亦距漢邊塞⑧。豈伊河山險，將順休明德⑨。物壯誠有衰，勢雄良易極。邐迤忽而盡，泱漭平不息⑩。之子黄金軀⑪，如何此荒域。雲臺盛多士，待君丹墀側⑫。

【校記】

［一］“赩”原作“絶”，據四庫本、《全唐詩》校改。

【注釋】

①峽口山：當指居延海北的某個峽口。

②“峽口”二句：寫峽口所在位置居於大沙漠之南，與中原地區連界。

③紛糺：指石頭紛亂錯雜。

④翕赩（xì）：樹木生長旺盛。

⑤“遠望”二句：寫站在峽口遠望地勢遼闊、氣象萬千，近觀則並無特異之處。意思是雖極弘闊，但景色單一。

⑥崔崒：險峻曲折。

⑦信：副詞，的確。關：關隘。衝：要道。

⑧距：同“拒”，抵抗、把守。

⑨“豈伊”二句：强調山河險固並不值得依靠，重要的是君王修德。

⑩泱漭：廣大無邊。

⑪之子：這兩人，指喬知之、王無競。黄金軀：寶貴之軀。

⑫丹墀（chí）：紅色臺階，指代朝廷。

題祀山烽樹上喬十二侍御[一]①

漢庭榮巧宧[二]②，雲閣薄邊功。可憐驄馬使③，白首爲誰雄④。

【校記】

［一］“題”後原有“贈”，據四庫本删。

［二］“宧”原作“宫”，據四庫本、《全唐詩》改。

【注釋】

①祀山烽：地名，在居延海附近。喬十二：即喬知之。生卒年不詳，同州馮翊（今陝西省大荔縣）人。早年隱居，以文詞知名。

②巧宧：善於當官。此指朝廷看中善於鑽營之徒。

③可憐：可惜。驄馬使：御史的美稱。

④“白首”句：白首，白頭。時喬知之年近五十，故云“白首”。此句感慨喬知之盡心國事而朝廷卻無所報答。

題居延古城贈喬十二知之[一]①

聞君東山意②，宿昔紫芝榮[二]③。滄洲今何在[三]④，華髮旅邊城⑤。還漢功既薄，逐胡策未行⑥。徒嗟白日暮，坐對黄雲生。桂枝芳欲晚，薏苡謗誰明[四]⑦？無爲空自老，含嘆負生平。

【校記】

[一]“知之”原無，據《全唐詩》補。

[二]“昔”原作“習”，據《全唐詩》改。

[三]“洲”原作“州”，據四庫本改。

[四]“苡”原作“苡”，據四庫本、《全唐詩》改。

【注釋】

①居延古城：在今内蒙古自治區阿拉善盟額濟納旗和甘肅省酒泉市金塔縣境内。

②東山意：用謝安事，指隱居之志。見《世説新語·排調》。

③紫芝：比喻賢人。見《淮南子·俶真》：“巫山之上，順風縱火，膏夏紫芝，與蕭艾俱死。”

④滄洲：水濱，泛指隱居之地。

⑤華髮：白髮，年老。

⑥逐胡策：指喬知之關於驅除突厥的謀劃，本集卷四有《爲喬補闕論突厥表》。

⑦薏苡（yì yǐ）：一種草本植物，果實爲薏米或薏仁。“薏苡謗”用漢代馬援事，載《後漢書·馬援傳》。

薊丘覽古贈盧居士藏用七首 並序[一]①

丁酉歲，吾北征②，出自薊門。歷觀燕之舊都，其城池霸跡已蕪没矣[二]。乃慨然仰歎，憶昔樂生、鄒子，群賢之遊盛矣③。因登薊樓④，作七詩以志之[三]，寄終南盧居士，亦有軒轅遺跡也⑤。

軒轅臺

北登薊丘望，求古軒轅臺。應龍已不見⑥，牧馬生黄埃⑦。尚想廣成子⑧，遺跡白雲隈。

燕昭王⑨

南登碣石館⑩，遥望黄金臺⑪。丘陵盡喬木，昭王安在哉？霸圖悵已矣⑫，驅馬復歸來。

樂生

王道已淪昧⑬，戰國競貪兵。樂生何感激⑭，仗義下齊城⑮。雄圖竟中天，遺歎寄阿衡⑯。

燕太子⑰

秦王日無道，太子怨亦深。一聞田光義，匕首贈千金⑱。其事雖不立，千載爲傷心。

田光先生

自古皆有死，徇義良獨稀⑲。奈何燕太子，尚使田生疑[四]⑳。伏劍誠已矣，感我涕沾衣。

鄒子

大運淪三代，天人罕有窺㉑。鄒子何寥廓，謾説九瀛垂㉒。興亡已千載，今也則無推。

郭隗

逢時獨爲貴㉓，歷代非無才。隗君亦何幸㉔，遂起黄金臺。

【校記】

［一］“七”原作“六”，據四庫本、《全唐詩》校改。

［二］“没”原作“昧”，後有校語“一作没”，據《全唐詩》删改。

［三］“七”原作“六”，據四庫本、《全唐詩》校改。

［四］田生：原作“田光”，後有校語“一作田生”，據《全唐詩》删改。

【注釋】

①薊丘：地名，今北京市西南。盧藏用：約 664 年～約 713 年在世，字子潛，幽州范陽人，詩人，陳子昂朋友。傳見《舊唐書》卷九四、《新唐書》卷一二三。

②丁酉歲：武則天神功元年，697 年。北征：指征契丹。事載《新唐書·則天皇后本紀》。

③樂生：樂毅。鄒子：鄒衍，齊國人。群賢之遊：指燕趙時期，郭隗、樂毅、鄒衍、劇辛等人都爲燕昭王重用。

④薊樓：即薊北樓。

⑤軒轅：軒轅黄帝，本姓公孫，後改姬姓，故稱姬軒轅。

⑥應龍：傳説中黄帝之臣。見《山海經·大荒北經》。

⑦牧馬：指牧馬童子。見《莊子·徐無鬼》。

⑧廣成子：傳説中古仙人。見《莊子·在宥》。

⑨燕昭王：前 335 年～前 279 年在世，姬姓燕氏，名職，戰國時燕國第 39 任國君（前 311 年～前 279 年）。事載《史記·燕召公世家》。

⑩碣石館：即碣石宫，故址在今北京市西南。

⑪黄金臺：故址在今河北省易縣東南，據説爲燕昭王所建，上置黄金千金以延聘天下之士。

⑫霸圖：稱王稱霸的雄圖。

⑬王道：與霸道相對，指仁政。

⑭感激：感激奮發。

⑮仗義：憑藉義氣。齊城：燕昭王二十八年（前 284 年），拜樂毅爲上將軍，聯合秦、韓、趙、魏四國共同伐齊，大敗齊軍。

⑯阿衡：伊尹，商朝開國名臣。

⑰燕太子：燕王喜之子，名丹。事載《史記・燕召公世家》。

⑱田光：燕國處士。匕首：此指以千金之價求得匕首。

⑲徇義：指捨身取義，這是對俠客的褒美。

⑳田生疑：指燕太子丹告誡田光勿洩漏刺殺秦王之事，於是田光自殺以明其心，並堅定荆軻的决心。事載《戰國策・燕策三》。

㉑天人：天指自然，人指人類社會。此處主要指談天。鄒衍提倡五行説、大九州説，他“盡言天事”，時人稱爲“談天衍”。

㉒謾説：謾通漫，謾説指漫無邊際、無可求證之説。九瀛：即九州。垂：通陲，邊界。

㉓逢時：碰上好時機。

㉔隗君：即郭隗，約前 351 年 ~ 前 297 年在世，戰國時期燕國大臣，縱横家代表人物。

登幽州臺歌[一]①

前不見古人，後不見來者②。念天地之悠悠[二]③，獨愴然而涕下④！

【校記】

[一]篇題原無，據《全唐詩》補。録自本集附録盧藏用《陳氏别傳》。

［二］“悠悠”，《陳氏別傳》作“攸攸”，據四庫本、《全唐詩》校改。

【注釋】

①幽州臺：即黄金臺，亦稱招賢臺。戰國時期燕昭王築，爲燕昭王尊師郭隗之所。

②古人、來者：皆指燕昭王這樣的賢君。

③悠悠：廣大無窮。

④愴然：悲傷的樣子。此詩主題同《薊丘覽古贈盧居士藏用七首》，皆借歷史故事抒發憂心國事、時運不濟的深沉感歎。既是陳子昂個人的遭際，又是無數人共同的感受，故千百年來深受人們喜愛。

初入峽苦風寄故鄉親友①

故鄉今日友，歡會坐應同②。寧知巴峽路③，辛苦石尤風④。

【注釋】

①初：指陳子昂初出蜀。峽：指巴峽。

②坐：正，恰好。

③巴峽路：指從長江水路到襄陽轉陸路到洛陽。

④石尤風：旋風。

贈趙六貞固 二首［一］①

回中烽火入②，塞上追兵起。此時邊朔寒，登隴思君子③。東顧望漢京，南山雲霧裏④。

赤螭媚其彩[二]⑤，婉孌蒼梧泉[三]⑥。昔者琅琊子⑦，躬耕亦慨然⑧。美人豈遐曠⑨，之子乃前賢。良辰在何許，白日屢頹遷⑩。道心固微密⑪，神用無留連⑫。舒可彌宇宙，攬之不盈拳。蓬蒿久蕪没，金石徒精堅⑬。良寶委短褐⑭，閒琴獨嬋娟⑮。

【校記】

[一]“貞固”原無，據《全唐詩》補。

[二]“螭”原作“蟠”，據四庫本、《全唐詩》改。

[三]“孌”原作“委”，據《全唐詩》改。

【注釋】

①趙貞固：行六，名元，衛州汲縣人。陳子昂朋友，事見本集《昭夷子趙氏碑》，傳見《新唐書》卷一〇七。

②回中：在今寧夏省回族自治區固原市原州區。烽火：指戰事。

③君子：此指趙貞固。

④南山：終南山，在今陝西省西安市南。

⑤赤螭（chī）：即赤龍。

⑥婉孌：婉曲柔美之貌。蒼梧：山名，在今湖南省寧遠縣。泉：源泉，深淵。

⑦琅琊子：指諸葛亮，事載《三國志・蜀書・諸葛亮傳》。

⑧慨然：感歎。

⑨美人：美德之人，此指趙貞固。遐曠：遼闊，遼遠。

⑩頹遷：遷流。

⑪道心：天理。固：本來。微密：精微周密。

⑫神用：神明之用。留連：滯留。

⑬金石：指金石之志，喻意志堅定。徒：徒然、白白。

⑭良寶：珍寶，美好的東西，此指賢才。

⑮嬋娟：猶嬋媛，情思牽縈貌。

答韓使同在邊①

漢家失中策②，胡馬屢南驅。聞詔安邊使③，曾是故人謨[一]。廢書悵懷古④，負劍許良圖。出關歲方晏，乘障日多虞⑤。虜入白登道⑥，烽交紫塞途。連兵屯北地，清野備東胡⑦。邊城方晏閉⑧，斥堠始昭蘇⑨。復聞韓長孺⑩，辛苦事匈奴。雨雪顔容改，縱横才位孤。空懷老臣策[二]，未獲趙軍租⑪。但蒙魏侯重，不受謗書誣[三]⑫。當取金人祭，還歌凱入都⑬。

【校記】

［一］“謨”原作“謀”。據四庫本、《全唐詩》改。

［二］“策”原爲墨丁，據四庫本、《全唐詩》補。

［三］“書”原作“臣”，據《全唐詩》改。

【注釋】

①韓使：名不詳，時與陳子昂同在征討契丹的邊地。

②漢家：此指武周政權。中策：上中下三策之中策，語見《漢書・匈奴傳下》。

③安邊使：保護安定邊境之使，一般爲邊防緊急時設立。

④廢書：放下書本。

⑤乘障：邊塞城堡。虞：戒備。

⑥白登：白登山，在今山西省大同市東。

⑦清野：把居民財産等轉移。

⑧晏閉：城門晚上關閉。

⑨斥堠（hòu）：偵察兵。昭蘇：指得到喘息的機會。

⑩韓長孺：漢武帝時御史大夫，名安國，主張與匈奴和親。事見《漢書·韓安國傳》。

⑪“空懷”二句：反用李牧事，見《史記·張釋之馮唐列傳》。

⑫“但蒙”二句：用樂羊事，見《戰國策·秦策二》。

⑬“當取”二句：以漢代霍去病之事勉勵韓使。

東征至淇門答宋參軍之問[①]

南星中大火[②]，將子涉清淇[③]。西林改微月[④]，征旆空自持[⑤]。碧潭去已遠，瑤花折遺誰[⑥]？若問遼陽戍[⑦]，悠悠天際旗[⑧]。

【注釋】

①東征：此指征伐契丹。契丹在洛陽東北，故可云東征或北征。淇門：淇門鎮，在今河南省衛輝市東北。宋之問：約656年~約712年在世，字延清，名少連，唐汾州隰城（今山西省汾陽市）人，一説虢州弘農（今河南省靈寶市）人，唐代詩人。

②“南星”句：南星，南方之星。大火，大火星。此句指六月。

③將：語氣助詞。清淇：二水名，在今河南省北部。

④微月：新月。

⑤征旆（pèi）：軍旗。

⑥遺誰：贈送給誰。

⑦遼陽戍：遼陽之戍，指此次東征契丹。遼陽，在今遼寧省朝陽市西。

⑧悠悠：旌旗隨風飄動之貌。天際：視力所見天地交際之處，言遼遠之地。

萬州曉發放舟乘漲還寄蜀中親友①

空濛巖雨霽②，爛漫曉雲歸。嘯旅乘明發③，奔橈騖斷磯④。蒼茫林岫轉⑤，駱驛漲濤飛⑥。遠岸孤雲出，遙峰曙日微。前瞻未能眴[一]⑦，坐望已相依。曲直還今古，經過失是非⑧。還期方浩浩[二]，征思日騑騑⑨。寄謝千金子⑩，江海事多違⑪。

【校記】

［一］“眴”原作“晌”，據四庫本、《全唐詩》改。

［二］“還期”原作“多歧”，原有“一作期方”，據《全唐詩》刪改。

【注釋】

①萬州：在今重慶市萬州區。

②空濛：細雨朦朧的樣子。霽：雨停。

③嘯旅：呼喚朋友。

④奔橈：放舟。騖：疾馳。斷磯：石灘。

⑤林岫（xiù）：山林。岫，山穴。

⑥駱驛：同“絡繹”，連續不斷的樣子。

⑦眴（shùn）：瞬，眨眼之間，喻快速。

⑧“曲直”二句：由江上乘船所見引出的感歎，曲直、是非轉眼之間已成過去，一切都消逝在歷史長河之中。

⑨征思：征人之思，指出門在外之人的思家之情。騑騑：喻指征思綿綿不盡。

⑩“寄謝”句：寄謝即寄語，托話。千金子，寶貴之軀。

⑪“江海”句：江海，隱居於江海。此句謂作者有隱居之志。

贈嚴倉曹乞推命禄[一]①

少學縱横術②，遊楚復遊燕③。棲遑長委命④，富貴未知天。聞道沉冥客[二]⑤，青囊有秘篇⑥。九宫探萬象[三]⑦，三算極重玄⑧。願奉唐生訣[四]，將知躍馬年⑨。非同墨翟問[五]，空滯殺龍川[六]⑩。

【校記】

［一］“禄”原作“録”，據目録和嘉靖本改。作“録”亦通，《推命録》似爲算命書。

［二］“冥”原作“溟”，據《全唐詩》改。

［三］“探”原作“採”，原有校語“一作探”，據《全唐詩》删改。

［四］“訣”原爲墨丁，據四庫本、《全唐詩》補。

［五］“同”原作“因”，據《全唐詩》改。

［六］“殺”原作“至”，據《全唐詩》改。

【注釋】

①嚴倉曹：名不詳。倉曹：職位名，即倉曹參軍事。推：推算。命禄：壽命功禄等。

②縱横術：合縱連横之術。

③“遊楚”句：此指陳子昂一生行蹤，既包括從家鄉出發屢經楚地，也包括隨軍從征到燕地。

④棲遑：忙碌不安，奔忙不定。

⑤沉冥客：幽居隱跡之人，本指漢代嚴君平，此指同姓的嚴倉曹。

⑥青囊：黑色口袋，指術士裝卜算工具的口袋。

⑦九宫：推算吉凶禍福的法術。

⑧三算：多次推算。重玄：玄之又玄，是謂“重玄”。

⑨“願奉”二句：用唐舉爲蔡澤算相之事，見《史記·范雎蔡澤列傳》。躍馬：指飛黄騰達。

⑩墨翟問、殺龍川：皆見《墨子·貴義》：“子墨子北之齊，遇日者。日者曰：‘帝以今日殺黑龍於北方，而先生之色黑，不可以北。’子墨子不聽，遂北。至淄水，不遂而反焉。”此是讚揚嚴倉曹有“日者”的功力。

答洛陽主人

平生白雲志①，早愛赤松遊②。事親恨未立③，從宦此中州[一]④。主人何發問，旅客非悠悠⑤。方謁明天子⑥，清宴奉良籌⑦。再取連城璧⑧，三陟平津侯⑨。不然拂衣去⑩，歸從海上鷗。寧隨當代子，傾側且沈浮⑪。

【校記】

［一］“宦”原作“官”，據四庫本、《全唐詩》校改。

【注釋】

①白雲志：此指隱居之志。

②赤松遊：相伴赤松而遊。與“白雲志”相同。赤松子，傳説中仙人，事載劉向《列仙傳》卷上。

③事親：侍奉雙親。恨：遺憾。此句指因爲侍奉父母不能實現隱居之志。

④從宦：擔任職務，當官。中州：洛陽。

⑤悠悠：庸俗、平凡。

⑥謁：拜見。明天子：對天子的美稱。

⑦清宴：指皇帝閒暇之時。良籌：指治理國家的良謀。

⑧連城璧：即和氏璧，意爲爲國建立功勳。

⑨陟：等，升。平津侯：指公孫弘。此指像公孫弘那樣建立功業。

⑩拂衣：提起或撩起衣襟，此指隱居。

⑪“寧隨”二句：傾側，奸邪不正，反復無常。二句謂怎可追隨當代那些奸邪之徒與世浮沉。

酬暉上人秋夜山亭有贈[①]

皎皎白林秋[②]，微微翠山静[③]。禪居感物變[④]，獨坐開軒屏[⑤]。風泉夜聲雜[一]，月露宵光冷[⑥]。多謝忘機人[二][⑦]，塵憂未能整[⑧]。

【校記】

［一］“聲雜”原作“聲絶”，有校语“聲絶一作聲雜”，據《全唐詩》删改。

［二］“機”原作“懷”，據四庫本、《全唐詩》改。

【注釋】

①上人：對僧侣的敬稱。暉上人與陳子昂交往較多，本集多有記録。

②皎皎：潔白貌。

③微微：狀幽静。

④禪居：指僧人的日常生活。

⑤軒屏：窗帷。

⑥“風泉”二句：寫秋夜山居的幽静。

⑦多謝：十分慚愧。忘機人：指没有機心、忘懷時事之人，指暉上人。

⑧塵憂：凡人的世間煩惱。

酬暉上人秋夜獨坐山亭有贈[①]

鐘梵經行罷[②]，香林坐入禪[一][③]。巖庭交雜樹，石瀨瀉鳴泉[④]。水月心方寂[⑤]，雲霞思獨玄[⑥]。寧知人世裏[二]，疲病苦攀緣[⑦]。

【校記】

［一］“林”原作“牀”，據《全唐詩》改。

［二］“世”後原有校語“舊避諱作代”，據《全唐詩》删。

【注釋】

①獨坐山：在今四川省射洪縣東南。

②鐘梵：指僧人敲鐘誦經的日常生活。

③入禪：進入禪定。

④“巖庭”二句：交，指樹枝交互纏繞。石瀨，石灘上的疾流。二句描寫暉上人居所自然環境優美。

⑤水月：佛教有水月鏡花之説，比喻一切皆虛幻。

⑥思獨玄：玄指道或德。思玄遠之道。

⑦攀緣：指塵世中人有各種疾苦煩怨等攀附於身。

酬李參軍崇嗣旅館見贈[①]

昨夜銀河畔，星文犯遙漢[②]。今朝紫氣新，物色果逢真[③]。言從天上落[④]，乃是地仙人[⑤]。白璧疑冤楚，烏裘似入秦[⑥]。摧藏多古意[⑦]，歷覽備艱辛。樂廣雲雖睹[⑧]，夷吾風未春[⑨]。鳳歌空有問[⑩]，龍性詎能馴？寶劍終應出[⑪]，驪珠會見珍[⑫]。未及馮公老[⑬]，何驚孺子貧[⑭]。青雲儻可致[⑮]，北海憶孫賓[⑯]。

【注釋】

①參軍：古代官名，王、相或將軍的軍事幕僚。李崇嗣：生卒年、籍貫不詳。武后時任奉宸府主簿，與沈佺期等奉敕於東觀修書，曾任許州參軍。

②“昨夜”二句：用海客乘槎到銀河事，此比喻李崇嗣到蜀地。星，客星。漢，銀河。事載張華《博物志·雜説下》。

③“今朝”二句：用尹喜迎老子事。此借指詩人喜遇李崇嗣。事見劉向《列仙傳》卷上。

④言：語氣助詞。從天上落：從天而降。也是讚美李崇嗣猶如天上來客。

⑤地仙：指遊於名山大川之士。晉朝葛洪有所謂“天仙”“地仙”之説。

⑥“白璧”二句：言英雄也有落魄之時。“白璧疑冤楚”用張儀盜璧事，載《史記·張儀列傳》。“烏裘似入秦”用蘇秦落魄事，見《戰國策·秦策一》。

⑦摧藏：内心憂傷。

⑧樂廣：生年不詳，卒於 304 年，字彦輔。南陽郡淯陽縣（今河南省南陽市）人，西晉名士。

⑨夷吾：春秋時期齊國名相管仲之名。夷吾風，喻指能夠復蘇萬物的春風。

⑩鳳歌：用楚狂接輿事。事載《論語·微子》。

⑪“龍性”二句：用豐城寶劍之事。事載《晉書·張華傳》。此指李崇嗣猶如寶劍必有出頭之日。

⑫驪珠：驪龍頷下之珠，喻稀世珍寶。指李崇嗣有受重視的一天。

⑬馮公老：用漢代馮唐事。事載《史記·張釋之馮唐列傳》。馮唐年九十方被漢武帝任用。

⑭孺子貧：用徐稺事。孺子爲徐稺字。事載《後漢書·徐稺傳》。

⑮青雲：指仕途順達，官至高位。

⑯北海：漢代郡名，治所在今山東省壽光市東南。孫賓：孫賓石。事載《後漢書・趙岐傳》。

酬暉上人夏日林泉見贈[一]

聞道白雲居，窈窕青蓮宇①。巖泉流雜樹②，石室千年古[二]。林臥對軒窗，山陰滿庭户③。方釋塵事勞④，從君襲蘭杜⑤。

【校記】

［一］見贈：原無，據四庫本補。

［二］巖泉流雜樹，石室千年古：後原有"《品彙》作'巖泉萬丈流，樹石千年古'"，據《文粹》删。

【注釋】

①窈窕：狀幽深。青蓮：清色蓮花，佛教以爲佛寺美稱。

②巖泉：山間之泉。雜樹：各種不同的樹木。此描寫暉上人佛寺所在環境清幽。

③山陰：山間陰涼之氣。

④塵事勞：塵世之勞，指俗人所承擔的各種辛苦。

⑤襲蘭杜：佩戴蘭草、杜若，此喻指修煉自己的美德。

酬田逸人見尋不遇題隱居裏壁[一]①

遊人獻書去，薄暮返靈臺②。傳道尋仙友，青囊賣卜來③。聞鶯忽相訪④，題鳳久徘徊⑤。石髓空盈握，金經閉不開⑥。還疑縫掖子⑦，復似洛陽才⑧。

【校記】

［一］“隱居”原作“居隱”，據四庫本、《全唐詩》改。

【注釋】

①逸人：舊稱遁世隱居之人。田逸人，名不詳。

②“遊人”二句：遊人，指陳子昂自己。時子昂客居洛陽，故稱。薄暮：傍晚。靈臺：在今河南省洛陽市南。此二句言詩人在洛陽的住所和獻書朝廷之事。

③青囊：見《贈嚴倉曹乞推命禄》注⑥。賣卜：算卦。二句言田逸人爲尋道求仙、賣卜隱居之人。

④聞鶯：思念友人。典出《詩經·小雅·伐木》：“嚶其鳴矣，求其友聲。”

⑤題鳳：題“鳳”於門上，此反用吕安事，事載《世説新語·簡傲》。

⑥“石髓”二句：用嵇康事，事載《晉書·嵇康傳》。石髓：鐘乳石。金經：道教所謂仙經。二句暗含道教服食養生求仙之術不可靠。

⑦縫掖子：指代儒生。

⑧洛陽才：指漢代賈誼。這兩句指詩人自己。

東征答朝臣相送[一]①

平生白雲意②，疲薾媿爲雄③。君王謬殊寵④，旌節此從戎⑤。挼繩當繫虜⑥，單馬豈邀功⑦。孤劍將何託，長謠塞上風⑧。

【校記】

［一］“臣”原作“達”，據四庫本、《全唐詩》改。

【注釋】

①東征：指陳子昂隨武攸宜征討契丹。

②白雲意：即白雲志，指隱居之志。

③疲薾：疲憊困頓。

④“君王”句：這是陳子昂的謙語，意思是自己不應該受到如此隆重的恩遇。

⑤旌節：皇帝授予從征大將發號施令的信物。從戎：從軍。

⑥挼（ruó）繩：搓繩。繫虜：捆綁俘虜。此句謂努力備戰，充滿必勝信心。

⑦單馬：單騎。此句謂單騎征戰是爲了顯示我軍威武，不是爲了邀功求賞。

⑧長謠：長歌。塞上風：邊塞歌曲。

合州津口别舍弟至東陽峽步趁不及眷然有懷作以示之[一]①

江潭共爲客②，洲浦獨迷津③。思積芳庭樹④，心斷白眉人⑤。同衾成楚越⑥，别梟類胡秦[二]⑦。林岸隨天轉，雲峰逐望新。遙遙終不見，默默坐含嚬⑧。念别疑三月，經途未一旬⑨。孤舟多逸興，誰共爾爲鄰⑩。

【校記】

[一]“州”原作“平”，“東陽”後無“峽”，據《全唐詩》改補。

[二]“梟”原作“島”，原文不通，據意改。

【注釋】

①合州：治所在今重慶市合川區。津口：渡口。舍弟：陳子昂本無兄弟，疑堂弟或妻弟，或泛稱。東陽峽：見《入東陽峽與李明府船前後不相及》注①。步趁：追趕。眷然：深切思念。

②江潭：江邊。

③洲浦：洲邊。迷津：迷路。此指因爲傷别而迷糊。

④芳庭樹：芳庭之樹，喻指優秀人才，見《世説新語·言語》。

⑤心斷：心傷，傷心。白眉人：眉上有白毛，用馬良事，見《三國志·蜀書·馬良傳》。芳庭樹和白眉人皆贊美“舍弟”。

⑥同衾：同蓋一床被子，喻指關係親近的兄弟。楚越：謂距離遙遠。

⑦别梟：鳥類離群，此指朋友分别。典出蘇武《别李陵詩》。胡秦：北方與中原，義同楚越，指距離遙遠。

⑧含嚬：狀憂愁。

⑨“念别”二句：謂分别才幾天，感覺好像幾個月，極言思念之深。三月：《詩經·王風·采葛》：“一日不見，如三月兮。”

⑩“孤舟”二句：謂舍弟的超逸豪放，又有誰能夠同他作伴呢？

居延海樹聞鶯同作①

邊地無芳樹，鶯聲忽聽新。間關如有意②，愁絶若懷人③。明妃失漢寵④，蔡女没胡塵⑤。坐聞應落淚，況憶故園春⑥。

【注釋】

①居延海：在今内蒙古自治区額濟納旗西北。漢稱居延澤，唐稱居延海，發源於祁連山深處的黑河，流經青海、甘肅、内蒙古三省區，匯入巴丹吉林沙漠西北，形成東、西兩大湖泊，總稱居延海。

②間關：形容鳥鳴聲。

③愁絶：憂愁到極點。前二句借鳥鳴起興，渲染邊地聽到鶯鳴而産生憂愁悲傷之情。

④明妃：明君，王昭君。漢元帝宫女，嫁匈奴以和親。歷朝多有歌詠。王昭君事載見《後漢書·南匈奴傳》。

⑤蔡女：指蔡文姬。事載《後漢書·董祀妻傳》。

⑥“坐聞”二句：由眼前邊地聞鶯鳴，聯想及歷史上兩位著名才女之事而生離家之思。

題李三書齋　崇嗣[一]①

灼灼青春仲②，悠悠白日昇③。聲容何足恃④，榮吝坐相矜⑤。願與金庭會[二]⑥，將待玉書徵⑦。還丹應有術⑧，煙駕共君乘⑨。

【校記】

[一]原無“題”字，據《全唐詩》補。

[二]“金”原作“今”，據四庫本、《全唐詩》改。

【注釋】

①李崇嗣：陳子昂朋友。見《酬李參軍崇嗣旅館見贈》注①。

②灼灼：狀桃花鮮豔茂盛，見《感遇詩》“其三十一”注②。青春：春天。

③悠悠：舒緩貌。白日昇：指陽光好。

④聲容：名聲地位。

⑤榮吝：寵辱得失。此二句謂聲名地位寵辱得失不值得矜誇和依靠。

⑥與：參與、參加。金庭：道教稱神仙所居之地。

⑦玉書徵：玉書徵召，指升天成仙。用沈義成仙事，事載東晉葛洪《神仙傳》卷八。

⑧還丹：道教所謂仙丹，服之可白日飛升。

⑨煙駕：指神仙所乘之車。

題田洗馬遊巖桔槔[①]

望苑長爲客[一][②]，商山遂不歸[③]。誰憐北陵客[二][④]，未息漢陰機[⑤]。

【校記】

［一］“苑”原作“遠”，據四庫本、《全唐詩》校改。

［二］“北”原作“比”，據四庫本、《全唐詩》校改。

【注釋】

①洗馬：官名。田遊巖：字不詳，京兆三原人，約唐高宗咸亨初前後在世。有文才，隱士。桔槔：利用杠杆原理製作的一種原始汲水工具。

②望苑：博望苑。漢宫苑名，漢武帝爲戾太子建。後亦泛指太子之宫。

③商山：商山四皓，此指田遊巖。

④北陵：長安城北五陵。田遊巖家離此較近，借指其人。

⑤漢陰：漢水之南。山北水南爲陰。漢陰丈人事見《莊子·天地》。機，本

爲機械，此指機心。

古意題徐令壁[①]

白雲蒼梧來[②]，氛氲萬里色[③]。聞君太平世[一]，棲泊靈臺側[④]。

【校记】

[一]“聞”原作“問”，“世”原有校語“舊避諱作代”，据《全唐詩》删改。

【注释】

①徐令：無考。據陶敏、傅璇琮《唐五代文學編年史·垂拱三年》及彭慶生意見，徐令当爲“餘令”。郎餘令：定州新樂（今河北省新樂市）人。擢進士第，官至著作佐郎。有才名，工畫。

②蒼梧：又名九嶷山，在今湖南省寧遠縣南。

③氛氲：雲霧盛大。

④棲泊：居留、停泊、寄居。靈臺：见《酬田逸人見尋不遇題隐居裏壁》注②。

送別出塞

平生聞高義[①]，書劍百夫雄[②]。言登青雲去[③]，非此白頭翁[④]。胡兵屯塞下[5]，漢騎屬雲中[一][6]。君爲白馬將[7]，腰佩騂角弓[8]。單于不敢射[9]，天子佇深功[10]。蜀山余方隱[11]，良會何時同[12]。

【校記】

［一］“漢騎”原作“朝寄”，據四庫本、《全唐詩》校改。

【注釋】

①高義：品行高尚正直。

②書劍：書指文，劍指武。此贊美被送者是文武全才。

③言：語氣詞。登青雲：指飛黄騰達、位至高官。

④白頭翁：白髮之人，指詩人自己。

⑤胡兵：此指突厥。屯：屯兵。塞下：邊塞附近，泛指北方邊境地區。

⑥漢騎：此指唐軍。雲中：郡名。原爲戰國趙地，秦時置郡，治所在雲中縣（今内蒙古自治區托克托縣東北）。

⑦白馬將：本指三國時期蜀將龐統，此指被送别的將軍。

⑧騂（xīng）角弓：用紅色牛角裝飾的弓。

⑨“單于”句：單于，本爲匈奴大首領之號，此指突厥首領。不敢射，用項羽事，事見《史記·項羽本紀》。此句形容將軍的勇猛和豪氣。

⑩佇：等待。深功：大功。

⑪蜀山：指陳子昂所居之地。

⑫良會：美好的聚會，此指將軍勝利後舉行的慶功會。

同宋參軍之問夢趙六贈盧陳二子之作[一][1]

晚霽望嵩嶽[2]，白雲半巖足[3]。氛氳含翠微[4]，宛如瀛臺曲[二][5]。故人昔所尚，幽琴歌斷續。變化竟無常[三]⑥，人琴遂兩亡⑦。白雲失處所，夢想曖容光⑧。疇昔疑緣業⑨，儒道兩相妨。前期許幽報⑩，迨此尚茫茫⑪。晤言既已失⑫，感恨情何一⑬。始憶攜手期[四]⑭，雲臺與娥眉⑮。達兼濟天下，窮獨善其時⑯。諸君推管樂⑰，之子慕巢夷⑱。奈何蒼生望，卒爲黄綬欺⑲。銘鼎功未立，山林事亦微⑳。撫孤一流慟㉑，懷舊且暌違㉒。盧子尚高節，終南臥松雪。宋侯逢聖君，驂馭遊青雲㉓。而我獨蹭蹬㉔，語默道猶懵㉕。征戍在遼陽，蹉跎草再黄[五]。丹丘恨不及㉖，白露已蒼蒼。遠聞《山陽賦》㉗，感涕下霑裳。

【校記】

［一］“宋參軍”原作“參軍宋”，據四庫本、《全唐詩》改。

［二］“瀛”原作“羸”，據四庫本、《全唐詩》校語改。

［三］“竟”原作“意”，據四庫本、《全唐詩》改。

［四］“憶”原作“應”，據四庫本、《全唐詩》改。

［五］“草”原作“歲”，據四庫本、《全唐詩》改。

【注釋】

①宋之問：見本卷《東征至淇門答宋參軍》注①。趙六：趙貞固，見本卷《贈趙六貞固二首》注①。盧：盧藏用，見《薊丘覽古贈盧居士藏用七首》注①。陳：指陳子昂自己。

②晚霽：傍晚雨停。嵩嶽：嵩山，在今河南省登封市北。

③巖足：即山腳。

④翠微：淡青色。

⑤“宛如”句：此指猶如仙境。瀛臺，即瀛洲。

⑥“變化”句：此指趙貞固突然離世。

⑦“人琴”句：形容看到遺物懷念死者的悲傷心情，典見《世説新語·傷逝》。

⑧曖：昏暗不明貌。

⑨疇昔：從前。緣業：佛教語。也稱業緣。謂善業爲招樂果的因緣，惡業爲招苦果的因緣，一切衆生皆由業緣而生。

⑩前期：以前約定。幽報：深深報答。

⑪迨此：至今。茫茫：無邊，没有結果。

⑫晤言：交談。

⑬感恨：感傷悔恨。一：專一、真摯。

⑭攜手期：訂交的日子。

⑮雲臺：指代朝廷，指擔任官職，建功立業。娥眉：即峨眉山，此代指隱居。

⑯“達兼濟”二句：《孟子·盡心章句上》有“窮則獨善其身，達則兼善天下”語，此指自己的人生志向。

⑰推：推許、崇尚。管樂：管仲、樂毅，皆爲立功之人。

⑱之子：指趙貞固。巢夷：巢父、伯夷，指隱士。

⑲“卒爲”句：最後卻爲小官所誤。黄綬：指縣尉。

⑳“銘鼎”二句：謂建功立業（所謂“達”）與隱居求志（所謂“窮”）二者都不成功。銘鼎，鼎上銘文以記功。山林事，隱居。

㉑撫孤：撫慰遺孤。流慟：痛哭。

㉒懷舊：思念老友。睽違：隔離，指不能見面。

㉓驂馭：陪乘。青雲：指在朝廷任職。

㉔蹭蹬（cèng dèng）：困頓失意。

㉕語默：或語或默，此指出仕或隱居。

㉖丹丘：仙人所居。

㉗《山陽賦》：指魏晉文學家向秀的《思舊賦》。

和陸明府贈將軍重出塞[①]

忽聞天上將[②]，關塞重橫行[③]。始返樓蘭國[④]，還向朔方城[⑤]。黄金裝戰馬，白羽集神兵⑥。星月開天陣，山川列地營⑦。晚風吹畫角⑧，春色耀飛旌⑨。寧知班定遠⑩，猶是一書生[一]。

【校記】

[一]“猶”原作“獨”，據《全唐詩》改。

【注釋】

①明府：見《入東陽峽與李明府船前後不相及》注①。

②天上將：用漢代周亞夫事，此贊美出塞指將軍。

③橫行：縱橫馳騁。

④樓蘭國：樓蘭古國，古絲綢之路上小國，位於羅布泊西部，處於西域的樞紐。

⑤還：通“旋”，迅速、立即。朔方城：漢武帝所築，故址在今內蒙古自治區杭錦旗西北。

⑥“黄金”二句：極寫將軍兵強馬壯、裝備甚好。

⑦“星月”二句：贊美將軍精通兵法。天陣、地營（地陣），見《六韜·三陣》。

⑧畫角：古代軍樂器，外有裝飾，故名畫角。

⑨飛旌：軍旗飛舞。

⑩班定遠：定遠侯班超。班超 32 年～102 年在世，字仲升，扶風郡平陵縣（今陝西省咸陽市）人，傳見《後漢書·班超傳》。

同旻上人傷壽安傅少府①

生涯良浩浩②，天命固惇惇③。聞道神仙尉[一]④，懷德遂爲鄰。疇昔逢堯日，衣冠仕漢辰。交遊紛若鳳⑤，詞翰宛如麟⑥。太息勞黄綬⑦，長思謁紫宸。金蘭徒有契⑧，玉樹已埋塵⑨。把臂雖無託[二]⑩，平生固亦親。援琴一流涕⑪，舊館幾霑巾。杳杳泉中夜，悠悠世上春[三]。幽明長隔此⑫，歌哭爲何人。

【校記】

［一］“尉”原作“位”，據四庫本、《全唐詩》校改。

［二］“雖”原作“誰”，據《全唐詩》改。

［三］“世”後原有校語“舊避諱作代”，據《全唐詩》删。

【注釋】

①旻上人：名不詳。上人：對僧侶的尊稱。壽安：地名，在今河南省宜陽縣。傅少府：名不詳。少府，縣尉别稱。

②“生涯”句：謂人生無涯。語出《莊子・養生主》。

③惇惇：純厚貌。

④神仙尉：縣尉别稱，典出《漢書・梅福傳》

⑤“交遊”句：謂朋友都是傑出的人才。鳳，喻指人才。

⑥詞翰：文章。麟：麒麟，瑞獸，此指傑出人才。

⑦太息：長歎。屈原《離騷》有“長太息以掩涕兮，哀民生之多艱”。

⑧金蘭：如金如蘭，喻交誼深厚堅固，典出《周易・繫辭上》：“二人同心，其利斷金；同心之言，其臭如蘭。”有契：契合，同心協力。

⑨玉樹：喻指優秀人才。

⑩把臂：握手，指關係親密。

⑪援琴：彈琴。典出《世説新語・傷逝》。

⑫幽明：“幽”指地下死者；“明”指世間活人。

詠主人壁上畫鶴寄喬主簿崔著作[①]

古壁仙人畫，丹青尚有文[②]。獨舞紛如雪，孤飛曖似雲[③]。自矜彩色重，寧憶故池群[④]？江海聯翩翼[⑤]，長鳴誰復聞。

【注釋】

①喬主簿：據彭慶生考證，疑爲喬知之弟喬備。崔著作：崔融，曾任著作佐郎，傳見《新唐書·崔融傳》。

②丹青：古代繪畫常用朱紅色、青色，故稱畫爲“丹青”。文：指色彩鮮明。

③“獨舞”二句：描寫壁上所畫之鶴起舞、飛動的形象，贊美畫作栩栩如生。

④“寧憶”句：此想像壁上畫鶴還是否能回憶與群鶴在一起的狀況，借指詩人對朋友的思念。

⑤“江海”句：描寫鶴群齊飛於江海之上的情景。聯翩：鳥飛的樣子。

登薊丘樓送賈兵曹入都[①]

東山宿昔意[②]，北征非我心[③]。孤負平生願[④]，感涕下霑襟。暮登薊樓上，永望燕山岑[⑤]。遼海方漫漫[⑥]，胡沙飛且深[⑦]。峨眉杳如夢，仙子曷由尋[⑧]。擊劍起嘆息，白日忽西沉。聞君洛陽使，因子寄南音[⑨]。

【注釋】

①薊丘樓：見《薊丘覽古贈盧居士藏用七首》注④。賈兵曹：名不詳。入都：到洛陽。

②“東山”句，見《題居延古城贈喬十二知之》注②。句謂隱居東山是詩人從前的志向。

③北征：見《薊丘覽古贈盧居士藏用七首》注②。

④孤負：同辜負。

⑤燕山岑：燕山山脈上的小而高之山。

⑥遼海：即遼東。

⑦胡沙：借指契丹叛亂。

⑧“峨眉”二句：謂求仙之願不得實現。

⑨“聞君”二句：洛陽使：出使到洛陽。因子寄南音：憑藉你表達忠於故國之志。南音：借用春秋時期楚國鍾儀懷楚之事，見《左傳·成公九年》。

送魏大從軍[①]

匈奴猶未滅，魏絳復從戎[②]。悵別三河道[③]，言追六郡雄[④]。雁山橫代北[⑤]，狐塞接雲中[一][⑥]。勿使燕然上，獨有漢臣功[二][⑦]。

【校記】

［一］“狐塞”原作“孤塞”，原有校語“一作狐塞”，據《全唐詩》刪改。

［二］“獨有”：四庫本、《全唐詩》作“惟有”，亦通。

【注釋】

①魏大：名不詳。

②“匈奴”二句：匈奴：此指契丹。魏絳：春秋時魏國大夫，輔佐晉悼公稱霸。此指魏大。

③悵別：爲離别而傷感。三河道：指河内、河南、河東三道。

④言：語氣詞。六郡：指隴西、天水、安定、北地、上郡、西河。

⑤雁山：雁門山。代北：泛指今山西省北部和河北省西北部。

⑥狐塞：指飛狐塞，在今河北省淶源縣北跨蔚縣界，爲交通要塞。雲中：見本卷《送别出塞》注⑥。

⑦“勿使”二句：此爲勉勵魏大之語，一定要爲國家立大功。燕然：今蒙古杭愛山。漢臣功：指漢將竇憲，事載《後漢書・和帝紀》。

送殷大入蜀①

蜀山金碧路[一]②，此地饒英靈③。送君一爲别，悽斷故鄉情④。片雲生極浦，斜日隱離亭⑤。坐看征騎没⑥，唯見遠山青。

【校記】

［一］“路”原作“地”，據四庫本、《全唐詩》改。

【注釋】

①殷大：名不詳。

②金碧：金馬、碧雞，漢代傳説益州神異之物，此代指四川。

③饒英靈：多傑出人才。西晉左思《蜀都賦》説蜀地“世載其英”。

④悽斷：悲傷之情。

⑤“片雲”二句：描寫殷大途中所見景象。極浦：極遠的水邊。離亭：路人途中棲息之亭。

⑥“坐看”句：坐，突然，白白。没：消逝。此句感慨只能遠遠看到殷大離去而不能追隨。

落第西還別劉祭酒高明府[一]①

別館分周國②，歸驂入漢京③。地連函谷塞，川接廣陽城④。望迥樓臺出，途遙煙霧生。莫言長落羽⑤，貧賤一交情⑥。

【校記】

［一］“祭酒”原脱“祭”，據四庫本、《全唐詩》補。

【注釋】

①劉祭酒、高明府：名皆不詳。

②別館：離館，旅社。周國：此指洛陽。

③歸驂：回去的車。漢京：指陳子昂返家之路所經過的長安。

④川：此指渭水。廣陽城：在今陝西省西安市臨潼北。

⑤落羽：喻指失意之時。

⑥一：此指不一，不改變。由“一”而見交情，語出《史記·汲鄭列傳》：“一死一生，乃知交情。一貧一富，乃知交態。一貴一賤，交情乃見。”

落第西還別魏四懍[一]①

轉蓬方不定，落羽自驚弦②。山水一爲別，歡娛復幾年。離亭暗風雨，征路入雲煙。還因北山徑[二]③，歸守東陂田④。

【校記】

［一］原無“落第西還”，據四庫本、《全唐詩》補。

［二］“徑”原作“遙”，原有校語“一作山返”，據四庫本、《全唐詩》删改。

【注釋】

①魏四懔（lǐn）：魏懔，行四。宰相魏玄同之子，曾任御史主簿。

②“落羽”句：落羽之鳥因聞弓弦而驚，這是詩人自喻。

③北山：泛指隱居之地。

④東陂田：東邊山坡之田地。

送　客

故人洞庭去①，楊柳春風生。相送河洲晚，蒼茫别思盈。白蘋已堪把②，緑芷復含榮③。江南多桂樹④，歸客贈生平。

【注釋】

①洞庭：洞庭湖。

②白蘋：一種水草。堪把：足夠手握，指可以採摘。

③芷：白芷。含榮：花開放。

④桂樹：此喻指友人具有堅貞節操。

春夜别友人 二首

銀燭吐青煙，金樽對綺筵[①]。離堂思琴瑟[②]，别路繞山川。明月隱高樹，長河没曉天[③]。悠悠洛陽道，此會在何年。

紫塞白雲斷，青春明月初[④]。對此芳樽夜，離憂悵有餘。清泠花露滿[一][⑤]，滴瀝簷宇虚[⑥]。懷君欲何贈，願上大臣書[⑦]。

【校記】

［一］“泠”原作“冷”，據四庫本改。

【注釋】

①“銀燭”二句：極寫宴會之豪華。

②離堂：指餞别場所。

③長河：指銀河。

④“青春”句：此交代離别的時令氣候。青春指春天，明月初指月中。

⑤清泠：清涼寒冷。花露：花上的露水。

⑥滴瀝：象聲詞，水下滴聲。簷宇：屋簷。

⑦“願上”句：本指東方朔上皇帝書，此指詩人自己。

遂州南江别鄉曲故人[①]

楚江復爲客[②]，征棹方悠悠[③]。故人憫追送，置酒此南洲[一][④]。平生亦何恨，夙昔在林丘[⑤]。違此鄉山別，長謠去國愁[⑥]。

【校記】

［一］“洲”原作“州”，據四庫本、《全唐詩》改。

【注釋】

①遂州：今四川省遂寧市。南江：此指流經遂寧市的涪江。鄉曲：老家、家鄉。

②楚江：本指楚地的長江、漢水，此指陳子昂離開家鄉往洛陽的路線。

③征棹：遠行之船。

④南洲：此指涪江中小島。

⑤“平生”二句：謂詩人自己没有什麽遺憾，因爲其志向本來就是退隱山林。

⑥長謠：長歌抒情。去國愁：離開家鄉的愁緒。

送東萊王學士無競[①]

寶劍千金買[②]，平生未許人[③]。懷君萬里別，持贈結交親。孤松宜晚歲，衆木愛芳春[④]。已矣將何道[一][⑤]，無令白髮新[⑥]。

【校記】

［一］“何道”後有校語“一作何適”，據《全唐詩》删。

【注釋】

①東萊王學士無競：王無競，東萊人。見卷一《觀荆玉篇》注⑨。

②“寶劍”句：千金購買的寶劍，喻不平凡。

③未許人：没有輕易許諾。指王無競有自己的志向、立場。

④“孤松”二句：用孤松與衆木對比，顯示詩人追求的是堅貞節操而非一時鮮豔。

⑤已矣：算了吧。這是詩人安慰自己的話。將何道：還有什麽值得説的呢？

⑥無令：不要再讓。白髮新：增添白髮。

送梁李二明府[①]

負書猶在漢，懷策未聞秦[②]。復此窮秋日[③]，芳樽别故人。黄金裝屢盡[④]，白首契逾新[⑤]。空羨雙鳧舄[⑥]，俱飛向玉輪[⑦]。

【注釋】

①梁李二明府：名皆不詳。

②“負書”二句：用蘇秦落魄事，此指自己落第西還。

③窮秋：秋之最後一個月，晚秋。

④“黄金”句：用蘇秦事。此指梁李二明府的豪爽。

⑤“白首”句：此反用典故，指雖與梁李二人新交，但超出自少及老的交情。

⑥雙鳧舄：喻指梁李二人。舄，鞋。

⑦“俱飛”句：玉輪：指四川。此句謂梁李二人将到四川任職。

送魏兵曹使嶲州得登字[①]

陽山淫霧雨[②]，之子慎攀登。羌笮多珍寶[③]，人言有愛憎[④]。思酬明主惠[5]，當盡使臣能。勿以王陽歎，邛道畏崚嶒[6]。

【注釋】

①魏兵曹：名不詳。嶲州：治所在今四川省西昌市。得登字：用“登”音押韻。

②陽山：縣名，在今四川省漢源縣東南。淫霧雨：多霧多雨。

③羌：古族名。此指居住在嶲州、雅州的羌人。筰（zuó）：古族名，居今四川省涼山彝族自治州内。

④“人言”句：指羌筰之人愛憎分明。

⑤“思酬”句：指魏兵曹考慮的是怎樣爲國分憂、報答君王之恩。

⑥“勿以”二句：用王尊事。王尊：曾任益州刺史。事見《漢書·王尊傳》。王陽，即王吉，字子陽，事載《漢書》卷七二。邛道，指邛崍山九折阪，在今四川省滎經縣西。崚嶒：峻峭。

江上暫别蕭四劉三旋欣接遇[一][1]

昨夜滄江别[2]，言乘天漢遊[二][3]。寧期此相遇，尚接武陵洲[4]。結綬還逢育[5]，銜杯且對劉[6]。波潭一瀰瀰[7]，臨望幾悠悠[8]。山水丹青雜，煙雲紫翠浮。終媿神仙友[9]，來接野人舟[10]。

【校記】

［一］“江上”原作“江山”，據四庫本、《全唐詩》改。

［二］“乘”原作“乖”，據《文苑英華》卷二一八改。

【注釋】

①蕭四、劉三：名不詳。

②滄江：指大江，因水深而呈現黑色。

③乘：登。天漢：銀河。

④武陵洲：長江中小島。

⑤“結綬”句：指相逢結綬之蕭育，因蕭之姓而引及蕭育。蕭育事載《漢書·蕭育傳》。

⑥“銜杯”句：用劉伶事。因劉三而提及歷史上著名的劉姓人物。

⑦瀰瀰：水盈滿貌。

⑧臨望：登臨高山遠望。

⑨神仙友：本指郭太、李膺之交，此借指蕭四、劉三。

⑩野人：平民，此是陳子昂謙稱。

送著作佐郎崔融等從梁王東征 並序[一]①

古者涼風至，白露下，天子命將帥，訓甲兵[二]②，將以外威荒戎，内輯中夏③，時義遠矣④。自我大君受命，百蠻蟻伏⑤，匈奴舍蒲桃之宫[三]⑥，越裳重翡翠之貢⑦。虎符不發⑧，象譯攸同[四]⑨，實欲高議靈臺，偃兵天下[五]⑩。而林胡遺孽⑪，瀆亂邊甿[六]⑫，驅蚊蚋之師，忽雷霆之伐。乃竊海裔，弄燕陲⑬。皇帝哀北鄙之人罹其辛螫⑭，以東征之義降彼偏裨，猶恐威令未孚，亭塞仍梗⑮。乃謀元帥[七]，命佐軍。得朱邸之天人⑯，乃黄閣之元老⑰。廟堂授鉞，鑿門申命⑱，建梁國之旌旗，吟漢庭之簫鼓[八]。東向而拜，北道長驅。蜺旌羽騎之殷，戈鋋落日⑲；突鬢蒙輪之勇⑳，劍決浮雲。方且獵丸都[九]㉑，窮踏頓，存肅慎，吊姑餘㉒。彷徨赤山，巡御日域，以昭我王師恭天討也㉓。歲七月，軍出國門，天晶無雲㉔，朔風清海。時比部郎中唐奉一[一〇]、考功員外郎李迥秀[一一]㉕、著作佐郎崔融並參帷幕之賓㉖，掌書記之任㉗。燕南悵别，洛北思歡。頓旌節而少留㉘，傾朝廷而出餞。永昌丞房思玄㉙，衣冠之秀，乃張蕙圃，席蘭堂，環曲榭，羅羽觴㉚，寫中京之望，縱候亭之賞。爾乃投壺習射㉛，博弈觀兵[一二]㉜，鏜金鐃，戛瑶琴㉝，歌易水之慷慨，奏關山以徘徊㉞。頹陽半林，微陰出座，思長風以破浪㉟，恐白日之蹉跎。酒中樂酣，拔劍起舞，則已氣横遼碣[36]，志掃獯戎[37]。抗手何言[38]，賦詩以贈。

金天方肅殺[39]，白露始專征[40]。王師非樂戰，之子慎佳兵[41]。海氣侵南部[42]，邊風掃北平[43]。莫賣盧龍塞[44]，歸邀麟閣名[45]。

【校記】

［一］詩序原在第七卷，題“送著作佐郎崔融等從梁王東征序”，詩題“送别崔著作東征”，據《全唐詩》合併。

［二］“甲”原作“申”，據四庫本、《全唐詩》改。

［三］“舍”原作“含”，據四庫本、《全唐詩》改。

［四］“譯”原作“兇”，據四庫本、《全唐詩》改。

［五］“兵”原作“伯”，據《全唐詩》改。

［六］“瀆”原作“蓬”，據《全唐詩》改。

［七］“帥”原作“師”，據四庫本、《全唐詩》改。

［八］“吟”原作“吟”，據四庫本、《全唐詩》改。

［九］“丸”原作“火九”，據四庫本、《全唐詩》删改。

［一〇］“比”原作“北”，據四庫本、《全唐詩》改。

［一一］“秀”原作“季”，據《全唐詩》改。

［一二］“弈”原作“奕”，據《全唐詩》校改。

【注釋】

①崔融：見本卷《詠主人壁上畫鶴寄喬主簿崔著作》注①。梁王：武三思，武則天侄子。東征：此指征討東北方的契丹。

②“古者”四句：語本《禮記·月令》。意思是秋天到來，天子命將練兵。白露，二十四節氣之一，秋季的第三個節氣。

③“將以”二句：意思是秋季練兵的目的對外是鎮服邊境，對内和睦國内。荒戎，指邊遠地區少數民族。中夏，指華夏中原地區。

④時義遠矣：重視時令、機會的意義太深遠了。語出《周易·隨卦》“隨時

之義大矣哉”。

⑤百蠻：指所有少數民族。蟻伏：喻降服者衆多。

⑥匈奴：古代蒙古高原遊牧民族，興起於今内蒙古自治區陰山山麓。蒲桃：葡萄。

⑦越裳：古國名，唐爲驩州越裳縣，在今越南境内。

⑧虎符：調兵憑證，形似虎，故名。

⑨象譯：借指四方之國。《禮記・王制》：“五方之民，言語不通……東方曰寄，南方曰象，西方曰狄鞮，北方曰譯。”

⑩偃兵：停止用兵。

⑪林胡：指契丹。

⑫潰亂：敗壞、擾亂。邊甿：邊民。

⑬“乃竊”二句：海裔：海邊。燕陲：幽燕邊地。

⑭北鄙：北方邊地。罹：遭受。辛螫：指毒蟲刺螫人，此指殘害。

⑮“猶恐”二句：未孚：未被信任。亭塞仍梗：邊防哨所不通。

⑯朱邸：漢朝時候諸侯王第宅，以朱紅漆門，故稱朱邸。天人：神人。此指武三思。

⑰黄閣：漢代丞相、太尉和漢以後的三公官署，避用朱門，廳門塗黄色，以區别於天子。唐時門下省亦稱黄閣，泛指宰相。元老：資深大臣。

⑱“廟堂”二句：指朝廷派兵出征舉行的儀式。詳見《淮南子・兵略》。

⑲“蜺旐”二句：蜺旐，繪有霓虹的彩旗。羽騎，羽林之騎。殷，盛大。戈翻落日，援戈揮日，太陽爲之退卻。此狀軍隊出征的盛大氣勢和將軍豪勇。

⑳突鬢：鬢毛突出，喻威武雄壯。蒙輪：指衝鋒陷陣。此句寫士兵威猛英勇。

㉑方且：將要。丸都：高句麗故都，在今吉林省吉安市。

㉒“窮踏頓”三句：窮：使困頓。踏頓：漢末遼西烏丸首領。存：存問、撫恤。肅慎：古族名。吊：慰問。姑餘：大海，海名。

㉓“以昭”句：昭：顯示。恭天討：奉天命以征討有罪者。

㉔皛（xiǎo）：明朗。

㉕“時比部”二句：比部郎中：官名，屬尚書省刑部。唐奉一：齊州（今山東省濟南市）人。武后時爲天兵大總管，工書翰，傳見《舊唐書·酷吏傳》。考功員外郎：官名，屬尚書省吏部。李迥秀：字茂之。曾任相州參軍事、考功員外郎，傳見《舊唐書》卷六二、《新唐書》卷九九。

㉖帷幕：幕府。

㉗書記：主管公文書寫等。

㉘頓：停止。少留：暫作停頓。

㉙永昌丞：永昌縣縣丞。房思玄：名不詳。

㉚“乃張蕙圃”四句：極寫宴會之場地華美、飲食豐盛。

㉛爾乃：於是。投壺、習射：兩種宴會遊戲。

㉜博弈：下棋。觀兵：通過下棋遊戲顯示軍事智慧。

㉝“鏜金鐃”二句：敲打各種樂器，指演奏。鏜、戛：指敲打。金鐃、瑤琴：兩種樂器。

㉞“歌易水”二句：易水之慷慨：指高漸離、荆軻演奏唱和。關山：關山月，漢樂府横吹曲名。

㉟“思長風”：用宗慤事，比喻志向遠大。《宋書·宗慤傳》：“慤年少時，炳問其志，慤曰：‘願乘長風，破萬里浪。’”

㊱遼碣：遼：遼水，即今遼河。碣：碣石，在今河北省昌黎縣北。

㊲獯（xūn）戎：匈奴。此指契丹。

㊳抗手：舉手告别。

㊴金天：秋天。肅殺：冷酷蕭瑟。

㊵專征：將帥獨立指揮作戰。

㊶“王師”二句：樂戰：喜歡戰爭。慎佳兵：慎重出兵。“佳兵”語出《老子》三十一章“夫佳兵者，不祥之器”，此句帛書本《老子》作“夫兵者，不祥之器”。

㊷海氣：此指渤海之氣。

㊸北平：郡名，在今河北省盧龍縣。

㊹盧龍塞：在今河北省遷安市喜峰口附近，爲河北通往東北交通要道。

㊺麟閣：麒麟閣。此預祝出征獲勝、能立大功。

春晦餞陶七於江南同用風字 並序[一]①

蜀江分袂②，巴山望別。南津坐恨，歎仙帆之方遙③；北渚長懷，見離亭之欲晚④。白雲去矣，□□□□□□□[二]；黄鶴何之⑤？楊柳青而三春暮，我之懷矣⑥，能無贈乎？同賦一言⑦，俱題四韻。

黄鶴煙雲去，青江琴酒同。離帆方楚越⑧，溝水復西東[三]⑨。芙蓉生夏浦，楊柳送春風。明月相思處，應對菊花叢⑩。

【校記】

［一］題目原作“春晦餞陶七於江南序”，文在第七卷。詩題爲“送別陶七同用風”，據《全唐詩》合併。

［二］《全唐詩》此處空七字。

［三］“溝”原作“渭”，據《全唐詩》改。

【注釋】

①春晦：春末。陶七：名不詳。江南：此指涪江之南。

②分袂：分手，告別。

③南津：江南岸渡口。仙帆：仙舟，指陶七所乘之船。

④北渚：江北岸。離亭：休息告別之地。

⑤黄鶴：借指陶七。

⑥我之懷矣：我内心的思念。語出《詩經・邶風・雄雉》。

⑦同賦一言：共用一韻。

⑧離帆：指告别船隻。楚越：如楚地、越地相隔遥遠。

⑨“溝水”句：猶如溝水朝不同方向流。指自己和陶七分别。

⑩“明月”二句：明月之夜，我當在菊花叢中望月思念你。菊花叢，指代隱居生活。

夏日暉上人房别李參軍崇嗣 並序[一]①

考察天人，旁羅變動②。東西南北，賢聖不能定其居③；寒暑晦明，陰陽不能革其數④。莫不雲離雨散⑤，奔馳於宇宙之間；宋遠燕遥，泣别於關山之際，自古來矣。李參軍，白雲英胄，紫氣仙人⑥，愛江海而高尋，頓風塵而未息⑦。來從許下，月旦出於龍泉⑧；言入蜀中，星文見於牛斗⑨。野亭相遇，逆旅承歡⑩，謝鯤之山水暫開⑪，樂廣之雲天自樂⑫。思道林而不見⑬，悵若有亡；詣祇樹而從遊⑭，衆然舊款。高僧展袂，大士臨筵⑮，披雲路之天書[二]⑯，坐琉璃之寶地⑰。簾帷後闢[三]，拂鸚鵡之香林⑱；欄檻前開，照芙蓉之緑水。討論儒墨，探覽真玄⑲。覺周孔之猶述，知老莊之未悟。遂欲高攀寶坐，伏奏金仙，開不二之法門，觀大千之世界⑳。歡娱恍晚[四]，離别行催，紅霞生而白日歸，青氣凝而碧山暮㉑。《驪歌》斷引㉒，抗手將辭。江漢浩浩而長流，天地居然而不動㉓。嗟乎，色爲何色，悲樂忽而因生；誰去誰來，離會紛而妄作㉔。俗之迷也，不亦煩乎？各述所懷，不拘章韻。

四十九變化㉕，一十三死生㉖。翕忽玄黄裏㉗，驅馳風雨情。是非紛妄作，寵辱坐相驚㉘。至人獨幽鑒㉙，窈窕隨昏明㉚。咫尺山河道，軒窗日月庭。别離焉足問，悲樂固能並。我輩何爲爾，棲皇猶未平㉛。金臺可攀陟，寶界絶將迎㉜。户牖觀天地㉝，階基上窅冥。自超三界樂㉞，安知萬里征。中國要荒内㉟，人寰宇宙縈㊱。弦望如朝夕㊲，寧嗟蜀道行㊳。

【校記】

［一］詩序原在第七卷，題作“夏日暉上人房别李參軍序”，詩題爲“别李參

軍崇嗣"，據《全唐詩》合併。

［二］"雲"原爲墨丁，據四庫本補。

［三］"帷"原作"惟"，據四庫本、《全唐詩》改。

［四］"歡"原作"觀"，據四庫本、《全唐詩》改。

【注釋】

①暉上人：見《酬暉上人秋夜山亭有贈》注①。李崇嗣，見《酬李參軍崇嗣旅館見贈》注①。

②"考察"二句：指考察天人之際，研究事物變化。

③"東西"二句：指孔子不得安居。語見《禮記·檀弓上》："今丘也，東西南北之人。"

④"寒暑"二句：指由陰陽二氣形成冷熱明暗的交替。

⑤雲離雨散：喻指親人朋友分別。

⑥"白雲"二句：仙人後代。李耳爲道家之祖，此指李崇嗣。紫氣，紫色的霞氣，古人以爲祥瑞的徵兆。

⑦風塵：指官場。

⑧"來從"二句：指李崇嗣來自許劭故鄉。月旦，褒貶品評。龍泉，泛指僧院、佛門。

⑨"言入"二句：用海客乘槎事。牛斗，見《入東陽峽與李明府船前後不相及》注⑨。

⑩"野亭"二句：指詩人在路途上結識李崇嗣。逆旅，旅舍、旅館。

⑪"謝鯤"句：用謝鯤典故。指胸有山水之樂。

⑫"樂廣"句：衛瓘説樂廣"此人之水鏡，見之瑩然，若披雲霧而睹青天也"，見《晉書·樂廣傳》。

⑬道林：東晉高僧支道林。支遁（314 年 ~ 366 年），字道林。東晉高僧、佛學家、文學家。

⑭祇樹："祇樹給孤獨園"簡稱，指佛教聖地。

⑮大士：菩薩。

⑯雲路：天上。天書：對佛道經典的美稱。

⑰琉璃寶地：指佛教淨土。

⑱鸚鵡林：佛教故事，見《撰集百緣經・諸天來下供養品》。

⑲“討論”二句：儒墨佛道諸家討論真道。

⑳“開不二”二句：不二法門：喻最好的或獨一無二的方法。大千世界：指廣大無邊的人世。

㉑“青氣”句：此句描寫山間雲霧繚繞、樹木蔥翠。

㉒《驪歌》：告別之歌。

㉓居然：安穩貌。

㉔離會：分離會合。

㉕“四十九”句：佛教用語，指弟子轉相師授。

㉖“一十三”句：語出《老子》五十章，指生或死之機會各有十分之三。

㉗翕忽：快速變化。玄黄：天地。

㉘“是非”二句：指是非得失、名利寵辱都是過眼雲煙。

㉙“至人”句：最高級的人能夠看到最幽微深邃之道。

㉚窈窕：深邃、深奥。

㉛棲皇：奔波勞碌。

㉜“金臺”二句：寫仙境和淨土都可獲得。

㉝“户牖”句：通過户牖可以窺探天地之妙。語見《老子》四十七章。

㉞三界：佛教指欲界、色界、無色界。

㉟要荒：邊遠之地。

㊱“人寰”句：人寰，即人世。此句謂人間不過爲宇宙包裹環繞。

㊲“弦望”句：此句謂月升月落，不過如一朝一夕。

㊳蜀道行：古有蜀道難之説，因蜀道多山，崎嶇難行。

秋日遇荆州府崔兵曹使讌 並序[一]①

若夫尊卑位隔，榮賤途分②，使卿士大夫，倚軒裳而傲物③；山棲木食，負林壑而驕人④，未有能屈富貴於沉冥⑤，雜薜蘿於簪笏⑥。天人坐契，相從雲霧之遊⑦；風雨不疲，高縱琴罇之賞。崔兵曹，紫庭公胄，青雲貴人⑧，以鐘鼎不足致奇才⑨，煙霞可以交名士⑩。皇華昭國，懷鳳綍而高尋⑪；白桂追遊，邀兔罝而下顧⑫。大矣哉！生平未識[二]，一見而交道遂存；此日披懷，千載之風期坐合⑬。支道林之雅論⑭，妙理沉微；崔子玉之雄才⑮，斯文未喪⑯。屬乎金龍掌氣，石雁驚秋⑰，天泬寥而煙日無光⑱，野寂寞而山川變色。芸其黄矣⑲，悲白露於蒼葭；木葉落兮，慘紅霜於緑樹。爾其高興洽，芳酒闌⑳，頓羲和而不留㉑，顧華堂而欲晚。長歌何託，思傳稽古之文㉒；爰命小人㉓，率記當時之事。人探一字，六韻成篇。

輶軒鳳凰使㉔，林藪鶡鷄冠㉕。江湖一相許，雲霧坐交歡㉖。興盡崔亭伯㉗，言忘釋道安㉘。秋光稍欲暮，歲物已將闌㉙。古樹蒼煙斷，虚庭白露寒。瑶琴山水曲㉚，今日爲君彈。

【校記】

[一]詩序原在第七卷，題爲“秋日遇荆府崔兵曹使讌序”，詩題爲“遇荆州崔兵曹使”，據《全唐詩》合併。

[二]“平”原作“年”，據《全唐詩》改。

【注釋】

①荆州府：在今湖北省荆州市荆州區。崔兵曹：名不詳。

②“若夫”二句：感歎地位差異和貧富懸殊使人失去交往機會。

③“使卿士”二句：指當官者憑藉地位而對人傲慢。軒裳，指官員華美服

飾，指代官職。

④“山棲”二句：謂隱士憑藉其隱居生活而看不起他人。山棲木食，指隱士。

⑤“未有”句：没有人能夠把富貴和隱居結合得很好。

⑥“雜薜蘿”句：此句意思同上，指很少人能夠把富貴和隱逸兩者具備。薜蘿，薜荔、女蘿，指隱居者之服。簪笏（zān hù），簪子、手板，指官員。

⑦“天人”二句：天人相合，宛如神仙。此指隱者。坐契，自然契合。雲霧之遊，指神仙。

⑧“紫庭”二句：謂崔兵曹使帝氏後裔、朝廷官員。

⑨“以鐘鼎”句：謂雖然享受富貴生活，但掩飾不住他的傑出才能。鐘鼎指富貴生活。

⑩“煙霞”句：句謂隱士也可與名士相交。煙霞，指隱士。

⑪“皇華”二句：指使臣可以顯示國家的光輝，讓皇帝命令傳到遠方。皇華，指使臣。鳳綍（fú），皇帝命令。

⑫“白桂”二句：指隱居之士因有高尚節操而被看重。白桂，銀桂，喻高潔。兔罝，捕兔之網，指隱士。

⑬“此日”二句：謂敞開心懷，結下深厚友誼。披懷，坦露心懷。風期，友情。

⑭支道林：見《夏日暉上人房別李參軍崇嗣》注⑬。

⑮崔子玉：崔瑗（77 年 ~ 142 年），字子玉，涿郡安平（今河北省安平縣）人，東漢書法家、文學家、學者。

⑯斯文未喪：本孔子語。此指崔兵曹是文化傳承者。

⑰“屬乎”二句：屬乎：正好，時值。金龍掌氣、石雁驚秋：皆指秋季。

⑱泬寥：清明空曠。

⑲芸其黄矣：指秋季景色。語出《詩經・小雅・苕之華》。

⑳“爾其”二句：爾其：發語詞，至於。高興洽：高雅的興致很和諧。芳酒闌：美酒微酣。

㉑“頓羲和”：讓羲和停車，指讓時光停止。

㉒稽古：考察古代。

㉓小人：指詩人謙稱。

㉔輶（yóu）軒：使者之車。鳳凰使：對使臣的美稱。

㉕林藪（sǒu）：指隱者所居。鶡鶏冠：隱者之服。鶡鶏，即鶡，一種野雞。

㉖交歡：交好。

㉗崔亭伯：崔駰，此指崔兵曹。

㉘釋道安：道安（312 年 ~385 年），前秦時傑出的佛學家。

㉙歲物：指自然之物。闌：凋落。

㉚山水曲：指知音。典見《吕氏春秋・本味》。

喜遇冀侍御珪崔司議泰之二使 並序[一]①

余獨坐一隅[二]②，《孤憤》《五蠹》③，雖身在江海，而心馳魏闕④。歲時仲春，幽臥未起，忽聞二星入井，四牡臨亭⑤。邀使者之車，乃故人之駕。隱几一笑[三]⑥，把臂入林⑦。既聞朝廷之事[四]，復此琴罇之樂[五]。山林幽疾，鐘鼎舊遊⑧，語默譚詠⑨，今復一得。況北堂夜永，西軒月微，巴山有望别之嗟，洛陽無寄載之客⑩。江關離會，三千餘里；名位寵辱，一百年中。歡娱如何，日月其邁⑪。不爲目前之賞，以增别後之思。蟋蟀笑人⑫，夫子何嘆？

謝病南山下⑬，幽臥不知春。使星入東井⑭，云是故交親。惠風吹寶瑟⑮，微月憶清真[六]⑯。憑軒一留醉⑰，江海寄情人⑱。

【校記】

[一]詩序原在第七卷，題爲“喜遇冀侍御崔司議二使序”，詩題爲“遇崔司議泰之冀侍御珪二使”，據《全唐詩》合併。

［二］“余”原作“命”，據四庫本、《全唐詩》改。

［三］“几”原作“機”，據四庫本、《全唐詩》改。

［四］“事”原作“樂”，據四庫本改。

［五］“樂”原作“事”，據四庫本改。

［六］“憶”原作“懷”，據四庫本、《全唐詩》改。

【注釋】

①冀侍御：指冀元珪，時爲侍御史。崔司議：指崔泰之，時爲司議郎。

②獨坐一隅：此指獨居射洪偏遠之地。

③《孤憤》《五蠹》：皆《韓非子》篇名，此主要借用“孤憤”之意。

④“雖身”二句：語出《吕氏春秋・審爲》。此指陳子昂掛念國家之事。魏闕，魏同“巍”，高大的門闕，指代京城。

⑤“忽聞”二句：星：使星。井：東井，二十八宿之一。前句指二使入蜀。四牡：四匹馬所駕之車，指使者之車。臨亭：來到旅舍。

⑥隱几：靠著几案。

⑦把臂：握著手臂，狀親熱。

⑧“山林”二句：前指自己，後指二使。幽疾，沉痾，久病。鐘鼎，指二使皆富貴之家。

⑨“語默譚詠”句：指陳子昂與二使之間談話、停頓的場景。語，説。默，停止。譚，談論。詠，吟唱。

⑩寄載之客：寄居他鄉之人。

⑪日月其邁：語本《詩經・唐風・蟋蟀》，感歎時間流逝。

⑫蟋蟀：出自《詩經・唐風・蟋蟀》，此指抓緊時間享受快樂。

⑬南山：此指陳子昂所居的射洪縣武東山。

⑭使星：見本詩注⑤。

⑮惠風：和風、暖風。寶瑟：指鑲以寶玉之瑟。

⑯清真：指純潔真摯的友情。

⑰憑軒：靠著欄杆。此狀喝醉的樣子。

⑱情人：有情之人，朋友。

贈別冀侍御崔司議 並序[一]

朝廷歡娛，山林幽痗①。思魏闕②，魂已九飛；飲岷江，情復三樂③。進不忘匡救於國，退不慚無悶在林[二]④。冀侍御、崔司議，至公至平，許我以語默于是矣。夫達則以公濟天下，窮則以大道理身。嗟乎，子昂豈敢負古人哉！蜀國酒醨⑤，無以娛客，至於挾清瑟，登高山，白雲在天，清江極目，可以散孤憤，可以遊太清⑥，爲一世之逸人[三]⑦，寄千里之道友⑧。吾欲不謝於崔、冀二公矣⑨。所恨酒未醉，琴方清，王事靡盬⑩，驛騎遄速⑪，不盡平原十日之飲⑫，又謝叔度累日之歡⑬。雲山悠悠，歎不及也。載想房、陸、畢子爲軒冕之人⑭，不知蜀山有雲，巴水可興。睽闊良會，我心惄然⑮。請以此酣，寄謝諸子，爲巴山別引也。陳子昂醉詞曰[四]：

有道君匡國⑯，無悶余在林[五]。白雲峨眉上，歲晚來相尋。

【校記】

［一］詩序原在第七卷，題爲“別冀侍御崔司議序”，詩題爲“贈別崔司議冀侍御”，據《全唐詩》合併。

［二］“悶”原作“閟”，據四庫本、《全唐詩》改。

［三］“爲”原無，據四庫本補。

［四］“詞曰”原有該詩，因重復而删。

［五］“悶”原作“問”，據《全唐詩》改。

【注釋】

①幽痗（mèi）：憂思成病，指悲傷、痛苦。

②魏闕：見《喜遇冀侍御珪崔司議泰之二使並序》注④。

③岷江：長江上游重要支流，在四川省中部。三樂：見《孟子・盡心上》："父母俱存，兄弟無故，一樂也；仰不愧於天，俯不怍於人，二樂也；得天下英才而教育之，三樂也。"此指各種快樂。

④"進不忘"二句：進指出仕；退指隱居。

⑤酒醨（lí）：酒味淡薄。

⑥太清：天空。

⑦逸人：隱逸之人。

⑧道友：同道之友。

⑨謝：慚愧。

⑩王事靡盬（gǔ）：語出《詩經・唐風・鴇羽》，指公事無盡。

⑪驛騎遄速：往來公使匆忙趕路。

⑫平原：指戰國時期平原君。十日之飲：指盡情歡樂。事載《史記・范睢蔡澤列傳》。

⑬叔度：漢代黃憲。累日之歡：多日歡娛。

⑭載想：句首助詞。房：房融。陸：陸餘慶。畢子：畢構（650年～716年），字隆擇，原籍東平（今屬山東省），河南偃師（今屬河南省洛陽市偃師區）人。三人皆陳子昂朋友。軒冕之人：官員。

⑮睽闕：離散，分開。惄然：憂思貌。

⑯有道：有道德或才能。匡國：輔弼國君。

登薊城西北樓送崔著作融入都 並序[一]

僕嘗倦遊[①]，傷別久矣！況登樓遠國，銜酒故人[②]，憤胡孽之侵邊[③]，從王師之出塞。元戎按甲，方刈鮮卑之壘[④]；天子賜書，且有相君之召[⑤]。而崔侯佩劍，即謁承明[⑥]；群公負戈[二]，方絶大漠。燕山北望，遼海東浮。雲臺與碣館天殊⑦，亭障共衣冠地隔⑧。撫劍何道，長謠增歎。以身許國，我則當仁⑨；論道匡君，子思報主[三]。仲冬寒苦，幽朔初平⑩。蒼茫天兵之氣⑪，冥滅戎雲之色⑫，白羽一指⑬，可掃丸都[四]⑭；赤墀九重，佇觀獻凱⑮。心期我願斯遂[五]，君恩共有[六]。策勛飲至，方同廊廟之歡⑯；偃武櫜弓，借爾文儒之首⑰。薊丘故事，可以贈言，同賦登薊樓送崔子云爾。

薊樓望燕國，負劍喜兹登⑱。清規子方奏⑲，單戟我無能⑳。仲冬邊風急，雲漢復霜稜㉑。慷慨意何道，西南恨失朋㉒。

【校記】

[一]詩序原在第七卷，題爲“登薊城西北樓送崔著作融入都序”，詩題爲“送崔著作”，據《全唐詩》合併。

[二]“戈”原作“戎”，據四庫本、《全唐詩》改。

[三]“主”後原有注“一作國”，據《全唐詩》删。

[四]“丸”原作“九”，據四庫本改。

[五]原爲墨丁，缺五字，據四庫本補。

[六]“君”後原有“之”，據四庫本删。

【注釋】

①倦遊：倦於遊宦，即不願再做官。

②銜酒故人：與故人飲酒。

③胡孽：此指契丹。

④元戎：大帥。按甲：屯兵。刈：斬除，消滅。鮮卑：此指契丹。

⑤相君：宰相。

⑥即謁承明：即將拜見君王。承明，承明殿，此指武后皇宫。

⑦“雲臺”句：見《同宋參軍之問夢趙六贈盧陳二子之作》注⑮。碣館，碣石館，借指王侯府第。

⑧亭障：邊塞城堡。衣冠：權貴和縉紳之家。

⑨我則當仁：當仁不讓。語出《論語·衛靈公》。

⑩幽朔：泛指北方。

⑪蒼茫：廣闊無邊。天兵：指唐朝軍隊。

⑫冥滅：黯然消逝。戎雲：此指契丹叛軍。

⑬白羽：古代軍中主帥所執的指揮旗，又稱白旄。

⑭丸都：見《送著作佐郎崔融等從梁王東征並序》注㉑。

⑮“赤墀”二句：謂皇帝坐等軍隊凱旋消息。赤墀，指皇宫。九重，幽深。佇，等待。獻凱，古代軍禮，指凱旋後向宗廟社稷獻禮。

⑯“策勛”二句：謂將帥軍士被記功賞賜，在朝廷飲酒同歡。

⑰“偃武”二句：停止戰爭，收起武器，實施文治教化。

⑱負劍：佩劍。

⑲清規：高潔之風。

⑳“單戟”句：謂我不能上戰場拼殺。戟，合戈矛一體的兵器。

㉑“仲冬”句：寫邊地十一月的強風和寒冷。雲漢，銀河。

㉒“西南”句：《周易·坤卦》有“西南得朋，東北喪朋”之語。此爲反用。

喜馬參軍相遇醉歌 並序[一]①

吾無用久矣，進不能以義補國，退不能以道隱身②。天子哀矜，居於侍省③。且欲以芝桂爲伍，麋鹿同曹④，軒裳鐘鼎⑤，如夢中也。南榮暴背，北林設罝[二]⑥，有客扣門⑦，云吾道存，孺子孺子，黄中通理⑧。時玄冬遇夜⑨，微月在天。白雲半山，志逸海上。酒既醉，琴方清，陶然玄暢，浩爾太素[三]⑩，則欲狎青鳥、寄丹丘矣[四]⑪。日月云邁，蟋蟀謂何⑫？夫詩可以比興也⑬，不言曷著？時醉書散灑⑭，乃昏見清廟臺⑮，令知此有蜀雲氣也。畢大拾遺、陸六侍御、崔司議[五]、崔兵曹、鮮于晉、崔涵子、懷一道人⑯，當知吾此評是實録也。若東萊王仲烈見之⑰，必以爲真醉。歌曰：

獨幽默以三月兮⑱，深林潛居⑲。時歲忽兮，孤憤遐吟⑳，誰知我心。孺子孺子，其可與理兮[六]？

【校記】

[一]“喜”原作“嘉”，後有校語“一作喜”，據《全唐詩》删改。

[二]“罝”原作“置”，據四庫本、《全唐詩》改。

[三]“太”原作“大”，據《全唐詩》改。

[四]“丹丘”原作“舟仙”，據《全唐詩》改。

[五]“司議”原作“議司”，據本卷《喜遇冀侍御珪崔司議泰之二使》《贈别冀侍御崔司議》改。

[六]“兮”原作“分”，據四庫本改。

【注釋】

①馬參軍：名不詳。

②“進不能”二句：作者感歎未能做到“窮則獨善其身，達則兼善天下”。

③“天子”二句：指天子同意解官回家侍奉父母。哀矜，可憐。侍省，服侍問候。

④“且欲”二句：指詩人的隱居生活。

⑤軒裳鐘鼎：見《秋日遇荆州府崔兵曹使讌並序》注③⑨。

⑥暴（pù）背：曬背。設罝（jū）：逮兔。寫詩人閒居生活。

⑦有客：指馬參軍。扣門：敲門。

⑧黄中通理：以黄色居中而兼有四方之色，指通曉事物的道理。語出《周易·坤卦》。

⑨玄冬：冬季。

⑩陶然：快樂的樣子。玄暢：通曉大道。浩爾：廣大無邊。太素：最初之物。

⑪青鳥：有三足的神鳥，是傳説中西王母的使者。丹丘：见《同宋參軍之問

夢趙六贈盧陳二子之作》注㉖。

⑫“日月”二句：見《喜遇冀侍御崔司議二使序》注⑪⑫。

⑬“夫詩”句：語出《論語·陽貨》“詩可以興，可以觀”。

⑭醉書：指酒醉之後的書法。散灑：瀟灑豪放。

⑮清廟：太廟。

⑯“畢大拾遺”句：畢大拾遺指畢構，陸六侍御指陸餘慶，崔司議指崔泰之，崔兵曹名不詳，崔湎子指崔沔，懷一道人指史懷一。這些人皆陳子昂朋友。

⑰東萊王仲烈：見《觀荆玉篇》注⑨。

⑱幽默：静寂。

⑲潛居：幽居，隱居。

⑳“時歲”二句：謂歲月流逝，詩人孤憤之情無處表達。

南山家園林木交映盛夏五月幽然清涼獨坐思遠率成十韻①

寂寥守窮巷，幽獨臥空林②。松竹生虛白③，階庭懷古今。鬱蒸炎夏晚，棟宇閟清陰④。軒窗交紫靄，簷户對蒼岑⑤。鳳蘊仙人籙⑥，鸞歌素女琴⑦。忘機委人代⑧，閉牖察天心⑨。蛺蝶憐紅蘂，蜻蜓愛碧潯⑩。坐觀萬象化⑪，方見百年侵。擾擾將何息，青青長苦吟。願隨白雲駕，龍鶴相招尋⑫。

【注釋】

①南山：指陳子昂老家之武東山。率成：隨意寫成。

②“寂寥”二句：謂詩人獨居鄉間的寂寞無聊、孤獨空虛。

③虛白：恬淡虛静。語出《莊子·人間世》：“虛室生白，吉祥止止。”

④閟：關閉，此指存留。

⑤蒼岑：青山。

⑥鳳：此指鳥篆。仙人籙：仙人符箓，泛指道教經典。

⑦素女：仙女名，善弦歌。

⑧“忘機”句：此句謂拋掉機心，忘卻人間。委，捨棄。人代，即人世，避唐太宗李世民諱。

⑨“閉牖”句：此句謂坐於家中也可窺察天意。語出《老子》四十七章。

⑩“蛺蝶”二句：蝴蝶喜愛鮮紅的芍藥，蜻蜓在緑水邊戲水。寫自然界生機勃發。蛺蝶，蝴蝶。紅藥，紅色的芍藥。憐，即愛。

⑪“坐觀”句：觀察自然萬物的變化。坐，副詞，正好。萬象，大千世界。

⑫“願隨”二句：謂希望追隨神仙的生活。龍鶴，仙人坐騎。

秋園臥疾呈暉上人①

幽寂曠日遙，林園轉清密。疲痾澹無豫②，獨坐泛瑤瑟③。懷挾萬古情，憂虞百年疾④。綿綿多滯念⑤，忽忽每如失。緬想赤松遊⑥，高尋紫庭逸[一]⑦。榮吝始都喪⑧，幽人遂貞吉⑨。圖書紛滿床，山水藹盈室⑩。宿昔心所尚，平生自茲畢。願言誰見知⑪，梵筵有同術⑫。八月高秋晚，涼風正蕭颯⑬。

【校記】

［一］“紫庭”後原有校語“一作白雲”，據《全唐詩》删。

【注釋】

①暉上人：見《酬暉上人秋夜山亭有贈》注①。

②疲痾（kē）：疲病。滄：冷清。無豫：不快樂。

③泛瑤瑟：彈琴。

④憂虞：憂慮。

⑤“綿綿”句：此句謂鬱積於心頭的愁思濃郁悠長。綿綿，狀愁思濃郁。滯念，彙集心中的愁緒。

⑥緬想：遙想。赤松：見《答洛陽主人》注②。

⑦紫庭：天帝宫廷。

⑧榮吝：榮耀和恥辱。

⑨幽人：隱居者。幽人貞吉，語出《周易·履卦》。

⑩“圖書”二句：此句寫集中陳設。紛、藹，雜亂衆多。

⑪顧言：表深切思念。語出《詩經·衛風·伯兮》：“顧言思伯，甘心首疾。”

⑫梵筵：佛教説法講習。同術：同道。

⑬蕭颯：風雨吹打草木發出的聲音。

臥疾家園

世上無名子[一]①，人間歲月賒②。縱横策已棄，寂寞道爲家③。臥疾誰能問，閒居空物華。猶憶靈臺友，棲真隱太霞[二]④。還丹奔日御⑤，卻老餌雲芽⑥。寧知白社客⑦，不厭青門瓜⑧。

【校記】

［一］“世”後原有校語“舊避諱作代”，據《全唐詩》删。

［二］“太”原作“大”，據《全唐詩》改。

【注釋】

①無名子：不求名利之人，此指詩人自己。

②賖（shē）：同“賒”，長久，漫長。

③“縱橫”二句：謂自己已經放棄功名追求，甘於隱居求道。

④“猶憶”二句：謂自己追求志同道合之友，在太空中修煉。靈臺友，知心之友。棲真，修煉。太霞，太空。

⑤還丹：見《題李三書齋崇嗣》注⑧。奔日御：指白日飛升。

⑥卻老：返老還童，指長生。餌：服食。雲芽：雲母。

⑦白社客：隱者。白社：在今河南省洛陽市東。

⑧青門瓜：即東陵瓜，此指退官歸隱田園。召平種瓜事載《三輔黄圖》卷一。

月夜有懷

美人挾趙瑟①，微月在西軒[一]。寂寞夜何久，慇懃玉指繁②。清光委衾枕③，遙思屬湘沅④。空簾隔星漢⑤，猶夢感精魂。

【校記】

［一］“微”原作“御”，據《全唐詩》改。

【注釋】

①趙瑟：趙地流行的瑟。古有趙女善彈瑟的説法。

②慇懃：即“殷勤”，情誼深厚。玉指繁：指趙女彈奏瑟的姿態動作。

③清光：月光。

④“遙思”句：此句謂詩人的思念連接到遠方。屬，連接。湘沅，指屈原流放之地，指代遠方。

⑤星漢：銀河。

于長史山池三日曲水宴[一]①

摘蘭藉芳月[二]，祓宴坐迴汀②。汎灩清流滿③，葳蕤白芷生④。金絃揮趙瑟，玉柱弄秦箏⑤。巖榭風光媚⑥，郊原春樹平。煙花飛御道⑦，羅綺照昆明⑧。日落紅塵合⑨，車馬亂縱橫。

【校記】

［一］宴：原無，據四庫本、《全唐詩》補。

［二］“藉”原作“籍”，據四庫本改。

【注釋】

①于長史：于克構，曾任左監門率府長史。三日：三月三日，上巳節。

②祓（fú）：祛除災邪的祭祀。迴汀：水灣平地。

③汎灩：水面閃光。

④葳蕤：植物茂盛。白芷：一種香草。

⑤“金絃”二句：寫宴會演奏的樂器衆多精美。秦箏，秦人所制之箏。

⑥巖榭：山間小亭。

⑦煙花：指盛開的花。煙花三月，古人寫春天的美景。御道：帝王車馬所行之道。

⑧羅綺：絲綢所制衣服，也指美女。昆明：昆明池，漢武帝所建，在今陝西省西安市西南。

⑨紅塵：飛揚的塵土。

登澤州城北樓宴[一]①

平生倦遊者，觀化久無窮②。復來登此國，臨望與君同③。坐見秦兵壘，遙聞趙將雄④。武安君何在[二]⑤，長平事已空⑥。且歌《玄雲曲》⑦，銜酒舞《薰風》⑧。勿使青衿子⑨，嗟爾白頭翁⑩。

【校記】

［一］“城”原無，據《全唐詩》補。

［二］“君”原作“軍”，據四庫本、《全唐詩》改。

【注釋】

①澤州：治所在今山西省晉城市。

②觀化：觀察事物變化。

③臨望：登高望遠。

④趙將：指趙將廉頗。

⑤武安君：秦將白起。

⑥長平事：指白起坑殺趙軍之事，見《史記・白起王翦列傳》。

⑦《玄雲曲》：古曲名。

⑧《薰風》：古曲名，即《南風》。

⑨青衿子：青年學生。語出《詩經・鄭風・子衿》。

⑩白頭翁：指老人。

夏日遊暉上人房[①]

山水開精舍[②]，琴歌列梵筵[③]。人疑白樓賞[④]，地似竹林禪[⑤]。對户池光亂，交軒巖翠連。色空今已寂[⑥]，乘月弄澄泉。

【注釋】

①暉上人：見《酬暉上人秋夜山亭有贈》注①。

②精舍：僧人居所。

③梵筵：見《秋園臥疾呈暉上人》注⑫。

④白樓：指白樓亭，故址在今浙江省紹興市西南。

⑤竹林：竹林精舍，釋迦牟尼説法處。

⑥色空：佛教用語，謂物質的形相及其虚幻的本性。

春日登金華觀[①]

白玉仙臺古[②]，丹丘别望遙[③]。山川亂雲日，樓榭入煙霄。鶴舞千年樹，虹飛百尺橋。還逢赤松子[④]，天路坐相邀[⑤]。

【注釋】

①金華觀：在今四川省射洪市金華山。

②白玉仙臺：指仙人居處。

③丹丘：见《同宋參軍之問夢趙六贈盧陳二子之作》注㉖。

④赤松子：見《答洛陽主人》注②。

⑤天路：天上之路，也指神仙居所。

群公集畢氏林亭①

金門有遺世②，鼎實忝和邦③。默語誰能識[一]④，琴樽寄北窗[二]⑤。子牟戀魏闕⑥，漁父愛滄江⑦。良時信同此，歲晚跡難雙。

【校記】

［一］“能”原作“相”，據《全唐詩》改。

［二］“北”原作“此”，據四庫本、《全唐詩》改。

【注釋】

①畢氏：指畢構，見《贈别冀侍御崔司議並序》注⑭。

②金門：金馬門。遺世：避世。

③鼎實：鼎中食物。和邦：治理國家。

④默語：即語默，指出仕和隱居。

⑤琴樽：琴和酒，此指士大夫的生活。

⑥子牟：即魏公子牟，又稱中山公子牟。魏闕：高大的門闕，指心存朝廷，事載《吕氏春秋·審爲》。

⑦“漁父”句：語出《楚辭·漁父》，謂保持節操，不與世同流合汙。

宴胡楚真禁所[①]

人生固有命，天道信無言[②]。青蠅一相點，白璧遂成冤[③]。請室閒逾邃[④]，幽庭春未暄[一][⑤]。寄謝韓安國，何驚獄吏尊[⑥]。

【校記】

［一］“春”原作“草”，據《全唐詩》改。

【注釋】

①胡楚真：事蹟不詳。禁所：拘禁之所，指監獄。

②“天道”句：天道無言，指天命不可確定。

③“青蠅”二句：喻指受冤。青蠅，蒼蠅。點，汙。白璧，喻清白之人。

④請室：請罪之室，指囚禁之所。

⑤“幽庭”句：謂監獄連春天的陽光也見不到。暄，温暖，指陽光。

⑥“寄謝”二句：此二句謂高官入獄方知獄吏之尊。猶言人在屋簷下，不得不低頭。此用漢代韓安國和周勃之事。事載《史記·韓長孺列傳》《史記·絳侯周勃世家》。

春臺引　寒食集畢録事宅作[一][①]

感陽春兮[二][②]，生碧草之油油。懷宇宙以傷遠[三]，登高臺而寫憂[四]③。遲美人兮不見④，恐青歲之還遒⑤。從畢公以酬飲，寄林塘而一留。採芳蓀於北渚⑥，憶桂樹於南州。何雲木之英麗⑦，而池館之崇幽。星臺秀士⑧，月旦諸子⑨，嘉青鳥之辰⑩，迎火龍之始⑪。挾寶書與瑤瑟⑫，芳蕙華而蘭靡⑬。乃掩白蘋，藉緑芷⑭。酒既醉，樂未已。擊青鐘⑮，歌緑水⑯。怨青春之萎絶⑰，贈瑤華之旖旎。願一見而導意⑱，結衆芳之綢繆⑲。曷余情之蕩瀁[五]⑳，矚青雲以增愁[六]。悵三山之飛鶴[七]㉑，憶海上之白鷗。重曰：群仙去兮青春頽，歲華歇兮黄鳥哀。富貴榮樂幾時兮，朱宫翠堂生青苔㉒，白雲兮歸來。

【校記】

［一］此詩原在第七卷。原無“録事宅作”四字，據《全唐詩》補。

［二］“陽”原作“傷”，據《全唐詩》改。

［三］“傷遠”原作“湯湯”，據《全唐詩》改。

［四］原有“遂”，據《全唐詩》删。

［五］“情之”原作“之情”，據《全唐詩》改。

［六］“矚”原作“獨”，據《全唐詩》改。

［七］“悵”原作“恨”，據《全唐詩》改。

【注釋】

①春臺：春日登眺覽勝之處，語出《老子》二十九章“衆人熙熙，如享太牢，如登春臺”。引：此指詩體名，近於歌行。寒食：寒食節，清明節前一二日。禁煙火，只吃冷食，故名。畢録事：名不詳。

②陽春：春日温暖，故名“陽春”。

③寫憂：即瀉憂，排除煩惱憂愁。

④遲：思念。美人：指賢才。

⑤青歲：猶青春。還遒：迅速消失。還，同旋。

⑥芳蓀：香草。

⑦雲木：狀樹高。

⑧星臺：三臺星，借指朝廷中樞機構。

⑨月旦：見《夏日暉上人房别李參軍崇嗣》注⑧。

⑩青鳥之辰：春天。

⑪火龍之始：夏天開始。

⑫“挾寶書”句：謂神仙道人生活。寶書，指道教經典。瑤瑟，裝飾華美的樂器。

⑬蕙、蘭：皆香草名。

⑭白蘋：植物名。芷：白芷，香草名，又名辟芷。

⑮青鐘：代表東方之鐘。

⑯緑水：曲名。

⑰青春：指春日。

⑱導意：結意，致意。

⑲綢繆：情意殷切。

⑳蕩瀁：同蕩漾，情感起伏不定。

㉑三山：海上三仙山。

㉒朱宫翠堂：指富貴豪華宫室。

綵樹歌[一]①

嘉錦筵之珍樹兮②，錯衆綵之氛氳③。壯瑤臺之微月④，點巫山之朝雲⑤。青春兮不可逢⑥，況蕙色之增芬。結芳意而誰賞，怨絶世之無聞⑦。紅榮碧艷坐看歇⑧，素華流年不待君[二]⑨。故吾思崑崙之琪樹⑩，厭桃李之繽紛⑪。

【校記】

［一］原在第七卷，據文體移至第二卷。

［二］“待”原爲墨丁，據《全唐詩》改。

【注釋】

①綵樹：以彩絹裝飾的燈柱。

②錦筵：盛大豪華的宴會。珍樹：珍奇之樹。

③錯：交錯。氛氲：指濃郁的煙氣或香氣。

④瑤臺：在昆侖山，傳説中的神仙居處。

⑤巫山、朝雲：見《感遇詩》其二十七注⑥。

⑥青春：此指珍貴的年華。

⑦絶世：此指香草死亡。

⑧紅榮碧艷：指花紅葉緑。

⑨素華：日光或月光。流年：逝去的年華。

⑩琪樹：玉樹。

⑪繽紛：指桃李花的濃盛。

山水粉圖[一]①

山圖之白雲兮[二]，若巫山之高丘。紛群翠之鴻溶②，又似蓬瀛海水之周流③。信夫人之好道④，愛雲山以幽求⑤。

【校記】

［一］原在第七卷，據文體移至第二卷。

［二］“山”原作“仙”，據四庫本、《全唐詩》改。

【注釋】

①山水：指畫面内容。粉圖：壁畫。

②群翠：指山峰上生長的草木。鴻溶：高聳。

③蓬瀛：蓬萊、瀛洲的簡稱。

④夫人：那人，此指壁畫的主人。

⑤“愛雲山”句：謂主人通過山水而求道。

魏氏園林人賦一物得秋庭萱草［一］

昔時幽徑裏②，榮耀雜春叢③。今來玉墀上④，銷歇畏秋風⑤。細葉猶含緑，鮮花未吐紅⑥。忘憂誰鑒賞⑦，空此北堂中⑧。

【校記】

［一］此詩原無，據四庫本、《全唐詩》卷八四補。

【注釋】

①萱草：有“金針”“忘憂草”等名。

②幽徑：僻静小路。

③榮耀：此指花開繁盛。

④玉墀：指宫殿前的石階，亦借指朝廷。

⑤銷歇：凋謝。

⑥“細葉”二句：描寫萱草雖被摧折，但仍顯示出旺盛的生機。

⑦忘憂：此點出萱草的含義，即忘憂。

⑧北堂：主婦居室。

晦日宴高氏林亭 並序[一]①

夫天下良辰美景②，園林池觀，古來遊宴歡娱衆矣。然而地或幽偏，未睹皇居之盛③；時終交喪④，多阻昇平之道。豈如光華啟旦⑤，朝野資歡⑥，有渤海之宗英⑦，是平陽之貴戚⑧。發揮形勝⑨，出鳳臺而嘯侣⑩；幽贊芳辰，指雞川而留宴⑪。列珍羞於綺席，珠翠琅玕⑫；奏絲管於芳園，秦箏趙瑟⑬。冠纓濟濟，多延戚里之賓⑭；鸞鳳鏘鏘，自有文雄之客⑮。總都畿而寫望⑯，通漢苑之樓臺⑰；控伊洛而斜□[二]，臨神仙之浦漵⑱。則有都人士女，俠客遊童。出金市而連鑣⑲，入銅街而結駟⑳。香車繡轂㉑，羅綺生風㉒；寶蓋琱鞍㉓，珠璣耀日㉔。於時律窮太簇㉕，氣淑中京㉖。山河春而霽景華，城闕麗而年光滿。淹留自樂，玩花鳥以忘歸；歡賞不疲，對林泉而獨得。偉矣！信皇州之盛觀也。豈可使晉京才子，孤標洛下之遊㉗；魏室群公，獨擅鄴中之會㉘。盍各言志㉙，以記芳遊。同探一字，以華爲韻。

尋春遊上路，追宴入山家。主第簪纓滿㉚，皇州景望華。玉池初吐溜㉛，珠樹始開花。歡娱方未極，林閣散餘霞㉜。

【校記】

[一]此詩原無，據《全唐詩》卷八四補。

[二]“斜”後缺一字。

【注釋】

①晦日：農曆正月最後一天。高氏：高正臣，廣平人，官至衛尉少卿，好

交遊。

②“夫天下”句：謝靈運《擬魏太子鄴中集詩序》：“良辰、美景、賞心、樂事，四者難並。”王勃《滕王閣序》有“四美具，二難並”。

③皇居之盛：帝都的繁華。

④時終交喪：《莊子·繕性》有“世喪道矣，道喪世矣，世與道交相喪矣”。此指世道好壞輪换。

⑤光華啟旦：指月光、日光。語出《尚書大傳·虞夏傳》“日月光華，旦復旦兮”。

⑥資歡：恣意歡樂。

⑦渤海：指高氏郡望。

⑧平陽之貴戚：本指漢代曹參，此指高氏。

⑨發揮形勝：顯示出山川的壯美。

⑩鳳臺：公主宅邸美稱。嘯侶：呼朋引伴。

⑪雞川：在今河南省洛陽市東，傳説有玉雞之瑞。

⑫“列珍羞”二句：極寫宴席之豪華精美。珍饈、綺席、珠翠、琅玕，義近。

⑬秦箏趙瑟：秦箏見《於長史山池三日曲水宴》注⑤。趙瑟見《月夜有懷》注①。

⑭冠纓：本指帽帶，此指官員。濟濟：衆多。戚里：帝王外戚所居之地。

⑮鸞鳳鏘鏘：車馬之鈴發出清脆的響聲。文雄之客：指擅長寫作之人。

⑯窮望：極目遠望。

⑰漢苑：指漢代的上林苑。

⑱浦漵：水邊。

⑲金市：古洛陽街名。連鑣：騎馬並進。

⑳“入銅街”句：此二句皆寫街市的熱鬧和來客的尊貴。銅街，銅駝街，在洛陽。結駟，車馬相連。

㉑香車：香木制作之車。繡轂：彩繪之輪轂。

㉒羅綺生風：指穿著綢緞所制衣服的美女雲集。

㉓寶蓋琱鞍：華貴車蓋、精美琱鞍。

㉔珠璣耀日：佩戴的珍珠與日爭輝。

㉕律窮太簇：正月之末，即晦日。

㉖氣淑中京：謂洛陽的天氣很好。

㉗“豈可”二句：指晉代的金谷之會。金谷在今河南省洛陽市西北。

㉘“魏室”二句：指曹魏時期曹丕兄弟與建安七子的聚會。

㉙盍各言志：何不各人抒發自己的情志。

㉚主第：主人家住宅。簪纓：指官員。

㉛吐溜：此指池中流水。

㉜散餘霞：餘霞散去。語本謝朓“餘霞散成綺”。

晦日重宴高氏林亭[一]

公子好追隨①，愛客不知疲。象筵開玉饌，翠羽飾金卮②。此時高宴所③，詎減習家池④。循涯倦短翮，何處儷長離⑤。

【校記】

[一]此詩原無，據《全唐詩》卷八四補。

【注釋】

①公子：指宴會主人高正臣。

②“象筵”二句：皆寫宴會的豪華精美，極顯主人的熱情豪爽和富貴。象筵，華美宴席。玉饌，珍奇的酒食。翠羽飾金卮，翡翠羽毛裝飾的酒杯。

③高宴所：即高氏林亭。

④習家池：又稱高陽池。用山簡事。山簡（253 年～312 年），西晉名士。習家池故址在今湖北省襄陽市南。

⑤“循涯”句：謂省察自己的身份，知道自己才能有限，不能高飛。循涯，省察自己。短翮（hé），羽毛短小，喻才能不大。何處：謂怎麼能與鳳凰相比。儷：比、並。長離：鳳凰。兩句用對比，謙稱自己，贊美主人。

上元夜宴效小庾體[一]①

三五月華新②，遨遊逐上春。相邀洛城曲③，追宴小平津④。樓上看珠妓，車中見玉人⑤。芳宵殊未極，隨意守燈輪⑥。

【校記】

［一］此詩原無，據《歲時雜詠》卷七、《全唐詩》卷八四補。

【注釋】

①上元：元宵節，農曆正月十五。小庾：指晉荊州刺史庾翼。庾翼，潁川鄢陵人，東晉書法家，字稚恭。

②“三五”句：謂十五的月光格外明亮。三五，即每月十五，此指上元賞燈。月華：月光。

③洛城曲：指洛陽城中演奏的各種音樂。

④小平津：在今河南省孟津縣東北。

⑤“樓上”二句：寫洛陽城中美女、俊男紛紛出來賞燈。珠妓，美妓。玉人，美男。

⑥燈輪：大如車輪的彩燈。

三月三日宴王明府山亭[一][1]

暮春嘉月，上巳芳辰[2]。群公禊飲[3]，於洛之濱。奕奕車騎[4]，粲粲都人[5]。連帷競野[6]，袨服縟津[7]。青郊樹密，翠渚萍新[8]。今我不樂，含意□申[9]。

【校記】

[一]此詩原無，據《全唐詩》卷八四補。原注有“見《歲時雜咏》末句缺一字”。

【注釋】

①王明府：名不詳。結伴去水邊沐浴，稱爲“祓禊”。

②“暮春”二句：暮春，晚春，三月。上巳，農曆三月三日。

③禊（xì）飲：上巳日之宴聚。禊：爲消除不祥而在水邊舉行的祭祀。

④奕奕：光彩盛大。

⑤粲粲：衣服華美。都人：俊男美女。

⑥連帷競野：帳篷相連。此指在郊外宿營、休息。

⑦袨服縟津：衣服漂亮多彩。

⑧翠渚：水邊草木茂盛。

⑨“今我”二句：寫自己落第之後的憤懣之情不得抒發。

卷三

表

爲義興公求拜掃表[①]

臣禍釁所鍾，早日孤露[②]，墳塋莫掃，松栢凋荒。臣之不天[③]，實有攸咎，死罪死罪！昔先臣下代[④]，遺訓未忘，而殃罰不圖，家禍潛構。兄弟無故，並爲參商[⑤]。中蔓之言，所不可道[⑥]。孤臣不孝，萬死餘責，死罪死罪！然臣之負譴，實陷無辜；吏議不明，以投魑魅[⑦]。自泣血去國，寄命南荒，歷年被病，再以生死[一][⑧]，炎山漲海，氣瘴窮天。戴白之老[⑨]，俗無聞者，孤臣疲薾[⑩]，豈望須臾。分謂委骨窮溟，餌身魚鼈[⑪]，狼荒之鬼[⑫]，永悲長逝。不意慶雲垂澤，天渙宏流[二][⑬]，拂拭霧露，生見白日。踴躍昭泰，情何以勝？死罪死罪！而餘殃未泯，凶故薦臻[三][⑭]。亡兄濟江，闔家淪溺，嫂姪俱逝，一不生存。尋途未中，臣妻又殞。重疊亡歿，契濶山川[⑮]。至止之日，生意盡矣。誓將死守陵墓，没齒塚園。不圖恩幸曲成，寵章仍及，題輿别駕，職是恩州[⑯]。再造生涯，天實爲德。死罪死罪！臣自歸日淺，塋廟未修，荆棘荒然，祭祀無主。今即便祗皇命，遠職邊夷，歲月方賒[⑰]，拜掃何日？瞻言出涕[四][⑱]，感咽崩摧[五][⑲]。伏惟陛下仁養群生，孝理天下，萬物咸遂，各得其宜。臣獨向隅[⑳]，有以長戚。伏願天慈愷悌[㉑]，憐憫孤窮，寬以簡書之刑，賜其告歸之請，使得駿奔西土，長號北陵，獲申存没之悲，生謁園塋之樹。稽顙松闕[六][㉒]，謝不睦之辜；肉袒山門[㉓]，祈自新之路。刻誓肌骨[㉔]，奉以周旋[㉕]，然後退死蠻夷，沈骸糞土，甘心朽滅，庶無遺恨。倘昊天鑒照，孤誠可哀，則臣之鰥生[㉖]，志畢今日[㉗]。不勝崩迫之至[㉘]。

【校記】

［一］“再以”後有校語“再以二字疑誤”，據《全唐文》删。

［二］“宏”原作“寵”，據《全唐文》改。

［三］“故”原作“固”，據《全唐文》改。

［四］“瞻”原作“贍”，據四庫本、《全唐文》改。

［五］“咽”原作“晛”，據《全唐文》改。

［六］“闕”原作“闕”，據《全唐文》改。

【注釋】

①義興公：李晧，江安王李元祥之子。拜掃：掃墓。表：古代臣下向帝王上書陳情言事的一種文體。

②禍釁（xìn）：災禍。鍾：彙集。孤露：孤苦無依，指幼年喪親。

③不天：不受天的庇護。

④下代：下世，離世。“代”爲避唐太宗李世民之諱。

⑤參商：本指參星、商星，喻彼此對立、不和睦。

⑥“中冓”二句：指晧兄永嘉王李晫之“有禽獸行”。中冓，内室、閨門。不可道，不能説，指醜行。語出《詩經·鄘風·牆有茨》。

⑦魑魅：古代神話傳説中的山神，也指山林中害人的鬼怪。

⑧泣血：指極度痛苦悲傷。去國：離開京城。南荒：南方荒涼遙遠的地方。被病：生病。再以：多次經歷。

⑨戴白之老：白髮老人。

⑩疲薾（ěr）：疲倦之極。

⑪委骨：指棄置屍骨，即死於野外。餌身：以身爲餌，即被動物吃掉。窮溟：遠海。

⑫狼荒：荒原偏僻之地。

⑬慶雲垂澤：指天子降恩。慶雲即卿雲。天涣：天子發佈詔令。宏流：大恩。

⑭凶故：凶事、禍事。薦臻：接連不斷。

⑮契濶：遠隔。

⑯恩州：今廣東省恩平市。

⑰歲月方賒：未來的時間還很漫長。賒，長久。

⑱瞻言出涕：悲傷落淚。語出《詩經・小雅・大東》“睠言顧之，潸焉出涕”。

⑲感咽：悲傷嗚咽。崩摧：五臟破裂，言極度哀痛。

⑳向隅：對著牆角，指悲傷失意。長戚：常懷憂愁。

㉑愷悌：和樂平易。

㉒稽顙：屈膝下拜，以額觸地，表示極度虔誠。松闕：指墓地之門。兩旁植松，形似門型。

㉓肉袒：脱去上衣，裸露肢體。古人祭祀表示恭敬或謝罪時表示惶恐。山門：墓門。

㉔刻誓肌骨：猶刻骨銘心。

㉕周旋：指行禮時進退迴旋。

㉖鯫（zōu）生：小人。

㉗志畢今日：志願得到實現。

㉘“不勝”句：此爲“表”文體結束語。崩迫，迫切。

爲義興公陳請終喪第二表[一]

草土臣某言①：去年某月日，奉哀陳請，乞終喪制。今某月日，奏事官賫臣所奏表回②，伏讀報詔，不勝悲懼。陛下爲臣累有政能③，特見任用，使臣移孝爲忠④，即斷來表。臣内愧不孝，外慚無能，汙辱聖聽，措身無地⑤。臣某中謝⑥。臣聞時方媮薄⑦，勸人以孝；時方趨競⑧，勸人有禮。有不至者，誅而教之。臣今不病，固合辭避。況臣疾發日久，亡母未葬，忍偷餘生，望畢家事，敢汙人倫，以傷風俗？昔山濤與時主有舊，温嶠亦功存當代，濤起應禮，嶠不歸葬⑨，守禮法者，議而薄之。臣於國家，無濤、嶠之功舊，必依詔命；兼濤、嶠之可薄，俯仰人間⑩，豈獨羞恥？聖朝用法，合置誅殛⑪。前者直省賫勅⑫，勒臣赴任，使司准敕，移責州縣。所由官吏，畏懼威嚴，臣所經行，停留不得。待臣出界，然後奏報。臣氣力羸憊⑬，奔波道路。悲憂惶恐，舊疾加極。半身不遂⑭，手節拘急⑮，行步飲食，須人扶助。近又兩目昏暗，如有瘴冒⑯，雖生猶死，不堪力強。特望聖慈，乞臣骸骨，歸奏几筵⑰，及葬州里。在臣私情，死生願足。臣今病在桂州⑱，俯伏待命。臣風昏謬妄⑲，舉動失常，頻犯天威⑳，不勝震恐，謹遣某官奉表陳乞以聞。

【校記】

[一]此文原無，據《全唐文》卷二一〇補。

【注釋】

①草土臣：官吏居喪期間自稱。

②奏事官：向皇帝陳述事情的官員。賫（jī）：帶、送。

③政能：政治才幹。

④移孝爲忠：將對父母的孝敬之心轉爲對君王的忠敬之情。

⑤措身無地：無地自容。措身，安身。

⑥中謝："表"文體的套語，表示恭敬、感謝。

⑦婾（tōu）薄：澆薄、浮薄。

⑧趨競：奔走鑽營。

⑨"昔山濤"四句：山濤（205年～283年），字巨源。河內郡懷縣（今河南省武陟縣西）人。三國至西晉時大臣、名士，"竹林七賢"之一。與時主有舊，指山濤與宣穆皇后爲中表親。温嶠（288年～329年），字泰真，并州太原郡祁縣（今山西省祁縣）人，東晉名將。嶠不歸葬，指温嶠因爲國事而未能歸喪之事。史載温嶠"少以孝悌稱於邦族"。

⑩俯仰：同俯仰，周旋、應付。

⑪誅殛（jí）：誅殺。

⑫直省：指各省，因直屬中央，所以又叫直省。賫勑：攜持詔書。

⑬羸憊：衰弱疲困。

⑭半身不遂：今指偏癱。遂，順。

⑮手節拘急：手關節痙攣。

⑯瘴冒：感受瘴氣而昏迷。

⑰几筵：祭祀的席位。

⑱桂州：今廣西壯族自治區桂林市。

⑲風昏：因病導致的昏亂。謬妄：荒謬愚妄。

⑳天威：帝王威嚴。

爲義興公陳請終喪第三表[一]

草土臣某言：臣先患風疹①，並兩目昏闇，右手不能制物，一足不自運動②，前後頻有表狀，請停官職。臣自到桂州，病轉增劇，更加瘴虐③，臥在床枕，兩目漸不見物，起動皆須扶引，死在朝夕，敢偷禄位④？伏恐陛下謂臣尚顧禮教，以疾辭讓，遷延歲月，待畢喪紀。臣除官已來，向欲一歲，頻違詔命，合正典刑。陛下縱不忍罪臣殘喘⑤，乞臣餘生，固不可爲臣曠官⑥，待臣痛損。特望天恩，即爲臣替。不任荒懼哀懇之至。

【校記】

［一］此文原無，據《全唐文》卷二一〇補。

【注釋】

①風疹：風痹，中風。

②“一足”句：即半身不遂。

③瘴虐：熱帶山林中的濕熱蒸鬱致人疾病的氣。

④敢偷禄位：岂敢白白享受禄位，即任職不盡責。

⑤殘喘：臨死時僅存喘息。

⑥曠官：使官位空虛，即没有履行職責。

爲程處弼辭放流表[一]①

糞土臣某言：臣以殃釁，姪構凶逆，臣合宗族誅戮，以顯國刑。不謂天慈哀矜，宥從寬典②，全臣骸骨③，生竄遐荒，窮魂再造，以崩以躍。中謝。臣聞忠臣事君，如子事父；窮痛之至，則呼所親。何者？君父恩深，臣子懇切。況臣蒙陛下恩遇，如子於母。今爲子不孝，爲臣不忠，長辭闕庭，永没荒裔。悲窮痛恨，荼毒誰依④？即使朽骨埋魂，長滅泉壤⑤，懇誠莫展，幽翳明恩⑥，實恐隱匿於君，不盡臣節，明神誅殛[二]，瞑目貽殃⑦。輒敢瀝裂肝心[三]，罄竭誠懇，殘喘冒死，期以少謝。伏惟聖母神皇陛下哀憐垂察。中謝。臣聞犬馬賤畜，尚知主恩；草木無心，猶感德化。臣雖駑猥，不足比人⑧，負榮懷恩，能無感激？臣山東孤賤，朝無親故，性識愚鈍，材無可堪。非能矯節立方，飾行軌物⑨，假借名譽，爲時吹嘘⑩，遂得宿衛階墀⑪，忝跡郎將⑫。勤勞莫紀，尸素已多⑬。任經十有三年，竟無一階升録。臣之駑劣，於此可見。而貪冒榮寵，尚不知歸。陛下應天受圖，恢纂大業，又不以臣駑鈍，特見褒昇，擢任中郎，委以心膂⑭。在職未幾，即檢校將軍。纔逾一年，又加正授。未盈三歲，貴顯朝端，寵渥隆崇，莫與臣比。每刻肌骨，曉夜思惟，臣以何功，謬私天造，超群越輩，顯赫明朝。應由天性專愚，志一守直[四]，行不負物，心不愧神，盡忠事君，竭力養母，所以聖慈幽鑒，曲照愨誠，寵任無疑，委同親近。不然，愚臣何以叨此殊恩？臣凶險罪深，母不終養。爰初遘疾⑮，以至終亡。天慈再三，降醫賜藥，酒脯珍膳，繼踵臣門，優問殷勤，若同親戚。臣之母子，何德於天？子貴母榮，恩禮重疊。臣誠不孝，至頑至嚚[五]⑯，蒙此恩榮，豈無感戴？臣愚性爲善，不願人知，非敢自矜，用爲僥倖。皇天后土，實見赤心。臣往任郎將之日，陛下特以臣貧賜銀及綵，臣以天恩非分，矜愍賜臣，懷戴之心，祈懇冥報⑰，遂用於天宫寺寫書造像⑱，半爲聖人，半爲老親。臣以君親之恩，所宜並報。報是當理，不合人知[六]。自爾造成，一無知者。臣今日獲罪，不合上言。實以事君之心，所宜罄盡；善惡有隱，恐負赤誠。恐臣長没黄泉，無見聖日，區區之意，安可不陳？臣每以陛下恩深，微臣命淺，嘗願湮宗滅族，獲報萬分。何圖誠効未申，凶孽先集，逆天反道，背德辜恩，汙辱門宗，虧缺臣節。此臣所以椎心泣血[七]⑲，仰天號咷，長負陛下之恩，終無上報之日。煩冤荼毒，心肝以糜⑳。比者待罪幽囚㉑，以殞身碎首爲奉。陛下賜書示喻，照察臣心，所以捧戴偷生，假恩殘喘。今既蒙寬法，兄弟獲全，投竄遐荒，甘禦魑魅。臣之慶賴，復何可言？所恨亡母棄背㉒，即遭此禍，几筵塗炭，孤魂煢煢，存者流離，亡者哀痛。辛酸幽顯，爲世所悲[八]。應由臣不孝不忠，延此禍酷，何以面目將見先臣[九]，何以心顔拜辭天闕[一〇]？生死無措，永訣於今。即以某月日部勒妻子㉓，奔波就道，即應死滅，結草幽泉㉔。伏願聖母神皇陛下至尊寶神爲萬姓加膳，天下禔福㉕，以祐蒼生，壽若南山，永永無極。不勝戀慕感咽之至[一一]。

【校記】

[一]“放”，據四庫本補。

[二]“神”原作“臣”，原有校記“臣疑誤”，據四庫本删改。

[三]“裂”原作“列”，據《全唐文》改。

［四］“志”原作“守”，據《全唐文》改。

［五］“嚚”原作“嚚”，據《全唐文》改。

［六］“合”後原有校語“合疑作令”，據《全唐文》删。

［七］“椎”原作“推”，據《全唐文》改。

［八］“世”後原有校語“舊避諱作代”，據《全唐文》删。

［九］“以”原作“將”，據《全唐文》改。

［一〇］“顔”原作“願”，據《全唐文》改。

［一一］“不勝恋慕感咽之至”八字原無，據《全唐文》補。

【注釋】

①程處弼：程咬金之子，濟州東阿（今屬山東省東平縣）人，官至右金吾將軍、汴州刺史，封廣平郡開國公。

②宥從寬典：饒恕罪過，從輕處罰。

③全臣骸骨：保全骸骨，此指保留其活命。

④荼毒：悲痛。誰依：靠誰。

⑤泉壤：泉下，地下，指墓穴。

⑥幽翳：埋没。

⑦貽殃：留下禍患，獲罪。

⑧駑猥：劣馬，喻指庸劣之材。比人：與人並提。

⑨矯節：高卓的行跡。立方：立德。飾行：整飭行爲。軌物：規範、軌則。

⑩吹噓：喻獎引。

⑪階墀：臺階，此指朝廷。

⑫“忝跡”句：謙稱自己擔任郎將職務。

⑬“尸素”句：尸位素餐，謙稱佔據位置没有盡責。

⑭心膂：心和脊骨，喻重要職位。

⑮遘（gòu）疾：生病。

⑯頑嚚：愚妄奸詐。語出《尚書·堯典》：“父頑，母嚚，象傲。”

⑰冥報：死後相報。

⑱天宫寺：在洛陽尚善坊天津橋附近。

⑲椎心泣血：極度悲痛。

⑳心肝以糜：表達痛苦不堪。糜，糜爛。

㉑幽囚：囚禁，此指監獄。

㉒棄背：死亡的婉稱。

㉓“部勒”句：謂管教約束妻子兒女。

㉔結草：死後報答。《左傳·宣公十五年》：“初，魏武子有嬖妾，無子。武子疾，命顆曰：‘必嫁是。’疾病，則曰：‘必以爲殉。’及卒，顆嫁之，曰：‘疾病則亂，吾從其治也。’及輔氏之役，顆見老人結草以亢杜回，杜回躓而顛，故獲之。夜夢之曰：‘余，而所嫁婦人之父也。爾用先人之治命，余是以報。’”

㉕禔福：安寧幸福。

爲宗舍人謝贈物表 三首[一]①

草土臣某頓首稽顙上言[二]②：今月日中使某至③，奉宣勅旨，以臣母喪贈物若干，以給凶事[三]。孤臣鞠凶，禮辱天貺[四]④，稽顙拜命，號絶迷圖。中謝。孤臣不天，早失父蔭，兄弟孤藐，並未成人。亡母哀惸，鞠育見保⑤，不墜於地，以及於兹。煢煢私門，幽顯爲慶，榮忝之望，非有始圖。陛下親親，敦心末屬。憫臣孤賤，惠降恩休。孤門載昌，實始天造。母子之賴，以喜以惶，兢兢孤臣[五]⑥，未知攸答。陛下又恢大運，崇號寵章，時復私臣弟兄，超登顯位。母子光寵，榮養以全。豈臣單微[六]，所能及此[七]？早逝先没，以爲親榮。而天不禍臣，延及老母[八]，號愬無及⑦，荼毒煩寃。陛下降哀，又見憫悼，惠賜禮物，過超典章。生榮死哀，重疊若此。孤臣殘喘，胡顔冒德？而臣之迷塞，荒謬禮經⑧。先遠之期⑨，又勞聖問[九]。有無之禮，憂若家人。天實爲之，臣復何及！即此殞絶，期以謝恩。號咷崩鯁⑩，伏表迷塞，不勝荒迫⑪。

【校記】

［一］“贈物”，《全唐文》爲“賻贈”，無“三首”。

［二］“上”原作“臣”，據四庫本改。

［三］“給”原作“結”，據《全唐文》改。

［四］“貺”原作“贈”，據《全唐文》改。

［五］“兢兢”原作“競競”，據《全唐文》改。

［六］“豈”原作“豐”，據《全唐文》改。

［七］“所”原作“官”，據《全唐文》改。

［八］“及”原作“集”，據《全唐文》改。

［九］“聖”原作“眭”，據《全唐文》改。

【注釋】

①宗舍人：指宗秦客。宗秦客（？～691 年），唐朝河東（今山西省運城市）人，武則天時曾任宰相。

②頓首：磕頭。稽顙：屈膝下拜，以額觸地。二者皆古代禮節。

③中使：朝中使者，多爲宦官擔任。

④天貺（kuàng）：上天恩賜，此指皇帝恩賜。

⑤哀惸：哀傷孤獨。鞠育：撫養。見保：受到保護。

⑥兢兢：小心謹慎。

⑦號愬（shuò）：哭訴。

⑧荒謬禮經：指由於悲傷過度而禮節有誤。

⑨先遠之期：下葬之日。

⑩崩鯁：悲痛哽咽。鯁同哽。

⑪不勝荒迫：禁不住惶恐急切。

第二表[一]

草土臣某頓首稽顙言[二]：今月日伏奉恩勅，以臣亡母初七①，特降上宫若干人、給事黄門若干人[三]，並賜物若干段，以給護齋事②。天恩過禮，伏念號惶。孤臣殃舋，尚未殞滅，荼毒如昨，奄將一旬，崩號無及，肝心糜潰[四]。陛下慈惻③，哀念孤窮，復憂齋祭，恐有闕禮。既賜束帛，又降上宫[五]④，恩慈再三，若猶未足。自國之寵貴，未聞此榮，草茅孤臣⑤，何以堪處？不日銷滅，永負聖恩。號泣旻天⑥，以崩以愬，不勝荒迫之至。

【校記】

［一］“第二表”，《全唐文》作“初七謝恩表”。

［二］“頓首稽顙”原作“云云”，據《全唐文》改。

［三］“事”原作“使”，據四庫本改；“人”原無，據《全唐文》補。

［四］“潰”原作“合”，據《全唐文》改。

［五］“又”原作“支”，據《全唐文》改。

【注釋】

①初七：指人去世之後第一個七日。古代喪禮，共有七七四十九天。

②齋事：指誦經拜懺、禱祝祈福等佛事。

③慈惻：仁慈惻隱。

④上宫：即尚宫，官名。

⑤草茅：喻微賤。

⑥旻天：上天。

第三表[一]

草土臣某頓首稽顙言[二]：伏奉某月日恩勅，以臣亡母遷祔①，特降勅給人夫及車牛服用物若干，以護送靈柩至京。祇奉恩私，頓首崩殞。臣未亡滅，假息苫廬[②]，日月永往，奔及先遠。荒迷在疚，不知禮儀。陛下哀矜，憫其不逮，恐有顛沛，憂及亡靈。備物象設[③]，並自天賜；祖載塋送[④]，又悉官供。威儀在途，魂魄光寵，行路延佇，咸以爲榮[三]。孤臣窮凶，何圖至此？天德彌厚，殘喘待終。泣血扶靈，方滅歸路；號感恩造，窮絶迷圖。不勝號噎，戀恩殞絶。

【校記】

［一］“第三表”，《全唐文》作“遷祔謝恩表”。

［二］“某”原無，據《全唐文》補。

［三］“咸”原作“而”，據四庫本改。

【注釋】

①遷祔：遷柩附葬。

②假息：苟延殘喘，暫時休息。苫（shān）廬：茅草所蓋之屋，指喪中所居之室。

③備物：指祭祀所用之物。象設：遺像。

④祖載：將葬之際，以柩載車上行祖祭之禮。

爲將軍程處弼謝放流表[①]

臣某言：臣無教訓，家有逆子。臣合湮宗滅族[一][②]，以顯國刑。天慈哀矜[③]，放從流竄。臣爲慶賴，已是非圖[④]，今月遂蒙天恩，以臣所坐流刑，特從放釋。窮骸枯骨，一朝再生。踴躍章惶，再崩再殞。中謝。臣山柬孤子，朝無親故，性識愚魯，非有才能。陛下超群越輩，崇以榮寵。昔任郎將十有三年，遂無涓塵⑤，一階升録。自陛下踐極⑥，謬荷恩私，冒寵叨榮，超絶時輩。越從郎將檢校將軍[二]，纔逾一年，即加正授。皆從宸眷，非有因人⑦。寵渥隆崇，莫與臣比。臣之孤賤，榮顯知慚。臣又凶殃積罪，甘投魑魅，孤負陛下之恩，永爲遐荒之鬼。肝腦塗地，無以微酬。豈謂天造曲矜，恩及枯骨，收骸溝壑，返魄幽泉⑧，使魑魅窮魂，重生聖日，糞土殘命，不滅荒陬⑨。荷德戴恩，萬死無報，不勝感荷再生之慶。

【校記】

［一］“湮”原作“污”，據《文苑英華》卷六一八改。

［二］“越”原無，據《文苑英華》補。

【注釋】

①程處弼：見本卷《爲程處弼辭放流表》注①。放流：免除流刑。

②合：應該。湮宗滅族：指宗族被殺。

③天慈哀矜：皇上哀憫。

④非圖：意料之外。

⑤涓塵：細水與微塵，喻微小的事物。

⑥踐極：登上皇位。

⑦因人：依靠别人。

⑧“收骸”二句：指得以重生。

⑨荒陬：荒郊野外。

爲人陳情表①

臣某言[一]：臣門衰祚薄②，少遭險釁。行年三歲，嚴父早亡。慈母鞠育，哀惸相養。臣又尫羸[二]③，少多疾病。零丁孤苦，僅得成人。老母憫臣孤蒙，恐不負荷教誨，師氏訓以義方④。家貧無資，紡績以給。束脩衣褐⑤，並出母指。臣既無姊妹，寡有兄弟。衡門獨立⑥，惟形與影。母子相視，惸惸靡依。罹此艱虞，歷二十歲，臣稍以成立，忝跡朝班。薄禄微資，始期色養⑦。私情既獲，母子相歡。殃罰不圖，老母見背。攀號何及，泣血漣洏⑧。於時日月非宜，權殯京兆，歲序遷速，於今某年。臣本貫河東，墳隧無改，先人丘壟，桑梓猶存。亡母客居，未歸舊土[三]。宿草成列，拱樹荒涼[四]⑨，興言感傷，增以崩咽。今卜居宅兆，將入舊塋。明年吉辰，最是良便。除此之際，未有克期⑩。臣謬齒王人，職在驅役。今歲奉使，已至居延，單行虜庭，絶漠千里。臣雖萬死，無答鴻恩，恐先朝露⑪，有負眷知。伏惟陛下仁隱自天，孝思在物，哀臣孤苦，降鑒幽冥，使臣來年得營葬具，斬草舊域，合骨先墳。保送羈魂⑫，獲申子道⑬。烏鳥之志⑭，獲遂私情。遷窆事畢⑮，馳影奔赴⑯。雖即殞歿，甘心無憾。

【校記】

［一］“臣某言”原無，據《文苑英華》卷六〇一及“表”文體規範補。

［二］“羸”原作“蠃”，據《全唐文》改。

［三］“土”原作“玉”，據《全唐文》改。

［四］“拱”原作“栱”，據《全唐文》改。

【注釋】

①陳情：述説自己的情況或衷情。

②門衰祚薄：門庭衰落，福分很少。

③尫（wāng）羸：瘦弱。

④師氏：本周朝官名，此指教師。訓以義方：用正道來教育學生。

⑤束脩：本指乾肉，此指學費。

⑥衡門：横木爲門，指窮人居住之所。

⑦“始期”句：本打算好好孝敬父母。色養，高高興興侍奉。

⑧漣洏：淚流貌。

⑨拱樹：雙手合抱之樹，指墓地。語出《左傳》“爾墓之木已拱矣”。

⑩克期：定期。

⑪“恐先”句：擔心早亡。朝露，喻短命。

⑫羈魂：客死他鄉者之魂。

⑬“獲申”句：能夠盡到子女對父母的孝道。子道，兒女對父母應有的孝道。

⑭“烏鳥”句：用慈烏反哺比喻子女對父母的供養孝順。

⑮遷窆（biǎn）：即遷葬。

⑯“馳影”句：迅速奔赴到崗位。馳影，如飛一般，喻快速。

爲副大總管蘇將軍謝罪表[①]

臣某言：伏奉某月日已前赦書[一]，赦臣萬死。纔削見任官秩，還復本將軍名。始慶再生，即榮寵命，宛轉踴躍，感戴慚惶。中謝。臣聞鑿門受律[②]，本合忘生，對敵臨戎，殉節唯死。此乃國家恒典，軍政嚴科[③]。臣妄以庸才，謬叨重任，不能深圖遠算[④]，馘醜摧凶[二][⑤]，以宣廟略之威，永息邊人之患[三]。屬前軍挫衂，士卒奔亡[⑥]。臣後繼驅馳，戰鬥交合。川谷地險，客主勢殊，步馬相懸，左右受敵。決命爭死，力盡塗窮，遂以貔貅之師，衂於犬羊之衆[⑦]。誠宜刎首謝國[⑧]，殺身報恩。陛下洪湯、禹之仁[⑨]，務寬大之典，愍臣同孟明之侶[⑩]，遂免嚴誅。白骨再榮，丹慊未泯，誓將枕戈嘗膽[⑪]，殄逆梟凶[四][⑫]，躬爲士卒之先，以雪殤魂之憤[五][⑬]，肝腦塗地，少答鴻私[⑭]。不勝荷戴再生榮幸之至。

【校記】

［一］“已”原作“子”，據《全唐文》改。

［二］“摧”原作“權”，據《全唐文》改。

［三］“邊”原作“安”，據《全唐文》改。

［四］“逆”原作“迷”，據《全唐文》改。

［五］“殤”原作“傷”，據《全唐文》改。

【注釋】

①蘇將軍：指蘇宏暉，時爲清邊道府大總管。

②鑿門：古代將軍出征時，鑿一北向門而出，以示必死的决心。受律：接受命令。

③“此乃”二句：這是國家恒定的法典、軍隊嚴肅的條例。

④深圖遠算：此指深謀遠慮。圖、算義同。

⑤馘（guó）醜摧凶：指消滅敵人。馘、摧義同，醜、凶義同。

⑥“屬前軍”二句：正好碰到前軍失敗、士兵奔逃。挫衄，挫折、失敗。

⑦“遂以”二句：指勇猛的軍隊被小小的敵人打敗。貔貅，喻勇猛。犬羊，對敵人的蔑稱。

⑧“誠宜”句：的確應該以死報國。刎首，自殺。謝國，報答國家。

⑨湯、禹之仁：像商湯王和大禹那樣仁慈。湯，商湯，子姓，名履，又名天乙，商朝開國君主。禹，夏朝開國君王，治水名人，史稱大禹、帝禹。

⑩孟明：春秋時期秦國將領，姓百里，名視，字孟明。

⑪枕戈：以戈爲枕，隨時保持警惕。嘗膽：始終記住吃過的苦頭，提醒自己發憤圖強。

⑫殄逆：消滅叛亂者。梟凶：砍下頭顱示衆。

⑬殤魂：爲國戰死者。

⑭“少答”句：稍微報答君王的大恩。少，稍微。鴻私，大恩。

謝免罪表[①]

臣某言：月日司刑少卿郭某奉宣勅旨[一]，以臣所犯，特從放免。伏對恩命，魂魄飛揚。中謝。臣巴蜀微賤，名教未聞[②]。陛下降非常之恩[③]，加不次之命，拔臣草野，謬齒衣冠。臣私門祖宗，幽顯榮慶[④]，豈止微臣一身而已？臣宜肅恭名節，上答聖恩。不圖誤識凶人，坐緣逆黨[⑤]。論臣罪累[⑥]，死有餘辜，肝腦塗地，不足塞責。陛下弘慈育之典，寬再宥之刑。矜臣草萊，憫臣愚昧，特恕萬死，賜以再生。身首獲全，已是非分，官服具在，臣何敢安？臣若貪冒寵私，靦顔恩造[⑦]，復塵舊職，以玷清猷[⑧]。螻蟻微心[⑨]，實慚面目。臣伏見西有未賓之虜，北有逆命之戎[⑩]，尚稽天誅，未息邊戍。臣請束身塞上，奮命賊庭，効一卒之力，答再生之施。庶陛下威命綏服荒夷[⑪]，愚臣罪戾時補萬一。若臣獲死鋒鏑[⑫]，爲厲犬羊[⑬]。古人結草，實臣懇願。不勝大造再生荷戴之至！

【校记】

［一］“旨”原作“二日”，據《全唐文》改。

【注釋】

①陳子昂於延載元年（694年）因坐逆黨陷獄，此表爲赦免後謝恩而作。

②名教：儒家教義。

③非常：不同平常，特別。

④幽顯：指死者和活着的人。

⑤坐緣逆黨：因和叛黨有牽連犯罪。

⑥罪累：罪多。

⑦靦顔：厚颜。恩造：皇上的栽培。

⑧清猷：清明的謀略。

⑨螻蟻微心：指微不足道之人的小小心意。

⑩“臣伏見”二句：指西方和北方邊境還有未被降服和叛亂之人。賓，服從。

⑪綏服荒夷：安定和降服遠方各民族。

⑫鋒鏑（dí）：鋒，刀口；鏑，箭頭。泛指兵器。

⑬爲厲：禍害。犬羊：指代叛亂之敵。

爲豐國夫人慶皇太子誕表①

臣妾某言：今月日伏承軒宫載誕，皇嗣克昌②，品物咸歡，天人交慶。臣妾聞聖人多子，祝美於堯年③；螽羽宜孫，稱道乎《周頌》④。自非璿圖配永⑤，寶祚靈長⑥，何以茂對天休⑦、光紹大業⑧？伏惟皇太后陛下，星虹授祉⑨，月夢延禎⑩，餘慶集於天孫，榮光流於帝子，玉衣方泰⑪，瑤渚增輝⑫。某竊寵中姻，承恩外戚。塗山之慶⑬，既裕於夏臺；高禖之祠[一]⑭，未陪於殷薦。竊以潢汙之品[二]⑮，可享王庭；玄秬之微⑯，有芳天獻。豈圖美於豐侈，信有厚於由衷。敢用擬議蘋蘩⑰，精誠菽藿⑱。洗心而薦⑲，竊希瑤席之珍；潔意而羞⑳，以陪金鼎之實。謹獻食若干輿，冒黷珍膳㉑，沾汙象筵㉒。追用慚惶，伏表悚灼㉓。

【校記】

［一］“祠”原作“詞”，據《全唐文》改。

［二］“潢”原作“黄”，據《全唐文》改。

【注釋】

①豐國夫人：疑爲武則天之妹。太子：此指李成器。誕：生日。

②“皇嗣”句：皇帝子嗣繁茂。克昌，能昌盛。

③“臣妾”二句：堯不以子多爲福，此爲反用。

④“螽羽”二句：語出《詩經·周南·螽斯》序：“后妃子孫衆多矣。”

⑤璿圖：國家版圖。配永：長有。

⑥寶祚：國運、帝位。靈長：永遠。

⑦天休：上天賜福。

⑧“光紹”句：發揚光大、繼承大業。

⑨“星虹”句：星光如虹，降下福祉。

⑩月夢：夢月入懷，此孫策、孫權感生神話。延禎：吉祥綿延。

⑪玉衣：玉飾之衣，指豪華吉祥。

⑫瑤渚：即華渚，古代傳説中的地名。

⑬塗山之慶：指皇太子誕生。塗山氏，大禹之妻。

⑭高禖（méi）之祠：祭祀媒神。

⑮潢汙之品：生於低窪的野菜，喻微賤。

⑯玄秬（jù）：黑粟，可用於祭祀。

⑰蘋蘩：蘋和蘩，兩種可供食用的水草，古代常用於祭祀。

⑱菽藿：豆和豆葉，泛指粗劣的雜糧。

⑲洗心：指齋戒。

⑳羞：進獻食物。

㉑冒黷（dú）：冒犯，褻瀆。珍膳：美好的膳食。

㉒沾汙：弄髒。象筵：豪華珍貴的宴席。

㉓悚灼：惶恐急切。

爲喬補闕慶武成殿表[①]

臣某言：臣以今月日奉勑，於武成殿喚臣入問骨篤禄等賊請降事[一][②]。臣以愚瞽[③]，得踐赤墀，對揚天休，具奏其狀[二]。天恩特賜臣温顔，又降問云："洛陽宮室皆隋朝營制，歲月久遠，多有隳頹[④]。樓閣内殿，凋落者衆，補一壞百，無可施功。唯此武成確然端立，土木丹綵，光色如新，不知何故得自如此。卿之博識，應知其説。"臣當時造次，略奏其梗槩。退而再省，未涉萬分[⑤]。臣恭惟聖言，緬求神象[⑥]，研幾太極[⑦]，幽贊元符[⑧]，上以稽驗神謀，旁以合契冥數，信有至道，允在於兹[三]。臣聞聖人有言曰："清明在躬，志氣如神。嗜欲將至，有開必先，天降時雨，山川出雲。"此蓋言神應必有其物[⑨]。陛下至尊至神，爲天下主，宰御群品，威統百靈，宸居尊嚴，品物昭泰，自天而祐，於是用寧。抑臣又聞："物之有靈，如人之有神。神之和暢，則支體便利；用人繁昌，則物必豐茂。"所以見其俗，知興廢之數；睹其氣，識盛衰之由。服物猶然，况其大者？今陛下應天受命，括地登樞[⑩]，先飛名於祕籙[⑪]，終據圖於寶座。今則當千載之運，得三統之元[⑫]。帝氣氤氲，祚基於元命；皇圖幽藹，象顯於天成。夫以德之休明，尚榮草木[⑬]，化之昭慶，且變煙雲，況皇皇真君，龍居其極？武成合慶，土木增榮，獨超衆殿，夫何足怪？臣聞敬其事者必載其文，美其業者必頌其德。臣所恨才非墨妙，思乏筆精[⑭]，不能贊揚休祚[⑮]，歌詠聖德。臣請以此事付之史臣，千代知神，萬載知述。伏願天恩，特垂降許。

【校記】

［一］"問"原作"門"，據《全唐文》改。

［二］“奏”原作“奉”，據《全唐文》改。

［三］“玆”原作“慈”，據《全唐文》改。

【注釋】

①喬補闕：即喬知之，見《觀荆玉篇》注①。武成殿：在洛陽宫。

②骨篤禄：即阿史那·骨篤禄（？～691年），亦稱骨咄禄、不卒禄、頡跌利施可汗。武則天時期後突厥汗國的創立者。

③愚瞽：愚鈍而昧於事理，謙辭。

④隳頽：衰敗，毁敗。

⑤萬分：萬分之一，極言少。

⑥緬求：遠求。神象：神靈形象。

⑦研幾：研究精微之理。太極：指宇宙。

⑧幽贊：暗中受神明佐助。元符：大吉祥。

⑨“此蓋言”句：指天人感應、物顯其靈。

⑩括地：包容大地。登樞：登上皇位。

⑪祕籙：即符命。

⑫三統：天地人三統。

⑬榮草木：使草木開花。

⑭墨妙、筆精：皆指文章精妙。

⑮休祚：吉祥美好的福祉。

爲程處弼慶拜洛表[①]

臣某言：臣糞土殘魂[②]，合竄荒裔[③]。特蒙陛下施再生之德，赦萬死之誅，起骨九泉，同列編户[④]。臣誠萬死無以上答，況恩全賤命，生在帝鄉。

伏見陛下至德配天，化及草木。天不愛寶，洛出瑞圖⑤；地不藏珍，河開祕籙⑥。陛下恭承天命，因順子來⑦，建立明堂⑧，式尊顯號。成之匪日⑨，功若有神[一]。萬國咸歡，百靈同慶。元正肇祚⑩，品物惟新。陛下郊祭旻天⑪，總受群瑞，神靈慶戴，萬福攸宜，斯實曠古莫聞，於今始見。蠉飛蠕動[二]⑫，莫不歡心。臣以糞土窮骸，不合輒同朝賀，以古來大禮莫盛於今。昔登封泰山⑬，七十四主；明堂布政，無三數君。誠以陛下道冠古今，恩溢天地，昆蟲草木，猶或相歡。況臣久蒙驅策，今日又拔死爲生，溝壑殘骸而得再造，遂得恭聞大禮，側聽鴻名。臣伏惟宇宙之中、含氣之類⑭，蒙恩負德，獨臣最甚。向非陛下慈造，曲被鴻私⑮，臣已灰滅遐荒，肝塗邊壤，豈得尚存骸骨，恭聞聖慶？臣所以匍匐冒死，不避誅戮，冀申螻蟻之情，以同燕雀之慶⑯。然臣自惟罪累，不可比人，在於禮經，尤宜自絶，所以屏營糞土，不敢先聞。今既萬國禮終，百神慶畢，昆蟲鳥獸，亦並歡寧，故臣螻蟻之誠，始敢昧死上賀。臣伏知冒禮違法，罪合誅夷。臣生見明時，預聞嘉慶。臣今即殞滅，實萬死爲榮，不勝歡踴戴賀之誠。

【校記】

［一］“神”原作“成”，據《全唐文》改。

［二］“蠉”原作“啄”，據四庫本改。

【注釋】

①程處弼：見《爲程處弼辭放流表》注①。

②糞土殘魂：謙稱無用之人。

③荒裔：邊遠之地。

④編户：編入户籍，即成爲國家平民。

⑤洛出瑞圖：洛水呈現吉瑞圖像。

⑥河開祕籙：黄河打開神秘的圖書。洛出瑞圖、河開祕籙，語本《周易·繫辭上》：“河出圖，洛出書。”

⑦因順子來：指順從百姓意願。子來，語見《詩經·大雅·靈臺》。

⑧明堂：帝王宣明政教之所。

⑨成之匪日：形成不是一兩天之事。匪，同非。

⑩元正肇祚：元旦君王登基。元正，元旦。

⑪郊祭旻天：祭祀天。郊祭，指帝王祭祀天地日月。

⑫蠉（xuān）飛蠕動：指飛行和爬動的昆蟲。

⑬登封泰山：指封禪泰山。

⑭含氣之類：本指能呼吸的動物，此指人。

⑮曲被鴻私：枉自接受大恩。

⑯“冀申”二句：螻蟻，螻蛄和螞蟻，用來代表微小的生物，喻地位低微之人。燕雀之慶，燕雀因巢建成而互相慶賀。

爲人請子弟出家表

臣某言：臣以險釁，私門不造[①]。亡父故某官先臣某，早先朝露，永謝休明[②]。日月不居[③]，星紀雲暮[④]。伏以先臣策名委質[⑤]，冠帶早年[⑥]。始自解巾[⑦]，即陪軒禁；終於結綬[⑧]，累忝榮私。三歷名卿，職参於河海[⑨]；八居州牧，任叨於股肱[⑩]。而報効莫聞，零落先及。啟足之日[⑪]，露首知慚[一][⑫]，是以臣克奉詔言，志期冥報[⑬]。請以當家子弟三兩人[⑭]，奉爲高宗大帝出家歸道[⑮]。而孤煢在疚，遺屬未申，奉以哀號，實貫心髓。今者大帝登僊之忌以及兹辰[二][⑯]，先臣懇誠未效他日。所以乞遂冥願，敢覬天恩[⑰]。庶菩提之因，發揮於正覺[⑱]；涅槃之證，幽贊於宸階[⑲]。先臣夙心[⑳]，無恨泉壤。伏願上天降鑒，微誠可哀，因緣獲展[㉑]，存没交慶[㉒]。不勝崩迫云云。

【校記】

［一］“知”原作“之”，據四庫本改。

［二］“今”原作“令”，據《全唐文》改。

【注釋】

①私門不造：家門不幸。

②永謝休明：指去世。休明，贊美明君或盛世。

③不居：不停留，指日月流逝。

④星紀：星次名，泛指歲月。雲暮：變遷、流逝。

⑤策名委質：指出仕。

⑥冠帶：戴帽，此指當官。

⑦解巾：當官，出仕。

⑧結綬：指出仕。

⑨名卿：指九寺長官。河海：也指九卿之職。

⑩股肱：重要輔佐之臣。

⑪啟足之日：臨終之時。語見《論語·泰伯》：“曾子有疾，召門弟子曰：‘啟予足，啟予手。’”

⑫露首知慚：指因爲慚愧掩面而死。

⑬冥報：死後報答。

⑭當家子弟：本家子弟。

⑮高宗大帝：李治（628 年~683 年），字爲善，唐朝第三位皇帝，唐太宗李世民第九子。

⑯登僊：去世的代稱。

⑰敢覬（jì）天恩：哪敢貪求天恩。

⑱菩提：覺悟、智慧。正覺：真正之覺悟。

⑲涅槃：佛教教義。宸階：皇宫臺階。

⑳夙心：平素心願。

㉑因緣：佛教用語。因此而生彼，謂之“因”，因彼而生此謂之“緣”，即事物的因果。

㉒存没：生者和死者。

爲陳御史上奉和秋景觀競渡詩表[①]

臣某言：伏見某月日御製《秋景務餘聊觀競渡》，故陳先作，式佇來篇，凡六韻。天文爰降，品彙咸亨[②]。金簡潛開，瑞圖斯見[③]。臣聞白雲興詠，漢遊汾水之祠[④]；黄竹申歌，周舞瑤池之駕[一][⑤]。然而志崇遠轍，事或勞人，故文思之化未光[⑥]，太清之道攸闕[二][⑦]。伏惟聖母神皇陛下，大虹齊聖[⑧]，感月含神[⑨]，玄德茂於皇階，文明照於天下[⑩]。用能提玉斗，挹璿衡[⑪]，百神景從[⑫]，三靈協贊[⑬]。青雲出洛，爰開受命之符[⑭]；赤甲榮河，終御興王之寶[⑮]。非窮神之至德者，其孰能與於是哉？既而黄屋務閒，紫極時暇[⑯]。洞庭張樂，思接軫於軒遊[三][⑰]；嬀水披圖，想同驂於堯輦[⑱]。然遠而勞物者，未若近而安人；動而勤己者，豈比静而泰神。於是從金蹕[四][⑲]，鳴玉鑾[⑳]，清禁林，御池殿，肅波神而戒事[㉑]，命舟子爲水嬉。彩鷁蓮歌，乍起江吳之引[㉒]；青龍桂檝[五]，時搖甌越之風[㉓]。鳥逝虬驚，沸珠潭而競逐；雪飛電集，横玉浦而流光。信可以娛樂性靈，發揮文物[㉔]，皇歡允洽，白日俄光。於是奏薰風於管絃[㉕]，詠叢雲於林籞[六][㉖]，帝歌爰作，天藻攸彰[㉗]。黼帳帷宫，縟文房之綉綵[㉘]；祥雲瑞景，霏翰苑之榮光[㉙]。信探道於玄包[㉚]，得斯文於紫極。太平允矣，元首康哉[㉛]。方欲朝明堂之宫，受群后之瑞[㉜]，尊崇顯號，光啟聖圖。封玉嵩丘，以接千年之統；

泥金少室，攸增萬歲之規㉝。卓哉煌煌，聖君之表也。微臣曲學蓬户㉞，竊位蘭臺㉟，未聞驄馬之謡㊱，非有雕龍之思㊲。鞠躬霜署㊳，謬睹於天章㊴；迯聽鈞臺㊵，側聞於帝樂。天文尊貴，不遠於下臣；帝寶珍崇，曲宣於近貴。竊以君唱臣和，固不隔於尊卑；宫變商從㊶，方允諧於金石㊷。輒用齋心扣寂[七]㊸，假翰求詞，將以攀日月之末光㊹，繼螢爝之微照㊺，不勝云云。

【校記】

［一］“周”原作“同”，據《全唐文》改。

［二］“攸”原作“被”，據四庫本改。

［三］“接”原作“援”，據《全唐文》改。

［四］“從”原作“徙”，據《全唐文》改。

［五］“桂檝”原作“檝柱”，據《全唐文》改。

［六］“籞”原作“蘌”，據《全唐文》改。

［七］“齋”原作“齊”，古本同，據《全唐文》改。

【注釋】

①陳御史：指陳嘉言。競渡：龍舟競賽。

②品彙：各種事物。咸亨：全都亨達。

③“金簡”二句：謂皇上的詩歌被觀賞。金簡，金質簡册。此指帝王書籍、文章。

④“臣聞”二句：指漢武帝寫《秋風辭》之事。

⑤“黄竹”二句：指穆天子作詩之事，事載《穆天子傳》卷五。

⑥文思：指帝王的文才和道德。

⑦太清之道：天道、自然之道。

⑧大虹：舜帝母親感大虹而生舜。齊聖：聰明睿智。

⑨感月：商湯母親感月而生湯。

⑩文明：文德輝耀。

⑪玉斗、璿（xuán）衡：皆觀測天象之器。玉斗即玉衡，璿同璇，璿衡即渾天儀。

⑫景從：景同影，如影隨形。

⑬三靈：天地人三靈。

⑭“青雲”二句：謂自洛水獲得符命。

⑮“赤甲”二句：謂黄河水中龜甲呈現的吉祥之圖。

⑯黄屋、紫極：皆指君王所居之地。

⑰洞庭張樂：指黄帝在洞庭湖上演奏音樂。接軫（zhěn）：兩車前後相連而行。軒遊：黄帝之遊。黄帝名軒轅氏。

⑱“嬀水”二句：與前句意同，皆指陪君王遊覽。嬀（guī）水，在今山西省永濟縣南。相傳舜居於此。同驂，同車。堯輦，堯之車。

⑲金蹕：帝王車駕。

⑳玉鑾：讚美車鈴。

㉑波神：水神。戒事：做好準備。

㉒“彩鷁”二句：謂乘舟在蓮叢中唱歌，引得江南吴調應和。彩鷁（yì），船身繪以鷁鳥形象。蓮歌，在蓮塘中唱歌。江吴之引，吴地小調。

㉓青龍桂檝：謂龍舟以桂木爲槳。甌越之風：越地歌曲。

㉔文物：此指禮樂制度等。

㉕薰風：見《登澤州城北樓宴》注⑧。管絃：管樂器和弦樂器。

㉖叢雲：指《卿雲歌》。林籞（yù）：禁苑之樹林。

㉗天藻：帝王詩文。

㉘“黼帳”二句：謂用精美的帷帳設置行宫、書房。

㉙霏：盛大。翰苑：文壇。

㉚玄包：玄：深；包：藏。

㉛元首康哉：語本《古文尚書・舜典》，謂君王身體安寧。

㉜群后：指諸侯。后，君王。

㉝“封玉”四句：謂封禪嵩山。嵩丘，嵩山。少室，嵩山西高峰。千年之統、萬歲之規，皆指繼承漢武帝封禪的傳統。

㉞“微臣”句：句謂見識淺陋、地位不高。曲學：淺陋之學。蓬户：以蓬爲門，指陋室。

㉟蘭臺：指御史臺。

㊱驄馬：青白色相雜的馬，此指御史臺。

㊲雕龍：修飾文辭。古有“雕龍奭”和《文心雕龍》。

㊳鞠躬：恭敬謹慎。霜署：御史臺之别稱。

㊴天章：帝王詩文。

㊵逖（tì）聽：敬聞。鈞臺：夏啟的臺觀，此指帝王遊樂的臺觀。

㊶宫變商從：指音樂聲調的變化。宫、商，五聲之一。

㊷允諧：十分和諧。金石：樂器，指鍾磬。

㊸齋心：静心，指構思的虚静狀態。扣寂：静心構思。

㊹末光：小光、微光。

㊺螢爝：螢火和蠟燭之光，指微弱、細小之光。

爲朝官及嶽牧賀慈竹再生表[①]

臣等言：臣聞天視自我人視，天聽自我人聽[②]。故堯臣放命[③]，降震怒之災；姬聖尊仁[④]，受昭事之福。先王乃以恭畏上下，祇奉天人[⑤]。於是有昭德塞違[⑥]、懲惡勸善[⑦]，所以明枉直、正典刑[⑧]。一昨伏奉恩勑宣示司農卿宗晉卿所奏[⑨]：“日者王德壽等承使失旨[⑩]，虐濫無辜[一]，災感蝗蟲，毒痡慈竹[⑪]。寧歲爲之饑饉，甿庶以之流離。寃魄冥申，玄感上惻[二]。乃降明制，發德音，恤淫刑，蠲虐典[三][⑫]，於是幽魂雪憤，遺噍昭蘇[⑬]，枯竹由其再生，蝗蟲爲之韜眚[⑭]。牂蠻動色[⑮]，瘴癘收氛[四]，當天札之凶年[16]，致昇平之稔歲[17]。非夫聖靈昭感、天人合符[18]，何吉凶之徵，報同影響[19]？天下幸甚！”臣等聞聖人法天，所以順物；小人違道，則必亂常。故虞稱欽明，嚴四凶之罪[20]；魯有仁義，正兩觀之誅[21]。所以邦家用昌，苛慝不作[22]。王某等色厲内荏[23]，心僻行堅[24]，弄措刑之文[25]，爲商夷之法[26]。以訟受服，同惡自尤[27]。竟招亟竄之辜[五][28]，允肅政刑之序。今者蒼鷹斂翼，乳虎含牙[29]，朝廷無腹誹之憂[30]，天下有刑措之頌。信可以懲殘創酷、誘善旌寃[31]，永清侮弄之階，共登仁壽之域[32]。臣等謬贊臺閣[33]，忝守藩維，實思仰奉大猷，以穆中典[34]；幸屬至聖崇德，小人勿用[35]。凡在庶品，實百恒歡。雖成康頌聲、文景默化[36]，刑清政肅，曾何足云？伏乞書之國經[37]，頒示天下，使四方風動，萬國歸仁，垂範後昆，以爲炯誡[六][38]。無任慶抃之至[七]。

【校記】

［一］“虐”原作“虚”，據《全唐文》改。

［二］“惻”原作“側”據《全唐文》改。

［三］“虐”原作“虚”，據《全唐文》改。

［四］“氛”原作“氣”，據《全唐文》改。

［五］“竟”原作“意”，據《全唐文》改。

［六］“炯誡”原作“悃”，原有校語“下疑有脱誤”，據《全唐文》《文苑英華》卷五六三删改。

［七］“無任”前原有“悃誠”，據《全唐文》删。

【注釋】

①嶽牧：傳説堯舜時期有四嶽十二州牧，此指州郡長官。慈竹：叢生，一叢或多至數十百竿。新竹舊竹密結，高低相倚，若老少相依，故名。

②“臣聞”二句：語出《尚書・泰誓中》。“人”原作“民”，避唐太宗諱改。二句強調百姓的重要性。

③堯臣：指鯀。放命：違命。

④姬聖：指周文王。文王姓姬。

⑤祇奉天人：敬奉天人和諧之道。

⑥昭德：昭明美德。塞違：堵塞失誤。

⑦懲惡勸善：懲戒壞人壞事，奬勵好人好事。

⑧“所以”二句：辨明曲直、正確運用刑法。

⑨司農卿：官名，上古時代負責教民稼穡的農官。宗晉卿：生卒年不詳，宗楚客弟。初典羽林兵，曾兩次坐事受貶。神龍初，由武三思引爲將作大匠，專徇贓私，驕恣跋扈。韋後敗，被誅。

⑩王德壽：武則天時期酷吏。承使失旨：接受使命卻誤會了皇帝旨意，其實是諱言皇帝錯誤。

⑪“災感”二句：災禍代指蝗蟲氾濫、慈竹受害。

⑫蠲（juān）虐典：去除殘暴之法。

⑬遺噍昭蘇：殘存者得到復蘇。

⑭韜眚：停止災害。

⑮牂蠻動色，牂牁之人也受到感動。牂（zāng）蠻，牂同牂，牂牁之蠻，指邊遠之人。牂牁指漢代的牂牁郡，遺址位於今貴州省東南的黔東南自治州黄平縣舊州鎮。動色，指表情變化。

⑯夭札：因病害而早死。

⑰稔（rěn）歲：豐收年。

⑱天人合符：天人若合符契，即天人合一。

⑲影響：如影跟隨和聲音迴響，指感應迅速。

⑳欽明：敬肅明察。四凶：指共工、驩兜、三苗、鯀四個壞人。

㉑兩觀：宫門前兩邊的望樓，此指孔子誅少正卯。

㉒苛慝（tè）不作：暴虐邪惡之事不再出現。

㉓色厲内荏：表情威嚴而内心恐懼。語出《論語·陽貨》。

㉔心僻行堅：内心邪僻而行爲堅定。

㉕“弄措刑”句：指玩弄已經不用的法律條文。

㉖商夷之法：商鞅、管仲之法。夷，夷吾，指管仲。

㉗以訟受服：因審判而提拔官職。同惡自尤：共同作惡，相互歸罪。

㉘亟竄之辜：殺頭、被流放之罪。

㉙乳虎：正在哺乳的母虎，此喻酷吏兇猛。

㉚腹誹：内心認爲不對。

㉛誘善：誘導爲善。旌寃：旌表寃魂。

㉜“永清”二句：謂杜絶玩弄法律的臺階，讓人們都能和平長壽。

㉝贊：助，輔佐。

㉞以穆中典：敬奉中正法典。

㉟小人勿用：小人不被重用。語出《周易·師卦》。

㊱“雖成康”二句：指《詩經》歌頌武王、成王、康王等。漢文帝、漢景帝的無爲而治。

㊲國經：國家大典。

㊳炯誡：明戒。

爲赤縣父老勸封禪表①

臣聞帝功既乂②，必昭告於上玄；元命攸尊，必升封於厚載③。故七十四主，能恢萬代之規；三五六經④，以爲百王之典。伏惟陛下應天受命，握紀登樞⑤，包括乾坤之靈⑥，亭毒神明之化⑦。故能開天寶、闡地珍[一]⑧，温洛所以升圖⑨，榮河由其薦籙[二]⑩。群神既贊，衆瑞交馳。謳歌於是大歸，禮樂以之咸備。陛下仰順天意[三]，允答神休，垂顯號以居宸，建明堂而治物，百寮惟允⑪，萬國咸寧。然則嵩嶽神宗，望玉鑾而來禪；天中仙族，佇金駕而崇封。實大禮之昌期，膺告成之茂典。況神都爲八方之極⑫，太室居五嶽之尊⑬。陛下垂統紫微⑭，大昌皇運[四]。報功崇德，允協神心；應天順人，雅符靈望。皇圖盛業，實在於兹。臣等叨預堯封[五]⑮，久忘帝力⑯，竊聞聖人封禪，天下所以會昌；山嶽成功，皇壽由其配永。臣等既爲陛下赤子，陛下又爲萬姓慈親，實願上報天功，下順人望，勒成嵩嶽⑰，大顯尊名。不勝慶幸之至[六]。

【校記】

［一］“闈”原作“闌”，據《全唐文》改。

［二］“滎”原作“滎”，據《全唐文》改。

［三］“仰”原作“以”，據《全唐文》改。

［四］“皇”原作“黄”，據四庫本改。

［五］“預”原作“願”，據四庫本改。

［六］“慶幸之至”原作“云云”，據《全唐文》改。

【注釋】

①赤縣：此指東都所在的河南、洛陽、永昌三縣。封禪：封爲“祭天”，禪爲“祭地”，中國古代帝王祭祀天地的大型典禮。

②既：已經。乂：治理。

③厚載：坤厚載物，指大地。

④三五六經：指儒家經典。

⑤握紀登樞：手握圖箓，登上皇位。

⑥包括：囊括，包含。

⑦亭毒：養育。

⑧天寶：天賜之寶。地珍：地産之珍。

⑨温洛：皇帝盛德使洛水升温。升圖：洛水出圖。

⑩“滎河”句：見《爲陳御史上奉和秋景觀競渡詩表》注⑮。

⑪百寮：百官。寮同僚。

⑫神都：指洛陽。八方之極：八方中央。

⑬太室：嵩山。

⑭紫微：紫微星，大帝之座。

⑮堯封：指中國疆域。

⑯久忘帝力：指《擊壤歌》中所歌頌的自然快樂的生活。原文爲："日出而作，日入而息，鑿井而飲，耕田而食，帝力於我何有哉！"

⑰勒成嵩嶽：指在嵩山刻石記功。

爲永昌父老勸追尊忠孝王表[一]①

臣聞子貴親榮，聖人典禮。故姬文受命[二]②，尊"太王"之名；漢祖登宸③，加"上皇"之號，而皆事美帝籍，業盛昌圖。臣伏見忠孝大王道合先天[三]④，功成佐命。昔高祖神堯皇帝⑤，義旗爰建，大號初興，首贊皇基，定策京邑。用能神驅電掃⑥，應天順人，龍躍紫微，光宅區夏⑦。實賴大王之德，翼成高祖之勳。開國承家[四]，猶未奉答。況陛下應天受命，協運披圖⑧，正顯位於明堂，昭大明於天下。功崇五帝⑨，業盛三皇⑩。可謂寶極洪名，尊崇光大。今者追尊之義猶闕於顯陵，榮親之典未聞於帝號。臣聞商周革命，封杞宋之君⑪；《春秋》正名，美虞晉之祀⑫。夫以興王繼絶⑬，尚不闕於禮經，況乎大孝尊親，豈可虧於祀典？臣等滄和白屋⑭，沐慶玄門⑮，幸爲可封之人⑯，叨遇永昌之運。伏見陛下則天法地，崇孝臨人⑰，方且示天下以事親，正皇猷以達禮⑱，蒼生之慶，實賴惟新。不任區區，伏請上忠孝大王尊號[五]，遠以光祖宗之德，下以順黎元之望⑲。

【校記】

［一］“忠孝”原作“中山”，據岑仲勉、彭慶生意見校改。

［二］“命”原作“名”，據《全唐文》改。

［三］同［一］。

［四］“承”原作“成”，據《周易·師卦》“開國承家”改。

［五］同［一］。

【注釋】

①永昌：縣名，在今河南省。見《爲赤縣父老勸封禪表》注①。忠孝王，指武則天父親武士彠。武士彠（577 年～635 年），字信，并州文水（今山西省文水縣）人。唐朝開國功臣，東都丞武華之子，先後被追贈爲周國公、太原郡王等，改謚忠孝。

②姬文受命：指周文王建立周朝。周文王姓姬，故稱姬文。

③漢祖登扆：指漢高祖劉邦登位。

④道合先天：指忠孝王道德符合上天。

⑤高祖神堯皇帝：即唐高祖李淵。

⑥電掃：如電横掃，喻迅速。

⑦光宅區夏：佔有華夏。

⑧協運披圖：順應天運，出現瑞圖。

⑨五帝：説法較多，一般指黄帝、顓頊、帝嚳、堯、舜。

⑩三皇：有天皇、地皇、泰皇或伏羲、神農、黄帝等説法。

⑪“臣聞”二句：指商、周建立新王朝時，尋找前代君王之後封侯。夏代之後被封於杞、商人之後被封於宋。革命，天子受命，更替朝代。

⑫“《春秋》”二句：指《春秋》通過書寫方法達到端正名分、懲惡勸善的目的。美虞晉之祀，贊美晉國滅掉虞國後立其後代。

⑬興王繼絶：扶助滅亡的國族，使其傳承復興。

⑭湌（cān）和：享受和平。湌，同餐。白屋：平民房屋。

⑮沐慶：蒙受福澤。玄門：天門。天玄而地黄，故名。

⑯可封之人：指堯舜時代生活之人。

⑰則天法地：效法天地。崇孝臨人：尊重孝道統治百姓。

⑱皇猷：帝王大道。

⑲黎元：黎民、百姓。

爲百官謝追尊魏國大王表[①]

臣等昨陳愚懇，請上魏國大王尊號。天慈恩孝，降順群情，宇宙咸歡，品物知泰云云。臣聞一人有慶，萬國歡心[②]，況乎道洽奉先[③]、義光尊號？伏惟聖母神皇陛下鑣宫受命[④]，寶極披圖，以大孝而居尊，勤至仁而育物，用能光於四海，化及萬方。緬惟尊祖之儀[⑤]，實美前王之典。宸心載穆[⑥]，盛百辟之誠求[⑦]；帝册終開，見千年之盛禮。蒼甿以之禔福[⑧]，皇極由其永昌。凡在含靈[⑨]，孰不歡慶。

【注釋】

①魏國大王：即武士彠，永昌二年（689年）追尊周忠孝太皇。

②“臣聞”二句：指皇帝一人有慶，天下都高興。語出《尚書·吕刑》：“一人有慶，兆民賴之。”

③奉先：尊奉祖先。

④鑣宫：商湯王受命之所，泛指皇宫。

⑤緬惟：深思、遙思。

⑥宸心：帝王之心。

⑦百辟：諸侯、百官。

⑧蒼甿：蒼生、百姓。

⑨含靈：指人。

爲建安王獻食表[①]

臣謬籍葭莩[②]，叨榮圭組[③]。元戎出塞，違鳳扆而逾年[④]；班師入朝，拜鸞闈而有日[⑤]。策勛飲至[一]，頻承湛露之恩[⑥]；獻壽奉觴，未申行潦之薦。所以白茅微藉[二][⑦]，願享於鈞臺；黄汙菲誠[⑧]，思奉於瑤水[⑨]。謹輒獻食一百轝[⑩]。伏知金鷄瑞鼎[⑪]，盈上帝之珍羞[⑫]；玉女行廚[⑬]，盡群仙之品味。以兹菲薄，有陋蘋蘩[⑭]。多慚在藻之歡[⑮]，竊有獻芹之志[⑯]。所願皇慈俯納，丹慊獲申[⑰]。天子萬年，永慶南山之壽[⑱]；微臣百拜，長承北極之恩[⑲]。無任誠懇之至。

【校記】

［一］“策勛”前原有“而”，據《全唐文》删。

［二］“藉”原作“籍”，據《全唐文》改。

【注釋】

①建安王：指武攸宜。武攸宜乃武則天之侄，爲武士彠之兄武士讓之孫，封建安郡王。

②葭莩（jiā fú）：蘆葦稈内的薄膜，喻關係疏遠的親戚。

③圭組：指官爵。圭，同珪。

④鳳扆：皇帝宫殿上繪有鳳凰圖飾的屏風，置於户牖之間，借指朝廷和皇帝。

⑤鸞闈：宫門。有日：很快，不久。

⑥湛露之恩：指君王宴請諸侯，語出《詩經・小雅・湛露》序。

⑦白茅微藉：以白茅墊在下面，表示虔誠、尊敬。

⑧黄汙：比喻菲薄的酒食。黄汙、菲誠，義同。

⑨瑤水：瑤池，神話中西王母所居之地。

⑩轝（yú）：車，同輿。

⑪金鷄：漂亮的野雞。

⑫珍羞：美食。

⑬玉女：仙女，此指宫中侍女。

⑭“有陋”句：指進獻的事物很簡陋。蘋、蘩，兩種可供食用的水草。

⑮在藻之歡：猶如魚水之歡，此喻君臣和諧。

⑯獻芹之志：奉獻菲薄之物的心意。獻芹，謙言贈品菲薄或建議淺陋。典出《列子・楊朱》。

⑰丹慊（qiè）獲申：赤誠之心得以實現。

⑱南山之壽：壽命像終南山一樣長久，對老年人祝頌之語。

⑲北極之恩：指帝王之恩。

卷四

表

爲司農李卿讓本官表[一]①

臣某言：伏奉今月日恩勑[二]，依舊授臣中大夫守司農卿。臣枯骨再生，更蒙寵命，魂魄競越，不知所圖。臣某中謝[三]。臣實庸愚，本無名節②，庇身公族③，竊軒冕之餘④；假翼宗枝⑤，濫衣冠之末。因循寵服⑥，累歷榮班。素飡之責每深⑦，効拙之勤未補。横被逆賊徐敬真以私仇架禍誣臣⑧，云與叔孝逸交通逆豎[四]⑨。獄官執法，寘以極刑。臣腰領之誅，已甘灰粉，泉壤之魄，分隔幽冥。不圖天地之恩，再生枯骨，日月之照，曲被幽泉⑩。察臣非辜⑪，愍臣無罪，不牽文法之議，特垂赦宥之慈。螻蟻微軀，復得全活。自非陛下克明克聖、至德至仁，臣之魂骸，不保今日。臣免死爲幸，豈敢期榮？陛下重加寵章，還臣舊職，典司宗伯⑫，以睦周親⑭。愚臣胡顔⑮，敢冒朝典⑯？況臣叔孝逸推使未迴⑰，在於愚臣，更須待罪，安敢私職，以玷國章？伏乞天恩照臣愚懇，不勝感戴生榮之至云云。

【校記】

［一］“司農”原無，據《全唐文》補。

［二］“今”原無，據《文苑英華》卷五七七補。

［三］“臣某中謝”原爲“云云”，據《全唐文》改。

［四］“孝”原作“李”，據《全唐文》改。

【注釋】

①李卿：據岑仲勉《陳子昂及其文集之事跡》考證爲李琇。

②名節：名譽、節操。

③庇身公族：托身於君主同族。

④軒冕：指官職。

⑤宗枝：同族支派。

⑥因循寵服：指繼承前輩職務。

⑦素飡之責：指佔據位置而無所作爲。

⑧“横被”句：徐敬真：徐敬業之弟。事載《舊唐書·張光輔傳》。

⑨交通逆豎：與叛賊交往。

⑩幽泉：地下，指已死之人。

⑪非辜：無罪。

⑫宗伯：漢代官名，即唐朝宗正卿。

⑭以睦周親：用來和睦最親近的人。

⑮胡顏：有何臉面。

⑯敢冒朝典：豈敢冒犯朝廷典章。

⑰推使：審查案件的官員。

爲陳舍人讓官表[①]

臣某言：伏奉今月日詔書，以臣爲鳳閣舍人[②]。榮命自天，寵章非次。祗奉惶越，顛沛失圖。中謝。臣以諸生[③]，宦不期達[④]，徒以時逢昭泰，跡忝周行[⑤]。非有君子瑚璉之材[⑥]、通儒青紫之秀[⑦]，已得評刑北寺[⑧]，執憲南臺[⑨]。鵷鳩之政無聞[⑩]，驄馬之榮已極[⑪]。陛下天飛踐阼[⑫]，雲紀命官[⑬]。陽館初開，庶政惟始。金章玉式[⑭]，允恃其人。如臣疲駑，宜所遐棄[⑮]。豈圖尚矜庸劣，昭睹欽明，任同信臣，寵優時輩。預參詳於詔獄，叨奬渥於宸階[⑯]。省己循躬[⑰]，實知非分。陛下不以榮過其量、職越其才，遂欲超絶親賢，參掌樞要，司言鳳綍⑱，揮翰龍池⑲。愚臣何人，敢冒天造？臣聞紫機務重⑳，青瑣任隆[一]㉑，位匪其人，政由有闕。臣才無經濟㉒，識昧典章，將何以光贊帝猷、奉揚休命？物無異議㉓，政允其中。臣雖小人，必知不可，何況乎君子，豈曰能賢？伏望妙選時英，旁求衆議，僉曰惟允㉔，以弼良圖㉕。愚臣懇誠，非敢飾讓㉖。

【校記】

［一］“瑣”原作“鎖”，據四庫本改。

【注釋】

①陳舍人：指陳嘉言。

②鳳閣舍人：中書舍人。

③諸生：儒生。

④宦不期達：仕途不指望發達。

⑤跡忝周行：置身於朝官之列。

⑥瑚璉：宗廟裏盛黍稷的祭器，比喻治國的才能。

⑦青紫：古代高官印綬、服飾的颜色，比喻高官顯爵。

⑧北寺：指大理寺。

⑨南臺：指御史臺。

⑩鷞（shuāng）鳩之政：指擔任司寇之職。

⑪驄馬之榮：指御史之職。

⑫天飛踐阼：皆指登上帝位。天飛，飛龍在天，指帝王。

⑬雲紀命官：泛指任命官員。

⑭金章玉式：對典章制度的美稱。劉勰用“金相玉式，豔溢緇毫”贊美屈原《離騷》。

⑮遐棄：遠遠抛棄。

⑯獎渥：優厚的獎勵。

⑰省己循躬：自我反思。

⑱司言鳳綍：代皇帝起草文稿。見《秋日遇荆州府崔兵曹使讌並序》注⑪。

⑲龍池：即鳳池，指中書省。

⑳紫機：朝廷重要部門。

㉑青瑣：指宫門或朝廷。

㉒經濟：經世濟民。

㉓物無異議：大家都無不同意見，即意見一致。

㉔僉曰惟允：大家都説正確。僉，皆。允，信。

㉕以弼良圖：輔佐國君治國宏圖。

㉖飾讓：虚假辭讓。

爲司刑袁卿讓官表[①]

臣某言：伏奉某月日勅，授臣某官。祇拜寵光，魂魄飛越。中謝。臣聞王者敬慎，懋在典刑[②]；天下允平，取兹廷尉[③]。苟非其人[一]，法不虚行[④]。臣本庸微，名術無紀，皆緣際會[⑤]，昭遇盛明，謬得揚歷簪徽，陪奉鴛鷺[⑥]。綢繆榮禄[⑦]，荏苒平時。毫髮之功，無聞於官守；素飡之責，每積於公朝。何嘗不悚迫惟憂、夙夜祇畏[⑧]？而天恩方被，寵命仍加，復蒙璽誥之榮，驟睹銀章之貴[⑨]。永言非據[⑩]，稽首知慚。伏惟神皇陛下恭己受圖、任賢興化，方其合符皇極，代理天工[⑪]。臣亦何人，敢妨賢路？伏見某官弱冠登仕，早有能名，每以清白洗心[⑫]，不爲寒温變節。誠使榮加天寵，職察雲司[⑬]，必能利用文明[⑭]，哀矜庶獄[⑮]。弼成五教[⑯]，無謝於虞臣；載光三典[二][⑰]，允諧於周議[⑱]。愚臣暗昧，不識大猷，請乞以所授官讓與某官，庶使官允其才，名不失實，聖明有得人之盛，愚臣無冒貴之譏[三]⑲。實在聖慈，鑒非虚謬。

【校記】

［一］“人”原作“任”，據《文苑英華》卷五七七改。

［二］“載光三典”原作“典載三墳”，據《文苑英華》卷五七七、四庫本改。

［三］“貴”原作“責”，據《全唐文》改。

【注釋】

①司刑卿：大理寺卿。袁，據岑仲勉考證爲袁智弘。

②懋在典刑：勤勉於審理案件。

③廷尉：秦漢官名，唐指大理寺卿。

④“茍非”二句：語出《周易·繫辭下》，此指審理案件須恰當合適的人選。

⑤際會：機會、機遇。

⑥簪徽：簪纓，達官貴人冠飾，借指高官顯宦。鴛鷺：鴛鴦和鷺鷥，喻朝臣。

⑦綢繆：連綿不斷。

⑧夙夜祇畏：早晚警惕敬慎。

⑨銀章：銀質官印，指高官。

⑩非據：謂非分佔據職位，謙稱不稱職。

⑪代理天工：代替君王行使職權。

⑫洗心：洗滌心胸，摒除惡念或雜念。

⑬雲司：白雲司，即秋官，司刑之官。

⑭利用文明：充分發揮文明的作用。

⑮哀矜庶獄：哀憫刑獄訴訟之事。庶獄，衆多刑獄。

⑯五教：五常之教，指父義、母慈、兄友、弟恭、子孝五種倫理道德的教育。

⑰三典：輕、中、重三種刑法。

⑱允諧於周議：的確符合《周禮》對罪刑的審議。

⑲冒貴：貪求富貴。

爲張著作謝父官表[一]

臣某言：臣父某守官不謹，獲罪自躬①。犯非清廉，法宜不赦。實由臣爲子不孝，使父陷刑。天恩不肅嚴科，放全首領②。臣得父子相見，已是非圖，豈謂天澤無涯，更垂休命③。臣父子兄弟免罪從榮，載惶載殞，實慶實躍。中謝。臣父子凡品，守道幽微④，天恩矜憫，見垂采録⑤。叨承恩幸，厠列陪臣⑥。自侍奉已來，於今十有八載，雖業藝無紀，勞勣不聞⑦，小心恭勤，實免愆過。明明昊天，實昭實察。不敢有二，不敢有私，夙夜兢兢，祇惕若厲⑧。所以父母兄弟皆荷恩私，叨職謬官，並預供奉。摩頂至趾⑨，豈足上酬？愚臣兢兢，實慚實悚。不意臣父衰耄⑩，恃寵忘公，貪潤微財，取犯朝憲，應是臣不忠不孝、事父無良、廉恥不修[二]、幾諫有闕[三]⑪，遂使陷於刑法，有玷國章。臣之萬死，無補此責。刻肌刻骨，泣血泣天，恨負聖恩，以媿朝列。臣宜代父蒙罪，自殞闕庭⑫，不合偷安，尚求苟免。誠以天波昭洗，得更自新。所以忍垢偷生，剋躬自勵，期効萬一，補過酬恩。灰軀糜骨⑬，以甘心願。伏惟神皇陛下恩同父母，矜照懇誠，信其赤心，實有罄竭云云[四]⑭。

【校記】

［一］“爲張著作謝父官表”，《文苑英華》卷六一八作“爲人謝放父罪表”。

［二］“修”原作“羞”，據《文苑英華》卷六一八改。

［三］“幾”原作“譏”，據《全唐文》改。

［四］“云云”，《全唐文》無此二字，皆可。

【注釋】

①自躬：自己。躬，自身、親自。

②首領：頭和脖子，此指性命。

③休命：美好的詔令。休，美善。

④幽微：微小之意。

⑤見垂：被重視。

⑥厠列：置於，列入。

⑦勞勩（yì）：勞苦。勩：勞苦。

⑧“夙夜”二句：早晨和晚上都謹慎恐懼，擔心有什麽禍害。兢兢，小心謹慎貌。祗惕，敬慎恐懼。若厲，擔心隨時有禍患產生。夕惕若厲，語出《周易·乾卦》。

⑨摩頂至趾：猶摩頂放踵，喻不辭辛勞。

⑩衰耄：指因年老而頭腦混亂。

⑪幾諫有闕：指對父母勸導不夠。幾諫，婉轉勸導。語出《論語·里仁》：“事父母，幾諫。”

⑫自殞闕庭：死在宫廷，表示罪業深重。闕庭，宫廷。

⑬灰軀糜骨：粉身碎骨。

⑭罄竭：盡心竭力。

爲資州鄭使君讓官表[一]

臣某言：伏奉某月日制[二]，以臣爲資州刺史①。恭承璽命，祇拜寵章②，匪服知慚③，循榮如失。中謝。臣學慚名術④，才乏器能，而寶歷逢時，金章坐忝⑤。題輿佐嶽⑥，無展驥之庸⑦；剖竹專城，闕懸魚之化⑧。

坐嘯徒積⑨，主諾空慚⑩。伏惟陛下革命開基⑪，造天立極。方且弘宣帝典，大啟皇猷，而四嶽觀風⑫，不虛其任；六條班政⑬，允屬其才。臣疲朽已侵，循良久昧⑭，將何式光剌舉⑮、允協得人？伏願博選英才，克諧僉議，使人光共理[三]⑯，政洽惟良，大周之命惟新⑰，愚臣之責攸息⑱。其所讓人，具如別狀。

【校記】

［一］“爲資州鄭使君讓官表”，《文苑英華》卷五七六作“爲鄭資州讓官表”。

［二］“某”原無，據《文苑英華》卷五七六補。

［三］“共”原無，據四庫本、《文苑英華》卷五七六補。

【注釋】

①資州：治所在今四川省資中縣。

②寵章：指高官顯爵。

③匪服知慚：慚愧自已不稱職。

④名術：名聲、學術。

⑤金章：指官印。

⑥題輿：謂景仰賢達，望其出仕。佐嶽：輔佐州郡長官。

⑦無展驥之庸：没有施展才能的功勞。驥，騏驥，喻良才。

⑧“剖竹”二句：謂雖擔任州郡長官，但没有讓地方之人全都變得清正廉潔。剖竹，典出《漢書・文帝紀》，指擔任州郡長官。懸魚之化，指清正廉潔官員，典出《後漢書・羊續傳》。

⑨坐嘯徒積：指只做到了爲官清閒，此謙稱無能。坐嘯，爲官清閒或不理政事。

⑩主諾空慚：慚愧没有用賢之能。主諾，古代地方長官對下屬意見簽署表示同意。

⑪革命開基：指武周改朝换代。

⑫觀風：觀風察俗。

⑬六條班政：漢制，刺史班行六條詔書，以考察官吏。見《漢書·百官公卿表上》。

⑭循良久昧：没有做到奉公守法。循良，官吏奉公守法。

⑮式光：發揚光大。式，無義。刺舉：揭發奸惡，舉薦有功。

⑯共理：共治。“理”避唐高宗李治諱。

⑰大周：即武周。武周（690 年～705 年）爲武則天所建朝代。

⑱攸息：停止。

爲武奉御謝官表[一]①

臣某言：伏奉某月日詔書，以臣爲尚食奉御。肅恭休命，祇拜寵章②，榮慶既崇，慚荷交集③。臣某中謝[二]。臣才虧琢玉④，學昧籯金⑤，徒以席寵葭莩⑥，容光日月⑦。叨承雲渥⑧，既曠天工[三]⑨；而榮更恩昇[四]，位非德舉。無階而進，坐致於青霄；有慶方來，載光於朱紱⑩。臣聞瑤庭任切⑪，猶稱六尚之榮⑫；玉食禮尊，實總八珍之貴⑬。臣術慚緣鶴⑭，業匪豢龍⑮，將何致美瓊芳，式和金鼎⑯？鴻私曲被，殊寵降臨。天命既不可違，聖恩允宜祇戴。循涯揣分⑰，實所非圖。

【校記】

［一］“官”原無，據《全唐文》補。

［二］“臣某中謝”四字原無，據《全唐文》補。

［三］“曠”原作“廣”，據《全唐文》改。

［四］“榮”原作“策”，據《全唐文》改。

【注釋】

①奉御：此指尚食奉御，常供天子常膳。武奉御，名不詳。

②寵章：見《爲資州鄭使君讓官表》注②。

③慚荷交集：羞慚感荷兼有。

④琢玉：本指對玉的加工製作，此謙稱非良才。

⑤籯（yíng）金：指儒家經典。語出《漢書·韋賢傳》："遺子黄金滿籯，不如一經。"

⑥席寵葭莩：見《爲建安王獻食表》注②。

⑦容光日月：本指日月之光照及萬物，此喻皇恩浩蕩。

⑧雲渥：上天恩惠。

⑨既曠天工：謂荒廢職責。天工，古以爲王者法天而建官，代天行職事。

⑩朱紱：大紅官服。

⑪瑤庭：即宫廷。

⑫六尚：指尚食、尚藥、尚衣、尚舍、尚乘、尚輦，掌宫廷供奉。

⑬八珍：古代八種烹飪法，泛指珍饈美味。

⑭緣鶴：緣鶴即緣鵠。緣鵠飾玉，指因緣時會而攀登高位。

⑮豢龍：養龍，此指擅長烹飪。

⑯式和金鼎：指善於調味。

⑰循涯揣分：反省和估量自己的才能。循，省察。涯，邊，極限。揣，估量。分，職分。

爲王美暢謝兄官表[①]

臣某言：臣兄某前某官，特蒙恩詔擢授豫州司馬[②]。未及赴任，即以某月日改亳州司馬[3]。再三策命[4]，叨荷恩私。在臣宗門，實爲慶幸。中謝。臣兄自解巾從仕[5]，三十餘年，五爲縣宰，三遷州佐。政皆通顯，職實恭勤。直道在公[6]，有終始之節；平心應物[7]，無造次之愆[8]。在於周行[9]，頗蒙推薦。近屬虺貞搆逆[10]，惑亂豫州，詿誤平人[11]，自貽梟滅[12]。陛下憫荆河之俗[13]，遭此無辜；弔汝濆之人[14]，使其昭廋。以爲奉揚皇化者必藉其才，撫馭窮人者亦資有德。臣兄貞固，濫承天奬。遷授豫州，在於天恩，實爲超擢。今者未及赴任，復降授亳州。重疊承恩，飜同貶降[15]。朝廷體例，實亦爲尤[16]。臣兄弟叨榮，濫竊非攄[17]。天慈改授，不合冒聞。但以始者承恩，蒙越抽擢，今有何過，遂同左遷[18]？區區懇誠，輒敢祈訴天澤[19]。伏願皇慈有裕，降昭奬之恩；臣兄竭忠，獲展才之地。小臣死日，猶生之年[20]。

【注釋】

①王美暢：即王玫暢（644 年～698 年），字通理，太原祁縣（今山西省祁縣）人。唐朝外戚大臣，鄭州刺史王思泰之子。

②豫州：蔡州，治所在今河南省汝南縣。司馬：州郡佐吏。

③亳州：治所在今安徽省亳州市。

④再三策命：多次任命。

⑤解巾：即從仕。見《爲人請子弟出家表》注⑦。

⑥直道：無私曲。句謂一心爲公。

⑦平心應物：以公平之心待人接物。

⑧“無造次”句：没有片刻過錯。造次，須臾，短暫。愆，過失。

⑨周行：泛指朝官。

⑩虺貞：指李貞（627 年～688 年），唐太宗第八子。垂拱二年（686 年），起兵反對武則天當政，失敗自盡，賜姓虺氏。

⑪詿（guà）誤：貽誤、連累。

⑫自貽梟滅：自己招致殺頭。梟滅，誅殺。

⑬荆河：指豫州一帶。

⑭汝潰：汝水、潰水，也指豫州一帶。

⑮翻同貶降：反而等同貶官。

⑯實亦爲尤：的確有過失。尤，過錯。

⑰濫竊非據：謙稱不該佔據非分的位置。非據，非分佔據職位。

⑱左遷：降職。漢代貴右賤左，故將貶官稱爲左遷。

⑲天澤：皇恩。

⑳“小臣”二句：謂即使死了也如活着。

爲金吾將軍陳令英請免官表①

臣某頓首死罪上言：臣聞軍政不臧[一]②，《春秋》責帥③；故揚干之亂[二]，魏絳致戮[三]④。所以國有明賞，下無濫功。臣幸以常才，文武兼闕。始年十八，投筆從戎。西踰流沙，東絶滄海[四]⑤，南征北伐，無所不至。席寵門緒⑥，忝跡軒墀。屬高宗崇德深仁、孝理天下，以臣祖父兄弟一門五人，皆伏節盡忠，身死王事⑦，遂超臣不次⑧，授原州都督⑨。臣時年三十二[五]，職兼五印，榮絶一時。皆緣此恩，累忝藩翰。持節統部，前後八州，皆居塞垣⑩，當賊衝要⑪。國之重寄，莫與臣比。雖無長策，衂戎伏胡⑫；恭守朝章⑬，保完免失。屬陛下大聖，矜老容愚，不以臣駑怯，更加寵命，授以青紫⑭，遣督幽州。林胡搆凶[六]⑮，王師出討。士馬雲集，軍務星繁⑯。糧饋戈甲，動以億計。臣無田疇鄉導之策⑰，又乏杜預度支之才[七]⑱，空竭疲駑[八]，晝夜不息。以勤補拙，首尾二年[九]。彌縫闕漏⑲，幸無愆乏。張玄遇等不謹師律⑳，賊得乘機，遂敢長驅燕陲[一〇]，深入趙際㉑。臣又無李牧東胡之略㉒，實愧吴起西河之守㉓，使凶狡敚攘㉔，遂擾邊甿。論之國憲，合刎頸謝罪。陛下又不以臣爲辜，更授清邊軍副大總管。五月恩制，六月到軍，逆虜天亡，臣又無効。至於軍功戰籍、敘勲定勞，副職日淺，未及精覆。大兵旋旆㉕，王師獻功，而漢庭將軍，未聞辭第㉖；雲中太守，已論增級㉗。今乃竊功謬賞㉘，有忝朝章㉙。忠誠殉節，不昭國議，實由臣濫其職，任過其才。上不能允副聖心，中不能匡正戎律，傍招物議㉚，有紊軍容㉛。臣罪何逃，孰執其咎？伏願乞賜骸骨，貶歸私第，式清朝序㉜，永睹師貞。不勝戴罪惶懼之至[一一]。

制曰：卿出鎮窮塞，作牧薊門，雖無破陣之功，終有捍城之効。且膺巡警，未可懸車[一二]。

【校記】

［一］“臧”原作“減”，據《全唐文》改。

［二］“干”原作“于”，據《全唐文》改。

［三］“戮”原作“職”，據《全唐文》改。

［四］“滄”原作“蒼”，據《全唐文》改。

［五］“三十二”，《文苑英華》卷五八〇爲“四十二”，《全唐文》注“一作四十二”。

［六］“林”原作“休”，據《全唐文》改。

［七］“乏”原作“之”，據《全唐文》改。

［八］“駕”原作“單”，據《全唐文》改。

［九］“二”原作“三”，據《文苑英華》卷五八〇改。

［一〇］“陲”原作“垂”，據《全唐文》改。

［一一］“戴罪”“之至”原無，據《全唐文》補。

［一二］《全唐文》無此段文字。

【注釋】

①金吾將軍：古代武官等級稱號，唐朝爲從三品。陳令英：京兆萬年人，高宗朝擢授原州都督，武則天時遷幽州都督，加清邊軍副大總管，遷金吾將軍。

②不臧：不善。語出《詩經・邶風・雄雉》："不忮不求，何用不臧。"

③《春秋》責帥：指《春秋》記載宋楚之戰，宋國戰敗。事載《春秋・僖公三十二年》。

④"故揚干"二句：晉侯之弟揚干亂行於曲梁，魏絳殺其僕人。事載《左傳・襄公三年》。

⑤流沙：沙漠，指北方。滄海：大海。

⑥席寵門緒：憑藉家門功業的恩寵。

⑦身死王事：爲國捐軀。

⑧不次：不按秩序，即超常。

⑨原州：治所在今寧夏回族自治區固原市。

⑩皆居塞垣：指在北方邊境地帶擔任職務。塞垣，邊關城牆。

⑪衝要：軍事上或交通上重要之地，意同"要衝"。

⑫衄戎伏胡：平定鎮服胡人。

⑬朝章：朝廷典章法文。

⑭青紫：見《爲陳舍人讓官表》注⑦。

⑮林胡搆凶：此指契丹叛亂。

⑯雲集、星繁：皆言衆多。

⑰田疇：田疇（169 年 ~ 214 年），字子泰，右北平郡無終縣（今河北省玉田縣）人。東漢末年隱士。建安十二年，曹操北征烏桓，田疇擔任司空户曹掾，參與平定烏丸、攻打荆州。

⑱杜預：杜預（222 年 ~ 285 年），字元凱，京兆郡杜陵縣（今陝西省西安市）人，魏晉時期軍事家、經學家。

⑲彌縫闕漏：此謙稱自己做了一些小事。

⑳"張玄遇"句：張玄遇，武周將領，官拜右金吾衛大將軍。武則天派曹仁師、張玄遇、李多祚、麻仁節等二十八將討伐契丹，唐軍在黄麞谷失敗。不謹師律，不遵守軍隊的紀律。

㉑燕陲、趙際：泛指燕趙之地。

㉒李牧：李牧（？～前229年），趙國人，戰國時趙國軍事家。事載《史記·廉頗藺相如列傳》。

㉓吳起：吳起（前440年～前381年），衛國左氏人。戰國初期軍事家、政治家。事載《史記·吳起列傳》。

㉔敚（duó）攘：搶劫、掠奪，同“奪攘”。

㉕旋旆：班師回朝。

㉖“而漢庭”二句：漢代名將衛青辭掉武漢帝爲其修建的房屋。事載《史記·衛將軍驃騎列傳》。

㉗“雲中”二句：指雲中太守魏尚。魏尚（？～前157年），西漢槐里（今陝西省興平市）人。漢文帝時爲雲中太守，因上報朝廷的殺敵數字與實際不符，被削職查辦。事載《史記·張釋之馮唐列傳》。增級，獻功時多報斬獲敵人首級。

㉘竊功謬賞：謙稱多占軍功、錯誤受到獎勵。

㉙有忝朝章：使朝廷法令制度受到損害。

㉚物議：衆人議論。

㉛有紊軍容：讓軍紀遭到破壞。

㉜式清朝序：用以整肅官員秩序。

爲副大總管屯營大將軍蘇宏暉謝表[一]①

臣聞玁狁不恭[②]，周王致其大戮；將軍失律，漢將被其嚴刑[③]。未有逆命驕天，而逋釁鼓之罰[④]；亡師沮衆，遂寬載社之誅[⑤]。伏惟天册金輪皇帝陛下[⑥]，肅恭上帝，子育群生[⑦]。萬國所以宅心[⑧]，百蠻由其屈膝。而契丹凶狡，敢竊邊陲，毒虐生靈，暴殄天物[⑨]。皇兵順伐，仗仁義以共行；窮寇姦回[⑩]，憑險阻而猶鬬。臣等仁虧聖略，智昧詭圖，遂以熊羆之師挫於犬羊之旅⑩，誠合結纓軍壘⑪、抵罪國章[二]。陛下以堯舜深仁，且緩三苗之伐⑫；禹湯罪己，不與萬方之辜⑬，遂得齒劍餘魂，更參授鉞之任；死綏之魄，復同挾纊之恩⑭。四夷慕義以來蘇[三]⑮，三軍感恩而抃舞[四]⑯，痍瘡再起，俘馘是圖⑰。將士同心，誓雪孟明之恥⑱；殤魂共憤，思亢杜回之讎⑲。臣等殉義忘生[五]，報恩惟死。不勝感激慶戴之至[六]。

【校記】

[一]“蘇宏暉”原無，據《全唐文》補。

[二]“抵”原作“祇”，據《全唐文》改。

[三]“慕”原無，據四庫本補。

[四]“恩”原無，據四庫本補。

[五]“生”原作“心”，據《全唐文》改。

[六]“勝”原作“任”，“之至”原作“云云”，據《文苑英華》六一八改。

【注釋】

①蘇宏暉：時爲左羽林將軍。在平定契丹叛亂的東硤石谷之戰，蘇宏暉懼敵逃遁，致王孝傑戰死，唐軍大敗。武則天派使者到陣前斬殺蘇宏暉。使者未至，蘇宏暉因軍功而得以赦免。

②玁狁（xiǎn yǔn）：匈奴古稱。

③“漢將”句：指漢代博望侯張騫被處罰之事。事載《史記·李將軍列傳》。

④逋釁鼓之罰：逃掉被殺而用來祭鼓的處罰。逋，逃掉。釁鼓，殺人以血塗鼓行祭。

⑤載社之誅：古代出軍，載社主而行，敗北者則戮之於社主前。

⑥“伏惟”句：武則天尊號。

⑦子育群生：待百姓如子女。

⑧宅心：歸心。

⑨暴殄天物：殘害滅絶天生萬物，語出《尚書·武成》。

⑩姦回：奸惡邪僻。

⑩“遂以”句：見《爲副大總管蘇將軍謝罪表》注⑦。

⑪結纓：系好帽帶然後自殺。典出《左傳·哀公十五年》。

⑫三苗：傳説中黄帝至堯舜禹時代的部落名。

⑬“禹湯”二句：語出《尚書·湯誥》：“其爾萬方有罪，在予一人。予一人有罪，無以爾萬方。”

⑭挾纊（kuàng）：披著綿衣，喻受人撫慰而感到温暖。

⑮來蘇：困苦中獲得蘇息。語本《尚書·仲虺之誥》：“攸徂之民，室室相慶曰：‘徯予後，後來其蘇！’”

⑯抃舞：拍手而舞，表歡樂。

⑰俘馘是圖：只圖斬殺敵人。俘馘，俘虜和被殺敵人之左耳，此指俘獲斬殺。

⑱孟明之恥：見《爲副大總管蘇將軍謝罪表》注⑩。

⑲杜回：指結草報恩。事載《左傳·宣公十五年》。

謝衣表[①]

臣今月日千騎田楷至[②]，伏奉恩勅，賜臣紫衫、皁衫、袴等一副[③]。臣萬死枯骨，垂朽蒙榮。載戰載殞[④]，肝心塗地[⑤]。中謝。臣以駑朽，叨承重任，憑奉聖略，誅討元兇[⑥]，實合震曜天威，俘斬逆首。而智力淺短，進退無規[⑦]，被王孝傑陷鋒於前[⑧]，臣則接戰於後。躬先士卒[⑨]，苦鬬山林。自辰至酉[⑩]，殺賊無數。巖谷峻狹，車乘相闐[⑪]，旋被孝傑敗兵回相衝突。逆賊乘便，衆襲臣軍。士卒被傷[⑫]，子將多死。臣決命爭首，陷陣摧兇，日暮兵疲，瘡痍相半[⑬]。鳥散山谷，人無鬬心。臣獨無依，遂失師律。即欲刎頸陣下，委骨顯誠，實恐身死寇場[一]，未雪國恥。所以含垢忍辱，圖死闕庭。今月六日至幽州，即因繫獄户，延頸戢魄[二][⑭]，唯待嚴刑。湯鑊在前⑮，分委灰土⑯。豈謂天慈矜鑒，回憲增榮，以其伏鑕之魂[三]⑰，更辱賜衣之寵。煩寃踴躍⑱，載兢載惶。泣血嘗膽⑲，誓復國讎。刻骨刻肌，敢忘天造。不勝已死再生感戴欣躍之至。

【校記】

［一］“寇埸”原作“冠傷”，據四庫本改。

［二］“頸”原作“剄”，據《全唐文》改。

［三］“鑕”原作“鎖”，據《全唐文》改。

【注釋】

①謝衣表：此代蘇宏暉所作。

②千騎：武官名。田楷：事蹟不詳。

③紫衫：皇帝侍從所穿紫色衣衫。早衫：疑爲“單衫”。袴：同褲。

④載戰載殞：指戰慄仆倒。載，語氣詞。

⑤肝心塗地：即肝腦塗地，形容竭盡忠誠，任何犧牲都在所不惜。

⑥元兇：大惡。

⑦進退無規：指揮失誤，前後進退都没有規矩法度。

⑧“被王孝傑”句：蘇宏暉自辯之詞。事載《資治通鑒》卷二〇六。

⑨躬先士卒：身先士卒。

⑩自辰至酉：從早上七點到下午五點。辰、酉，干支計時。

⑪車乘相闐：此指車輛碰撞、堵塞。

⑫被傷：遭受傷害。

⑬瘡痍相半：指戰傷的士兵過半。

⑭延頸戢魄：伸長脖子、收斂魂魄，指待死。

⑮湯鑊（huò）：刑具，烹煮罪人的大鍋。

⑯分委灰土：粉身脆骨，化爲塵土。

⑰伏鑕：罪犯俯身貼在砧板上接受腰斬。

⑱煩冤踴躍：煩躁憤懣充滿心頭。

⑲泣血嘗膽：悲傷痛苦、發憤圖強。

爲建安王賀破賊表[一]①

臣某言：今月日得遼東都督高仇須等月日破逆賊契丹孫萬斬等一十一陣露布②，並捉得生口一百人送至軍前事。三軍慶快，不勝踴躍。臣聞天之所棄，雖暴必亡；人之共讎，在遠彌戮。況凶羯遺醜③，未及犬羊。固作孽以招誅④，自辜恩而取滅⑤。伏惟陛下威加四海，子育百蠻⑥，鬼神尚不敢違，凶狡豈能逃罪？逆賊萬斬等，天奪其魄，坐自爲殃⑦。仇須等謹奉廟謀⑧，遠憑國計，短兵纔接，群逆銷亡。又云返風迴煙[二]，薰睛掩目，此乃天威潛運，神道密周⑨，豈止人謀，抑由靈助⑩。今盡滅殃病，孽固折股[三]⑪。饑災兼至[四]，凋弊日滋，未加天兵，應自糜爛。臣訓勵士馬，今月尅行。大軍一臨，凶寇必殄⑫，獻俘在即⑬，拜闕有期。預喜承恩，不勝慶賀[五]，無任抃快之至[六]⑭。

【校記】

[一]“賀”原無，據《全唐文》補。

[二]“又云”原無，據《文苑英華》卷五六六補。

[三]“股”原作“服”，據四庫本改。

[四]“饑”原作“肌”，據《全唐文》改。

[五]“不”原作“思”，據《文苑英華》改。

[六]“無任抃快之至”六字原無，據《全唐文》補。

【注釋】

①建安王：即武攸宜。

②高仇須：即高德武，高句麗寶藏王第三子，建安王武攸宜的外甥，699 年被任命安東都督府都督。孫萬斬：即孫萬榮，契丹大賀氏部落聯盟首領，軍事統帥。露布：古指不封口的文書、奏章等，也叫露版。

③凶羯：羯，古族名。所謂“五胡”之一，曾附屬於匈奴。遺醜：殘餘醜類。皆指叛亂的契丹。

④“固作孽”句：本來作亂就會招來被殺。

⑤“自辜恩”句：自然負恩就會被消滅。

⑥子育：見《爲副大總管屯營大將軍蘇宏暉謝表》注⑦。百蠻：古代南方少數民族總稱，泛稱其他少數民族。

⑦坐自爲殃：遂自己招來禍患。

⑧廟謀：廟算、朝廷謀略。

⑨神道：神妙莫測之理。《周易·觀卦》：“觀天之神道，而四時不忒，聖人以神道設教，而天下服矣。”

⑩靈助：得到神靈幫助。

⑪折股：折斷大腿，喻遭到重創。

⑫必殄：一定被消滅。

⑬獻俘：古代軍禮，凱旋時以所獲俘虜獻於宗廟，顯示戰功。

⑭無任抃快之至：不勝快樂到了極點。抃快，拍手稱快。

爲河内王等論軍功表①

右金吾衛大將軍兼檢校洛州長史河内郡王臣懿宗加爵一等、勲五轉，司賓卿兼羽林大將軍建安郡王攸宜加爵一等、勲七轉。

臣某等言：伏奉月日制書，録臣等在軍微功，特加前件勲封。嘉命聿至，寵渥載優。伏對慚魂，殞首顛越云云。臣聞古者名將，先士卒而後身，故其功勸②；末世庸將，窮人力以寵己，故其政乖③。然則簞醪投河，三軍告醉④，刓印在手[一]⑤，萬夫以離。夫與衆共功、專己獨利，成敗之理，興亡繼焉。賞者，國之大事，故不可忽。日者林胡構孽⑥，敢亂燕陲[二]。陛下徵義兵，誅不道，天下士庶，猋集星馳⑦，皆忘身憂國，紓患却難⑧。至於躬先矢石⑨，血塗草莽，冒艱險，歷寒温，氣騰青雲，精貫白日⑩，誠亦勤矣⑪。雖則聖靈威武，逆虜自滅，然士卒戮力，亦盡其勞。今大功未酬，衆議猶在，而臣等駑怯，猥加先封。臣等不能折衝邊庭⑫，還師衽席，今坐加茅土之賜⑬，以先將士之勤，使鶡冠虎臣⑭，將何以勸？今戰士留滯於外府，軍吏咨嗟於下寮，臣等胡顔⑮，敢冒天造？夫賞一勸百，猶恐未孚⑯；利一沮萬[三]⑰，其弊誰救？爵命不可以招謗⑱，國章不可以假人⑲。伏願天光俯迴⑳，昭發軍禮，請以臣等前件勛封迴，廻受戰亡人及立功將士等。上以明國之大賞，下以雪臣等謬功，使人悦忘勞[四]，士感知死，然後兵可訓勵，賊可誅屠。此誠國之元經㉑，不可苟而利者。臣等不勝區區悚迫之至[五]。

【校記】

［一］“刓”原作“刑”，據《全唐文》改。

［二］“亂”原作“辭”，據《全唐文》改。

［三］“沮”原作“阻”，據《全唐文》改。

［四］“忘”原作“亡”，據《全唐文》改。

［五］“悚迫之至”四字原無，據《文苑英華》六二四補。

【注釋】

①河内王：指武懿宗。武懿宗（641 年～706 年），字承美，并州文水（今山

西省文水縣）人。唐朝外戚大臣，武則天從侄，倉部郎中武元忠之子，封河内郡王。

②功勸：勸勉士卒的功效。

③政乖：政事、軍事敗壞。

④“然則”二句：簞醪（dān láo）投河：即簞醪投川，指將領與部下同甘共苦。出自西晉張協《七命》。

⑤刓印在手：將印在手裏把玩而不肯授予下級。項羽事，典出《史記·酈生陸賈列傳》。

⑥日者：前面，今日。搆孽：作惡。

⑦猋（yàn）集星馳：指迅速彙集、奔跑。

⑧紓患卻難：皆指解除禍患。

⑨躬先矢石：指將領身先士卒、抵擋箭矢礌石。

⑩“氣騰”二句：豪氣沖上雲霄，精誠上通天日。

⑪勤：辛勞。

⑫折衝：使敵人的戰車後撤，即制敵取勝。衝，沖車，一種戰車。

⑬茅土之賜：指王、侯封爵。

⑭鶡（hé）冠：冠名，插有鶡毛的武士冠。虎臣：喻勇武之臣。

⑮胡顔：有何顔面。

⑯賞一勸百：獎賞一人可以鼓勵百人。未孚：無人信服。

⑰利一沮萬：指利益很小，危害卻很大。

⑱“爵命”句：封爵授官不能招來别人議論。

⑲“國章”句：國家的禮儀制度也不能隨便授予人。

⑳天光俯迴：指君王改變主意。

㉑元經：大綱大法。

爲建安王謝借馬表

臣攸宜言：伏奉聖慈，敕借臣廐馬四匹。星旗方列[①]，天馬忽來[②]，祇拜恩榮，抃躍兼集。臣名慚白馬[③]，陣昧青龍[④]，徒憑廟勝之威，竊總元戎之首。皇師久露，凶羯未孚[⑤]，方欲親負干戈，身先士卒。金山深入，期突厥之功[⑥]；玉壺遂臨[⑦]，叨得駿之賜。昔開東道，今見西來。感燕骨而長鳴[⑧]，君恩罔報；向朔雲而驤首[⑨]，蹋頓方擒[⑩]。坐馳千里，實愧三軍。寵貴非圖，榮多增懼。

【注釋】

①星旗：指參旗九星。

②天馬：神馬。駿馬美稱。

③白馬：白馬將軍，即騎白馬作戰的將軍。

④青龍：指青龍陣法。

⑤凶羯未孚：指契丹没有平服。

⑥“金山”二句：指李靖打敗突厥之事。金山，今阿爾泰山，在新疆和内蒙古交界之處。

⑦玉壺：皇帝賞賜玉制壺形佩飾。

⑧“感燕骨”句：指郭隗勸燕昭王求賢之事。

⑨朔雲：北方的雲。驤首：昂首。

⑩蹋頓：遼西烏桓首領名，泛指叛亂部族首領。

奏白鼠表

臣某言[①]：今月日，臣等令中道前軍總管王孝傑進軍平州[②]，十九日行次漁陽界[③]。晝有白鼠入營，孝傑捕得籠送者。身如白雪，目似黄金，頓首跧伏[一][④]，帖若無氣[⑤]。將士同見，皆謂賊降之徵。臣聞鼠者坎精[⑥]，孽胡之象。穿竊爲盜，凶賊之徒，固合穴處野居、宵行晝伏。今白日歸命，素質伏辜⑦。天亡之徵，兆實先露。自孝傑發後，再有賊中信來，不謀同詞⑧，皆云盡滅病死⑨，親離衆潰，匪朝即夕⑩。臣訓兵勵勇，取亂侮亡。昔宋尅鮮卑，蒼鵝入幕⑪；今聖威遠振，白鼠投營。休兆同符⑫，實如靈契。凡在將士，孰不歡欣？執馘獻俘⑬，期在不遠。

【校記】

［一］“首”原作“目”，據《全唐文》改。

【注釋】

①臣某：此指建安王武攸宜。

②王孝傑：王孝傑（？～697年），京兆新豐（今陝西省西安市臨潼區東北）人，唐朝名將。697年，任清邊道行軍總管，率軍討伐契丹可汗孫萬榮，在東硤石谷（今河北省唐山市附近），孤軍深入，寡不敵衆，兵敗墜谷而死。平州：治所在今河北省盧龍縣。

③十九日：指二月十九日。行次：出行夜宿。漁陽：縣名，縣治在今天津市薊縣。

④頓首：叩頭。跧伏：即蜷伏。

⑤帖若無氣：服帖得好像没有氣息。

⑥鼠者坎精：坎爲水，爲溝瀆。老鼠常行於地洞水溝之内，故謂“坎精”。

⑦素質：此指老鼠爲白色。伏辜：服罪。

⑧不謀同詞：異口同聲。

⑨盡滅：指李盡忠。李盡忠（約635年～696年），本姓大賀氏，營州松漠人。唐朝契丹部落聯盟首領、軍事統帥。萬歲通天元年（696年）五月，聯合妻兄契丹孫萬榮起兵反抗武周，發動黄獐谷之戰。

⑩匪朝即夕：指朝不保夕。

⑪“昔宋”二句：指南朝宋軍戰勝鮮卑。蒼鵝入幕，事載《宋書·胡藩傳》。

⑫休兆：吉祥的徵兆。

⑬執馘獻俘：指戰勝敵人，凱旋回朝。

爲僧謝講表

僧某言：一昨預内道場講①，恩勑殊獎，賜有褒稱，死罪死罪。某實專蒙，昧於至道②。徒以早棲真實③，委質香緣④，遂以濫越殊私，光昭寵渥。日者法宫聞道⑤，講賜承恩，叨玉麈之榮[一]⑥，預金閨之議⑦。遂得對揚真會，咫尺天威⑧。徒有明恩，卒無幽贊⑨。不能絶王倪之問⑩，以默誇詞⑪；息毗耶之言⑫，冥通得意⑬。天休光被，曲見稱揚，群議允懷，猥忘其陋。顧揣涯分⑭，實靦心顔，將何翼亮緇徒⑮、發揮玄極⑯、以念嘉惠？怵惕惟憂，載懷愚瞽。而心況知愧，無任慚荷之至。

【校記】

［一］“麈”原作“塵”，據《全唐文》改。

【注釋】

①一昨：前些日子。預内道場講：參與内道場法會。内道場：宫中宣講佛經、舉行法事道場。

②“某實”二句：我的確很愚昧，完全不懂得至道。

③真實：佛教所謂真如。

④委質香緣：托身於佛教。香緣，香火之緣。

⑤日者：近日。法宫：皇宫正殿。

⑥玉麈之榮：指揮麈而談的榮光。玉麈，玉柄麈尾，魏晉名士清談手持之物。

⑦金閨：指代朝廷。

⑧咫尺天威：指和皇帝見面。

⑨幽贊：暗中受神明佐助。

⑩王倪：傳説爲堯時賢人，齧缺之師。事載《莊子・齊物論》。

⑪誇詞：浮誇之言。

⑫毗耶：此指維摩詰。

⑬得意：領會旨趣。

⑭顧揣涯分：度量自己的本分。

⑮翼亮緇徒：幫助僧徒。

⑯玄極：精微之道。

謝藥表

臣某言：伏奉中使宣勅旨，賜貧道藥總若干味。肅恭休命，敬受慚惶。猥以眇身①，叨蒙大賚[一]②。室殊方丈，同問疾之榮③；施等醫王④，感能仁之惠⑤。雖赭鞭神授⑥，未可比其英蕤⑦；赤斧仙圖⑧，固以謝其靈氣⑨。方將駐兹營魄，蠲彼衰痾⑩，以要上品之經⑪，將希大年之壽⑫。人微惠重，答施何階？不勝云云。

【校記】

［一］“賚”原作“賴”，據文意及彭慶生意見改。

【注釋】

①眇身：渺小、微不足道。

②大賚：大賞、重賞。

③方丈：原指寺院，後指高僧居所。問疾：探問疾病。

④醫王：傳説中醫術精湛的菩薩。

⑤能仁：此指釋迦牟尼。

⑥赭鞭：神農以赭鞭鞭百草，盡知其平毒寒温之性。典出晉朝干寶《搜神記》卷一。

⑦英蕤（ruí）：即英華。

⑧赤斧仙圖：指赤斧的靈丹妙藥。赤斧，傳説中的仙人。

⑨謝其靈氣：此言即使赤斧的靈丹也不如皇上賞賜的藥物。

⑩蠲彼衰痾：除掉衰老的毛病。

⑪“以要”句：用來求取上品的經方。

⑫大年之壽：即長壽。

爲喬補闕論突厥表[①]

臣某言：臣以專蒙，叨幸近侍。陛下不以臣不肖[②]，特勑臣攝侍御史[③]，監護燕然西軍[④]。臣自違闕庭[⑤]，歷涉秋夏，徒居邊徼[⑥]，無尺寸之功。臣誠暗劣[一]，孤負聖明。然臣久在邊隅，夙夜勤灼，莫不以蕃事爲念，俾按察之。比以突厥離亂事跡，參驗委曲[⑦]，窮問往來，竊有以得其真。莫不自爲鯨鯢[⑧]，遞相吞食，流離殘餓，莫知所歸。臣誠愚不識事機，然竊以往古之變考驗於今，乃知天亡凶醜之時[⑨]，陛下收功之日。然臣聞之，難得易失者時也，易遇難見者機也。聖人所貴者，去禍於未萌[⑩]。今陛下體上聖之資，開太平之化。匈奴爲中國之患，自上代所苦久矣。合天降其災，以授陛下[二]，萬代之業，在於今時。臣請以秦漢以來事跡證明之。伏願陛下少留聖聽，尋繹省察，天下幸甚。臣聞始皇之時，併吞六國，制有天下，按劍叱吒[⑪]，八荒犇馳[⑫]。然匈奴彊梁[⑬]，威不能服，牧馬河内⑭，以侵邊疆。始皇赫然⑮，使蒙恬將四十萬衆北築長城⑯，因以逐胡，取其河南之地七百餘里。當時燕齊海岱⑰，贏糧給費，徭役煩苦，人以不堪。故長城未畢，而閭左之戍已爲其患[三]⑱，二世而亡，莫不始於事胡也。至漢興，高祖受命，率群雄，乘利便，以三十萬衆窘迫白登⑲。七日被圍，僅而獲免。自是歷吕太后至孝文帝，單于桀驁[四]⑳，益淩漢家。文帝徒以遜詞致獻金帛㉑，但求其善和而已，不敢有圖。賈誼所以哭之，痛文帝以天下之盛而卑事戎狄[五]，以倒懸天下也㉒。至景帝時[六]，邊受其患。於是漢武踐阼，以承六代鴻業，屬乎文景玄默之化㉓，海内乂安㉔。太倉之粟紅腐而不可食，内庫之錢貫朽而不可校㉕。財力雄富，士馬精彊，忿匈奴之驕慢，將報先帝之辱。遂使王恢、韓安國將三十萬衆，以馬邑誘單于㉖。師出徒費，竟無毫髮之功。於是大命六師，專以伐胡爲務。首尾三十餘年，中國騷然，大受其弊。至於國用不足，軍興不給㉗，租及六畜，算及船車，盜賊群興，京師亂起[七]，竟不能制單于之命，一日而臣服之。漢宗衰殘，幾至覆社稷也。故漢武晚年，厭兵革之弊，乃下哀痛之詔㉘，罷輪臺之遊㉙，封丞相爲富民侯㉚，將以蘇中國也㉛。至宣帝代，罕復出師。屬匈奴數窮，天降其禍。虚閭權渠單于病死㉜，右賢王屠耆堂代立㉝，骨肉大臣自不相服。又立虚閭權渠子爲呼韓邪單于㉞，擊殺屠耆堂，諸名王、貴人，各自分立爲五單于，更相攻擊，以至大亂。殘虐死者計萬億數，畜産耗減十至八九。人以饑餓，相燔燒以求食，於是寄命無所。諸名王、貴人、右伊秩訾、且渠、當户以下㉟，將兵五萬，稽首來降，於是北方晏然[八]，靡有兵革之事。直至哀、平之際，邊人以安。臣竊以此觀匈奴之形，察天時之變、盛衰存亡之機，事可見也。然則匈奴不滅，中國未可安臥，亦明矣。夫以漢祖之略，武帝之雄，謀臣勇將，勢盛雷電㊱，窮兵黷武㊲，傾天下以事之，終不能屈一王服一國。宣帝承衰竭之後，撫瘡痍之人，不敢惕然有出師之意㊳，然而未有遺矢之費而臣僕於單于之長者，其故何哉？蓋盛衰有時，理亂有數，故曰：聖人修備以待時[39]，是以正天下如拾遺[40]。陛下肅恭神明，德動天地。今上帝降匈奴之災孽，遺陛下之良時，不以此時順天誅、建大業，使良時一過[九]，匈奴復興，則萬代爲患，雖後悔之亦不及矣。古語曰："天與不取，反受其咎[41]。"今天意厚矣，陛下豈可違之哉？臣比在同城[42]，接居延海西[43]，逼近磧南口[一〇][44]，其磧北突厥來入者，莫不一一臣所委察[45]。比者歸化，首尾相仍，攜幼扶老，已過數萬。然而瘡痍羸憊[46]，皆無人色，饑餓道死，頗亦相繼。先九姓中遭大旱[47]，經今三年矣。野皆赤地，少有生草，以此羊馬死耗十至七八。今所來者，皆亦稍能勝致始得度磧[一一][48]。磧路既長，又無好水草，羊馬因此重以死盡。莫不掘野鼠，食草根，或自相食以活喉命。臣具委細問其磧北事，皆異口同辭。又耆老云："自有九姓來，未曾見此饑餓之甚。"今者同羅、僕固雖爲逆首[一二][49]，僕固都督早已伏誅，爲亂之元既自喪滅[50]，其餘外小醜徒，侵暴自賊耳。本無遠圖，多獵葛復自相讎[51]，人被塗炭[52]，逆順相半，莫知所安。回鶻諸部落又與金州横相屠戮[53]，群生無主，號訴嗷嗷[54]。臣所以願陛下建大策，行遠圖，大定北戎，不勞陛下指揮之間，事業可致。則千載之後邊鄙無虞[55]，中國之人得安枕而臥，豈不在陛下斷哉？且匈奴爲中國患，非獨秦漢之間。臣竊惟先聖時衛公李靖[56]，蓋中國之一老臣，徒藉先帝之威[一三]，用廟勝之策[一四]，當頡利可汗全盛之日[57]，因機逐便[58]，大破虜廷，遂繫其侯王、裂其郡縣，六十年將於今矣。使中國晏然，斥堠不警，書之唐史，傳之無窮，至今天下謂之爲神。況陛下統先帝之業，履至尊之位，醜虜狂悖，大亂邊陲，皇天遺陛下以鴻基之時，陛下又得復先帝之跡。德之大者，其何以加？若失此機，事以過往，使李靖豎子獨成千載之名[59]。臣愚竊爲陛下不取也。伏見去某月日勅[一五]，令於同城權置安北都護府[一六][60]，以招納亡叛[一七]，扼匈奴之喉[一八]。臣伏慶陛下見幾於萬里之外[61]，得制匈奴之上策。臣聞隗囂言漢光武見事於萬里之外，制敵應變未嘗有遺[62]。今陛下超然，神鑒遠照，實所謂聖明之見睹於無形也。臣比住同城，周觀其地利，又博問諳知山川者[一九]⑥³，莫不悉備。其地東西及北皆是大磧，磧並石鹵⑥⁴，水草不生。突厥嘗所大入道，莫過同城。今居延海澤接張掖河⑥⁵，中間堪營田處數百千頃，水草畜牧足供巨萬[二〇]。又甘州諸屯⑥⁶，犬牙相接，見所蓄粟麥積數十萬[二一]，田因水利，種無不收，運到同城，甚省功費。又居延河海多有魚鹽，此可謂強兵用武之國也。陛下若調選天下精兵，采拔名將，任以同城都護，臣愚料之，不用三萬，陛下大業不出數年可坐而取成。臣比來看國家興兵⑥⁷，但循於常軌。主將不選，士卒不練，徒如驅市人以戰耳。故臨陣對寇，未嘗不先自潰散，遂使夷狄乘利，輕於國威。兵愈出而事愈屈，蓋是國家自過計於敵爾，故非小醜能有異圖⑥⁸。臣竊以爲陛下今日不更爲之圖，以激勵天下忠勇，但欲以今日之兵、今日之將，冀收功於異域、建業於中興，則臣之愚蒙，必以爲未可得也。陛下即以突厥爲萬代之患，則臣所言願少加察[二二]；若以夷狄荒服不臣⑥⁹，則微臣小人非所敢諫[二三]。臣今監領後軍某等，取某月即度磧去，計至某日及劉敬同⑦⁰。謹當親按行磧，計至彼已來地形及突厥滅亡之勢[二四]，當審虛實，續以聞奏。伏願陛下省臣此章，爲國大計。儻萬有一可中者，請與三事大夫熟圖議之，此亦萬代一時也。伏願少留聖意，閒暇念之，天下幸甚！陛下採臣芻蕘⑦¹，臣請執殳先驅⑦²，爲士卒啟行⑦³，橫行匈奴之庭，歸報陛下。臣死之日，庶無遺恨，不勝蹈踴之至[二五]。

【校記】

［一］“誠”原作“識”，據《全唐文》改。

［二］“授”原作“受”，據《全唐文》改。

［三］“左”原作“氏”，據《全唐文》改。

［四］“桀”原作“傑”，據《全唐文》改。

［五］“之”原無，據四庫本補。

［六］“至”原無，據《全唐文》補。

［七］“亂起”原作“起亂”，據《文苑英華》卷六一四改。

［八］“是”原無，據《全唐文》補。

［九］“良”“一”原無，據《全唐文》補。

［一〇］“磧”原作“淮”，據本書卷八《上西番邊州安危事》及彭慶生意見改。

［一一］“度”原作“渡”，據《全唐文》改。

［一二］“僕固雖爲逆首”六字原無，據《文苑英華》卷六一四補。

［一三］“藉”原作“籍”，據《全唐文》改。

［一四］“廟”原作“妙”，據《全唐文》改。

［一五］“某”原無，據《文苑英華》卷六一四補。

［一六］“於”原無，據《文苑英華》卷六一四補。

［一七］“叛”原作“判”，據《文苑英華》卷六一四改。

［一八］“扼”原作“振”，據《文苑英華》卷六一四改。

［一九］“問”原作“聞”，據《全唐文》改。

［二〇］“足”原無，據《文苑英華》卷六一四改。

［二一］“蓄”原作“畜”，據四庫本改。

［二二］“少”原無，據《文苑英華》卷六一四補。

［二三］“則微臣”原無，據《文苑英華》卷六一四補。

［二四］“彼”原作“比”，據四庫本改。

［二五］“蹈踴之至”原作“云云”，據《文苑英華》卷六一四改。

【注釋】

①喬補闕：即喬知之，見《題祀山烽樹上喬十二侍御》注①。

②不肖：不賢明，自謙之詞。

③侍御史：歸屬臺院，用來糾察早朝禮儀。

④燕然西軍：即燕然道西軍。燕然，古山名，即今杭愛山。在今蒙古人民共和國境内。

⑤自違闕庭：自從離開朝廷。

⑥邊徼：即邊境。

⑦參驗委曲：比較、驗證事情的經過。

⑧鯨鯢：喻大惡人。

⑨"乃知"句：乃是上天要消滅壞人的時候。凶醜，此指叛亂的契丹。

⑩去禍於未萌：在事情還處於萌芽階段就消除禍患。

⑪按劍：以手撫劍，預示擊劍之勢。叱吒：怒喝。

⑫八荒：八方荒遠之地。

⑬彊梁：形容強橫凶暴。

⑭河內：此指黄河以北地區。

⑮赫然：發怒的樣子。

⑯"使蒙恬"句：蒙恬（? ~前210年），姬姓，蒙氏，名恬，齊國蒙山（今山東省臨沂市）人，秦朝名將。事見《史記·蒙恬列傳》。

⑰燕齊海岱：指今河北省、北京市、天津市、山東省一帶。海指渤海，岱指泰山。

⑱"而閭左"句：指陳涉、吳廣起義，見《史記·陳涉世家》。

⑲"以三十萬"句：指白登之圍。公元前200年，漢高祖劉邦被匈奴圍困於白登山的事件。

⑳單于：意爲廣大之貌，匈奴部落聯盟首領專稱。始創於冒頓單于之父頭曼單于，一直沿襲至匈奴滅亡。桀驁：不被馴服。

㉑遜詞：言詞恭順。致獻：敬獻。

㉒卑事戎狄：降低身份侍奉戎狄。倒懸：顛倒位置。見《漢書·賈誼傳》所載《陳政事疏》。

㉓文景玄默之化：指漢文帝、漢景帝實施無爲而治的治國措施。

㉔海内乂安：天下太平。

㉕"太倉"二句：見《漢書·食貨志上》。此描寫當時富庶情況。

㉖"遂使"二句：指馬邑之戰。元光二年（前133年），西漢策劃在馬邑誘

殲匈奴。王恢，西漢將領，建議馬邑之戰，後自殺。韓安國，西漢時期的名臣、將領。馬邑，今山西省朔州市朔城區。

㉗軍興不給：徵集軍用物資不充足。軍興，徵集財物以供軍用。

㉘哀痛之詔：即哀痛詔，此指漢武帝所下罪己詔書。

㉙輪臺：地名：今在新疆維吾爾自治區庫車縣東。

㉚富民侯：指車千秋。戾太子因江充讒害而死，車千秋上書訴冤，武帝感悟，擢爲大鴻臚，數月後任丞相，封富民侯。

㉛"將以"句：將採取辦法來恢復中國的社會和經濟。

㉜虛閭權渠單于：壺衍鞮單于之弟。原爲左賢王，漢宣帝地節二年（前68年）立爲單于。

㉝右賢王屠耆堂：即握衍朐鞮單于。漢宣帝神爵二年（前60年），虛閭權渠單于死，被顓渠閼氏與其弟左大且渠都隆奇立爲單于。

㉞呼韓邪單于：呼韓邪單于（？～前31年），攣鞮氏，名稽侯狦，虛閭權渠單于之子。甘露二年（前52年）率衆降漢。次年，至長安謁漢宣帝。漢元帝將宫女王昭君嫁給她，長期與漢朝保持和親關係。

㉟右伊秩訾：右伊秩訾王，名不詳。宣帝五鳳二年（前56年）附漢，被安置於西河郡、北地郡。且渠、當户：皆匈奴官名。

㊱勢盛雷電：喻如雷電一般迅猛。

㊲窮兵黷武：竭盡所有的兵力，任意發動戰爭。

㊳"撫瘡痍"二句：指安撫疲困不堪之人，不敢貿然有出師之意。

㊴修備：整治軍備。

㊵拾遺：從地上拾物，喻容易。

㊶"天與"二句：謂上天所給予的東西一定要拿到，否則會帶來災禍。語出《漢書・蕭何傳》引《周書》。

㊷同城：古鎮名。唐垂拱元年（685年）置，即今内蒙古自治區額濟納旗東南哈拉浩特古城。

㊸居延海：見《居延海樹聞鶯同作》注①。

㊹磧（qì）南口：指沙漠南邊。磧，淺水中的沙石，引申爲沙漠。

㊺委察：仔細考察。

㊻羸憊：瘦弱疲困。

㊼九姓：指鐵勒九姓，包括回紇、僕固、同羅、渾、思結、拔野古、契、阿布思、骨侖屋骨思等遊牧部落的總稱。

㊽“皆亦”句：謂稍有經濟能力才能通過沙漠。

㊾同羅：回紇諸部之一。唐貞觀年間内附，於其地置龜林都督府。僕固：又作僕骨，本漠北九姓鐵勒強部。

㊿爲亂之元：發動叛亂的罪魁。

51多獵葛：鐵勒諸部之一，又作多濫葛、多臘葛。

52塗炭：喻極困苦的境遇。

53横相屠戮：指相互無故殘殺。

54號訴嗷嗷：指哭訴號叫的哀鳴聲。

55邊鄙無虞：邊境没有安全的顧慮。

56衛公：李靖（571 年～649 年），字藥師，雍州三原（今陝西省三原縣）人，初唐軍事家。載《新唐書・李靖傳》

57頡利可汗：頡利可汗（579 年～634 年），復姓阿史那氏，名咄苾，突厥族。

58因機逐便：猶因利乘便，指憑藉有利的形勢。

59豎子：小子，對人的蔑稱。

60安北都護府：唐朝九個都護府之一，爲管理北方邊疆的軍政機構，包括今蒙古人民共和國和俄羅斯部分地區。

61見幾：謂從事物細微的變化中預見其先兆。

62“臣聞”二句：謂漢光武善於預料、慮事周詳。語見《後漢書・竇融傳》。

63博問：廣泛問詢。諳知：熟悉，熟知。

64磧並石鹵：指沙漠中到此都是石頭和鹽鹼地。

65張掖河：今甘肅省黑河及其上游甘州河。

⑯甘州：即今甘肅省張掖市。

⑰比來：近來。興兵：出軍。

⑱"故非"句：本來並非有叛變的企圖。異圖，叛變的企圖。

⑲荒服：邊遠地區。不臣：不視爲臣屬之地。

⑳劉敬同：裴行儉的裨將。

㉑芻蕘：割草打柴，此指没有見識之人。

㉒執殳：指爲皇室效力。殳，一種無刃、有棱的兵器。

㉓啟行：開路，當先鋒。

謝賜冬衣表[一]

臣某言：中使某至①，伏奉某月日敕書，慰問將士、官吏、僧道、耆老等②，並賜臣手詔及冬衣兩副、大將等衣一十五副者。天慈遠致③，聖澤傍流，海隅臣庶，抃舞相慶④，臣某中謝。伏惟陛下道宏文武④，任切藩維⑤，遠念戎旅之勤，亟頒時節之賜⑥。臣以謬膺寄理⑦，載涉炎涼⑧，效績無聞，徒負歲時[二]⑨，恩私每降，慚懼不寧。今又俯浹宸慈，曲延寵賚，當戒寒之初候，沐挾纊之殊榮⑩。佳氣集於城池，喜容生於草木，三軍叶慶⑪，萬井相歡。況臣荷寵逾涯，忝恩滋甚。螢燭無裨於景曜[三]⑫，畎澮徒願於朝宗⑬。悚踴遐方，感戀俱切。無任感恩荷懼屏營之至⑭。

【校記】

[一]本文原無，據《文苑英華》卷五九三、《全唐文》卷二一〇補。

[二]"徒負歲時"，《全唐文》及《文苑英華》（卷五九三）有"一作負敗

將及”，與文意不合，從《文苑英華》。

［三］“螢”原作“營”，據《全唐文》改。

【注釋】

①中使：宮中使臣。此表代武攸宜所作。

②耆老：六十曰耆，七十曰老，泛指老人。

③天慈遠致：指皇上恩澤送到遠方。

④抃舞相慶：高興得拍手歡慶。

④道宏文武：弘揚周文王、武王治國之道。

⑤藩維：指藩國。語出《詩經·大雅·板》：“價人維藩。”

⑥“亟頒”句：多次在時節頒行賞賜。亟（qì），屢次。

⑦謬膺寄理：承擔在外地治理的重擔。理，治理。

⑧載涉炎涼：指經過夏冬。

⑨徒負歲時：白白地辜負時光。

⑩挾纊：見《爲副大總管屯營大將軍蘇宏暉謝表》注⑭。

⑪三軍叶慶：全軍同慶。

⑫螢燭，指螢火蟲和蠟燭的光。景曜：陽光。

⑬畎澮（quǎn kuài）：小水溝。朝宗：大海。語出《詩經·小雅·沔水》：“沔彼流水，朝宗於海。”

⑭屏營：惶恐，謙詞。

卷五

碑　文

昭夷子趙氏碑[一]①

昭夷子，諱元[二]，字貞固，汲人也。本居河間[三]②，世爲大儒。至祖掞，尤博雅耽道。隋徵八學士，與同郡劉焯俱至京師③，補黎陽郡長④，始居汲焉。有二子禮輿、禮轅。輿官至臨潁縣丞[四]⑤，轅爲校書郎[五]⑥，並著名當代。昭夷，即禮輿季子也[六]。元精沖懿⑦，有英雄之姿。學不常師，志在遐遠。年二十七，褐衣遊洛陽⑧。天下名流，翕然宗仰。群蒙以初筮求我[七]⑨，昭夷以玄轂發機⑩，故蓬居窮巷，軒冕結轍⑪。時世議迫阨⑫，不容其高，乃屈身泥蟠⑬，求禄下位，爲豳州宜禄縣尉[八]⑭。到職逾歲，默然無言，唯採藥、彈琴、詠堯舜而已。州將郡守，穆然承風，君之道標浩如也⑮。因巡田入隴山，見烏支丹穴⑯，密有潛遁之意。蒼龍甲申，歲在大梁⑰，遭命不造，發痟疾而卒⑱。時年四十九[九]。嗚呼哀哉！天下士人聞之，知與不知，莫不爲之垂涕。蓋傷其有濟世之量而無長世之年。夫上德道全，器無不順；中庸以降，才好則偏。有張也之莊，無展也之道，好由也之勇，緬回也之仁，侈宰予之言，遺澹臺之行，務端木之智，忘甯武之愚⑲，或正而不奇⑳，或達而過雜㉑。君獨五味足、六氣和㉒，通衆賢之不兼，暢群才之大適，雖不至於聖道，其殆庶乎？故人無間言，物飽其義㉓。吾嘗論人事有十，君得其九，一不至者，命也夫。於戲！名聞天下而不達於堂上，智周萬物而不適乎一人[一〇]㉔。其時歟？其事歟？君故人雲居沙門、釋法成、嵩山道士河内司馬子微[一一]、終南山人范陽盧藏用[一二]、御史中丞鉅鹿魏元忠、監察御史吳郡陸餘慶、秦州長史平昌孟詵、雍州司功太原王適、洛州參軍西河宋之問、安定主簿博陵崔璩㉕，咸痛君中天，鼎餁不實㉖，百代祀德。故老或云：以爲名者德之表，謚者行之跡[27]。君囊括世道，位屯時艱[一三][28]，困乎軏𨁍[29]，光景不耀，乃共稽陟舊行，考謚定名，問於元蓍[30]，象曰明夷[31]。於昭夷，昔歎才位不兼，大運有數，嘗哀時命而作頌云。諸公以余從君之遊最久，故秉翰參詳[32]，敘其頌曰：

天道宏運兮[一四]，物各有時。匪時不生兮，匪運不成。昔者元精回潏[33]，陽九滔災[34]，大人感生，堯禹恢能[35]。陰陽既和，玄帝傳家[36]。五百數終，桀驁暴邪[37]。子乙提運[38]，水火革明[一五][39]。匪賢不昌，尹乃阿衡[40]。六百運徂，受始淫狂。西伯考元[41]，歷在躬昌。匪雄不決，匪謀不藏[42]。姜牙皓首[一六][43]，實逢其良。投釣指揮，奄有八荒[44]。周有天下，七百餘年，太公之後，不聞大賢，豈無仲尼，負道周旋[45]。無勢一挈[一七][46]，無土一廛[47]。然則大運之所來，時哉時哉！時隘業隘，運巨功巨，苟非其時，草木爲伍。昭夷作頌云爾[一八]。又嘗著《汲人默記》，言變化之事。且曰：請爾靈龜[一九][48]，永宴息乎浩初[49]。

【校記】

[一]昭夷子趙氏碑，《全唐文》作“昭夷子趙氏碣頌”。

[二]“元”原作“元亮”，據《全唐文》校語删。

[三]“間”原作“澗”，據《全唐文》改。

[四]“穎”原作“潁”，據《全唐文》改。

[五]“校”原作“較”，據《全唐文》改。

[六]“即”原無，據《全唐文》補。

[七]“群”原作“郡”，據《全唐文》改。

[八]“豳”原作“幽”，幽州無宜禄縣，豳州有。“縣”原無，據《全唐文》補。

[九]“年”原無，據四庫本補。

[一〇]“人”後原有“也”，據《唐文粹》删。

[一一]“河内”原無，據《全唐文》補。

［一二］“人”原無，據《全唐文》補。

［一三］“位屯時艱”原作“屯位明艱”，據《全唐文》改。

［一四］“天”原作“人”，據《全唐文》改。

［一五］“明”原作“期”，據《全唐文》改。

［一六］“皓”原作“浩”，據四庫本改。

［一七］“挈”原作“契”，據《全唐文》改。

［一八］“云”原無，據《全唐文》補。

［一九］“請”原作“清”，據《全唐文》改。

【注釋】

①碑：本爲刻上文字紀念事業、功勳或作爲標記的石頭，此指文體。

②河間：今河北省河間市。

③劉焯：劉焯（544 年～610 年），字士元，信都昌亭（今河北省武邑縣）人。隋代學者、天文學家。

④黎陽：治所在今河南省浚縣東北。

⑤臨潁：治所在今河南省臨潁縣。

⑥校書郎：官名。掌校讎典籍、訂正訛誤。

⑦元精：天地精氣。沖懿：沖和懿美。

⑧褐衣：粗布衣服，指平民。

⑨“群蒙”句：見《周易・蒙卦》。此指衆人以虔誠尊重的態度向趙元請教。

⑩“昭夷”句：指趙元以精妙之理啟示警悟。

⑪窮巷：紕漏小巷。軒冕結轍：高官來往不絶。結轍，車輛往來、車跡衆多。

⑫世議：世人的評論。迫阨：迫阨。

⑬屈身泥蟠：指處於困境。泥蟠，蟠屈在汙泥中，喻處在困厄之中。

⑭豳州：今陝西省咸陽市北部，現指陝西省咸陽市彬縣。宜禄：豳州屬縣。

⑮道標：道德標準。浩如：浩然，充滿正氣。

⑯隴山：六盤山南段，南延至陝西省寶雞市以北。丹穴：山洞。

⑰蒼龍。指太歲星。甲申：武則天萬歲登封元年（696 年）。歲在大梁：三月。大梁爲十二星次之一。

⑱不造：不幸。痟疾：消渴病，即糖尿病。

⑲“有張也之莊”八句：此以孔門弟子及時人來比配趙元。張爲子張。展爲展禽，即柳下惠。由爲子路。回爲顔回。宰予即宰我。澹臺即澹臺滅明。端木爲端木賜，即子貢。甯武爲寧武子，即寧俞。

⑳正而不奇：正即不齊，指中正和諧。

㉑達而過雜：通達而不淩亂。

㉒“君獨”二句：指趙元内心豐富而又協調。

㉓間言：非議之言。物飽其義：指人人都很滿意其道德品格。

㉔“智周”句：指趙元的智慧可以周知天下萬物卻不能令皇上滿意。智周萬物，出自《周易·繫辭上》。

㉕“君故人”句：雲居沙門，雲居和尚，不詳。釋法成，本姓王，名守慎。司馬子微，即司馬承禎。盧藏用，見《薊丘覽古贈盧居士藏用七首並序》注①。魏元忠，高宗時任監察御史，武則天時期殿中侍御史、中宗時中書令。陸餘慶，字賀，江南東道蘇州吳縣人。孟詵（621 年～713 年），汝州梁（今河南省汝州市）人，唐朝大臣，著名學者、醫學家。王適，卒於 814 年，生年不詳。韓愈有《試大理評事王君墓志銘》。宋之問，見《東征至淇門答宋參軍之問》注①。崔璩：博陵安平（今河南省安平縣）人，崔玄暐子，以文學知名。

㉖鼎餁不實：指没有實現治國理政的大任。鼎餁（rèn），調鼎烹飪，喻治理國家。

㉗“謚者”句：謚號是對人一生行爲的評價。“行之跡”爲《説文解字》對“謚”的解釋。

㉘位屯時艱：仕途困頓，命運乖舛。

㉙臲卼（niè wù）：動盪不安。語出《周易·困卦》

㉚問於元蓍：即通過蓍草占卜。

㉛象曰明夷：指《周易·明夷卦》。

㉜秉翰：握筆。參詳：參酌詳審。

㉝元精回潏（yù）：指精氣回蕩。

㉞陽九滔災：災難之年或厄運。

㉟堯禹恢能：堯禹有傑出的才能。

㊱玄帝：指夏禹。

㊲桀驁暴邪：指夏桀王殘暴邪惡。

㊳子乙：指商湯王。

㊴水火革明：指天地變化和改朝换代。《周易・革卦》："革，水火相息。"

㊵阿衡：商代官名，師保之官，此指伊尹。

㊶西伯：即周文王。考元：指文王"篤仁、敬老、慈少"等仁德。

㊷"匪雄"二句：此贊美文王任用賢才、計謀良好。

㊸姜牙皓首：指姜子牙年老。

㊹"投釣"二句：指姜子牙發揮傑出才能，佔領天下。

㊺"豈無"二句：指孔子爲了實現自己的志向周遊列國、宣傳主張。

㊻一挈：一人提動的力量。

㊼一廛：一人所居之地。

㊽靈龜：靈驗之龜。

㊾宴息：安息。浩初：太初，混沌。

臨邛縣令封君遺愛碑①

敘曰：蒼生蚩蚩②，其動也直③，蓋顓蒙乎？聖人顥顥，其汲也教[一]④，務黄中乎[二]⑤？則時至其理，樹之君公[三]⑥，弼其機，馭之師[四]⑦，非能駿尊上帝⑧、保乂黎元⑨，誰則荷天之寵[五]，析人之爵[六]⑩？行其禮樂，驟睹於中和；裕其廉平，載聞於謡頌[七]。我之遺愛者，不從事於是耶？嘗試論之。

公名某，字某，渤海蓚人也⑪。昔后稷有德於邰⑫，文王受圖於鎬⑬。珍符册命，始自於西周；珪社建侯，奄荒於東土⑭。衮鼎軒冕⑮，有家代焉。曾祖子纁，齊潁川[八]、渤海二郡太守[九]、霍州刺史，隋通直郎、通州刺史。榮分麾蓋⑯，道邁循良⑰。時雨洽於齊陳，惠風被於唐楚⑱。祖德輿[一〇]，北齊著作郎、隋扶風郡南由縣令[一一]。芸扃睹奥⑲，見天下之圖；石柱聞琴⑳，知君子之化。父安壽，皇朝尚衣直長㉑、懷州司馬、豪州刺史、湖州刺史。良二千石，聞乎共理之尊；肇十二州，榮多刺舉之首[一二]㉒。公則使君第某子也。沖和誕命㉓，光大含章㉔，實公侯之子孫，有山河之氣象。明不外飾，默昭於玄機㉕；敏實内融，養蒙於用晦㉖。故其廉不直物，恕必由衷[一三]㉗，崇善足以利仁，自彊足以從事。有朋友之信焉，有閨門之肅焉。非夫恭人㉘，其孰能景行行之者也㉙？年始若干，爲國子生，言從太學之遊[一四]，以觀先王之道[一五]。某年以明經擢第㉚，解褐守恆州參軍。秩滿，補許州司法參軍。許惟舊國，陳實多巫㉛。君子豐明，利用乎獄㉜，載以課最[一六]㉝，累加秩焉。又轉洺州司兵參軍。蘽臺袨服[一七]㉞，一旦成市，非利器者，政以多荒㉟。公實佐之，官無留事。信矣乎，能其理者有其任，濟其業者享其功。我豈蒙求㊱，物思其理。某年選補臨邛縣令。夫蜀都天府之國㊲，金城鐵冶㊳，而俗以財雄，弋獵田池[一八]，而士多豪侈。此邦之政，舊難其人㊴。公按轡清途㊵，下車而宰。覽其謠俗，永歎於良圖；想其風流，慨然於惠化。以爲太上之理因人者也，通變之機隨時者也。必使無訟，不亦由吾㊶；用乎利貞，夫何在物㊷？於是謀其教令，肅其儀刑，敬其事以順其人，正其聞以利其義。以爲昔者聖人之務本也在乎稼穡，有稼穡然後可以養人。故公之勸人也㊸，用天之道，分地之利。以爲昔者聖人之利用也實在財貨，有財貨然後可以聚人。故公之化居也，貿遷有無，和其衆寡㊹。以爲昔者聖人之事生也謹其制度，有制度然後可以富人[一九]。故公之節用也[二〇]，飲食有節，車服有數。

以爲昔者聖人之事死也慎其喪祭，有喪祭然後可以睦人。故公之送死也，葬之以禮，祭之以禮㊺。以爲昔者聖人之用獄也崇其法制，有法制然後可以禁人。故公之恤刑也，唯齊非齊，有倫有要㊻。夫如是者，豈苟其利哉？惟欲潔乎其源，正乎其本，慎之於謀始，要之於用終，將使敓攘矯處由是以息[二一]㊼，孤寡不穀由是以寧者哉[二二]㊽？夫然後磨之以仁，琢之以義，使男女異路，班白不提㊾，熙乎其若春㊿，肅乎其若神[51]，然後文以禮樂[52]，幾乎以淳樸。道豈遠乎？嗚呼！旻天不悦，降此荼毒[53]。某年以太夫人憂去職[二三][54]，於時公之莅始逾年矣。然三載考績，是用未成。百姓哀惶，人吏嗟咨[二四]，咸云："我父去矣[二五]，而人悴矣。"鄉望老人前某官等五百餘人，或金隄之秀、玉宇之英[55]，而服美於寬允，嚴祗於教義[56]，遂走之州府，訴之上官，冀奪其哀，擢禮終秩。不謀而同者日有百數。司馬元公，帝王之胤也[57]，康歌協化，盛德在人，憫烝庶之求思[58]，嘉我君之懿績，以爲古之借寇者何以踰是哉[59]？遂用疇咨舊章[60]，允懷甿誦[61]，奪之公禮，上之於文昌臺[62]，非將協贊天工，慰彼黎庶，君子之教而日見之哉？班白之老、胥吏之徒[二六]，又以天子在宸，勤恁孝理[63]，我君云邁，誰其嗣之？千餘人復連表詣闕投匭[64]，乞君以墨縗從事[65]，遑遑焉若有望而未至也。鬱陶增思[66]，寤寐永歎[67]，將欲思謨不朽，想見懿德。乃相與言曰："昔者君子思其人而愛其樹，蒙其澤則歌其詩。封君之仁，我無金石乎[68]？"又述其行狀，訪余以銘勒之事[69]。縣丞等有弼諧之美、刀筆之能[二七][70]。永思清風，歎息仁化。尉安定梁慎盈，知名之士也。墨妙幾於草聖[71]，文義總於辭雄[72]。昔仕京畿，左遷此職[73]。自以爲贊封君之化有日矣，承封君之德有年矣。夫其忠信之教、寬猛之機，古之官人，君其殆庶乎！父老之請允矣。余朅來舊國[74]，傳據其實，恭聞其去思而親睹其遺愛，余所備者，敢述斯文[二八]。猶懼後生有言，以爲口實[75]。河東薛稷[76]，隋内史公之孫也，文章之伯而時所宗[77]。故憑其實録，寄之爲頌。其詞曰：

天地之間，有渤海焉。伯宗伯谷⑦，神山在焉。精氣飛騰，生良宰焉。良宰實生，代禄代卿⑱。君達好道[二九]⑲，風雲上征。武興察孝⑳，州郡有聲。陳其弓冶[三〇]㉑，戴其簪纓。筮仕斯邑㉒，我龜觀貞㉓。深期高悟，絶策遠明。既至肅肅，其來英英㉔。臨事若祭，視人如嬰㉕。三農憖困[三一]㉖，折獄以情[三二]㉗。輕重共用，穀貨以平。我裳既襲，我篚斯盈㉘。於惟我君，張仲孝友㉙。家膺五福㉚，堂享三壽㉛。温凊不違㉜，喜懼無守[三三]㉝。枯魚銜索[三四]㉞，疾風過牖。匪降自天，誰執其咎？棘心劬勞㉟，匪莪伊蒿㊱？彼蒼不弔㊲，惟其永號。借寇爲請，惠此嗷嗷。曾是奔告，謂天蓋高㊳。昇仙橋下，赤車使者㊴。客於臨邛，文雅雍容。觀風萬里，謁帝九重。嗟嗟其舊，椎牛擊鐘⑩。問於子墨[三五]⑪，借翰雕龍。專思君兮不返，伐石登山，山高兮望遠。懷車馬於言告，欲絃歌於言偃⑫。人實去思，我無愧詞⑬。

【校記】

[一]原有校語"及也下疑有脱誤"，據《全唐文》删。

[二]"黄中"原作"王皇中"，據文意及彭慶生意見改。

[三]"樹"原作"衙"，據《全唐文》改。

[四]"馭之師"後有"之"，據文意及彭慶生意見删。

[五]"誰"，四庫本作"雖"。作"誰"正確。

[六]"析"原作"祈"，據《全唐文》改。

[七]"戴"原作"載"，據《全唐文》改。

[八]"穎"原作"潁"，據《全唐文》改。

[九]"二"原作"三"，據《全唐文》改。

[一〇]"輿"原作"於"，據《元和姓纂》卷一改。

[一一]"南由"原作"南陽"，據岑仲勉説改。

[一二]"榮"原作"策"，據《全唐文》改。

[一三]"必"原作"不"，據四庫本改。

［一四］“太”原作“大”，據《全唐文》改。

［一五］“王”原作“生”，據《全唐文》改。

［一六］“最”原作“窮”，據《全唐文》改。

［一七］“袨”原作“柭”，據《全唐文》改。

［一八］“戈”原作“弋”，據《全唐文》改。

［一九］“有制度”“人”原無，據文意和句式補。

［二〇］“也”原無，據四庫本補。

［二一］“由”原作“而”，據四庫本改。

［二二］“由”原作“而”，據四庫本改。

［二三］“太”原作“大”，據《全唐文》改。

［二四］“嗟咨”後原有“怨”，據《全唐文》删。

［二五］“去”原無，據《全唐文》補。

［二六］“吏”原作“史”，據《全唐文》改。

［二七］“刀”原作“力”，據《全唐文》改。

［二八］“述”原作“博”，據《全唐文》改。

［二九］“道”原作“遺”，據《全唐文》改。

［三〇］“冶”原作“治”，據《全唐文》改。

［三一］“困”原作“用”，據《全唐文》改。

［三二］“折”原作“不”，據《全唐文》改。

［三三］“兼”原作“無”，據《全唐文》改。

［三四］“索”原作“素”，據《全唐文》改。

［三五］“問”原作“門”，“子”原作“君”，據四庫本改。

【注釋】

①臨邛：縣名，在今四川省邛崍市。封君：名不詳。遺愛碑：爲頌揚官員德政而所立之碑。

②蒼生蚩蚩：指百姓無知。

③其動也直：語出《周易・繫辭上》，指乾卦的屬性。

④其汲也教：謂引導百姓的辦法是教育。汲，汲引。

⑤黄中：以黄色居中而兼有四方之色，指通曉事物的道理。《周易・坤卦》："君子黄中通理，正位居體，美在其中，而暢於四支，發於事業，美之至也。"

⑥樹之君公：本指封立諸侯，泛指任命州縣長官。

⑦弼其機：矯正弓弩，喻匡輔國政。馭之師：治理民衆。

⑧駿尊上帝：特别尊崇上帝。

⑨保乂黎元：保護安定百姓。

⑩析人之爵：帝王按爵位高低分頒玉圭，泛指封王、封官。西漢揚雄《解嘲》有"析圭儋爵"。

⑪渤海：封氏郡望。蓚：古地名，在今河北省景縣南。

⑫后稷：周朝始祖。邰：古國名，故址在今陝西省武功縣西南。

⑬鎬：鎬京，西周國都，故址在今陝西省西安市。

⑭"珪社"二句：指分封建諸侯，全部佔有東方。

⑮裘鼎：裘衣鼎食，指富貴生活。軒冕：大夫以上官員的車乘和冕服。

⑯麾蓋：指旌旗和傘蓋。

⑰循良：見《爲資州鄭使君讓官表》注⑭。

⑱時雨：及時雨。惠風：和風。

⑲芸扃睹奥：在秘書省看到秘笈。芸扃，用芸草來保護藏書，此指秘書省。

⑳石柱聞琴：指孔子學生宓子賤治理單父縣事。載《吕氏春秋・察賢》。

㉑尚衣直長：尚衣局直長，官名，即少府少監。

㉒"榮多"句：指多次獲得推薦提拔。刺舉，謂檢舉奸惡，舉薦有功，此指舉薦有功。

㉓沖和誕命：受天元氣、承受天命。

㉔光大含章：包含美質，事業發達。

㉕默昭於玄機：暗中顯示深奥微妙的義理。

㉖養蒙：《周易・蒙卦》："蒙以養正，聖功也。"指通過不斷培養可成就功

業。用晦：《周易·明夷卦》："君子以蒞衆，用晦而明。" 指善於對待隱晦。

㉗廉不直物：指有棱角卻不傷害人。《老子》五十八章："廉而不劌，直而不肆。" 恕必由衷：忠恕都從内心出發。

㉘恭人：寬厚謙恭之人。

㉙景行行之：景行，高尚德行。行之，向他學習、照着他做。《詩經·小雅·車舝》有"高山仰止、景行行止"。

㉚明經：唐朝科舉的基本科目之一。擢第：科舉考試及第。

㉛陳：春秋諸侯國名，在今河南省周口市淮陽區及安徽省亳州市一帶。多巫：指巫風盛行。

㉜"君子"二句：《周易·豐卦》："明以動，故豐。" 後謂王者之德如中天之日運行不息，光照天下。又説："《象》曰，雷電皆至，豐，君子以折獄致刑。" 謂象法雷電之威明，以斷決訴訟案件。

㉝課最：官吏定期考核最優。

㉞藂（cóng）臺：趙武靈王建藂臺於邯鄲。藂臺：連聚之臺。袨服：黑色禮服，指武士之服。

㉟"非利器"二句：謂假如才能不夠，就會造成政事荒疏。利器，指傑出才幹。

㊱蒙求：《周易·蒙卦》："匪我求童蒙，童蒙求我。" 指蒙昧的人求我不斷解決疑難。

㊲天府之國：天然的府庫，喻物産富饒。此指成都。

㊳金城鐵冶：城池堅固，猶如銅牆鐵壁。

㊴舊難其人：很難找到治理蜀地之官吏，指蜀地不易治理。

㊵按轡：扣緊馬繮，使馬緩行。

㊶"必使"二句：謂有無訴訟之事完全在於治理者自己。《論語·顔淵》："聽訟，吾猶人也。必也使無訟乎！"

㊷"用乎"二句：謂讓事物和諧中正，哪里是由事物決定的呢？利貞，和諧中正。《周易·乾卦》："乾，元亨利貞。"

㊸勸人：鼓勵、勸勉。

㊹“貿遷”二句：謂治理市場調節、流通。貿遷，交易販運。

㊺“葬之”二句：指以孝道管理百姓。《論語·爲政》：“子曰：‘生，事之以禮；死，葬之以禮，祭之以禮。’”

㊻“唯齊”二句：指適用刑罰恰當合適。語出《尚書·吕刑》：“刑罰世輕世重，唯齊非齊，有倫有要。”

㊼敓攘：搶奪。矯虔：巧立名目搜刮錢財。由是以息：因此得以停止。

㊽不穀：無人贍養者。

㊾班白不提：指年老之人不需要提着重物行走，即尊老。《孟子·梁惠王上》有“頒白者不負戴於道路”。

㊿“熙乎”句：《老子》第二十章：“衆人熙熙，如享太牢，如登春臺。”此指有如春天一樣和暖。

51“肅乎”句：《莊子·田子方》：“至陰肅肅，至陽赫赫；肅肅出乎天，赫赫發乎地。兩者交通成和而物生焉。”此指嚴肅的樣子有如神明。

52文以禮樂：用禮樂來修飾。

53“旻天”二句：老天不高興，降下災害。此指其母去世。

54憂：去世。遇到父母喪事，官員丁憂守制。

55金隄：今四川省都江堰市一帶岷江的江堤。玉宇：華麗的宫殿。秀、英：指才能傑出者。

56“而服美”二句：指百姓敬服贊美寬大公平的管理，莊嚴對待禮儀教化。嚴祗：莊敬貌。

57帝王之胤：帝王後代。

58烝庶：民衆、百姓。

59借寇：謂挽留地方官員。典出《後漢書·寇恂傳》。

60“遂用”句：於是尋求舊典。

61甿誦：百姓歌頌。

62文昌臺：指尚書省。

⑥③勤㤖孝理：勤勞實施孝道。

⑥④詣闕：到朝廷。投匭：向皇帝上書。

⑥⑤墨縗（cuī）從事：指居喪時期仍然擔任官職。墨縗，黑色喪服。

⑥⑥鬱陶增思：指憂思很重。

⑥⑦寤寐永歎：無論早晚都發出長歎。

⑥⑧金石：此指金石上的碑刻。

⑥⑨銘勒：同碑刻。

⑦⓪"弼諧"二句：指輔佐協調的美德、處理公文的才能。

⑦①"墨妙"句：指書法成就很高，幾乎達到草聖張芝的水準。

⑦②辭雄：文章之雄。

⑦③左遷：貶官。

⑦④竭來：見《感遇詩》（其三十）注①。舊國：此指邛崍。

⑦⑤口實：藉口。

⑦⑥薛稷（649年~713年）：字嗣通，蒲州汾陰（今山西省萬榮縣）人。唐朝大臣、書畫家。

⑦⑦文章之伯：文學大家。

⑦⑦伯宗伯谷：排行最大爲伯。宗、谷，皆水彙集之所。

⑦⑧代禄代卿：世代皆爲高官。

⑦⑨君達好道：君達，封衡字。指封衡喜好道術。事見《後漢書・方術傳下》。

⑧⓪武興：縣名，治所在今陝西省略陽縣。

⑧①弓冶：指世代相傳之業。《禮記・學記》："良冶之子，必學爲裘；良弓之子，必學爲箕。"

⑧②筮仕：爲出仕而求卦問卜。

⑧③我龜觀貞：指占卜結果吉祥。

⑧④肅肅：恭敬貌。英英：英俊貌。

⑧⑤"臨事"二句：謂處理政事莊重嚴肅，對待百姓猶如子女，即所謂父母官。

⑯三農：本指平地、山區、水澤之地農民，後泛指農民。

⑰折獄以情：根據案件的真實情況來審判。

⑱我簋斯盈：我的實物很充盈。簋，盛食物的器具。

⑲張仲孝友：指張仲孝敬父母、友善兄弟。語出《詩經·小雅·六月》："侯在誰矣，張仲孝友。"

⑳五福：五種幸福。《尚書·洪范》謂"壽、富、康寧、攸好德、考終命"。

㉑三壽：上中下三壽，此指長壽。

㉒温凊不違：指冬夏都能問候、孝敬父母。《禮記·曲禮上》："凡爲人子之禮，冬温而夏凊，昏定而晨省。"

㉓喜懼無守：指又喜又懼。語出《論語·里仁》："父母之年，不可不知也。一則以喜，一則以懼。"

㉔枯魚銜索：掛在繩上的乾魚，喻父母年歲已高、存日不多。《韓詩外傳》："枯魚銜索，幾何不蠹？二親之壽，忽若過隙。"

㉕棘心劬勞：指兒女感念父母的辛勤養育。棘心，棘木之心，喻兒女思親之心。劬勞，病苦。《詩經·邶風·凱風》："凱風自南，吹彼棘心。棘心夭夭，母氏劬勞。"

㉖匪莪伊蒿：小子哀悼父母之詞。《詩經·小雅·蓼莪》："蓼蓼者莪，匪莪伊蒿。哀哀父母，生我劬勞。"

㉗彼蒼不弔：上天不善。

㉘謂天蓋高：本謂蜷曲不敢伸展，後指小心謹慎，惶懼不安。語出《詩經·小雅·正月》："謂天蓋高，不敢不局；謂地蓋厚，不敢不蹐。"

㉙"昇仙橋"二句：指漢代司馬相如事。升仙橋，在今成都市駟馬橋附近。赤車使者，指天子使者。

⑩⓪椎牛：殺牛。擊鐘：擊鐘而食，指富貴人家生活。

⑩①子墨：西漢辭賦家揚雄《長楊賦》中虛構的人物。

⑩②絃歌：指以禮樂施行教化。事載《論語·陽貨》。言偃：孔子學生，字子遊。

⑩③愧詞：不真之言。

續唐故中嶽體玄先生潘尊師碑頌 並序①

尊師業尚沖密②，勤毖幽深③。理心事天，所保惟嗇④。絶聖棄智⑤，不耀其光⑥。故真感冥期[一]，珍圖秘學，性與天道，不可得而聞也⑦。若乃崇標曠跡，遐情遠意，志摩青雲⑧，蓬視紫闥⑨。高宗每降鑾輦，親詣精廬⑩；尊師身不下堂，接手而已。每歎曰：“大丈夫業於道，不能投身霄嶺，滅景雲林⑪，而疲痾此山⑫，以煩世主，吾之過也。”遂欲東求蓬萊，孤舟入海。屬天皇敦篤斯道⑬，祈款逾深，踟躕山隅，絶策未往。既而金革有命⑭，鑣轡遺區⑮。於戲！昔姑射有神人[二]⑯，堯輕天下；崆峒有至道，軒曲順風[三]⑰。玄真高蹤，萬古同德，何其盛哉！尊師有弟子十人，並仙堦之秀，然鸞姿鳳骨、眇愛雲松者⑱，惟頴川韓法昭[四]⑲、河内司馬子微⑳。皆稟訓瑤庭、密受瓊室，專太清之業，遺下仙之儔。谷汲芝耕㉑，服勤於我，蓋歷歲紀也。始尊師受籙於茅山昇玄王君㉒，王君受道於華陽隱居陶公[五]㉓。陶公至子微，二百歲矣，而玄標仙骨雅似華陽。夫階真蹈冥、鍊景遊化者[六]㉔，其必有類乎？法昭等永惟尊師靈跡洞業㉕，高深邁古，而棄世往矣㉖，其若之何，乃斷石幽山，申頌玄德㉗。其頌曰：

觀元化兮求古之列仙㉘。得瑤圖與金鼎[七]㉙，信元符之自然㉚。神與道而惟一[八]，天與人兮相連。苟精守以專密，必駕景而淩煙㉛。丹丘不死兮羨門子[九]㉜，黄宫度世兮吾體玄。體玄之至德兮洵淑美㉝，沖心養和寶元始㉞。初學茅山濟江水㉟，乃入華陽洞天裏。道逢真人昇玄子，授以寶書青臺旨。令守崧山玉女峯，雲棲窮林今五紀㊱。聖人以萬機爲貴㊲，而我以天下爲累；聖人以大寶爲尊[一〇]㊳，而我以天下爲煩。是以冥居於崑崙[一一]，寄遺跡於軒轅㊴。有唐高宗兮天子之光，好道樂仙兮思彼雲鄉[一二]㊵。千旌萬騎兮翠鳳凰㊶，遨游汝海兮箕山陽[一三]㊷。朝拜白茅夕紫房㊸，齋心潔意緬相望。祈問玉真及玉皇㊹，何以得之受天昌。黄庭中人在子身[45]，窅窅冥冥精甚真[一四][46]。去汝驕氣與淫神，勤能思之道自親。遂解形而遺世[47]，乘白雲以上賓[48]。弟子不知其所如也，乃刻石以思其人。

【校記】

［一］“感”原作“盛”，據《全唐文》改。

［二］“姑”原作“孤”，據《全唐文》改。

［三］“曲”原作“后”，據《全唐文》改。

［四］“穎”原作“顈”，據《全唐文》改。

［五］“居”原作“君”，據《全唐文》改。

［六］“鍊”原作“練”，據《唐文粹》改。

［七］“得”原作“德”，據《全唐文》改。

［八］“神”原作“仲”，據《全唐文》改。

［九］原作“門弟子”，據《全唐文》改。

［一〇］“寶”原作“尊”，據《全唐文》改。

［一一］“崀𡾋”原作“畏崌”。

［一二］“兮”“彼”原無，據《全唐文》補。

［一三］“遨遊”原作“邀我”，據《全唐文》改。

［一四］“精”後原有校語“一作情”，據《全唐文》删。

【注釋】

①潘尊師：潘師正，字子真，趙州贊皇（今屬河北省）人，贈太中大夫，謚體玄先生。

②沖密：沖淡幽密。

③勤毖幽深：辛勤鑽研精深之道。

④“理心”二句：謂養心事天儘量少費精神。《老子》五十九章：“治人事天，莫若嗇。”

⑤絶聖棄智：棄絶聖人、拋掉智慧，指處於無爲狀態。《老子》十九章：“絶

聖棄智，民利百倍。”

⑥不耀其光：不發出耀眼光芒。語出《老子》五十八章“光而不耀”。

⑦“性與”二句：本爲子貢贊美孔子之言，指孔子學問、道行高深。見《論語·公冶長》。

⑧志摩青雲：尋求仙道之意。

⑨蓬視紫闥：視皇宫如蓬户，指不求做官。

⑩“高宗”二句：高宗召見潘師正事載《舊唐書·潘師正傳》。鑾輦，帝王之車。親詣精廬，親自到潘師正所在道觀。

⑪滅景雲林：滅影於山林，即隱居。

⑫疲痾：見《秋園臥疾呈暉上人》注②。

⑬天皇：指唐高宗。敦篤斯道：誠心誠意愛好仙道。

⑭金革：指道士得道成仙。

⑮鑣轡遺區：意同“金革”。鑣轡，馬嚼子和馬韁繩，指代車駕。遺區，遺世、登仙。

⑯“昔姑射”句：《莊子·逍遥遊》：“藐姑射之山，有神人居焉。”

⑰崆峒：傳説中名山。軒曲順風：軒指軒轅黄帝；曲：彎腿、爬行；順風：順着下風。典出《莊子·在宥》“黄帝順下風，膝行而進”。

⑱眇愛雲松：妙賞白雲松風。眇，同妙。

⑲韓法昭：潘師正弟子，潁川（今河南省許昌市）人，與田遊巖、宋之問交好。

⑳司馬子微：見《昭夷子趙氏碑》注㉕。

㉑谷汲芝耕：指道士山間汲水，種植芝草。

㉒王君：指王遠知，陶弘景弟子，陳、隋、唐三朝著名道士。

㉓陶公：即陶弘景。陶弘景（456年~536年），字通明，自號華陽隱居，謚貞白先生，丹陽秣陵（今江蘇省南京市）人。南朝齊、梁時道教學者、煉丹家、醫藥學家。

㉔“夫階真”句：階蹈真冥，即指追求至道。鍊景遊化，指通過修煉身體、

潛移默化悟道。

㉕永惟：永遠思念。

㉖棄世：遺棄人世，指死亡。

㉗申頌玄德：指歌頌潘師正自然無爲的德性。

㉘元化：見《感遇詩》“其六”注②。

㉙瑤圖：指仙經。金鼎：特指道士煉丹之鼎爐。

㉚元符：大的祥瑞。

㉛“必駕景”句：指仙人騰雲駕霧。

㉜丹丘：見《同宋參軍之問夢趙六贈盧陳二子之作》注㉖。羡門子：傳説爲古仙人。

㉝洵淑美：實在善良美好。《詩經·鄭風·有女同車》：“彼美孟姜，洵美且都”。

㉞沖心：淡泊心神。養和：保養元氣。

㉟茅山：道教名山，是道教上清派的發源地，在今江蘇省句容縣東南。

㊱五紀：六十年。一紀爲十二年。

㊲聖人：指皇帝。萬機：事務繁忙。

㊳大寶：帝位。

㊴軒轅：黄帝。

㊵雲鄉：白雲之鄉，指仙人居所。

㊶鳳凰：指天子之車。

㊷汝海：汝水。箕山：見《感遇詩》（其三十）注④。

㊸白茅：多年生草本植物。紫房：道士煉丹房。

㊹玉真：仙人。玉皇：玉皇大帝。

㊺黄庭中人：道教用語，即瞳人，因瞳孔中有人像，故名。

㊻窅窅冥冥：微妙精深。

㊼解形：即屍解。

㊽“乘白雲”句：意爲登天成仙。

漢州雒縣令張君吏人頌德碑[①]

至哉天子！在穆清之中，端玄默之化[②]，萬國日見，百姓以親。誰其昭宣，令長其任也。然則國有小大，政有汚隆[③]。遭其和平，則循理之功易；值其凋瘵，則革弊之業難。況罹乎薦瘥，救其塗炭[④]，力倍於中而功不半之，利盡其仁而澤未全洽[一]。則我府君當欽明之世，承苛慝之燼[二][⑤]，輯頹靡之餘，遂能撫寧矜殘，淳耀敦懿[⑥]，改制立憲，昭德顯仁。奇跡光乎曩賢[三][⑦]，惠風穆於兹日，我行千里，而得一賢。傳曰："夫用我者，而豈徒哉[⑧]？"

府君姓張氏，名知古，蓋漢少傅留侯之裔也[⑨]。昔留侯得滄海力士，東報於秦[四][⑩]；遇黄石老人，西歸於漢[⑪]。山河鐘鼎[⑫]，子孫保之。世在關中，今爲宜州人也[⑬]。高祖藝，周恒州司馬。曾祖歡，隋許州司馬。祖雄，唐并州榆次令。考琳，原州平原令。皆稟瑚璉之器，著經濟之才[⑭]。大位不躋[⑮]，元德滋茂，其昭祉復襲於我府君[⑯]。府君體英奇之姿，沖希默之量[⑰]，齊敏内肅，端簡外融[⑱]。夫其孝友睦婣，研幾成務[⑲]，深斷守節之固[⑳]，撥煩簡要之能[㉑]。在於家邦，聞其政矣。起家補同州朝邑尉，歷太州鄭縣尉、左金吾衛倉曹參軍、洛州洛陽主簿。黄圖左翊[㉒]，豪俠所湊，赤墀佐理，實賴其能。又遷雍州明堂縣丞。時皇帝恭默明臺，清問下吏，西南矜寡有詞上官，曰："刺史逕貪而苛[㉓]，縣令威施而忍[㉔]，奸宄因釁，群行攽勦[㉕]，哀哉甿黎，顛在荼毒。"朝廷憫之。帝曰："俞允哉。"乃用勑撫此荒邑。噫嘻，昔者苛政未作，封境保安。兹都衝要，襟帶全蜀[㉖]。百濮兼錯，萬裔之泉[㉗]，寶利珍貨盡四海矣。迨殘猛聿至[五]，蠡賊内訌[㉘]，始於碩鼠之侵[㉙]，終屠餓狼之喙。杼軸既盡，郛邑殆空[㉚]。悲夫！仲尼云："苛政虐於猛虎！"豈猛虎而已哉？我府君殷然始宣皇明，恭職事，廵省黃髮[31]，周爰令圖[32]，所以綏亡固存、蠲虐去暴[33]，與百姓更始者[34]。輿人斐然[35]，乃作誦曰："我有聖帝無令君，遭暴昏椓惸寡紛[六][36]，民户流散日月曛。君去來兮惠我仁，百姓蘇矣見陽春。"然不躬不親，庶民不信[37]。於是府君知人散久矣，黷於詐罔[38]，已曰未遂。躬六曹之務，先五美之訓[39]。下官斂手[七]，牟食革心[40]，人始翕如也。初官户在版圖者萬有五千餘家，歷政侵殘，逃者過半。歲月永久，廬井湮蕪，蠨蛸在堂，蟋蟀空嘆[41]。先是有勑，天下逃人歸復舊業者，免當年租庸。公以柔遠能邇，政之大端。乃下令曰："於戲！天子誠憫斯人，是用命我其訖有濟。若邇不及惠，幽不能明，吾之罪人。部内有逃越他境能相率歸者，免一歲租及征徭。若惸嫠貧窶不能自濟者[42]，當別議優之。其長正耆老[43]，可明喻此誠，使被幽谷[44]。"令既下，克己示信。或有逃者引首而歸，公親循寧慰，贍理其業。於是小大悦賫[45]，遠近承風，四封諸逋[八]，一朝景附[46]。夫負妻戴子[47]，荷蓑提笠，首尾郊郭者凡七千餘家，熙乎若鴻鴈之得春也。既至矣則勞來之，既止矣則安輯之。或三年，或十年，舊館已無，喬木猶在[48]。公葺屋塗室[九]，薙陌開阡[49]，爲其井疆，人得其居矣。田畯失業[50]，農野榛荒，此邦膏腴，利在江浸。有金鴈、白魚二水[51]，是其朝雲。澤麓無虞[52]，溝畛填塞，公濬其塗洫，川澮始通，人得就耕矣。流亡初復，貧鞫兼半[53]，食不餬口，力未贍農。公又假富資貧[54]，耦耕分種，助其銍刈，歲以有年[55]，人得其食矣。曩者征税横敚[56]，商旅不行，貿遷有無，廛肆半絶[57]。公阜其貨財，交易復通，日中噬嗑[58]，人得其利矣。乃種樹畜牧，蠶魚工賈，什伯之器、車服之庸、婚姻之時、喪祭之禮，莫不盡爲度數，制其權衡[59]。征賦既均，千室如一。於是百姓允賴，鼓舞而歌[60]。其歌詩凡六章，題曰《逃還樂》。其首章蓋言天子之德也，其二章憫前政之虐也，其三章喜公惠之至也，其四章言逃還之樂也，其五章美公化行而奸慝不興也，其六章善政令平均賦斂不淫也。時日月會於龍尨[61]，歲功成乎孟冬[一〇][62]，百嘉備烝，品物咸乂[63]。府君乃稽版籍[64]，考幽明，親巡乎邦廬，存問乎鰥耄[65]。黄耇稚齒[66]、山原之民[67]，乃接手賡歌，迎擁馬首，累乎道路者以百千輩。晝肆酒，夜聯燭[68]，群舞蹈詠，迎途餞郊。皆歌前六章，慶公惠也。是以封内歡康，境外萌動，企公德美[69]，有若神明。府君嘗因公事至成都，成都之民駕肩相矚，蓋籍甚其異也[70]。封人有喪者廬於墓側，鞠然在疚，負土成墳[71]。公親從寮吏，弔其苫席[72]。自是禮讓行焉，學校興焉。長史河南竇公，旌别尚賢，廉簡居政。以公甄理頹弊，躋美中和[73]，歷政逋亡，一朝狎至，遂表其狀，奏之於闕庭。屬獯鬻孔亟[74]，戎車未暇。郊壘既夷，邦憲清穆。刺史南陽張公，幨幃臥理[75]，寬猛以濟，儒術兼優，吏畏獨坐[76]，人歌來暮[77]，甄綜品鑒，物無遺才。又以公保邦乂民、勝殘去殺[78]，重理前秩，昇聞宸扆[79]。夫昇聞者，豈循良而已哉？蓋激清勵貪，聳善懲惡[80]，祈元嘉命，優公寵章。於是鄉髦邦彦、華髮杍首[81]，或名淹玉壘、家擅銅山[82]，如王弘、馬靖等若干人，皆以政洽仁顯功[83]，著頌宣揚。金帛嘉止[84]，不日而至。至則國肥矣，去則民瘠矣。凡我邦族，其將疇依？兄弟睦親，不可以從往也；筐篚玉帛[85]，不足以永貺也。隔千里而不昧，與百姓而長存。非刻金石、列圖象、揚弘懿、崇耿光，則喁然衆情[一一]，孰克慰滿？於是乃從旅鑿巉巖[86]，自金水之山[87]，得玉玫之石[88]。農夫田婦，擔扛力運[一二]，皆懼公往，遺像莫瞻。共琢之磨之[89]，議之謀之。子昂時因歸寧[90]，采藥岐嶺，父老乃載酒邀諸途，論府君之深仁，訪生祠之故事[91]。永我以典禮，博我以文章[92]。夫千里一賢[93]，義者所貴，今百城一理，公獨有之。不熙其烈光以示當世，則孱弱者胡以激節[94]、貪垢者曷以悛心[95]？敢因此義，乃町謡而作頌曰[96]。頌缺

【校記】

［一］“利”原作“則”，據《全唐文》改。

［二］“燼”原作“藎”，據《全唐文》改。

［三］“奇”原作“寄”，據《全唐文》改。

［四］“報”原作“執”，據《全唐文》改。

［五］“迨”原作“殆”，據《全唐文》改。

［六］“椓”原作“椽”，據《全唐文》改。

［七］“斂”原作“歛”，據《全唐文》改。

［八］“逋”原作“通”，據嘉靖本改。

［九］“葺”原作“輯”，據四庫本改。

［一〇］“乎”原作“平”，各本同。根據文意和格式徑改。

［一一］“喁”原作“顒”，據《全唐文》改。

［一二］“擔”原作“柦”，據《全唐文》改。

【注釋】

①漢州雒縣：縣治在今四川省廣漢市。張君：名知古，事蹟不詳。

②穆清：太平祥和。玄默之化：無爲而治。

③汙隆：政治的興衰。

④“沉罹乎”二句：一再發生災害瘟疫，把百姓從困苦的境界中解救出來。

⑤苛慝之燼（jìn）：暴虐邪惡之餘。燼，灰燼，指殘餘。

⑥撫寧：安撫平定。矜殘：憐惜殘疾之人；一説鰥殘，指各種不幸之人。淳耀敦懿：讓敦厚美善發揚光大。

⑦“奇跡”句：比前賢作出更加不平凡的事業。曩賢：前賢。

⑧“傳曰”句：《論語・陽貨》：“夫召我者，而豈徒哉？”徒，徒然，白白。

⑨留侯：張良（？～前186年），字子房，潁川城父（今河南省郟縣）人。西漢開國功臣、政治家。

⑩“昔留侯”二句：指張良與壯士在博浪沙中狙擊秦始皇之事。

⑪“遇黄石”二句：指黄石公授予張良兵法之事。同上，皆見《史記・留侯世家》。

⑫鐘鼎：指世代爲官。

⑬宜州：治所在今廣西省宜州市。

⑭“皆稟瑚璉”二句：見《爲陳舍人讓官表》注⑥。經濟之才，有經世濟民的才能。

⑮大位不躋：指没有當上大官。

⑯“其昭祉”句：指前輩光輝福禄在張縣令身上得到繼承。昭祉，光輝福禄。

⑰希默：虚寂静默。

⑱“齊敏”二句：謂内在敏捷，外表莊重。

⑲睦婣：姻親和睦相處。研幾：見《爲喬補闕慶武成殿表》注⑦。

⑳深斷守節：意志堅定、保守節操。

㉑撥煩簡要：處理繁重的事務簡明扼要。

㉒黄圖：指畿輔地區。左翊：官名兼行政區名，漢代三輔之一。

㉓遝（tà）貪而苛：貪婪苛刻。遝貪，貪婪。

㉔威施而忍：濫施刑罰而狠心。

㉕奸宄：壞人。敚攘：搶奪。

㉖“兹都”二句：此指廣漢地理位置主要，是全蜀安危的保障。襟帶，衣帶，喻險固要地。

㉗“百濮”二句：謂此地民族衆多。百濮，西南少數民族統稱。萬裔，邊遠地區民族總稱。

㉘“迨殘猛”二句：謂殘暴凶狠之人相繼到來、貪官污吏相互爭鬥。聿，語氣詞。蟊賊，本指吃禾苗的兩種害蟲，喻危害人民或國家的人。内訌，内部爭鬥。

㉙碩鼠：喻貪官。語出《詩經・魏风・硕鼠》。

㉚“杼軸”二句：謂家裏城外人空物盡。杼軸，本指織布機上的梭子和滚筒。郛邑，城外。

㉛黄髪：指老人。

㉜周爰令圖：計畫周密美好。周爰，全面、遍及。令圖，善謀。

㉝蠲（juān）虐去暴：廢除殘暴的苛政。蠲，同去，虐，同暴。

㉞更始：革舊立新。

㉟輿人斐然：民衆快樂的樣子。

㊱昏椓（zhuó）：昏暴傷害。惸寡：惸獨鰥寡，泛指孤苦無依之人。

㊲"然不躬"二句：謂官吏躬親力行，百姓就没有懷疑。《詩經·小雅·節南山》："弗躬弗親，庶民弗信。"

㊳黷於詐罔：飽受欺詐矇騙。

㊴六曹：唐朝州郡佐吏分爲六曹，即功曹、倉曹、户曹、兵曹、法曹、士曹。五美之訓：《論語·堯曰》："君子惠而不費，勞而不怨，欲而不貪，泰而不驕，威而不猛。"

㊵牟食：不勞而食。革心：改正錯誤。

㊶蠨蛸（xiāo shāo）：一種類似蜘蛛的動物，多在室内牆壁結網，通稱"喜蛛"或"蠨子"。蟋蟀：《詩經·豳風·七月》："五月斯螽動股，六月莎雞振羽，七月在野，八月在宇，九月在户，十月蟋蟀入我床下。"

㊷惸嫠（qióng lí）：猶孤寡。貧窶：貧窮。

㊸長正：鄉長、理正，最基層地方官。

㊹使被幽谷：使偏遠之地也能覆蓋。被，遍及。

㊺悦賚：指高興歸附。

㊻"四封"二句：謂四方逃亡之民一下全部回到老家。逋，逃走。景附，如影隨身，比喻快捷。

㊼夫負妻戴子：丈夫帶著妻子兒女。

㊽喬木：指代故居。

㊾薙陌開阡：去除田間荒草、開闢田間通道。

㊿田畯失業：指管理農業的官吏失業，極言百姓幹勁太大，根本無需管理的官員。

51金鴈：指金雁水，即雁江。白魚：白魚河。

52虞：掌管山澤之官。

(53)貧鞠：貧窮。

(54)假富資貧：從富人家借錢資助窮人。

(55)有年：有收成。

(56)横敚：搶奪。

(57)廛肆：街市店鋪。

(58)噬嗑：《周易》卦名，象徵市場交易聚散。

(59)“盡爲”二句：爲市場確立法度標準。

(60)鼓舞而歌：擊鼓起舞歌唱。

(61)“日月”句：指孟冬十月。龍厖，龍尾，指日月交匯在龍尾位置，即農曆十月。

(62)歲功：一年收成。

(63)“百嘉”二句：指各種物品都齊全平安。

(64)版籍：户口名册。

(65)存問：慰問。

(66)黄耇稚齒：老人和兒童。

(67)山原之民：山地、平原之人。

(68)“晝肆酒”二句：指晝夜歡歌享樂。

(69)企：此指讚美敬慕。

(70)籍甚其異：爲其名聲很大而驚異。

(71)“鞠然”二句：指孝子内心痛苦，背土成墳。

(72)“親從”二句：親自帶著下屬到墳上慰問孝子。苫蓆，指居喪期間所用寢席。

(73)“甄理”二句：治理以前留下的各種弊病，達到了和諧的地步。

(74)獯鬻（xūn yù）孔亟：指北方邊境發生戰事。獯鬻，匈奴古名。孔亟，很急迫。

(75)幨幃臥理：在帷幕中就處理好了政事，喻能力強、治理得法。

(76)獨坐：御史中丞别稱。

⑰人歌來暮：本指漢朝人歌頌廉叔度，此借指張縣令。《後漢書·廉范傳》："遷蜀郡太守……百姓爲便，乃歌之曰：'廉叔度，來何暮，不禁火，民安作，平生無襦今五褲。'"

⑱"保邦"二句：保護境内、安定百姓，克服殘暴、免除虐殺。

⑲昇聞宸扆：名聲傳到帝王耳裏。

⑳"蓋激清"二句：激清揚濁、勸善懲惡。

㉑鄉髦：本鄉俊傑。邦彦：國家優秀人才。華髮：年長者。杍首：長壽者。

㉒玉壘：玉壘山，在今四川省都江堰市西北。家擅銅山：指巨富。

㉓洽仁顯功：仁德洽和，功業顯著。

㉔嘉止：美善。

㉕筐篚玉帛：筐裏裝玉帛，指皇上舉行的宴會。筐，方筐。篚，圓筐。

㉖巉巖：高而險的山巖。

㉗金水：即金雁水。

㉘玉玫：一種玉石。

㉙琢、磨：本指加工玉石，此指加工石碑。

㉚歸寧：回家侍奉父母。

㉛生祠：爲聖人所建祠廟。故事：舊例。

㉜"永我"二句：仿《論語》語句。《論語·子罕》："博我以文，約我以禮。"

㉝千里一賢：指賢人難得。

㉞孱弱：怯懦。胡：怎麽。激節：激勵節操。

㉟貪垢：貪婪的毛病。悛心：悔改。

㊱甿謡：民間歌謠。

九隴縣獨孤丞遺愛碑

彭州九隴縣丞獨孤君①，有恭懿之行、柔毅之才②。臨官以莊，敬事而信③，清白苦節，勤恪勵躬[一]④，廉而不矜，利以不浼⑤，有特立之操焉⑥。在位四年，無一日自倦。精專力務，澤潛氣通。天彭之人⑦，陶然大化⑧。居秩歲滿⑨，單車告歸⑩。邦思其仁，國詠遺愛，乃樹碑刻石，追崇厥庸⑪。既頌歎之，又思福之。以金仙世尊慈善萬物⑫，遂貢金鑄像，祈祉冥休⑬。悠悠之人⑭，至今稱賴。夫官不必貴，政惟其才⑮。獨孤丞上迫宰君，下雜群尉，文墨教令，不專在躬。然力行務仁，推誠愛物。謳吟者不歌其宰[二]，頌議者必歸於丞。豈欺也哉？吾每聞一言可以永寧天下者⑯，在能官人而已⑰。苟謬其任，綱維以頹。感獨孤丞智效一鄉，惠孚百里⑱，況其大者乎？於戲！官人哉。乃作頌曰：

於維國家，建官以理。得人則盛，匪人則圮⑲。英英我君，清節素履。恭寬敏惠⑳，將順其美。禮實在躬，人以知恥。歲秩其暮，薄言歸止㉑。祁祁吏人㉒，何嗟及矣！涕戀沱若㉓，遺愛罔已。瞻德樹碑，造真祈祉。不有其惠，孰能享此？悠悠彭門，千載有紀。

【校記】

［一］“勵”原作“原”，據四庫本改。

［二］“吟”原作“今”，據《全唐文》改。

【注釋】

①彭州九隴縣：在今四川省彭州市。獨孤君：名字、事蹟不詳。

②柔毅：柔和沉毅。

③“臨官”二句：做事嚴肅認真敬業又講信用。

④勤恪勵躬：勤勉恭敬、磨練自身。

⑤“廉而”二句：不誇耀自己的廉潔，不受利益的污染。浼，污染。

⑥特立之操：特立獨行的操守。

⑦天彭：山名，在今四川省彭州市，此指彭州。

⑧陶然：見《喜馬參軍相遇醉歌並序》注⑩。大化：大教化。

⑨居秩歲滿：指任期到。

⑩單車告歸：一人歸家。單車言其東西少，暗含廉潔之意。

⑪追崇厥庸：追念推崇他在任的功勞。

⑫金仙、世尊：皆稱佛。

⑬祈祉冥休：祈求陰福。

⑭悠悠：衆多貌。

⑮“夫官”二句：謂不是看官位高低，關鍵是有無能力來承擔。

⑯“一言”句：出自《論語·子路》：“一言而可以興邦，有諸?”

⑰在能官人而已：謂任用官員得當。

⑱惠孚百里：恩惠遍及一縣。

⑲匪人則圮（pǐ）：用人不當就會造成破壞。圮，毀壞。

⑳恭寬敏惠：恭：自敬自重；寬：寬厚；信：誠信；敏：敏捷；惠：施恩於民。语出《論語·陽貨》。

㉑薄言歸止：薄言：語助詞；歸：回；止：語助詞。

㉒祁祁：衆多貌。

㉓沱若：眼淚多貌。

唐故朝議大夫梓州長史楊府君碑

君諱越，字復珪，弘農仙掌人也[①]。其先帝高辛氏之裔[②]，周有天下，晉受其封。至宣公，伯喬早基楊國[一][③]。若乃彤弓玈矢[二]、巨鬯赤茀[④]，則禮命之，樂歌之。崇天王之寵光，保元侯之休祉。其後十六代有楊寶者[⑤]，天錫黃鳥[⑥]，授以白環，若曰“命君子孫世登三事”。迨震、秉、彪、賜[三][⑦]，四代五公，烈光昭於漢室，盛德充於海內。金圭銘鼎[8]，至今爲弘農世家也。高祖椿，魏尚書右僕射、開府儀同三司、司徒公，進位太保、加侍中，給後部鼓吹。致仕歸邑，賜安車駟馬，傳制二人[9]。可謂國之元老、帝之師臣。功成名遂，社稷之寶。曾祖思善，齊通直散騎常侍，贈中書侍郎[四]。祖敬通，鎮遠將軍、鄭州治中、邛州别駕。父居同，隋蒲州芮城縣令。皆國書舊史[五]，烈乎名節。公即芮城府君之第二子也。少而沖凝[10]，苦節貞素。家無玉帛[六]，室有琴書。聞少連之風而悦之[11]，庶乎身中權[七]、行中清[12]，上以察乎道，下以敦乎物。不應州郡之命，而有金玉之心。嘗歎曰："以明月珠彈千仞雀[13]，吾不能也。"於是觀寶龜之象，心滅朵頤[14]；探金虎之爻，志存幽履[15]。遂去家遁於嵩山，經十餘年，丹山白雲之志眇然矣[16]。屬太宗文武聖皇帝初臨天下，物色幽人[17]，焚山牓道[18]，網羅遺逸君子，若曰"天下有道，可以見矣"。於是始以角巾應命[19]，褐衣詣闕，陳大道之宏謨，論至公於天下。帝曰："俞，爾言乃可底行[20]。若歲大旱，用汝作霖雨[21]。今南山近塞，北漠連胡[八]。石州邊烽，皇化未謐[22]，汝往欽哉[23]。輯乃人，御乃敵[24]，以息匈奴之患。"始解褐授石州方山令[25]。樽俎在堂，干旄在階[26]。布大信於獯戎，示折衝於衽席。威名震曜，乃昇聞也。有勅徵授憲臺監察御史[九][27]。繡衣始拜，珥筆昇朝[28]，臺閣以之生風，豪貴由其斂手[一〇]。又勅直中書待制。未幾，又遷秘書郎，直中書省如故。遊鳳凰之池，觀蓬萊之府[29]，是天下之榮踐也。又轉宗正寺丞。歲餘，帝思南史之才，將崇東觀之美，又遷起居郎，加騎都尉。龍朔中，天子將觀兵於東夷，以復先帝之業。凡居中者多出守旁郡。是歲，授公朝散大夫，除冀州司馬，又轉魏州司馬，皆知州事。於時天下雌韓而雄魏，壯武而柔文[30]。公始厭承明[31]，初臨外郡，探丸堊面[一一][32]，犯禁崇姦[33]，欲嘗朱博之能[34]，以觀龔遂之政[35]。公深鈎潛往，英機立斷，短服赭裾[36]，於是乎理。麟德初[37]，兼梓州長史[38]。蓋在華之南區、彭之北鄙[39]。人豪俗侈，政削公賅[一二][40]，攢六國之遺甿[一三]，雜三巴之奥壤。公下車問俗，觀風立政。先之禮讓，教以《詩》《書》，抑浮窳[41]，禁螽食[42]。至於堂叩鐘磬，家擅山川[43]，莫不爲之節制，行其典禮。來暮之頌[一四][44]，復起於斯。時高宗大帝方接千載之統，昇中泰山[45]，玉帛雲趨，朝者萬國。公預陪金蹕，侍拜瑤壇。白雲既封，皇慶斯洽，加朝議大夫[一五]，餘官如故。東山拜命，西駕未歸，逢太歲之臨辰[46]，感殷楹之夢奠[47]，遇疾薨於官舍，時年六十四。嗚呼哀哉！遺令薄葬，不藏珠玉，惟《孝經》一卷、《堯典》一篇，昭示後嗣[一六]，不忘聖道。即以某年月日葬於西嶽習仙鄉登仙里之西麓，遵遺命也。嗣子嘉賓等哀號泣血、柴骨欒心[48]，緬惟罔極之恩，思崇永錫之道。以爲吾邱子没[一七]，無助冥因[49]；季由之歎[一八]，空勤負米[50]。於是考群聖之典，探衆妙之門[51]，求所以昭報幽扃、贊祉冥籍[52]，則云金仙慈救[一九][53]，寶手來迎，若德崇於此，則功濟於彼。是用歸誠真諦[二〇]，祈祐能仁[54]，箝鐵圍而寫容，現金蓮而得像[55]，遂於登仙麓塋之側，造阿彌陁像一軀[56]，坐高三丈，並象變菩薩[57]，天人畢備。全金湧出，衆寶莊嚴[二一]。雲仙鬼神，周羅上界，珠幡羽蓋[58]，圍繞中天[二二]。蓋所以丕顯尊靈[二三][59]，光昭惠業，達人之能事畢矣，孝子之事親終矣。銘曰：

巖巖大嶽[60]，浼浼長河[61]。歊雲滃霧[二四][62]，含靈佇和[63]。楊侯之國，宛其中阿。子孫瓜瓞[64]，軒蓋駢羅[65]。四代五公，自于伯起。蟬聯彪懿[66]，令聞不已。二千户侯，三十刺史。世濟其榮，至我君子。峩峩君子，皎有令光。不寵我組，而括我囊[67]。洗心巖遁，抗跡雲翔。冥鴻不遠，白駒在場。解其蘿袂，綰我墨職[68]。邊朔多虞[二五][69]，獫狁孔棘。之子之往，允威允德。干旄在階，烽火罷色。行行驄馬[二六]，繡衣之光。烈烈董狐[70]，司史之良。而我君子，揔其徽章。出同嚴助[71]，政穆王祥[72]。雄魏既康，鄴蜀猶侈[73]。攬轡言邁，題輿載理。尺兵允戢，亂繩攸靡。天子登封，拜服玉趾。大禮既畢，歸路遲遲。歲亦秋止，天不憖遺[74]。嗚呼甿吏，號泣漣洏。曷其往矣，來暮歌思。縈縈孤子，棘心哀疚。永號昊天，眇泣冥祐。蓮花之國，金池玉霤[75]。崇此香緣，生彼穠秀。全金既湧，衆寶斯莊。玫墳其左，叔塋其傍[76]。香花圍繞，松栢成行。千秋萬歲，祚祉無疆。

【校記】

［一］“早”原作“草”，“國”原無，據《全唐文》改、補。

［二］“䢴”原作“旅”，據《全唐文》改。

［三］“秉”原作“康”，據《全唐文》改。

［四］“贈中書侍郎”五字原無，據《全唐文》補。

［五］“邛州别駕父居同隋蒲州芮城縣令皆國書舊史”十九字原無，據四庫本、《全唐文》補。《全唐文》“居”作“君”、“隋”作“隨”。

［六］“家無”原作“禮非”，據四庫本改。

［七］“中”原作“有”，據《全唐文》改。

［八］“漠”原作“漢”，據《全唐文》改。

［九］“徵”原無，據《全唐文》補。

［一〇］“斂”原作“歛”，據四庫本改。

［一一］“探丸堊面”原作“探究堊而”，據《全唐文》改。

［一二］“朘”原作“睃”，據《全唐文》改。

［一三］“眇”原作“昵”，據《全唐文》改。

［一四］“來暮”原作“會來”，據《全唐文》改。

［一五］“議”原作“散”，據《文苑英華》卷九二六改。

［一六］“示”原無，據《全唐文》補。

［一七］“子没”原作“於役”，據《全唐文》改。

［一八］“之”原作“也”，據《全唐文》改。

［一九］“仙”原作“位”，據《全唐文》改。

［二〇］“誠”原作“減”，據《全唐文》改。

［二一］“莊”原作“裝”，據《全唐文》改。

［二二］“繞中天”三字原爲墨丁，據《全唐文》補。

［二三］“蓋”原無，據《文苑英華》卷九二六補。

［二四］“歊”原作“敲”，據《全唐文》改。

［二五］“朔”原作“翔”，據《全唐文》改。

［二六］“驄”原作“駿”，據《文苑英華》改。

【注釋】

①“君諱越”三句：楊越，字復珪，弘農仙掌人。事蹟不見史志記載。

②高辛氏：即帝嚳，姬姓，名俊，黄帝曾孫。

③伯喬：即伯僑，楊氏始祖。

④彤弓：赤色弓。玈矢：黑色弓箭。巨鬯：秬鬯，黑黍和鬱金香草釀造的酒。赤茀（fú）：赤芾，赤色蔽膝，爲大夫以上所服。以上皆天子賞賜諸侯的禮器。

⑤楊寶：楊寶事載干寶《搜神記》卷二〇。

⑥天錫：上天賞賜。

⑦震、秉、彪、賜：楊震，楊寶子，漢安帝時司徒、太尉。楊秉，楊震子，漢桓帝時太尉。楊彪，楊賜子，靈帝時爲司空、司徒、獻帝時太尉。楊賜，楊秉子，漢靈帝時司空、司徒、太尉。

⑧金圭：喻可貴的準則或典範。銘鼎：建功立業，以傳後世。

⑨安車：可坐之車。駟馬：四馬駕駛。駟馬駕駛爲特别尊貴的禮制。傳制：傳達詔令之人。

⑩沖嶷（yí）：沖和聰明。

⑪少連：古代隱士。

⑫“身中權”二句：謂適宜做官、能保持自身的清白廉潔。語見《論語·微子》：“謂虞仲、夷逸，隱居放言，身中清，廢中權。”

⑬“以明月珠”句：謂用極貴重的東西去獲得很小的收穫。典出《莊子·讓王》：“今且有人於此，以隨侯之珠，彈千仞之雀，世必笑之。”

⑭“觀寶龜”二句：通過觀察占卜結果來趨吉避凶。寶龜之象，指占卜。朵頤，鼓動腮頰嚼東西的樣子。語見《周易·頤卦》：“初九：舍爾靈龜，觀我朵

頤，凶。”

⑮“探金虎”二句：謂通過占卜爻辭提示，遁跡隱居。見《周易·旅卦》：“九二：履道坦坦，幽人貞吉。”

⑯丹山白雲之志：即隱居之志。

⑰物色幽人：尋求隱士。

⑱焚山膀道：用各種方式尋求賢才。焚山指晉文公求介子推之事。膀道，在大路上張榜求賢。

⑲角巾：方巾，道士服飾。

⑳“俞”二句：仿《尚書》語句。俞，嘆詞，表示許可。爾言乃可厎行，你的話可以實行。

㉑“若歲”二句：喻用官員給百姓帶來福音。

㉒皇化未謐：皇帝的教化還没有使社會和平寧静。

㉓汝往欽哉：你去代替皇帝做吧。欽，指皇帝親自。

㉔“輯乃人”二句：去和睦那百姓，去抵禦那敵人。輯，和睦，輯睦。

㉕石州方山：今山西省吕梁市方山縣。

㉖“樽俎”二句：在堂上舉行宴會，在臺階手持旌旗。樽俎，宴會。干旄，以犛牛尾裝飾杆指旌旗。

㉗憲臺：即御史臺。監察御史：正八品。

㉘繡衣：御史美稱。珥筆：指史官或諫官上朝時插筆於冠側。

㉙鳳凰之池：指中書省。蓬萊之府：本指東觀，東漢宫廷中貯藏檔案、典籍和從事校書、著述的處所。

㉚“雌韓”二句：指輕視弱者、崇尚強者，以從武爲高、以從文爲低。即崇尚武力、輕視文治。戰國時韓弱魏強，故云。

㉛公始厭承明：指厭棄擔任宫中職務。承明，天子左右路寢稱承明。

㉜探丸：見《感遇詩》（其三十四）注④。堊（è）面：以白色泥土塗面。

㉝犯禁：違反禁令。崇姦：推崇壞人壞事。

㉞朱博：朱博，字子元，杜陵人也。曾任冀州、并州刺史，事見《漢書·朱

博傳》。

㉟龔遂：龔遂，字少卿，生卒年不詳，山陽郡南平陽縣（今山東省鄒城市）人，事見《漢書·循吏傳》。

㊱短服：前長後短的衣服，多爲武士所穿，以便行動。赭裾：古代犯人所穿的赭色衣服。

㊲麟德：唐高宗年號，664 年～665 年。

㊳梓州：治所在今四川省三臺縣。

㊴"華之南區"二句：指梓州地理位置，處於華山南邊、天彭北邊。

㊵政削公朘（juān）：指政事被削弱、財物被縮減。朘，縮減、削弱。

㊶浮窳（yǔ）：遊蕩懶惰。

㊷蟊食：蟊蟲啃食禾苗之根，喻贪官侵佔百姓財物。

㊸"堂叩"二句：形容大家富室豪華、富有。堂叩鐘磬，指鳴鼎而食。家擅山川，指廣占土地和礦産。

㊹來暮之頌：見《唐故朝議大夫梓州長史楊府君碑》注㊹。

㊺昇中泰山：指泰山封禪。

㊻太歲：歲星。

㊼"感殷楹"句：指孔子做夢坐奠於兩楹之間，自知將死，不能實現自己志向。語出《禮記·檀弓上》。

㊽柴骨欒心：指孝子喪親悲傷過度而骨瘦如柴。欒心，傷心。

㊾吾邱子：即吾丘子，指丘吾子，春秋時孝子。冥因：死後因果。

㊿季由：即仲由，字子路。空勤負米：指子路回想父母去世之後，想再爲父母背糧已不可能。事見《説苑》卷三："子路曰：……昔者由事二親之時，常食藜藿之實而爲親負米百里之外。親没之後，南遊於楚，從車百乘，積粟萬鐘，累茵而坐，列鼎而食，願食藜藿負米之時不可複得也；枯魚銜索，幾何不蠹，二親之壽，忽如過隙，草木欲長，霜露不使，賢者欲養，二親不待。"

51衆妙之門：指玄之又玄的道。

52"昭報"二句：皆指死後報答。幽扃，墳墓。冥籍，傳説中世人在陰間的户籍簿。

㊳金仙：道教成仙的境界，此指佛教。

㊴真諦：佛教所謂真實無妄的義理。能仁：見《謝藥表》注⑤。

㊵“箝鐵圍”二句：描寫塑造佛像的結果。鐵圍，鐵圍山，佛教認爲南贍部洲等四大部洲之外，有鐵圍山，周匝如輪，故名。金蓮，佛學中指密宗胎藏界三部中的二部，即金剛部和蓮花部。亦可指金色蓮花。寫容、得像，指塑造而成的佛像。

㊶阿彌陁：阿彌陀佛，又稱無量壽佛。

㊷菩薩：菩提薩埵之省稱，意即求道求大覺之人、求道之大心人。

㊸珠幡：飾珠的旗幡。羽蓋：以鳥羽爲飾的車蓋。

㊹丕顯：大顯。

㊺巖巖：高峻貌。

㊻浼浼：水盛貌。

㊼歊（xiāo）雲滃霧：指雲霧繚繞。

㊽含靈：内含靈性。佇和：集聚和氣。

㊾瓜瓞：喻子孫繁衍不絶。語出《詩經・大雅・綿》：“綿綿瓜瓞，民之初生。”

㊿軒蓋：帶篷蓋的車，借指達官貴人。駢羅：駢比羅列。

⑥⑥蟬聯彪懿：連續不斷繼承了楊彪的美德。

⑥⑦“不寵”二句：不以官位高而膨脹自大。組，即綬，繫官印之絲帶。

⑥⑧綰我墨職：掛念起草文札的官職。

⑥⑨邊朔多虞：指北方邊境危急。

⑦⓪董狐：春秋晉國太史，亦稱史狐，古代良史。

⑦①嚴助：本名莊助（? ~前 122 年），會稽郡吳縣（今江蘇省吳縣市）人，著名辭賦家。

⑦②王祥：字休徵。琅邪臨沂（今山東省臨沂市）人，著名孝子。

⑦③郪（qī）蜀：指梓州。郪：漢代縣名，故址在今四川省三臺縣郪口。

⑭天不憖（yìn）遺：老天不願其留在人間。語本《左傳·哀公十年》哀公祭祀孔子的誄辭。

⑮蓮花之國：蓮花世界，佛教所稱西方極樂世界。玉霤：屋簷下接水槽的美稱。

⑯“攷墳”二句：父親與堂叔墳墓位置，即所謂左昭右穆。

梓州射洪縣武東山故居士陳君碑[①]

君諱嗣，字弘嗣。其先陳國人也。漢末淪喪，八代祖祗，自汝南仕蜀爲尚書令。其後蜀爲晉所滅，子孫避晉不仕，居涪南武東山[②]。與唐、胡、白、趙五姓置立新城郡[③]，部制二縣。而四姓宗之，世爲郡長。蕭齊之末，有太平者兄弟三人爲郡豪傑。梁武帝受禪[④]，網羅英豪，拜太平爲新城郡守，尋加本州別駕。弟太樂、太蒙。蒙爲黎州長史[⑤]，督護南梁二郡太守[一][⑥]。樂爲本郡司馬，即君之高祖父也。生曾祖方慶，好道不樂爲仕，得墨子五行秘書而隱於武東山。生烈祖湯，仕郡爲主簿。遇梁季喪亂，避世不仕。生皇考通[二]，通早卒。君即通之第二子也。少孤而有純德，恭己飾行，一日三省[⑦]。家世本以清白崇德。迨君之孤，素業空矣。君有仁兄，養母以孝。君克順至行[三]，同勤苦節，夏不避暑，冬不避寒，蒸蒸服事，行年四十有五。入則孝，出則弟，謹而信，汎愛衆而親仁[⑧]，無餘力也，以是不憂於道。逮親終歿，春秋已高[⑨]。從事不可以養矣，乃輟干禄之學[⑩]，修養生之道。山壑高居，農野永歲。雅聞漢有王丹者[⑪]，隱居不仕。家累千金以自奉。田稼勤者，載酒肴從之[四]，鄉里承化，以相懲沮[⑫]。乃歎曰：“彼王丹者，是爲政矣。奚其爲政也[⑬]？”由是始攷林澤、闢良田、習山書、務農政。天道時變，地道化成[⑭]。丘陵泉藪，星歲雲物，靡不用心也。原田莓莓，黍稷漠漠[五]⑮，汶陽之稼如雲矣⑯。春日載華，歲聿其秋。白露時降，百穀收熟。君常乘肩轝[六]⑰，省農夫、饋田畯⑱。刑以肅惰，悦以勞勤⑲，若孫、吳之用兵⑳、鷙鳥之搏擊也。卓彼甫田[七]，歲取十千㉑。倉廩實[八]，崇禮節㉒，恤惸寡，賑窮乏㉓，九族以親之，鄉黨以歡之。居十餘年，家累千金矣。其鄰國有媮衣食、帶刀劍[九]㉔、椎埋胠篋之類㉕，鬬鷄走狗之豪，莫不靡下風，馴雅素，曰："里有仁焉㉖，吾何從之也[一〇]？"遂頓浮竊之節[一一]㉗，肅恭儉之規[一二]，修孝悌，飾廉耻，將欲效君之素業也。君時年已耳順[一三]㉘，素無經世之情，林園遺老，玄默忘歲，遂保先君武東山之故居。行不由徑㉙，非公事未嘗至於州縣也㉚。昔襄陽有龐德公㉛，谷口有鄭子真㉜，東海王霸㉝，西山蜀才[一四]㉞，皆避世之人，養德退耕以求志。軒冕不可得而羈㉟，憂患不可得而累。逮於我君，作者五人矣㊱。於戲！古者至人不利苟得，不務近貴[一五]㊲，量腹而食，度身而衣。非其道，萬鍾不足豐也㊳；非其榮，五鼎不足飪也[一六]㊴。躬稼勤耕[一七]、植其杖而耘、不答子路之問者㊵，其豈我君之徒與[一八]？綿綿羅網，冥冥高鴻，趯趯竹竿，穆穆幽龍，其與禍敗之遼絶如胡越哉[一九]㊶？然則兩龔不免於蘭焚㊷，二老不免於薇歎㊸，其近貴利耶？夫上無憂悔，下無饑寒，含道以制嗜慾，達命以順生死，仁以愛身，智以養德，俾爾耆而艾㊹，俾爾昌而熾㊺。君子保之，以永壽考，非我君者乎？享年八十有五。太歲壬辰五月十三日[二〇]，考終厥命。臨終戒曰："啟予足，啟予手㊻。我聞古人有言：'珠玉而瘗之，是暴骸於中原也㊼。'古者不封不樹，後世聖人易之以棺槨㊽。吾不敢違聖人，可具棺槨而已。斂以常服，墳無丘壠，吾將庶幾以奉先人之清業也[二一]。"有子某等，皆能祗奉遺訓，聿從先志。長壽二年龍集癸巳某月日[二二]，玄月載踰[二三]㊾，卜兆時吉，始啟殯昭告，奉遷於舊塋武東山之陽，禮也。鄉里會葬者千餘人，皆涕泣號慕，悲純德之不見。咸曰："君子没矣，仁何以名？陵谷不朽，匪惟頌聲。"小子不敏，謹述鄉人之教，其詞曰[二四]：

肅肅我祖，國始於陳。中裔淪喪，洎此江濱。山川隆鬱，旂鼎氛氲[50]。生我君子，於鑠元真[51]。唯孝肅悌[二五]，唯仁善鄰。樂我耕稼，忘我縉紳。茫茫田藪，歲也其春。農人肅事，君子犒勤。孰爲夫子，植杖而耘。弋者何慕，鴻飛高雲。楚狂懼世[52]，夷叔求仁[53]。良時終矣[二六]，不攷於身。我異於是，非隱非淪。撫化隨運，安排屈伸。天年既没，長夜何辰？聖達不免，宇宙同塵。桐棺三寸，豈我窶貧[54]？自古有禮，吾從聖人。嗟爾百代，子子孫孫。驕奢自咎[55]，天道無親[56]。思我松栢，恭儉是遵。

【校記】

［一］“督”前原有“都”，據《文苑英華》卷八七三刪。

［二］“通”原作“廣迴”，據本集《府君有周文林郎陳公墓志文》《堂弟孜墓志銘》改。後兩“迴”同改。

［三］“克”原無，據《全唐文》補。

［四］“之”原無，據《全唐文》補。

［五］“黍稷漠漠”原作“粳黍稷稷”，據《全唐文》改。

［六］“乎”原有，據《全唐文》刪。

［七］“甫”原作“碩”，據《全唐文》改。

［八］“廪”原作“庫”，據《文苑英華》卷八七三改。

［九］“劍”原作“斂”，據《全唐文》改。

［一〇］“之”原無，據《全唐文》補。

［一一］“頓”原作“煩”，據《全唐文》改。

［一二］“規”原作“行”，據《全唐文》改。

［一三］“君”原無，據《全唐文》補。

［一四］“蜀”原作“吕”，據《全唐文》改。

［一五］“不務”前原有“而”，據《全唐文》刪。

［一六］“飪”原作“餌”，據《全唐文》改。

［一七］“稼”原無，據《全唐文》補。

［一八］“其”原無，據《文苑英華》卷八七三補。

［一九］“如”原無，據《全唐文》補。

［二〇］“日”原無，據《全唐文》補。

［二一］“清業”原作“情”，據《全唐文》改。

［二二］“某”原無，據《全唐文》補。

［二三］“元”原作“歲”，據《全唐文》改。

［二四］“其”原無，據《全唐文》補。

［二五］“唯”原作“性”，據《文苑英華》卷八七三改。

［二六］“時”原作“獨”，據《全唐文》改。

【注釋】

①梓州射洪：縣治今在四川省射洪市城東北。武東山：在射洪縣東。陳君：名嗣，陳子昂叔祖。

②涪南：涪江之南。嘉陵江右岸最大支流。涪江南流經四川省綿陽市，重慶市潼南區、銅梁區等。

③新城郡：南朝劉宋元嘉九年（432 年）分廣漢郡置新城郡，隋大業三年（607 年）改梓州爲新城郡，郡治在郪縣（今四川省三臺縣城潼川鎮）。

④梁武帝受禪：502 年，南朝齊和帝蕭寶融禪讓給南朝梁武帝蕭衍。

⑤黎州：州治在今四川省廣元市。

⑥南梁：州名，州治在今四川省劍閣縣。

⑦“恭己”二句：指嚴格要求自己、不斷反思自省。

⑧“入則孝”四句：語本《論語·學而》。

⑨春秋：此指年齡。

⑩干禄：當官以求俸禄。

⑪王丹：西漢末期人，子仲回，京兆下邽（今陝西省渭南市）人，事載《後漢書·王丹傳》。

⑫懲沮：告誡勸阻。

⑬“奚其”句：出自《論語・爲政》，指爲政並非行政管理，道德教化也是“爲政”。

⑭“天道”二句：指天地的變化。《周易・謙卦》“彖”：“天道虧盈而益謙，地道變盈而流謙。”

⑮莓莓、漠漠：皆指莊稼茂盛。

⑯汶陽：汶水之北，此指涪江。

⑰肩轝：即肩輿，用人力抬扛的運輸工具，類似轎子或滑竿。

⑱“省農夫”二句：看望農夫、給田畯送飯。田畯（jùn），一般指農正。

⑲“刑以”二句：指處罰懶惰、獎勵勤勞。

⑳孫、吳：孫武、吳起，皆古代著名軍事家。

㉑“卓彼”二句：語出《詩經・小雅・甫田》，指抽取百分之十的租稅。

㉒“倉廩實”二句：語本《管子・牧民》“倉廩實則知禮節”。

㉓“恤惸寡”二句：撫恤救濟困苦無助之人。

㉔媮衣食：指苟安享樂。帶刀劍：指爲非作歹之人。

㉕椎埋：劫財殺人而掩埋。胠篋：撬開箱子的竊賊。

㉖里有仁焉：同里有仁德之人。語出《論語・里仁》“里仁爲美”。

㉗頓浮窳之節：處理遊蕩懶惰的行爲。浮窳，遊蕩懶惰。

㉘耳順：指六十歲。語出《論語・爲政》“六十而耳順”。

㉙行不由徑：走路不操小道，指光明正大。

㉚“非公事”句：指諂媚勾結官員。

㉛龎德公：龐德公，荆州襄陽（今湖北省襄陽市）人，東漢末年名士、隱士。與徐庶、司馬徽、諸葛亮、龐統等人交往密切。

㉜鄭子真：鄭子真，名樸，字子真。西漢末年左馮翊人。

㉝王霸：東漢隱士，字儒仲，太原廣武（今山西省山陰縣）人。

㉞蜀才：范長生自號，曾隱居於西山。范長生，又名延久、重久，字元。“蜀之八仙”之一。

㉟“軒冕”句：指不可用官位來控制他。

㊱作者五人矣：指隱居者五人。作，爲。句仿《論語·憲問》“作者七人矣”。

㊲不務近貴：不追求近处贵处。

㊳萬鐘：優厚俸禄。鐘，計量單位。

㊴五鼎：列五鼎而食，謂生活豪奢。

㊵“植其杖”二句：指隱者，語見《論語·微子》。

㊶胡越：像南北一樣遙遠。胡指北方，越指南方。

㊷兩龔：指西漢隱士龔勝、龔舍。載《漢書·王貢兩龔鮑傳》。蘭焚：芳蘭遭焚，喻高人受摧折。

㊸二老：指伯夷、叔齊。薇歎：指隱於首陽山，采薇而食。

㊹耆而艾：高壽。

㊺昌而熾：旺盛。

㊻“啟予足”二句：見《爲人請子弟出家表》注⑪。

㊼“珠玉”二句：語出《孔子家語·子貢問》。指因厚葬而招人盜墓，反而使屍骨暴露在地上。瘞（yì），埋葬。暴骸，屍骨暴露。中原，地上。

㊽“古者”二句：語出《周易·繫辭下》，指古人没有墳墓，後來開始出現土葬、棺材等。不封不樹，指壘土爲墳。棺槨（guǒ），内棺爲棺，外棺爲槨。

㊾玄月：夏曆九月的别稱。

㊿旂鼎氛氲：指家世顯赫。旂，旌旗。

51於鑠：嘆詞，表讚美。元真：天然、天真。

52楚狂：見《感遇詩》（其三十六）注①。

53夷叔：伯夷、叔齊。求仁：指二人求仁得仁。語出《論語·述而》。

54窶貧：貧窮。窶亦貧。

55驕奢自咎：傲慢奢侈招來禍患。

56天道無親：語出《老子》七十九章：“天道無親，常與善人。”

卷六

墓誌銘

六卷

[illegible]

我府君有周居士文林郎陳公墓誌文[一]①

公諱元敬，字某。其先陳國人也。五世祖太樂，梁大同中爲新城郡司馬，生高祖方慶。方慶好道，得墨子《五行秘書》《白虎七變法》[二]②，隱於郡武東山，生曾祖湯。湯爲郡主簿。湯生祖通，通早卒。生皇考辯[三]，爲郡豪傑。公河目海口③，燕頷虎頭④，性英雄而志尚玄默⑤。群書秘學，無所不覽。年弱冠⑥，早爲州閭所服。耆老童幼，見之若大賓⑦。二十二，鄉貢明經擢第⑧，拜文林郎⑨，屬憂艱不仕⑩。潛道育德，穆其清風，邦人馴致，如衆鳥之從鳳也。時有決訟，不取州郡之命而信公之言。四方豪傑，望風景附⑪，朝庭聞名。或以君爲西南大豪，不知深慈恭懿敬讓以爲德也。州將縣長，時或陳議[四]⑫。青龍癸未⑬，唐曆云微，公乃山棲絶穀[五]⑭，放息人事，餌雲母以怡其神⑮。居十八年，玄圖天象⑯，無所不達。嘗宴坐，謂其嗣子子昂曰[六]：“吾幽觀大運，賢聖生有萌芽，時發乃茂，不可以智力圖也[七]。氣同，萬里而合[八]⑰；不同，造膝而悖⑱。古之合者百無一焉。嗚呼，昔堯與舜合，舜與禹合，天下得之四百餘年。湯與伊尹合，天下歸之五百年。文王與太公合，天下順之四百年。幽、厲版蕩⑲，天紀亂也。賢聖不相逢，老聃、仲尼淪溺溷世⑳，不能自昌，故有國者享年不永。彌四百年餘，戰國如糜[九]，至於赤龍㉑。赤龍之興四百年[一〇]，天紀復亂，夷胡奔突，賢聖淪亡，至於今四百年矣。天意其將復周乎㉒？於戲，吾老矣[一一]！汝其志之。”太歲己亥，享年七十有四[一二]，七月七日己未，隱化於私館㉓。孤子子昂愚昧，鞠然在疚㉔，不知所從，乃祗馴聖人卜宅之義㉕。是歲十月己酉，遂開拭舊塋，奉寧神於此山石佛谷之中崗也。銘曰：

賢者避地，邈其往兮。鳳兮鳳兮[26]，誰能象兮。嗚呼我君，懷寶不試[27]。孰知其深廣兮，悠悠白雲。自怡養兮，大運不齊。賢聖罔象兮[28]，南山四君[29]。不遭漢天子，固亦商丘之遺壤兮。

【校記】

［一］原作“府君有周文林郎陳公墓誌文”，《全唐文》作“我府君有周居士文林郎陳公墓誌銘”。

［二］“得”原作“德”，據《全唐文》改。

［三］“辯”原作“辨”，據《全唐文》改。

［四］“或”原作“惑”，據《全唐文》改。

［五］“山”原作“田”，據《全唐文》改。

［六］“宴”後原有“然”，據《全唐文》删。

［七］“不可”後原無“以”，據《全唐文》補。

［八］“合”前原有“遇”，據《全唐文》删。

［九］“糜”原作“麋”，據《全唐文》改。

［一〇］原無“赤龍”，據《全唐文》補。

［一一］原無“吾”，據《全唐文》補。

［一二］原無“享”，據《全唐文》補。

【注釋】

①府君：對已故者的尊稱。有周：指武周朝。陳公，即陳元敬，陳子昂父親。墓志：指放在墓中刻有死者生平事蹟的石刻。墓志銘、碑銘、碑碣，皆屬同一類文體。

②墨子《五行秘書》《白虎七變法》：皆道教書名。阮孝緒《七録》中有《墨子振中五行要記》一卷、《五行變化墨子》五卷。葛洪《抱樸子・遐覽》有《白虎七變經》。

③河目海口：指眼眶方正而長、嘴大，古以爲賢聖之象。

④燕頷虎頭：形容相貌威武。

⑤“性英雄”句：指本來具有英雄氣質卻追求清静無爲。

⑥弱冠：二十歲。《禮記·曲禮上》：“人生十年曰幼，學。二十曰弱，冠。”

⑦大賓：貴賓。

⑧鄉貢：由州縣考試選送應可舉者。明經：唐代科考科目名稱，主要考查對儒家經典的掌握。

⑨文林郎：文職散官，從九品上。

⑩憂艱：爲父母居喪。

⑪望風景附：指陳元敬隨從者衆。景附，如影隨形。

⑫陳議：向官府建言。

⑬青龍癸未：指唐高宗弘道元年，即683年。

⑭山棲：隱居山林。絶穀：即辟穀，道教修煉方法。

⑮餌：吃。雲母：道教所謂仙藥。

⑯玄圖天象：指天文地理、讖緯秘學。

⑰“氣同”二句：志氣相同相隔萬里也能遇合。

⑱“不同”二句：志氣不同，當面也不合。

⑲幽、厲：指周幽王、周厲王兩位昏君。版蕩：即板蕩，本指《詩經·大雅》中《板》《蕩》二詩，後指社會混亂、政局動盪。

⑳老聃、仲尼：老子、孔子。淪溺溷世：在亂世中沉淪。

㉑赤龍：指漢高祖劉邦。事見《史記·高祖本紀》。

㉒“天意”句：指天意將要恢復周朝。此是暗示武則天將建立武周政權。

㉓隱化：死亡的婉稱。私館：家中。

㉔鞠然在疚：見《漢州雒縣令張君吏人頌德碑》注⑺。

㉕祇馴：恭敬遵守。卜宅：用占卜決定住所或墓地。

㉖鳳兮鳳兮：本指孔子，喻賢士。語出《論語·微子》：“楚狂接輿歌而過孔子曰：‘鳳兮鳳兮，何德之衰！往者不可諫，來者猶可追。’”

㉗懷寶不試：指陳元敬懷有大才而没有當官。

㉘罔象：罔爲無，象爲有，指或有或無。語出《莊子·天地》。

㉙南山四君：即商山四皓。秦朝末年，東園公唐秉、夏黄公崔廣、綺里季吴實、角里先生四人隱居於陝西商洛山中。

申州司馬王府君墓誌①

君諱某，字某。其先太原人也[一]。昔周文王有聖人之德，甲子受圖②。至我靈王，誕膺丕顯③。太子晉得鳳凰之瑞④，恭揖群后，上爲帝賓。綿綿生人⑤，作我王氏。迨秦有賁、翦[二]⑥，併吞諸侯。晉有渾、祥⑦，功格帝室。魏至慧龍⑧，爲貴種矣。十二代祖卓⑨，晉常山公主子也。始公主湯沐邑在汾陽[三]⑩。永嘉淪夷⑪，不及南度，因樹枌櫝而結廬焉⑫，卒葬於長壽原，至今鄉有太原之號也。曾祖亮，周開府儀同上大將軍，隋信州刺史⑬，罇俎之師也。祖儉，隋離石郡守、唐石州刺史⑭，贈岳州總管、廣武烈侯，社稷之器也。父諶，唐虞部郎中，荊州大都督府司馬，商、壁、鄘、許、冀五州刺史，加銀青光禄大夫，瀘州都督⑮、金水敏侯⑯、上柱國⑰，廊廟之才也。敏侯有功於國，始賜土田，白茅苴之，在鄠之曲⑱。因食采[四]，今爲雍州人⑲。君即敏侯之元子⑳。炳靈珍粹，輝采幽黄，願而以恭，寬而以栗㉑。青衿聞道㉒，已光大矣。天子立大學，所以養賢；公子齒上庠㉓，所以觀國。君休烈淵塞，志業雲翔。年若干，爲國子生㉔。某年射策甲科[五]，解褐補吴王府參軍事[六]。時吴王帝之愛子[七]，國選英寮。君三德允章㉕，六行既穆㉖，與某郡劉孝孫首光此舉㉗。誦《詩》三百㉘，和淑其仁，而醴酒不恭㉙，楚筵亦廢，坐除滑州録事參軍，又轉隴州録事參軍。時樂城公劉仁軌以宰相之貴㉚，持節此州。曖然推中㉛，主諾責下㉜。君提綱未幾，群轄載孚。劉公坐嘯以爲能也[八]㉝，舉遷汾州平遙縣令。其地有臺駘之怪[九]㉞、蟋蟀之人㉟。君黄鼎分中㊱，鳴琴不下㊲，鐘鼓既考，風俗允和。帝曰[一〇]："良哉，而格我政。"加朝散大夫，遷岐州扶風縣令。昔尹翁歸以文武之幹緝熙此邦㊳。黄圖雖寧㊴，赤丸未乂㊵，君以庚斷甲㊶，設距投鉤[一一]㊷，赭裾始縄㊸，堊面咸革㊹。丁我敏侯艱，遂茹哀苫廬，銜恤終紀。是歲申國不理，元寮佇才，制加朝請大夫，授申州司馬。屬太夫人有羸老之疾[一二]，去官不之。白華增勤㊺，綵衣是慕㊻。至於朝盥夕膳，候色承歡，夔夔齊栗㊼，蒸蒸不匱㊽，有若楚老萊子之爲嬰兒也㊾。嗚呼，昊天不弔，降我鞠凶。太夫人以眉壽薨[一三]㊿，時君年已七十二矣。禮以飲酒，而君絶漿⑤①；虞以降哀，而君泣血⑤②。煢煢在疚，欒棘其心⑤③，新穀未升⑤④，匪莪以殞⑤⑤。以某年青龍癸巳薨於某里第之正寢，孝之終也。嗚呼哀哉！昔聖人五十而慕，先子謂之至德[一四]⑤⑥。今君七十二而盡其哀，非敦篤允元、深仁淑德者，疇能離此哉⑤⑦？夫人弘農楊氏，隋内史侍郎丹川公演之孫女也⑤⑧。幼有淑德而美令儀，採蘩昭華⑤⑨，穠荷比秀⑥⓪，至於内嚴闔訓⑥①，外匡君子，麟趾以穆⑥②，鷄鳴有章⑥③。誠可道暎公宫[一五]，事宣彤管⑥④。晚年以儒因未究，冥業惟深[一六]，遂揭無生之筌⑥⑤，將遺有漏之屣，顓潔道行，受《蓮花經》⑥⑥。理極翻三，心滅不二⑥⑦，形妄緣盡，歸真化冥。歲在丁酉，處順而往。始我府君以懸車之歲從負米之勤⑥⑧，夫人亦能肅恭晨昏、嚴祗左右⑥⑨。夫至行莫大於孝，崇義莫顯乎忠。君克勤於家，盡力於國，刑於妻子⑦⓪，至於朝廷。夫矜而不與[一七]⑦①，物或有違；廣而無適[一八]，義所以比[一九]⑦②。君好謙達禮，研幾成務，摹其法，器無不馴；從其事，政無不理。夫用我者，而豈徒哉？嗟乎！矜而能廉，利而不浼，百行允備，三事不階⑦③。臧文仲其竊位與⑦④？柳下惠其直道與⑦⑤？有子四人：長曰某，官至武連縣令，先公而卒。次子某等，皆肅奉嚴訓，景行高山⑦⑥，達於家邦，光於禮樂。永號罔極，泣血昊天。始府君臨終，遺令薄葬。墨龜未食⑦⑦，青烏不封⑦⑧，權殯於某所，需吉兆也。龍集己亥⑦⑨，律躔應鍾⑧⓪，金鷄鳴，玉狗吠[81]，黄腸密啟[82]，丹旐徐飛[83]，始遷神於某原之陽，禮也。青龍在左，朱鳳居前[二〇][84]，雙衾共封，二室同宛[二一]，珠玉不瘞，丘隴誰傳？刻此金石，以旌後賢。

【校記】

［一］“其”原無，據《全唐文》補。

［二］“翦”原作“剪”，據《全唐文》改。

［三］“陽”原作“陰”，據《全唐文》改。

［四］“采”原作“菜”，據《全唐文》改。

［五］“某年”原作“其中”，據《文苑英華》卷九五五改。

［六］“王”原無，據《文苑英華》卷九五五補。

［七］“時”原作“昔”，據《文苑英華》卷九五五改。

［八］“劉”原無，據《全唐文》補。

［九］“駘”原作“台”，據《全唐文》改。

［一〇］“曰”原作“白”，據《全唐文》改。

［一一］“設距”原作“距設匭”，據《全唐文》删改。

［一二］“太”原作“大”，“羸”原作“嬴”，據《全唐文》改。

［一三］“人”原無，據《全唐文》補。

［一四］“至”原作“正”，據《全唐文》改。

［一五］“可”原無，據《全唐文》補。

［一六］“冥”原作“其”，“深”原作“採”，據《全唐文》改。

［一七］“矜”原爲墨丁，據《全唐文》補。

［一八］“廣”原爲墨丁，據《全唐文》補。

［一九］“義”原爲墨丁，“比”原作“此”，據《全唐文》補改。

［二〇］“前”原作“右”，據《全唐文》改。

［二一］“宛”，四庫本作“穴”。作“宛”不誤，韻腳即寒部。

【注釋】

①申州：治所在今河南省信陽市。王府君：王濟翁。

②“昔周文王”二句：《宋書·符瑞志》載周文王授命登位之事。

③誕膺：承受天命。丕顯：大顯。

④太子晉：即王子喬，姬姓，名晉，字子喬，生於洛邑（今河南省洛陽市），周靈王太子。得鳳凰之瑞：事載西漢劉向《列仙傳》卷上。

⑤綿綿生人：不斷産生後代。説見《詩經·大雅·綿》。

⑥賁、翦：指王翦、王賁父子。王翦，字維張，頻陽東鄉（今陝西省富平縣）人，戰國時秦國名將、軍事家。王賁，字典武，王翦之子，秦朝著名將領。

⑦渾、祥：指王渾、王祥。王渾，字玄沖，太原郡晉陽縣（今山西省太原市）人。王祥，字休徵，琅邪臨沂（今山東省臨沂市）人。三國曹魏及西晉時大臣。

⑧王慧龍：字慧龍，太原晉陽（今山西省太原市）人，北魏名將。事載《魏書·王慧龍傳》。

⑨十二代祖卓：王卓，王濟之子，字文宣。

⑩湯沐邑：國君、皇后、公主等收取賦税的私邑。汾陽：汾水之北地區。

⑪永嘉淪夷：即永嘉之亂。西晉懷帝永嘉五年（311年），劉淵之子劉聰率匈奴軍攻陷洛陽，俘擄晉懷帝等王公大臣，導致西晉於316年滅亡。

⑫枌檟（fén jiǎ）：兩種樹名，多植於墓地。

⑬信州：南朝梁設置，隋改爲巴東郡，治所在今重慶市奉節縣東北。

⑭離石郡：隋郡名，唐改石州。治所在今山西吕梁市。

⑮瀘州：治所在今四川省瀘州市。

⑯金水敏侯：金水縣侯，謚敏，故稱金水敏侯。金水，唐屬簡州，縣治在今四川省簡陽市北。

⑰上柱國：勳官，比正二品。

⑱白茅苴之：白茅用作墊草。鄠：故治在今陝西省户縣北。

⑲“因食采”二句：采地爲卿大夫封邑。雍州：唐朝武德元年改隋京兆郡爲雍州，開元元年將雍州改回京兆府。

⑳元子：嫡長子。

㉑“願而”二句：指謹厚而又嚴恭，寬宏而又堅毅。語本《尚書·皋陶謨》：“寬而栗，柔而立，願而恭。”

㉒青衿：見《登澤州城北樓宴》注⑨。

㉓齒：列入。上庠：太學。

㉔國子生：國子監學生。

㉕三德：三種美德，指至德、敏德、孝德。

㉖六行：六種善行，指孝、友、睦、婣、任、恤或智、信、聖、仁、義、忠。

㉗劉孝孫：字德祖，荆州（今湖北省江陵縣）人。唐初爲虞州録事參軍、秦府學士。能詩。

㉘《詩》三百：即《詩經》。

㉙醴酒不恭：此指禮儀失當。漢代楚元王禮敬穆生，爲其不喝酒而設醴。醴酒，甜酒。

㉚劉仁軌：字正則，汴州尉氏（今河南省尉氏縣）人，唐朝宰相、名將。

㉛曖然推中：待人温和、推心置腹。

㉜主諾：見《爲資州鄭使君讓官表》注⑩。責下：督責下級。

㉝坐嘯：見《爲資州鄭使君讓官表》注⑨。以爲能：認爲王司馬能幹。

㉞臺駘（tái）：汾水之神。

㉟蟋蟀之人：吝嗇之人。説見《詩經·唐風·蟋蟀》序。

㊱黄鼎：黄耳之鼎。

㊲鳴琴不下：指以禮樂教化人民，身不下堂而民治。

㊳尹翁歸：字子兄，河東平陽（今山西省臨汾市）人，西漢廉吏。

㊴黄圖：《三輔黄圖》省稱，後指京畿地區。

㊵赤丸未乂：謂治安混亂情況未得到控制。赤丸，見《感遇詩》（其三十四）注④。

㊶以庚斷甲：庚，義；甲，仁。以義斷於仁者。語出揚雄《太玄經·斷》。

㊷設距投鉤：即鉤距之法，輾轉推問，究得情實。鉤，致；距，閉。使對者無疑，若不問而自知，衆莫覺所由以閉，其術爲距。

㊸“赭裾”句：句謂使犯罪分子繩之以法。赭裾，見《唐故朝議大夫梓州長史楊府君碑》注㊱。

㊹“堊面”句：句謂犯罪者改過自新。堊面，見《唐故朝議大夫梓州長史楊府君碑》注㉜。

㊺白華增勤：謂孝子之行不斷加強。白華：《詩經·小雅》篇名，有目無詩，據《詩序》爲贊美孝子。

㊻綵衣是慕：指老萊子著彩衣娱樂雙親。事載《列女傳》。

㊼夔夔：悚懼貌。齊栗：莊敬戰慄。

㊽蒸蒸不匱：孝順不止。

㊾楚老萊子：見本文注㊺。

㊿眉壽：高壽。語出《詩經·豳風·七月》：“爲此春酒，以介眉壽。”

51“禮以”二句：指王司馬超過守喪禮制，本可以飲酒卻連水漿都不喝。

52“虞以”二句：指安葬之後可以娱樂安神，但王司馬卻悲傷不止。虞，漢朝劉熙《釋名·釋喪制》：“既葬，還祭於殯宫曰虞，謂虞樂安神，使還此也。”

53欒棘其心：形容孝子哀痛深切。

54新穀未升：新穀尚未收穫，指喪期不到一年。

55匪莪：見《臨邛縣令封君遺愛碑》注96。謂對父母的悼念直到自己去世。

56“昔聖人”二句：指舜對父母的孝順。《孟子·萬章上》：“大孝終身慕父母，五十而慕者，予於大舜見之矣。”又《告子下》：“孔子曰：舜其至孝矣，五十而慕。”先子，指孔孟。

57“疇能”句：誰能達到這地步呢？疇，誰。離，達到。

58丹川公演：楊演，隋煬帝時内史侍郎，封丹川公。

59採蘩：指夫人不失職。説見《詩經·召南·采蘩》序。

60穠荷比秀：句謂夫人的美貌。穠荷，盛開的荷花。

⑥1闔訓：家教。

⑥2麟趾以穆：指子孫衆多而賢能。語見《詩經・周南・麟之趾序》。

⑥3鷄鳴有章：稱頌夫人賢淑。見《詩經・齊風・雞鳴》。

⑥4彤管：紅色筆，女史所用。

⑥5無生之筌：佛教所云涅槃的義理。

⑥6《蓮花經》：即《妙法蓮華經》。

⑥7"理極"二句：指反復研討佛家教義，誠信追求不二法門。不二，不二法門。

⑥8"始我"句：句謂王司馬以高齡而思念父母。懸車之歲，指官員致仕年齡，因車已無用，故懸置。負米，見《唐故朝議大夫梓州長史楊府君碑》注⑤0。

⑥9"肅恭"二句：指始終恭敬嚴肅堅持對父母盡孝道。晨昏，晨省昏定的簡稱。嚴祗，莊敬貌。

⑦0刑於妻子：指丈夫爲妻子兒女作盡孝的榜樣。《詩經・大雅・思齊》："刑於寡妻，至於兄弟，以御於家邦。"

⑦1矜而不與：《論語・衛靈公》："子曰：'君子矜而不爭，群而不黨。'"

⑦2"廣而"二句：《論語・里仁》："子曰：'君子之於天下也，無適也，無莫也，義之與比。'"

⑦3三事不階：指没有登上三公之位。三事，指司徒、司馬、司空。

⑦4"臧文仲"句：語出《論語・衛靈公》。指臧文仲不能舉薦柳下惠這樣的賢才。

⑦5"柳下惠"句：柳下惠，魯國賢者，本名展禽。柳下惠直道而行，見《論語・微子》。

⑦6景行高山：喻崇高德行。語出《詩經・小雅・車舝》："高山仰止，景行行止。"

⑦7墨龜：龜甲上畫墨，鑽孔灼燒以占卜。

⑦8青烏：指風水寶地。

⑦9龍集己亥：指聖曆二年，697 年。

⑧律躔應鍾：指十月。

㉛“金鷄鳴”二句：指登仙處。語見任昉《述異記》。

㉜黄腸密啟：指重新打開墳墓。黄腸，以柏木心制作的棺槨周邊的框架。

㉝丹旐：指紅色的幡。

㉞“青龍”二句：語出《禮記·曲禮上》：“行，前朱鳥而後玄武，左青龍而右白虎。”

唐水衡監丞李府君墓誌銘[①]

君諱某，字某，趙國人也。乃昔嬴楚睽孤[②]，豪傑雲起，廣武君負霸王之略[③]，爲成安之師，實欲北興帝基，南面稱創，雄圖未展，大運陵頽。傳云：“有明德，當代不顯，其後必有昌者[④]。”自武至君，二十四代矣。公侯寶玉，刻鼎銘鐘，紛綸葳蕤[⑤]，世濟不泯。六代祖孝伯，後魏比部尚書[一][⑥]、秦州都督、宣城公，魏之名臣，載在青史。曾祖某，後周陝州芮城縣令[二]。祖某，屬隋運版蕩[⑦]，君子道消[⑧]，遜言遁時，不顯於仕，拜儒林郎。父某，唐隆州蒼溪縣丞、襄州荆山縣尉，有高才而無貴仕。君鍾常山之氣，炳漳水之靈[三][⑨]。少尚名節，躬行仁義。始入太學，以精理見知。未幾進士高第，拜白水縣尉，尋轉雲陽尉。屈青雲之資，從黄綬之任[⑩]。雖吏道迫屑，而遐情眇然。秩滿，調補洛陽尉。盤根利器[⑪]，尹守拭目，遷懷州司法。禄不徇榮[⑫]，位以行道，雅尚貞遜，與衆尠少合。洎上聞，對策甲科，授益州大都督府録事參軍[四]。滿歲，擢授水衡監丞。君所居清澹，仁惠爲政。識真之士，以公輔許之，而好學篤道，介如石焉[⑬]。故位不充量，縉紳高其才，烈士伏其義[⑭]。竟不能驤首雲路、長鳴天衢[⑮]，知與不知，咸皆共歎有餘恨也。而君浩然冥順，獨與化遊。方將幽採玄微，精覈通變。天命不祐，春秋若干，遘疾終於官。某歲某月，安厝於某所，禮也。嗚呼！古所謂歿而不朽者有矣夫⑯。遺言餘旨，粲然可觀。有子曰某，痛門風之將泯，懼世業之罔傳，乃刊石紀德銘旌之，曰：

常山之靈，和氏之英⑰。世有明德，鍾此令名。黄颣不貴，拱璧爲輕[五]⑱。仕以弘道，禄匪徇榮[六]。高志厲雲，思機入冥。嗚呼天乎，殲我國楨⑲。

【校記】

［一］“比”原無，《全唐文》作“北”，據彭慶生意見改。

［二］“芮”原作“苪”，據《全唐文》改。

［三］“漳”原作“障”，據《全唐文》改。

［四］“大”原作“太”，據《全唐文》改。

［五］“拱”原作“洪”，據《全唐文》改。

［六］“徇”原作“佰”，據《全唐文》改。

【注釋】

①水衡監丞：都水監丞，從七品上。李府君：據岑仲勉考證爲李仁穎。

②嬴楚：嬴指秦。暌（kuí）孤：乖戾。

③廣武君：即李左車，趙國名將李牧之孫，秦漢之際謀士。

④“傳云”三句：語出《左傳・昭公七年》“聖人有明德者，若不當世，其後必有達人。”

⑤紛綸葳蕤（wēi ruí）：衆多貌。

⑥比部尚書：掌管法制，第二品中。

⑦版蕩：見《我府君有周居士文林郎陳公墓誌文》注⑲。

⑧君子道消：語出《周易・否卦》：“小人道長，君子道消。”

⑨“鍾常山”二句：謂彙聚了常山和漳水的靈氣，即地傑人靈。

⑩“屈青雲”二句：謂本有遠大志向和傑出才幹，卻擔任了很低的職位。青

雲，言高遠。黄綬，見《同旻上人傷壽安傅少府》注⑦。

⑪盤根利器：如利器施於盤根，喻處理繁雜事務的傑出才幹。

⑫禄不徇榮：指仕途不追求榮華富貴。

⑬介如石焉：謂操守堅貞。語出《周易·豫卦》："六二：介於石，不終日，貞吉。"

⑭烈士：壯懷激烈之人。

⑮"驤首"二句：喻仕途得志，猶如駿馬奔騰。

⑯"古所謂"句：語出《左傳·襄公二十四年》"范宣子……曰：'古人有言曰：死而不朽，何謂也？'"

⑰和氏之英：指和氏璧。

⑱拱璧：雙手合握之璧，大璧。

⑲殲我國楨：戕害國家棟樑。國楨，國家支柱，喻能擔當重任的人才。

唐故循州司馬申國公高君墓誌 並序①

君諱某，字某，渤海蓨人也。昔周天子命我太公受封東海②，鐘鼎寶玉七百餘年，故其公侯世有國祀。曾祖勱[一]③，字敬德，北齊朔州大行臺僕射[二]，襲爵清河王，改封樂安王，周授開府，隋授揚、楚、洮三州刺史[三]。我唐有命，崇寵典章。貞觀初，贈恒、定、并、趙四州刺史。垂拱中，又贈特進。非明德上公，孰享之哉？祖宗儉，字士廉④，皇朝太子太傅、上柱國、申國公，食邑三千户，贈司徒、并州刺史。永徽初，贈太尉，配享太宗文皇帝廟廷[四]，謚曰文獻。昔帝光天下，公實佐之。至是元勛，克配清廟。父慜，字履行，秦府庫直[五]、千牛、滑州刺史、將作大匠、金紫光禄大夫、太常卿、洪州都督、上柱國。申國公尚東陽長公主⑤。駙馬都尉，衣冠禮樂，盡在是矣。故帝乙歸妹⑥，尚於中行⑦。公則駙馬之元子也。含章丹穴，籍寵黄扉[⑧]，承禮訓於公庭，盡儀刑於士則[⑨]。年若干，嗣封申國公。十四解巾，授千牛備身[⑩]。趨奉紫璋，已有光矣。秩滿，補海監府左果毅都尉，再遷遊擊將軍、右帥府郎將。遂昇榮禁衛，承寵司階，千廬之務式遵[⑪]，八舍之榮攸襲[⑫]。又授朝散大夫，尚輦奉御，再遷尚衣奉御。屬宸宫搆難，巫蠱禍興[⑬]，坐堂弟岐左遷循州司馬[⑭]。蒼梧南極，桂海東浮[⑮]，是唯篁竹之區，而有山夷之患。永隆二年，有盜攻南海、廣州，邊鄙被其災。皇帝哀駱越之人罹其凶害[六][⑯]，以公名家之子，才足理戎，廼命專征，且令招慰[七][⑰]。公奉天子威令以喻越人。越人來蘇，日有千計。公乃惟南蠻不討之日久矣，國有大命，將布遠方。欲巡御象林，觀兵海裔[⑱]。彼蒼不弔，夭我良圖。因追寇至廣州，遇疾薨於南海之旅次，時年若干。嗚呼哀哉！珠鼎之秀，邦國之光。負才能，重書劍[⑲]，方將克崇舊業，祗寵前人。降年不長，永墜厥緒。嗚呼哀哉！夫人京兆韋氏，銀青光禄大夫、太子詹事、武陽侯琨之第某女也。有淑慎之德，窈窕之賢[⑳]。長於公宫，少習婦道。年十六歸於申國。鳳臺尊闕，鵲巢斯在[㉑]。雖珠玉翡翠，職是其儀，而滸濯蘋蘩[㉒]，不改其操，故我君子琴瑟友之[㉓]。年三十，儀鳳二年先公而殁。其年權殯先塋。嗚呼哀哉！始公之適南裔也，夫人逝矣。死生言别，永懷燕越之悲；旌旐同歸，終淪松栢之路。先是公有命合葬。弘道歲，靈櫬自南海還，嗣子紹等追惟永終[㉔]，仰遵先志。粵載初元年，歲在攝提格[㉕]，始昭啓亡靈，改卜遷祔。某月日，遂合葬於少陵原，禮也。嗚呼哀哉！霸山南望，秦川滿目。紫臺鐘鼓，方對於青春[㉖]；白楊丘陵，獨悲於玄夜[㉗]。紹等以東西之人懼岡陵之變，古不樹[㉘]，今則墳焉。

【校記】

［一］“勣”原作“勱”，據彭慶生説改。

［二］“大”原作“太”，據《全唐文》改。

［三］“揚”原作“楊”，據《全唐文》改。

［四］“廟”原作“朝”，據《全唐文》改。

［五］“庫”原作“軍”，據岑仲勉説改。

［六］“駱”原作“洛”，據彭慶生説改。

［七］“慰”原作“尉”，後有校語“一作討”，據《全唐文》删改。

【注釋】

①循州：治所在今廣東省惠州市。高君：名琁。

②“昔周天子”句：周文王分封姜太公在東海，建立齊國。

③曾祖勱：高勱，字敬德，渤海郡蓨縣（今河北省衡水市景縣）人。北齊宗室大臣，清河王高嶽之子，唐朝宰相高士廉之父。

④士廉：即高士廉，本名高儉，字士廉，渤海郡蓨縣（今河北省衡水市景縣）人，唐朝初年宰相。

⑤“申國公”句：指申國公高履行和東陽長公主結婚。東陽長公主，唐太宗第二十一女。

⑥帝乙歸妹：語出《周易·泰卦》：“六五：帝乙歸妹，以祉元吉。”此指唐高宗嫁妹東陽公主。

⑦尚於中行：語出《周易·泰卦》，謂能正道直行。

⑧“含章”二句：謂本身包含美質，因此能夠和公主成親。

⑨“承禮訓”二句：得到家庭很好的教育，成爲士大夫學習的榜樣。士則，士大夫準則。

⑩千牛備身：禁衛官名，屬左右千牛衛。

⑪千廬之務：言王宫衛士衆多。

⑫八舍：指衛士休息於王宫八角。

⑬“宸宫”二句：指太子李賢被廢。宸宫，帝宫。巫蠱禍興，漢武帝時因巫蠱而引起的廢除太子事件。

⑭堂弟岐：指高真行次子。

⑮蒼梧郡：郡治在今廣西省梧州市。桂海：南海别稱。

⑯駱越：古族名、方國名，是百越衆支系中一支。

⑰招慰：招撫安慰。

⑱“巡御”二句：謂在象林郡和海邊巡防警戒、顯示軍力。象林，郡名，屬交州刺史日南郡。海裔，海濱。

⑲“負才能”二句：謂具有文武兩方面的才能。書，指文，劍，指武。

⑳“淑慎”二句：指夫人身材苗條、品德善良。窈窕之賢，出自《詩經·周南·關雎》：“窈窕淑女，君子好逑。”

㉑鵲巢斯在：指夫人美德。見《詩經·召南·鵲巢》序。

㉒澣濯：洗滌。蘋蘩：見《爲豐國夫人慶皇太子誕表》注⑰。

㉓琴瑟友之：指夫妻情感和諧。語見《詩經·周南·關雎》。

㉔紹：指高紹。玄宗開元七年，自長安縣令貶潤州長史，後歷商州刺史，入爲司封郎中，轉工部郎中，官至考功郎中。能詩。

㉕攝提格：指庚寅，即載初元年。

㉖青春：指白天。

㉗玄夜：指夜晚。

㉘古不樹：遠古時代人死之後没有建墳墓。

率府録事孫君墓誌銘 並序[①]

嗚呼！君諱虔禮，字過庭，有唐之不遇人也[一][②]。幼尚孝悌，不及學文[③]；長而聞道[④]，不及從事。得禄值凶孽之災[二][⑤]，四十見君，遭讒慝之議[⑥]。忠信實顯，而代不能明[⑦]；仁義實勤，而物莫之貴。陘厄貧病[⑧]，契濶良時[⑨]，養心恬然，不染物累。獨考性命之理[⑩]，庶幾天人之際[⑪]。將期老而有述[三][⑫]，死且不朽，寵榮之事，於我何有哉？志竟不遂，遇暴疾卒於洛陽植業里之客舍，時年若干。嗚呼！天道豈欺也哉？而已知卒不與⑬，其遂能無慟乎？銘曰：

嗟嗟孫生，人見爾跡[四]，不知爾靈。天竟不遂子願兮[五]，今用無成。嗚呼蒼天，吾欲訴夫幽明⑭。

【校記】

［一］“不遇”原爲墨丁，據《全唐文》補。

［二］“得”原無，據《全唐文》補。

［三］“而”原無，據《全唐文》補。

［四］“人”原無，據《全唐文》補。

［五］“兮”原作“分”，據《全唐文》改。

【注釋】

①率府録事：唐太子左右率府録事參軍，從八品上。孫君：孫過庭（646年～691年），名虔禮，以字行。杭州富陽（今屬浙江省）人，一作陳留（今河南省開封市）人。唐代書法家、書法理論家，著有《書譜》二卷，今存上卷。

②不遇：不得志。

③“幼尚”二句：謂從小懂孝道，因家庭原因而未能讀書。

④長而聞道：指年長之後懂得仁義之道。

⑤得禄：當官。凶孽：叛逆。

⑥讒慝：污蔑、誹謗。

⑦代不能明：世人不能明白。代，避太宗李世民諱。

⑧陻厄貧病：指遭遇貧窮、疾病、仕途不順等各種困厄。

⑨契濶良時：與好時代相隔太遠。契闊，遠離。

⑩“獨玫”句：指鑽研性命道德之理。

⑪“庶幾”句：希望能夠明白天與人的道理。

⑫老而有述：此反用《論語·憲問》“長而無述”。述，述作。

⑬“天道”二句：難道上天也欺騙人嗎？爲什麼知道是好人卻不肯給他呢？《老子》七十九章有“天道無親，常與善人”，故作者有此疑問。

⑭幽明：此指鬼神。

大周故宣義郎騎都尉行曹州離狐縣丞高府君墓誌銘[一]

君諱某，字某①，其先渤海蓨人也[二]②。因仕居洛，今爲陽翟人③。昔赭鞭乘運，襲炎帝之宗④；蒼兕應期[三]⑤，承太公之胤。崇勛霸業，光烈猶存。曾祖某⑥，北齊太子中舍人，贈冀州刺史。青宫近侍，光寵朝班，皂蓋追榮⑦，恩崇國禮。祖欽仁，隋左親衛大都督檢校秘書郎。帶七尺劍，始遊天子之階；持三寸筆，終入芸香之閣。父袖[四]，唐江州潯陽縣令、舒州懷寧縣令。絃歌之化⑧，身不下堂；神明之威，蝗猶避境[五]⑨。君即懷寧府君之長子也[六]。黄河一直，青松萬仞，性惟仁孝，行實温恭。文義必以潤身，名節由其徇物[七]⑩。唐龍朔元年，有制舉忠鯁。君對策及第，試守永州湘源縣尉[八]⑪。位卑黄綬，志在清規。秩滿，以常調補鳳州黄花縣丞⑫。梁竦長懷，尚勞州縣⑬；桓譚不樂，空負琴書⑭。又轉易州遂城縣丞⑮。以管輅之材，從趙典之任[九]⑯。古人斯在，君子居之。大周革命，任曹州離狐縣丞⑰，而春秋已高[一〇]，日月方出。《武》盡美矣⑱，不得夷齊之臣⑲；文哉鬱乎⑳，自邈夏商之道。於是因階秩滿，告老歸閒。閉郊扉於南野，習巖居於東澗。詩書琴酒，以觀先達之風；山水丘園，將爲遺老之賞。天授二年，歲在單閼㉑，七月二十日，攷終厥命，卒於陸渾縣明高之山莊。時年七十有二。嗚呼哀哉！君雅尚節義，素履元亨㉒，懷古人之遠圖，慕先賢之遺烈。以爲桓魋石槨，非則於禮經㉓；墨翟桐棺，實宜於聖典。遺令薄葬[一一]，務取隨時。即以其年十月日[一二]，葬於北邙山平樂之原[一三]㉕，禮也。嗣子思恭，孝思罔極，喪制過哀。思封樹而緬懷㉖，恐東西而不志㉗。白楸爲槨，爰遵古葬之儀[一四]；丹漆題封，即表永年之記。銘曰：

泱泱大風㉘，其太公兮。穆穆君子，紹厥宗兮。忠鯁察廉，仕漢宫兮。高才位卑，考永终兮[一五]。哀哀孤子，號蒼穹兮。歸葬平陵，松栢桐兮[一六]。

【校記】

［一］“大周”原無，據周紹良主編《唐代墓志彙編》所收《大周故宣義郎騎都尉行曹州離狐縣丞高府君墓誌銘》補；“義”原作“議”，據《文苑英華》卷九六〇改。

［二］“其”原無，據《全唐文》補。

［三］“兕”原作“光”，據《全唐文》改。

［四］“袖”原作“柚”，據周紹良主編《唐代墓誌彙編》所收《大周故宣義郎騎都尉行曹州離狐縣丞高府君墓誌銘》改。

［五］“蝗猶”原作“蟲蝗”，據《全唐文》改。

［六］“也”原無，據《全唐文》補。

［七］“徇”原作“狥”，據《全唐文》改。

［八］“永”原作“秦”，據《全唐文》改。

［九］“從”原無，據《全唐文》補。

［一〇］“春秋”二字原無，據《全唐文》補。

［一一］“薄”原作“簿”，據《全唐文》改。

［一二］“日”原無，據《全唐文》補。

［一三］“邙”原作“印”，據《全唐文》改。

［一四］“爰”原作“奚”，據四庫本改。

［一五］“永終”原作“終命”，據《全唐文》改。

［一六］“松栢”原作“栢松”，據《全唐文》改。

【注釋】

①君諱某，字某：據周紹良主編《唐代墓誌彙編》載《大周故宣義郎騎都尉行曹州離狐縣丞高府君墓誌銘》，高府君，名像護，子景衛。

②渤海蓨人：見《臨邛縣令封君遺愛碑》注⑪。

③陽翟：縣名，縣治在今河南省禹州市。

④赭鞭：見《謝藥表》注⑥。炎帝：神農氏之號。

⑤蒼兕：傳説中水獸名。載《史記·齊太公世家》。

⑥曾祖某：據周紹良主編《唐代墓誌彙編》《大周故宣義郎騎都尉行曹州離狐縣丞高府君墓誌銘》，曾祖名旾。

⑦皂蓋：指可以享受坐皂蓋車，後指州郡長官。

⑧絃歌：見《臨邛縣令封君遺愛碑》注⑩²。

⑨蝗猶避境：典出《後漢書·卓茂傳》。指卓茂爲密縣縣令，蝗蟲在周邊，獨不進入密縣境内。

⑩徇物：舍己利人。

⑪永州：州治在今湖南省永州市。湘源：縣治在今廣西省全州縣西。

⑫鳳州：州治在今陝西省鳳縣東北。黄花縣：唐武德元年（618 年）析梁泉縣置，治所在今陝西省鳳縣。

⑬“梁竦”二句：此指梁竦胸有大志、不願入仕。梁竦，字叔敬，梁統子。少通經學，自負文才，不應辟命。事載《後漢書·梁竦傳》。

⑭“桓譚”二句：此指桓譚因反對讖緯被貶六安郡臣而悶悶不樂。桓譚（約前 23 年～56 年），字君山，沛國相（今安徽省淮北市相山區）人。東漢哲學家、經學家。

⑮易州：州治在今河北省易縣。遂城縣：縣治在今河北省徐水市。

⑯管輅之材：管輅（210 年～256 年），字公明，平原郡平原縣（今山東省平原縣）人。三國時期曹魏術士。趙典之任：趙典，字仲經，蜀郡成都人。少篤行

隱約，博學經書。

⑰曹州：州治在今山東省菏澤市曹縣西北。離狐縣：今山東省菏澤市東明縣。

⑱《武》盡美矣：語出《論語·八佾》：“謂《武》：‘盡美矣，未盡善矣。’”

⑲夷齊：伯夷、叔齊。

⑳文哉鬱乎：語出《論語·八佾》：“周鑒於二代，鬱鬱乎文哉！”

㉑歲在單閼：卯年别稱，天授二年爲辛卯。

㉒素履：比喻人以樸素坦白之態度行事。元亨：大通、大吉。

㉓“桓魋”二句：謂桓魋製作石槨不符合禮經規定。桓魋，子姓，春秋時宋國人，任宋國司馬。石槨事載《禮記·檀弓上》。

㉔墨翟桐棺：謂墨子以桐木爲棺，倡導節儉。墨子（前476或前480年～前390或前420年），名翟，春秋戰國之交宋國人，中國古代思想家、教育家、科學家、軍事家，墨家學派創始人和主要代表。

㉕北邙山：在今河南省洛陽市東北。

㉖“思封樹”句：指修建墳墓、種植樹木來緬懷雙親。

㉗“恐東西”句：擔心時間久了記不得父母墳墓位置而建墳種樹。

㉘泱泱大風：季札觀樂對齊詩的贊美。語出《左傳·襄公二十九年》。

唐故袁州參軍李府君妻清河張氏墓誌銘[①]

夫人諱某[一]，清河郡東武城人也[二][②]。昔軒轅錫胤，弧矢崇威[③]。畏其神者三百年，得其姓者十四族[④]。金貂七葉[三][⑤]，漢天子之忠臣；鼎足三公[⑥]，晉武皇之名相。孤卿玉帛[⑦]，世有其庸。曾祖某，北齊太常卿，徐、兗二州刺史。天人之禮，位掌於秩宗[⑧]；侯伯之尊，寵優於露冕[⑨]。祖某，隋汾陰、壽春、陽城三縣令。襲公侯之瑞，屈銅墨之班[⑩]，士元非百里之才[⑪]，太丘有三臺之望[⑫]。父某[四]，唐户部侍郎，復、亳、建三州刺史。尚書北斗，始贊於南宫⑬；方嶽專城，中榮於獨坐⑭。夫人即刺史之第若干女也[五]。稟柔成性，藴粹含章⑮。承禮訓於公庭⑯，習威儀於壼則⑰。夫其窈窕之秀、婉孌之姿，貞節峻於寒松，韶儀麗於温玉。鉛華不御⑱，飾環珮之容；浣濯是衣，勤黼黻之綵⑲。自作嬪於君子⑳，主中饋於家人㉑，三千之禮不違㉒，九十之儀無愆㉓。至乃恭於奉上，順於接下，仁孝以承宗祀，慈惠以睦閨門，則雍雍蹌蹌㉔，必由其道矣。嗚呼！府君不造，遘此閔凶。中年不圖，早世而殞。青松摧折[六]，哀斷女蘿之心㉕；丹節孤高[七]，終守栢舟之誓㉖。而府君食先人之德，無厚生之財[八]㉗。夫人徇黔婁之貞㉘，闕丹臺之産㉙，孀居永日，蓬首終年㉚。處貧素而彌堅，保幽芳而不昧。始府君之逝，有四子焉。少遭罔極之哀，未奉過庭之訓㉛。夫人保持名教，終始禮經，既勗之以義方，又申之以遠大。皆能率由慈訓，克荷嘉聲，箕裘之業載隆㉜，燕翼之謀不殞㉝。非夫淑明賢懿、聖善温良，崇婦道之深規，弘母儀之至範，孰能昭宣令聞若斯之盛哉？彼蒼不忱㉞，殲我眉壽㉟，春秋若干。載初元年月日㊱，遘疾終於洛州某里之私第。嗚呼哀哉！夫人令儀有穆，惠聞無喧㊲，敦雅志於《詩》《書》，婉嫺情於琴瑟[九]㊳。若乃姆師酒食之儀㊴，女工纂組之繁㊵，莫不總制清理，弘宣懿則。茂蘋蘩之雅訓，協沼沚之芳猷㊶。雖古稱敬姜[一〇]，《詩》云淑女㊷，論容比德，殆無以過。穠華不居㊸，松扃永閟㊹。嗣子某等悲摧欒棘㊺，思結寒泉㊻，永惟同穴之儀㊼，仰遵歸祔之典㊽。以大周天授二年二月日朔，遷祔於袁府君之舊塋[一一]，禮也。合葬非古，奉周公之儀㊾；墓而爲墳，宗仲尼之訓㊿。嗚呼！鴛鴦之樹[51]，眇泣於松楸；鼓吹之列[52]，緬然於丘壠[53]。原陵何代，銘志無文，有哀黄鳥之詩[54]，遂勒青烏之兆[55]。銘曰：

《詩》云淑女，君子好逑[一二][56]。懿哉令德，嘉儀聿修。温容玉映，峻節松楸。妙心彤史[57]，潔志玄猷[58]。昭宣壼則，惠穆蘋洲。共伯早逝，貞姜獨留[59]。煢居蓬首，哀深栢舟。彼蒼不憖[60]，此夜長幽。懷南風之吹棘[61]，想北隴以同丘。青春兮白日，獨昭昭以悠悠[62]。

【校記】

［一］“諱某”原無，據《全唐文》補。

［二］“城”原無，據《全唐文》補。

［三］“葉”原作“業”，據《全唐文》改。

［四］“某”原無，據《全唐文》補。

［五］“宫方嶽專城中榮於獨坐夫人即刺史之第若干女也”二十一字原無，據《全唐文》補。

［六］“摧”原作“榷”，據《全唐文》改。

［七］“節”原作“桂”，據《全唐文》改。

［八］“厚”原作“后”，據《全唐文》改。

［九］“嫺”原作“婣”，據《全唐文》改。

［一〇］“雖”原無，據《全唐文》補。

［一一］“府”原作“州”，據《全唐文》改。

［一二］“逑”原作“求”，據四庫本改。

【注釋】

①袁州：州治在今江西省宜春市。清河：郡名，故址在今河北省清河縣東，爲張氏郡望。

②東武城：武城縣，故址在今山東省武城縣西。

③“軒轅”二句：指軒轅黄帝賜姓、賜禮器。錫胤，賜姓。弧矢，弓箭。

④“得其姓者”句：指黄帝賜姓有十四人、十二姓。見《國語・晉語四》。

⑤金貂七葉：指七代爲官。金貂，侍中、中常侍之冠，冠上加黄金珰，附蟬爲文，貂尾爲飾。

⑥鼎足：喻三公。

⑦孤卿：原指少師、少傅、少保，泛指高官。玉帛：此指財富。

⑧秩宗：古代掌宗廟祭祀的官。

⑨露冕：指官員治政有方、皇帝恩寵有加。典出晉陳壽《益都耆舊傳》郭賀事。

⑩銅墨：銅印黑綬。

⑪士元：三國時龐統字。百里之才：指管理一縣的才能。

⑫太丘：縣名。此指東漢時太丘長陳寔。三臺之望：位至三公的名望。

⑬“尚書”二句：尚書如同天上的北斗。南宫，原指朱鳥星座，尚書省别稱。

⑭方嶽：州郡長官。獨坐：見《漢州雒縣令張君吏人頌德碑》注⑮。

⑮藴粹含章：藴粹即含章，指内涵美好。

⑯“承禮訓”句：在家接受父母的教育。

⑰壼則：婦女行爲的準則、榜樣。

⑱鉛華不御：指不化妝。鉛華，婦女化妝用的鉛粉。

⑲“浣濯”二句：指勤於洗滌、針線。黼黻之綵，在衣服上繡花紋。

⑳作嬪：女子出嫁。

㉑中饋：家中飲食。

㉒三千之禮：指禮儀極多。見《禮記·中庸》：“禮儀三百，威儀三千。”

㉓九十之儀：指儀禮極多。語出《詩經·豳風·東山》：“親結其縭，九十其儀。”

㉔雍雍蹌蹌（qiāng）：和穆而有威儀。

㉕女蘿：一種地衣類植物，全體爲無數細枝，狀如線，靠依附他物生長。古代多喻女子。

㉖栢舟之誓：指女子守志，見《詩經·鄘風·柏舟》及序。

㉗厚生：指生活富足、充裕。

㉘黔婁之貞：指黔婁之妻樂貧行道。

㉙丹臺之産：指秦始皇時期巴寡婦清富有。

㉚蓬首：頭髮散亂，指不梳洗打扮。

㉛過庭之訓：指父親的教誨，典出《論語・季世》孔子教育孔鯉。

㉜箕裘之業：指世代相傳之業。《禮記・學記》："良冶之子，必學爲裘；良弓之子，必學爲箕。"

㉝燕翼之謀：指善爲子孫後代謀劃。語出《詩經・大雅・文王有聲》："武王豈不仕？貽厥孫謀，以燕翼子。"

㉞彼蒼不忱：老天不可信。語出《詩經・秦風・黄鳥》："彼蒼者天，殲我良人。"

㉟眉壽：高壽。

㊱載初元年：公元689年，載初爲唐睿宗李旦的年號，實爲武則天掌權。

㊲"令儀"二句：指有和穆的儀容、美善的聲譽。

㊳嫺情：文静閒雅之情。

㊴姆師：女師。

㊵纂組：赤色綬帶，泛指精美的織錦。

㊶蘋蘩：見《爲豐國夫人慶皇太子誕表》注⑰。沼沚：水池或水中小塊陸地。

㊷敬姜：姜姓，名戴己，齊國莒縣（今山東省莒縣）人。春秋時期齊侯庶出之女。《詩》云淑女：指《詩經・周南・關雎》"窈窕淑女"。

㊸穠華：盛開之花。

㊹松扃永閟：墓門永閉，指長逝。

㊺悲摧欒棘：形容孝子極度悲痛哀傷。

㊻思結寒泉：指寒泉之思。語出《詩經・邶風・凱風》："爰有寒泉，在浚之下，有子七人，母氏勞苦。"

㊼同穴：指夫妻死後合葬。

㊽歸祔：合葬。

㊾"合葬"二句：典出《禮記・檀弓上》，指夫妻合葬從周公時期就已開始。

㊿"墓而"二句：典出《禮記・檀弓上》，指增高墳墓，是遵從孔子的教導。

51鴛鴦之樹：即相思樹，見干寶《搜神記》卷十一載韓憑妻何氏事。

㊾鼓吹之列：指慈母山，又名鼓吹山。

㊿丘壠：墳墓。

(54)哀黄鳥之詩：指《詩經・秦風・黄鳥》。

(55)青烏：見《申州司馬王府君墓志》注(77)。

(56)“《詩》云”句：指《詩經・周南・關雎》“窈窕淑女，君子好逑”。

(57)彤史：女史。

(58)玄猷：幽遠之道。

(59)“共伯”二句：見本文注㊷。

(60)不憖：不願留。《詩經・小雅・十月之交》：“不憖遺一老，俾守我王。”

(61)南風之吹棘：知思念母親而内心悲傷。語自《詩經・邶風・凱風》：“凱風自南，吹彼棘心。棘心夭夭，母氏劬勞。”

(62)“青春兮”二句：指青天白日思念母親的心昭明而悠長。

上殤高氏墓志銘 并序①

維唐垂拱二年，太歲景戌七月二十日[一]②，殤子高氏卒。嗚呼哀哉！含瓊敷而不玉實者[二]③，有矣夫。吾觀顥元機化④，出入夭壽之數，榮落之原⑤，皆一受而不易者也。悲夫！古人之仁懿中庸，不幸短命⑥，今復見之於高子矣[三]。高子[四]，渤海蓨人也，黄州府君之幼孫、宛丘府君之叔子[五]。生而岐嶷⑦，實覃實華。越在繈褓，神明滋茂。童蒙淵敏，光潤玉顔。八歲始教方書⑧，受甲子⑨，已知孝悌之道、《詩》《禮》之規，宛丘府君鍾愛之。他日，嘗趨庭與諸兒戲⑩，神情涵泳，綽然如鴻雛鵠子⑪，有青雲之意也。府君美之，曰：“能光我家者，此兒。”十五通《左氏春秋》及《尚書》，淵騫之志⑫，日新宏大矣。不幸享年十七，遇疾而夭。嗚呼哀哉！宛丘府君感慟，哀過於禮，曰[六]：“不恨爾壽之不長，惜爾器之不彰。夫何苗育⑬，今也則亡。嗚呼！吾將老矣，遠爾何哉?”其年七月[七]，殯於家園。日月云徂⑭，六載於兹矣。天授二年[八]，龍集辛卯，府君方大崇元域⑮，以安先兆，諸子之柩皆祔焉。其年二月癸卯朔十八日庚申[九]，啟殯歸瘞大塋[一〇]，禮也。銘曰：

來不可遏，去不可止⑯。唯死與生，由生以死。於戲殤子⑰，噫何往矣。傷慈父之肝情，獨冥冥而長已。死而有知，可也；若其無知，悲爾⑱！

【校記】

［一］“七”原作“十一”，據《全唐文》改。

［二］“含”原無，據《全唐文》補。

［三］“矣”原無，據《全唐文》補。

［四］“高”原無，據《全唐文》補。

［五］“宛”原作“苑”，據《全唐文》改。

［六］“曰”原無，據《全唐文》補。

［七］“其”原作“某”，據《全唐文》改。

［八］“授”原作“鳳”，據《全唐文》改。

［九］“二”原作“一”，據《全唐文》改。

［一〇］“大”原作“之”，據《全唐文》改。

【注釋】

①上殤：長殤。古代有長中下三殤之説，年十九到十六去世爲長殤，十五到十二去世爲中殤，十一到八歲去世爲下殤。高子年十七去世，故名長殤。

②“唐垂拱二年”二句：前者爲年號，後者爲星紀。垂拱二年即太歲景戌，686年。

③“含瓊敷”句：指開花而不結果，此指高子早殤。

④顥元機化：天道變化。

⑤榮落：花開花落，或榮盛與衰落。

⑥“古人”二句：暗指如顔淵那樣的人。仁懿，仁德美好。中庸，中正平和。

⑦岐嶷：形容幼年聰慧。語出《詩經・大雅・生民》：“誕實匍匐，克岐克嶷。”

⑧方書：謂五方算計之書。

⑨甲子：天干地支，用以計數。

⑩趨庭：本指承受父教，此指在庭院玩樂。典出《論語・季氏》：“嘗獨立，鯉趨而過庭。”

⑪鴻雛鵠子：小雁、小天鵝，喻指早慧而前程遠大。

⑫淵騫之志：有顔淵、閔子騫那樣的志向。

⑬苗育：指育苗而不實，即早夭。

⑭日月云徂：日月不斷消失。徂，往，去。

⑮元域：墓地。

⑯“來不”二句：語出《莊子・達生》：“生之來不能卻，其去不能止。”陸機《文賦》：“來不可遏，去不可止，藏若景滅，行猶響起。”

⑰於戲：同“嗚呼”。

⑱“死而”四句：謂假如死者有知，那還值得；如果死者無知，真是太悲哀。此强調高家對殤子的憐惜、悲傷。

堂弟孜墓誌銘 並序[一]

君諱孜，字無怠，其先陳國人也。六代祖太樂，梁大同中爲本郡大司馬[二]，生五代祖方慶。屬梁亂，始居新城郡武東山。高祖湯爲郡主簿，生曾祖通，蚤卒。通生皇祖辯。少習儒學，然以豪英剛烈著聞，是以名節爲州國所服。皇祖生玫元爽。保植先人茂德，降生於君。君幼孤[三]，天資雄植，英秀獨邁①。性嚴簡而尚倜儻之奇②，愛廉貞而不拘介獨之操[四]③。始通《詩》《禮》，略觀史傳，即懷軌物之標④，希曠代之業。故言不宿諾⑤，行不苟從，率身克己，服道崇德。閨門穆穆如也⑥，鄉黨恂恂如也⑦。至乃雄以濟義，勇以存仁，貞以立事，毅以守節，獨斷於心，每若由己，實爲時輩所高而莫敢與倫也。是以鄉里長幼，望風而靡；邦國賢豪，聞名而悦服。方謂拂羽喬木，緬昇高雲⑧，而遭命大過[五]，棟橈而殞⑨。嗚呼！天咎予乎[六]⑩！時年三十五。是歲龍集癸巳，有周長壽二年秋七月[七]，卜兆不吉，權殯於真諦寺之北園。始以今甲午歲獻春一月乙酉朔二十五日己酉[八]，窆於石溪山之北岡[九]⑪，陪考墳也[一〇]。君家世墳壠在武東山，昭穆崇封⑫，松栢列盛。至君攷遺令，獨愛石溪之岡，故君從先志祔葬於此。嗚呼哀哉！始君伯父⑬，海内之文人也⑭。含純剛之德，有高代之行[一一]，每見君，嘆曰："吾家世雖儒術傳嗣，然豪英雄秀，濟濟不泯。常懼後來光烈，不象先風。每一見爾，慰吾家道。"實謂君有逸群之骨⑮、拔俗之標，超山越壑，可以駿邁也。豈其天絶，喪兹良圖。嗚呼！其元命歟⑯？遭命歟？天不恍歟⑰？道固謬歟？大圓蒼蒼，大方茫茫⑱，賢聖同此，爾之何傷？古人有言："珠玉而瘞，是暴骸於中原⑲。"況吾家道尚儉，名訓未墜。封樹之禮，吾敢過焉？是用錫爾瓦木之器、塗芻之靈⑳、堯舜之典、忠孝之經，昭示後代，以安爾形。銘曰：

我祖之葳蕤兮邈於陳，緬遙裔兮此江濆㉑。五代崇光兮至夫君，徽烈英曜兮始氛氲。何意嚴霜兮降青春㉒，玉樹摧落兮成黄塵。南山無隙兮永幽淪㉓，悠悠昭代兮卜爾辰。吾慟感傷兮號蒼旻，問之蓍策兮立兹墳㉔。乃言千載兮衣冠來臻，黄頭之子白服人[一二]㉕，嗟爾黄頭兮勿傷神[一三]。

【校記】

[一]"弟"原作"第"，據《全唐文》改。

[二]"大"原作"太"，據《全唐文》改。

［三］“君”原無，據《全唐文》補。

［四］“介”原作“分”，據《全唐文》改。

［五］“命”原無，據《全唐文》補。

［六］“咎予”原作“降吊”，據《全唐文》改。

［七］“長壽”原作“天授”，據羅庸、彭慶生意見改；“秋”原無，據《全唐文》補。

［八］“午”原作“年”，前“乙”原作“己”，據《文苑英華》卷九六一改。

［九］“窆”原作“定”，據四庫本改。

［一〇］“考”原作“秀”，據《全唐文》改。

［一一］“有”原無，據《全唐文》補。

［一二］“黄頭之子白服人”七字原無，據《全唐文》補。

［一三］“嗟爾”二字原無，據《全唐文》補。

【注釋】

①英秀：才能卓越。獨邁：超越。

②“性嚴簡”句：本性嚴肅簡易卻追求豪放不羈。

③“愛廉貞”句：愛好廉潔正直卻不孤傲清高。

④軌物之標：行爲準則、規範。

⑤言不宿諾：不空許諾，謂言行一致。

⑥“閨門”句：指在家裏端莊恭敬。閨門，室内、家裏。

⑦“鄉黨”句：本指孔子言行温恭，此指陳孜。語見《論語·鄉黨》：“孔子於鄉黨，恂恂如也。”

⑧“拂羽”二句：指陳孜有高飛之志。

⑨大過：《周易》卦名，象徵陽剛過盛而遭折。棟橈：房梁彎曲脆弱。《周易·大過》：“大過，棟橈，利有攸往，亨。彖曰：大過，大者過也。棟橈，本末弱也。”

⑩天咎予乎：老天懲罰我吧？

⑪窆：埋葬。

⑫昭穆：指墓地葬位左右順序。

⑬始君伯父：即陳子昂父親陳元敬，事見本集《府君有周文林郎陳公墓誌文》。

⑭文人：指有文德之人。

⑮逸群：超群出衆。

⑯元命：大命，天命。

⑰天不忱：天意不可相信。

⑱“大圓”二句：描繪天地形狀。

⑲“古人”二句：見《梓州射洪縣武東山故居士陳君碑》注㊼。

⑳錫：賜。塗：塗車，泥制之車。芻：芻靈，草人泥馬。

㉑遙裔：相隔較遠的後代。

㉒青春：此指青春年華。

㉓南山無隙：指薄葬。事見《漢書・劉向傳》。

㉔蓍策：指占卜。蓍，占卜所用之草。

㉕黄頭之子：見《魏書・游雅傳》。黄頭，游雅小名。白服人，指白衣爲天子三公。

館陶郭公姬薛氏墓誌銘 並序[①]

姬人姓薛氏，本東明國王金氏之胤也[②]。昔金王有愛子别食於薛，因爲姓焉[一]。世與金氏爲姻。其高、曾皆金王貴臣大人也[二]。父永沖，有唐高宗時，與金仁問歸國[③]，帝疇厥庸[④]，拜左武衛大將軍[三]。姬人幼有玉色，發於穠華，若彩雲朝升、微月宵映也。故家人美之，少號仙子。聞羸臺有孔雀鳳凰之事[四]，瑤情悦之。年十五，大將軍薨，遂剪髮出家，學金僊之道，而見寶手菩薩⑤。静心六年，青蓮不至⑥，乃謡曰："化雲心兮思淑真⑦，洞寂滅兮不見人。瑤草芳兮思葐蒀，將奈何兮分青春。"遂返初服⑧，而歸我郭公[五]。郭公，豪蕩而好奇者也。雜珮以迎之⑨，寶瑟以友之⑩，其相得如青鳥翡翠之婉孌矣⑪。華繁艷歇[六]，樂極悲來。以長壽二年太歲癸巳二月十七日，遇暴疾而卒於通泉縣之官舍⑫。嗚呼哀哉！郭公恍然，猶若未亡也。寶珠以含之⑬，錦衾而舉之。故國途遙，言歸未迨，留殯於縣之惠普寺之南園⑬，不忘真也⑭。銘曰：

高丘之白雲兮，願一見之何期？哀淑人之永逝，感紺園之春時⑭。願作青鳥長比翼，魂魄歸來遊故國。

【校記】

［一］"爲"原無，據《全唐文》補。

［二］"王"原作"玉"，據《全唐文》改。

［三］"衛大"二字原無，據《全唐文》補。

［四］"羸"原作"羸"，據《全唐文》改。

［五］"郭"原無，據《全唐文》補。

［六］"歇"原作"歌"，據《全唐文》改。

【注釋】

①館陶：唐屬魏州，爲今河北省館陶縣。郭公：指郭元振（656 年～713 年），本名郭震，字元振，以字行。生於魏州貴鄉（今河北省邯鄲市大名縣）。唐朝宰相兼名將。姬薛氏：新羅人，姓薛。

②東明國王金氏：指新羅王，姓金。

③金仁問：金仁問（629 年～694 年），字仁壽，新羅國王族，新羅武烈王金春秋之子、文武王金法敏之弟。著名的外交家、軍事家、書法家。

④帝疇厥庸：皇上酬賞其功勞。疇，通酬。

⑤寶手菩薩：又稱寶掌菩薩。如意珠在手，能滿足一切願望，故稱寶手菩薩。左手按腰持蓮花，花上有三股金剛杵，杵上有寶珠焰鬘，右手舒掌托寶珠當胸，半跏趺坐於赤蓮花上。

⑥青蓮：見《酬暉上人夏日林泉見贈》注①。

⑦雲心：漂浮閒散之心。

⑧遂返初服：指出家後再還俗。

⑨雜佩：連綴在一起的各種佩玉。語出《詩經・鄭風・女曰雞鳴》："知子之來之，雜佩以贈之。"

⑩寶瑟：見《喜遇冀侍御珪崔司議泰之二使並序》注⑮。

⑪"其相得"句：謂郭公和薛姬恩情婉孌如青鳥、翡翠。

⑫通泉縣：治所在今四川省射洪縣南。

⑬寶珠以含之：古代將寶珠含於死者口内。

⑬惠普寺：即普會寺、壽聖寺，在今四川省遂寧市區。

⑭不忘真：指不忘記薛姬形象。

⑭紺（gàn）園：指佛寺。

唐陳州宛丘縣令高府君夫人河南宇文氏墓誌銘

夫人諱某，河南郡人也。昔吾君夏后氏之子霸有幽都，皇運北興，鼎圖南起[一]，開寶符而帝天下，撫璿璣而王中國①。則後周之受命、武帝之雲孫②，夫人四代祖也。曾祖某，失周子之封[二]，亡山陽之國，雖存天子之胤，已類咸陽布衣③，植德蚤夭④。祖某，隋朝官澧州澧陽縣令[三]⑤。父某，龍州司法⑥。皆承家席寵⑦，世有令名。夫人賁穠華，襲繁祉⑧，崇徽惠穆⑨，秀色苕榮⑩，自於幼年，有令儀也。十四適於高府君⑪。夫其温慈惠和，信肅修穆，行有法度，動有禮經。嚴恪以理家人，嫻瑟以和君子⑫，則已含乎光大矣。若乃宗廟哀敬，仁孝也；娣姒祗和⑬，謙順也；蠲潔酒食⑭，婦儀也；黼黻玄黄，女工也⑮。弘此四德而務六親⑯，肈悦以文之⑰，雜佩以發之。猗可以作範母儀⑱，昭宣壼則矣。至於訓子以睦，教女以順，愛下以慈，與人以讓，外以贊府君之德，内以光中饋之政，皆曰聞其進不見其退也⑲。嗚呼，仁而不壽，生也永終[四]。永淳元年五月⑳，遇疾終於宛丘縣之官舍㉑，時年二十七[五]。嗚呼哀哉！高府君尋以公事罷職[六]，山塋未卜，旌旐來歸㉒。府君思北海之魂留東園而殯㉓，日月遂往，九歲於兹。府君方崇樹先塋，增封舊域㉔。以大周天授二年太歲辛卯二月癸卯[七]㉕，啟殯於東園，遷祔於洛州某原[八]，禮也。哀哉！夫人雅有高行，終而不忘[九]，以爲厚葬非禮也。是以珠玉不飾，塼瓦是藏。高府君聿遵其志，率以薄葬。於戲，非古之明德淑女，金玉其光，何以躋之㉖？吾忝門閭之賓[一〇]㉗，睹其家道矣[一一]。雍穆懿鑠㉘，實有清風，故敘之而未充德也。銘曰：

夭夭桃李有華兮㉙，灼灼淑人宜家兮㉚。修睦婦道不譁兮，窈窕嬪儀孔嘉兮㉛。榮采之方茂而云亡兮，咨嗟。

【校記】

［一］“圖”原作“國”，據《全唐文》改。

［二］“子之”原作“之子”，據《全唐文》改。

［三］“縣”原無，據《全唐文》補。

［四］“終”原作“中”，據《全唐文》改。

［五］“時”原無，據《全唐文》補。

［六］“公”原無，據《全唐文》補。

［七］“大”原無，據《全唐文》補。

［八］“遷”原無，據《全唐文》補。

［九］“忘”原作“忌”，據《全唐文》改。

［一〇］“忝”原作“泰”，據《全唐文》改。

［一一］“睹”原爲墨丁，據《全唐文》補。

【注釋】

①“皇運”四句：指宇文泰之子宇文覺稱帝，國號爲周，即北周。寶符，帝王承受天命的符瑞。璿璣（xuán jī）：即璿璣，北極星，指帝位。王中國，統治中國。

②武帝：小字禰羅突，鮮卑族，周文帝宇文泰第四子，北周第三位皇帝，武成二年（560 年）至宣政元年（578 年）在位。雲孫：遠孫，間隔較遠的後代。

③咸陽布衣：用召平事。召平，秦時東陵侯。秦亡不仕，隱居長安城東種瓜爲業。

④植德蚤夭：指樹德而早亡。蚤，通早。

⑤澧陽縣：今湖南省澧縣。

⑥龍州：州治在今四川省平武縣東南。司法：司法參軍省稱。

⑦承家席寵：憑藉恩寵繼承家業。

⑧賁（bì）穠華：用盛開的花朵來妝飾，形容女子漂亮。襲繁祉：繼承了更多福氣。

⑨崇徽惠穆：崇尚美德，聰明温和。

⑩秀色苕榮：像淩霄花一樣漂亮。苕榮，淩霄花。

⑪適：女子出嫁。

⑫嫺（xián）瑟：莊敬寬厚。

⑬娣姒祗和：妯娌之間尊敬和睦。

⑭蠲潔酒食：指製作酒食。

⑮黼黻（fǔ fú）玄黄：各種文采。女工：即女紅，指女子針線活。

⑯四德：指女子德、言、容、功。六親：父、子、兄、弟、夫、婦。

⑰“鞶帨”句：用腰帶佩巾來妝飾。鞶帨（pán shuì）：腰帶和佩巾。

⑱母儀：指母親應有的儀態。

⑲“聞其進”句：語見《論語·子罕》：“子謂顏淵曰：‘惜乎！吾見其進也，未見其止也。’”

⑳永淳元年：唐高宗年號，682年~683年。

㉑宛丘縣：今河南省淮陽縣。

㉒旌旐：銘旌，導引靈柩的魂幡。

㉓北海之魂：典出《列異傳》，指北海營陵道人能使活人與死人相見。

㉔“崇樹”二句：指整修祖墳。

㉕大周天授二年：690年。

㉖何以躋之：怎麽能夠達到？

㉗門閭之賓：指高家女婿。

㉘雍穆懿鑠：和穆、融洽、美盛。

㉙“夭夭”句：贊美新娘漂亮。

㉚“灼灼”句：贊美新娘不僅漂亮，而且能興旺夫家。語出《詩經·周南·桃夭》：“桃之夭夭，灼灼其華。之子於歸，宜其室家。”

㉛窈窕：苗條，身材好。嬪儀：婦女的禮儀。孔嘉：非常美好。

周故内供奉學士懷州河内縣尉陳君碩人墓誌銘 並序

君諱該，字彦表，綿州顯武人也①。其先自潁川遷蜀矣[一]。曾祖寄、祖曾、考永貴，皆養高不仕。君少好學，能屬文。上元元年②，州貢進士③，對策高第，釋褐授將仕郎。其明年，制勅天下文儒，司屬少卿楊守訥薦君應詞殫文律[二]④，對策高第，勅授茂州石泉縣主簿⑤。開耀元年制舉⑥，太子舍人、司議郎、太府少卿元知讓應制[三]⑦，薦君於朝堂，對策高第，勅授隆州蒼溪縣主簿⑧。垂拱四年⑨，又應制學綜古今⑩，對策高第，勅授懷州河内縣尉⑪。凡歷所職，皆以清廉仁愛著聞。有周革命⑫，天授三年⑬，恩勅自河内追入閤供奉[四]⑭。居未朞⑮，不幸遇疾於神都積善坊⑯，攷終厥命，年六十三。歸葬於豆圖山之陽原[五]⑰，禮也。嗚呼哀哉！古人有云：飾顔夷之行⑲，不逢青雲之士，而聲名磨滅者有之矣。嗚呼，我陳君敦懿玄默[六]，潔清温良，馴道執志，好學博古。徇徇焉[七]⑳，行高職卑，不改其操，學優禄薄㉑，不怨於天㉒。四舉有道，三歷下位，晏如也㉓。非淳人淑士，其誰能湼而不渝哉㉔？夫知命可謂君子矣㉕，好學可謂爲文矣㉖。丹書不藏於勛府，青史不昭於方册。於戲！一絶故老之口，孰知夫子之賢哉？某與君，族人也，服美其德尚矣。昔子雲稱李元㉗、常璩敘令伯㉘，皆没而不朽[八]㉙，後代稱之。斯非若人之徒歟？吾豈默而無述。其銘曰：

闇闇君子㉚，好斯文兮。縟藻鑿章㉛，潛卿雲兮。棲遲下位㉜，允升聞兮。金署玉堂㉝，見吾君兮。鸞階鴻漸，期紫氛兮㉞。鍾鳴漏盡，竟蘭焚兮㉟。儒行墨節㊱，將何云兮。恭承遺言，立石文兮㊲。金刻丹書㊳，記歲辰兮。青龍甲午㊴，銘兹壙兮。

【校記】

［一］“穎”原作“頴”，據《全唐文》改。

［二］“殫”原作“彈”，據《全唐文》改。

［三］“太”原作“大”，史無“大府少卿”，據文意改。

［四］“閤”原作“閼”，據《全唐文》改。

［五］“圖”原作“四”，據《全唐文》改。

［六］“我”原無，據《全唐文》補。

［七］“徇徇”原作“恂恂”，據《全唐文》改。

［八］“朽”原作“杇”，據《全唐文》改。

【注釋】

①綿州顯武：唐高祖武德三年（620 年）分昌隆縣地置顯武縣（今四川省江油市境内），隸綿州。

②上元元年：唐高宗年號，674 年。

③州貢進士：即鄉貢進士。經鄉試、府試選拔合格者被舉薦參加禮部貢院的進士科考試，未擢第者爲“鄉貢進士”。

④楊守訥：弘農華陰（今陝西省華陰市）人，曾任祠部員外郎、司庾大夫、司屬少卿、汾州刺史。詞殫文律：唐朝制舉科目。

⑤茂州石泉縣：故址在今四川省北川市羌族自治縣。

⑥開耀元年：唐高宗年號，681 年。

⑦元知讓：河南洛陽人，工部侍郎元務真之子，曾任虞部郎中、太子舍人、司議郎、太府少卿。

⑧隆州蒼溪縣：縣治在今四川省蒼溪縣。

⑨垂拱四年：武則天年號，688 年。

⑩學綜古今：唐朝制舉科目名稱。

⑪懷州河内縣：治所在今河南省沁陽縣。

⑫有周革命：指武則天建立大周政權。

⑬天授三年：武則天年號，692 年。

⑭入閤供奉：入内宫擔任職務。

⑮朞：周年。

⑯神都：指洛陽。積善坊：洛陽市内街道名。

⑰豆圌山：豆圌山即竇圌山，又名圌山，位於今四川省江油市城北涪江東岸武都鎮。相傳唐代彰明（今屬江油市）主簿竇圌（字子明）隱居於此，故名。

⑲顔夷之行：顔淵、伯夷等人的行爲。

⑳徇徇焉：温恭之貌。

㉑學優禄薄：學問優秀而職位不高。

㉒不怨於天：不怨天尤人。語出《論語·憲問》："不怨天，不尤人，下學而上達，知我者其天乎！"

㉓晏如：安然。

㉔涅而不渝：喻處於極壞環境而不變壞。語出《論語·陽貨》："不曰堅乎，磨而不磷。不曰白乎，涅而不緇。"

㉕"知命"句：指樂天知命之人就是君子。

㉖"好學"句：好學就是有文化。語出《論語·公冶長》："敏而好學，不恥下問，是以謂之文也。"

㉗子雲稱李元：指揚雄稱贊李仲元，見《法言·淵騫》："或問：'子，蜀人也，請人。'曰：'有李仲元者，人也。''其爲人也，奈何？'曰：'不屈其意，不累其身。'曰：'是夷、惠之徒與？'曰：'不夷不惠，可否之間也。'"

㉘常璩敘令伯：常璩在《華陽國志》中爲李密立傳。李密（224年~287年），本名李虔，字令伯，犍爲武陽（今四川省眉山市彭山區）人，西晉初年大臣。

㉙没而不朽：見《唐水衡監丞李府君墓志銘》注⑯。

㉚誾誾：説話和悦而又能明辨是非之貌。

㉛縟藻斐章：繁富辭藻、華麗文章。

㉜棲遲：滯留。

㉝金署玉堂：金馬署、白玉堂，漢代宮中藏書之所。

㉞"鸞階"二句：謂升官希望很大。鸞階，宮殿臺階。鴻漸，喻仕進。

㉟"鐘鳴"二句：本指時間到了傍晚，此喻人之晚年。蘭焚，見《梓州射洪縣武東山故居士陳君碑》注㊷。

㊱儒行墨節：儒家之行、墨家之節。

㊲立石文：指刻碑立傳。

㊳金刻丹書：指在石碑上先用紅筆書寫而後刻字。

㊴青龍甲午：武周延載元年，694年。

燕然軍人畫像銘 並序①

龍集丙戌②，有唐制匈奴五十六載，蓋署其君長，以郡縣畜之[一]③。荒服賴寧④，古所莫記。是歲也，金微州都督僕固始桀驁[二]⑤，惑亂其人，天子命左豹韜衛將軍劉敬同發河西騎士⑥，自居延海入以討之，特勅左補闕喬知之攝侍御史護其軍⑦。夏五月，師舍於同城⑧，方絶大漠[三]，以臨瀚海⑨。君子曰："兵者兇器，仁者惡之[四]⑩。"醜虜倡狂，厥自招咎⑪，今至尊不得已而順伐。嘗聞西方之聖有能仁者⑫，凶吉之業，各報以直。則使元惡授首，群甿不孤，兵無血刃[五]⑬，荒戎底定[六]⑭，豈不在於大雄乎⑮？諸將部校，僉曰"允哉"。將軍乃飭躬率士卒[七]⑯。因古祠廟圖畫形容有古之彌勒像也[八]⑰，天人備容⑱，丹青畢彩，蓋以昭乎景福也⑲。乃作銘曰：

耀天兵兮征荒服，絶雲漠兮出玄極⑳。白羽旆兮青雲旗[九]㉑，簫鼓鳴兮士馬悲㉒。願左右兮浮屠道，備丹青兮妙天寶㉓。功既畢兮業既成，神之來兮福冥冥[一〇]㉔。

【校記】

[一]"之"原作"人"，據《全唐文》改。

[二]"微"原作"徽"，據《全唐文》改。

[三]"漠"原作"漢"，據《全唐文》改。

[四]"仁者惡之"原作"仁何至之"，據《全唐文》改。

[五]"兵"原作"立"，據《全唐文》改。

[六]"戎"原作"我"，據《全唐文》改。

［七］“飭”原作“飾”，據《全唐文》改。

［八］“因”原作“自”，據《全唐文》改。

［九］“旆”原作“飾”，據《全唐文》改。

［一〇］“之”原作“不”，據《全唐文》改。

【注釋】

①燕然軍：見《爲喬補闕論突厥表》注④。

②龍集丙戌：指垂拱二年，686年。

③以郡縣畜之：按照郡縣制度來管理。

④荒服賴寧：謂邊遠地區得到安寧。

⑤“金微州”二句：句謂唐朝垂拱二年僕固叛亂。金微州，唐朝周明，故地在今蒙古人民共和國巴彥烏拉至温都爾汗一帶。僕固，見《爲喬補闕論突厥表》注㊾。

⑥劉敬同：見《爲喬補闕論突厥表》注⑰。河西：指河西走廊及湟水流域。

⑦喬知之：見《觀荆玉篇》注①。

⑧師舍於同城：軍隊駐紮在同城。同城，見《爲喬補闕論突厥表》注㊷。

⑨“方絶”二句：正要度過大漠，臨近瀚海。瀚海，泛指蒙古大沙漠及其以北地區。

⑩“兵者”二句：戰爭是不吉祥之事，仁者很憎惡發生戰爭。

⑪厥自招咎：指叛亂軍隊自己招來禍患。

⑫西方之聖：此指來自於西方的佛教。能仁：指釋迦牟尼。

⑬兵無血刃：兵器上不沾血，指仁義之師。

⑭荒戎底定：邊遠民族安定。

⑮大雄：梵文Mahavīra（摩訶毗羅）意譯。古印度耆那教對其教主的尊稱，亦用爲釋迦牟尼的尊號。

⑯飭躬：警飭自己。

⑰圖畫形容：即圖畫、圖像。彌勒：梵文Maitreya音譯，意譯“慈氏”，未

來佛。

⑱天人備容：此指佛形象具體生動。

⑲景福：洪福、大福。

⑳“絶雲漠”句：指極其遙遠的北地。雲漠，雲彩與大漠相接之處。玄極：極北之地。

㉑白羽旆、青雲旗：指各種旌旗。

㉒“簫鼓”句：謂簫鼓發出的聲音使戰士和馬都悲憤激昂。

㉓“備丹青”句：謂圖畫精妙地畫出了各種珍産。

㉔冥冥：幽暗貌，指不知不覺到來。

窅冥君古墳記銘 爲張昌宗作[一]①

神功元年②，龍集丁酉。我有周金革道息③，寶鼎功成④。朝廷大寧，天下無事。皇帝受紫陽之道⑤，延訪玉京⑥；群臣從白雲之遊⑦，載馳瑤水⑧。笙歌入至，玄鵠飛來⑨。時余以銀青光禄大夫忝在中侍，擁青旄之節⑩，陪翠鸞之旗⑪。昔奉車子侯，獨隨武帝⑫，昌明爲御[二]，每侍軒遊⑬。比之今日，未足多幸。是時屢從嚴祀，遙謁秘封⑭。嘗睹衆靈如雲、群仙蔽日，乃仰感王子晉，俯接浮丘公⑮。行吹洞簫，坐弄雲鳳，竊欲邀羽袂，導鸞輿，求不死於金庭⑯，保長生於玉册。上以尊聖壽，下以息微躬。因登緱山⑰，望少室⑱，尋古靈跡，擬刻真容。得王子晉之遺墟，在永水之層曲⑲，且欲開石室，營壽宫⑳。庀徒方興㉑，畚鍤攸作㉒，乃得古藏焉。其藏上無封壝㉓，内有甓瓦㉔，南北長二丈二尺，東西闊八尺。中有古劍一，長尺餘，銅椀一，並瓦器二。其器文彩怪異，非蟲篆雕斲所能擬也㉕。又有古五銖錢、朱漆片數十枚。初開時文彩可見，及棖撥之㉖，應手灰滅。既無年代銘志，不知爵里官族。參驗其事，已曾爲人所開。於是撫之永懷，念昔增密，始知有形必敝，涉器則毁。鐘鼎玉帛㉗，非度世之資；名位寵章，爲累真之府㉘。未能獨立物表，超世長存，與日月齊光，天地比壽，非天道乎[三]？君冥寞窅冥[四]，久幽珍藏，追此昭發，豈不欲感示玄契㉙，奇暢靈期㉚？昔王喬古墳㉛，唯留一劍；令威荒塚㉜，又歎千年。起予道心㉝，在乎此。仰惟聖主仁慈，恩被草木。陽和掩骼㉞，既昭國典；至德埋胔㉟，又在周令。今此藏虧露，誠感仁惻，謹歷吉日[五]，恊良辰，即以其年十月甲子朔，具物備容，還定舊壙。豚鷄在奠，犧鐏若歆㊱。哀其銘志磨滅、姓位不顯，乃錫之名曰窅冥君[六]，其銘曰：[七]。

【校記】

[一]“窅冥君”原作“冥寞窅冥君”，“宗”原作“寧”，據《全唐文》改。

[二]“御”後原有“史”，據《全唐文》删。

[三]“天”原作“夫”，據《全唐文》改。

[四]“君”原在“冥寞窅冥”後，據《全唐文》改。

[五]“歷”原作“曆”，據《全唐文》改。

[六]“窅冥”原作“冥寞”，據《全唐文》改。

[七]據《全唐文》注“銘入薛稷”。薛稷《杳冥君銘》載《全唐文》卷二七五，原文如下：

悠悠洛邑，眇眇伊壥。屢移寒暑，頻經歲年。丹壑幾變，陵谷俄遷。不睹碑碣，空悼風煙。（其一）

時代攸徙，寧窮姓氏？匪辯□□，誰分朱紫？翠墳全缺，元扃亦毁。久歇火風，爰歸地水。（其二）

靈跡難訪，莫知其狀。彷佛窆臺，依稀泉帳。草積邱壟，松高岩嶂。乃眷幽途，彌增悲愴。（其三）

於彼兆域，是生荆棘。松劍猶存，榆錢可識。覽物流連，□愴太息。欲致禮於靈魂，聊寄言於翰墨。（其四）

【注釋】

①窅冥君：指藏於地下的無名氏。張昌宗（？ ~705 年），小名六郎，定州義豐（今河北省安國市）人，武則天在位時期倖臣。

②神功元年：697 年。

③金革道息：戰事停息。

④寶鼎功成：指鑄造九鼎成功。

⑤紫陽之道：神仙之道。

⑥玉京：見《修竹篇並序》注㉞。

⑦白雲之遊：指遊仙。

⑧瑤水：瑤池。

⑨玄鵠：黑天鵝。

⑩青旄之節：青色犛牛尾製作的符節。

⑪翠鸞之旗：指天子儀仗使用的旗。

⑫“昔奉車”二句：指漢武帝時封禪泰山，奉車子侯獨隨武帝。奉車子侯指霍去病之子。

⑬“昌明”二句：指方明駕車隨軒轅黄帝出遊。事載《莊子・徐無鬼》。

⑭遙謁秘封：遠遠拜謁祭壇。秘封，指封禪時所建祭壇。

⑮王子晉：即王子喬。見《申州司馬王府君墓志》注④。浮丘公：古代傳説中的仙人。

⑯求不死於金庭：到福地尋求不死之藥。金庭，道教稱爲福地。

⑰緱（gōu）山：即緱氏山，王子喬登仙之處，在今河南省偃師市南。

⑱少室：嵩山西高峰。

⑲永水：指休水，見《水經注・洛水》。

⑳壽宫：供神之處。

㉑庀徒：召集工匠。

㉒畚鍤：簸箕、鐵鍬等勞動工具。

㉓封壝（wéi）：矮土圍牆。

㉔甓（pì）瓦：磚瓦。

㉕蟲篆雕斲：指蟲書，一種字體。

㉖棖（chéng）撥：觸動、撥動。

㉗鐘鼎玉帛：指榮華富貴。

㉘累真：損害人的本真。

㉙玄契：默契。

㉚靈期：指鬼神顯靈。

㉛王喬：王喬即王子喬。

㉜令威：丁令威，道教崇奉的古代仙人。

㉝起予道心：啟發了求道之心。

㉞掩骼：掩埋屍骨。

㉟埋胔（zì）：同“掩骼”。

㊱“豚鶏”二句：指祭奠所用動物和器具。犧罇，一種酒器，罇身爲牛形，故名。歆，祭品的香氣。

座右銘[一]①

事父盡孝敬，事君端忠貞。兄弟敦和睦，朋友篤信誠②。從官重公慎[二]③，立身貴廉明。待士慕謙讓，莅民尚寬平④。理訟惟正直，察獄必審情⑤。謗議不足怨，寵辱詎須驚⑥？處滿常憚盈[三]，居高本慮傾⑦。《詩》《禮》固可學，鄭衛不足聽⑧。幸能修實操，何俟釣虛聲⑨？白珪玷可滅，黃金諾不輕⑩。秦穆飲盜馬⑪，楚客報絶纓⑫。言行既無擇，存殁自揚名⑬。

【校記】

［一］座右銘：本篇原無，據《文苑英華》卷七九〇、《全唐文》卷二一四收録。

［二］“公慎”，《全唐文》作“恭慎”，亦通。

［三］“滿”，《文苑英華》作“蒲”，誤，據《全唐文》改。盈：《文苑英華》作“溢”，按韻腳和《全唐文》改。

【注釋】

①座右銘：《文選·崔瑗座右銘》吕延濟題注：“瑗兄璋爲人所殺，瑗遂手刃其仇，亡命。蒙赦而出，作此銘以自戒。嘗置座右，故曰座右銘也。”後指人們激勵、警戒、提醒自己，作爲行動指南的格言。

②“事父”四句：對父母孝敬，對君王忠貞，對兄弟和睦，對朋友誠信。四者爲儒家提倡的孝、忠、悌、信等。《論語·學而》：“弟子入則孝，出則悌，謹而信，泛愛衆而親仁，行有餘力，則以學文。”

③“從官”二句：當官要公平謹慎，立身要廉潔明理。

④“待士”二句：對平輩、僚屬要謙讓，管理百姓要追求寬宏公平。

⑤“理訟”二句：審理案件要有公平正直之心、講求事實證據。語本《左傳·莊公十年》：“小大之獄，雖不能察，必以情。”

⑥“謗議”二句：對旁人的詆毀、議論不值得生氣，對得失寵辱保持平常之心。

⑦“處滿”二句：要防止驕傲，要有憂患意識。《孝經·諸侯章》：“在上不驕，高而不危；制節謹度，滿而不溢。”

⑧“《詩》《禮》”二句：要努力學習文化、禮儀等，樹立雅正和諧的趣味。鄭衛之音：古指通俗、低俗之民間歌曲。學《詩》學《禮》，事載《論語·季氏》。

⑨“幸能”二句：要修煉實際行爲，不能沽名釣譽。

⑩“白珪”二句：努力去除缺点，不要輕易許諾别人。語本《詩經·大雅·抑》：“白圭之玷，尚可磨也；斯言之玷，不可爲也。”《論語·先進》：“南容三復白圭，孔子以其兄之子妻之。”

⑪“秦穆”句：秦穆公寬恕盜馬者而獲報恩，事載《韓詩外傳》卷七。

⑫“楚客”句：楚莊王寬恕調戲王后者而得救助，事載《韓詩外傳》卷七。

⑬“言行”二句：言行遵從正道，死後自然揚名。

卷七

雜　著

上大周受命頌表 天授元年[一]①

臣子昂言：臣聞昔周道昌而頌聲作②，遂能昭配天地③，光烈祖宗，垂之無窮，永爲代典。伏惟聖神皇帝陛下[二]，闡玄極④，昇紫圖⑤，光有唐基，以啟周室，不改舊物⑥，天下惟新⑦。皇王已來，未嘗睹也。臣聞仲尼曰："聖人，丘不得而見之矣⑧。"又曰："舜禹之有天下，丘不預也⑨。"又曰："鳳鳥不至，河不出圖⑩。丘已矣夫。"皆傷不得見大道之行而欝悒也⑪。臣草鄙愚陋，生長休明⑫，親逢聖人，又睹昌運。舜禹之政、河洛之圖⑬，悉皆目見，幸亦多矣。今者鳳鳥來⑭，赤雀至⑮，慶雲見⑯，休氣昇⑰，大周受命之珍符也。不稽元命、探秘文、採風謡、揮象物⑱，紀天人之會以協頌聲⑲，則臣下之過也[三]。有國彝典⑳，其可闕乎？臣不揣樸固，輒獻《神鳳頌》四章，以言大周受命之事。誠未足以潤色鴻業，揄揚盛美㉑，亦小臣區區丹慊之至㉒。謹輒詣洛城南門奉進。塵冒旒冕㉓，伏表慚惶。

【校記】

［一］"元"原作"九"年，據《文苑英華》卷六一〇注改。

［二］"聖神"原作"神聖"，據《文苑英華》改。

［三］"過"原作"遇"，據《全唐文》改。

【注釋】

①大周受命：指武則天載初元年九月九日建立武周政權，改元天授。

②頌聲作：歌頌之聲興起。作，起。

③昭配天地：指武則天功德可與天地相配。

④玄極：至道。

⑤紫圖：指瑞圖、聖圖。

⑥舊物：過去制度。

⑦天下惟新：指天下更新。《詩經・大雅・文王》："周雖舊邦，其命維新。"

⑧"聖人"二句：語出《論語・述而》："聖人，吾不得而見之矣。"

⑨"舜禹"二句：語出《論語・泰伯》："巍巍乎，舜禹之有天下也而不與焉。"

⑩"鳳鳥"二句：語出《論語・子罕》："鳳鳥不至，河不出圖，吾已矣乎！"

⑪大道之行：指太平盛世。欝悒：鬱悶、苦悶。

⑫休明：吉祥美好。

⑬河洛之圖：即河圖洛書。

⑭鳳鳥：鳳凰。《尚書・益稷》："簫韶九成，鳳凰來儀。"

⑮赤雀：傳説中瑞鳥。

⑯慶雲：卿雲、祥雲。

⑰休氣：瑞祥之氣。

⑱象物：神靈之物。

⑲天人之會：指天人合一。

⑳彝典：常典。

㉑"潤色"二句：爲大業增光，贊揚大美。"潤色鴻業"語出班固《兩都賦序》。

㉒區區：小小、些微。丹慊：丹誠。

㉓塵冒：冒犯。旒冕：本指帝王之冠，此指皇帝。

大周受命頌 四章並序[一]

臣聞大人升階，神物紹至[①]，必有非人力所能存者。上招飛鳥，下動泉魚。古之元皇，祇承上帝[②]，所以協人祉，匹天休[③]。卓哉神明，昭格上下[④]，莫不以之矣。是故物有可則而道有可宗，謂之文獻[⑤]，其原上也[⑥]。緬哉有唐，欽崇天命，三祖繼統，品物咸章，玄曆改元[⑦]，黄瑞告神[⑧]，出地軸[二]，陟天階，歷軒轅，登太昊，集乎初始之極[⑨]，以授我皇。符鳥之肇，開闢元台[⑩]，女希氏姓，神功大哉，莫不盛於兹日矣。乃察璿璣，稽寶命，發玄讖，升紫圖，則天粲然[⑪]，皇文炳也。非夫昇光之曜、魄寶之精[⑫]，其孰能威神皇赫赫若斯者哉？是時三階底平，百揆時序[⑬]，天下昌矣，玄功溥矣。西土耆老，欣然來稱曰："至哉天子，恤我元元[⑭]。勤勞下都，升聞上帝。"臣聞天無二日，土無二王[三][⑮]，皇帝嗣武，以主匕鬯[⑯]，豈不宜乎？神皇窅然[⑰]，迺登崑崙之臺，修三統[⑱]，觀五始[⑲]，探命曆之紀[⑳]，則知元氣之所造也。方採鍾龍，象鳴鳳，協林黄之律[㉑]，以因生賜姓[㉒]。九月甲戌朔六日己卯[四]，神都耆老、遐荒夷貊、緇衣黄冠等萬有二千餘人[㉓]，雲趍詣闕[㉔]，請曰："臣等聞王者受命，必有錫氏[㉕]。軒轅皇帝二十五子，班爲十二姓；高陽氏才子二八，命爲十六族[㉖]。《書》云：'祗台德先，不距朕行[㉗]。'然則聖人起則命曆昌，必有錫氏之規[㉘]。臣等伏惟陛下受天之符，爲人聖母。皇帝仁孝，肅恭神明，可以纂武承家，以克永代[㉙]。陛下崇錫類，垂憲章[㉚]，不易日月，天人交際，斯亦萬代之一時。臣等固陋[㉛]，不達大道，敢昧死上聞。"神皇穆然，方御珍圖，謙而未許也。越翌日庚辰，文武百寮又與耆老夷貊道俗等五萬餘人守闕，固請曰[㉜]："蓋臣聞聖人則天以王，順人以昌。今天命陛下以主，人以陛下爲母。天之丕律，元命也[㉝]；人之大猷，定姓也[㉞]。陛下不應天不順人[㉟]，獨高謙讓之道，無所憲法[㊱]，臣等何所仰則？敬冒昧萬死固請。"是時日躔昆吾[㊲]，有鳳鳥從南方來，歷端門[㊳]，群鳥數千蔽之。又有赤雀數百從東方來，群飛映雲，迴翔紫闥[㊴]，或止庭樹，有黄雀從之者。又有慶雲休光半天，傾都畢見，群臣咸睹。於是衆甿雲萃[㊵]，囂聲雷動[㊶]，慶天應之如響，驚象物其猶神[㊷]。咸曰："大哉！非至德孰能覩此？昔唐虞之瑞，逖聽矣，今則見也。天物來，聖人革，時哉[43]！況鳳者陽鳥，赤雀火精[44]，黄雀從之者，土也[45]。土則火之子[46]，子隨母，所以纂母姓。天意如彼，人誠如此。陛下曷可辭之？昔金天鳳凰[五][47]、鎬京黄鳥[48]、赤氏朱雁[49]、有吴丹烏[50]，皆紀之金册，藏之瑞府，以有事也。陛下若遂辭之，是推天而絶人，將何以訓？"於是神皇霈然曰[六][51]："俞哉！此亦天授也。"乃命有司，正皇典，恢帝綱，建大周之統曆，革舊唐之遺號[52]。在宥天下，咸與惟新，賜皇帝姓曰武氏，命爲嗣皇。崇乎紹天統物，其赫胥、大庭之上事已[53]。乃獻頌曰：

天命神鳳，降祚我周。彩容有穆，其儀孔休。惟我有周，實保天德。上帝臨命，纂承唐極。人曰天祐[七][54]，有皇女希。造天立極，緬然猷徽[55]。赫我皇帝，乃先厥微。匪天之命，鳳鳥誰歸？因生錫氏[56]，革號循機[57]。豈不順乎天而應乎人？帝曰：俞哉[八]。

右神鳳章

翺翺赤鳥，朱火之光。含神之務，秘帝之祥。在昔甲子，降祚於昌[58]。今則庚辰，翩翩來翔。來翔維何[九]，作我聖皇。提提黄鳥[一〇]，載飛載揚[59]。從火之母，應土之王。體仁資孝，類我嗣皇。恭膺錫氏，稽首龍章。天授萬年，聖帝煌煌。

右赤雀章

崑崙元氣，實生慶雲。大人作矣，五色氤氲。昔在帝嬀，南風既薰[60]。藂芳爛漫，鬱鬱紛紛。曠矣千祀，慶雲來止。玉葉金柯[一一]，祚我天子。非我天子，慶雲誰昌？非我聖母，慶雲誰光？慶雲應矣，周道昌矣。九萬八千[一二][61]，天授皇年。

右慶雲章

周道赫兮天寶開[一三][62]，八方協兮萬國來[一四][63]。天人應兮雷雨作，聲教殷兮宇宙回[64]。璿圖寶兮稱萬歲，神皇穆兮崑崙臺[65]。

右町頌章

【校記】

［一］“受”原作“授”，據《全唐文》改。

［二］“出”前原有“皇”，疑衍文，删。“軸”原作“輔”，據《全唐文》改。

［三］“王”原作“主”，據《全唐文》改。

［四］“甲戌”原作“戊申”，據徐鵬、彭慶生説改。“己卯”後有“朔”，據《全唐文》删。

［五］“天”原作“琴”，據《全唐文》改。

［六］“神”原無，據道光丁酉蜀州楊國楨刊本補。

［七］“祐”原作“古”，據《全唐文》改。

［八］“曰”原爲空格，據《全唐文》改。

［九］“來翔”原無，據四庫本補。

［一〇］“提提”原作“堤堤”，據四庫本改。

［一一］“葉”原作“業”，據四庫本改。

［一二］“九萬”原作“久九”，據四庫本改。

［一三］“赫”原作“赤”，據四庫本改。

［一四］“協”後原有“公”，據四庫本删。

【注釋】

①神物紹至：神靈之物接踵而至。神物，神靈之物。紹，賡續，承繼。

②祇承上帝：敬奉上帝。

③“協人祉”二句：和諧人間之福，符合上天賜福。

④昭格上下：謂可達到天地之間。

⑤“是故”二句：事物可效法、道可歸宗，這就叫文獻。則，效法。宗，以某某爲宗。文獻，指典籍和賢人。

⑥其原上也：這是推究、效法上古。指以古代典籍和賢人爲依據。

⑦玄曆改元：指新建曆歲和改元。玄曆，天曆，天指曆數。

⑧黄瑞：黄氣之瑞。

⑨初始：最初的開始。

⑩“符鳥”二句：指瑞符、祥鳥到來，女主降臨。元臺，三臺星之上階二星，女主之象。

⑪則天粲然：效法上天光明。

⑫“昇光”二句：指日月精華。昇光指初昇的太陽。魄寶，月亮。

⑬三階：《晉書》卷十一“天文志上·中宫”：“三台爲天階，太一躡以上下。一曰泰階。上階，上星爲天子，下星爲女主；中階，上星爲諸侯三公，下星爲卿大夫；下階，上星爲士，下星爲庶人：所以和陰陽而理萬物也。”百揆時序：各種政務都很順當。

⑭恤我元元：憐憫百姓。

⑮“臣聞”句：語出《禮記·曾子問》：“孔子曰：‘天無二日，土無二王。’”

⑯以主匕鬯：主持宗廟祭祀。

⑰窅然：精深貌。

⑱三統：指天地人三統。

⑲五始：《春秋》紀事以元年、春、王、正月、公即位爲五始。

⑳命曆：天命曆數。

㉑“採鍾龍”三句：用黄帝命伶倫作律之事。鍾龍，竹名。林黄之律，指六吕之林鍾與六律指黄鐘，通指律吕。

㉒因生賜姓：《左傳·隱公八年》：“公問族於衆仲。衆仲對曰：‘天子建德，因生以賜姓，胙之土而命之氏。諸侯以字爲謚，因以爲族，官有世功，則有官族，邑亦如之。’”

㉓緇衣黄冠：指僧尼、道士。

㉔雲趍詣闕：像雲從四方聚集一樣來到朝廷。

㉕“王者”二句：指新王朝建立，一定賜姓班氏受命。

㉖“軒轅”四句：語出《國語·晉語四》。

㉗“祗台”二句：語出《尚書·禹貢》：“祗台德先，不距朕行。”意思是敬重以德行爲先、又不違抗我施政的賢人。

㉘“然則”二句：指新皇帝即位之後更换年號、賜姓等。

㉙“纂武”二句：繼承家業、世代相傳。

㉚錫類：賜予福善。憲章：典章制度。

㉛固陋：鄙陋、淺陋。

㉜固請：堅決請求。

㉝“天之”句：上天大法就是大命。丕律，大法。元命，天命。

㉞“人之”句：世間的大謀就是賜姓頒氏。大猷：大謀。

㉟應天順人：語出《周易·革卦》：“天地革而四時成。湯武革命，順乎天而應乎人。”

㊱憲法：效法。

㊲目踵：目接，眼見。昆吾：地名，在長安南，終南山附近。

㊳端門：宫殿的正南門。

㊴迴翔紫闥：圍繞宫廷迴旋。

㊵衆甿雲萃：指民衆彙集。

㊶囂聲雷動：歡呼聲如雷聲一樣大。

㊷“驚象物”句：指各種吉祥之物的到來猶如神意一般。

㊸“天物來”三句：指鳳凰、赤雀等到來、聖人改朝换代，這都是順應時機。

㊹“鳳者”二句：謂鳳凰、赤雀都屬陽性。

㊺“黄雀”二句：黄雀代表的是土地的顔色。黄雀、土地都是黄色，故云。

㊻“土則”句：指火生土。五行相生相剋。西漢董仲舒《春秋繁露·五行之

義》："木生火，火生土，土生金，金生水，水生木，此其父子也。"

㊼金天鳳凰：指少昊帝有鳳凰之瑞。見《左傳·昭公十七年》。

㊽鎬京黄鳥：周有黄鳥之瑞。鎬京，西周初年國都所在地，在今陝西省西安市南。

㊾赤氏朱雁：指漢代的朱雁之瑞。

㊿有吳丹烏：指吳有赤烏之瑞。

51霈然：雨水充沛，引申爲恩澤盛大。

52"建大周"二句：指建立大周政權，革除舊唐年號。

53赫胥、大庭：傳説中的古帝王號。見《莊子·胠篋》。

54天祐：上天幫助。

55緬然猷徽：思念美善。

56因生錫氏：見本文注㉒。

57革號循機：改國號，順應天意。

58"在昔"二句：見《申州司馬王府君墓志》注②。

59"提提"二句：黄鳥邊飛邊舞，十分安詳。提提，安詳貌。載，語助詞。

60帝嬀：指舜帝，居於嬀水，故稱。南風既薰：《南風歌》相傳爲舜帝所作。《禮記·樂記》曰："昔者舜作五弦之琴，以歌《南風》。"

61九萬八千：極言時間長久。

62"周道"句：指武周政權顯赫，天上寶物紛紛降臨。

63"八方"句：指國内和諧、萬國來朝。

64"聲教"句：教化遍佈宇宙。聲教，聲威教化。

65崑崙臺：古代神話傳説，崑崙山上有瑤池、閬苑、增城、懸圃等仙境。

國殤文 並序[一]①

丁酉歲三月庚子[二]②，前將軍尚書王孝傑敗王師於榆關峽口③，吾哀之，故有此作。

天未悔禍兮，熾此山戎[④]。虐老昏幼兮，人罹其窮[⑤]。帝用震怒兮，言剪其凶[⑥]。出金虎兮曜天鋒[⑦]。掃宇宙之甲，馳燕薊之衝[⑧]。何士馬之沸渭[⑨]，若雲海之洶洶。荆吳少年，韓魏勁卒。戈矛如林，白羽若月，且欲蹈烏丸之壘[⑩]，刈赤山之旗[⑪]，聯青丘之繳[三][⑫]，封黃龍之屍[⑬]。凶胡猖獗[四]，姦險是憑，蛇伏泥滓，蟻鬭丘陵[⑭]。哀我將之仡勇兮[五][⑮]，無算略以是膺[⑯]。陷天井之死地[⑰]，屬雲騎以相騰。短兵既接，長戟亦合，星流飈馳，樹雜山還[六][⑱]。智無所施其巧，勇不能制其怯。頓金鼓之雄威，淪輿屍之敗業[⑲]。天乎哀哉，矢石既盡白日頽[七]，主將已死士卒哀。徒手奮呼誰救哉？含憤抗怒志未迴[八]，殺氣凝兮蒼雲暮。虎豹慄兮殤魂懼[⑳]，殤魂懼兮可奈何[九]？恨非其死兮棄山阿[一〇]。血流骨積殪荒楚[㉑]，思歸道遠不得語。降不戮兮北不誅[一一][㉒]，殁不賞兮功不圖。豈力士之未徇，誠師律之見孤。重曰：壯士雖死精魂用，凶醜爾雠不可縱。我聞強死能厲災[一二]，古有結草抗杜回[㉓]。苟前失之未遠，儻冥雠之在哉[㉔]。嗚呼魂兮念歸來！

【校記】

［一］“國殤文”後原有“一首”，據《全唐文》删。

［二］“庚子”原作“辰庚”，據《新唐書·則天皇后紀》及彭慶生説改。

［三］“繳”原作“徼”，據《全唐文》改。

［四］“獗”原作“厥”，據《全唐文》改。

［五］“仡”原作“忔”，據《全唐文》改。

［六］“雜”原作“離”，後有校語“一作雜”，據《全唐文》删改。

［七］“矢”原作“鳴”，“盡”原作“書”，據《全唐文》改。

［八］“抗”原作“沉”，據《全唐文》改。

［九］“殤魂懼”三字原無，據《全唐文》補。

［一〇］“阿”原作“河”，據《全唐文》改。

［一一］“北”原作“比”，據《全唐文》改。

［一二］“強”原作“僵”，據《全唐文》改。

【注釋】

①國殤：死於國事者。屈原有《國殤》，此爲陳子昂仿屈原之作。

②丁酉歲三月庚子：《資治通鑒·唐紀二十二》：“（神功元年）春，三月，戊申，清邊道總管王孝傑、蘇宏暉等將兵十七萬與孫萬榮戰於東硤石谷，唐兵大敗，孝傑死之。”

③王孝傑（？~697年），京兆新豐（今陝西省臨潼區東北）人，唐朝名將。榆關：即山海關。峽口：東硤石谷，在今河北省盧龍縣東北。

④山戎：本指春秋時期北方草原一支少數民族，活動地區在今河北省北部。此指契丹。

⑤“虐老”二句：指契丹叛軍對老人小孩施暴，人人遭受困苦。

⑥“帝用”二句：皇上震怒派兵征討。言，語助詞。剪：剪除。

⑦金虎、天鋒：皆星名。金指金星，虎指昴星，天鋒指天鋒星。

⑧燕薊：今北京市及河北省一帶。

⑨沸渭：如水翻騰奔湧。

⑩烏丸：亦作烏桓，古代北方遊牧民族之一，原爲東胡部落聯盟中一支。

⑪赤山：傳説中的山名。

⑫聯青丘之繳：指聖王除暴安民。典出《淮南子·本經訓》。

⑬封：埋葬。黄龍：龍城。

⑭“蛇伏”二句：此喻契丹軍隊如蛇和螞蟻。

⑮仡勇：壯勇。

⑯“無算略”句：謂唐朝軍隊没有謀略因此遭到失敗。

⑰天井：四周高山、中間低窪之地。

⑱星流飈馳：指快速。樹雜山遝：此指樹、山衆多雜亂的樣子。

⑲“頓金鼓”二句：爲戰敗指後的慘況。頓，停止。金鼓，軍中樂器鉦、鼓。輿屍，以車運屍。

⑳“虎豹”句：形容戰場的悲哀肅殺之氣。慄、懼，皆恐懼、害怕。

㉑“血流”句：血流滿地，屍骨被抛於荒郊野外。殪（yì），死、殺死。荒楚，野草叢木雜生之地。

㉒“降不戮”句：投降和逃跑者不被誅殺。北，敗逃者。

㉓“我聞”二句：死者化爲災禍，猶如結草而報。強死，無病而死，即死於非命。厲災，化爲災禍。結草抗杜回，見《爲副大總管屯營大將軍蘇宏暉謝表》注⑲。

㉔冥讎（chóu）：死者的仇敵。

禡牙文①

萬歲通天二年三月朔日②，清邊道大總管建安郡王某③，敢以牲牢告軍牙之神④：蓋先王作兵⑤，以討有罪。奸慝竊命，戎夷不恭，則必肆諸市朝⑥，大戮原野。我皇周子育萬國，寵綏百蠻⑦。青雲干吕⑧、白環入貢[一]⑨，久有年矣[二]。契丹凶羯，敢亂天常⑩，乃蜂屯丸山⑪，豕食寮野⑫，宴安鴆毒⑬，作爲欃槍[三]⑭。天厭其凶⑮，國用致討[四]⑯，皇帝命我，肅將王誅⑰。今大軍已集，吉辰叶應，旄頭首建⑱，羽旆前列[五]⑲，夷貊咸威，將士聽誓。方俟天休命，爲人殄災，惟爾有神，尚殲乃醜⑳。召太一，會雷公，翼白虎，乘青龍㉑。星流彗掃㉒，永清朔裔㉓。使兵不血刃，戎夏來同㉔。以昭我天子之德，允乃神之功[六]。豈非正直克明哉㉕？無縱世讐㉖，以作神羞㉗，急急如律令㉘。

【校記】

［一］“白”原無，據《全唐文》補。

［二］“久”原作“文”，據《全唐文》改。

［三］“欃”原作“攙”，據《全唐文》改。

［四］“致”原作“至”，據《全唐文》改。

［五］“旆”原作“飾”，據《全唐文》改。

［六］“乃”原無，據《全唐文》補。

【注釋】

①禡（mà）牙：出師時所舉行的祭旗禮。

②萬歲通天二年：武則天年號，697 年。

③某：指建安王武攸宜。

④牲牢：指祭祀所有豬牛羊等。

⑤作兵：興兵。

⑥肆諸市朝：指處死之後陳於市集或朝廷示衆。

⑦寵綏：安撫。

⑧青雲干吕：指聖君調和陰陽。

⑨白環：白玉環。

⑩天常：天之常道，或倫理道德。

⑪丸山：古地名，也稱凡山，位於今山東省濰坊市臨朐縣柳山鎮。

⑫豕食：豬吃食，指貪婪。寮野：原野。

⑬宴安鴆（zhèn）毒：比喻耽於逸樂而殺身。語出《左傳・閔年元年》。

⑭欃（chán）槍：指彗星，不吉。

⑮天厭：上天厭棄。

⑯致討：施行討伐。

⑰肅將王誅：恭敬執行天子的討伐。

⑱旄頭：以犛牛尾裝飾的帥旗。

⑲羽旆：羽毛裝飾的旗幟，泛指旗。

⑳尚殲乃醜：希望消滅那些叛逆小醜。

㉑太一：天神名。雷公：雷神。白虎：西方七宿總稱，指奎、婁、胃、昴、畢、參、觜。青龍：東方七宿總稱，指角、亢、氐、房、心、尾、箕。

㉒星流彗掃：像彗星掃過，喻快速。

㉓朔裔：北方邊地。

㉔戎夏來同：指戎夷來華夏朝貢。

㉕正直克明：指神。《左傳·莊公三十二年》："神，聰明正直而壹者也。"

㉖無縱世讐：不要放縱時代之仇。

㉗以作神羞：不要讓神感到羞辱。

㉘急急如律令：本漢代公文結束語，後被道士用於符咒的末尾。

禜海文[一]①

萬歲通天二年月日②，清邊軍海運度支大使、虞部郎中王玄珪，敢以牲酒沉浮海王之神③：神之聽之，我國家昭列象胥④，惠養戎貊⑤，百蠻率職⑥，萬方攸同⑦。鮮卑倡狂⑧，忘道悖亂⑨。人棄不保，王師用征，故有度遼諸軍、横海之將。天子命我，嬴糧景從[二]⑩。今旌甲雲屯，樓船霧集[三]⑪，且欲浮碣石、淩方壺、襲朔裔、即幽都⑫。而漲海無倪，雲濤洄潏⑬，胡山遠島，鴻洞天波⑭。惟爾有神，肅恭令典，導鷁首⑮，騎鯨魚⑯，呵風伯⑰，遏天吳⑱，使蒼兕不驚，皇師允濟⑲，攘慝剿虐⑳，安人定災。蒼蒼群生，非神何賴？無昏汩亂流㉑，以作神羞。急急如律令！

【校記】

［一］"禜"原作"榮"，據《全唐文》改。

［二］"嬴"原作"羸"，據《全唐文》改。

［三］"霧"原作"露"，據《全唐文》改。

【注釋】

①禜（yíng）海：祭祀海神以禳除災禍。

②萬歲通天二年：697 年。

③牲酒：祭祀所用動物和酒水。海王：海神之王。

④象胥：接待四方使者的官員，亦指翻譯人員。

⑤戎貊：泛指西北少數民族。

⑥百蠻：見《爲建安王賀破賊表》注⑥。

⑦萬方攸同：天下統一。萬方：萬邦。

⑧鮮卑倡狂：此指契丹發動叛亂。

⑨忘道悖亂：忘記天道而發動叛亂。

⑩贏糧景從：攜帶充足的糧食，如影子跟隨形體一樣追隨。語出賈誼《過秦論》。

⑪“旌甲”二句：爲士兵衆多，大船雲集。雲屯、霧集，皆形容衆多。樓船，有樓的大船，指戰船。

⑫碣石：山名，在今河北省昌黎縣北。方壺：方丈，傳説中神山。朔裔：北方邊地。幽都：指北方。

⑬“漲海”二句：謂大海無邊，波濤洶湧迴旋。

⑭鴻洞天波：形容水勢浩渺宏大。鴻洞，漫流無極。天波，水勢極大。

⑮鷁首：以鷁鳥裝飾的船頭。

⑯騎鯨魚：指海神形象。

⑰風伯：風神，號飛廉。

⑱天吳：水神。

⑲蒼兕：見《大周故宣義郎騎都尉行曹州離狐縣丞高府君墓志銘》注⑤。允濟：必定成功。

⑳攘慝剿虐：即攘剿慝虐，剿除叛逆之徒。

㉑無昏汩亂流：不要糊糊塗塗讓海水亂流。

弔塞上翁文[①]

居延海南四百餘里[一][②]，有古城焉。土人云是塞上翁城，今爲戍[③]。其基扃趾跡[④]，蓋數千年也。丙戌歲兮[⑤]，我征匈奴。恭聞北叟，託國此都。遡叟之生[二]，日月遐邁[⑥]。及今來思，實獲心契[⑦]。欣問于叟，何德其愚？僻居幽漠，浩與世殊。忘情逸馬[⑧]，胡寧而知福？謝于隣人，何達而不淑[⑨]？丁男既存[⑩]，君子知復[⑪]，人以爲極也。伊懷兹土，既板且築[⑫]。扃禁天崇[⑬]，墉隍雲矗[⑭]。今則荒穢。世亦不毓[三][⑮]，其故何哉？賢叟之德，登叟之堂，天道何遠[⑯]，而兹理茫茫？人世自故兮，丘壟崩荒[⑰]。魂魄何獨，不歸故鄉？叟乎叟乎，我心之傷。

【校記】

［一］“延”原作“近”，據《全唐文》改。

［二］“遡叟之生”原作“子尚於叟”，據四庫本改。

［三］“亦”原無，據《全唐文》補。

【注釋】

①塞上翁：《淮南子・人間訓》載塞上翁論禍福相依之事。

②居延海：見《居延海樹聞鶯同作》注①。

③今爲戍：現在成爲邊戍城堡。

④基扃：城闕。

⑤丙戌歲：指垂拱二年，686 年。

⑥日月遐邁：日月遠逝。

⑦心契：心心相映、知交。

⑧逸馬：馬走失。

⑨不淑：不幸。

⑩丁男既存：指塞上翁故事中兒子因腿折而得保全。

⑪君子知復：君子知道事物發展的循環往復。

⑫既板且築：修建城牆。既、且，連詞。板築，指夯土成牆。

⑬扃禁天崇：指城防高大。

⑭墉隍雲矗：指城牆高聳。

⑮不毓：不得保護。

⑯天道何遠：此反用《左傳》語。《左傳·昭公十八年》："天道遠，人道邇，非所及也。"

⑰丘壟崩荒：墳墓倒塌荒涼。

祭孫府君文[①]

維年月日，子昂謹以牲酒之奠[一][②]，致祭故延俊府折衝燕然軍孫府君之靈[③]。惟君少馳英武，早効成功。聲雄塞上，名重關中。憺稜威於敵國[二][④]，存大節於家風。既揮金而退老[⑤]，方餌藥於仙童[⑥]。何昊天之不弔[⑦]，隨大化以長終[⑧]。白馬故人[⑨]，青鳥送往[⑩]。素車永訣[⑪]，黄壚誰賞[三][⑫]？酺酒盈觴[⑬]，魂兮尚饗[⑭]。

【校記】

［一］"子昂"原無，據四庫本補。

［二］"憺"原作"膽"，據《全唐文》改。

［三］"壚"原作"爐"，據《全唐文》改。

【注釋】

①祭文：文體名。祭祀或祭奠時表示哀悼或禱祝的文章，有韻文和散文兩種。孫府君：名不詳，當爲陳子昂隨軍北征時期結識的朋友。

②牲酒之奠：以動物和酒水祭奠。

③延俊府：軍府名稱。折衝：折衝都尉，官名。燕然軍：見《爲喬補闕論突厥表》注④。

④“憺稜威”句：神靈之威震動敵國。憺（dàn），震動，威懼。稜威，神靈之威。

⑤“揮金”句：指皇上賞賜黄金以退休養老。

⑥“方餌藥”句：指服食仙藥以成仙童。

⑦“昊天”句：指蒼天不善。

⑧大化：指宇宙、大自然。

⑨白馬故人：用漢代范式故事。范式與張劭爲友。一日范式夢見張劭告知其死訊，遂奔喪。事載《後漢書·范式傳》。

⑩青烏：見《申州司馬王府君墓志》注⑰。

⑪素車：送喪之車；永訣：永遠告别。

⑫黄壚：指黄公酒壚，事載《世説新語·傷逝》。

⑬醑（xǔ）酒：美酒。

⑭尚饗：希望死者來享用祭品。祭文結束語。

爲建安王祭苗君文

維某年月日，朔方道大總管、建安郡王攸宜，以酒饌之奠，祭故壯武將軍、左玉鈐衛中候、左三軍營主苗君之靈[①]。君忠勇兼資，戎麾夙濟[②]。

烏丸作逆[③]，赤羽從軍[④]。方且任君先鋒，仍馳後勁[⑤]，刈鮮卑之壘，摧蹋頓之師[⑥]，執馘獻俘[⑦]，歸受國賞。何圖大勛未立，隨命先凋。永懷咨嗟，情用兼慟。故命酒奠，告爾殤魂。君其有靈，歆兹薄酹[⑧]。嗚呼哀哉[一]！尚饗。

【校記】

［一］“哀哉”二字原無，據《文苑英華》九七九補。

【注釋】

①營主：軍中主將。苗君：名字不詳，武攸宜部下將領。

②戎麾夙濟：謂在軍中早有成就。

③烏丸：見《國殤文並序》注⑩。

④赤羽：紅色旗幟。從軍：隨軍。

⑤後勁：殿后的精兵。

⑥鮮卑、蹋頓：鮮卑是繼匈奴之後在蒙古高原崛起的古代遊牧民族。蹋頓本爲遼西烏桓首領名。此指契丹及其首領。

⑦執馘獻俘：指戰勝歸國後舉行的獻俘儀式。馘，戰爭中割掉敵人的左耳計數獻功。

⑧歆兹薄酹：享受此薄酒。酹，以酒澆地，指祭奠。

祭黄州高府君文[一]

維年月日朔，孫女夫某等謹以清酌庶羞之奠[①]，敢昭告於故黄州高府君之靈[②]。惟府君含德元亨[③]，保和光大[④]，才堪濟世，而運屬承平[⑤]；器允登臺[二]⑥，而命鍾留落⑦。有瑚璉之寶，無廊廟之資⑧。豈圖大位不躋⑨，幽靈永昧。尊儀潛翳⑩，三十餘年；玄殯既開⑪，黄腸已古⑫。今青烏改卜⑬，丹旐來歸⑭。窀穸即期⑮，幽明永訣。某等忝承嘉惠，奉事門闌⑯，興言追慕⑰，實增感咽。竊惟精意以享⑱，黍稷非馨⑲。敢陳薄酹，以獻明靈。嗚呼哀哉，伏惟尚饗。

【校記】

［一］“高”原無，據《全唐文》補。

［二］“允”原作“元”，據《全唐文》改。

【注釋】

①清酌：祭祀所用的清酒。庶羞：各種美味。

②高府君：名不詳，爲陳子昂妻子的祖父。

③含德元亨：謂内在品德很高。

④保和：保持心志和順，身體安適。光大：使顯赫盛大。

⑤運屬承平：指命運一般。

⑥器允登臺：才能器識完全可以登上三公之位。

⑦命鍾留落：命運卻始終處於下位。

⑧“有瑚璉”二句：謂有治國的才能卻没有進入朝廷當官的機會。瑚璉，見《爲陳舍人讓官表》注⑥。廊廟，本指殿下屋和太廟，此指朝廷。

⑨大位不躋：不登大位，即未做高官。

⑩尊儀潛翳：尊容隱藏，指死去。

⑪玄殯：長久停放的或淺埋的靈柩。

⑫黄腸：見《申州司馬王府君墓志》注㉛。

⑬青烏：見《申州司馬王府君墓志》注㉗。

⑭丹旐：見《申州司馬王府君墓志》注㉜。

⑮窀穸（zhūn xī）即期：安埋的時間快到了。窀穸，埋葬。

⑯奉事門闌：侍奉門庭。此謂陳子昂爲高府君家親戚。

⑰興言追慕：追思想念。興言，語助詞。

⑱精意以享：即以享精意，指享受專心誠意的祭奠。

⑲黍稷非馨：指祭祀所有的糧食並不香。馨，香。《尚書·君陳》："黍稷非馨，明德惟馨。"

祭韋府君文

維年月日，右拾遺陳子昂謹以少牢清酌之奠[一]①，致祭故人臨海韋君之靈②。惟君孝友自天，忠義由己③。有經世之略，懷軌物之量④。甘心苦節，風雨不改。常欲窮則獨善其身，達則兼濟天下⑤。感激遐詠⑥，邈然青雲⑦。何期良策未從，大運奄忽⑧。嗚呼哀哉！昔君夢奠之時⑨，值余寘在叢棘[二]⑩。獄户咫尺，邈若山河，話言空存，白馬不吊⑪。迨天網既開[三]⑫，而宿草成列⑬，言笑無由，夢寐不接。永言感慟[四]，何時可忘？今旌旐言歸[五]，關河方遠。興言永訣，今古長辭[六]。鄧攸無子，天道何知⑭？洛陽舊陌，拱木猶存⑮；京兆新阡，孤松已植。已矣韋生，云何及矣⑯。大運之往，賢聖同塵⑰。嗚呼哀哉，伏惟尚饗。

【校記】

［一］"右"原作"左"，據各種文獻，陳子昂實任右拾遺。

［二］"寘"原作"冥"，據《全唐文》改。

［三］"網"原作"綱"，據《全唐文》改。

［四］"慟"原作"動"，據《全唐文》改。

［五］"旌"原作"旄"，據《全唐文》改。

［六］“辭”原作“亂”，據《全唐文》改。

【注釋】

①右拾遺：唐代諫官，武則天時始置左右拾遺，掌供奉諷諫，以救補人主言行的缺失。少牢：舊時祭禮的犧牲，牛、羊、豕三者俱用爲太牢，只用羊、豕爲少牢。

②韋君：名不詳。

③“孝友”二句：天生孝友，爲人忠義。

④“經世”二句：有經世濟民的謀略，懷萬物軌則的氣量。

⑤“窮則”二句：語出《孟子·盡心上》“窮則獨善其身，達則兼善天下”，謂士人應有的志向節操。身處困厄之時，善於修身養德；仕途順利，就使天下民衆受到恩惠和幫助。

⑥感激：感憤激發。遐詠：長歌。

⑦邈然青雲：指志向高遠。

⑧大運奄忽：生命消逝。

⑨蓼莪：見《唐故朝議大夫梓州長史楊府君碑》注㊼。

⑩“值余”句：正值我身處監獄之中。叢棘，指監獄。語出《周易·坎卦》：“係用徽纆，寘於叢棘。”

⑪白馬不吊：反用范式弔張劭事，指没有能夠親自送喪。

⑫天網：指朝廷法令。

⑬宿草成列：指墳地上過去的野草已經成行，指死去多時。

⑭“鄧攸”二句：指鄧攸這樣的好人没有後代，上天哪里公平。典出《晉書·鄧攸傳》。

⑮“洛陽”二句：洛陽墓地小路上已經長大的樹木還在。舊陌，墓地小路。拱木，雙手合抱之樹。

⑯再説也來不及了。感歎死者已去，再説無益。

⑰賢聖同塵：指賢聖死後也會化成塵土。

祭外姑宇文夫人文[一]

維年月日朔，女夫某謹以清酌嘉蔬之奠①，奉祭於故高氏河南宇文夫人之靈。恭聞夫人有清穆之德、皓潔之行②。淳懿肅恭③，内外仰則④，而遺風素範，蕙敷蘭滋⑤。用能惠心光孚⑥，氤氳沼沚[二]⑦，崇嚴壼訓⑧，芬鬱母儀⑨，中饋柔嘉，娣姒有則⑩。豈圖慈顏幽翳，於今十年[三]，毫木已拱⑪，尊靈廓然[四]⑫。今吉辰協應，幽殯方開，容象如在，器質已灰。改卜禮典，宅兆方遷⑬。山園既列，祖載行焉⑭。哀子號咷，女也蟬媛⑮。終天永訣，泣血流漣。某謬承嘉惠，預叨姻戚，生事早暌⑯，送終空積⑰。竊聞精意以享⑱，黍稷非馨⑲。敢陳薄酹，以獻明靈。伏惟夫人明神尚饗。

【校記】

［一］“外姑”二字原無，據《全唐文》補。

［二］“氤”原作“氣”，據《全唐文》改。

［三］“十”原無，據《全唐文》補。

［四］“廓”原作“廊”，據四庫本改。

【注釋】

①女夫：女婿。嘉蔬：祭祀所用的稻。

②“清穆”二句：德行清和、光明。

③淳懿肅恭：醇厚美善、端嚴恭敬。

④仰則：敬慕效法。

⑤蕙敷蘭滋：蕙草開花，種植蘭草。喻夫人的風範猶如蕙蘭之香遍佈。

⑥光孚：光大。

⑦氤氲沼沚：好比水塘中霧氣濃郁，形容夫人的影響無處不在。

⑧壼（kǔn）訓：婦女言行的典範。

⑨母儀：母親的儀範。

⑩娣姒：妯娌，兄弟妻子。兄妻爲妯，弟妻爲娌。

⑪毫木已拱：墓地幼小的樹木已經長大，指死者去世已久。

⑫廓然：孤獨的樣子。

⑬宅兆：墓地。

⑭祖載：見《爲宗舍人謝贈物表》表三注④。

⑮蟬媛：同嬋媛，指思念纏繞。

⑯生事：指父母在世侍奉。早睽：早已缺失。

⑰送終：爲死者料理喪事。空積：内心思念徒然鬱積。

⑱精意以享：見《祭黄州高府君文》注⑱。

⑲黍稷非馨：見《祭黄州高府君文》注⑲。

祭率府孫録事文[①]

維年月日朔，某等謹以云云。古人歎息者，恨有志不遂[②]。如吾子良圖方興，青雲自致[③]，何天道之微昧[④]，而仁德之攸孤。忽中年而顛沛[⑤]，從天運而長徂[⑥]。惟君仁孝自天，忠義由己[⑦]。誠不謝於昔人，實有高於烈士[⑧]。然而人知信而必果[⑨]，有不識於中庸[⑩]。君不慚於貞純，乃洗心於名理。元常既没[⑪]，墨妙不傳。君之逸翰[⑫]，曠代同仙[一]。豈圖此妙未極，中道而息，懷衆寶而未攄[⑬]，永幽泉而掩色[⑭]。嗚呼哀哉！平生知己，疇昔周旋[⑮]。我之數子，君之百年。相視而笑，宛若昨日。交臂而悲[⑯]，今焉已失[二]。人代如此，天道罔然[⑰]。所恨君者，枉夭當年[⑱]。嗣子孤藐，貧寠聯翩[三]⑲。無父何恃，無母憛焉[四]⑳。嗚呼孫子！山濤尚在，嵇紹不孤㉑。君其知我，無恨泉途㉒。嗚呼哀哉！尚饗。

【校記】

［一］“仙”原作“佀”，據《全唐文》改。二者皆通。

［二］“失”原作“矣”，據《全唐文》改。

［三］“寠”原作“屢”，據《全唐文》改。

［四］“無”，《全唐文》作“有”。二者皆通。

【注釋】

①率府孫録事：即孫虔禮，見卷六《率府録事孫君墓志銘》。

②有志不遂：有志而不成功。遂，順、成功。

③青雲：高官顯爵。

④“天道”句：指天道暗昧，未可相信。

⑤顛沛：此指死亡。

⑥長徂：長逝，死亡婉稱。

⑦“仁孝”二句：見《祭韋府君文》注③。

⑧烈士：志向高遠的人

⑨信而必果：講誠信，重守諾。語出《史記·游俠列傳序》：“然其言必信，其行必果，已諾必成。”

⑩中庸：指儒家中庸之道。

⑪元常：锺繇（151 年~230 年），字元常，豫州潁川郡長社縣（今河南省長葛市）人。三國時期魏國重臣，著名書法家。

⑫逸翰：卓越的書法。孫虔禮爲著名書法家和書法理論家。

⑬“懷衆寶”句：指尚有很多才能未及施展。

⑭“永幽泉”句：指永在陰間。

⑮疇昔周旋：從前的交往。

⑯交臂：與並肩意同，指親密的關係。

⑰罔然：茫然。

⑱當年：壯年。

⑲貧窶（jù）聯翩：貧困相連。聯翩，連續不斷。

⑳惸焉：孤獨的樣子。

㉑“山濤”二句：山濤和嵇康關係很好。嵇康被誅，山濤承諾照顧其子。事載《晉書·山濤傳》。

㉒泉途：陰間。

復讎議狀①

臣伏見同州下邽人徐元慶者，父爽爲縣吏趙師韞所殺，卒能手刃父讎，束身歸罪②。議曰[一]：

先王立禮，所以進人也③；明罰，所以齊政也④。夫枕干讐敵⑤，人子之義[二]；誅罪禁亂，王政之綱⑥。然則無義不可以訓人，亂綱不可以明法⑦。故聖人修禮理内⑧，飭法防外，使夫守法者不以禮廢刑，居禮者不以法傷義，然後能使暴亂不作[三]，廉恥以興，天下所以直道而行也⑨。竊見同州下邽人徐元慶，先時父爲縣吏趙師韞所殺，元慶鬻身庸保[四]⑩，爲父報讐。手刃師韞，束身歸罪。雖古烈者，亦何以多⑪？誠足以激清名教⑫，旁感忍辱，義士之靡者也⑬。然按之國章，殺人者死，則國家畫一之法也⑭。法之不二，元慶宜伏辜。又按禮經，父讐不同天⑮，亦國家勸人之教也。教之不苟⑯，元慶不宜誅。然臣聞昔者刑之所生[五]，本以遏亂⑰；仁之所利，蓋以崇德。今元慶報父之仇，意非亂也。行子之道，義能仁也。仁而無利，與亂同誅。是曰能刑⑱，未可以訓⑲，元慶之可顯宥於此矣[20]。然則邪由正生，理必亂作[21]。昔禮防至密[22]，其弊不勝。先王所以明刑，本實由此。今黨義元慶之節，廢國之刑，將爲後圖[23]，政必多難，則元慶之罪不可廢也。何者？人必有子，子必有親。親親相讐，其亂誰救？聖人作始，必圖其終，非一朝一夕之故，所以全其政也[24]。故曰：信人之義，其政不行[25]。且夫以私義而害公法，仁者不爲；以公法而徇私節，王道不設。元慶之所以仁高振古、義伏當時[26]，以其能忘生而及於德也。今若釋元慶之罪以利其生，是奪其德而虧其義，非所謂殺身成仁、全死無生之節也[27]。如臣等所見，謂宜正國之法，寘之以刑，然後旌其閭墓[28]，嘉其徽烈[29]，可使天下直道而行。編之於令[30]，永爲國典。謹議。

【校記】

［一］“臣伏見同州下邽人徐元慶者父爽爲縣吏趙師韞所殺卒能手刃父讎束身歸罪議曰”三十四字原無，據《全唐文》補；“韞”原作“藴”，據《舊唐書·陳子昂傳》《全唐文》改。

［二］“義”原作“議”，據《全唐文》改。

［三］“使”原無，據《全唐文》補。

［四］“元慶”原作“君”，據《全唐文》改。

［五］“者”原無，據《文苑英華》卷七六八補。

【注釋】

①議狀：論罪定刑的文書。

②“臣伏見”四句：《舊唐書·陳子昂傳》及《新唐書·孝友傳》皆載此事。

③“先王”二句：謂先王設立禮節禮儀，是爲了確定人的行爲進退。《禮記·檀弓下》：“古之君子，進人以禮，退人以禮。”

④“明罰”二句：嚴明刑罰是爲了整飭政令。

⑤枕干讐敵：枕盾而卧，表示復仇心切。干，盾。

⑥王政之綱：君王政令的大綱。

⑦明法：使法令嚴明。

⑧“修禮”二句：謂禮、法各自的功能。禮以治内，法以防外；禮施之於前，法懲之於後。這是儒家對禮法關係的基本認識。

⑨直道而行：遵循正道行事。語出《論語·衛靈公》：“斯民也，三代之所以直道而行也。”

⑩鬻身庸保：賣身充當雜役。

⑪亦何以多：也不見得超過。多，勝過，超過。

⑫激清名教：能讓儒家禮儀教化得到激揚。

⑬“義士”句：是義士當中的美好者。

⑭晝一之法：整齊統一的法律。

⑮“父讐”句：指不願和仇敵在同一個天底下並存，形容仇恨極深。語出《禮記·曲禮上》：“父之仇，弗與共戴天。”

⑯不苟：不隨便，很嚴肅。

⑰“刑之”二句：刑罰的設立就是爲了防止罪惡、混亂。

⑱能刑：善於用刑。

⑲未可以訓：不足爲訓。

⑳顯宥：明顯寬恕。

㉑“邪由”二句：謂邪和正、治和亂是相互存在的。理，治，避唐高宗李治諱。

㉒禮防至密：指禮法。禮、法的作用猶如防水的堤壩。

㉓將爲後圖：假如爲將來考慮。

㉔“聖人”四句：謂聖人治理天下，要全盤考慮，有始有終。非一朝一夕之故，《周易·坤卦·文言》曰：“積善之家，必有餘慶；積不善之家，必有餘殃。臣弑其君，子弑其父，非一朝一夕之故，其所由來者漸矣，由辨之不早辨也。”

㉕“信人”二句：謂只講求忠信等教義，執政不一定行得通。意思是只講禮儀仁道而没有刑罰是不行的。

㉖“仁高”二句：謂徐元慶爲父報仇的行爲超過古人，也爲當時人敬服。

㉗殺身成仁：指犧牲自己生命以成就仁道。全死：全死指死得完美。無生：忘記生命。無，通亡，忘記。

㉘旌其閭墓：在里巷和墓門前建坊題字以褒獎。

㉙嘉其徽烈：贊美他的光輝功業。

㉚編之於令：編入國家的法典之中。

爲建安王誓衆詞[一]①

諸總管、部將、旗長、隊正各聽命[二]②：夫聖人用兵，以討有罪。奸慝竊命，戎夷不恭，則必肆諸市朝，大戮原野。我皇周子育萬國，寵綏百蠻③，遐荒戎狄，莫不率職④。兵屯甲聚[三]，非欲勞人⑤。蓋逆不可縱，亂不可長。所以屈己推轂⑥，垂涕泣辜⑦，誠恐蒼生顛墜塗炭。今契丹凶羯，敢亂天常，爲封豕長蛇，薦食上國⑧。玉帛皮幣[四]⑨，棄而不貢[五]；名器正朔⑩，僭而有謀。乃將紿神虐人[六]⑪，暴殄天物，故皇帝命我，肅將王誅。今大師已集，方將問罪。公等諸將及士卒已上，須各嚴職事，肅恭天命。契丹凶賊，本爲中國奴隸，昏狂不道，勞我師徒。今與公等及士卒，久勤干戈，冒犯霜露⑫。夫四郊多壘，士大夫之恥⑬。蕞爾兇狡[七]⑭，一劍可屠[八]⑮。況皇帝義兵剋期誅剪，此猶泰山壓卵、鴻毛在爐⑯。今日之伐，須如雷霆之震，虎豹之擊⑰，搴旗斬馘⑱，掃孽除凶。上以攄至尊之憤，下以息邊人之患。鼓以作氣，旗以應機⑲。公等各宜戮力⑳，務當其任。若能奮不顧命，陷堅摧鋒㉑，金紫玉帛㉒，國有重賞；若進退留顧㉓，向背失機，斧鉞嚴誅㉔，軍有大戮。各宜勉勵，無犯典刑㉕。

【校記】

［一］“王”原無，據《全唐文》補。

［二］“諸總管部將旗長隊正各聽命”十二字原無，據《全唐文》補。

［三］“兵屯甲”三字原爲墨丁，據四庫本補。“兵屯甲聚”《全唐文》作“聚兵帥衆”。

［四］“幣”原作“弊”，據《全唐文》改。

［五］“貢”原作“實”，據《全唐文》改。

［六］“紿”原作“諂”，據《全唐文》改。

［七］“爾”原作“薾”，據《全唐文》改。

［八］“劍”原作“鈕”，據《文苑英華》卷三七七改。

【注釋】

①文章爲代建安王武攸宜所作誓師詞。

②諸總管、部將、旗長、隊正：指各級軍官，總管爲某路軍統帥，部將爲軍中副將，旗長爲中級軍官，隊正爲下級軍官。

③“以討有罪”七句：與《禡牙文》全同。

④“遐荒”二句：指偏遠的各民族都遵守自己的職責。

⑤非欲勞人：並不是想使衆人辛勞。

⑥屈己推轂：指皇帝委屈自己派兵征討。推轂（gǔ），指推車。

⑦垂涕泣辜：指皇帝哭泣自己的罪過。

⑧“爲封豕”二句：語出《左傳・定公四年》。封豕，大豬。封豕長蛇，喻貪暴者。薦食，多次侵害。

⑨玉帛皮幣：指進貢的玉器、絲帛、毛皮等。

⑩名器：用以區別尊卑貴賤的名號、車服等儀制。正朔：指帝王新頒曆法。

⑪紿（dài）神虐人：欺騙神，殘害人。

⑫冒犯霜露：頂著霜露的侵擾。

⑬“夫四郊”二句：謂境界多戰爭，是卿大夫的恥辱。語出《禮記·曲禮上》：“四郊多壘，此卿大夫之辱也。”

⑭蕞（zuì）爾兇狡：極其渺小的兇殘之徒。蕞爾，形容甚小。

⑮一劍可屠：憑一人之力即可消滅。

⑯“泰山”二句：喻以大壓小，毫不費力消滅敵人。

⑰“雷霆”二句：像雷霆一樣快速，如虎豹一般猛擊，形容唐軍力量強大。

⑱搴旗斬馘：拔取敵方旗幟，斬殺敵方將士。

⑲“鼓以”二句：用鼓聲鼓舞士氣，用旗幟調度佈陣。應機，隨機變化。

⑳戮力：同心協力。

㉑陷堅摧鋒：攻破敵軍堡壘，挫敗敵軍鋭氣。

㉒金紫玉帛：指高官和各種珍貴器物。

㉓進退留顧：指進退不定，拖延觀望。

㉔斧鉞嚴誅：受到嚴刑處罰。斧鉞，兩種兵器。

㉕無犯典刑：不要冒犯國家法典。

金門餞東平序[①]

昔者漢朝卿士，供帳餞於東都[②]；晉國名賢，傾城祖於西郊[③]。雖時稱盛觀，而人非帝族。東平，紫微英胄[④]，朱邸天人[⑤]，蘊岐嶷之瓌姿[⑥]，得山河之寶氣[⑦]。劉君愛士，常致禮於幽人[⑧]；曹植論文，每交歡於數子[⑨]。屬鑾輿拜日[⑩]，來朝太室之前[⑪]；玉檢停刊[⑫]，言返章華之路[⑬]。群公以眷深王粲[⑭]，思邀祖道之歡[⑮]；下走以遇重荀慈[⑯]，謬奉芳筵之醴。於時青陽二月[⑰]，黄鳥群飛，殘霞將落日交暉，遠樹與孤煙共色。江山萬里，渺然荆楚之塗；城邑三春，去矣伊瀍之地[⑱]。既而朱軒不駐[⑲]，緑蓋行遙[一][⑳]。琴罇之清讌已疲[㉑]，珠玉之芳言未贈[㉒]。請各陳志，以序離襟[㉓]。

【校記】

［一］“緑”原作“禄”，據《全唐文》改。

【注釋】

①金門：金馬門。東平：東平王，據岑仲勉考證爲李續。

②“昔者”二句：指漢朝疏廣叔侄告老還鄉，公卿大夫等在長安東門送别之事。事載《漢書·疏廣傳》。供帳，在郊外設立帳篷。東都，指長安東都門。

③“晉國”二句：指晉朝餞别司馬駿之事。見《文選·孫處〈征西官屬送於陟陽侯作詩〉》吕向注。

④紫微英胄：帝室傑出的後代。

⑤朱邸天人：見《送著作佐郎崔融等從梁王東征並序》注⑯。

⑥岐嶷：見《上殤高氏墓志銘並序》注⑦。

⑦寶氣：指靈異之氣。

⑧“劉君”二句：指漢代河間獻王劉德事。幽人，隱居之人。

⑨“曹植”二句：此指曹植《與楊德祖書》評價當時文人。

⑩“屬鑾輿”句：指唐高宗準備封禪之事。鑾輿，帝王車駕，代指帝王。拜日，祭天。

⑪太室：嵩山主峰。

⑫玉檢停刊：指停止封禪。

⑬章華：見《度荆門望楚》注①。

⑭眷深王粲：指蔡邕看重王粲之事。見《三國志·魏書·王粲傳》。

⑮祖道：爲出行者祭祀路神並設宴送行。

⑯下走：自稱，謙詞。荀慈：據彭慶生説應爲荀恁。事載《後漢書·閔仲叔傳》。

⑰青陽二月：指春天二月。

⑱伊瀍：伊水、瀍水，指洛陽。

⑲朱軒不駐：指東平王離開京城。朱軒，紅漆裝飾的車。

⑳緑蓋行遙：指東平王的車輛即將遠行。緑蓋，緑色的車蓋。

㉑“琴罇”句：指有美酒、音樂的豪華宴會。

㉒珠玉、芳言：珠玉即芳言，指美好的話。《荀子·非相》：“贈人以言，重於金石珠玉。”

㉓離襟：離別之情。

梁王池亭宴序①

子昂少遊白屋②，未歷朱門③。聞王孫之遊，空懷春草④；見公子之興⑤，每隔青霄。弋陽公座辟青軒[一]⑥，飾開朱邸⑦。金筵玉瑟⑧，相邀北里之歡[二]⑨；明月琴樽，即對西園之賞⑩。鄙人幽介⑪，酒醴知慚⑫；王子愛才，文章見許⑬。白日已馳，歡娱難恃，平生之樂，其在兹乎！

【校記】

［一］“弋”原作“戈”，據《全唐文》改。

［二］“北”原作“比”，據《全唐文》改。

【注釋】

①梁王：見《送著作佐郎崔融等從梁王東征並序》注①。

②白屋：見《爲永昌父老勸追尊忠孝王表》注⑭。

③朱門：紅漆大門，指富貴之家。

④“聞王孫”二句：語出《楚辭·招隱士》：“王孫遊兮不歸，春草生兮萋萋。”

⑤公子：諸侯之子，此指弋陽公。

⑥弋陽公：據彭慶生説似爲李焕。李焕，唐太宗之孫。

⑦朱邸：見《送著作佐郎崔融等從梁王東征並序》注⑯。

⑧金筵玉瑟：指豪華宴會。

⑨北里：泛指樂妓聚集之所。

⑩西園：即銅雀園，故址在今河北省臨漳縣西。

⑪鄙人：知識淺陋的人，謙稱自己。幽介：卑微孤介。

⑫酒醴知慚：指不善飲酒。

⑬“王子”二句：指弋陽公對自己文章的看重。見許，被贊賞。

薛大夫山亭宴序[①]

夫貧賤之交而不可忘，珠玉滿堂而不足貴[②]。閉門無事[一]，對黄卷以終年[③]；高論不疲，逢故人而永夜，薛大夫其人也。下官昔承顔色[④]，早蒙車騎之知[⑤]；晚接恩光，不異平津之舊[⑥]。蔡邕書史，許以相資[⑦]；張載文章，見稱於代[⑧]。爾其華堂别業，秀木清泉，去朝廷而不遥，與江湖而自遠。名流不雜，既入芙蓉之池[⑨]；君子有鄰[⑩]，還得芝蘭之室[⑪]。披翠微而列坐[⑫]，左對青山；俯盤石而開襟，右臨澄水[二]。斟緑酒，弄清絃，索皓月而按歌，追涼風而解帶。談高趣逸[三]，體静心閒。神眇眇而臨雲，思飄飄而遇物[⑬]。林軒寂寞，星漢縱横，思欲乘汗漫而群遊[四][⑭]，與真精而合契[⑮]。歡窮興洽，樂往悲來[⑯]。悵鸞鶴之不存[⑰]，哀鵷鳩之久没[⑱]。徘徊永歎，慷慨長懷。東方明而畢昴升[⑲]，北閣曙而天雲静。悲夫！向之所得，已失於無何[⑳]；今之所遊，復羈於有物[五]。詩言志也[㉑]，可得聞乎？

【校記】

[一]“閉”原作“閑”，據《全唐文》改。

［二］“右臨澄水”原作“右澄流水”，據《全唐文》改。

［三］“趣”原作“趍”，據《全唐文》改。

［四］“乘”原作“垂”，據《文苑英華》卷七九〇改。

［五］“復”原作“傷”，據《全唐文》改。

【注釋】

①薛大夫：彭慶生疑爲薛曜。薛曜（？~704年），字異華，蒲州汾陰（今山西省萬榮縣）人。唐朝大臣，中書令薛元超長子。

②“夫貧賤”二句：指不因發達而忘記老朋友，不把珠玉錢財當做寶貝。語出《後漢書·宋弘傳》：“（光武帝）謂弘曰：‘諺言貴易交，富易妻，人情乎？’弘曰：‘臣聞貧賤之知不可忘，糟糠之妻不下堂。’”

③黄卷：指書籍。古人以黄檗汁浸染紙張以防蟲蛀，故名。

④下官：謙稱自己。昔承顔色：指侍奉尊長。

⑤車騎之知：指漢代竇憲對班固的看重。事載《後漢書·竇憲傳》和《班固傳》。

⑥“晚接”二句：謂接受薛大夫恩澤不異於漢代公孫弘那樣。恩光，恩澤。平津，平津侯公孫弘。

⑦“蔡邕”二句：見《金門餞東平序》注⑭。

⑧“張載”二句：指晉朝張載文章被傅玄稱賞推薦。事載《晉書·張載傳》。

⑨芙蓉之池：蓮花池、荷塘。

⑩君子有鄰：語出《曾子·子思子》：“君子義則有常，善則有鄰。”

⑪芝蘭之室：語出《孔子家語·六本》：“與善人居，如入芝蘭之室，久而不聞其香，即與之化矣。”

⑫翠微：見《同宋參軍之問夢趙六贈盧陳二子之作》注④。

⑬“神眇眇”二句：語出陸機《文賦》：“心凜凜以懷霜，志眇眇而臨雲。”

⑭“思欲”句：謂升空與群仙同遊。

⑮真精：妙道。合契：符合，一致。

⑯樂往悲來：即興盡悲來，古代寫聚會、離別常用語，表達人生的短暫。

⑰鸞鶴：仙人坐騎。

⑱鵜鳩：爽鳩氏，少昊氏之司寇。

⑲畢昴（mǎo）：畢星與昴星，秋季黎明時相遇於東方。

⑳“向之”二句：從前得到的現在已經不知消失到何方。

㉑詩言志：謂詩歌的本質是抒發情志。語出《今文尚書·堯典》：“詩言志，歌永言。”

送中嶽二三真人序 時龍集乙未十二月二十日①

夫愛名山、歌長往②，世有之矣。放身霄嶺，宴景雲林③，卑俗不可得而聞，時士不可得而見[一]，則吾欲高視終古④，一笑昔人。嵩山有二仙人，自浮丘公、王子晉上朝玉帝[二]⑤，遺跡金壇⑥，鳳簫悠悠⑦，千載無響。吾每以是臨霞永慨，撫膺歎息。常謂煙駕不逢，羽人長往⑧，去囂世，走青雲，登玉女之峯⑨，窺石人之廟⑩，見司馬子微、馮太和[三]⑪，蜺裳眇然⑫，冥壑獨立，真朋羽會⑬。金漿玉液⑭，則有楊仙翁玄默洞天、賈上士幽棲牝谷⑮。玉笙吟鳳，瑤衣駐鶴⑯，方且迷軒轅之駕⑰，期汗漫之遊⑱。吾亦何人，躬接茲賞。實欲執青節，從白蜺，陪飲崑崙之庭，觀化玄元之府⑲，宿心遂矣⑳，冥骨甘焉㉑。豈知瓊都命淺㉒，金格道微㉓。攀倒景而迷途㉔，顧中峯而失路。塵縈俗累，復汩吾和㉕，仙人真侶，永幽靈契㉖。翳青芝而延佇㉗，遙會何期；結丹桂而徘徊，遠心空絕。紫煙去㉘，黃庭極㉙，仰寥廓而無光㉚，視寰區而寡色㉛。悠悠何往，白頭名利之交；咄咄誰嗟㉜，玄運盛衰之感㉝。始知楊朱岐路㉞、墨翟素絲㉟。尚平辭家而不歸㊱，鮑焦抱木而枯死㊲。可以慟，可以悲，古人之心，吾今得之也。

【校記】

［一］“士”原作“事”，據《全唐文》改。

［二］“玉”原作“王”，據《全唐文》改。

［三］“微”原作“徽”、“太”原作“大”，據《全唐文》改。

【注釋】

①中嶽：嵩山。真人：修仙成道之人。龍集乙未：指天册萬歲元年，695 年。

②長往：棲隱於山林。

③宴景雲林：指隱居山林。宴景，息影，藏跡。

④高視終古：高視往昔。終古，往昔，自古以來。

⑤浮丘公、王子晉：見《窅冥君古墳記銘》注⑮。玉帝：玉皇大帝。

⑥金壇：供奉神仙之壇。

⑦鳳簫悠悠：鳳簫之聲悠長。

⑧“煙駕”二句：謂不見仙人。煙駕，傳説神仙以雲爲車。羽人，仙人。

⑨玉女之峯：西嶽華山中峰（一説指東峰）的别稱。

⑩石人之廟：指啟母祠。

⑪司馬子微：見《昭夷子趙氏碑》注㉕。馮太和：事蹟不詳。

⑫蜺裳眇然：即霓裳，指神仙以雲爲衣裳。

⑬真朋羽會：仙友雲集。

⑭金漿玉液：指仙藥。

⑮楊仙翁、賈上士：嵩山道士，事蹟不詳。

⑯“玉笙”二句：用王子晉吹簫事。見《申州司馬王府君墓志》注④。

⑰軒轅之駕：用黄帝迷路事。

⑱汗漫之遊：指世外之遊。汗漫，渺茫不可知。

⑲觀化：見《登澤州城北樓宴》注②。玄元之府：天府、天庭。

⑳宿心：從前心願。

㉑冥骨甘焉：死了也甘心。

㉒瓊都：玉都、仙都。

㉓金格：見《續唐故中嶽體玄先生潘尊師碑頌並序》注⑭。

㉔倒景：道家所謂天上最高處。

㉕復汩吾和：汩亂内心的沖和。

㉖永幽靈契：指没有仙緣。靈契，與神仙結緣。

㉗青芝：藥名，可延年益壽。延佇：久留。

㉘紫煙：紫色瑞雲。

㉙黄庭：指道教經典《黄庭經》。

㉚寥廓：廣闊浩大的天空。

㉛寰區：天下。

㉜咄咄：嘆詞，表示驚詫。

㉝玄運：天運。

㉞楊朱歧路：用來表達對世道崎嶇，擔心誤入歧途的感傷憂慮。出自《荀子・王霸》。

㉟墨翟素絲：墨子見人染絲所興發的感嘆，後喻人受習俗影響之深而不可自拔。典出《墨子・所染》。

㊱“尚平”：指高士尚子平。事載《藝文類聚》卷三六引嵇康《高士傳》。

㊲鮑焦：春秋時期廉潔之士。事載《風俗通義》卷三。

餞陳少府從軍序[一]①

夫歲月易得，古人疾没代不稱[②]；功業未成，君子以自強不息[③]。豈非懷其寶，思其用，然後以取海内之名，以定當年之策，展其才力，受以驅馳[4]。少府叔鳳彩龍章[5]，才高位下[6]。班超遠慕，每言關塞之勳[7]；梁竦長懷，恥爲州縣之職[8]。屬胡兵犯塞，漢將臨邊，商君用耕戰之謀[9]，充國起屯田之策[10]。皇華出使[11]，言收疆埸之功[12]；白水開筵，遂爲雲雨之别[13]。爾其蒼龍解角，朱鳥司辰[14]，溽景薰天[二][15]，炎光折地[16]。山川漸遠，行人動游子之歌；樽酒未空，送客起貧交之贈。嗟乎！楊朱所以泣岐路[17]，蘇武所以悲絶國[18]，古之來矣，盍各言志[19]，以敘離歌。

【校記】

［一］本文原無，據《文苑英華》卷七一九、《全唐文》卷二一四補。

［二］薰：《文苑英華》校語：集作蒸。皆可。

【注釋】

①陳少府：陳子昂族叔，名字事蹟不詳。少府：縣尉别稱。從軍：隨軍出征。

②“古人”句：人應該努力建功立業。語出《論語·衛靈公》：“子曰：‘君子疾没世而名不稱焉。’”

③“君子”句：人應該奮鬥不止。語出《周易·乾卦》：“天行健，君子以自强不息。”

④受以驅馳：指爲國奔走效力。

⑤鳳彩龍章：具有龍鳳一樣的章彩，喻風姿秀異。

⑥才高位下：有高才而處低位，即才與位不相配。

⑦“班超”二句：見《和陸明府贈將軍重出塞》注⑩。

⑧“梁竦”二句：見《大周故宣義郎騎都尉行曹州離狐縣丞高府君墓志銘》注⑬。

⑨“商君”句：商君：指商鞅，戰國時期助秦孝公變法，獎勵耕戰。事載《史記·商君列傳》。

⑩“充國”句：漢代趙充國建議屯軍墾田起。事載《漢書·趙充國傳》。

⑪皇華出使：見《秋日遇荆州府崔兵曹使讌並序》注⑪。

⑫疆埸：邊疆。

⑬雲雨之别：雲離雨散，喻分别。

⑭爾其：連詞，表承接。蒼龍解角：指春季已過。朱鳥司辰：指正值夏天。

⑮溽景薰天：指酷暑濕熱。

⑯炎光折地：指陽光強烈。

⑰“楊朱”句：見《送中嶽二三真人序》注㉞。

⑱“蘇武”句：指漢代蘇武出使被強留匈奴十九年而得歸漢之事。絶國，遙遠的邦國。事載《漢書·李廣蘇建傳》

⑲盍各言志：何不各言其志？盍：何不。

送吉州杜司户審言序[①]

嗟夫！德則有隣，才不必貴[②]。昔有耕於巖石而名動京師[③]，詞感帝王乃位卑武騎[一][④]。夫豈不遭昌運哉？蓋時命不齊[⑤]，奇偶有數[⑥]。當用賢之世，賈誼竄於長沙[⑦]；居好文之朝，崔駰放於遼海[⑧]。況大聖提象[⑨]，群臣守規。杜司户炳靈翰林[⑩]，研幾策府[⑪]，有重名於天下，而獨秀於朝端。徐陳應劉，不得劘其壘[⑫]；何王沈謝，適足靡其旗[⑬]。而載筆下寮[⑭]，三十餘載。秉不羈之操[⑮]，物莫同塵；含絶唱之音[二]，人皆寡和[⑯]。群公愛禰衡之俊[⑰]，留在京師；天子以桓譚之非[三]，謫居外郡[⑱]。蒼龍闌茂[⑲]，扁舟入吳，告别千秋之亭[⑳]，迴棹五湖之曲[㉑]。朝廷相送，駐旌蓋於城隅[㉒]；之子孤遊，猋風帆於天際。白雲自出，蒼梧漸遠[㉓]。帝臺半隱，坐隔丹霄[四]；巴山一望[㉔]，魂斷渌水。於是邀白日，藉青蘋[㉕]，追瀟湘之遊，寄洞庭之樂[㉖]。吳歈楚舞[㉗]，右琴左壺，將以緩燕客之心[㉘]，慰越人之思[㉙]。杜君乃挾琴起舞，抗首高歌[五][㉚]，哀皓首而未遇，恐青春之蹉跎[㉛]。且欲擕幽蘭，結芳桂，漱石泉以節味，詠商山以卒歲㉜。返耕餌朮[六]㉝，吾將老焉。群公嘉之，賦詩以贈，凡四十五人，具題爵里[七]㉞。

【校記】

[一]“卑”原作“昇”，據《全唐文》改。

[二]“含”原作“合”，據《全唐文》改。

[三]“桓”原作“相”，據《全唐文》改。

[四]“丹”原作“舟”，據《全唐文》改。

[五]“抗”原作“杭”，據四庫本改。

[六]“朮”原作“木”，據《全唐文》改。

[七]“具題爵里”後有一墨丁、“含絶”，後有校語“類選作合絶”，據《全唐文》删。

【注釋】

①吉州：州治在今江西省吉安市。司户：司户參軍，州郡佐吏。杜審言（約645年~約708年），字必簡，襄州襄陽（今湖北省襄陽市）人，杜甫祖父。與李嶠、崔融、蘇味道被稱爲“文章四友”，是唐代“近體詩”的奠基人之一。

②德則有隣：見《薛大夫山亭宴序》注⑩。才不必貴：有才而位置不一定高。

③“昔有”句：用漢代鄭子真事。見《梓州射洪縣武東山故居士陳君碑》注㉜。

④“詞感”句：用漢代司馬相如事，見《史記·司馬相如列傳》。司馬相如任武騎常侍在漢景帝時期。

⑤時命不齊：命運不好。

⑥奇偶有數：指君臣遇合也是命中確定。

⑦“當用賢”二句：指漢文帝時期賈誼被貶爲長沙王太傅。事載《史記·屈原賈生傳》。

⑧“居好文”二句：指漢章帝愛好文學，崔駰被放爲遼東長岑長。事載《後漢書・崔駰傳》。

⑨大聖提象：指皇帝觀天象而立法治國。

⑩炳靈：焕發靈氣。翰林：文苑、文壇。

⑪研幾策府：在帝王藏書之所窮究精微之理。

⑫徐陳應劉：指建安七子中徐幹、陳琳、應玚、劉楨。不得劘其壘：不能靠近其堡壘，指此四人都不如杜審言。

⑬何王沈謝：指南朝齊梁時期的何遜、王融、沈約、謝朓。適足靡其旗：實足爲其打敗。

⑭載筆下寮：在下級職位擔任文職工作。

⑮不羈之操：不受約束的秉性。

⑯“含絶唱”二句：用宋玉《對楚王問》中曲高和寡之意。

⑰禰衡：（173 年 ~ 198 年），字正平，平原郡般縣（今山東省臨邑縣）人，東漢末年名士。恃才傲物，和孔融交好，後被江夏太守黄祖所殺。

⑱“天子”二句：見《大周故宣義郎騎都尉行曹州離狐縣丞高府君墓志銘》注⑭。

⑲蒼龍閹茂：指聖曆元年戊戌，698 年。

⑳千秋之亭：千秋亭，疑在洛陽千秋門外。

㉑五湖：太湖及太湖周邊。

㉒旌蓋：旌旗、車蓋，指官員。

㉓蒼梧：見《唐故循州司馬申國公高君墓志並序》注⑮。

㉔巴山：指臨川山，在今江西省崇仁縣南。

㉕藉青蘋：以青蘋爲坐墊。

㉖洞庭之樂：見《爲陳御史上奉和秋景觀競渡詩表》注⑰。

㉗吴歈（yú）楚舞：吴歌楚舞。泛指江南歌舞。

㉘燕客之心：暗用荆軻事。見《送著作佐郎崔融等從梁王東征並序》注㉝。

㉙慰越人之思：用莊舄事，見《史記・張儀列傳》

㉚抗首高歌：昂首高唱。

㉛青春之蹉跎：指美好的歲月消逝。

㉜詠商山：指商山四皓。見《我府君有周居士文林郎陳公墓誌文》注㉙。

㉝返耕餌朮（zhú）：返回故鄉，耕田養生。朮，藥名，道教用以養生。

㉞爵里：官爵故里。

冬夜宴臨邛李録事宅序[①]

下官遊京國久矣，接軒裳衆矣[②]。池臺鐘鼓，雖有會於終朝；琴酒管絃，未窮歡於永夕。豈非殊我親愛[③]，異我風謡，而使臨堂有懷、聞樂增歎者也。何功曹[④]，舊州耆老，跡尚於沉冥；李録事[⑤]，吾土賢豪，義多於遊俠。高軒置酒，甲第迎賓[⑥]。絲竹紛於綺窗[⑦]，琅玕盛於雕俎[⑧]。樓臺若畫，臨故國之城池；軒蓋如雲，總名都之車馬。於是乘興[一]，自此而遊，安得不放意留歡，遺老忘死[⑨]。金壺漏晚[⑩]，銀燭花微[⑪]，北林之煙月無光，南浦之星河向曙[⑫]。赤車使者[⑬]，下官雖謝於古人[二]；錦里名家[⑭]，群公豈慚於昔彦[⑮]。我之懷矣，實在於斯。同賦一言，俱爲四韻。

【校記】

［一］“乘”原作“而”，據《全唐文》改。

［二］“古”原作“士”，據《全唐文》改。

【注釋】

①臨邛：在今四川省邛崍市。

②軒裳：見《秋日遇荆州府崔兵曹使讌並序》注③。

③親愛：親近喜愛之人。

④功曹：功曹參軍事，州郡佐吏。

⑤録事：録事參軍。

⑥高軒、甲第：高門大第，指富貴之家。

⑦絲竹：音樂。綺窗：雕飾漂亮的窗户。

⑧琅玕（láng gān）：像珠子的美石，此喻菜品。雕俎：雕花彩繪的食器。

⑨遺老忘死：遺忘衰老和死亡。

⑩金壺：銅壺美稱。

⑪銀燭：銀色而精美的蠟燭。

⑫星河：銀河。

⑬赤車使者：用司馬相如事。

⑭錦里：成都别稱。

⑮昔彦：往昔有才德之人。

忠州江亭喜重遇吴參軍見牛司倉序[一]①

日月交分[二]，春秋代謝②。昔歲居單閼③，適言别於兹都；今龍集昭陽④，復相逢於此地。山川未改，容貌俱非。敘名宦而猶嗟[三]，問鄉關而不樂。雲天遂解，琴酒還開，新交與舊識俱歡⑤，林壑共煙霞對賞。江亭迴瞰，羅新樹於階基；山榭遙臨，列群峯於户牖。爾其丹藤緑篠⑥，俯映長筵；翠渚洪瀾，交流合座。神融興洽，望真情高⑦，覺清溪之仙洞不遙⑧，見蒼海之神山乍出⑨。既而行舟有限，嗟此會之難留；别日無期，歎分岐之易遠[四]。徘徊北渚，惆悵南津⑩。江陵之道路方賒⑪，巴徼之雲山漸異⑫。嗟乎，離言可贈，所願保於千金⑬；别曲何謡，各請陳於五字⑭。

【校記】

［一］“軍”原無，“倉”原作“蒼”，據四庫本、《全唐文》補、改。

［二］“交”原作“郊”，據《全唐文》改。

［三］“宦”原作“官”，據《全唐文》改。

［四］“易”原作“勿”，據《全唐文》改。

【注釋】

①忠州：州治在今重慶市忠縣。司倉：司倉參軍事。

②“日月”二句：謂時間流逝。

③單閼（chán è）：卯年别稱，此爲調露元年己卯，679 年。

④昭陽：癸年别稱，此爲長壽二年癸巳，693 年。

⑤新交：指牛司倉；舊識：指吳參軍。俱歡：都快樂。

⑥綠篠（xiǎo）；小竹，泛指竹。

⑦望真情高：看到真人興致很高。

⑧清溪之仙洞：疑指天臺仙洞事。

⑨蒼海之神山：指海上仙山。

⑩北渚：見《春臺引寒食集畢録事宅作》注⑥。南津：見《春晦餞陶七於江南同用風字並序》注③。

⑪江陵：縣名，在今湖北省荆州市荆州區。方賒：還很遠。賒：遙遠。

⑫巴徼（jiào）：巴國邊界。

⑬千金：指寶貴的身體。

⑭五字：指五言詩。

暉上人房餞齊少府使入京府序①

永淳二年四月孟夏②，東海齊子宦於此州。雖黄綬位輕③，而青雲器重，故能委邦君而坐嘯，屈刺史而知名。屬乎鑾駕巡方④，諸侯納貢，將欲對揚天子⑤，命我行人⑥。執玉帛而當朝，擁騑驂而戒道⑦。指途河渭⑧，發引岷嶓⑨，粤以丙丁之日⑩，次於暉公别舍，蓋言離也。爾其巖泉列坐，竹樹交筵，吐青靄於軒窗，棲白雲於左右。参差池樹，亂山水之清陰；繚繞階庭，雜峯崖之異勢。入禪林而避暑⑪，肅風景於中庭[一]，開水殿而追涼，徹氛埃於户外。瑶琴合奏，翠斝時行⑫，譚窈窕於天人⑬，極留連於晷刻⑭。既而歡樂極，良辰征，攀白日而不迴，唱浮雲而告别⑮。山光黯黯，凝緑樹之將曛⑯；嵐氣沉沉⑰，結蒼雲而遂晚。雖同交未阻，風月可留，岐路方乖，關山成恨。嗟乎，朝廷子入，期富貴於崇朝⑱；林嶺吾棲，學神仙而未畢⑲。青霞路絶[二]，朱紱途遙⑳。言此會之何時，願相逢而誰代[三]㉑。永懷千古，豈知仁者之交[四]；凡我三人，盍崇不朽之跡。斯文未喪㉒，題之此山，同疏六韻云爾。

【校記】

［一］“庭”原作“林”，有校語“一作庭”，據《全唐文》删改。

［二］“青”前原有“曰”，據《全唐文》删。

［三］“代”原作“伐”，據《全唐文》改。

［四］“仁”原作“人”，據《全唐文》改。

【注釋】

①暉上人：見《酬暉上人秋夜山亭有贈》注①。齊少府：名不詳。時爲梓州某縣尉。

②永淳二年：683年。

③黄綬：見《同旻上人傷壽安傅少府》注⑦。

④鑾駕巡方：指天子出巡四方。

⑤對揚天子：面奏天子。

⑥行人：使者。

⑦“擁騑驂”句：指駕車上路。騑驂（fēi cān），駕車之馬。戒道，上路。

⑧指途：上路、啟程。河渭：本指黄河及周圍地區，此指長安。

⑨岷嵎：岷山曲折處，此指射洪。

⑩丙丁之日：指夏日。

⑪禪林：寺院。

⑫翠斝（jiǎ）：青銅酒器。斝，同斚。

⑬“譚窈窕”句：討論天人之間深奥的道理。窈窕，此指精深道理。天人，人與自然。

⑭晷刻：古代計時的兩種工具，此指時間。

⑮浮雲：指人生聚散。

⑯曛：黄昏時暗淡的光線。

⑰嵐氣：山間霧氣。

⑱崇朝：從天亮到早飯時間，喻時間短。

⑲學神仙：指陳子昂學道教養生之術。

⑳朱紱：見《爲武奉御謝官表》注⑩。

㉑誰代：何時。

㉒斯文未喪：見《秋日遇荆州府崔兵曹使讌並序》注⑯。

洪崖子鸞鳥詩序[一]

《鸞鳥篇》者，晉人洪崖子之所作也[①]。洪崖子遁我玄魁[②]，賁其默行[③]，矯跡汾水[④]，習隱洛陽。乘白驢，衣羽褐[⑤]，遊朝市之際，雜縉紳之間。時人或將襲青牛師、薊子訓之陳跡也[⑥]。嘗以翠鸞時棲，明主之瑞；君子獨立，矯世之方。於是和墨澹情，灑翰縟意[⑦]，寄孤興於露月，沉浮標於山海[二]。乃集瑤圃，洗玉池，翩翩然又以自得也。時尚輦奉御梁國喬佖[⑧]，聞其風而悦之。乃刻羽翦商[⑨]，飛毫掞牘[⑩]，扣歸昌之律[⑪]，協朝陽之音[⑫]，率諸君子屬而和之者十有五[⑬]。余始未知夫洪崖也[三]，喬子慕義[四]，命余敘之，凡若干首。

【校記】

［一］“崖”原作“崔”，據四庫本改。

［二］“沉”原作“況”，據四庫本改。

［三］“未”原作“末”，據四庫本改。

［四］“慕”原作“暴”，據四庫本改。

【注釋】

①洪崖子：西晉道士。《鸞鳥篇》：洪崖子所作詩歌，今佚。

②玄魁：深藏之道。

③賁其默行：修飾其沉潛道行。

④矯跡汾水：指在汾水隱逸。

⑤衣羽褐：穿着道士服裝。

⑥“襲青牛師”句：繼承封君達、薊子訓的行跡。青牛師，青牛道人封君達。薊子訓，漢末建安時期術士。事載《後漢書·方術傳下》。

⑦“和墨”二句：指書寫沖淡深厚的情意。和墨、灑翰，指磨墨書寫。

⑧尚輦奉御：唐朝殿中省設尚輦局，負責爲皇宫提供服務。喬佖：喬知之之弟。

⑨刻羽翦商：引商刻羽，指修飾聲律。

⑩飛毫掞牘：揮筆書寫。飛毫，指書寫。掞（yǎn）牘，本指削竹木成片作爲書寫材料。

⑪扣：同叩。歸昌：鳳凰集中鳴叫。

⑫朝陽之音：指鳳凰之聲。

⑬屬而和：即唱和詩作。

送麴郎將使默啜序①

蓋北夷不羈之日久矣②。天子垂玄默③、穆皇風，而狼居革心④，蟻伏請職⑤。歲一月，上將恤戎⑥，乃以金章假麴公爲司賓卿⑦，載馳錦車⑧，諭意雲幕⑨。且欲頓單于之膝⑩，受呼韓之朝⑪。不踰青春⑫，復命紫闕[一]。其忠臣烈夫之節，感激壯士矣⑭。朝廷以赴此絶國⑮，追送近郊，登熊山⑯，望燕塞⑰，黄雲千里，亭皐悠然⑱。僉曰賦詩⑲，絶句以贈。

【校記】

［一］“闕”原作“闞”，據《全唐文》改。

【注釋】

①麴（qū）郎將：名不詳。默啜：默啜可汗（？～716 年），本姓阿史那氏，名環，突厥族。唐朝时東突厥可汗，骨咄禄可汗之弟。

②北夷：此指突厥。不羈：不臣服。

③垂玄默：崇尚清静無爲。

④狼居：指狼居胥山，在今蒙古人民共和國境内。革心：悔過自新。

⑤蟻伏請職：臣服並請求入貢。蟻伏，像螞蟻一樣臣服，喻臣服者衆多。

⑥恤戎：慎於用兵。

⑦金章：見《爲資州鄭使君讓官表》注⑤。假：代理。司賓卿：即鴻臚卿。

⑧載馳錦車：疾駛官車。錦車，錦飾之車，指使者之車。

⑨諭意雲幕：指到突厥處曉諭皇上旨意。雲幕，指帳篷。

⑩頓單于之膝：使單于屈膝下跪。

⑪受呼韓之朝：接受呼韓邪單于的朝拜。

⑫青春：指一年。

⑭感激：感激奮發。

⑮絶國：遥遠之地。

⑯熊山：熊耳山，在今河南省澠池縣南。

⑰燕塞：泛指北方邊塞。

⑱亭皋：水邊平地。

⑲僉曰：大家都説。

偶遇巴西姜主簿序①

予疲薾永久[一]②，未嘗解顔③。正欲登高山，望遠壑，揮斥幽痗④，以劘太清⑤。姜主簿倏自綿中⑥，至於林下⑦，乃飾琴酒之事，雜文章之娱。將蠲我憂⑧，頹靡取樂⑨。夫浩浩之白，不可獨也⑩；青春之詩，又誰咎也⑪？逢太平之化，寄當年之歡。同人在焉，而我何歎？南國橘柚，陽月初榮⑫，北梁山水⑬，良辰復别。揮手何贈，詩以永言云爾⑭。

【校記】

［一］“薾”原作“爾”，四庫本作“茶”。

【注釋】

①巴西：綿州治所所在地，在今四川省綿陽市。姜主簿：名不詳。

②疲薾：疲倦的樣子。

③解顔：開心。

④揮斥幽痗：散發悲苦。幽痗，憂痛、悲苦。

⑤以劘太清：用來接近天空。劘，迫近、接近。太清，天空。

⑥綿中：即四川省綿陽市。

⑦林下：指作者隱居的山林。

⑧將蠲我憂：用來解除我的憂愁。蠲，消除。

⑨頽靡取樂：指苦中作樂。頽靡，衰頽、不振作。

⑩“夫浩浩”二句：語出《列女傳·齊管妾婧》“古有《白水》之詩，詩不云乎：浩浩白水，儵儵之魚。君來召我，我將安居。國家未定，從我焉如。”此指應與朋友一起快樂。

⑪又誰咎也：又該責備誰。

⑫陽月初榮：指十月開花。陽月：十月。

⑬北梁：泛指北方。

⑭詩以永言：指詩歌用以表達人的情感。《今文尚書·堯典》：“詩言志，歌永言。”

荆州大崇福觀記[一]①

維大周揖讓受唐有天下十載②，施化育德，揚光顯仁，天下咸和，中外胥謐③，仙門法寓，澤罔不暨④。粤若無上太祖孝明皇帝⑤，神明睿哲，龍德而隱，君子勿用⑥，於我渚宫[二]⑦。葳蕤春風，霢霂時雨⑧，謳歌歸之。允矣！太王、王季岐、鎬之漸也⑨。於戲！西伯潛聖⑩，而遺其三齡⑪，故我太祖姑安時處順[三]⑫，乘彼白雲，以歸帝鄉⑬。方城之人⑭，嗟咨涕洟⑮，靈魄罔遺⑯，乃以珠襦玉匣⑰，閟兹衣冠⑱。穀林方崇⑲，喬山未掩⑳，龍輴梓寢㉑，在兹觀者七月焉。餘威化北[四]㉒，顔塗暨積㉓。逮皇帝順人樂推㉔，鳳翔虎變㉕，追革顯號㉖，宗祀於明堂，躍試所歷[五]，莫不昭晰寵光也㉗。長史弘農楊元琰㉘，雅量川浚，貞節嶽立，有倚相墳典之博㉙，子囊增名之忠㉚。遂稽皇圖，徵文獻，以爲會稽之廟、大庭之初㉛，其事上矣。乃表上遺跡，祈飾山階㉜。司賓卿于惟謙㉝、地官主事魯玄傑㉞，咸經沐浴邦憲㉟，升官周京㊱，亦恢廓徽猷㊲，任佐誠請。時皇帝方垂拱璇淵之中㊳，以思大化㊴，故書奏不答。道士孟安排者，玄稟真骨，記上階黄裳㊵，羽袂囊中㊶，竊感蒼梧遺化㊷，長沙舊寢㊸，不可以不昭發聖世。復重理前狀，伏奉闕下，至於再三。天子乃憫然，遷思回慮，旌别斯觀，錫名曰大福焉。時龍集己亥，聖曆之二年也[六]㊹。翌日，又優制褒崇，特降銀榜[七]㊺。仙書鳳篆，飛集王宫[八]；天文昭回，瑞我鄢郢。則有逾岐山㊻，越梁境㊼，梯衡霍㊽，浮瀟湘，鬱荆門，龐江徼㊾，莫不翼戴抃舞㊿，澡雪心目者已[51]。安排乃喟然歎曰："道惡乎在？名惡乎在[52]？茅茨文軒[53]，未始離也；朱宫玄圃[54]，未始乖也。損之而又損之[55]，思乎思；無爲而無不爲[56]，知乎知。則我何拘於常見哉？而不謂熙帝庸也[57]。"遂經玄都[58]，爰伐琴瑟[59]，作爲仙觀之宫。文彩構檻[九][60]，碱砆砌階[61]，櫨栱森鬱以雲合[一〇][62]，藻井翕赩以天開[63]。瑤壇躋於上清[64]，銀闕表於中界[65]。高步玄雲，肅然靈風，仿佛紫陽之天也[66]。然後璇題顯曜[一一][67]，金格道相[68]，朝浮彩雲，夕泫清露。眇哉邈乎，信皇靈之所感發矣。蓋金簡玉牒[69]，可存而不可知；昆侖方壺[70]，可聞而不可階也。猶且曰：道録貴乎真經[一二]，况皇明帝載、昭鑠日月而已[71]。乃刊作記，以傳罔極。

【校記】

[一]本文原無，此據《文苑英华》卷八二二、四庫全書《陳拾遺集》卷七補録。

[二]"於"，《文苑英華》作"干"，有校語"一作干"；"渚"原作"諸"，從彭慶生説。

[三]"姑"，《文苑英華》作"始"，皆通。

[四]"威"，四庫本、《文苑英華》作"滅"，據《唐文拾遺》改。

［五］“試”，《文苑英華》作“誠”，有校語“疑作試”。

［六］“曆”原作“歷”，據《文苑英華》改。

［七］“銀”原作“時”，據《文苑英華》改。

［八］“宫”，《文苑英華》作“官”，有校語“一作宫”。

［九］“檻”，四庫本作“揺”，據文意、彭慶生《校注》改。

［一〇］“雲”，四庫本、《文苑英華》作“宏”，據文意、彭慶生《校注》改。

［一一］“璇”原作“璿”，據《文苑英華》改。

［一二］“道”原作“遂”，據《文苑英華》改。

【注釋】

①荆州：州治在今湖北省江陵縣。大崇福觀：道觀名。

②揖讓：見《奉和皇帝丘禮撫事述懷應制》注④。

③胥謐：全都安寧。

④仙門發寓：指道觀。澤罔不暨：恩澤無處不在。

⑤粤若：發語詞。無上太祖孝明皇帝：指武則天父親武士彠。

⑥“龍德”二句：謂武士彠有大德而無高位。語出《周易·乾卦》：“初九，曰：潛龍勿用，何謂也？子曰：‘龍德而隱者也。’”

⑦渚宫：春秋時楚王别宫，舊址在今湖北省荆州市荆州區。

⑧“葳蕤”二句：謂春風盛大，微雨飄灑。春風、微雨，喻恩澤。

⑨太王：古公亶父。王季：周文王父親。岐、鎬之漸：從岐山、鎬京開始。

⑩西伯：周文王。

⑪遺其三齡：指周文王留給其子武王三年壽命。

⑫安時處順：安於時運，順應變化。

⑬帝鄉：仙人居所。

⑭方城：地名，在今湖北省境内。

⑮嗟咨涕洟：歎息落淚。

⑯罔遘：不見。

⑰珠襦玉匣：帝王和貴族入殮之服。

⑱閟兹衣冠：指埋藏衣服帽子。

⑲穀林：堯之葬地。

⑳喬山：即橋山，黄帝葬地。

㉑龍輴（chūn）梓寢：指帝王靈車、棺材。

㉒餘威：指武士護神靈。

㉓顔：堂上匾額。塗：塗飾。暨積：時間長。

㉔順人樂推：順應民意，受人擁戴。

㉕鳳翔虎變：指帝王興起，變革年號、制度。

㉖追革顯號：指追封高位。

㉗“躍試”二句：謂武則天所爲，讓天下都受到恩光普照。

㉘弘農：楊氏郡望。楊元琰：字温，虢州閿鄉（今河南省靈寶市西）人。

㉙倚相：楚國左史。墳典：三墳五典。

㉚子囊：楚公子貞。事載《左傳·襄公十三年》。

㉛會稽之廟：指禹廟。大庭：傳説中古帝王號。

㉜山階：山路上的石階，此指大崇福觀。

㉝于惟謙：唐朝官員，唐中宗年間短暫拜相。

㉞地官主事：户部主事。魯玄傑：事蹟不詳。

㉟沐浴邦憲：指接受國家大法洗禮。

㊱升官周京：指曾在朝廷任職。

㊲恢廓徽猷：發展美善之道。

㊳“垂拱”句：指皇帝在朝中施行無爲而治。璿淵，玉池，此指朝廷。

㊴大化：見《祭孫府君文》注⑧。

㊵上階黄裳：上品仙階，即天仙。黄裳，黄裳元吉。

㊶羽袂：羽衣，道士之服。

㊷蒼梧遺化：指舜遺留的教化。

㊸長沙舊寢：指舜之陵寢。

㊹“龍集”二句：指697年。

㊺銀榜：金碧輝煌的門匾。

㊻岐山：在今陝西省岐山縣西北。

㊼梁境：梁州之内，東據華山之南，西距黑水。

㊽衡霍：衡山。

㊾龐江徼：江水盛大。龐，盛大。江徼，江邊。

㊿翼戴：輔佐擁戴。抃舞：拍手而舞。

51澡雪心目：清潔内心和眼睛。劉勰《文心雕龍·神思》有“疏瀹五藏，澡雪精神”。

52惡乎：疑問代詞，在哪里。

53茅茨：指茅屋。文軒：彩飾欄杆與門窗走廊。

54朱宫：紅色的宫牆。玄圃：昆侖山上的神山。

55損之而又損之：指無爲，語出《老子》四十八章。

56無爲而無不爲：語出《老子》三十七章“道常無爲而無不爲”。

57熙帝庸：使帝王功業盛大。熙，興盛壯大。庸，功業。

58玄都：天帝都城。

59爰：助詞。伐琴瑟：伐木以作琴瑟。

60文彩構檻：彩色裝飾房屋與欄杆。

61碔砆砌階：用玉石作臺階。碔砆，像玉的石頭。

62櫨栱：房屋斗拱。

63藻井：天花板上的彩繪或雕刻。翕赩：光彩鮮明。

64瑤壇：用美玉砌成的高臺，多指神仙的居處。上清：道教有所謂三清，即玉清、上清、太清。

65銀闕：用銀建造的宫闕。中界：指人間。道教有三界，指天地人。

66紫陽之天：神仙之天、上天。

67璿題顥曜：用玉修飾的椽頭光芒耀眼。

68金格：見《續唐故中嶽體玄先生潘尊師碑頌並序》注⑭。

⑲金簡玉牒：玉牒金書，指道教典籍。

⑳昆侖、方壺：神山、仙山。

㉑昭鑠：光耀。

無端帖[一]①

道既不行②，復不能知命樂天③，又不能深隱於山藪③，乃亦時出於人間，自覺是無端之人。況漸近無聞，不免自惜，如何？

【校記】

[一]本文諸本皆無，陸心源《唐文拾遺》（卷十六）據《寶真齋法書贊》卷五録。

【注釋】

①無端帖：此載南宋岳珂《寶真齋法書贊》卷五，有跋語及贊。跋語云："右唐武后朝右拾遺、清邊道行軍總管府軍曹陳子昂字伯玉《無端帖》真跡一卷。有小璽在卷端，並米芾審定。真跡半印一古，半印四書，無始末，因筆陳字而已。得之與昭陵册文同時。""贊曰：麟臺正字垂拱臣，手持鴻筆扶金輪。喔咿自擬教牝晨，尚欲圭璧全齊身。筆精墨妙雖有神，千載乃作無端人。以人廢言古所聞，尚可展卷書吾紳。"無端，無奈、無來由。

②道既不行：指堅持的道不得施行。語出《論語・公冶長》："子曰：'道不行，乘桴浮於海。'"

③"復不能"句：又不能做到樂天知命。語出《周易・繫辭上》："樂天知命，故不憂。"

③深隱於山藪：指隱居。山藪，山澤、山林。

卷八

雜　著

答制問事 八條

臣今月十九日蒙恩勑召見[①]，令臣論當今政要行何道可以適時[②]，不須遠引上古，具狀進者。微臣智識淺短，實昧政源[③]，然嘗洗心精意，静觀人理。竊見國之政要，興廢在人。能知人機[④]，順而施化，趨時適變[⑤]，静而勿動，政要之賢[一][⑥]，可得而行。今陛下以應天命而受寶圖[⑦]，建立明堂[⑧]，施布大化，勤恤人隱，存問高年，報功樹德，順時興務，至公至仁，垂訓天下，可謂典章大備[⑨]，制度弘遠，五帝三王所不及也。愚臣何敢有知政要？然天恩降問，貴採芻蕘[⑩]，謹竭愚直，悉心以奏。凡用賢之道未廣，仰成之化尚勞。然則取士之方、任賢之事，固陛下素所深知，應亦倦譚亦倦聽，不待臣更一二煩説也。

請措刑科

臣聞言有順君意而害天下者，有逆君意而利天下者。唯忠臣能逆意，唯聖君能從利。恩勑不以臣愚微，降問當今政要。臣伏惟當今之政，大體已備矣，但刑獄尚急，法網未寛，恐非當今聖政之要者。臣觀聖人用刑，貴適時變，有用有捨[二]，不專任之。且聖人初制天下，必有凶亂之賊、叛逆之臣而爲驅除，以顯聖德。聖人誅凶殄逆[⑪]，濟人寧亂，必資刑殺以清天下，故所以務用刑也。凶亂既滅，聖道既昌，則必順人施化，赦過宥罪[⑫]，所以致措刑也[⑬]。然則聖人用刑，本以禁亂，亂静刑息，不爲昇平所設[⑭]。何者？太平之人悦樂於德，不悦樂於刑。以刑窮於人，人必慘怛[⑮]。故聖人貴措刑，不貴煩刑。今神皇應運受圖[三][⑯]，臨御天下，逆臣賊子，頓伏嚴誅。所以虺貞群黨同惡就戮[⑰]，此蓋天意將顯神皇威靈，豈此凶徒所能自亂。今魁首已滅，朋黨已屠[四]⑱，聖政惟昌，天下咸服。神皇又降文昌鴻恩，滌蕩群罪，天下昭慶，企望日新。措刑崇德，正在今日，實聖政之至要者也。臣伏見近來詔獄推窮⑲，稍復滋長，追捕支黨，頗及遠方，天下士庶，未敢安止。臣伏惟神皇聖意，務在措刑安恤天下，不務察法以損昇平。然今刑獄未息者，應是獄吏未識天意，所以至於此也。伏願神皇垂愷悌之德，務仁壽之恩，勑法慎罰，以省刑典。臣伏見當今天下士庶，思願安寧，途謡巷歌，皆稱萬歲，此其懷樂聖化、願保永年，欲與子孫同此仁壽。今神皇不以此時崇德務仁，使刑措不用，乃任有司明察⑲，專務威刑，臣竊恐非神皇措刑之道。且臣聞殺一人則千人恐，濫一罪則百夫愁。人情大端，畏懼於此。今天下至廣，萬國至繁，神皇雖妙察獄，固不可門告户説，令一一知者。若使有一不知，以神皇好任刑法，則非太平安人之務，當今聖政之要者也。此是臣赤心至誠，敢言其實，冒死犯奏。所冀天鑒，務求措刑，察臣所言，非敢苟順。

重任賢科[五]

臣伏惟刑措之政在能官人⑳。官人惟賢，政所以理。此固神皇深知倦問，不假臣一二煩説。今臣所更重説者，實以天下之政非賢不理，天下之業非賢不成，固願神皇務在任賢。誠得衆賢而任之，則天下之務自化理也。則賢人既任須信，既信須終，既終須賞。夫任而不信，其才無由展；信而不終，其業無由成；終而不賞，其功無由别[六]。必神皇如此任賢[七]，則天下之賢雲集矣。何以知其然？君子小人，各尚其類者也㉑。若神皇徒務好賢而不能任，能任而不能信，能信而不能終，能終而不能賞，雖有賢人，終不可用矣。神皇降問小臣當今政理之要者，臣竊以此爲政要之至極。何以言之？神皇大業已成，天下已平，尊名已顯，大禮已備，所未足者在於忠賢。若得忠賢相與而守之，太平之功可以於此而就，斯實天地神靈贊助神皇而致此時也。當此時不成千歲之業、立萬代之規，小臣誠愚，竊爲神皇所惜。

明必得賢科

臣伏惟刑措之道，政在任賢。議者皆云："賢不可知，人不可識。"臣獨以爲賢固可易知，人固可易識，但是議者不精思之耳㉒。夫尚德行者必惡凶險之類㉓，務公正者必無邪佞之朋，保廉節者必憎貪冒之黨㉔，有信義者必疾苟且之徒。智者不爲愚者謀，勇者不爲怯者死，猶梟鸞不接翼，薰蕕不同器[八]㉕。此天地之性、物類之情，其理自然，不可改易。何者？以德事凶，兩不相入；以正接佞，兩不相利；以信質僞㉖，兩不相從；以廉説貪，兩不相和。智者尚謀，愚者不聽，勇者徇死㉗，怯者貪生，皆事業不同、趨向各異。夫賢人之道固可預知[九]。誠能尚賢，賢可至矣。然則賢人之業，須賢人達之；賢人之才，須賢人用之。公正廉節信義勇謀，皆待其人然後獲展[一〇]。苟非其類，道不虚行。凡賢人君子，未嘗不思效用，但無其類獲進，所以陻没於時。今神皇誠能信任賢良，旌納忠正，知左右之臣灼然有賢行者㉘，賜之尊爵厚禄以榮寵之，使其以類相舉，責成其政。合度者進，失度者貶。神皇但垂拱明堂、保神和志，天下之事，臣必見日就無爲、不言而治也㉙。今神皇憂恤萬機㉚，日不暇給㉛，昧旦丕顯㉜，中夜以思，誠是群臣未稱聖任。伏願神皇審察賢能，垂恩信任。夫忠賢事君，必諫君失[一一]；奸佞事主，必順主情。直道曲事，惟聖鑒所察。

賢不可疑科

臣伏惟神皇聖明，具知得賢須任、既任須信、既信須終、既終須賞，悉備知也。然今未多信任者，應以經信任無效，所以致疑。如裴炎、劉禕之、騫味道、周思茂[一二]㉝，固蒙神皇信任之矣，然竟背德辜恩㉞。神皇以此有疑於信任賢也。以臣愚識[一三]，則謂不然。何者？聖必藉賢以明，國必待賢以昌，人必待賢以理，物必待賢以寧。若神皇疑於任賢，欲以聖謀自斷，臣恐勤勞聖躬而天下不可獨理，況聖躬不可勞弊，神心不可細用，此最須任賢者也。臣聞鄙人云㉟：有人以食噎而得病者，欲絶食以去病。乃不知食絶而身斃㊱。此言近小，可以喻遠㊲。臣竊謂賢人於國，亦猶食之在人，固不爲一噎而絶餱糧〔一四〕㊳，亦不可以謬賢而遠正士。此實神皇聖鑒可明知也，不待愚臣一二言之。伏願任賢無疑，求士不倦，以此爲務，天下誠不足理也。若外有信賢之名，而内實有疑賢之心，臣竊謂神皇雖日得百賢，終是無益，適足以損賢傷政也。伏惟熟察可信者信之。

招諫科

臣伏惟聖人制天下，貴能至公。能至公者，當務直道。臣伏見神皇至公應物、直道容賢，然朝廷尚未見敢諫之臣、骨鯁之士㊴，天下直道，未得公行。臣聞聖人大德，在能聽諫。古典所説，蓋不足陳。臣伏見太宗文武聖皇帝〔一五〕，德冠三王，名高五帝，實由能容魏徵愚直㊵，獲盡忠誠。國史書之，明若日月。直言之路啓，從諫之道開。貞觀已來㊶，此實爲美。今神皇坐明堂，布大政，神功聖業，能事備矣。夫骨鯁之士能美聖功。伏惟神皇廣延直臣㊷、旌賞諫士㊸，使大聖之德引納日新㊹，書之金板㊺，萬代有述。非神皇卓犖仁聖㊻，臣不可獻此言也。

勸賞科

臣聞勞臣不賞，不可勸功㊼；死士不賞，不可勵勇。當今或有勤勞之臣、死難之卒，策功命賞〔一六〕，未蒙優異㊽。臣伏惟人臣徇節，在爵與名。死節勤公，名爵不及；偷榮尸禄㊾，寵秩或加。故不可以進賢顯能、旌功勵行。伏願神皇廣求此色〔一七〕㊿，勸勵百寮，以及將士，此最當今聖政之所宜先也。古人云“賞一人而千萬人悦”者[51]，蓋言其功當也。夫賞而不知，賢者不務也。伏願神皇陛下特垂省察。

請息兵科

臣伏以當今國家事最大者在兵甲歲興，賦役不省。神皇欲安人思化，理不可得。何者？兵之所聚，必有所資[52]。千里運糧，萬里應敵。十萬兵在境，則百萬家不得安業。以此徭役，人何敢安[一八]？臣伏見國家自有事北狄，於今十有餘年[53]。兵甲歲興，竟不聞其利。豈中國無制勝之策，朝廷無奇畫之臣哉？臣竊謂不然，是未計之廟算爾[54]。臣伏惟神皇聖武，天威若神，突厥小醜，何足誅滅？然今未滅者，臣恐庸將無智，未審廟算之機，故使兵甲日多、徭役日廣。今國家又命將出師，臣願神皇審圖廟算，量其損益，計其利害。若事必不可，請兵不虛行。兵不虛行，賦役自省。以此安人，得賢可理。若失之於此而救之於彼，臣恐人日以疲勞，不得安息[55]。伏願熟察臣言、審圖妙算，則戎狄不足滅，中國可永寧[56]。

安宗子科

臣伏惟陛下以至仁爲政，以至公應物。天下士庶，莫不咸知。虺貞等干紀亂常，自取屠滅。陛下唯罪其搆逆者，更無他坐[57]，宗室子弟獲以安寧。自非陛下恩念慈仁，敦睦九族，豈得宗室蒙此寧慶？實大聖之德崇重宗枝。然臣更願陛下務安慰之，惠以恩信，使其顯然明知陛下慈念之至，上感聖德，下得自安。臣聞人情不能自明則心疑慮，疑慮則必不安，不安則必危懼，危懼積則愆過生[58]。伏願陛下明恩，賜垂愷悌之德，使天下居無過之地，萬姓知陛下必信任賢，是天下有慶。然賢人之業皆務直道，於姦邪不利。姦邪不利，必有讒譖[59]。此賢人之災厄如是也。一人之行，十人謗之，未有不遭禍患者。自古忠良賢達，罹此患者不可勝言。

臣子昂言：臣本草茅微陋[60]，才無可取。陛下乃越次假以恩光[61]，將同近臣，延問政要。臣實愚昧，何堪此寵？頓首死罪。然臣之誠直[一九]，實自愚衷。與君子言猶且不妄，況天子之問，敢不悉螻蟻之誠真實罄盡[62]？然臣所奏前件狀者，固是陛下所悉見知，然臣復重言者，貴以微誠，披露肝膽，不知忌諱[63]，實戰實惶[64]。

【校記】

［一］賢，四庫本作“實”，皆通。

［二］“有捨”之“有”原無，據《全唐文》補。

［三］“受”原作“授”，據《全唐文》改。

［四］“朋”原作“用”，據《全唐文》改。

［五］“賢”原作“刑”，據《全唐文》改。

［六］“由”原作“田”，據《全唐文》改。

［七］“必神皇如此任賢”七字原無，據《全唐文》補。

［八］“器”原作“氣”，據四庫本改。

［九］“夫”原作“反”，據嘉靖王本改。

［一〇］“後”原作“可”，據《全唐文》改。

［一一］“失”原作“夫”，據《全唐文》改。

［一二］“骞”原作“蹇”，有校語“本傳作骞”，據新舊《唐書》和《陳子昂傳》删改。

［一三］“識”原作“誠”，據《全唐文》改。

［一四］“餱”原作“喉”，據四庫本改。

［一五］“帝”原無，據《全唐文》補。

［一六］“策功命賞”原作“策功、委命、頒賞”，據《全唐文》改。皆通。

［一七］原有校語“本傳作表顯徇節”，删。

［一八］“敢”原作“取”，據《全唐文》改。

［一九］“直”原作“真”，據《全唐文》改。

【注釋】

①今月十九日：指永昌元年（689 年）三月十九日。

②政要：爲政之要，施政綱領。

③政源：爲政根本。

④人機：民心安定或動亂的根源，人心向背的關鍵。

⑤趨時適變：順應時勢、適應變化。

⑥政要之賢：美善的施政綱領。

⑦應天命而受寶圖：指天子順應上天之命、接受承繼天下的福瑞。此指武則天建立武周政權。

⑧明堂：見《爲程處弼慶拜洛表》注⑧。

⑨典章：制度法令。

⑩芻蕘：見《爲喬補闕論突厥表》注⑪。

⑪誅凶殄逆：誅殺兇殘、叛逆之徒。

⑫赦過宥罪：指赦免過錯，寬恕罪行。《周易・解卦》："雷雨作，解，君子以赦過宥罪。"

⑬措刑：棄置刑罰。

⑭昇平：太平。

⑮慘怛（dá）：憂傷悲痛。

⑯神皇：武則天尊號。

⑰虺貞群黨：指越王李貞起兵反抗武周政權，兵敗自盡，賜姓虺氏。

⑱朋黨：爲爭奪權力、排斥異己互相勾結而成的集團、派別。此指與李貞父子同謀者。

⑲詔獄：奉旨偵辦的案件。推窮：審訊窮究。

⑳官人：指任用官員。

㉑"君子"句：君子和小人各以類相分。

㉒但是：只是。

㉓惡：憎惡。

㉔貪冒：貪婪求進。

㉕“猶梟鸞”二句：香草和臭草不能同置一器，貓頭鷹與鳳凰不並翅飛翔，喻好與壞、善與惡不能共存。劉孝標《辨命論》：“薰蕕不同器，梟鸞不接翼。”薰，香草。蕕，臭草。梟，貓頭鷹。鸞，鳳凰一類的鳥。比，並排。

㉖以信質僞：用真去質證假。

㉗徇死：獻身。

㉘灼然有賢行者：指賢行明白突出。

㉙不言而治也：猶無爲而治。

㉚萬機：見《續唐故中嶽體玄先生潘尊師碑頌並序》注㊲。

㉛日不暇給：指政務繁忙，時間不夠用。

㉜昧旦：天將亮。丕顯：大顯、大明。

㉝裴炎、劉禕之、騫味道、周思茂：裴炎（？~684年），字子隆，絳州聞喜（今山西省聞喜縣）人。唐朝宰相。徐敬業發動揚州叛亂期間，裴炎主張還政唐睿宗，坐罪謀反，斬於洛陽都亭。劉祎之（631年~687年），字希美，臨淮陽樂（今江蘇省常州市）人。唐代宰相。垂拱三年（688年），私議返政，坐罪賜死。騫味道（？~689年），蘭州金城縣（今甘肅省永靖縣西北）人。載初元年（689年），參與諸王反武活動，坐罪被殺。周思茂：唐貝州漳南（今山東省武城縣東北）人。武則天寵臣，後爲酷吏所殺。

㉞背德辜恩：指辜負天子恩德。

㉟鄙人：郊野之人，無見識之人。

㊱“有人”三句：語本《吕氏春秋·蕩兵》和《説苑·談叢》，即因噎廢食。

㊲“此言”二句：指話雖淺而含義很大。語出司馬相如《上書諫獵》：“此言雖小，可以喻大。”

㊳餱糧：干糧。

㊴骨鯁之士：見《感遇詩》（其十八）注②。

㊵魏徵：（580 年～643 年），字玄成，巨鹿郡下曲陽縣（今河北省曲陽縣）人。唐朝傑出政治家、文學家和史學家。

㊶貞觀：唐太宗李世民年號，627 年～649 年，共 23 年。

㊷直臣：直言諫諍之臣。

㊸旌賞諫士：表彰獎勵諫諍之臣。

㊹引納日新：招致引納諫諍之臣，不斷增進自己美德。

㊺金板：天子祭告上帝鏤刻告詞的金屬版，亦用以銘記大事，使不磨滅。

㊻卓犖：超絶出衆。

㊼“勞臣”二句：功臣得不到獎賞，就不會鼓勵別人建功立業。

㊽優異：特別突出。

㊾偷榮尸禄：竊取榮禄、苟安職位。

㊿此色：這種人。

51“古人云”句：指獎賞得當使天下人高興。《六韜》卷三：“故殺一人而三軍震者，殺之；賞一人而萬人説者，賞之。”

52必有所資：一定要有給養。

53“國家”句：指唐朝與突厥發生衝突達十餘年。

54廟算：謀劃。

55安息：安寧平定。

56中國：此指中原王朝，即唐朝。

57他坐：即連坐，指一人犯法，牽連親屬鄰里。

58愆過：過錯、罪過。

59讒譖：誹謗、誣陷。

60草茅：草野、民間。

61“越次”句：指超越平常給與特別的恩榮。

62螻蟻之誠：比喻力量微小或地位低微的人，自謙微誠之辭。

63“披露”二句：竭盡忠誠，無所顧忌。

64實戰實惶：戰慄惶恐。實，語助詞。

上蜀川安危事 三條

臣伏見四月三十日勑廢同昌軍①，蜀川百姓，每見免五十萬丁運糧，實大蘇息②。然松、茂等州諸羌首領③，二十年來利得此軍財帛糧餉以富己潤屋④，今一旦停廢，失其大利，必是勾引生羌，詐作警問[一]⑤，以恐動茂、翼等州，復使國家徵兵鎮守。若松、茂等州無好都督，則此詐必行。旦夕警問必有發者[二]。一發已後，警動蜀州⑥。朝廷不知，徵兵赴救，兵至賊散，靡弊更甚⑦。伏乞選擇茂州都督嚴加斥堠⑧，乃命御史一人專在按察。若有詐妄，即録奏稱，加法以懲其姦。庶可久長安帖，不然，受其弊。

蜀中運糧既停，百姓更無重役。至於租庸⑨，合富府庫。今諸州逃走户，有三萬餘在蓬、渠、果、合、遂等州山林之中⑩，不屬州縣。土豪大族，阿隱相容⑪，徵斂驅役，皆入國用。其中遊手惰業亡命之徒，結爲光火大賊⑫，依憑林險，巢穴其中⑬。若以甲兵捕之，則鳥散山谷⑭；如州縣怠慢，則刧殺公行。比來訪聞，有人説逃在其中者攻城刧縣，徒衆日多。誠可特降嚴加勑令州縣長官與使人，設法大招此户，則刧賊徒黨自然除殄，其三萬户租賦即可富國。若縱而不括⑮，以養賊徒，蜀州大弊必是未息。天恩允此請，乞作條例括法⑯。

蜀中諸州百姓所以逃亡者，實緣官人貪暴⑰，不奉國法；典吏遊容[三]⑱，因此侵漁⑲。剥奪既深，人不堪命⑳。百姓失業㉑，因即逃亡，凶險之徒，聚爲刧賊。今國家若不清官人，雖殺獲賊，終無益。天恩前使右丞宋爽按察蜀州者㉒，乞早發遣，除屏貪殘，則公私俱寧，國用可富。若官人未清，刧賊之徒必是未息。以前劍南蠹弊如斯㉓，即日聖恩停軍息役。

若官人清正，刼賊剪除，百姓安寧，實堪富國。惟乞早降使按察，謹狀。

聖曆元年五月十四日㉔，通直郎行右拾遺陳子昂狀㉕。

【校記】

［一］“問”原作“固”，據四庫本改。

［二］同［一］。

［三］“容”原作“客”，據《全唐文》改。

【注釋】

①同昌軍：指在同昌或附近設置的軍隊。唐朝同昌縣治在今四川省九寨溝縣。

②蘇息：休養生息。

③松、茂等州諸羌：松州、茂州均爲西羌居住區。松州治所在今四川省松潘縣，茂州治所在今四川省茂縣。

④富己潤屋：指讓自家發財致富。

⑤警問：指發生軍事等緊急情況。

⑥蜀州：治所在今四川省成都市。

⑦靡弊：殘破凋敝。

⑧斥堠：古代瞭望敵情的土堡。

⑨租庸：田賦和勞役。

⑩蓬、渠、果、合、遂等州：蓬州治所在今四川省南部縣；渠州治所在今四川省渠縣；果州治所在今四川省南充市；合州治所在今重慶市合川區；遂州治所在今四川省遂寧市。

⑪阿隱：包庇隱瞞。相容：收容。

⑫光火：明火執仗。

⑬巢穴其中：指逃亡民衆在山林中居住。

⑭鳥散山谷：如鳥一樣在山谷中飛散，指很難尋找。

⑮縱而不括：放縱而不登記户口。

⑯條例括法：查驗和登記户籍之法。

⑰官人貪暴：官員貪污殘暴。

⑱遊容：弄法舞弊。

⑲侵漁：侵奪、剝奪。

⑳人不堪命：百姓不能忍受。

㉑百姓失業：百姓失去産業。

㉒右丞：屬尚書省，正四品下。宋爽：即宋元爽。按察：巡察。

㉓劍南：劍閣以南，泛指蜀地。

㉔聖曆元年：697 年。

㉕通直郎：文散官名，唐從六品下。右拾遺：屬中書省，從八品上。行：以高階擔任下級職務。

上蜀川軍事[一]

臣伏見劍南諸州，緣通軌軍屯在松潘等州[①]，千里運糧，百姓困弊。臣不自恤，竊爲國家惜之。伏以國家富有巴蜀[②]，是天府之藏[③]。自隴右及河西諸州[④]，軍國所資，郵驛所給[⑤]，商旅莫不皆取於蜀。又京都府庫、歲月珍貢，尚在其外。此誠蜀國之珍府。今邊郡主將乃通軌一軍，徭役弊之，使百姓貧窮，國用不贍，河西、隴右，資給亦减。臣伏惟松潘諸軍自屯鎮已來，於今相繼百十餘年，竟未聞盗賊大侵而有尺寸之效[⑥]。今國家甘心竭力以事之，臣不知其故，伏惟念惜。臣聞上有聖君，下得直言，賤臣敢越次冒昧以奏。臣在蜀時，見相傳云，聞松潘等州屯軍數不逾萬，計糧給餉，年則不過七萬餘石可盈足[二]。邊郡主將不審支度[⑦]，乃每歲向役十六萬夫[⑧]。夫擔糧輪送，一斛之米價錢四百[⑨]，使百姓老弱[⑩]，未得其所。比年以來⑪，多以逃亡。臣伏以吐蕃陛下未忍即滅，松潘屯兵未可廢散。若准此賦斂，每年以十六萬夫運糧，臣恐更三年，吐蕃未殄滅⑫，劍南百姓不堪此役。愚臣恐非聖母神皇制敵安人、富國彊兵之神算者也[三]⑬。愚臣竊見蜀中耆老平議⑭，劍南諸州比來以夫運糧者且一切並停，請爲九等稅錢以市騾馬，差州縣富户各爲馳主[四]⑮，稅錢者以充腳價⑯。各次第四番運輦⑰，不用一年夫運之費，可得數年軍食盈足，比於常運，減省二十餘倍。蜀川百姓永得休息，通軌軍人保安邊鎮，京臺府庫⑱、河西軍馬，得利供輸其資。臣伏審計，便宜體大⑲，非一二狀俱盡。陛下若以此奏非虛、或可採者，請勒臣付所司對議得失⑳，然後具條目一一奏聞。若臣苟爲謬妄，無益國家，請罪死不赦。

【校記】

［一］原作“上蜀中軍要事三條”，據《全唐文》删改。

［二］“石”原作“碩”，據《全唐文》改，皆通。

［三］“彊”原作“疆”，據《全唐文》改。

［四］“馳”，四庫本作“屯”。

【注釋】

①通軌軍：通軌縣，古縣名。北周置，治所在今四川省黑水縣北。隋屬汶山郡，後廢。唐貞觀三年（629年）復置，屬松州。通軌軍爲駐紮於此的唐軍。

②巴蜀：指今四川省和重慶市。

③天府：富饒險固之地。

④隴右：又稱隴西。泛指隴山以西地區，約當今甘肅省隴山、六盤山以西，黄河以東一帶。唐隴右道，兼指河西、安西、北庭廣大地區。河西：指甘肅、青海兩省黄河以西，即河西走廊和湟水流域。

⑤郵驛：驛站、傳舍。

⑥尺寸之效：指很小的效果。

⑦支度：計算、籌算。

⑧向：向來、一直。

⑨一㪷：即一斗。

⑩老弱：老小。

⑪比年以來：近年來。

⑫吐蕃：古代藏族在青藏高原建立的政權，自松贊干布至朗達瑪傳位九代，延續兩百多年。

⑬聖母神皇：指武則天。制敵安人：制服敵人、安定百姓。神算：神妙計謀。

⑭耆老：老年人，特指德行高尚受尊敬的老人。平議：評論、議論。

⑮駞主：掌管蓄養騾馬者。

⑯腳價：運費。

⑰次第：依次。

⑱京臺府庫：指京城府庫。

⑲便宜：立國適時。

⑳勒：勒令。所司：主管官吏。

上益國事[一]

臣聞古者富國彊兵[二]，未嘗不用山澤之利①。臣伏見西戎未滅②，兵鎮用廣，内少資儲，外勤轉餉③，山澤之利，伏而未通。臣愚不識大體，伏見劍南諸山多有銅鑛，採之鑄錢，可以富國。今諸山皆閉，官無採銅，軍國資用，惟斂下人④。乃使公府虛竭、私室貧弊，而天地珍藏，委廢不論[三]⑤。以臣所見，請依舊式⑥，盡令劍南諸州准前採銅，於益府鑄錢⑦。其松潘諸軍所須用度，皆取以資給。用有餘者，然後使緣江諸州遞運，散納荊、衡、沔、鄂諸州⑧，每歲便以和糴⑨，令漕運委神都大倉⑩。

此皆順流乘便，無所勞擾。外得以事西山諸軍⑪，内得以實中都倉廪⑫，蜀之百姓免於賦斂⑬。軍國大利，公私所切要者。非神皇大聖，誰能用之？管仲云⑭："聖人用無窮之府⑮。"蓋言此也。

臣某言：臣伏見神皇陛下恭己受圖，遐想至理⑯，將欲制御戎狄，永安黎元⑰，不欲煩撓蒸人⑱、故爲無益。賤臣朝不坐，宴不預⑲，軍國大事，非臣合言。伏見松潘軍糧費擾過甚[四]，太平百姓未得安居。臣忝班一命[五]⑳，庶幾仁類，不敢自見避諱，忍之不言，所以不懼身誅，區區上奏。冒越非次㉑，伏待持顯戮[六]。惶悚惶悚[七]㉒，死罪死罪。

【校記】

［一］"事"後原有"一條"，據《全唐文》删。

［二］"彊"原作"疆"，據《全唐文》改。

［三］"論"原作"能"，據《全唐文》改。四庫本作"用"。

［四］"擾"原無，據《全唐文》補。

［五］"忝"原作"参"，據四庫本改。

［六］"待"原作"持"，據《全唐文》改。

［七］"惶悚惶悚"原作"惶悚"，據斯五九七一敦煌卷補。

【注釋】

①山澤之利：山林川澤的物産。

②西戎：此指吐蕃。

③外勒轉餉：在外強制運送軍糧。勒，強制。

④惟斂下人：只向貧民百姓索取。斂，徵收、索取。

⑤委廢：閒置、棄置。

⑥舊式：舊例。

⑦益府：益州大都督府。

⑧荆、衡、沔、鄂諸州：荆州治所在今湖北省荆州市荆州區，衡州治所在今

湖南省衡陽市，沔州治所在今湖北省武漢市漢陽區，鄂州治所在今湖北省武漢市武昌區。

⑨和糴（dí）：以議價收購糧食。

⑩漕運：水路運輸。委：儲積。

⑪西山諸軍：此指駐紮在松州等地的軍隊。

⑫中都：京都。倉廩：倉庫。

⑬賦斂：徵收賦税。

⑭管仲（前 723 年～前 645 年），姬姓，管氏，名夷吾，字仲，謚敬，潁上（今安徽省潁上縣）人。古代著名經濟學家、哲學家、政治家、軍事家。

⑮聖人用無窮之府：語本《管子・牧民》，謂從土地、山川中獲得資源。

⑯至理：最好的治理。

⑰黎元：百姓。

⑱蒸人：民衆。

⑲“朝不坐”二句：指没有擔任朝廷重要職責。

⑳忝班一命：辱居朝班行列。

㉑冒越非次：超過本分、不守秩序。

㉒惶悚：惶恐。

上建安郡王書[一]①

主上應天順人，百蠻向化。契丹小醜，敢謀亂常，天意將空東北之隅以資中國也②。大王以元老懿親③、威略邁世，受律廟堂④，弔人問罪⑤，具精甲百萬以臨薊門⑥。運海陵之倉，馳隴山之馬，積南方之甲，發西山之雄，傾天下以事一隅。此猶舉太山而壓卵[二]、建瓴破竹之勢也⑦。然而張玄遇、王孝傑等不謹師律⑧，授首虜庭，由此長寇威而殆戰士⑨。夫寇威長則難以爭鋒，戰士殆則無以制變。今敗軍之後，天下側耳草野，傾聽國政。今大王沖謙退讓，法制不申，每事同前，何以統衆？前如兒戲，後如兒戲，豈徒爲賊所輕，亦生天下奸雄之心。聖人威制六合，故用聲爾，非能家至户到然後可服，況兵貴先聲？今發半天下兵以屬王，安危成敗在百日之内。何可輕以爲尋常？大王若聽，愚計即可行；若不聽，必無功矣。須期成功報國，可欲送身誤國耶⑩？伏乞審聽，請盡至忠之言。凡事須先比量智愚衆寡、勇怯強弱、部校將帥之勢，然後可合戰求利，以長攻短。今皆同前[三]，不量力，又不簡練，暗驅烏合敗後怯兵欲討賊，何由取勝？僕一愚夫，猶言不可。況奸賊勝氣十倍，未可當也⑪。且統衆禦奸，須有法制、親信。若單獨一身，則朱亥金鎚有竊發之勢⑫，不可不畏。人有負琬琰之寶行於途[四]⑬，必被劫賊。何者？爲寶重人愛之。今大王位重[五]，又總半天下兵，豈直琬琰而已[六]？天下利器，不可一失。一失[七]，即後有聖智之力難爲功也。故願大王於此決策，非小讓兒戲可了。若此不用忠言，則至時機已失。機與時一失，不可再得。願大王熟察⑭。大王誠能聽愚計，乞分麾下萬人以爲前驅，則王之功可立也。

【校記】

[一]此文，諸本皆無。從盧藏用《陳氏别傳》摘出，取名《上建安郡王書》。

[二]“猶”原作“由”，據《全唐文》改。

[三]“今”原作“令”，據《全唐文》改。

[四]“琬琰”，《全唐文》作“琬玉”，皆通。

[五]“重”原作“衆”，據《全唐文》改。

[六]同[四]。

[七]“一”原無，據《全唐文》補。

【注釋】

①建安郡王：見《爲建安王獻食表》注①。

②“天意”句：謂老天有意要讓契丹成爲中原唐王朝的一部分。資，幫助。中國，此指唐王朝。

③元老：年輩、資望皆高的大臣或政界人物。懿親：至親。

④受律廟堂：在朝堂上接受命令出師。

⑤弔人問罪：即吊民伐罪，慰問受苦的百姓，討伐有罪者。

⑥薊門：原指古薊門關。唐代以關名置薊州後，亦泛指薊州一帶。

⑦“此猶”句：謂極爲容易打敗契丹叛軍。舉太山而壓卵，即泰山壓卵。建瓴破竹，高屋建瓴、勢如破竹之合稱。

⑧張玄遇：見《爲金吾將軍陳令英請免官表》注⑳。王孝傑：見《國殤文》注③。

⑨殆戰士：使戰士危險。

⑩可欲送身誤國耶：豈是想葬送自己耽誤國家大事。

⑪未可當也：不可阻擋。

⑫朱亥金鎚有竊發之勢：謂有人竊謀盜取軍權。朱亥，戰國時魏國人，隱居於市井，有勇力。魏安釐王十九年（前258年），因侯嬴推薦成信陵君上賓，曾在救趙存魏之戰中立下大功。詳見《史記·魏公子列傳》。

⑬琬琰：琬圭、琰圭，泛指美玉。

⑭熟察：詳察。

上軍國機要事[一]①

臣竊聞宗懷昌等軍失律者②，乃被逆賊詐造官軍文牒誣召懷昌③，昌等顓愚④，無備陷没。今諸軍敗失，東蕃固知⑤。然恐安東阻隔⑥，未審此詐。國家若無私契與安東往來⑦，臣恐凶賊多端，詐僞復設，萬一被其矯命，更失其圖，乃是資長賊權，没陷府城，此固宜天恩已應先有處分。然臣愚見，不敢不言。又賊初勝不即西侵者，深恐圍略安東以自全計。若安東被圍略，則遼東以來非國所制⑧。伏乞天恩早爲圖之。臣聞天子義兵，不可以怒發⑨，怒則衆懼，急則人摇，人摇則賊得其契[二]⑩。故昔者聖人守静以制亂，持重以伏姦，大義常存，人無憂懼。臣伏見恩制，免天下罪人及募諸色奴充兵討擊者，是捷急之計，非天子之兵。且比來刑獄久清，罪人全少，奴多怯弱，非慣征行。縱其募集，未足可用。况當今天下忠臣勇士，萬分未用其一。契丹小孽，假命待誅⑪，何勞免罪贖奴、損國大義？且陛下富有四海，一戰未勝[三]，遂即免罪募奴。若更有他虞⑫，復何徵發？臣恐此不可威示天下。臣聞聖人制事，必理未萌⑬，所以姦不敢謀，賊不得起。臣聞吐蕃近日將兵圍瓜州⑭，數日即退。或云此賊通使默啜⑮，恐瓜、沙止遏⑯，故以此兵送之。臣雖未信，然惟國家比來勍敵⑰，在此兩蕃⑱。至於契丹小醜，未足以比類。今國家爲契丹大發河東道及六胡州綏、延、丹、隰等州稽胡精兵⑲，悉赴營州⑳，而緣塞空虚，靈、夏獨立㉑。今冰生河合，草秋馬肥。秦中北據隴右㉒，亦關東隣。儻凶羯姦謀[四]㉓，覘知此隙㉔，驅其醜類，大盜秦關。隴右馬群，是國所寳，防備遠策，良宜預圖。不可竭塞上之兵，使凶虜得計。伏願詳審。臣聞所養非所用，所用非所養，理家必弊，在國必危㉕。故明君不畜無用之臣，慈父不畜無益之子㉖。今朝廷三品五品，受國寵榮，天恩賞賜，府庫虚耗。食人之禄，死人之事，恩養聖朝，甚矣厚矣。及邊有小賊，則云無人驅使，又勞聖恩遠訪外人。外人先無寵禄，臨難又不肯殉節㉖，然則國之所養者總無用之臣，朝之所遺者乃有用之士。今不收有用，厚養無用，欲令忠賢効力，凶賊滅亡，以臣愚見，理不可得。近者遼軍張玄遇等喪律[五]㉗，實由内外不同心。宰相或賣國樹恩㉘，近臣或附勢私謁㉙，禄重者以拱默爲智㉚，任權者以傾巧爲賢㉛。群居雷同㉜，以殉私爲能㉝；媢妻保子，以奉國爲愚。陛下又寬刑漏網[六]㉞，不循名責實[七]㉟，遂令綱紀日廢，姧宄滋多。今國家第一要者，在稍寬兵期。山南、淮南去幽州四千里㊱，所司使十月上旬到。計日行百里，四十日方到。即今水雨如此，又徵符到彼未久㊲。當日便發，猶不及期，況未便發。且日行不可百里。若違限者死，國有常刑。到必不及期[八]，懼罪逃散爲賊，此更生一患。縱倍程趍期㊳，亦恐不及。若違不誅，則軍不可統；若違必誅，則全衆皆怨，況兵疲不堪用。吳廣、陳勝爲盜由此㊴，切急切急。即日江南[九]、淮南諸州租船數千艘已至鞏、洛㊵，計有百餘萬斛㊶，所司便勒往幽州，納充軍糧。其船夫多是客户[一〇]，遊手墮業、無賴雜色人㊷。發家來時，唯作入都資料㊸。今已到京，又勒往幽州。幽州去此二千餘里，還又二千餘里。方寒冰凍，一無資糧，國家更無優恤，但切勒赴限。比聞丁夫皆甚愁嘆。又諸州行綱㊹，承前多皦向至都糴納[一一]㊺，今儻有此類向滄、瀛糴納㊻，則山東米必二百已上㊼，百姓必騷動[一二]。今國家不優恤，又無識事明瞭人檢點勾當㊽，知租米見在虛實[一三]㊾，又未宣恩旨慰勞兵夫，惟切勒赴限。儻在道逃亡，此糧有萬一非意損失㊿，則東軍二十萬衆坐自取敗51，爲賊所圖。切急切急。楊玄感以此爲亂52，實軍國大命。山東百姓，國家比以供軍，矜不點募53。近聞東軍失利，山東人驕慢，乃謂國家怕其粗豪，不敢徵發。今街談巷議54，多有苟且之心55，伺國瑕隙[一四]56，頗搖風俗。國家大政，須人無二心。若縱懷二57，姧亂必漸58。臣伏思即日山東愚人，有亡命不事産業者59，有遊俠聚盜者60，有姧豪強宗者，有交通州縣造罪過者61，知此等色[一五]62，皆是奸雄。國家又不以法制役之，臣恐無賴子弟暴横日廣，上不爲國法所制，下不爲州縣所羈。又不從軍，又不守業，坐觀成敗63，養其姧心。在於國家，甚非長計64。以臣愚見，望降墨勑使臣65，與州縣相知子細採訪66，有粗豪遊俠、亡命姧盜、失業浮浪67、富族彊宗者，並稍優與賜物，悉募從軍，仍宣恩旨慰勞，以禮發遣。若如此，則山東浮人安於太山[一六]⑱。一者以慴姧豪異心⑲，二者得精兵討賊，不須免奴稽胡等。又身既在軍，則父兄子弟自不敢爲過。昔漢祖征山東[一七]，使蕭何鎮關中。漢軍數敗，蕭何每發關中子弟以助漢軍。三秦無盜亂之患，漢軍有彊雄之勢[一八]⑳，蓋以此道是也。夫亂群敗衆者，惟在奸雄。奸雄既羇，亂弊自息。伏乞聖慈早圖之。《詩》云“無縱詭隨……式遏寇虐”㉑。紫袍緋袍㉒、緑袍金帶、牙笏告身㉓、金銀器物等，即日軍衆已集，入賊有期㉔。臣欲募死士三萬人㉕，長驅賊庭，一戰掃定。軍中未有高爵重賞，無以勵勇使貪。伏望天恩賜給前件袍帶告身器物二千事㉖，庶以勸勵士衆，未敢虚用。比來將軍不明賞罰，所以兵不齊心。今聚十五萬衆，戈甲糧餉，日費萬金，不早克定㉗，恐所費彌廣。山東百姓，貧弊不可再役。特乞天恩，允臣所請。

【校記】

［一］原有小字注“八條”，據《全唐文》删。

［二］“契”，四庫本、《全唐文》作“勢”，皆通。

［三］“未”原作“末”，據《全唐文》改。

［四］“儻”原作“黨”，據斯五九七一號敦煌卷改。

［五］“張玄遇”原作“張立遇”，據盧藏用《陳氏别傳》及兩《唐書》改。

［六］“網”原作“纓”，後有校語“一作網”，據《全唐文》删改。

［七］“責”原無，據斯五九七一號敦煌卷補。

［八］“必”原無，據斯五九七一號敦煌卷補。

［九］“日”原作“目”，據《全唐文》改。

［一〇］“客”原作“容”，據《全唐文》改。

［一一］“向”後原有校語“一作勾”，删。皆通。

［一二］“騷”原作“搔”，據《全唐文》改。

［一三］“租”原作“粗”，據《全唐文》改。

［一四］“伺”原作“爲”，據《全唐文》改。

［一五］“知”原作“如”，據《全唐文》改。

［一六］“浮”原作“淳”，據《全唐文》改

［一七］“山東”原作“東山”，據《全唐文》改。

［一八］“彊”原作“疆”，據《全唐文》改。

【注釋】

①此文作於萬歲通天元年（696 年）。

②宗懷昌，事蹟不詳，時爲總管。事載《資治通鑒》卷二〇五。

③詐造官軍文牒：指契丹僞造張玄遇牒，誘使宗懷昌等率軍進入伏擊圈而導致失敗。

④顓愚：愚昧。

⑤東蕃：指遼東各族。

⑥安東：唐朝都督府名，治所在今新城（今遼寧省瀋陽市東北）。

⑦私契：密信。

⑧遼東：泛指遼河以東地區。

⑨“臣聞”二句：語出《老子》六十八章：“善爲士者不武，善戰者不怒。”《孫子・火攻篇》：“主帥不可以怒而興師。”

⑩契：機會。

⑪假命：謂苟且偷生。

⑫“若更”句：假如更有其他憂患。虞，憂患。

⑬“臣聞”二句：語出《韓非子・心度》，指天子統領天下，一定要在事情没有發生之前處置。

⑭瓜州：治所在今甘肅省瓜州縣。

⑮默啜：見《送麴郎將使默啜序》注①。

⑯瓜、沙：瓜州和沙州。沙州治所在今甘肅省敦煌市。

⑰比來：近來。勍敵：強敵。

⑱兩蕃：指突厥和吐蕃。

⑲河東道：古冀州境，含太原等十九州。六胡州：指魯、麗、含、塞、依、契等六州，專門安置突厥降户。綏、延、丹、隰等州：綏州治所在今陝西省綏德縣；延州治所在今陝西省延安市；丹州治所在今陝西省宜川縣；隰州治所在今山西省隰縣。稽胡：古族名。

⑳營州：治所在今遼寧省朝陽市。

㉑靈、夏：靈州和夏州。靈州治所在今寧夏回族自治區靈武市。夏州治所在今陝西省横山縣西北白城子。

㉒秦中：即關中。隴右：見《上蜀川軍事》注④。

㉓凶羯：指突厥、吐蕃。

㉔覘知：暗中偵查。

㉕“臣聞”四句：語出《韓非子・顯學》。謂所養與所用不一致，治國理家必然會出現問題。

㉖“故明君”二句：語出三國曹植《求自試表》。

㉗遼軍：遼東軍。張玄遇：時爲容州都督。此指硤石谷之戰，唐兵大敗。

㉘樹恩：廣施恩惠拉攏。

㉙私謁：因私事請托。

㉚以拱默爲智：把沉默不言當作聰明。

㉛傾巧：奸邪狡詐。

㉜雷同：隨聲附和。

㉝殉私：謀求私利。

㉞寬刑漏網：寬緩刑罰，使法網寬鬆。

㉟循名責實：使名實相副。

㊱山南、淮南：指山南道、淮南道。

㊲徵符：徵調的憑證。

㊳倍程趍期：兼程趕赴期限。

㊴“吴廣”句：指秦末吴廣、陳勝起義。

㊵鞏、洛：鞏縣、洛陽縣，指洛陽市附近。

㊶斛：計量單位，十斗爲一斛。

㊷無賴：刁鑽狡猾之徒。雜色：各式各樣。

㊸資料：指生活必需品。

㊹行綱：編組運輸的成批貨物。

㊺僦（jiù）：雇佣。糴納：购买粮食以缴纳租税。

㊻滄、瀛：滄州、瀛州。滄州治所在今河北省滄州市。瀛州治所在今河北省河間市。

㊼山東：此指華山以東地區。

㊽檢點：查點。勾當：主管。

㊾見在：即現在。

㊿非意損失：意外損失。非意：意料之外。

51坐自：徒自。

52楊玄感：楊玄感（？～613年），弘農華陰（今陕西省華陰市）人，司徒楚公楊素長子。大業九年（613年）在隋煬帝二次出征高句麗時於黎陽叛亂，兵敗被殺。

53矜不點募：因憐憫百姓没有招募兵丁。

54街談巷議：大街小巷中民衆的議論。

55苟且：不循禮法。

56伺國瑕隙：窺伺國家可乘之機。

57懷二：懷二心，即不忠。

58奸亂必漸：作奸違法之事滋長。

59亡命：指注銷户籍而逃亡在外之人。

60遊俠：泛指古代豪爽好交遊、輕生重義、勇於排難解紛的人，此指無賴之徒。聚盜：聚集搶掠。

61交通州縣：指勾結串通州縣長官。

62色：種類。

63坐觀：坐視、旁觀。

⑭長計：長遠之計。

⑮墨勑：由皇帝親筆書寫，不經外廷蓋印而直接下達的命令。

⑯子細：即仔細。

⑰失業：失去産業、職業。浮浪：漂浮流浪。

⑱浮人：即流浪之人。

⑲“慴姧豪”句：震懾姧豪産生二心。

⑳“昔漢祖”六句：見《史記·蕭相國世家》。蕭何：蕭何（前257年～前193年），沛郡豐邑（今江蘇省豐縣）人。西漢開國功臣、政治家。

㉑“《詩》云”句：《詩經·大雅·民勞》：“無縱詭隨，以謹無良。式遏寇虐，憯不畏明。”

㉒紫袍：紫色官府，三品以上所服。緋袍：紅色官服，五品官所服。

㉓牙笏：象牙製作的笏（上朝手板）。告身：授官的文憑。

㉔入賊有期：明確了進攻敵人的時間。

㉕死士：敢死之士。

㉖事：量詞，件。

㉗克定：平定。

上軍國利害事 三條

出使

臣伏見陛下憂勞天下百姓，恐不得所[①]，又發明詔，將降九道大使巡察天下諸州[②]，兼申黜陟[③]，以求人瘼[④]，甚大惠也。天下百姓幸甚！臣竊以爲美矣，未盡善也[⑤]。何以言之？陛下所以降明使，豈非欲令天下黎元衆庶知陛下夙興夜寐憂勤念之邪[⑥]？欲天下賢良忠孝知陛下夙興夜寐思任用之邪？欲使天下奸人暴吏亦知陛下夙興夜寐務欲除之邪？陛下聖意必若以此而發使乎？則臣愚昧，見陛下之使有未盡善也。若愚臣所謂使者，皆先當雅合時望⑦，爲衆人所推。仁愛足以存恤孤惸，賢明足以進拔幽滯⑧，剛直足以不避彊御[一]⑨，明智足以照察奸非。然後使天下奸人畏其明而不敢爲惡也，天下彊御憚其直而不敢爲過也[二]，天下英奇慕其德而樂爲之用也，天下孤寡賴其仁而欣戴其恩也。夫如是，然後可以論出使。故輶軒未動於京師⑩，天下翕然皆已知矣⑪。今陛下使猶未出朝廷，行路市井之人皆以爲非任，朝廷有識者亦不稱之。夫天子之使未出魏闕，朝廷之人皆以輕之，何況天下之衆哉？夫欲黜陟求瘼⑫，豈可得也？陛下所以有此失者，在不選人，亦輕此使非天下之大任，故陛下遂大失至於此也。宰相復以爲常[三]，但奉詔而行之。苟以出使爲名⑬，不求任使之實，故使愈出而天下愈弊，使彌多而天下彌不寧。其故何哉？是朝廷輕其任也。輕其任則不擇人，不擇人則其使非實，其使非實則黜陟不明、刑罰不中，朋黨者進，貞直者退。徒使天下百姓修飾道路，送往迎來⑭，無益於聖教爾。臣久爲百姓，實委知之。陛下欲令天下黎庶知陛下夙興夜寐憂勤政化，不可得也。故臣以陛下大失在於此也。夫欲正其末者必先端其本，清其流者必先潔其源，自然之符也。國家玆弊，亦已久矣。今陛下若不重選此使，貴得其人，天下黎元必以爲陛下尚行尋常之政，不能革此弊也，則賢人必不出，貪吏必得志，惸獨必哀吟，天下百姓無荷賴於陛下此使也。臣不勝有願，願陛下與宰相更妙選朝廷百官，使有威重名節爲衆人所推者。陛下因大朝見，親御正殿，集百寮公卿，設禮儀，以使者之禮見之。於是告以出使之意，殷勤儆誡⑮，無敢或愆⑯，遂授以旌節而發遣之。先自京師而訪豺狼⑰，然後攬轡登車以清天下。若如是，臣必知陛下聖教，不旬月之間，天下家見而户習也⑱。昔堯、舜氏不下席而天下理者，蓋黜陟幽明能折中爾⑲。今陛下方開中興之化，建萬代之功，天下瞻望，冀見聖政。此之一使，是陛下爲政之大端也。諺曰："欲知其人，觀其所使。"不可不慎也。若陛下必知不可得其人，則不如不出使。出使煩數[20]，無益於化，但勞天下之人，是猶烹小鮮而數撓之爾[21]。伏惟陛下察照。

牧宰

臣伏惟陛下當今所共理天下、欲致太平者，豈非宰相與諸州刺史、縣令邪？陛下若重此而理天下乎，臣見天下理也。若陛下輕此而理天下乎，臣見天下不得理也。何者？宰相，陛下之腹心；刺史、縣令，陛下之手足。未有無腹心手足而能獨理者也。臣竊觀當今宰相，已略得其人矣。獨刺史、縣令，陛下猶甚輕之[四]，未見得其人。是以腹心雖安而手足猶病，而天下至今所以未有大利爾。臣竊惟刺史、縣令之職，實陛下政教之首也[22]。陛下布德澤、下明詔、將示天下百姓，必待刺史、縣令爲陛下謹宣之。故得其人，則百姓家見而户聞；不得其人，但委棄有司而掛墻壁爾[23]。陛下欲使家興禮讓、吏勗清勤[24]，不重選刺史、縣令，將何道以致之邪？愚臣竊見陛下未有舟檝而欲濟河[25]，河不可濟也[五]。臣比在草茅，爲百姓久矣。刺史、縣令之化，臣實委知。國之興衰，莫不在此職也。何者？一州得賢明刺史，以至公循良爲政者，則千萬家賴其福；若得貪暴刺史，以徇私苛虐爲政者，則千萬家受其禍矣[六]。夫一州禍福且如此，況天下之衆豈得勝道哉？故臣以爲陛下政化之首、國之興衰，在此職者也。臣伏見陛下憂勤政理，欲安天下百姓，無使疾苦，然猶未以刺史、縣令爲念，何可得哉？臣何知陛下未以刺史、縣令爲念？竊見吏部選人，補一縣令如補一縣尉爾[26]。但以資次竕第[27]、從官遊歷即補之，不論賢良德行可以化人而拔擢見用者。縱吏部侍郎時有知此弊而欲超越用人[28]，則天下小人已囂然相謗矣[29]。所以然者，習於常而有驚怪也。所以天下庸流莫不能得爲縣令。庸流一雜，賢不肖莫分，但以爲縣令庸流資次爲選，不以才能任職，所以天下淩遲[30]。百姓無由知陛下聖德勤勞夙夜之念，但以愁怨，以爲天子之令遣如此也。自有國來，此弊最深而未能除也。豈不甚可惜哉[七]！昔漢宣帝有言曰："朕之所共理天下者，豈非良二千石乎？[31]"故宣帝之時能委任矣。伏願陛下與宰相深知妙選，以救正此弊，使天下之人稍得以安。臣有計，然甚鄙近，未能著於書[八]，願陛下興念，與明宰相圖之，以安天下。幸甚幸甚。

人機[32]

臣聞天下有危機，禍福因之而生。機静則有福，機動則有禍，天下百姓是也。夫百姓安則樂其生，不安則輕其死，輕其死則無所不至也[33]。故曰：人不可使窮，窮之則姦宄生[34]；人不可數動[35]，動之則災變起。姦宄不息，災變日興，叛逆乘釁[36]，天下亂矣。當今天下百姓雖未窮困，軍旅之弊不得安者向五六年矣[37]。夫妻不得相保，父子不得相養。自劍以南，爰至河、隴、秦、涼之間[38]，山東則有青、徐、曹、汴[39]，河北則有滄、瀛、恒、趙[40]，莫不或被饑荒[41]，或遭水旱，兵役轉輸，疾疫死亡，流離分散十至四五，可謂不安矣。幸得陛下以仁聖之恩憫其失業，所在邊境有兵戰之役一切且停，遂使窮困之人尚得與妻子相見[42]、父兄相保，各復其業，獲以救窮。人心稍安，殆半年矣。天下可謂幸甚！愚臣竊賀陛下得天下之機能密静之。非陛下至聖大明，不能如此也。愚臣今所以爲陛下更論天下之危機者，恐將相有貪夷狄之利，又説陛下以廣地彊武爲威，謀動甲兵以事邊塞[43]。陛下或未知天下有危機，萬一聽之。臣懼機失禍搆[44]，則天下有不可奈何也。《詩》不云乎："人亦勞止，汔可小康，惠此中國，以綏四方。"[45]故臣願陛下垂衣裳[46]，修文德[47]，去刑罰，勸農桑[48]，以息天下之人，務與之共安，然後使遐荒蠻夷自知中國有聖人，重譯而入貢[49]。愚臣竊以爲當今天下之大計也，伏惟陛下念之。近者隋煬帝不知天下有危機[50]，自以爲威德廣大，欲建萬代之業。動天下之衆，殫萬人之力[51]，兵役相仍，轉輸不絶，北討胡貊[九][52]，東伐遼人[53]。於是天下百姓窮困，人不堪命，機動禍搆，遂喪天下。此是不知天下有危機而信貪佞之臣、冀收夷狄之利，卒以滅亡者也。隋氏之失可以殷鑒[54]，豈不大哉！伏惟陛下察之。國家所伐吐蕃，有大失策，中國之衆，半天下受其弊。然遂事不諫[55]，當復何言？陛下不以臣愚，芻蕘可採[56]，一賜召臣至玉陛[57]，得以口論天下，幸甚。

臣子昂言：臣本下愚[58]，未知大體。今月十六日，特奉恩勑[一〇]，賜臣紙筆，遣於中書言天下利害[59]。天之降命，敢不對揚[60]？而孤負聖恩，萬一無補，死罪死罪。謹率愚見，封進以聞。塵聽玉階，伏闕累息[一一][61]。臣子昂誠惶誠恐，頓首頓首，謹言。

【校記】

［一］“彊”原作“疆”，據《全唐文》改。

［二］“而”原無，據《全唐文》補。

［三］“復”原作“徒”，據四庫本改。

［四］“猶”原作“獨”，據四庫本改。

［五］“河”，《全唐文》作“江河”；“河不可濟也”，《全唐文》無“河”。原句本通，無需改爲“江河”並刪下句中“河”。

［六］“則”原無，據《全唐文》補。

［七］“可惜”後原有校語“甚下一有可惜二字”，據《全唐文》刪補。

［八］“未”原作“來”，據《全唐文》改。

［九］“胡”，四庫本爲“戎”。

［一〇］“恩”原作“息”，據《全唐文》改。

［一一］“闕”原作“闗”，據《全唐文》改。

【注釋】

①恐不得所：擔心百姓不得安居。

②九道：唐朝區劃共分十道，指除了關内道之外的其餘九道。巡察：巡視考察，巡行察訪。

③黜陟：指進退獎懲官吏。

④人瘼：即民瘼，指民間疾苦。

⑤“美矣”句：語出《論語・八佾》評價《韶》《武》，此指没有盡善盡美。

⑥夙興夜寐：早起晚睡，形容辛勞。

⑦雅合時望：很能符合當時的聲望。

⑧幽滯：指久不得升遷的人才。

⑨彊御：豪強。

⑩輶軒：見《秋日遇荆州府崔兵曹使讌並序》注㉔。

⑪翕然：一致。

⑫黜陟：指人才的進退、官吏的升降。求瘼：尋求民間疾苦。

⑬苟：隨便，馬虎。

⑭送往迎來：指往來迎送。

⑮儆誡：規誡、警告。

⑯無敢或愆：無人敢犯錯。愆，過錯。

⑰豺狼：此指豪横富貴之家。

⑱家見而户習：家喻户曉。

⑲黜陟幽明：罷黜無能、獎賞賢能。折中：中正。

⑳煩數：頻繁。

㉑“是猶”句：喻治理國家不可擾民。烹小鮮：烹飪小魚。語出《老子》六十章“治大國若烹小鮮”。數撓之：頻繁翻動。小魚頻繁翻動，則散架不成形。

㉒政教：政治教化。

㉓“委棄”句：指天子命令被州縣官吏抛棄，猶如將告令掛到牆上做擺設。

㉔吏勗清勤：管理勤勉、清廉、辛勞。

㉕“未有”句：喻無工具則不能成事。

㉖縣尉：官名。位在縣令或縣長之下，主管治安。

㉗資次考第：資歷次第和考核成績。

㉘吏部侍郎：吏部副長官，掌管官吏任用。

㉙囂然相謗：喧嘩、詆毁。

㉚淩遲：衰敗。

㉛“昔漢宣帝”三句：語出《漢書·循吏傳序》。指帝王治理天下主要依靠優秀的州縣官員。

㉜人機：此指治理國家關鍵在於人心穩定。

㉝“夫百姓”三句：指百姓如不能生存則勢必造反。語本《漢書·董仲舒傳》：“窮急愁苦而上不救，則民不樂生；民不樂生，尚不避死，安能避罪?”

㉞姦宄（guǐ）：作亂犯法。

㉟數動：頻繁擾動。

㊱乘釁：利用機會，鑽空子。

㊲“軍旅”句：指武則天調露元年開始連年征戰已接近六年。

㊳河、隴：河西、隴右。秦、涼：秦州、涼州。秦州治所在今甘肅省秦安縣西北。涼州治所在今甘肅省武威市。

㊴青、徐、曹、汴：青州治所在今山東省青州市。徐州治所在今江蘇省徐州市。曹州治所在今山東省菏澤市南。汴州治所在今河南省開封市。

㊵滄、瀛、恒、趙：滄州治所在今河北省滄州市。瀛州治所在今河北省河間市。恒州治所在今河北省正定市。趙州在今河北省趙縣。

㊶被饑荒：遭受饑荒。

㊷妻子：妻子兒女。

㊸謀動甲兵：指發動戰爭。

㊹機失禍搆：機會失去就會産生禍患。

㊺止：語氣詞。汔：庶幾。康：安康，安居。惠：愛。綏：安。縱：放縱。詭隨：詭詐欺騙。謹：指謹慎提防。式：發語詞。寇虐：殘害掠奪。

㊻垂衣裳：見《洛城觀酺應制》注⑤。

㊼修文德：禮樂教化。語出《論語·季氏》：“故遠人不服，則修文德以來之。”

㊽勸農桑：鼓勵種地養蠶。

㊾重譯而入貢：經過多次翻譯前來進貢。

㊿隋煬帝：楊廣（569 年～618 年），弘農華陰（今陝西省華陰市）人，隋朝第二位皇帝。在位期間，修大運河，遷都洛陽。頻繁發動戰爭，濫用民力、窮奢極欲，引發農民起義，導致隋朝覆亡。

51殫：窮盡。

52胡貊：古代稱北邊的或西域的民族爲胡，稱東北方的民族爲貊。

53遼人：此指高麗。

54殷鑒：殷人滅夏，殷人的子孫應以夏的滅亡作爲鑒戒。語自《詩經·大雅·蕩》："殷鑒不遠，在夏后之世。"

55遂事不諫：已經過去的事情不能再挽救。

56芻蕘可採：見《爲喬補闕論突厥表》注71。

57玉陛：宫殿臺階。

58下愚：特別愚蠢，此自謙。

59中書：中書省，輔佐天子執掌大政，長官爲中書令。

60對揚：此指回答君王提問。

61伏闕：拜伏宫闕之下。多指向皇帝上書奏事。累息：屏氣，因惶恐而不敢喘息。

上西蕃邊州安危事 三條[①]

臣聞聖人制事[②]，貴於未亂，所以用成功光[③]，濟天下大業。臣伏見國家頃以北蕃九姓亡叛[④]，有詔出師討之，遣田揚名發金山道十姓諸兵自西邊入[一][⑤]。臣聞十姓君長奉詔之日，若報私讐，莫不爲國家克翦凶醜[⑥]，遂數年之内自率兵馬三萬餘騎，經途六月，自食私糧。誠是國家威德早申，蕃戎得効忠赤。今者軍事已畢，情願入朝。國家乃以其不奉璽書安破回紇部落⑦，責其專擅，不許入朝，便於涼州發遣，各還蕃部。臣愚見竊爲國家危之⑧，深恐此等自玆成隙⑨。何以言之？國家所以制有十姓者，本爲九姓強大[二]，歸服聖朝；十姓微弱，勢不能動，故所以委命臣妾⑩、爲國忠良。今者九姓叛亡，北蕃喪亂，君長無主，莫知所歸。回紇、金水又被殘破⑪，磧北諸姓⑫，已非國家所有。今欲犄角亡叛⑬，雄將邊疆[三]，惟倚金山諸蕃，共爲形勢[四]⑭。有司不察此理，乃以田揚名妄破回紇之罪坐及十姓諸豪[五]⑮，拒而遣還，不許朝覲⑯。臣愚以爲非善御戎狄、制於未亂之長策也。夫蕃戎之性，人面獸心⑯，親之則順，疑之則亂，蓋易動難安，古所莫制也。今阻其善意，逆其歡心，古人所謂放虎遺患⑰，不可不察。且臣昨於甘州日見金山軍首領擬入朝者[六]，自蕃中至已負其功，見燕軍漢兵不多，頗有驕色。察其志意，所望殊高，與其言宴，又詞多不順。今更不許入朝謁，疑之以罪[七]，與回紇部落復爲大讐。此則内無國家親信之恩，外有回紇報讐之患。懷不自安，鳥駭狼顧⑱，亡叛沙漠，則河西諸蕃恐非國家所有。且夷狄相攻，中國之福。今回紇已破，既往難追⑲；十姓無罪，不宜自絶⑳。今若妄破回紇，有司止罪揚名，在於蕃情，足以爲慰。十姓首領，國家理合羈縻㉑，許其入朝，實爲得計。今北蕃既失，虜不自安。廟勝之策㉒，良恐未爾。事既機速，伏乞早爲圖之。

臣伏見今年五月勑，以同城權置安北府㉓。此地逼磧南口㉔，是制匈奴要衝。國家守邊，實得上策。臣在府日，竊見磧北歸降突厥已有五千餘帳㉕，後之來者，道路相望㉖。又甘州先有降户四千餘帳[八]，奉勑亦令同城安置。磧北喪亂，先被饑荒，塗炭之餘㉗，無所依仰。國家開安北府招納歸降，誠是聖恩洪流，覆育戎狄㉘。然臣竊見突厥者，莫非傷殘羸餓㉙，並無人色，有羊馬者百無一二。然其所以攜幼扶老遠來歸降㉚，實將以國家綏懷㉛，必有賑贍㉜，冀望恩覆，獲以安存，故其來者日以益衆。然同城先無儲畜㉝，雖有降附，皆未優矜[九]㉞。蕃落嗷嗷㉟，不免饑餓，所以時有刼掠，自相屠戮。君長既不能相制，以此盜亦稍多，甘州頃者抄竊尤甚。今安北府見有官羊及牛六千頭口㊱，兵糧粟麥萬有餘碩㊲。安北初置，庶事草創㊳，孤城兵少，未足威懷[一〇]。國家不贍恤來降之徒㊴，空委此府安撫。臣恐降者日衆，盜者日多，戎情桀黠，必爲禍亂。夫人情莫不以求生爲急[一一]。今不以此粟麥、不以此羊牛大爲其餌㊵，而不救其死。人無生路，安得不爲群盜乎？群盜一興，則安北府城必無全理。府城一壞，則甘、涼已北，恐非國家所有，後爲邊患，禍未可量。是乃國家故誘其爲亂，使其爲賊，非謂綏懷經遠之長策也㊶。且磧北諸蕃今見大亂，亂而思理㊷，生人大情。國家既開綏撫之恩，廣置安北之府，將理其亂者，以慰喻諸蕃。取亂存亡，可謂聖圖弘遠矣。然時則爲得，事則未行[一二]㊸，何者？國家來不能懷，去不能制，空竭國用，爲患於邊，取亂之策，有失於此。況夷狄代有其雄，與中國抗行㊹，自古所病。倘令今有勃起，遂雄於邊，招集遺散，收強撫弱，臣恐喪亂之衆必有景從㊺。此亦國家之大機，不可輕而失也。機事不密，則必害成㊻，聖人之至誡。今北蕃未定，降者未安，國家不早爲良圖，恐坐而生變㊼。乞得面奏，指陳其利害邊境，幸甚幸甚。

臣竊見河西諸州㊽，地居邊遠，左右寇賊，並當軍興㊾。頃年已來，師旅未静，百姓辛苦，殆不堪役，公私儲蓄，足可憂嗟。頃至涼州，問其倉貯，惟有六萬餘石，以支兵防，纔周今歲㊿。雖云屯田收者猶在此外，略問其數，得亦不多。今國家欲制河西，定戎虜，此州不足，未可速圖。又至甘州，責其糧數[一三]51，稱見在所貯積者四十餘萬石，今年屯收猶不入計。臣觀其衝要52，視其山川，信是河西扼喉之地53。今北當九姓，南逼吐蕃，二虜奸回54，凶猾未測，朝夕警問[一四]55，頗有窺覦56。甘州地廣糧多，左右受敵，其所管户不滿三千，堪勝兵者不足百數。屯田廣遠，倉蓄狼籍57。一虜爲盜，恐成大憂。涼府雖曰雄藩[一五]，其實已甚虛竭，夷狄有變，不堪軍興。以河西諸州又自守不足。今瓜、肅鎮防禦仰食甘州[58]，一旬不給，便至饑餒。然則河西之命，今並懸於甘州矣。機不可失[一六]，此機一失，深足憂危。又得甘州狀稱[59]，今年屯收，用爲善熟[60]，爲兵防數少，百姓不多，屯田廣遠，收獲難遍，時節既過，遂有凋枯[一七][61]，所以三分收不過二。人力又少，未入倉儲。縱已收刈，尚多在野。臣伏惟吐蕃桀黠之虜[62]，自爲邊寇，未嘗敗衄[63]。頃緣其國有亂，君臣不和，又遭天災，戎馬未盛，所以數求和好，寢息邊兵[64]。其實本畏國家乘其此弊，故卑辭詐僞[65]，苟免天誅[66]。今又聞其贊普已擅國權[67]，上下和好，兵久不出，其意難量。比者國家所以制其不得東侵，實由甘、涼素有蓄積、士馬彊盛，以扼其喉，故其力屈，勢不能動。今則不然，甘州倉糧積以萬計，兵防鎮守不足威邊。若使此虜探知，潛懷逆意，縱兵大入，以寇甘、涼，雖未能刼掠士人，圍守城邑，但燒甘州蓄積，蹂踐諸屯，臣必知河西諸州，國家難可復守也。此機不可一失[68]，一失之後，雖賢聖之智，亦無奈何。臣愚不習邊事，竊謂甘州宜更加兵[一八]，内得營農，外得防盜，甘州委積必當更倍[69]。何以言之？甘州諸屯皆因水利。濁河溉灌[70]，良沃不待天時[71]，四十餘屯，並爲奥壤[72]，故每歲收獲常不減二十萬[一九]。但以人功不備，猶有荒蕪。今若加兵，務窮地利，歲三十萬不爲難得。國家若以此計爲便，遂即行之。臣以河西不出數年之間，百萬之兵食無不足而致。倉廩既實，邊境又彊[二〇]，則天兵所臨[73]，何求不得。管仲云："聖人用無窮之府，積不涸之倉[74]。"似非虚言也[二一]。

【校記】

［一］"遣"原無，"揚"原作"楊"，據《全唐文》補改。

［二］"強"原無，據《全唐文》補。

［三］"雄"原作"雖"，據《全唐文》改。

［四］"共"原作"尚"，後有校語"本傳作共"，據《全唐文》删改。

［五］"揚"原作"楊"，據《全唐文》改。

［六］“且”原作“自”，據《全唐文》改。

［七］“之”原無，據《全唐文》補。

［八］“千”原作“十”，據《全唐文》改。

［九］“優”原作“復”，據《全唐文》改。

［一〇］“足”原作“定”，據《全唐文》改。

［一一］“求”原作“乘”，據《全唐文》改。

［一二］“事則未行”，伯三五九〇敦煌殘卷作“事未可行”，皆通。

［一三］“責”原作“貴”，據《全唐文》改。

［一四］“間”原作“固”，據四庫本改。皆通。

［一五］“曰”原作“日”，據《全唐文》改。

［一六］“機不可失”原無，據伯三五九〇敦煌殘卷補。

［一七］“枯”原作“固”，據伯三五九〇敦煌殘卷改。

［一八］“更”原作“便”，據伯三五九〇敦煌殘卷改。

［一九］“歲”原無，據伯三五九〇敦煌殘卷補。

［二〇］“彊”原作“疆”，據《全唐文》改。

［二一］“似”原作“事”，據四庫本改。

【注釋】

①西蕃邊州：指西部邊境地區，即隴右諸州。

②制事：處理軍政大事。

③用成功光：指事業成功、功業光大。

④北蕃九姓：見《爲喬補闕論突厥表》注㊼。

⑤田揚名：事蹟不詳。武則天時期曾任瀚海道總管、安西府都護。金山：指阿爾泰山，在今新疆維吾爾自治區與内蒙古自治區交界處。十姓：指突厥十部，詳見《舊唐書·突厥傳下》。

⑥克翦凶醜：掃除凶醜。

⑦回紇部落：即回鶻，少數民族部落。主要分佈於新疆地區。

⑧“竊爲”句：私下認爲會成爲國家禍患。

⑨成隙：形成仇恨。

⑩委命臣妾：像臣妾一樣效命。

⑪“回紇”句：指回紇和金水又遭受創傷破壞。金水，金水州，唐朝羈縻州。

⑫磧北：蒙古大沙漠以北地區。

⑬犄（jī）角：喻牽制或夾擊。

⑭“惟倚”句：只有依靠金山諸蕃部力量才能形成勢利。形勢，勢力、力量。

⑮坐：連坐。

⑯朝覲：臣子朝見君主。

⑯人面獸心：雖然面貌是人，但心腸像野獸一樣兇狠。形容爲人兇殘卑鄙。

⑰放虎遺患：放掉老虎等於留下後患。

⑱鳥駭狼顧：形容驚慌恐懼。

⑲既往難追：已經過往的事情很難追回。

⑳不宜自絶：不應該斷絶與十姓部落的關係。

㉑羈縻：籠絡、懷柔。指中原王朝處理與邊地民族關係的策略。

㉒廟勝之策：指朝廷預先制定的克敵制勝的謀略。

㉓同城：見《爲喬補闕論突厥表》注㊷。安北府：安北都護府。

㉔磧南口：蒙古大沙漠南邊出口。

㉕帳：遊牧民族計量單位。一帳猶如一户。

㉖道路相望：指道路之人連續不斷。

㉗塗炭之餘：指遭受蹂踐之後的艱難。

㉘覆育：庇護養育。

㉙“莫非”句：没有誰不是傷殘饑餓瘦弱之人。

㉚攜幼扶老：帶領全家老小。

㉛綏懷：安撫關懷。

㉜賑贍：救濟。

㉝儲畜：即儲蓄。

㉞優矜：憐憫照顧。

㉟嗷嗷：形容哀號或喊叫聲。

㊱安北府：见本文注㉓。

㊲碩：通“石”。

㊳庶事草創：各種事物剛剛開始。

㊴贍恤：救濟、撫恤。

㊵餌：誘餌。

㊶“綏懷”句：指安定關懷、長期久遠的好計謀。

㊷見，通“現”。理：治理。

㊸“時則”二句：時機把握正確，但事情不可施行。

㊹“夷狄”二句：指邊境各民族隨時都有雄傑出現，能與中原王朝抗衡。

㊺景從：如影隨形，指跟隨服從者多。

㊻“機事”二句：機密之事不嚴守秘密，就會影響最終的成功。語見《周易・繫辭上》“幾事不密則害成”。

㊼坐而生變：遲疑不決就會產生變故。

㊽河西諸州：見《上蜀川軍事》注④。

㊾並當軍興：指處於軍事行動的交匯之處。

㊿纔周今歲：今年才夠。周，足夠。

51責其糧數：責問糧食數量。

52衝要：軍事或交通要地。

53扼喉：卡住喉嚨，指控制關鍵。

54奸回：指奸惡邪僻的人或事。

55朝夕警問：指隨時出現軍情。

56窺覦：伺機謀取。

57狼籍：通“狼藉”，指散亂堆積。

㊿瓜、肅：瓜州、肅州。瓜州治所在今甘肅省瓜州縣。肅州治所在今甘肅省酒泉市。仰食甘州：全靠甘州供給。

⑲狀：文體名稱，用於向上級陳述意見或事實的文書。

⑳善熟：豐産、豐收。

㉑凋枯：凋零乾枯。

㉒桀黠：兇悍狡猾。

㉓敗衂：戰敗。

㉔寢息邊兵：指停止邊境戰爭。

㉕卑辭詐僞：用卑微言辭進行欺騙。

㉖苟免：僥倖、苟且免除。天誅：皇帝征伐。

㉗贊普：吐蕃首領。此指器弩悉弄贊普，唐時吐蕃第三代贊普，679 年 ~ 704 年在位。

㉘機不可一失：機不可失。

㉙委積：此指儲積的糧草。

㉚濁河：指張掖河，即今黑河。

㉛良沃：良田沃土。不待天時：不依靠下雨。

㉜奧壤：深厚土壤，指沃土。

㉝天兵：指中原王朝軍隊。

㉞“管仲云”句：見《上益國事》注⑮。

卷九

書

諫靈駕入京書[①]

梓州射洪縣草莽愚臣陳子昂[一][②]，謹頓首冒死獻書闕下：臣聞明主不惡切直之言以納忠[二][③]，烈士不憚死亡之誅以極諫[④]。故有非常之策者，必待非常之時；有非常之時者，必待非常之主[⑤]，然後危言正色，抗議直辭[⑥]，赴湯鑊而不迴[⑦]，至誅夷而無悔。豈徒欲詭世誇俗[⑧]，厭生樂死者哉？實以爲殺身之害小、存國之利大，故審計定議而甘心焉[⑨]。況乎得非常之時，遇非常之主，言必獲用，死亦何驚？千載之跡，將不朽於今日矣。伏惟大行皇帝之遺天下[三][⑩]，棄群臣，萬國震驚，百姓屠裂[⑪]。陛下以徇齊之聖[四][⑫]，承宗廟之重，天下之望，喁喁如也[⑬]。莫不冀蒙聖化，獲保餘年。太平之主，將復在於今日矣。況皇太后又以文母之賢[⑬]，協軒宫之耀，軍國大事，遺詔決之[⑭]。唐虞之際，於斯盛矣[⑮]。臣伏見詔書，梓宫將遷坐京師[⑯]，鑾輿亦欲陪幸[⑰]。計非上策，智者失圖。廟堂未聞有骨鯁之謀[五]，朝廷多見有順從之議[六]。愚臣竊惑，以爲過矣。伏自思之，生靈日，沐皇風，摩頂至踵[⑱]，莫非亭育[⑲]。不能歷丹鳳，抵濯龍，北面玉階，西望金屋[七][⑳]，抗音而正諫者[八][㉑]，聖王之罪人也。所以不顧萬死，乞獻一言，願蒙聽覽，甘就鼎鑊[㉒]，伏惟陛下察之。臣聞秦據咸陽之時、漢都長安之日，山河爲固[㉓]，天下服矣。然猶北假胡苑之利[九][㉔]，南資巴蜀之饒[㉕]。自渭入河，轉關東之粟；踰沙絶漠，致山西之征[一〇][㉖]。然後能削平天下[一一]，彈壓諸侯，長轡利策[一二][㉗]，横制宇宙。今則不然，燕、代迫匈奴之侵[㉘]，巴、隴嬰吐蕃之患，西蜀疲老，千里運糧，北國丁男[㉙]，十五乘塞。歲月奔命，其弊不堪。秦之首尾，今爲闕矣[一三]。即所餘者，獨三輔之間爾[㉚]。頃遭荒饉，人被薦饑[㉛]。自河而西，無非赤地[32]；循隴以北，罕逢青草。莫不父兄轉徙，妻子流離，委家喪業[33]，膏原潤莽[34]。此朝廷之所備知也。賴以宗廟神靈，皇天悔禍，去歲薄稔，前秋稍登[35]，使羸餓之餘得保性命[一四]。天下幸甚，可謂厚矣。然則流人未返，田野尚蕪，白骨縱横，阡陌無主[36]。至於蓄積，猶可哀傷。陛下不料其難，貴從先意，遂欲長駈大駕，按節秦京。千乘萬騎，何方取給？況山陵初制[37]，穿復未央[38]，土木工匠，必資徒役[39]。今欲率疲弊之衆，興數萬之軍[一五]，徵發近畿，鞭樸羸老，鑿山採石，驅以就功。但恐春作無時[40]，秋成絶望，凋瘵遺噍[41]，再罹饑苦。倘不堪其弊，有一逋逃，"子來"之頌[42]，其將何詞以述？此亦宗廟之大機，不可不深圖也。況國無兼歲之儲，家鮮匝時之蓄[一六][43]。一旬不雨，猶可深憂；忽加水旱，人何以濟？陛下不深察始終，獨違群議，臣恐三輔之弊不止如前日矣。且天子以四海爲家，聖人包六合爲宇[44]。歷觀邃古[45]，以至於今，何嘗不以三王爲仁、五帝爲聖，故雖周公制作[46]、夫子著明[一七][47]，莫不祖述堯舜，憲章文武[48]，爲百王之鴻烈[49]，作千載之雄圖。然而舜死陟方，葬蒼梧而不返[50]；禹會群后，歿稽山而永終[51]。豈其愛蠻夷之鄉而鄙中國哉？實將欲示聖人之無外也[52]。故能使墳籍以爲美談[53]，帝王以爲高範。況我巍巍大聖，轢帝登皇[54]，日月所照，莫不率俾[55]，何獨秦、豐之地可置山陵[56]，河、洛之都不堪園寢[57]？陛下豈可不察之[一八]？愚臣竊爲陛下惜也。且景山崇麗[58]，秀冠群峯，北對嵩、邙[59]，西望汝、海[60]，居祝融之故地，連太昊之遺墟[61]，帝王圖跡，縱横左右，園陵之美，復何加焉？陛下曾未察之，謂其不可。愚臣鄙見，良足尚矣。況瀍、澗之中[一九][62]，天地交會，北有太行之險[二〇][63]，南有宛、葉之饒[64]。東壓江、淮，食湖海之利；西馳崤、澠[65]，據關、河之寶[66]。以聰明之主養淳粹之人[67]，天下和平[二一]，恭己正南面而已[68]。陛下不思瀍、洛之壯觀[69]，關、隴之荒蕪，遂欲棄太山之安[二二]，履焦原之險[70]，忘神器之大寶[71]，循曾、閔之小節[72]，愚臣闇昧[二三]，以爲甚也。陛下何不覽諫臣之策，採行路之謡[73]，諮謀太后，平章宰輔⑭，使蒼生之望知有所安，天下豈不幸甚！昔者平王遷周、光武都洛⑮，山陵寢廟⑯，不在西京[二四]，宗社墳塋⑰，並居東土[二五]。然而《春秋》美爲始王，《漢書》載爲代祖⑱。豈其不顧孝哉？何聖賢褒貶，於斯濫矣⑲，實以時有不可，事有必然。蓋欲遺小存大，去禍歸福，聖人所以爲貴也。夫小不忍而亂大謀，仲尼之至誡⑳。願陛下察之。若以臣愚不用，朝議遂行，臣恐關、隴之憂，無時休也[二六]。臣又聞太原蓄鉅萬之倉㉑，洛口積天下之粟㉒，國家之寶，斯爲大矣。今欲捨而不顧，背以長驅，使有識驚嗟，天下失望。倘鼠竊狗盜萬一不圖㉓，西入陜州之郊㉔，東犯武牢之鎮㉕，盜敖倉一抔之粟[二七]㉖，陛下何以遏之？此天下之至機㉗，不可不深惟也㉘。雖則盜未旋踵㉙，誅刑已及，滅其九族，焚其妻子，泣辜雖恨㉚，將何及焉？故曰："先謀後事者逸，先事後圖者失㉛。"然而"國之利器，不可以示人"㉜。斯言不徒設也。願陛下念之。臣西蜀野人，本在林藪，幸屬交泰㉝，得遊王國㉞。固知不在其位者不謀其政[二八]㉟，亦欲退身巖谷，滅跡朝廷。竊感婁敬委輅，干非其議[二九]，圖漢策於萬全，取鴻名於千古㊱。臣何獨怯而不及之哉？所以敢觸龍鱗㊲，死而無恨。庶萬有一中，或垂察焉。臣子昂誠惶誠恐，頓首頓首，死罪死罪[三〇]。

【校記】

［一］"愚"原無，據《全唐文》補。

［二］"主"原作"王"，據《全唐文》改。

［三］"之"，《全唐文》無此字。皆通。

［四］"徇"原作"循"，據《全唐文》改。

［五］"有"原無，《全唐文》有此字。皆通。

［六］"見"原無，《全唐文》等有此字。皆通。

［七］"西"原作"東"，據伯三五九〇敦煌殘卷改。

［八］“抗”原作“杭”，據《全唐文》改。

［九］“苑”，四庫本、《全唐文》等作“宛”。

［一〇］“征”原作“寶”，據伯三五九〇敦煌殘卷改。

［一一］“能”原無，據《全唐文》補。

［一二］“長轡”後原有校語“本傳作羈”，據《全唐文》删。

［一三］“爲闕”原作“不完”，據《全唐文》改。皆通。

［一四］“性”原作“沉”，據四庫本改。

［一五］“軍”原作“兵”，據《全唐文》改。

［一六］“叵”原作“過”，據《全唐文》改。

［一七］“明”原作“名”，據伯三五九〇敦煌殘卷改。

［一八］“可”原無，據《全唐文》補。

［一九］“況”原無，據《全唐文》補。

［二〇］“太”原作“大”，據《全唐文》改。

［二一］“和”原作“利”，據《全唐文》改。

［二二］“於”原有，據《全唐文》删。

［二三］“愚臣闇昧”原作“臣愚昧”，據《全唐文》改。

［二四］“西”原作“東”，據伯三五九〇敦煌殘卷改。

［二五］“東”原作“西”，據伯三五九〇敦煌殘卷改。

［二六］“無”原作“未”，據《全唐文》改。

［二七］“抔”原作“杯”，據《全唐文》改。

［二八］“固”原作“故”，據《全唐文》改。

［二九］“干”原作“不”，據《全唐文》改。

［三〇］“頓首死罪死罪”六字原無，據《全唐文》補。

【注釋】

①靈駕：載天子靈柩之車。入京：此指從洛陽回到長安。

②草莽：草野、民間。

③納忠：接納忠言。

④烈士：忠烈之士。極諫：極力規勸。

⑤“故有”四句：語仿司馬相如《難蜀父老》：“蓋世必有非常之人，然後有非常之事；有非常之事，然後有非常之功。”非常，不平常，很傑出。

⑥危言：直言。正色：表情嚴肅。抗議：持論正直。直辭：言辭直接。

⑦“赴湯鑊”句：指死掉也不回頭。湯鑊（huò）：一種酷刑。湯：滚水。鑊：大鍋。

⑧詭世誇俗：欺騙世人，向世人誇耀。

⑨甘心：心甘情願。

⑩大行皇帝：指剛死尚未定謚號的皇帝。

⑪屠裂：被屠殺分解，喻悲痛至極。

⑫徇齊：敏慧。

⑬喁喁如也：仰望期待的樣子。

⑬文母：后妃美稱。

⑭“軍國”二句：指高宗遺詔中明確，軍國大事皇后武則天可以做決定。

⑮“唐虞”二句：指堯舜時代和平興盛。語出《論語·泰伯》。

⑯梓宫：天子之棺。

⑰鑾輿：帝王車駕。

⑱摩頂至踵：從頭到腳，指全身。

⑲亭育：養育、培育。

⑳丹鳳：鳳闕。濯龍：宫苑名。玉階：朝廷臺階。金屋：華美之屋。皆指朝廷宫殿。

㉑抗音：大聲。抗通亢。

㉒甘就鼎鑊：指願意接受死刑。鼎鑊，一種酷刑。

㉓山河爲固：有山河作爲堅固堡壘。

㉔胡苑之利：指有牧養禽獸、引來胡地之馬的好處。

㉕“南資”句：向南可以憑藉巴蜀的富饒。資，憑藉、依靠。

㉖山西：此指華山以西。

㉗長轡利策：指能治理國家的長久之策。

㉘燕、代：燕國和代國所在之地，泛指今河北省、北京市、山西省東北部地區。

㉙丁男：指已到服役年齡的男子。

㉚三輔：泛指京畿地區。

㉛薦饑：連年饑荒。

㉜赤地：指無糧可收之地。

㉝委家喪業：抛掉家園，失去産業。

㉞膏原潤莽：即膏潤原莽，謂人死之後化作肥料使土地肥沃。

㉟薄稔、稍登：皆指略有收成。

㊱阡陌無主：指百姓流離失所，田地已經没有主人。阡陌，田界。

㊲山陵：帝王陵墓。

㊳未央：不盡，未盡。

㊴必資徒役：一定要靠百姓服勞役。

㊵春作：春天耕種。

㊶凋瘵（zhài）遺噍：指困窮殘存的百姓。

㊷“子來”之頌：見《爲程處弼慶拜洛表》注⑦。

㊸匝時：滿一季度。

㊹六合：天地四方，即宇宙。

㊺邃古：遠古。

㊻周公制作：指周公制禮作樂。

㊼夫子著明：指孔子以自身行爲作爲標準。

㊽“祖述”二句：語出《禮記·中庸》：“仲尼祖述堯舜，憲章文武。”

㊾鴻烈：大功業。

㊿“舜死”二句：指舜死在巡視外地的路上，就埋在蒼梧。陟方，天子外出巡視。

(51)“禹會”二句：指禹在會稽之山召集群神，死後葬在會稽。

(52)無外：没有内外區别，指天下一家。

(53)墳籍：典籍。

(54)轢帝登皇：超過了三皇五帝。轢（lì），超越。

(55)莫不率俾：没有誰不順從。俾，比，順從。語出《尚書·君奭》。

(56)秦、豐之地：指長安。

(57)河、洛之都：洛陽。園寢：此指帝王墓地。

(58)景山：山名，在今河南省偃師市南。

(59)嵩、邙：嵩山、北邙山。

(60)汝海：見《續唐故中嶽體玄先生潘尊師碑頌並序》注㊷。

(61)祝融：古帝名。太昊：伏羲氏。

(62)瀍、澗之中：指洛陽。

(63)太行：太行山。

(64)宛、葉：宛在今河南省南陽市。葉在今河南省葉縣。

(65)崤、澠：崤山、澠池。崤山在今河南省洛寧縣北。澠池在今河南省澠池縣西。

(66)關、河：函谷關、黄河。

(67)淳粹：醇厚純粹。

(68)恭己正南面：指無爲而天下治。語出《論語·衛靈公》：“無爲而治者，其舜也與！夫何爲哉？恭己正南面矣。”

(69)瀍、洛：瀍水、洛水，指代洛陽。

(70)焦原之險：極其危險。

(71)神器：代表國家政權之寶物，如玉璽、鐘鼎。大寶：帝位。

(72)曾、閔：曾參、閔子騫，孔子的兩個學生，以孝著稱。

(73)行路之謡：民間歌謡。

(74)平章宰輔：與宰府商量。平章，商酌、商量。

(75)“平王”句：周平王遷都洛陽、漢光武帝定都洛陽。

⑯山陵：帝王陵墓。寢廟：宗廟正殿和後殿。

⑰宗社：宗廟、社稷。墳塋：墓地。

⑱代祖：世祖。

⑲於斯濫矣：斯，就。濫，泛濫，指胡作非爲。矣，語氣助詞。語出《論語·衛靈公》："君子固窮，小人窮，斯濫矣。"

⑳"夫小不忍"二句：語出《論語·衛靈公》："巧言亂德。小不忍則亂大謀。"

㉑太原：郡名，治所在今山西省太原市。

㉒洛口：倉名，故址在今河南省鞏義市東南。

㉓鼠竊狗盜：小偷小盜。萬一不圖：意外打算、非分企圖。

㉔陝州：治所在今河南省三門峽市。

㉕武牢：即武牢，關名，在今河南省滎陽縣汜水鎮。

㉖敖倉：故址在今河南省鄭州市西北邙山上。一抔：一捧，謂數量極少。

㉗至機：最重要的關鍵。

㉘深惟：深思。惟，思。

㉙旋踵：轉動腳後跟，指起步。

㉚泣辜：泣罪。

㉛"先謀"二句：指凡事必須事先謀劃，否則難以成功。

㉜"國之利器"二句：指國家政權不可輕易示人。語出《老子》三十六章。

㉝交泰：天地萬物交合通達。

㉞王國：王城，此指洛陽。

㉟"不在"句：語出《論語·泰伯》。

㊱"婁敬"四句：事載《史記·劉敬叔孫通列傳》。婁敬，即劉敬。委輅，放下車。輅，車轅上用來挽車的橫木，也指大車。

㊲龍鱗：喻皇帝威嚴。

諫雅州討生羌書[①]

將仕郎守麟臺正字臣陳子昂昧死上言[②]：臣竊聞道路云[一]，國家欲開蜀西山[二]，自雅州道入討生羌，因以襲擊吐蕃。執事者不審圖其利害，遂發梁、鳳、巴蜒兵以徇之[三][③]。臣愚以爲西蜀之禍，自此結矣。臣聞亂生必由怨起。雅州邊羌自國初已來，未嘗一日爲盜。今一旦無罪受戮，其怨必甚。怨甚懼誅，必蜂駭西山[④]。西山盜起，則蜀之邊邑不得不連兵備守。兵久不解，則蜀之禍搆矣。昔後漢末西京喪敗，蓋由此諸羌[⑤]。此一事也。且臣聞吐蕃桀黠之虜，君長相信而多奸謀，自敢抗天誅，爾來向二十餘載[四][⑥]。大戰則大勝，小戰則小勝，未嘗敗一隊、亡一矢。國家往以薛仁貴、郭待封爲虓武之將，屠十萬衆於大非之川，一甲不歸[⑦]。又以李敬玄、劉審禮爲廊廟之宰，辱十八萬衆於青海之澤，身爲囚虜[⑧]。是時精甲勇士勢如雲雷，然竟不能擒一戎、馘一醜，至今而關、隴爲空。今乃欲以李處一爲將[⑨]，驅顦顇之兵將襲吐蕃。臣竊憂之，而爲此虜所笑。此二事也。且夫事有求利而得害者。則蜀昔時不通中國[⑩]，秦惠王欲帝天下而並諸侯[⑪]，以爲不兼賨[⑫]，不取蜀[五]。勢未可舉，乃用張儀計，飾美女，譎金牛，因間以啖蜀侯[⑬]。蜀侯果貪其利，使五丁力士鑿山通谷，棧褒、斜，置道於秦[⑭]。自是險阻不關，山谷不閉，張儀躡踵乘便，縱兵大破之。蜀侯誅，賨邑滅，至今蜀爲中州[⑮]。是貪利而亡[⑯]。此三事也。且臣聞吐蕃羯虜愛蜀之珍富，欲盜之久有日矣。然其勢不能舉者，徒以山川阻絶，障隘不通。此其所以頓餓狼之喙而不得竊食也[⑰]。今國家乃撤邊羌[六]，開隘道，使其收奔亡之種，爲鄉導以攻邊，是乃借寇兵而爲賊除道[⑱]，舉全蜀以遺之[⑲]。此四事也。臣竊觀蜀爲西南一都會[⑳]，國家之寶庫，天下珍貨聚出其中。又人富粟多，順江而下，可以兼濟中國。今執事者乃圖僥倖之利，悉以委事西羌。得西羌，地不足以稼穡㉑，財不足以富國，徒殺無辜之衆，以傷陛下之仁，糜費隨之，無益聖德。又況僥倖之利未可圖哉！此五事也。夫蜀之所寶，恃險也㉒；人之所安，無役也。今國家乃開其險，役其人。險開則便寇，人役則傷財。臣恐未及見羌戎而已有奸盜在其中矣。往年益州長史李崇真將圖此奸利㉓，傳檄稱吐蕃欲寇松州㉔，遂使國家盛軍以待之，轉餉以備之。未二三年，巴蜀二十餘州騷然大弊，竟不見吐蕃之面，而崇真贓錢已計鉅萬矣[七]。蜀人殘破，幾不堪命。此乃近事，猶在人口，陛下所親知。臣愚意者[八]，得非有奸臣欲圖此利㉕，復以生羌爲計者哉？此六事也。且蜀人尪孱㉖，不習兵戰，一虜持矛，百人不敢當。又山川阻曠，去中夏精兵處遠㉗。今國家若擊西羌，掩吐蕃，遂能破滅其國，奴虜其人㉘，使其君長係首北闕㉙，計亦可矣。若不到如此，臣方見蜀之邊陲不守而爲羌夷所横暴。昔辛有見被髮而祭伊川者，以爲不出百年，此其爲戎乎㉚？臣恐不及百年而蜀爲戎。此七事也。且國家近者廢安北㉛，拔單于㉜，棄龜兹㉝，放疏勒㉞，天下翕然㉟，謂之盛德。所以者何？蓋以陛下務在仁不在廣，務在養不在殺，將以此息邊鄙，休甲兵㊱，行乎三皇五帝之事者也。今又徇貪夫之議，謀動兵戈，將誅無罪之戎，而遺全蜀之患，將何以令天下乎？此愚臣之所甚不悟者也[九]。況當今山東饑㊲，關、隴敝㊳，歷歲枯旱，人有流亡，誠是聖人寧静思和天人之時，不可動甲兵、興大役，以自生亂。臣又流聞西軍失守㊴，北軍不利㊵，邊人忙動[一〇]㊶，情有不安。今復驅此兵，投之不測[一一]㊷。臣聞自古國亡家敗，未嘗不由黷兵㊸。今小人議夷狄之利，非帝王之至德也，況弊中夏哉！臣聞古之善爲天下者[一二]，計大而不計小，務德而不務刑，圖其安則思其危㊹，謀其利則慮其害[一三]，然後能長享福禄[一四]。伏願陛下熟計之。臣子昂誠惶誠恐，死罪死罪[一五]。

【校記】

［一］“臣”原無，據伯三五九〇敦煌殘卷補。

［二］“西”原無，據伯三五九〇敦煌殘卷補。

［三］“梁”原作“涼”，據《全唐文》改。

［四］“爾”原作“邇”，據伯三五九〇敦煌殘卷改。

［五］“取”原作“敢取”，據《全唐文》删。

［六］“撤”原作“亂”，據《全唐文》改。皆通。

［七］“已”原作“以”，據《全唐文》改。

［八］“愚”原無，據《全唐文》補。

［九］“甚不”原作“不甚”，據《全唐文》改。

［一〇］“忙”原作“惟”，據《全唐文》改。

［一一］“投”原作“役”，據《全唐文》改。

［一二］“之”原作“人”，據《全唐文》改。

［一三］“害”原作“善”，據《全唐文》改。

［一四］“長”原無，據伯三五九〇敦煌殘卷補。

［一五］“臣子昂誠惶誠恐死罪死罪”十一字原無，據伯三五九〇敦煌殘卷補。

【注釋】

①雅州：治所在今四川省雅安市。生羌：對羌族的侮稱。

②將仕郎守麟臺正字：以將仕郎擔任麟臺正字。

③梁、鳳、巴蜒兵：梁州，治所在今陝西省漢中市。鳳州，治所在今陝西省鳳縣東。巴州，治所在今四川省巴中市。蜒（dàn），同“蜑”。

④蜂駭：如蜜蜂被驚四處亂飛。

⑤“昔後漢”二句：此指東漢末年各邊地民族紛紛起來反抗東漢政權，其中包含西羌。

⑥爾來：從那之後。

⑦“國家”三句：事載《舊唐書・吐蕃傳上》。薛仁貴（614 年～683 年），唐朝名將，絳州龍門（今山西省河津市）人，名禮，字仁貴。郭待封，唐初名將郭孝恪次子，唐高宗時左豹韜衛將軍。咸亨中，與薛仁貴率兵討吐蕃，於大非川之戰戰敗。虓（xiāo）武，勇猛威武。大非川，今青海省共和縣西南切吉平原。

⑧“又以”三句：事載《通鑒》卷二〇二。李敬玄（615 年～682 年），亳州譙縣（今安徽省亳州市譙城區）人。儀鳳三年（678 年）爲洮河道大總管，率軍征討吐蕃，兵敗，貶爲衡州刺史，遷揚州長史。劉審禮（？～681 年），字審禮，徐州彭城（今江蘇省銅山縣）人。儀鳳三年（678 年），隨李敬玄討吐蕃，兵敗被執。廊廟之宰，執政大臣。

⑨李處一：事蹟不詳。

⑩“則蜀”句：指蜀國早期與中原地區不通往來。

⑪“秦惠王”句：秦惠王想稱霸天下、兼併諸侯。秦惠文王，嬴駟（前 356 年～前 311 年），秦國國君，前 338 年～前 311 年在位。

⑫“以爲”句：認爲不先兼併賨人就不能奪取蜀國。賨（cóng），古族名，又稱寅人、板楯蠻，在今四川省渠縣一帶。

⑬“乃用”四句：事載《水經注・沔水上》《華陽國志・蜀志》。張儀（？～前 309 年），魏國安邑（今山西省萬榮縣）人。戰國時期著名的縱横家。譎金牛，詭稱牛能拉金。因間以啖蜀侯，借此來誘惑蜀侯。

⑭鑿山通谷：開鑿山路。棧：修建棧道。褒、斜：褒斜谷。褒斜道南起褒谷口，北至斜谷口，沿褒斜二水行，貫穿褒斜二谷，故名，也稱斜谷路。置道於秦：修建蜀國到秦國的道路，即著名的金牛道。

⑮中州：中原王朝的部分。

⑯是貪利而亡：這是因爲貪求利益而導致亡國。

⑰頓：停止。餓狼：喻貪婪。喙：本指鳥嘴，此指口。不得竊食：不能偷吃。

⑱“乃借”句：借給敵人武器，爲強盜開闢道路。語本李斯《諫逐客書》：

“此所謂藉寇兵而齎盜糧也。”

⑲遺（wèi）之：贈送給敵人。

⑳都會：大城市。

㉑“地不足”句：指羌族所在地區多山少土，不宜耕種。稼穡，耕種收穫。

㉒恃險：依憑山川險阻。

㉓李崇真：唐朝宗室，河間王李孝恭子，官終岐州刺史。

㉔傳檄：傳佈檄文。寇松州：侵犯松州。松州，治所在今四川省松潘縣。

㉕得非：莫非是。

㉖尫孱：羸弱。

㉗中夏：指中原地區。

㉘奴虜其人：俘虜其人當做奴隸。

㉙係首：系繩於首，表示臣服。

㉚“昔辛有”三句：見《左傳·僖公二十二年》。辛有，周大夫。被髮，披著頭髮。伊川，伊水。

㉛安北：指安北大都督府。

㉜單于：指單于大都督府。治所在今內蒙古自治區和林格爾縣西北土城子。

㉝龜茲（qiū cí）：鎮名，安西四鎮之一，在今新疆維吾爾自治區輪臺縣。

㉞疏勒：鎮名，安西四鎮之一，在今新疆維吾爾自治區喀什市。

㉟翕然：一致。

㊱“息邊鄙”二句：指讓邊境安寧、停止戰爭。

㊲山東：此指華山以東。

㊳關、隴：關中、隴右。

㊴西軍：指襲擊吐蕃之軍隊。

㊵北軍：指襲擊突厥之軍隊。

㊶忙動：驚擾騷動。

㊷不測：不可預測的危險。

㊸黷兵：窮兵黷武，濫用武力。

㊹“圖其安”句：指居安思危。

諫刑書

承務郎守右衛胄曹參軍事臣陳子昂[一]①，謹頓首昧死上言：臣聞昔者聖人理天下者美在太平，太平之美者在於刑措②。臣伏見陛下務太平之理而未美太平之功，賤臣頑微，竊惑下列③。臣前蒙天恩召見，恩制賜臣曰：“既遇非常之主，何不進非常之策?”臣草木微品④，天恩降休，伏刻肌骨，不敢忘捨。今陛下創三皇之業，務三皇之理，大統已集⑤，神化光明，雖伏羲、神農昔有天下⑥，誠未足比。臣敢不竭節以効愚忠？臣聞自古聖王謂之大聖者，皆云尚德崇禮、貴仁賤刑。刑措不用謂之聖德，不稱嚴刑猛制用獄爲理者也。故周有天下八百餘歲，而惟頌成康⑦；漢有天下四百餘歲，而獨稱文景⑧。皆由幾致刑措者也⑨。何則[二]？刑者[三]，政之末節，非太平之資。臣竊考之於天，天貴生成⑩；驗之於人，人愛生育；旁稽於聖，聖務勝殘⑪。皆不云以刑爲德者。然則聖王養天下者，固當上務順天，下務濟人[四]。不天不人，不可謂理。故曰：“惟天爲大，唯堯則之⑫。”又曰：“唯天地[五]，萬物父母。唯人，萬物之靈。亶聰明，作元后。元后作人父母⑬。”然則爲人父母，固當貴於德養，不可務於刑殺。臣伏惟陛下聖德至矣大矣[六]，應天受命，有三皇之功；順天正位，有三皇之業；拜圖巡洛，有三皇之符；尊名顯號[七]，有三皇之策。明堂神構，萬象寅威[八]⑭，風雨順時，百穀昌熟，可謂足爲萬代之規也。今天下百姓，抱孫弄子⑮，鼓腹以望太平之政矣⑯。陛下爲天地父母，固將務德以順養之，登於大和⑰，以協皇極。今陛下之政雖盡善矣，然太平之理猶屈於獄官。何以言之？太平之朝，務上下樂化，不宜亂臣賊子日犯天誅⑱。比者大獄增多，逆徒滋廣[九]。愚臣頑昧，初謂皆實。乃去月十五日，陛下特察詔囚李珍等無罪⑲，明魏真宰有功⑳，召見高正臣㉑，又重推元萬頃㉒。百寮慶悦，皆賀聖明。臣乃知亦有無罪之人掛於踈網者㉓。陛下務在寬典，獄官務在急刑，以傷陛下之仁，以誣太平之政。臣竊私恨之。賴陛下又獨決天斷，寬蕩群刑。死囚張楚金、郭正一、弓彭祖、王令基等㉔，以凶惡之罪，特蒙全活。朽骨更肉㉕，萬死再生，天地人祇㉖，實用同慶。何以知之？臣伏見去年八月已來，天苦霖雨。自陛下赦李珍等罪，天朗氣晴。又九月十八日，明堂享會，慶雲抱日，五彩紛鬱，龍章竟天[一〇]㉗，萬品咸覩，宇宙同慶。又其月二十一日恩勑，免楚金等死，初有風雨，變爲景雲。司刑官屬，皆所共見。臣聞陰慘者刑也，陽舒者德也㉘，慶雲者喜氣也㉙。臣伏攷之《洪範》㉚，驗之六經㉛，聖人法天，天亦助聖，休咎之應㉜，必不虛來。陛下法天垂仁㉝，天助陛下仁化。獄吏急法，則慘而陰雨；陛下赦罪，則舒而陽和；君臣歡娱，則喜而見慶雲。天意如此，陛下豈可不承順之？夫刑者怒也㉞，不可以承喜氣[一一]。今又陰雨，臣恐過在獄官。況陛下明堂之理，本以崇德，配天之業，不以務刑。今垂拱法宫[一二]㉟，且猶議殺；布政衢室㊱，而未措刑。賤臣頑愚，尚疑未可，況巍巍大聖光宅天下哉㊲？今者繫獄囚徒多極法者㊳，道路之議或是或非，陛下何不悉召見之，自詰其罪[一三]。罪真實者，顯示明刑；罪有濫者，嚴誅獄吏。使天下咸服，人知政刑，以清太平之基，用登仁壽之域，豈非至德克明哉？昔鄧太后以天降旱，親決洛陽獄囚徒，良史書之，而以爲德㊴。況陛下大聖，億萬超於鄧后者乎[一四]。夫獄吏不可信㊵，多弄國權㊶。自古敗亡，聖王所誡。陛下萬代之業、千載之名，故不可使竹帛書之㊷，有虧於此者也[一五]。伏願熟察，以美太平之風。賤臣不勝愚懇忠憤之至，輒投諫匭，昧死上聞[一六]。

【校記】

［一］“胄”、“事”原無，據伯三五九〇敦煌殘卷補。

［二］“則”原作“者”，據《全唐文》改。

［三］“者”原無，據《全唐文》補。

［四］“濟”原作“齊”，據《全唐文》改。

［五］“唯”原無，據《全唐文》補。

［六］“至”後“矣”原無，據伯三五九〇敦煌殘卷補。

［七］“尊”原作“專”，據伯三五九〇敦煌殘卷改。

［八］“寅”原作“宣”，據伯三五九〇敦煌殘卷改。

［九］“滋”原作“茲”，據伯三五九〇敦煌殘卷改。

［一〇］“又九月十八日明堂享會慶雲抱日五彩紛鬱龍章竟天”二十二字原無，據伯三五九〇敦煌殘卷、《全唐文》補。

［一一］“不”原無，據《全唐文》補。

［一二］“宫”原作“官”，據《全唐文》改。

［一三］“自”原作“目”，據《全唐文》改。

［一四］“乎”原作“矣”，據《全唐文》改。皆通。

［一五］“者”原無，據伯三五九〇敦煌殘卷補。

［一六］“云云”原有，據《全唐文》删。

【注釋】

①承務郎：文散官，從八品下。右衛胄曹參軍事：屬左右衛大將軍府，正八品下。

②刑措：廢棄刑法而不用。

③下列：下位。

④草木：喻微賤。微品：下品。

⑤大統已集：指建立帝業。

⑥伏羲、神農：傳説中古帝王名。

⑦成康：周成王（？～前1021年），姬姓，名誦，岐周（今陝西省岐山縣）人。周朝第二位君主，武王姬發之子。周康王（？～前996年），姬姓，名釗。

周朝第三任君主，成王姬誦之子。

⑧文景：漢文帝劉恒（前203年～前157年），漢高帝劉邦第四子。漢景帝劉啟（前188年～前141年），漢文帝劉恒嫡長子。二人統治期間，國家安定、國力強盛，史稱“文景之治”。

⑨幾致刑措：幾乎達到不使用刑罰。

⑩天貴生成：天地以生成萬物爲貴。《周易·繫辭下》：“天地之大德曰生。”

⑪勝殘：感化殘暴的人使其不再作惡，便可廢除死刑，指以德化民。語出《論語·子路》：“善人爲邦百年，亦可以勝殘去殺矣。”

⑫“惟天”二句：謂堯之所以偉大，是因爲能夠效法天地。語出《論語·泰伯》。

⑬“唯天地”七句：大意是天地爲萬物父母，而人爲萬物之靈。最聰明者可以作民父母，統治天下。語出《尚書·泰誓上》。

⑭萬象：宇宙内外一切事物或景象。寅威：敬畏威嚴。

⑮抱孫弄子：指享受和平安樂的生活。

⑯鼓腹：飽食。語出《莊子·馬蹄》：“含哺而熙，鼓腹而遊。”

⑰大和：太和。

⑱亂臣賊子：犯罪作亂之人。日犯天誅：每天招來帝王誅殺。

⑲李珍：李珍（？～761年），事蹟不詳。唐睿宗李旦之孫，薛王李業之子。上元二年（761年），謀逆稱帝，被唐肅宗廢爲庶人，坐罪賜死。

⑳魏真宰：魏元忠（？～707年），原名魏真宰，字元忠，宋州宋城縣（今河南省商丘市睢陽區）人。歷仕高宗、武周、中宗三朝，兩度任相，兼具政治和軍事才能。

㉑高正臣：見《晦日宴高氏林亭並序》注①。

㉒“又重推”句：重新審理元萬頃。元萬頃，字萬頃，洛陽（今河南省洛陽市）人。武后臨朝，遷中書舍人，尋擢中書侍郎。萬頃素與徐敬業兄弟友善。永昌元年，爲酷吏所陷，配流嶺南而死。

㉓踈網：指法網稀疏。

㉔張楚金：高宗時累遷刑部侍郎，則天臨朝歷吏部侍郎、秋官尚書，賜爵南陽侯。爲酷吏周興所陷，配流嶺表，卒於徙所。郭正一（？～689年），定州鼓城縣（今河北省晉州市）人。永昌元年（689年），受酷吏周興誣陷，坐罪處死。弓彭祖（？～689年），唐并州太原（今山西省太原市）人。歷揚州大都督府長史、蒲州刺史，封晉陽公，爲武則天所殺。王令基：事蹟不詳。

㉕朽骨更肉：腐朽之骨再生肉，喻再生。

㉖天地人祇（qí）：天地人神。

㉗龍章竟天：絢麗的色彩籠罩天空。

㉘"臣聞"二句：謂刑罰使天出現陰慘之象，施德則天現陽舒之象。語本《漢書·董仲舒傳》。

㉙"慶雲者"句：慶雲出現是天喜氣的表達。語出《漢書·天文志》："慶雲見，喜氣也。"

㉚《洪範》：《尚書》篇名。洪範指天地大法。

㉛六經：儒家六部經典——《詩》《書》《禮》《易》《樂》《春秋》。

㉜休咎之應：吉凶的感應。此指天人感應。

㉝法天垂仁：效法天施行仁德。

㉞刑者怒也：刑爲陰氣，如人之發怒。

㉟垂拱：垂衣拱手，指無爲而治。法宫：宫室的正殿，指代朝堂。

㊱衢室：明堂。

㊲巍巍：崇高、高大。大聖：指皇帝。光宅天下：佔有天下。

㊳極法：極刑、死刑。

㊴"昔鄧太后"四句：事載《後漢書·和熹鄧皇后紀》。

㊵"夫獄吏"句：謂獄吏不值得相信。

㊶多弄國權：憑藉職位濫用國家權力。

㊷竹帛：書寫材料，也指書籍。

諫政理書

月日，梓州射洪縣草莽愚臣陳子昂，謹冒死稽首再拜獻書闕下：臣子昂，西蜀草茅賤臣也，以事親餘暇得讀書。竊少好三皇五帝王霸之經[一]①，歷觀丘、墳②，旁覽代史③，原其政理，察其興亡④。自伏羲、神農之初至於周、隋之際，馳騁數百千年[二]，雖未得其詳，而略可知也。莫不先本人情而後化之⑤，過此已往[三]，亦無神異。獨軒轅氏之代，欲問廣成子以至道之精理於天下⑥。臣雖奇之，然其説不經⑦，未足信也[四]。至殷高宗，亦延問傅説⑧，然纔救弊，未能宏遠。自此之後，殆不足稱。臣每在山谷，有願朝廷，常恐没代而不得見也⑨。豈知霑沐聖化⑩，未夭天年[五]⑪，幸得遊京師、睹皇化，親逢大聖之詔布於天下，問於賢士大夫曰：“何道可以調元氣⑫？”賤臣孤陋，誠未足知。然臣竊觀自古帝王，問政之原備矣[六]⑬，未有能深思遠慮、獨絶古今如陛下者也。故賤臣不勝區區，願竭固陋⑭，以聞見言之。雖未足對揚天休⑮，然或萬一有可觀者。敢冒昧闕廷⑯，奏書以聞，伏惟皇太后陛下少加察焉⑰。臣聞之於師曰：元氣者，天地之始、萬物之祖、王政之大端也。天地之道莫大乎陰陽，萬物之靈莫大乎黔首⑱，王政之貴莫大乎安人⑲。故人安則陰陽和，陰陽和則天地平，天地平則元氣正矣。是以古先帝王[七]，見人之通於天也，天之應乎人也⑳。天人相感，陰陽相和，災害之所以不生，嘉祥之所以迭作[八]㉑。遂則觀象於天，察法於地㉒，財成天地之道，輔相天地之宜，以左右人㉓。於是養成群生，奉順天德，故人得安其俗、樂其業、甘其食、美其服㉔。陰陽大和，元氣以正，天瑞降，地符昇㉕，風雨以時㉖，草木不落，龜龍麟鳳在郊藪矣㉗。洎顓頊、唐、虞之間[九]㉘，不敢荒寧㉙，亦克用理。故其

《書》曰："百姓昭明，協和萬邦，黎人於變時雍。乃命羲和，欽若昊天，曆象日月星辰[一〇]，敬授人時。"㉚和之得也。至夏德衰亡，殷政微喪，桀紂昏暴，亂於天道，殺戮無罪㉛，放棄忠良㉜。遂竭天下之力，殫天下之貨，作爲瑤臺，起乎瓊室㉝，極荒淫之樂，窮耳目之玩。傾宫之女至數千人，奇伎淫巧以億萬計。信巫鬼，聽讒邪㉞。遂爲糟丘酒池、炮烙之刑，一朝牛飲者三千人㉟。龍逄不勝其憂，諫而死㊱；箕子不堪其憤，因爲奴㊲。是以陰陽大乖㊳，天地震怒，山川鬼神，發見災異㊴，疾疫大興，妖孽並作㊵。而桀、紂不悔，卒以滅亡。和之失也。逮周文、武創業，順天應人㊶，誠信忠厚加於百姓，德澤休泰興乎頌聲㊷。成、康之時，刑措四十餘年[一一]。天人之道始和矣[一二]。幽、厲之末㊸，復亂厥常，苛慝暴虐，詬黷天地㊹，百川沸騰，山塚崒崩㊺，人以愁怨，疾厲爲作㊻，故其詩曰："昊天不傭，降此鞠凶。昊天不惠，降此大戾㊼。"不先不後，爲虐爲瘵㊽。天地生人之理，復悖於兹矣。嗚呼，豈不哀哉！豈不哀哉！近有隋氏，亦不克終厥初㊾。隋高帝之有天下也，以六合爲家。方將對越天人㊿，傳之萬代。至煬帝承平，自以貴爲天子，富有四海，欲窮宇宙之觀，極遊宴之樂，以爲人主之急務也。於是乃鑿御渠，決黄河，自伊、洛之間而屬之揚州[一三]51。生人之力既弊，天地之藏又洩。煬帝方忻然以爲得計52，將後宫綵女數百千人，遂泛龍舟，遊三江五湖之間53。當其得意也，視天下如脱屣爾54。其後百姓騷弊[一四]，災變數興55，吏人貪暴，其政日亂，陰陽感怒，彗孛以出56。煬帝不悟，自以爲天下安於泰山57，方率百萬之師而有事於遼東[一五]58。當時山東59，父子不得相保也。天厭暴政，人懷亂亡60，故遼東之役未歸，而中國之難已起61。身死逆手，宗廟以隳62。其故何哉？逆天人之理也。是以臣每察天人之際，觀禍亂之由，跡帝王之事，念先師之説，昭然著明，信不欺爾。不意陛下以大聖之慮，見天人之心，將欲調元氣之綱，返淳和之始63。自非陛下合天地之德，有日月之明64，誰能眇然遠思欲求大和於元氣哉？此昔者伏羲氏之所以本天人而爲三皇首也。愚臣暗昧，不勝大願⑥⑤，願陛下爲大唐建萬代之策[一六]，恢三聖之功⑥⑥，傳乎子孫，永祚鴻業[一七]。千百年間，使繼文之主有所守也⑥⑦，非甚無道[一八]⑥⑧，不失厥嗣⑥⑨。陛下可不務之哉？臣伏見天皇大帝得天地之統⑦⓪，封於泰山，盛德大業[一九]，與天比崇矣。然尚未建明堂之宫⑦①，遂朝上帝，使萬代鴻業今猶闕然。臣愚意者，豈非天皇大帝知陛下聖明，必能起中興之化，留此盛德以發揮陛下哉⑦②！不然，何所與讓而未作也。今陛下欲調元氣、睦人倫、躋俗仁壽、興風禮讓，捨此道也，於何理哉？故臣不勝區區螻蟻之誠⑦③，思願陛下念先帝之休意⑦④、恢大唐之鴻業，於國南郊⑦⑤，建立明堂，使宇宙黎元⑦⑥、遐荒夷貊⑦⑦、昆蟲草木、天地鬼神，粲然知陛下方興三皇五帝之事，與天下更始，不其盛哉！昔者黄帝合宫、有虞總章[二〇]、唐堯衢室、夏后世室⑦⑧，群聖之所以調元氣、理陰陽，於此教也。臣雖末學[二一]⑦⑨，竊嘗聞明堂之制也。有天地之則焉，有陰陽之統焉，二十四氣、八風、十二月、四時、五行、二十八宿⑧⓪，莫不率備。故順其時月而爲政，則風雨時，寒暑平，萬物茂暢，五穀登稔⑧①，元氣不錯⑧②，陰陽以和；逆其時月而爲政也[二二]，則水旱興，疾疫起，蟲螟爲害，霜雹成災，陰陽不和，元氣以錯。故昔者聖人所以爲教之大業也。是以臣願陛下爲大唐建萬代之策者，意在兹乎！意在兹乎！陛下若不以臣微而廢其言⑧③，乞以臣此章與三公九卿⑧④、賢士大夫議之於庭，倘事便於今，道不違古[二三]，即請陛下徵天下鴻生鉅儒賢良豪俊之士、博通古今皇王政理之術者，與之按《周禮》《月令》而建之⑧⑤。臣必知天下庶人子來⑧⑥、不日而成也。乃正月孟春⑧⑦，陛下乘鑾輅[二四]、駕蒼龍、載青旂、佩蒼玉，從三公九卿、賢士大夫、鴻儒碩老、衣冠之倫，朝於青陽左个⑧⑧，負斧扆⑧⑨，憑玉几[二五]⑨⓪，南面以聽天下之政⑨①。於是遂發大號⑨②，宣佈四方，使各順十二月之令[二六]，無敢有逆。乃命太史守典奉法[二七]，司天日月星辰之行，無失經紀，以初爲常⑨③。陛下遂躬籍田⑨④、親蠶以勸天下之農桑⑨⑤，養三老五更以教天下之孝悌⑨⑥，明訟恤獄以息天下之淫刑⑨⑦，除害去暴以正天下之仁壽，修文尚德以止天下之干戈[98]，察孝興廉以除天下之貪吏。矜寡孤獨疲羸老不能自存者，賑恤之；後宮美人非三妃九嬪八十一御女之數者[99]，出嫁之；珠玉錦繡雕琢技巧之飾非益於理者，悉棄之；巫鬼淫祀誑惑良人者[二八][100]，禁殺之。陛下務以至誠，躬服質素[101]，以爲天下先，愚臣以爲不出數年之間，將見太平之化也。天人之際既洽，鬼神之望允塞，然後作雅樂[102]，潔粢盛[103]，宗祀天皇於明堂，以配上帝，使萬國各以其職來祭，豈不休哉！臣伏惟非陛下至德明聖[二九]，未有能敢行此道者也[三〇]。故臣竊以爲此化一成，則人倫之道自睦，刑罰之原自息，兵革之事不興，還淳之途可見[104]，仁壽禮讓，稼穡農桑，不言而自致也。是以賤臣未得爲陛下一二論之。何者？聖人之教，在於可大可久者[105]，故臣欲陛下振領提綱[106]，使天下自理也。然臣竊獨有私恨：陛下方欲興崇大化，而不知國家太學之廢積歲月矣[三一][107]。堂宇蕪穢，殆無人蹤，《詩》《書》《禮》《樂》，罕聞習者。陛下明詔尚未及之，愚臣所以有私恨也。臣聞天子立太學，可以聚天下英賢，爲政教之首。故君臣上下之禮於是興焉，揖讓樽俎之節於此生焉[三二][108]，是以天子得賢臣由此道也。今則荒廢，委而不論[109]，而欲睦人倫、興禮讓，失之於本而求之於末，豈可得哉？況君子三年不爲禮，禮必壞；三年不爲樂，樂必崩[110]。奈何天子之政而輕禮樂哉？臣所以獨竊有私恨者也。陛下何不詔天下胄子[111]，使歸太學而習業乎[三三]？斯亦國家之大務也。臣愚蒙，所言事未曲盡者，恐煩聖覽。必陛下恕臣昏愚，請賜他日別具奏聞。

【校記】

［一］“王霸”原作“霸王”，據伯三五九〇敦煌殘卷改。

［二］“百”原無，據伯三五九〇敦煌殘卷補。

［三］“此”原作“比”，據《全唐文》改。

［四］“足”原作“得”，據《全唐文》改。

［五］“天”原作“終”，據《全唐文》改。皆通。

［六］“問”原作“開”，據伯三五九〇敦煌殘卷改。

［七］“王”原作“代”，據四庫本改。

［八］“迭”原作“不”，據四庫本改。

［九］“洎”原作“泊”，據《全唐文》改。

［一〇］“曆”原作“歷”，據《尚書・堯典》改。

［一一］“四”原作“三”，據《史記・周本紀》改。

［一二］“人”原作“下”，據《全唐文》改。

［一三］“揚”原作“楊”，據《全唐文》改。

［一四］“騷”原作“搔”，據《全唐文》改。

［一五］“東”原無，據《全唐文》補。

［一六］“爲”前原有“若”，據《全唐文》删。

［一七］“祚”原作“作”，據四庫本改。

［一八］“甚”原作“其”，據《全唐文》改。

［一九］“盛”原作“功”，據《全唐文》改。

［二〇］“章”原作“期”，後原有校語“期一作章”，據《全唐文》删改。

［二一］“末”原作“未”，據伯三五九〇敦煌殘卷改。

［二二］“月”原無，據伯三五九〇敦煌殘卷補。

［二三］“違”原作“遠”，後原有校語“一作違”，據《全唐文》删改。

［二四］“輅”原作“輿”，據伯三五九〇敦煌殘卷改。

［二五］“几”原作“凡”，據《全唐文》改。

［二六］“令”原作“舍”，據《全唐文》改。

［二七］“太”原作“大”，據《全唐文》改。

［二八］“誑惑”後原有校語“傳作營惑”，據《全唐文》删。

［二九］“非”原無，據伯三五九〇敦煌殘卷補。

［三〇］“敢”原作“越”，據伯三五九〇敦煌殘卷改。

［三一］“太”原作“大”，據《全唐文》改。

［三二］“節”原作“師”，據《全唐文》改。

［三三］“太”原作“大”，據《全唐文》改。

【注釋】

①王霸：王業和霸業。王業施行仁道，霸業依靠武力。

②丘、墳：代指典籍圖書。

③代史：歷代史書。

④“原其”二句：研究治國之道、考察興亡原因。原，探究、研究。

⑤“莫不”句：莫不以人情爲根本而後實施教化。

⑥“獨軒轅氏”二句：指黄帝向廣成子問詢治理天下之道。語出《莊子·在宥》。

⑦不經：不見於經傳，没有根據之言。

⑧殷高宗：武丁（？～前1192年），商王盤庚之侄，商王小乙之子，商朝第二十二任君主。傅説（約前1335年～前1246年），殷商時期卓越的政治家、軍事家，輔佐殷商高宗武丁安邦治國，形成了“武丁中興”。

⑨没代：去世，終身。

⑩霑沐聖化：蒙受君王恩澤。

⑪未夭天年：指意外之死。

⑫調元氣：調和元氣。元氣，天地未分之前的混沌之氣。

⑬問政：諮詢爲政之道。

⑭固陋：見聞不廣。

⑮對揚天休：《尚書·説命下》：“敢對揚天子之休命。”孔傳：“對，答也。答受美命而稱揚之。”

⑯闕廷：即朝廷。

⑰少加察焉：稍微加以考察。

⑱黔首：百姓。

⑲安人：安民，使百姓安定。

⑳“見人”二句：即所謂天人感應。

㉑迭作：輪流興起。

㉒“觀象”二句：指觀察天地、效法天地。《周易·繫辭上》：“仰以觀於天文，俯以察於地理。”

㉓“財成”三句：語出《周易·泰卦》：“象曰：天地交，泰，后以財成天地之道，輔相天地之宜，以左右民。”

㉔“故人得”：指百姓處於原始和平社會。語出《莊子·胠篋》：“民結繩而用之，甘其食，美其服，樂其俗，安其居。”

㉕“天瑞降”二句：語出《文選·王融〈三月三日曲水詩序〉》。所謂天瑞地符，指天上地下出現的吉瑞物。

㉖風雨以時：謂風雨能依照時令而至，即風調雨順。

㉗郊藪：郊外草澤之地。

㉘洎（jì）：及。顓頊、唐、虞：皆古帝王名。

㉙荒寧：荒廢懈怠。

㉚“《書》曰”句：語出《尚書·堯典》，孔傳：“昭亦明也。協，合。黎，衆。時，是。雍，和也。言天下衆民皆變化化上，是以風俗大和。重黎之後羲氏、和氏世掌天地四時之官，故堯命之，使敬順昊天。昊天言元氣廣大。星，四方中星。辰，日月所會。曆象其分節。敬記天時以授人也。”

㉛殺戮無罪：殺害無罪之人。

㉜放棄忠良：廢棄忠良之士。

㉝瑤臺、瓊室：形容豪華的房屋。

㉞“傾宫”四句：謂商紂王宫女、各種奇特的玩具數量巨大。相信巫鬼之言、聽信讒邪之詞。

㉟“遂爲”三句：指紂王窮奢極欲、濫制酷刑。事載《史記·殷本紀》。

㊱“龍逢”二句：關龍逄因爲勸諫紂王而被殺。

㊲“箕子”二句：箕子因勸諫紂王而被囚禁。

㊳陰陽大乖：陰陽出現極大混亂，即陰陽不調。

㊴發見災異：各種災難奇怪之事頻繁出現。

㊵“疾疫”二句：各種疾病癘疫和妖魔鬼怪都産生了。

㊶順天應人：順應天人。

㊷“德澤”句：百姓都歌頌君王恩德和國家和平。

㊸幽、厲：周幽王，姬宫湦（前795年？~前771年），周宣王之子，西周第十二任君主。周厲王，姬胡（？~前828年），周夷王姬燮之子，西周第十位君主。

㊹詬黷：辱駡誹謗。

㊺“百川”二句：語出《詩經·小雅·十月之交》，指發生地震，山崩地裂。

㊻疾厲爲作：瘟疫因之出現。疾厲，瘟疫。

㊼“昊天不傭”四句：出自《詩經·小雅·節南山》。謂上天不公平、不施恩，降下大災大難。

㊽爲虐爲瘵：指産生災害和疾病。

㊾不克終厥初：指没有善始善終。克終，能善終。《詩經·大雅·蕩》：“靡不有初，鮮克有終。”

㊿對越：答謝頌揚。

51“於是”三句：指隋煬帝修建連通大運河。

52“煬帝”句：指隋煬帝很得意，自以爲找到了好辦法。

53“將後宫”三句：指隋煬帝帶領宫女巡幸揚州之事。

54脱屣：脱掉鞋子，喻輕視。

55災變數興：多次出現災變。

56彗孛（bèi）以出：彗星和孛星出現。古以爲彗星、孛星出現會有天災或戰爭。

57安於泰山：喻十分安穩。

58“方率”句：指征伐遼東之事。

59山東：華山以東地區。

60“天厭”二句：上天厭惡暴政，百姓懷作亂逃亡之心。

㉑“中國之難”句：指楊玄感之亂。

㉒宗廟以隳（huī）：宗廟被毁壞。

㉓返淳和之始：回到淳樸和平時代。

㉔“合天地”二句：語出《周易·乾卦》：“夫大人者，與天地合其德，與日月合其明。”

㉕不勝大願：内心禁不住有大希望。

㉖三聖：指唐高祖、太宗、高宗三位皇帝。

㉗繼文之主：繼承文治的君主。

㉘非甚無道：特别無道。非甚，很，非常。

㉙不失厥嗣：不失掉君位。

㉚天地之統：天地正統。

㉛明堂：見《爲程處弼慶拜洛表》注⑧。

㉜發揮陛下：供陛下來發揮。

㉝“區區”句：極爲細小的一點誠意。

㉞念先帝：想念唐高宗的美意。

㉟國南郊：國都南郊。

㊱黎元：百姓。

㊲遐荒夷貊：邊遠地區的少數民族。

㊳合宫、總章、衢室、世室：皆明堂别稱。

㊴末學：指淺薄的學問，謙辭。

㊵二十四氣：農曆二十四個節氣。八風：八方之風。五行：金木水火土。二十八宿：上古時代人們根據日月星辰的運行軌跡和位置，將黄道附近的星象劃分爲二十八組，俗稱“二十八宿”。

㊶五穀登稔：五穀豐收。五穀，稻、粟、稷、麥、菽。

㊷元氣不錯：指陰陽二氣和諧。

㊸“不以”句：不因爲我卑微而抛棄我説的話。

㊹三公九卿：朝朝廷重臣。

⑻《月令》:《禮記》中一篇,記述農曆十二個月時令、氣候及相關事務。

⑽庶人子來:見《爲程處弼慶拜洛表》注⑦。

⑼正月孟春:正月即孟春。

⑻青陽左个:大寢東堂北偏。

⑻負斧扆:背靠繡有斧紋的屏風。

⑼憑玉几:雙手放於用玉裝飾的几案。

⑼南面:即面南,天子坐北朝南。

⑼大號:帝王號令。

⑼"乃命"四句:出自《禮記·月令》。

⑼籍田:憑藉民力來耕田,天子象徵性地參與耕地。

⑼親蠶:后妃在季春之月參加蠶事之禮。

⑼三老五更:指年老致仕的官員。

⑼明訟恤獄:明察刑法,慎用刑獄。淫刑:濫用刑罰。

⑼修文尚德:加強文治,崇尚德化。以止天下之干戈:制止戰爭。

⑼"三妃"句:指君王按照禮儀應有的妃嬪數量。

⑽巫鬼淫祀:指神道和不符合禮制的祭祀。

⑽躬服質素:親自帶頭節儉。

⑽雅樂:中正典雅之樂,一般用於君王祭祀、朝賀、宴饗。

⑽潔粢盛:清潔用於祭祀的穀物。

⑽還淳:返回淳樸。

⑽可大可久:語出《周易·繫辭上》:"有親則可久,有功則可大。"

⑽振領提綱:猶提綱挈領。

⑽太學:設於京城之最高學府。

⑽揖讓:賓主相見之禮。樽俎之節:宴飲禮節。

⑽委而不論:棄而不談。

⑾"三年不爲禮"四句:語出《論語·陽貨》,強調禮樂的重要性。

⑾胄子:指帝王或貴族的長子。

諫用刑書

將仕郎守麟臺正字臣陳子昂①，謹頓首冒死詣闕上疏：臣本蜀之匹夫②，官不望達[一]，陛下過意，擢臣草莽之下，升在麟臺之閣。光寵自天，卓若日月。微臣固陋③，將何克負？然臣聞忠臣事君，有死無二④；懷佞不諫，罪莫大焉。況在明聖之朝，當不諱之日⑤，方復鉗口下列⑥，俛仰偷榮⑦，非臣之始願也。不勝愚惑，輒奏狂昧之説，伏惟陛下少加察焉。臣聞古之御天下者，其政有三：王者化之⑧，用仁義也；霸者威之，任權智也；強國脅之，務刑罰也。是以化之不足然後威之，威之不變然後刑之。故至於刑，則非王者所貴矣，況欲光宅天下⑨，追功上皇？專任刑殺以爲威斷，可謂策之失者也。臣伏睹陛下聖德聰明[二]，遊心太古⑩，將制静宇宙，保乂黎人[三]⑪。發號施令，出於誠慊⑫。天下蒼生，莫不想望聖風，冀見神化。道德爲政，將待於陛下矣。且臣聞之，聖人出治[四]，必有驅除⑬，蓋天人之符[五]，應休命也[六]。日者東南微孽敢謀亂常，陛下順天行誅，罪惡咸服⑭，豈非天意欲彰陛下神武之功哉？而執事者不察天心，以爲人意，惡其首亂倡禍，法合誅屠[七]，將息奸源，窮其黨與，遂使陛下大開詔獄，重設嚴刑，冀以懲創觀於天下[八]⑮。逆黨親屬及其交遊，有跡涉嫌疑，辭相逮引，莫不窮捕考訊、枝葉蟠拏[九]⑯，大或流血，小禦魑魅⑰。至有奸人熒惑⑱，乘險相誣，糺告疑似[一〇]⑲，冀圖爵賞，叫於闕下者日有數矣。於時朝廷皇皇⑳，莫能自固[一一]；海内傾聽，以相驚恐。賴陛下仁慈，憫斯危懼，賜以恩詔，許其大功已上一切勿論㉑。時人獲泰，謂生再造㉒。愚臣竊亦欣然賀陛下聖明，得天下之機也。不謂議者異見，又執前圖，比者刑獄紛紛復起。陛下不深思天意以順休期㉓，尚以督察爲理、威刑爲務，使前者之詔不信於人。愚臣昧焉，竊恐非三皇五帝伐罪弔人之意也㉔。臣竊觀當今天下百姓思安久矣。曩屬北胡侵塞[一二]，西戎寇邊㉕，兵革相屠，向歷十載。關、河自北，轉輸幽、燕；秦、蜀之西，馳騖湟海，當時天下疲極矣。重以大兵之後屢遭凶年，流離饑餓，死喪略半。幸賴陛下以至聖之德撫寧兆人，邊境獲安，中國無事，陰陽大順，年穀屢登，天下父子始得相養矣。故揚州搆禍[一三]㉖，殆有五旬[一四]，而海内晏然、纖塵不動，豈非天下蒸庶厭凶亂哉？臣以此卜之，知百姓思安久矣。今陛下不務玄默以救疲人，而反任威刑以失其望，欲以察察爲政[一五]，肅理寰區。臣愚暗昧，竊有大惑。且臣聞刑者政之末節也，先王以禁暴整亂，不得已而用之。今天下幸安，萬物思泰，陛下乃以末節之法察理平人[一六]，臣愚以爲非適變隨時之義也[一七]㉗。頃年以來，伏見諸方告密，囚累百千輩，大抵所告，皆以揚州爲名[一八]。及其窮究，百無一實。陛下仁恕，又屈法容之，傍訐他事[一九]㉘，亦爲推劾。遂使奸惡之黨，快意相讐[二〇]㉙；睚眥之嫌㉚，即稱有密。一人被訟㉛，百人滿獄，使者推捕，冠蓋如雲㉜。或謂陛下愛一人而害百人。天下喁喁㉝，莫知寧所。臣聞自非聖人[二一]，不有外患，必有内憂㉞，物理之自然也。臣亦不敢以遠古言之，請借隋而況㉟。臣聞長老言，隋之末代，天下猶平。煬帝不龔㊱，窮毒威武。厭居皇極，自總元戎，以百萬之師觀兵遼海，天下始騷然矣[二二]。遂使楊玄感挾不臣之勢㊲，有大盜之心[二三]，欲因人謀，以竊皇業，乃稱兵中夏，將據洛陽，哮闞之勢傾宇宙矣㊳。然亂未踰月，而首足異處。何者？天下之弊，未有土崩；蒸人之心㊴，猶望樂業。煬帝不悟，暗忽人機㊵，自以爲元惡既誅，天下無巨猾也；皇極之任，可以刑罰理之。遂使兵部尚書樊子蓋專行屠戮㊶，大窮黨與，海内豪士，無不罹殃。遂至殺人如麻，血流成澤，天下靡然，始思爲亂矣。於是蕭銑、朱粲起於荆南㊷，李密、竇建德亂於河北㊸。四海雲摇㊹，遂並起而隋族亡矣。豈不哀哉！長老至今談之，委曲如是㊺。臣竊以此上觀三代夏、殷、周興亡，下逮秦、漢、魏、晉理亂㊻，莫不皆以毒刑而致敗壞也[二四]。夫大獄一起，不能無濫。何者？刀筆之吏[二五]㊼，寡識大方㊽；斷獄能者，名在急刻。文深網密[二六]㊾，則共稱至公；爰及人主，亦謂其奉法。於是利在殺人，害在平恕。故獄吏相誡，以殺爲詞，非憎於人也，而利在己。故上以希人主之旨，下以圖榮身之利。徇利既多，則不能無濫。濫及良善，則淫刑逞矣。夫人情莫不自愛其身。陛下以此察之，豈能無濫也？寃人吁嗟，感傷和氣㊿，和氣悖亂，群生癘疫，水旱隨之，則有凶年。人既失業，則禍亂之心怵然而生矣[二七]51。頃來亢陽愆候[二八]52，密雲而不雨53。農夫釋耒[二九]54，瞻望嗷嗷55。豈不由陛下之有聖德而不降澤於下人也？倘旱遂過春，廢於時種，今年稼穡，必有損矣。陛下何不敬承天意以澤恤人。臣聞古者明王重慎刑罰56，蓋懼此也。《書》不云乎："與其殺不辜，寧失不經。"57陛下奈何以堂堂之聖，猶務彊霸之威哉？愚臣竊爲陛下不取也。且愚人安則樂生，危則思變，故事有招禍，而法有起奸58。倘大獄未休，支黨日廣，天下疑惑，相恐無辜[三〇]，人情之變，不可不察。昔漢武帝時巫蠱獄起59，江充行詐[三一]，惑亂京師[三二]，致使太子奔走，兵交宫闕，無辜被害者以千萬數60，當時漢家宗社幾傾覆矣[三三]。賴武帝得壺關三老上書，廓然感悟61，夷江充三族，餘獄不論，天下少以安爾[三四]62。臣每讀《漢書》至此，未嘗不爲戾太子流涕也。古人云："前事之不忘，後事之師。"63伏願陛下念之。臣不避湯鑊之罪64，以螻蟻之命輕觸宸嚴65，臣非不惡死而貪生也66，誠恐負陛下恩遇。臣不敢以微命蔽塞聰明67，亦非敢欲陛下頓息刑罰，望在恤刑爾68。乞與三事大夫圖其可否[三五]69。夫往者不可諫[三六]，來者猶可追70。無以臣微而忽其奏，天下幸甚。臣子昂誠惶誠恐，死罪死罪。

【校記】

［一］"達"原作"遠"，據《全唐文》改。

［二］“臣”原無，據伯三五九〇敦煌殘卷、四庫本補。“覩”原作“觀”，據《全唐文》改。

［三］“乂”原作“又”，據《全唐文》改。

［四］“治”原無，據《全唐文》補。

［五］“蓋”原無，據《全唐文》補。

［六］“應”原無，據《全唐文》補。

［七］“合”原作“令各”，據《全唐文》刪改。

［八］“觀”原作“勸”，據《全唐文》改。

［九］“拏”原作“拏”，據《全唐文》改。

［一〇］“似”原作“以”，據《全唐文》改。

［一一］“能”原作“有”，據《全唐文》改。

［一二］“胡”，四庫本作“狄”。

［一三］“揚”原作“楊”，據《全唐文》改。

［一四］“有”原作“育”，據《全唐文》改。

［一五］“以”原無，據《全唐文》補。

［一六］“平”原無，據《全唐文》補。

［一七］“義”原作“議”，據《全唐文》改。

［一八］“揚”原作“楊”，據《全唐文》改。

［一九］“訏”原作“許”，據《全唐文》改。

［二〇］“快”原作“決”，據伯三五九〇敦煌殘卷改。

［二一］“非”原作“古”，據《全唐文》改。

［二二］“騷”原作“搔”，據《全唐文》改。

［二三］“大”原作“犬”，據《全唐文》改。

［二四］“莫”原作“草”，據《全唐文》改。

［二五］“刀”原作“切”，據《全唐文》改。

［二六］“網”原作“綱”，據《全唐文》改。

［二七］“然”原作“焉”，據《全唐文》改。

［二八］“愆”原作“僭”，據《全唐文》改。

［二九］“耒”原作“未”，據《全唐文》改。

［三〇］“相”原作“想”，據《全唐文》改。

［三一］“行”原作“作”，據《全唐文》改。皆通。

［三二］“惑”原作“作”，據《全唐文》改。皆通。

［三三］“當時”二字原無，“漢家”作“劉氏”，據《文苑英華》卷六七四補改。

［三四］“少”原無，據《全唐文》《文苑英華》補。

［三五］“與”原無，據《全唐文》補。

［三六］“夫”原無，據伯三五九〇敦煌殘卷補。

【注釋】

①“將仕郎”句：見《諫雅州討生羌書》注②。

②匹夫：平民。

③固陋：鄙陋、淺陋。

④有死無二：至死不變。

⑤不諱：指没有忌諱，可以直言。

⑥鉗口：閉口不言。

⑦俛仰偷榮：附和世俗竊取榮禄。

⑧王者：指施行王道之人。

⑨光宅天下：見《諫刑書》注㊲。

⑩遊心太古：指追慕遠古時代。

⑪保乂黎人：見《臨邛縣令封君遺愛碑》注⑨。

⑫誠慊：赤誠之心。

⑬驅除：指清除反對者。

⑭罪惡咸服：指犯罪之人全都認罪伏法。

⑮“冀以”句：希望用嚴刑處罰讓天下人知道。

⑯枝葉蟠拏（ná）：此指像樹枝一樣曲附牽連。

⑰小禦魑魅：指被流放到邊地。

⑱熒惑：迷惑。

⑲糺告疑似：檢舉告發有嫌疑者。

⑳皇皇：同“惶惶”，恐懼害怕。

㉑大功：五服之一，指親屬關係。

㉒再造：再次給予生命。

㉓以順休期：以繼承美好的日子。

㉔伐罪弔人：即伐罪弔民，討伐罪人，安撫百姓。

㉕“北胡”二句：指突厥、吐蕃等侵犯邊境。

㉖揚州搆禍：指光宅元年（684 年）徐敬業於揚州起兵反對武則天。

㉗適變隨時：順應變化、切合時宜。

㉘傍訐他事：揭發他人隱私。

㉙快意相讐：恣意報酬。

㉚睚眥之嫌：指小的怨恨。

㉛一人被訟：一個人被起訴。

㉜冠蓋如雲：指使者衆多。

㉝天下喁喁：天下百姓仰望期待。

㉞“不有”二句：指外患、内憂交替出現。

㉟借隋而況：借隋朝打比方。

㊱不龔：不敬慎。

㊲“楊玄感”句：見《上軍國機要事》注㊿。

㊳哮闞（hǎn）：猛虎怒吼，喻氣勢兇猛。

㊴蒸人：百姓。

㊵人機：見《上軍國利害事三條》注㉜。

㊶樊子蓋：樊子蓋（545 年～616 年），字華宗，廬江（今安徽省合肥市）人，隋朝官員。因平叛有功，封爵建安侯。事載《隋書·樊子蓋傳》。

㊷“蕭銑”句：指蕭銑、朱粲在荆南起兵反隋王朝。蕭銑（583 年 ~ 621 年），南蘭陵郡蘭陵縣（今江蘇省常州市）人，隋末唐初割據群雄之一。朱粲（？ ~621 年），亳州城父（今安徽省亳州市）人，隋末唐初割據群雄之一。

㊸“李密”句：李密、竇建德等在河北起兵反抗隋王朝。李密（582 年 ~619 年），字玄邃，一字法主，京兆郡長安縣（今陝西省西安市）人，隋末唐初割據群雄之一。竇建德（573 年 ~ 621 年），貝州漳南縣（今河北省衡水市故城縣）人，隋末唐初割據群雄之一。

㊹雲摇：如雲飄浮，喻動盪不安。

㊺委曲：事情原委本末。

㊻理亂：即治亂。理，治，避唐高宗李治諱。

㊼刀筆之吏：此指刑獄之吏。

㊽大方：大道。

㊾文深網密：深文周納、法網嚴密。

㊿和氣：和順之氣，即陰陽和諧。

(51)怵然：驚懼的樣子。

(52)亢陽愆候：陽氣過分使氣候錯亂。

(53)密雲而不雨：有濃雲而不下雨，指天氣反常。

(54)農夫釋耒：農民因無雨而放下手中的農具。

(55)瞻望嗷嗷：仰望天空，發出怨怒之聲。

(56)重慎刑罰：指慎重使用刑罰。

(57)“《書》不云乎”二句：見《尚書・大禹謨》，即今疑罪從無原則。

(58)“事有”二句：指法令可能招來禍患和奸邪之事。

(59)“昔漢武帝”句：指巫蠱之禍，漢武帝在位後期發生的一次重大政治事件。

(60)“江充行詐”五句：事載《漢書・武帝紀》《武五子傳》。江充（？ ~前 91 年），本名齊，字次倩，西漢趙國邯鄲（今河北省邯鄲市）人。因誣告太子而被處死。

㉑廓然感悟：突然醒悟。

㉒“天下”句：天下稍微得到安定。

㉓“前事”二句：指借鑒前人教訓。

㉔湯鑊之罪：見《諫靈駕入京書》注⑦。

㉕宸嚴：帝王的威嚴。

㉖惡死而貪生：即貪生怕死。

㉗蔽塞聰明：指堵塞君王的聖明智慧。

㉘恤刑：慎用刑罰。

㉙三事大夫：泛指重要官員。圖其可否：商量可行性。

㉚“往者”二句：語出《論語·微子》。諫，挽回。

申宗人寃獄書[①]

臣聞古人言：爲國忠臣者半死，而爲國諫臣者必死。然而至忠之臣，不避死以諫主；至聖之主，不惡直以廢忠。臣幸逢陛下至聖大明，好忠愛直，每正言直諫，特見優容[②]。今陛下方御寶圖[③]，以臨陽館，崇闡玄化[④]，寧濟蒼生。固臣精心潔意，願陛下至德與三皇比矣。然臣伏見陛下有至聖之德，左右無至忠之臣[一]，猶使上下不通[二]、內外壅隔。臣竊懼之，恐後代或以爲聖朝無至忠之臣[三]。故臣敢冒萬死[四]，越職上奏，伏乞天恩寬臣喘息，畢盡忠言。臣聞上有聖君，下無枉臣[五]。昔舜去四凶[六][⑤]，堯不罪舜；周公誅管、蔡[⑥]，成王不罪周公；霍光誅燕王，昭帝不罪子孟[⑦]。何者？此數公皆爲國討賊[七]，爲君殄讐[⑧]。假雖擅權猶不可罪[八][⑨]，況奉君命而執法者乎？臣伏見宗人嘉言[九]，有至忠之誠，抱徇公之節[一〇]，執法不撓[⑩]，爲國殄讐。頃者逆子賊臣陰搆禍難，潛圖密計，將危社稷⑪。當時逆節初露，朝野震驚。賴陛下神武之威，天機電斷，得奉聖決。恭順天誅，不顧軀命[一一]，不避彊御，唯法是守，唯惡是讐⑫。幸能察罪明辜，窮奸極黨。使伏法者自首情實[一二]，天衢得以清泰，萬國得以歡寧。誠是陛下神斷之明，抑亦盡忠之効。陛下所以自監察御史擢拜爲鳳閣舍人者⑬，豈不以表其臣節，報其竭誠，使天下之人知其忠懇者也。當此之時，忠必見信，行必見明，自謂專一，事君無貳也⑭。今乃遭誣罔之罪⑮，被搆架之詞⑯，陷見疑之辜⑰，困無驗之詰[一三]⑱。幽窮詔獄，吏不見明，肝血赤心，無所控告。母年八十，老病在床，抱疾喘息，朝不保夕。今日身幽獄户，死生斷絶。朝蒙國榮，夕爲孤囚。臣竊痛之。何頃者至忠而今日受賂[一四]。辜負聖主，憂及慈親，誠足痛恨。臣比者固知不免此禍[一五]，不能度德量力⑲，貪榮昧進⑳，以訟受服㉑，誰能免尤㉒。向使辭寵讓榮㉓，陳力下列㉔，雷同衆輩，勤恪在公㉕，與全軀保妻子之臣恭默聖代㉖，臣固知今日未招此患。何者？古人云："盜憎主人[一六]㉗。"被堯誅者不能無怨[一七]。頃來執法誅罪，多是國之權豪。父讐子怨，豈可勝道？親黨陰結，同惡相從。使肝爲乾脯[一八]，肉爲葅醢㉘，宗誅族滅，肝腦塗地，彼凶讐也未足以快其心。況蒙國寵榮，位顯朝列，凶讐切齒㉙，怨讟何窮㉚？臣竊恐今日之辜[一九]，已是讐怨者相結搆矣。陛下至聖明察，豈不爲之降照哉㉛？倘萬一讐誣濫罪，使凶嚚者得計[二〇]，忠正者見辜㉜，爲賊報讐，豈不枉苦？夫孤直者，衆邪之所憎；至公者，群惡之所疾。寡不敵衆，孤不勝群。群誣成罪，聖不能救，自古所有，非止於今。古者吳起事楚，抑削庶族以尊楚君；楚國既強，吳起蒙戮㉝。商鞅事秦，專討庶孽以明秦法；秦國既霸，商鞅極刑㉞。晁錯事漢，諸侯威彊，七國驕奢，將淩王室[二一]，錯削弱其勢以尊漢。景帝不悟，惑奸臣之説，遂族滅晁氏㉟。此三臣豈不盡忠，願保其君，然而身死族滅、爲讐者所快[二二]，皆當代不覺而後代傷之。聖主明君，可不爲之痛傷邪？臣以嘉言雖無三子之智，竊恐獲罪或與之同。伏惟陛下仁慈矜憐，憫察其忠。且臣聞漢高祖謀楚[二三]，與陳平四萬金。及其爲帝，不問金之出入㊱。何者？立大功，略小過。夫有大忠者不求小過，所謂聖主之至道者也。陛下豁達大度，至聖寬仁，觀於漢祖，固已遠矣。齷齪小吏㊲，何足爲陛下深責哉[二四]？伏願天恩矜愚赦罪，念功補過，乞其終養老母[二五]，獲盡餘年，豈非聖主之恩，仁君之惠，有禮有訓，善始善終哉？臣於嘉言，親非骨肉，同姓相善，臣知其忠[二六]。然非是丘園之賢㊳，道德之茂，大雅明哲，能保其身㊴。假使獲罪於天，身首異處㊵，蓋如一螻蟻爾，亦何足可稱？然臣念其曾一日承恩，蒙聖主驅使，而不以赤誠取信[二七]，今乃負罪見疑[二八]，臣實痛之。恐累聖主之明，傷其老母之壽，身汚明法，爲後代所悲。臣知其忠，豈能無惜？所以敢冒萬死，乞見矜憐㊶。臣若言非至忠，苟有僥倖，請受誅斬。伏表惶怖㊷，魂魄飛揚㊸。

【校記】

［一］“左右無”三字原無，據《全唐文》補。

［二］“猶”原有，伯三五九〇敦煌殘卷亦有此字。

［三］“爲”原無，據《全唐文》補。

［四］“故臣”原無，據《全唐文》補。

［五］“枉”原作“杜”，據《全唐文》改。

［六］“昔”原作“晉”，據《全唐文》改。

［七］“皆”原作“者”，據《全唐文》改。

［八］“擅”原作“檀”，據《全唐文》改。

［九］“人”原無，據《全唐文》補。

［一〇］“抱”原無，據《文苑英華》卷六七四補。

［一一］“命”原作“分”，據《全唐文》改。

［一二］“首”原作“守”，據《全唐文》改。

［一三］“詰”原作“詰”，據四庫本改。

［一四］“何”原無，據伯三五九〇敦煌殘卷補。

［一五］“辜負聖主憂及慈親誠足痛恨臣比者”十五字原無，據《全唐文》、伯三五九〇敦煌殘卷補。

［一六］“憎”原作“增”，據《全唐文》改。

［一七］“堯”原無，據《全唐文》補。

［一八］“乾”原作“朝”，據彭慶生意見改。

［一九］“竊”原作“切”，據《全唐文》改。

［二〇］“嚚”原作“囂”，據《全唐文》改。

［二一］“王”原作“宗”，據《全唐文》改。

［二二］“所”原無，“快”原作“使”，據《全唐文》補改。

［二三］“且”原無，據《全唐文》補。

［二四］“爲”原作“謂”，據《全唐文》改。

［二五］“其”原作“將”，據《文苑英華》卷六七四改。

［二六］“忠”原作“志”，據《全唐文》改。

［二七］“而”原無，據《全唐文》補。

［二八］“負”原作“駕”，據《全唐文》改。

【注釋】

①宗人：同宗之人，指陳嘉言。陳嘉言，武則天時酷吏，官大理評事、監察御史。因按大獄有功，擢拜鳳閣舍人，後因事下獄。

②特見優容：特别受到優待寬容。

③寶圖：帝位。

④崇闡玄化：推崇闡明道德教化。

⑤舜去四凶：舜除掉四大壞人。四凶，見《爲朝官及嶽牧賀慈竹再生表》注⑳。

⑥“周公”句：周公誅殺管叔、蔡叔。管叔、蔡叔，皆周公之弟，成王叔父，因叛亂被殺。事見《史記・周本紀》。

⑦子孟：霍光字。霍光誅燕王事載《漢書・霍光金日磾傳》。

⑧殄讐：消滅仇敵。

⑨“假雖”句：假如説擅權尚且没有受到處罰。

⑩執法不撓：執法剛正。

⑪“頃者”三句：指越王李貞等起兵反對武則天之事。逆子賊臣，叛逆之子、奸賊之臣。陰搆禍難，暗中勾結製造禍患。潛圖密計，私下秘密商量策劃。將危社稷，將使國家受到危害。

⑫唯惡是讐：只以壞人作爲仇敵。

⑬“自監察御史”句：從監察御史提升爲中書舍人。擢，提拔、升官。鳳閣舍人，中書舍人。

⑭事君無貳：侍奉君王無二心，即專心一意。

⑮誣罔：誣陷譭謗。

⑯被搆架之詞：遭受憑空捏造的指控。搆架，捏造。

⑰陷見疑之辜：陷入被懷疑的罪名。

⑱困無驗之詰：困於無法查證的指控。

⑲度德量力：估量自身德行和能力。

⑳貪榮昧進：貪圖榮華一味追求上進。

㉑以訟受服：見《爲朝官及嶽牧賀慈竹再生表》注㉗。

㉒誰能免尤：又有誰能免除罪過。

㉓“向使”句：假使從前能夠辭讓恩寵和榮位。

㉔陳力下列：估計自己的能力然後接受職位。語出《論語·季氏》：“求，周任有言：陳力就列，不能者止。”

㉕勤恪在公：擔任職務勤勉恭謹。

㉖“與全軀”句：指那些保全性命、顧念家庭而不肯直言勸諫的官員。全軀，保全性命。恭默，恭謹不言。

㉗盜憎主人：盜賊憎恨失主。語見《左傳·成公十五年》。

㉘“使肝”二句：指受酷刑而死。乾脯，肉乾。菹醢，將人剁成肉醬。

㉙切齒：咬牙切齒，指仇恨之極。

㉚怨黷何窮：怨恨誹謗何有盡止。

㉛降照：俯察。

㉜忠正者見辜：中正者受到罪行處罰。

㉝“古者”四句：吳起事載《史記·孫子吳起列傳》。吳起（前440年~前381年），衛國左氏（今山東省定陶區西）人。戰國初期軍事家、政治家、改革家。

㉞“商鞅”四句：商鞅事載《史記·商君列傳》《秦本紀》。商鞅（約前395年~前338年），姬姓，公孫氏，名鞅，衛國人。戰國時期政治家、思想家，法家代表人物。

㉟“晁錯”八句：晁錯事載《史記·袁盎晁錯列傳》。晁錯（前200年~前154年），穎川（今河南省禹州市）人，西漢政治家、文學家。進言削藩，因七國叛亂而被景帝腰斬於東市。

㊱“且臣聞”四句：事載《史記·陳丞相世家》。陳平（？~前178年），陽武户牖鄉人，西漢王朝的開國功臣之一。

㊲齷齪：氣量狹小。

㊳丘園之賢：隱逸的賢士。

㊴“大雅”二句：謂大賢能夠明哲保身。語出《詩經·大雅·烝民》：“既明且哲，以保其身。”

㊵身首異處：指被殺頭。

㊶矜憐：憐憫。

㊷惶怖：恐懼。

㊸魂魄飛揚：形容極度驚恐。

諫曹仁師出軍書

臣伏見詔書發懷遠軍[一]①，令郎將曹仁師部勒以征匈醜[二]②。臣聞古之天子，方建大禮，必先振兵釋旅③，以告成功④。故漢孝武皇帝將封禪⑤，乃徵精卒十萬，北巡朔方，略地而還，此蓋遵古先哲王之禮也。今神皇陛下應天受籙⑥，將欲郊祭天地⑦、巡拜河洛⑧、建明堂、朝萬國⑨，斯邁古之盛禮也。誠合式遵舊典，耀武塞上，畢境而還。臣猶慮曹仁師未識典禮，肆兵長驅，窮極砂磧，不恤士馬，專以務得爲利，不以全兵爲上⑩。今朝廷百僚雖有疑者，無敢言之。臣誠愚昧，不識忌諱。曾聞事君之道，所貴盡心。心以爲非，安可不言？臣料仁師到雲内城發兵之日⑪，合至九月初，到突利城迴兵之日⑫，合至十月初。胡地隆冬，草枯泉涸，南中士馬，不耐祁寒[三]⑬。計仁師所將之馬，從靈州常時所發之處⑭，卻迴到雲内城，已行四千餘里。雲内城中，又先未有支度[四]，馬既疲瘦，經冬無粟，以臣愚算，十不存二。若送南中散就諸州，路程益遠，疲瘦更極，以臣愚算，十不存五。紫蒙之軍⑮，類例相似。且仁師此行，計遲發速，至於應會，不甚精備。以臣計料，恐未成功。脱若功未克成，馬先喪盡[五]。中土求市⑯，卒又難得⑰。且自古與匈奴戰，非士馬相資不可。臣恐馬既虚用致盡，賊又竄遠未平，但慮後之謀臣悔於今事。且古來絶漠，多喪士馬，非臣臆度⑱，輒敢陳聞。昔漢室以衛青出塞，是時漢馬三十萬疋，旋師之日唯餘四萬⑲。十四年不得事匈奴[六]⑳，蓋由此也[七]。臣願陛下考驗前古，取臣愚誠，望與三公大臣審更詳議。

【校記】

［一］“遠”原無，據《全唐文》補。

［二］“勒”原作“訊”，據《文苑英華》卷六八三改。

［三］“祁”原作“初”，據《全唐文》改。

［四］“有”原作“末”，據四庫本改。

［五］“馬”前原有“士”，據伯三五九〇敦煌殘卷删。

［六］“十四”原作“四十”，據伯三五九〇敦煌殘卷改。

［七］“也”原無，據《全唐文》補。

【注釋】

①懷遠軍：唐天寶二年（743 年）置，屬安東都督府。治所在今遼寧省遼中縣境、遼河西岸。

②曹仁師：事蹟不詳。武周時爲郎將、左鷹揚衛將軍。部勒：統領軍隊。匈醜：此指契丹。

③振兵釋旅：收繳兵器、解散軍隊。

④以告成功：向祖先、神靈稟報成就的功業。

⑤封禪：祭祀天地。

⑥應天受籙：相傳帝王是應河圖、受符命來統治天下，表示君權乃上天所授。

⑦郊祭：郊祀，於南郊祭天，於北郊祭地。

⑧巡拜河洛：指祭祀黄河、洛水。

⑨朝萬國：使萬國來朝。

⑩全兵爲上：指保全軍隊爲上。

⑪雲内：隋朝縣名，故址在今山西省懷仁縣南。

⑫突利城：似爲突利可汗所建之城。

⑬祁寒：大寒；奇冷。鍾嶸《詩品序》有“冬月祁寒”。

⑭靈州：治所在今寧夏省靈武市。

⑮紫蒙之軍：紫蒙駐軍，在今河北省盧龍縣境内。

⑯中土求市：到中原來購買。

⑰卒又難得：倉促之間很難買到。卒通“猝”。

⑱臆度：猜測。

⑲“昔漢室”三句：事載《史記·衛將軍驃騎列傳》。衛青（？～前 106 年），字仲卿，河東平陽（今山西省臨汾市西南）人，漢朝著名的將領、軍事家。

⑳“十四年”句：《史記·衛將軍驃騎列傳》記載自衛青包圍單于十四年之後，漢朝没有再攻打匈奴。

卷十

書　啟

爲建安王與遼東書

月日，清邊道大總管建安郡王攸宜，致書於遼東州高都督蕃府[①]：賢甥某至，仰知破逆賊孫萬斬十有餘陣[②]，並生獲夷賊一千人。三軍慶快，萬里同歡。都督體英偉之才，抱忠義之節，遂能身先士卒[③]，爲國討讎[④]。以數百之兵當二萬之寇，指麾電掃[⑤]，逆黨雲銷[⑥]，非都督智勇過人、威名遠振，誰能以少擊衆、陷醜摧兇，使國家無東顧之憂？是都督之力也。賢甥俊彩[一][⑦]，酷似其舅[⑧]，遂能與公等應機破敵[二][⑨]、効節立功。此已各賞金帶緋袍[⑩]，薄荅誠効，更自録奏，擬加榮官，願都督遠知此意也。今逆賊饑餓[三]，災釁日滋[⑪]，天降其殃，盡滅已死[⑫]；人厭其禍，萬斬方誅[⑬]。營州士人及城傍子弟[四][⑭]，近送密欵[⑮]，唯待官軍[五]。某令將蕃漢精兵四十萬衆，剋取某月日百道齊驅，分五萬蕃漢精兵，令中郎將薛訥取海路東入[⑯]。舟檝已具，來月亦發。請都督勵兵秣馬[⑰]，以待此期，共登丸山[六][⑱]，看殄凶虜，書勛竹帛[⑲]，開國傳家，是都督建功之日也。中間剋期同會，當更别使知聞。正屬有軍事，未能委曲[⑳]。初春向暖，願動靜勝常[㉑]。所有都督官屬及大首領並左右立功人等[七]，並申此問。相見在近，預以慰懷[㉒]。

【校記】

[一]“彩”原無，據伯三五九〇敦煌殘卷補。

[二]“公”原作“某”，據伯三五九〇敦煌殘卷改。

[三]“逆”原無，據伯三五九〇敦煌殘卷補。

[四]“營”原作“榮”，據《全唐文》、伯三五九〇敦煌殘卷改。

［五］“唯”原作“准”，據伯三五九〇敦煌殘卷改。

［六］“丸”原作“九”，據《全唐文》、伯三五九〇敦煌殘卷改。

［七］“有”原作“是”，據四庫本、伯三五九〇敦煌殘卷改。

【注釋】

①遼東州高都督：高都督，即高仇須。見《爲建安王賀破賊表》注②。

②孫萬斬：見《爲建安王賀破賊表》注②。

③身先士卒：即身先於士卒，指作戰時將領親自帶頭，沖在士兵前面。《宋書·檀道濟傳》：“率厲文武，身先士卒，所向摧破。”

④爲國討讎：爲國討伐仇敵。

⑤指麾：同指揮。電掃：如雷電掃過，喻快速。

⑥逆黨：指孫萬榮等叛軍。雲銷：如雲消散，喻敵軍快速瓦解。

⑦俊彩：才俊之士。

⑧酷似其舅：語出《晉書·何無忌傳》：“（桓）玄曰：‘何無忌，劉牢之之甥，酷似其舅。’”

⑨應機破敵：抓住戰機戰勝敵人。

⑩金帶：金飾的腰帶。緋袍：紅色官服。

⑪災釁日滋：禍端不斷産生。災釁，同“災釁”，禍亂。

⑫盡滅：李盡滅。見《奏白鼠表》注⑨。

⑬萬斬方誅：孫萬斬即將被誅殺。

⑭營州：治所在今遼寧省朝陽市。

⑮密欵：内心的真誠，此指投誠意願。

⑯薛訥：（649 年～720 年），字慎言，絳州萬泉（今山西省新絳縣）人。唐朝名將、右威衛大將軍薛仁貴長子。

⑰勵兵秣馬：磨快兵器，喂飽戰馬，指做好作戰準備。

⑱丸山：見《禡牙文》注⑪。

⑲書勛竹帛：指史册記録戰功。竹帛，古代書寫材料，引申爲史册。

⑳委曲：詳細。

㉑願動静勝常：希望起居作息一切都好。

㉒預以慰懷：預先表達慰問思念。

爲建安王答王尚書送生口書①

使至，所傳斬首及生擒獲馬等具如來狀。仰以欣快，三軍共之。狡寇逋誅②，此來擒馘[一]，師徒企踵③，争望先鋒④。尚書遠略英謀，臨機果斷，僭制凶醜，梟首伏辜⑤。在此諸軍，實增慕勇[二]⑥，既壯尚書之節，又美先登之功⑦。幽州士人，尤以慶快。破竹之勢⑧，自此爲階。某方擐甲負戈⑨，爲尚書後列，登高臨陣，坐觀俘虜。此期在即，預以慰懷。初春猶寒，願保休勝⑩。裨將已下，各慰問之。謹白，書不具[三]。

【校記】

［一］“來”原作“未”，據《全唐文》改。

［二］“慕”原作“募”，據伯三五九〇敦煌殘卷改。

［三］“謹白書不具”五字原作“云云”，伯三五九〇敦煌殘卷改。

【注釋】

①王尚書：指王孝傑，見《國殤文並序》注③。生口：俘虜。

②逋誅：逃避誅戮。

③企踵：踮起腳跟，指急切盼望。

④先鋒：指王孝傑，時爲中道前軍總管。

⑤梟首：斬首示衆。伏辜：伏法認罪。

⑥實增慕勇：增加對勇者的羡慕。

⑦先登功：率先登上敵人城牆。

⑧破竹之勢：節節勝利，不可阻擋。

⑨擐（huàn）甲負戈：穿著甲，背著戈，指全副武裝。

⑩休勝：美善。

爲建安王與諸將書

使至辱書①，仰知都督率兵馬摧破凶寇②，遠聞慶快，實慰永懷。非公等忠勇兼資，統率多算③，同心戮力④，殉節忘軀，何以剋剪逋兇[一]，揚國威武。在此將士，聞公等殊戰，賊不當鋒⑤，莫不西望憤勇[二]，欽羡獨剋，甚善甚善。即日契丹逆醜，天降其災[三]，盡病水腫⑥，命在旦夕⑦。營州饑餓⑧，人不聊生⑨，唯待官軍，即擬歸順。某此訓勵兵馬，襲擊有期，六軍長驅，此月將發。恨不得與公等共觀諸將斬馘獻俘[四]⑩。旦夕嚴寒，願各休勝。契丹破了⑪，便望迴兵平殄默啜⑫。與公等相見有日，預以慰懷。臨使怱怱，書不盡意⑬。

【校記】

[一]“何”原無，據伯三五九〇敦煌殘卷補。

[二]“憤”原作“慣”，據《全唐文》、伯三五九〇敦煌殘卷改。

[三]“天”原作“大”，據《全唐文》、伯三五九〇敦煌殘卷改。

[四]“公”原作“諸公”，據伯三五九〇敦煌殘卷删。

【注釋】

①辱書：承蒙來信。辱，謙稱。

②都督：指高仇須。

③多算：足智多謀。

④同心戮（lù）力：齊心協力。《墨子·尚賢》：“《湯誓》曰：‘聿求元聖，與之戮力同心，以治天下。’”《尚書·湯誥》：“聿求元聖，與之戮力，以與爾有衆請命。”

⑤賊不當鋒：敵人不能阻擋鋒芒。

⑥盡病水腫：全都得了水腫病。水腫，因液體積聚而引發的局部或全身性的腫脹。

⑦命在旦夕：生命就在早晚之間，形容生命危殆。

⑧營州饑餓：營州地區人受饑餓。

⑨人不聊生：即民不聊生，指百姓無以生存。

⑩斬馘：斬敵首割下左耳計功，泛指戰場殺敵。獻俘：獻上俘虜。

⑪破了：全被打敗。了，完。

⑫默啜：見《送麴郎將使默啜序》注①。

⑬書不盡意：書信結尾語，指無法完全表達。《周易·繫辭上》：“書不盡言，言不盡意。”

爲建安王與安東諸軍州書

月日[一]，清邊道行軍大總管建安郡王攸宜，致書安東諸州刺史並諸將部校官屬等[二]：初春猶寒，公等久統兵馬，勤國扞邊①，不至勞弊也。某如常。比賊中頻有人出來，異口同詞②，皆云逆賊李盡滅已死[三]，營州饑餓，人不聊生。諸蕃首領百姓等，唯望官軍，即擬歸順③，前後繼至，非止一人。某先使人向營州昨迴[四]，具得父老密狀[五]④，云賊勢窮蹙。去正月上旬，有妖星落孫萬斬營中，其聲如雷。賊黨離心，各以猜貳。天殃如此，人事又然。平殄凶渠，正在今日。大軍即以二月上旬六道並入，指期尅剪⑤，同立大勳。請公等訓勵兵馬，共爲犄角⑥。開國封侯[六]，其機在此，幸各勉力，以圖厥功。尋當更使人續往⑦，先此不具⑧。

【校記】

［一］“月日”原作“日月”，據《文苑英華》卷六〇四改。

［二］“校”原作“族”，據《全唐文》、伯三五九〇敦煌殘卷改。

［三］“滅”原作“威”，據《全唐文》、伯三五九〇敦煌殘卷改。

［四］“昨”原無，據《全唐文》、伯三五九〇敦煌殘卷補。

［五］“具”原作“且”，據《全唐文》、伯三五九〇敦煌殘卷改。

［六］“國”原無，據《全唐文》、伯三五九〇敦煌殘卷改。

【注釋】

①勤國扞（hàn）邊：爲國盡力，保衛邊疆。扞，同捍。

②異口同詞：異口同聲。

③即擬歸順：就打算歸順。

④“具得”句：全部得到父老密信。

⑤指期尅剪：限定期限消滅敵人。

⑥犄角：見《上西蕃邊州安危事》注⑬。

⑦尋：不久。

⑧先此不具：書信結尾語。先不具體説。

爲建安王答王尚書書

使至辱書，知初出黄龍①，即擒白鼠。凶賊滅兆，事乃先徵②。凡百士衆，莫不喜躍。鼠者坎精[③]，穿竊爲盜，夜遊晝伏，乃是其常。今白日投軀，素質委命[④]，賊降之象，理必無疑。近再有賊中信來，親離衆潰[⑤]，期在旦夕。尚書宜訓兵勵士[⑥]，秣馬嚴威，因其凶亂之機，乘其敗亡之勢[一]。事同破竹，無待前茅[二]。坐聽凱歌，預用欣慰。

【校記】

［一］“其”原作“取”，據《全唐文》改。

［二］“前”原作“剪”，據《文苑英華》卷六八四改。

【注釋】

①黄龍：在今遼寧省朝陽市。

②事乃先徵：指事先出現勝利徵兆。

③鼠者坎精：坎卦爲《周易》六十四卦之一。坎爲水。老鼠常棲息於陰溝地道，故稱爲坎精。

④素質：指白鼠。委命：送命。

⑤親離衆潰：即衆叛親離。《左傳·隱公四年》：“夫州吁阻兵而安忍，阻兵無衆，安忍無親，衆叛親離，難以濟矣。”

⑥尚書：此指王孝傑。

與韋五虛己書[①]

命之不來也，聖人猶無可奈何[②]，況於賢者哉？僕嘗竊不自量，謂以爲得失在人，欲揭聞見[③]，抗衡當代之士[④]，不知事有大謬異於此望者。乃令人慚愧悔赧[⑤]，不自知大笑顛蹶[⑥]，怪其所以者爾。虛己足下[⑦]，何可言耶？夫道之將行也，命也；道之將廢也，命也[⑧]。子昂其如命何！雄筆雄筆[⑨]，棄爾歸吾東山[⑩]。無汩我思[一][⑪]，無亂我心，從此遁矣[⑫]。屬病不得面談，書以述言。子昂白。

【校記】

［一］“汩”原作“汨”，據伯三五九〇敦煌殘卷改。

【注釋】

①韋虛己：見《還至張掖古城聞東軍告捷贈韋五虛己》注①。

②聖人：指孔子。《論語・子罕》：“子曰：‘鳳鳥不至，河不出圖，吾已矣乎。’”

③欲揭聞見：要想運用自己的知識。揭，舉。聞見，指知識。

④抗衡當代之士：與當代之士對抗、比賽。

⑤悔赧（nǎn）：因羞愧而臉紅。

⑥顛蹶（jué）：跌倒。

⑦足下：對對方的尊稱。

⑧“夫道”四句：指自己事業能否成功取決於自己的命運。語出《論語・憲問》。

⑨雄筆：雄文。

⑩東山：此指陳子昂家鄉的武東山。

⑪無汩（gǔ）我思：不要攪亂我的内心。

⑫從此遁矣：從此之後消逝或隱遁。

爲蘇令本與岑内史啟[①]

某啟：某聞子以母貴[一][②]，自古通方[③]；禮以親榮，在昔恒理。豈非奉上之道，休泰必同④；膝下之恩，親愛先及⑤。伏惟尊舅寵居密戚⑥，位列崇班⑦，實富貴於當今，允尊榮於前代，居得言之地⑧，據至要之途[二]。九族同欣，皆憑於獎眄；六親咸賴，仰沐於恩波。莫不拂拭增其羽儀[三]⑨，譚薦長其光價⑩。某自惟末品[四]，忝在甥徒。早蒙撫育之恩，不殊骨肉之愛。自痛無福，家禍遂纏。爰在孤遺，載延慈眷。愛同諸子，禮越常流，遂得教訓成人。策名從宦，舅又曲垂顧念，恩甚庭闈[五]⑪，渭陽之情⑫，實多荷戴。猥以庸薄，叨累周行⑬。自委質戎班，昭名果毅，經今一十三歲矣，而竟未一遷。仰望儕流⑭，莫不皆居顯位；旋觀時輩，亦已再歷榮班。獨某一人，空嗟留滯。雖命塗乖舛⑮，良或甘心；然親貴盈朝，豈忘提獎？所以仰瞻恩惠，不棄於踈微；冀降慈流，有憐於孤賤。伏願舅大弘收採之眷，特垂咳唾之恩⑯，矜憫小子，使得宦及朋友[六]，寵以親榮，私門載昌⑰，幽冥是賴⑱。豈不幸甚！豈不幸甚！無任企仰之至。謹奉啟不宣⑲。某再拜。

【校記】

［一］“某”原作“其”，據《全唐文》改。

［二］“途”原作“徒”，據《全唐文》、伯三五九〇敦煌殘卷改。

［三］“增”原無，據四庫本補。伯三五九〇敦煌殘卷作“生其毛羽”。皆通。

［四］“惟”原無，據四庫本補。

［五］“甚”原作“其”，據《全唐文》改。

［六］“宦”原作“官”，“朋友”原作“用之”，據《全唐文》改。

【注釋】

①蘇令本：名字事蹟不詳，爲岑内史之侄。岑内史：名長倩，永淳中，累轉兵部侍郎、同中書門下平章事。

②子以母貴：語出《公羊傳・隱公元年》："子以母貴，母以子貴。"

③自古通方：從古以來相通的道理。

④奉上之道：指事親之道。休泰：安好。

⑤膝下：指孩幼之時。親愛：見《冬夜宴臨邛李録事宅序》注③。

⑥密戚：親戚。

⑦崇班：高位。

⑧居得言之地：處於可以向皇帝進言的地位。

⑨拂拭：提拔賞識。羽儀：羽翼。

⑩譚薦：稱贊和推薦。

⑪庭闈：父母代稱。

⑫渭陽之情：外甥對舅父之情。典出《詩經・秦風・渭陽》。

⑬叨累：因地位低下而連累。周行：指朝官。

⑭儕（chái）流：同輩。

⑮命塗乖舛：命運、仕途不順。

⑯咳唾：對他人言語、文章的美稱。

⑰私門：家門。載昌：昌盛。載，語助詞。

⑱幽冥：死者。此指已經去世的父母。

⑲不宣：不一一敘説。書信結尾語。

上薛令文章啟[①]

某啟：一昨恭承顯命，垂索拙文[一]②。祇奉恩榮，心魂若厲[二]③，幸甚幸甚！某聞鴻鐘在聽，不足論擊缶之音④；太牢斯亯，安可薦藜羹之味⑤。然則文章薄伎⑥，固棄於高賢[三]⑦；刀筆小能⑧，不容於先達⑨。豈非大人君子以爲道德之薄哉？某實鄙能，未窺作者⑩。斐然狂簡⑪，雖有勞人之歌⑫；悵爾詠懷[四]，曾無阮籍之思⑬？徒恨跡荒淫麗⑭，名陷俳優⑮，長爲童子之群，無望壯夫之列⑯。豈圖曲蒙榮獎，躬奉德音⑰。以小人之淺才，承令君之嘉惠，豈不幸甚！豈不幸甚！伏惟君侯星雲誕秀⑱，金玉間成[五]⑲，衣冠禮樂，範儀朝野⑳。致明君於堯舜㉑，皇極允諧；當重寄於阿衡㉒，中階協泰㉓。非夫聰明博達，體變知機㉔，如其仁！如其仁㉕！方當拔俊賞奇，使拾遺補闕㉖，坐開黄閣㉗，高視赤松㉘，然後與稷契夔龍㉙，比功並德，豈徒蕭曹魏丙㉚，屑屑區區而已哉？某實細人㉛，過蒙知遇，顧循微薄㉜，何敢祇承？謹當畢力竭誠，策駑磨鈍㉝，期効忠以報德，奉知己以周旋㉞。文章小能，何足觀者？不任感荷之至。

【校記】

［一］“垂”原作“再”，據《全唐文》、伯三五九〇敦煌殘卷改。

［二］“厲”原作“勵”，據《全唐文》、伯三五九〇敦煌殘卷改。

［三］“於”原作“幹”，據《全唐文》、伯三五九〇敦煌殘卷改。

［四］“悵”原作“帳”，據《全唐文》、伯三五九〇敦煌殘卷改。

［五］“玉”原作“火”，據《全唐文》改。

【注釋】

①薛令：指薛元超。薛元超（623 年～685 年），薛震，字元超，蒲州汾陰縣（今山西省萬榮縣）人。唐朝時期宰相。

②垂索拙文：承您索要我的文章。拙文，對自己文章的謙稱。

③心魂若厲：内心惶恐。

④“鴻鐘”二句：謂有更好的音樂自然不值得聽淺俗的音樂。鴻鐘，大鐘。擊缶，敲擊瓦器發出聲音。缶，土制樂器。

⑤“太牢”二句：謂有精妙的飲食也就不再想野菜湯。太牢，祭祀或宴饗時有豬牛羊三牲。藜羹，野菜湯。

⑥文章薄伎：寫文章只是一種微薄的技能，作者謙語。

⑦高賢：高尚賢德。

⑧刀筆小能：寫作文章的小才能。刀筆，寫作文章的工具，借指文章。

⑨先達：德高望重的前輩。

⑩作者：創始者。古代作者多稱自己“述而不作”，不敢輕言自己是“作者”。

⑪斐然：有文采。狂簡：志向高遠而不善於具體事務。語出《論語·公冶長》：“子在陳曰：‘歸與歸與，吾黨之小子狂簡，斐然成章，不知所以裁之。’”

⑫勞人：憂勞之人。

⑬阮籍：（210 年 ~ 263 年），字嗣宗，陳留尉氏（今河南省開封市）人，著名詩人、竹林七賢之一。

⑭淫麗：奢華、浮華。西漢揚雄《法言·吾子》有“詩人之賦麗以則，辭人之賦麗以淫”之説。

⑮俳優：表演滑稽戲的藝人。此指君王以俳優來對待文人。

⑯“長爲”二句：語本西漢揚雄《法言·吾子》“童子雕蟲篆刻”“壯夫不爲”。指文章寫作非大人所作之事。

⑰德音：對他人言辭的敬稱。

⑱星雲誕秀：星宿下凡，誕生出傑出之人。

⑲金玉：如金玉一樣貴重而美好。

⑳“衣冠”二句：指文明禮教可以作爲朝野的榜樣。

㉑“致明君”句：指可以輔佐君王使之成爲堯舜一樣的皇帝。

㉒阿衡：見《昭夷子趙氏碑》注㊵。

㉓中階協泰：百官協和安泰，朝政清明。

㉔體變知機：體察事物變化，預見變化之徵兆。

㉕“如其仁”二句：語出《論語·憲問》，孔子對管仲的贊美。

㉖拾遺補闕：糾正君王過失。

㉗黄閣：見《送著作佐郎崔融等從梁王東征並序》注⑰。

㉘赤松：見《答洛陽主人》注②。

㉙稷契夔龍：舜之大臣。稷爲后稷，農官。契爲司徒。夔爲樂官。龍爲納言。

㉚蕭曹魏丙：西漢四位賢相。蕭爲蕭何，曹爲曹參，魏爲魏相，丙爲丙吉。

㉛細人：小人，謙稱自己。

㉜顧循：自我反省。

㉝策駑磨鈍：鞭策駑馬、磨快鈍刀，指努力修煉、上進。

㉞周旋：此謂追隨。

附　　録

陳氏別傳 盧藏用

陳子昂，字伯玉，梓州射洪縣人也。本居潁川。四世祖方慶，得墨翟祕書，隱於武東山，子孫因家焉。世爲豪族。父元敬，瑰偉倜儻，年二十以豪俠聞。屬鄉人阻饑，一朝散萬鍾之粟而不求報。於是遠近歸之，若軀魚之赴淵也。以明經擢第，授文林郎。因究覽墳籍，居家園以求其志，餌地骨、錬雲膏四十餘年。嗣子子昂，奇傑過人，姿狀嶽立。始以豪家子馳俠使氣，至年十七八未知書。嘗從博徒入鄉學，慨然立志。因謝絶門客，專精墳典。數年之間，經史百家，罔不該覽。尤善屬文，雅有相如、子雲之風骨。初爲詩，幽人王適見而驚曰："此子必爲文宗矣。"年二十一，始東入咸京，遊太學，歷抵群公，都邑靡然屬目矣，由是爲遠近所稱籍甚。以進士對策高第。屬唐高宗大帝崩於洛陽宫，靈駕將西歸。子昂乃獻書闕下。時皇上以太后居攝，覽其書而壯之，召見問狀。子昂貌寢寡援，然言王霸大略、君臣之際，甚慷慨焉。上壯其言而未深知也。乃勑曰："梓州人陳子昂，地籍英靈，文稱偉曄，拜麟臺正字。"時洛中傳寫其書，市肆閭巷，吟諷相屬，乃至轉相貨鬻，飛馳遠邇。秩滿，隨常牒補右衛胄曹。上數召見問政事，言多切直，書奏輒罷之。以繼母憂解官。服闋，拜右拾遺。子昂晚愛黄老之言，尤耽味《易》象，往往精詣。在職默然不樂，私有掛冠之意。屬契丹以營州叛，建安郡王攸宜親總戎律，臺閣英妙，皆置在軍麾，特勑子昂參謀帷幕。軍次漁陽，前軍王孝傑等相次陷没，三軍震慴。子昂進諫曰："主上應天順人，百蠻向化。契丹小醜，敢謀亂常，天意將空東北之隅以資中國也。大王以元老懿親、威略邁世，受律廟堂，弔人問罪，具精甲百萬以臨薊門。運海陵之倉，馳隴山之馬，積南方之甲，發西山之雄，傾天下以事一隅。此猶舉太山而壓卵、建瓴破竹之勢也。然而張玄遇、王孝傑等不謹師律，授首虜庭，由此長寇威而殆戰士。夫寇威長則難以爭鋒，戰士殆則無以制變。今敗軍之後，天下側耳草野，傾聽國政。今大王沖謙退讓，法制不申，每事同前，何以統衆？前如兒戲，後如兒戲，豈徒爲賊所輕，亦生天下奸雄之心。聖人威制六合，故用聲爾，非能家至户到然後可服，況兵貴先聲？今發半天下兵以屬王，安危成敗在百日之内。何可輕以爲尋常？大王若聽，愚計即可行；若不聽，必無功矣。須期成功報國，可欲送身誤國耶？伏乞審聽，請盡至忠之言。凡事須先比量智愚衆寡、勇怯強弱、部校將帥之勢，然後可合戰求利，以長攻短。今皆同前，不量力，又不簡練，暗驅烏合敗後怯兵欲討賊，何由取勝？僕一愚夫，猶言不可。況奸賊勝氣十倍，未可當也。且統衆禦奸，須有法制、親信。若單獨一身，則朱亥金鎚有竊發之勢，不可不畏。人有負琬玉之寶行於途，必被刼賊。何者？爲寶重人愛之。今大王位重，又總半天下兵，豈直琬玉而已？天下利器，不可一失。一失，即後有聖智之力難爲功也。故願大王於此決策，非小讓兒戲可了。若此不用忠言，則至時機已失。機與時一失，不可再得。願大王熟察。大王誠能聽愚計，乞分麾下萬人以爲前驅，則王之功可立也。”建安方求鬭士，以子昂素是書生，謝而不納。子昂體弱多疾，感激忠義，常欲奮身以答國士。自以官在近侍，又參預軍謀，不可見危而惜身苟容。他日，又進諫，言甚切至。建安謝絶之，乃署以軍曹。子昂知不合，因拑默下列，但兼掌書記而已。因登薊北樓，感昔樂生、燕昭之事，賦詩數首，乃泫然流涕而歌曰：“前不見古人，後不見來者。念天地之悠悠，獨愴然而涕下。”時人莫之知也。及軍罷，以父老，表乞罷職歸侍。天子優之，聽帶官取給而歸。遂於射洪西山，構茅宇數十間，種樹採藥以爲養。嘗恨國史蕪雜，乃自漢孝武之後以迄於唐，爲《後史記》。綱紀粗立，筆削未終，鍾文林府君憂，其書中廢。子昂性至孝，哀號柴毁，氣息不逮。屬本縣令段簡，貪暴殘忍，聞其家有財，乃附會文法，將欲害之。子昂慌懼，使家人納錢二十萬，而簡意未塞，數輿曳就吏。子昂素羸疾，又哀毁，杖不能起。外迫苛政，自度氣力，恐不能全。因命蓍自筮，卦成，仰而號曰："天命不祐，吾其死矣!"於是遂絶，年四十二。子昂有天下大名而不以矜人，剛斷強毅而未嘗忤物，好施輕財而不求報。性不飲酒，至於契情會理，兀然而醉。工爲文而不好作，其立言措意在王霸大略而已，時人不之知也。尤重交友之分，意氣一合，雖白刃不可奪也。友人趙貞固、鳳閣舍人陸餘慶、殿中侍御史畢構、監察御史王無競、亳州長史房融、右史崔泰之、處士太原郭襲徵、道人史懷一，皆篤歲寒之交。與藏用遊最久，飽於其論，故其事可得而述也。其文章散落，多得之於人口。今所存者十卷。嘗著《江上文人論》，將磅礴機化而與造物者遊，遭家難亡之。荆州曹槐里馬擇曰："擇昔從父友王適獲陳君，欣然忘我幼齡矣。榆關之役，君籌其謀。戎戈累年，不接晤語。聖曆初，君歸寧舊山，有掛冠之志。予懷役南遊，遘兹歡甚。幽林清泉，醉歌絃詠，周覽所計，倏徧岷峨。予旋未幾，陳君將化。悲夫!言絶道冥，杳然若喪之幾，延陵心許，而彼已亡。天喪斯文，我恨何及。君故人范陽盧藏用，集其遺文，爲之序傳，識者稱其實録。嗚呼!陳君爲不亡矣。"遂爲贊曰：

岷山導江，回薄萬里。浩瀚鴻溶，東注滄海。靈光氛氲，上薄紫雲。其瑰寶所育，則生異人。於戲!才可兼濟，屈而不伸。行通神明，困於庸豎。子曰："道之將喪也，命矣夫!"

（據楊澄本《陳伯玉集》、《全唐文》卷二三八，文字有改動）

陳子昂傳　歐陽修、宋祁

陳子昂字伯玉，梓州射洪人。其先居新城。六世祖太樂，當齊時，兄弟競豪桀，梁武帝命爲郡司馬。父元敬，世高貲，歲饑，出粟萬石賑鄉里。舉明經，調文林郎。

子昂十八未知書，以富家子，尚氣決，弋博自如。它日入鄉校，感悔，即痛脩飭。文明初，舉進士。時高宗崩，將遷梓宫長安，於是，關中無歲，子昂盛言東都勝塏，可營山陵。上書曰：

臣聞秦據咸陽，漢都長安，山河爲固，而天下服者，以北假胡、宛之利，南資巴、蜀之饒，轉關東之粟，而收山西之寶，長羈利策，横制宇宙。今則不然，燕、代迫匈奴，巴、隴嬰吐蕃，西老千里羸糧，北丁十五乘塞，歲月奔命，秦之首尾不完，所餘獨三輔間耳。頃遭荒饉，百姓薦饑，薄河而右，惟有赤地；循隴以北，不逢青草。父兄轉徙，妻子流離。賴天悔禍，去年薄稔，羸耗之餘，幾不沈命。然流亡未還，白骨縱横，阡陌無主，至於蓄積，猶可哀傷。陛下以先帝遺意，方大駕長驅，按節西京，千乘萬騎，何從仰給？山陵穿復，必資徒役。率癯弊之衆，興數萬之軍，調發近畿，督扶稚老，鏟山輂石，驅以就功，春作無時，何望有秋？彫甿遺噍，再罹艱苦，有不堪其困，則逸爲盜賊，揭梃叫嘑，可不深圖哉！

且天子以四海爲家，舜葬蒼梧，禹葬會稽，豈愛夷裔而鄙中國耶？示無外也。周平王、漢光武都洛，而山陵寢廟並在西土者，實以時有不可，故遺小存大，去禍取福也。今景山崇秀，北對嵩、邙，右眄汝、海，祝融、太昊之故墟在焉。園陵之美，復何以加？且太原廥鉅萬之倉，洛口儲天下之粟，乃欲捨而不顧，儻鼠竊狗盜，西入陝郊，東犯虎牢，取敖倉一抔粟，陛下何與遏之？

武后奇其才，召見金華殿。子昂貌柔野，少威儀，而占對慷慨，擢麟臺正字。

垂拱初，詔問群臣“調元氣當以何道？”子昂因是勸后興明堂、太學，即上言：

臣聞之於師曰：元氣，天地之始，萬物之祖，王政之大端也。天地莫大於陰陽，萬物莫靈於人，王政莫先於安人。故人安則陰陽和，陰陽和則天地平，天地平則元氣正。先王以人之通於天也，於是養成群生，順天德，使人樂其業，甘其食，美其服，然後天瑞降、地符升，風雨時，草木茂遂，故顓頊、唐、虞不敢荒寧，其《書》曰："百姓昭明，協和萬邦，黎人於變時雍。迺命羲和，欽若昊天，曆象日月星辰，敬授人時。"和之得也。夏、商之衰，桀、紂昏暴，陰陽乖行，天地震怒，山川鬼神，發妖見災，疾疫大興，終以滅亡。和之失也。迨周文、武創業，誠信忠厚加于於百姓，故成、康刑措四十餘年，天人方和。而幽、厲亂常，苛慝暴虐，詬黷天地，川冢沸崩，人用愁怨。其《詩》曰："昊天不惠，降此大戾"，不先不後，爲虐爲瘵，顧不哀哉！近隋煬帝恃四海之富，鑿渠決河，自伊、洛屬之揚州，疲生人之力，洩天地之藏，中國之難起，故身死人手，宗廟爲墟。逆元氣之理也。臣觀禍亂之動、天人之際，先師之説，昭然著明，不可欺也。

陛下含天地之德、日月之明，眇然遠思，欲求太和，此伏羲氏所以爲三皇首也。昔者，天皇大帝攬元符，東封太山，然未建明堂，享上帝，使萬世鴻業闕而不照，殆留此盛德，以發揮陛下哉！臣謂和元氣、睦人倫，捨此則無以爲也。昔黄帝合宫，有虞總期，堯衢室，夏世室，皆所以調元氣，治陰陽也。臣聞明堂有天地之制、陰陽之統，二十四氣、八風、十二月、四時、五行、二十八宿，莫不率備。王者政失則災，政順則祥。臣願陛下爲唐恢萬世之業，相國南郊，建明堂，與天下更始。按《周禮》《月令》而成之。迺月孟春，乘鸞輅，駕蒼龍，朝三公、九卿、大夫于青陽左个，負斧扆，馮玉几，聽天下之政。躬藉田、親蠶以勸農桑，養三老、五更以教孝悌，明訟恤獄以息淫刑，修文德以止干戈，察孝廉以除貪吏。後宫非妃嬪御女者，出之；珠玉錦繡、雕琢伎巧無益者，棄之；巫鬼淫祀營惑於人者，禁之。臣謂不數期且見太平云。

又言：

陛下方興大化，而太學久廢，堂皇埃蕪，《詩》《書》不聞，明詔尚未及之，愚臣所以私恨也。太學者，政教之地也，君臣上下之取則也，俎豆揖讓之所興也，天子于此得賢臣焉。今委而不論，雖欲睦人倫，興治綱，失之本而求之末，不可得也。“君子三年不爲禮，禮必壞，三年不爲樂，樂必崩”，奈何爲天下而輕禮樂哉？願引胄子使歸太學，國家之大務不可廢已。

后召見，賜筆札中書省，令條上利害。子昂對三事。其一言：

九道出大使巡按天下，申黜陟，求人瘼，臣謂計有未盡也。且陛下發使，必欲使百姓知天子夙夜憂勤之也，群臣知考績而任之也，姦暴不逞知將除之也，則莫如擇仁可以恤孤、明可以振滯、剛不避彊禦、智足以照姦者，然後以爲使，故輶軒未動，而天下翹然待之矣。今使且未出，道路之人皆已指笑，欲望進賢下不肖，豈可得邪？宰相奉詔書，有遣使之名，無任使之實。使愈出，天下愈弊。徒令百姓治道路，送往迎來，不見其益也。臣願陛下更選有威重風槩爲衆推者，因御前殿，以使者之禮禮之，諄諄戒敕所以出使之意，乃授以節。自京師及州縣，登拔才良，求人瘼，宣布上意，令若家見而户曉。昔堯、舜不下席而化天下，蓋黜陟幽明能折衷者。陛下知難得人，則不如少出使。彼煩數而無益於化，是烹小鮮而數撓之矣。

其二言：

刺史、縣令，政教之首。陛下布德澤，下詔書，必待刺史、縣令謹宣而奉行之。不得其人，則委棄有司，掛牆屋耳，百姓安得知之？一州得才刺史，十萬户井賴其福；得不才刺史，十萬户受其困。國家興衰，在此職也。今吏部調縣令如補一尉，但計資考，不求賢良。有如不次用人，則天下囂然相謗矣，狃于常而不變也。故庸人皆任縣令，教化之陵遲，顧不甚哉！

其三言：

天下有危機，禍福因之而生。機静則有福，動則有禍，百姓安則樂生，不安則輕生者是也。今軍旅之弊，夫妻不得安，父子不相養，五六年矣。自劍南盡河、隴，山東由青、徐、曹、汴，河北舉滄、瀛、趙、鄚，或困水旱，或頓兵疫，死亡流離略盡。尚賴陛下憫其失職，凡兵戍調發，一切罷之，使人得妻子相見、父兄相保，可謂能静其機也。然臣恐將相有貪夷狄利，以廣地彊武説陛下者，欲動其機，機動則禍構。宜修文德、去刑罰、勸農桑，以息疲民。蠻夷知中國有聖王，必累譯至矣。

于時，吐蕃、九姓叛，詔田揚名發金山道十姓兵討之。十姓君長以三萬騎戰，有功，遂請入朝。后責其嘗不奉命擅破回紇，不聽。子昂上疏曰：

國家能制十姓者，繇九姓彊大，臣服中國，故勢微弱，委命下吏。今九姓叛亡，北蕃喪亂，君長無主，回紇殘破，磧北諸姓已非國有，欲掎角亡叛，唯金山諸蕃共爲形勢。有司乃以揚名擅破回紇，歸十姓之罪，拒而遣還，不使入朝，恐非羈戎之長策也。夫戎有鳥獸心，親之則順，疑之則亂。今阻其善意，則十姓内無國家親信之恩，外有回紇報讐之患，懷不自安，鳥駭狼顧，則河西諸蕃自此拒命矣。且夷狄相攻，中國之福。今回紇已破，既無可言；十姓非罪，又不當絶。罪止揚名，足以慰其酋領矣。

近詔同城權置安北府，其地當磧南口，制匈奴之衝，常爲劇鎮。臣頃聞磧北突厥之歸者已千餘帳，來者未止，甘州降户四千帳，亦置同城。今磧北喪亂、荒饉之餘，無所存仰，陛下開府招納，誠覆全戎狄之仁也。然同城本無儲峙，而降附蕃落不免寒饑，更相劫掠。今安北有官牛羊六千，粟麥萬斛，城孤兵少，降者日衆，不加救卹，盗劫日多。夫人情以求生爲急，今有粟麥牛羊爲之餌，而不救其死，安得不爲盗乎？盗興則安北不全，甘、涼以往，蹻以待陷，後爲邊患，禍未可量。是則誘使亂，誨之盗也。且夷狄代有雄桀，與中國抗，有如勃起，招合遺散，衆將係興，此國家大機，不可失也。

又謂：

河西諸州，軍興以來，公私儲蓄，尤可嗟痛。涼州歲食六萬斛，屯田所收不能償墾。陛下欲制河西，定亂戎，此州空虛，未可動也。甘州所積四十萬斛，觀其山川，誠河西喉咽地。北當九姓，南逼吐蕃，姦回不測，伺我邊罅。故甘州地廣粟多，左右受敵。但户止三千，勝兵者少，屯田廣夷，倉庾豐衍，瓜、肅以西，皆仰其餫，一旬不往，士已枵饑。是河西之命係于甘州矣。且其四十餘屯，水泉良沃，不待天時，歲取二十萬斛，但人力寡乏，未盡墾發。異時吐蕃不敢東侵者，繇甘、涼士馬彊盛，以振其入。今甘州積粟萬計，兵少不足以制賊。若吐蕃敢大入，燔蓄穀，蹂諸屯，則河西諸州，我何以守？宜益屯兵，外得以防盜，内得以營農，取數年之收，可飽士百萬，則天兵所臨，何求不得哉？

其後吐蕃果入寇，終後世爲邊患最甚。

后方謀開蜀山，由雅州道翦生羌，因以襲吐蕃。子昂上書以七驗諫止之，曰：

臣聞亂生必由於怨。雅州羌未嘗一日爲盜，今無罪蒙戮，怨必甚，怨甚則蜂駭且亡，而邊邑連兵守備不解，蜀之禍構矣。東漢喪敗，亂始諸羌，一驗也。吐蕃黠獪，抗天誅者二十餘年。前日薛仁貴、郭待封以十萬衆敗大非川，一甲不返；李敬玄、劉審禮舉十八萬衆困青海，身執賊廷，關、隴爲空。今迺欲建李處一爲上將，驅疲兵襲不可幸之吐蕃，舉爲賊笑，二驗也。夫事有求利而得害者。昔蜀與中國不通，秦以金牛、美女啖蜀侯，侯使五丁力士棧褒斜，鑿通谷，迎秦之饋。秦隨以兵，而地入中州，三驗也。吐蕃愛蜀富，思盜之矣。徒以障隧隘絶，頓餓喙不得噬。今撤山羌，開阪險，使賊得收奔亡以攻邊，是除道待賊，舉蜀以遺之，四驗也。蜀爲西南一都會，國之寶府。又人富粟多，浮江而下，可濟中國。今圖僥倖之利，以事西羌。得羌地不足耕，得羌財不足富。是過殺無辜之衆，以傷陛下之仁，五驗也。蜀所恃，有險也；蜀所安，無役也。今開蜀險，役蜀人，險開則便寇，人役則傷財。臣恐未及見羌，而姦盗在其中矣。異時益州長史李崇真託言吐蕃寇松州，天子爲盛軍師，趣轉餉以備之。不三年，巴、蜀大困，不見一賊，而崇真姦臧已鉅萬。今得非有姦臣圖利，復以生羌爲資？六驗也。蜀士尫孱不知兵，一虜持矛，百人不敢當。若西戎不即破滅，臣見蜀之邊陲且不守，而爲羌夷所暴，七驗也。國家近廢安北，拔單于，棄龜茲、疏勒，天下以爲務仁不務廣，務養不務殺，行太古三皇事。今徇貪夫之議，誅無罪之羌，遺全蜀患，此臣所未諭。方山東饑，關隴弊，生人流亡，誠陛下寧静思和天人之時，安可動甲兵、興大役，以自生亂？又西軍失守，北屯不利，邊人駭情，今復舉輿師投不測，小人徒知議夷狄之利，非帝王至德也。善爲天下者，計大而不計小，務德而不務刑，據安念危，值利思害。願陛下審計之。

后復召見，使論爲政之要，適時不便者，毋援上古，角空言。子昂乃奏八科：一措刑，二官人，三知賢，四去疑，五招諫，六勸賞，七息兵，八安宗子。其大權謂：

今百度已備，但刑急罔密，非爲政之要。凡大人初制天下，必有凶亂叛逆之人爲我驅除，以明天誅。凶叛已滅，則順人情，赦過宥罪。蓋刑以禁亂，亂静而刑息，不爲承平設也。太平之人，樂德而惡刑。刑之所加，人必慘怛，故聖人貴措刑也。比大赦，滌蕩群罪，天下蒙慶，咸得自新。近日詔獄稍滋，鈎捕支黨，株蔓推窮，蓋獄吏不識天意，以抵慘刻。誠宜廣愷悌之道，敕法慎罰，省白誣冤，此太平安人之務也。

官人惟賢，政所以治也。然君子小人各尚其類。若陛下好賢而不任，任而不能信，信而不能終，終而不賞，雖有賢人，終不肯至，又不肯勸。反是，則天下之賢集矣。

議者乃云“賢不可知，人不易識”。臣以爲固易知、固易識。夫尚德行者無凶險，務公正者無邪朋，廉者憎貪，信者疾僞，智不爲愚者謀，勇不爲怯者死。猶鸞隼不接翼，薰蕕不共氣，其理自然。何者？以德並凶，勢不相入；以正攻佞，勢不相利；以廉勸貪，勢不相售；以信質僞，勢不相和。智者尚謀，愚者所不聽；勇者殉死，怯者所不從。此趣向之反也。賢人未嘗不思效用，顧無其類則難進，是以湮汩于於時。誠能信任俊良，知左右有灼然賢行者，賜之尊爵厚禄，使以類相舉，則天下之理得矣。

陛下知得賢須任，今未能者，蓋以常信任者不效。如裴炎、劉禕之、周思茂、騫味道固蒙用矣，皆孤恩前死，以是陛下疑於信賢。臣固不然。昔人有以噎得病，乃欲絶食，不知食絶而身殞。賢人於國，猶食在人，人不可以一噎而止飧，國不可以謬一賢而遠正士。此神鑒所知也。

聖人大德，在能納諫。太宗德參三王，而能容魏徵之直。今誠有敢諫骨鯁之臣，陛下廣延順納，以新盛德，則萬世有述。

臣聞勞臣不賞，不可勸功；死士不賞，不可勸勇。今或勤勞死難，名爵不及；偷榮尸禄，寵秩妄加。非所以表庸勵行者也。願表顯徇節，勵勉百僚。古之賞一人，千萬人悦者，蓋云當也。

今事之最大者，患兵甲歲興，賦役不省，興師十萬，則百萬之家不得安業。自有事北狄，于今十年，不聞中國之勝。以庸將御冗兵，徭役日廣，兵甲日敝。願審量損益，計利害，勢有不可，毋虚出兵，則人安矣。

虺賊干紀，自取屠滅，罪止魁逆，無復緣坐，宗室子弟，皆得更生。然臣願陛下重曉慰之，使明知天子慈仁，下得自安。臣聞人情不能自明則疑，疑則懼，懼則罪生。惟賜愷悌之德，使居無過之地。

俄遷右衛胄曹參軍。

后既稱皇帝，改號周。子昂上《周受命頌》以媚悦后。雖數召見問政事，論亦詳切，故奏聞輒罷。以母喪去官，服終，擢右拾遺。

子昂多病，居職不樂。會武攸宜討契丹，高置幕府，表子昂參謀。次漁陽，前軍敗，舉軍震恐，攸宜輕易無將略，子昂諫曰：“陛下發天下兵以屬大王，安危成敗在此舉，安可忽哉？今大王法制不立，如小兒戲。願審智愚，量勇怯，度衆寡，以長攻短，此刷恥之道也。夫按軍尚威嚴，擇親信以虞不測。大王提重兵精甲，頓之境上，朱亥竊發之變，良可懼也。王能聽愚計，分麾下萬人爲前驅，契丹小醜，指日可禽。”攸宜以其儒者，謝不納。居數日，復進計，攸宜怒，徙署軍曹。子昂知不合，不復言。

聖曆初，以父老，表解官歸侍，詔以官供養。會父喪，廬冢塚次，每哀慟，聞者爲涕。縣令段簡貪暴，聞其富，欲害子昂。家人納錢二十萬緡，簡薄其賂，捕送獄中。子昂之見捕，自筮，卦成，驚曰：“天命不祐，吾殆死乎！”果死獄中，年四十三。

子昂資褊躁，然輕財好施，篤朋友。與陸餘慶、王無競、房融、崔泰之、盧藏用、趙元最厚。

唐興，文章承徐、庾餘風，天下祖尚，子昂始變雅正。初，爲《感遇詩》三十八章，王適曰：“是必爲海内文宗。”乃請交。子昂所論著，當世以爲法。大曆中，東川節度使李叔明爲立旌德碑於梓州，而學堂至今猶存。

子光，復與趙元子少微相善，俱以文稱。光終商州刺史。子易甫、簡甫，皆位御史。

……

贊曰：子昂説武后興明堂太學，其言甚高，殊可怪笑。后竊威柄，誅大臣、宗室，脅逼長君而奪之權。子昂乃以王者之術勉之，卒爲婦人訕侮不用，可謂薦圭璧於房闥，以脂澤汙漫之也。瞽者不見泰山，聾者不聞震霆。子昂之於言，其聾瞽歟？

（據中華書局校點本《新唐書》）

大唐劍南東川節度觀察處置等使户部尚書兼梓州刺史兼御史大夫鮮于公爲故右拾遺陳公建旌德之碑 趙儋

公諱子昂，字伯玉，梓州射洪縣人也。其先居於潁川。五世祖方慶，好道，得《墨子五行秘書》《白虎七變》，隱於郡武東山。子孫因家焉。生高祖湯，湯爲郡主簿。湯生曾祖通。通早卒。生祖辯，爲郡豪傑。辯生元敬，瑰偉倜儻，弱冠以豪俠聞。屬鄉人阻饑，一朝散粟萬斛以賑貧者而不求報。年二十二，鄉貢明經擢第，拜文林郎。屬青龍末天后居攝，遂山棲餌朮殆十八年。玄圖天象無不達。嘗學術擬張平子，風鑒比郭林宗。公即文林元子也。英傑過人，彊學冠世。詩可以諷，筆可以削。人罕雙全，我能兼有。年二十四，文明元年進士，射策高第。其年，高宗崩於洛陽宫，靈駕將西歸于乾陵。公乃獻書闕下，天后覽其書而壯之。召見金華殿，因言霸王大略、君臣明道，拜麟臺正字。由是海内詞人，靡然向風，乃謂司馬相如、楊子雲復起於岷峨之間矣。秩滿，補右衛胄曹。每上疏言政事，詞旨切直，因而解罷。稍遷右拾遺。屬契丹以營州叛，建安郡王武攸宜親總戎律，特詔左補闕屬之。迨及公參謀幃幕，軍次漁陽，前軍王孝傑等相次陷没，三軍震慴。公乃進諫，感激忠義，料敵決策，請分麾下萬人以爲前驅，奮不顧身，上報於建安。復諫，禮謝絶之，但署以軍曹，掌書記而已。公知不合，因登薊北樓，感昔樂生、燕昭之事，賦詩而流涕。及軍罷，以父年老，表乞歸侍。至數月，文林卒。公至性純孝，遂廬墓側，杖而復起，柴毁滅性。天下之人，莫不傷歎。年四十有二，葬於射洪獨坐山。有詩十首入《正聲》，集十卷著於代。友人黄門侍郎范陽盧藏用爲之序。以爲文章道喪五百年，得陳君焉。由是太沖之詞，紙貴天下矣。有子二人，並進士及第。長曰光，官至膳部郎中、商州刺史。仲曰斐，歷河東、藍田、長安三尉，卒官。光有二子。其長曰易甫，監察御史。次曰簡甫，殿中侍御史。斐生三子，長曰靈甫，次曰兢甫、衆甫。皆守緒業，有名於代。劍南東川節度使兼御史大夫梓州刺史鮮于公，自受分閫之政也，初年謀始立法，二年人富知教，三年魯變於道。乃謂幕賓曰："陳文林散粟萬斛以賑鄉人，得非司城子罕貸而不書乎？拾遺之文，四海之内家藏一本，得非臧文仲立言殁而不朽乎？於戲！陳君道可以濟天下而命不通於天下，才可以致堯舜而運不合於堯舜。悲夫！昔孔文舉爲鄭玄署通德門，蔡伯喈爲陳寔立《太丘頌》，異代思賢之意也。況陳君顔、閔之行，管、樂之材，而守牧之臣久闕旌表，何哉？"爰命末學，第敍豐碑，表厥後來，是則是效。其頌曰：

有嬀之後，封於陳國。根深苗長，世載明德。文林大器，質匪雕刻。學術鈎深，風鑒詣極。代公耿光，喬玄藻識。施不求報，退身自默。岷峨降靈，拾遺挺生。氣總三象，秀發五行。才同入室，學匪獵精。明明天后，群龍効庭。矯矯長離，軒飛梁益。封章屢抗，矢陳刑辟。匪君伊順，惟鱗是逆。九德未行，三命惟錫。帝命建安，遠征不服。咨公幕畫，騁此驥足。惟王玩兵，愎諫違卜。忠言不納，前軍欲覆。遂登薊樓，冀寫我憂。大運茫茫，天地悠悠。沙麓氣衝，大陰光流。義士食薇，人誰造周？嗟乎！道不可合，運不可諧。遂放言於感遇，亦阮公之詠懷。已而已而！陳公之微意在斯。表辭右省，來歸温凊。如何風樹，不寧不令？廬墓之側，柴毁滅性。管輅之才，管輅之命。惟國不幸，非君之病。我鮮于公，中肅恭懿，光明不融。爲君頌德，穆如清風。日月運安，江漢流東。不閟其文，永昭文雄。

［唐］大曆六年，歲次辛亥十月癸丑朔日建。

（據楊澄本《陳伯玉集》、《全唐文》卷七三二，文字有改動）

祭陳公文 盧藏用

子之生也，珠圓流兮玉介潔；子之没也，太山頽兮梁木折。士林闃寂兮人物疏，門館蕭條兮賓侶絶。歎佳城之不返，辭玉階而長别。嗚呼！置酒祭子子不顧，失聲哭子子不回。唯天道而無托，但撫心而已摧。尚饗。

（據楊澄本《陳伯玉文集》、《全唐文》卷二三八，文字有改動）

陳伯玉文集序 盧藏用

昔孔宣父以天縱之才，自衛返魯，乃删《詩》《書》，述《易》道，而作《春秋》。數千百年，文章粲然可觀也。孔子殁二百歲而騷人作，於是婉麗浮侈之法行焉。漢興二百年，賈誼、馬遷爲之傑，憲章禮樂，有老成人之風。長卿、子雲之儔，瑰詭萬變，亦奇特之士也。惜其王公大人之言，溺於流辭而不顧。其後班、張、崔、蔡、曹、劉、潘、陸，隨波而作，雖大雅不足，然其遺風餘烈，尚有典刑。宋、齊以來，蓋顦顇逶迤，逶迤陵頽，流靡忘返。至於徐、庾，天之將喪斯文也。後進之士，若上官儀者，繼踵而生，於是風雅之道，掃地盡矣。《易》曰："物不可以終否，故受之以泰。"道喪五百歲而得陳君。君諱子昂，字伯玉，蜀人也。崛起江漢，虎視函夏，卓立千古，横制頽波，天下翕然，質文一變。非夫岷、峨之精，巫、廬之靈，則何以生此？故有諫諍之辭，則爲政之先也；昭夷之碣，則議論之當也；國殤之文，則大雅之怨也；徐君之議，則刑禮之中也。至於感激頓挫，微顯闡幽，庶幾見變化之朕，以接乎天人之際者，則《感遇》之篇存焉。觀其逸足駸駸，方將摶扶搖而陵泰清，獵遺風而薄嵩、岱，吾見其進，未見其止。惜乎！湮厄當世，道不偶時，委骨巴山，年志俱夭，故其文未極也。嗚呼！聰明精粹而淪剥，貪饕桀驁以顯榮，天乎！天乎！吾殆未知夫天焉。昔嘗與余有忘形之契，四海之內，一人而已。良友殁矣，天其喪予！今採其遺文可存者④，編而次之，凡十卷。恨不逢作者，不得列於詩人之什。悲夫！故粗論文之變而爲之序。至於王霸之才、卓犖之行，則存之《别傳》，以繼於終篇云耳。

黄門侍郎盧藏用撰。

（據楊澄本《陳伯玉文集》、《全唐文》卷二三八，文字有改動）

陳伯玉文集序 張頤

詩自《三百篇》而下，惟漢魏音韻風骨猶近於古。逮夫兩晉，駸駸而變。胚胎於宋，浮靡於齊、梁，至於陳、隋極熾，而雅音幾乎熄矣。有唐之興，文運漸啟，雖四傑、四友稱美於時，然其流風餘韻漸染既久，未能悉除。則天時，蜀之射洪人陳公子昂字伯玉者，一旦崛起西南，以高明之見首唱平淡清雅之音，襲《騷》《雅》之風力，排雕鏤凡近之氣。其學博，其才高，其音節沖和，其辭旨幽遠，超軼前古，盡掃六朝弊習。譬猶砥柱矻立於萬頃頽波之中，陽氣勃起於重泉積蔭之下，舊習爲之一變，萬匯爲之改觀。故李太白、韋蘇州、柳柳州相繼而起，皆踵伯玉之高風，俾後世稱仰歎慕之不暇，可謂詩人之雄矣。其文雖有六朝唐初氣味，然其奏疏數章，亦有用世之志。惜其全集世不多見，其詩文見於他集者亦甚少。今巡撫山西都御史楊公澄，與伯玉爲同邑人，得其全集於中秘，抄録而來，重復校正，命工刊梓以傳，共若干卷。嗚呼，公之用心厚矣。昔韓文公文起八代之衰，名振當世。及五代之末，其集亦泯。歐陽文忠公得其集於故簏中，求補校正數十年而後全，俾後人尊仰模範、力追古作而不墜者，文忠公之力也。自太白、韋、柳景慕伯玉作爲古風之後，至宋，惟朱文公感興之作，風格無異。殆今又寥寥數百年矣。我朝文運大興，作者如林。會見斯集之行，有能吐辭如伯玉、遠追盛唐之作者，未必非公振作之效也？嗚呼，公之用心，其厚矣哉！

弘治四年，歲次辛亥重陽日，賜進士、嘉議大夫、工部右侍郎、前都察院左僉都御史、翰林院修撰、經筵講官兼文華殿講讀官致仕維揚張頤序。

陳伯玉先生文集後序 楊澄

文以載道，不深於道而能文者，鮮矣。粤自六經删述之後，斯文粲然如日麗天，放乎如水行地。天下後世，咸知宗孔氏而仰尼崧。漢唐以下，擷葩擷藻，若賈、晁、司馬、王、楊、公孫，文非不工，如大節不謹何？若沈、宋、河東、李、元、中山，文非不美，如細行有虧何？晉、宋、齊、梁之間，馳聲翰墨，抑何紛紛？枝辭蔓説，爭尚雕巧靡麗，斯文爲之掃地。悲夫！五百年來，幸而鄉先生陳公子昂伯玉者出，氣鍾岷峨，秀毓巴水，崛起武東之下，讀書金華之椒。天性純孝，慷慨英發，以格致爲實學，以踐履爲實地。文與行俱，一變浮華而爲雅正，續斯文統緒於垂線之餘。觀其氣節風概，形諸感寓，翕然爲海内文宗。諫止遷梓，毅然有回天之力，擢麟臺正字。而昌言興明堂、建太學，與夫三事、七驗、八科之奏，又皆亹亹乎《伊訓》《説命》指歸。職雖屢遷衛曹參軍及左右拾遺，亦不樂爲。已而言論齟齬，雖表請解組歸養，始終大節，卓冠有唐。非深於道者能之乎？奈何命途多舛，道與世違，竟隕玉於貪暴之手，識者不能無遺憾焉。噫嘻，豈天未欲平治天下，使不得蒙至治之澤歟？抑天喪斯文，使之遭彼荼毒歟？或者不原其心，乃謂先生以王者之術説武后，薦圭璧於房闥，以脂澤汙漫而諷其聾瞽，豈足以知先生濟時行道、忠愛之心進進不已哉？余忝與先生同鄉，酌餘馨而起敬，想遺跡而興嗟。抱此不平，得不力爲之辯於末簡，以白公道在天下，公論在人心耶？

弘治四年，歲在己亥菊月望日，賜進士第中憲大夫奉敕巡撫山西兼提督雁門等關都察院左僉都御史邑人楊澄序。

陳伯玉文集跋　胡珽

余得此書於文義堂錢步瀛，雖爲明刻而傳本絶少。伏讀《四庫全書·陳拾遺集提要》云："此本傳寫多訛脱。第七卷闕兩葉。據目録尋之，《禡牙文》《禜海文》在《文苑英華》九百九十五卷，《弔塞上翁文》在九百九十九卷，《祭孫府君文》在九百七十九卷。又《送崔融等序》之後，據目録尚有《餞陳少府序》一篇。此本亦佚。《英華》七百十九卷有此文。今並葺補，俾成完本。《英華》八百二十二卷收子昂《大崇福觀記》一篇，稱武士彠爲太祖孝明皇帝。此集不載其目，殆偶佚脱"云云。據此，則四庫未見刻本。張氏《愛日精廬藏書志》亦無此書名目，洵絶無僅有之秘册矣。其傳寫本所缺之文，此本中雖未能全備，而較爲少缺。異日翻刻時，亦據《英華》補足可也。咸豐四年二月，琳琅主人胡珽識。